A GAROTA-CORVO

ERIK AXL SUND

A Garota-Corvo

Tradução do sueco
Carlos Rabelo

COMPANHIA DAS LETRAS

Grafia atualizada segundo o Acordo Ortográfico da Língua Portuguesa de 1990, que entrou em vigor no Brasil em 2009.

Título original
Kråkflickan, Hungerelden e *Pythians Anvisningar*

Foto de capa
Philomena Famulok

Preparação
Lígia Azevedo

Revisão
Thaís Totino Richter
Angela das Neves

Dados Internacionais de Catalogação na Publicação (CIP)
(Câmara Brasileira do Livro, SP, Brasil)

Sund, Erik Axl
A Garota-Corvo / Erik Axl Sund ; tradução Carlos Rabelo. — 1ª ed. — São Paulo : Companhia das Letras, 2017.

Título original : Kråkflickan, Hungerelden e Pythians Anvisningar.
ISBN 978-85-359-2874-7

1. Ficção sueca I. Título.

17-01384 CDD-839.73

Índice para catálogo sistemático:
1. Ficção : Literatura sueca 839.73

EDITORA SCHWARCZ S.A.
Rua Bandeira Paulista, 702, cj. 32
04532-002 — São Paulo — SP
Telefone: (11) 3707-3500
www.companhiadasletras.com.br
www.blogdacompanhia.com.br
facebook.com/companhiadasletras
instagram.com/companhiadasletras
twitter.com/cialetras

À memória de uma irmã, daqueles entre nós que erraram e dos que perdoaram

A escuridão envolve nossas vidas. Grande é nosso descontentamento inato — o que faz com que tantas sagas floresçam nas florestas escandinavas —, e a brasa sombria dos nossos corações arde voraz. Muitos são como carvoeiros de seu próprio coração; dando ouvido ao crepitar suave de sonhos mutilados.

Harry Martinson, *Nässlorna blomma* [Urtigas em flor]

PARTE I

O APARTAMENTO

tinha mais de cem anos, com paredes de pedra de um metro de espessura, de modo que talvez não precisasse isolá-las, mas ela preferia não correr nenhum risco.

À esquerda da sala de estar havia um cômodo que era usado como escritório e quarto de hóspedes, acompanhado por um banheiro e um closet espaçoso.

O quarto era perfeito, com uma só janela e ligado a um sótão vazio.

Não havia espaço para descuido ou incerteza.

Nada podia ser deixado ao acaso. O destino era um aliado perigoso e traiçoeiro. Às vezes um amigo, mas muitas vezes um inimigo imprevisível.

Ela arrastou os móveis da sala de jantar até a parede, liberando espaço.

Agora era só esperar.

Conforme combinado, quatro homens entregaram o isopor às dez horas. Três deles tinham por volta de cinquenta anos; o outro, no máximo vinte. Usava uma camiseta preta com duas bandeirolas suecas cruzadas na altura do peito, sob as palavras "minha pátria", e tinha a cabeça raspada. No cotovelo, podia ser vista uma tatuagem de teia de aranha e nos pulsos um tribal.

Quando se viu sozinha, ela sentou no sofá e planejou o trabalho. Decidiu começar pelo chão, já que era o mais complicado. O casal de idosos que morava no andar de baixo podia ser quase surdo, mas era preciso ter cuidado.

Ela entrou no quarto.

O menino ainda dormia profundamente.

Tinha sido estranho quando o encontrara na estação de trem. Ele apenas estendeu a mão para ela, levantou e a seguiu sem que precisasse dizer nada.

Ela conseguiu o aprendiz que sempre procurara e o filho que não pudera ter.

Pôs a mão na testa do menino, sentiu que a febre tinha baixado e tomou seu pulso.

Tudo certo.

Ela tinha usado a dose exata de morfina.

Havia um carpete grosso e claro no escritório, que ela sempre considerara feio e anti-higiênico, mesmo que fosse gostoso pisar. Naquele momento, era exatamente do que precisava.

Com uma faca bem afiada, cortou o isopor e colou os pedaços no chão.

O cheiro forte a deixou tonta, e foi obrigada a abrir a janela. Tinha três camadas de vidro e mais uma vidraça do lado de fora para isolamento acústico.

Era o destino sendo amigo.

O chão tomou o dia inteiro. Ela entrava no quarto regularmente para ver como o menino estava.

Quando terminou, cobriu todas as emendas com fita adesiva.

Nos três dias que se seguiram, ela se dedicou às paredes. Na sexta-feira, só faltava o teto, que tomou um pouco mais tempo, porque ela também usou tábuas.

Quando a cola secou, ela colocou cobertores velhos nas portas. Na da sala de estar, usou quatro camadas de isopor.

Arranjou um lençol velho e o esticou na única janela. O vão recebeu uma camada dupla de isolamento, para garantir. Então ela cobriu o chão e as paredes com uma lona à prova de água.

O trabalho fazia com que se perdesse em pensamentos. Quando observou o que havia realizado, ficou orgulhosa de si mesma.

O quarto foi aprimorado na semana seguinte. Ela comprou quatro rodinhas de borracha, um ferrolho, dez metros de fio elétrico, alguns metros de rodapé, uma luminária simples e uma caixa de lâmpadas. Também encomendou um jogo de halteres, pesos e uma bicicleta ergométrica.

Retirou todos os livros de uma das estantes da sala de estar, virou-a de lado e parafusou as rodinhas em cada pé, então pregou o rodapé na frente, ocultando-as. Posicionou a estante diante da porta do quarto, escondendo-o.

Parafusou a estante e experimentou abri-la.

A porta deslizou silenciosamente sobre as pequenas rodas, funcionando com perfeição. Ela instalou o ferrolho, fechou a porta e pôs uma luminária na frente da tranca, para escondê-la.

Por fim, pôs de volta os livros e pegou o colchão fino de uma das camas do quarto em que dormia.

À noite, carregou o menino adormecido para seu novo lar.

GAMLA ENSKEDE, CASA DOS KIHLBERG

O estranho não era o menino estar morto, e sim ter sobrevivido tanto tempo, como se algo o tivesse mantido preso à vida. Uma pessoa normal já teria desistido bem antes.

A detetive superintendente Jeanette Kihlberg não sabia de nada disso enquanto tirava o carro da garagem de casa. Ela ainda não havia sido informada sobre o primeiro de uma série de acontecimentos que teriam uma influência decisiva sobre sua vida.

Jeanette viu Åke na janela da cozinha e acenou. Ele estava falando ao telefone e não a viu. Åke ia usar a tarde para lavar o fardo semanal de camisas suadas, meias sujas de lama e roupas de baixo. Com um filho fanático por futebol, ao menos cinco vezes por semana tinha que sobrecarregar a velha máquina de lavar roupa, quase a ponto de quebrá-la.

Jeanette sabia que ele deixaria a máquina ligada e subiria até o pequeno ateliê no sótão para trabalhar em uma de suas pinturas a óleo. Ele era um romântico, um sonhador, tendo dificuldade em concluir o que começava. Jeanette o havia aconselhado diversas vezes a entrar em contato com os donos de galeria que haviam demonstrado interesse por seu trabalho. Mas Åke sempre recusava, dizendo que não estava pronto. Em breve talvez.

Então tudo ia mudar.

Ele ia se tornar um sucesso, ia chover dinheiro e eles poderiam enfim fazer tudo o que queriam. De consertar a casa até viajar para onde quisessem.

Depois de quase vinte anos, ela começava a duvidar que aquilo fosse acontecer um dia.

Quando ela virou na rua Nynäsvägen, escutou um ruído preocupante na roda esquerda da frente. Apesar de não entender nada de carro, percebeu que alguma coisa não estava certa com o velho Audi e que teria que deixá-lo na oficina de novo. Por experiência, sabia que ia ter que desembolsar algum dinheiro, embora o sérvio que trabalhava em Bolidenplan fosse competente e barateiro.

No dia anterior, ela tinha esvaziado a poupança para pagar a última prestação da casa, que chegava com sádica pontualidade uma vez por trimestre. Ela esperava conseguir pagar o conserto com o cartão de crédito. Já tinha dado certo outra vez.

Uma forte vibração no bolso do casaco, que vinha com a *Nona sinfonia* de Beethoven, assustou Jeanette a ponto de quase sair com o carro da pista.

— Kihlberg falando.

— E aí, Janne? Tem uma coisa pra gente em Thorildsplan.

Ela reconheceu a voz de seu colega Jens Hurtig.

— Temos que ir agora. Onde você está?

A voz estridente ao telefone a obrigou a afastar o aparelho do ouvido. Ela odiava ser chamada de "Janne", e sentiu a irritação crescer. O apelido nasceu como uma piada, três anos antes, em uma festa no trabalho, mas desde então se espalhara por toda a polícia de Kungsholmen.

— Estou passando por Årsta e agora vou subir a Essingeleden. O que aconteceu?

— Encontraram um menino morto nuns arbustos perto do metrô da Faculdade de Pedagogia. Billing quer que você vá pra lá o mais rápido possível. Ele estava bem agitado. Tudo indica que foi assassinato.

Jeanette Kihlberg percebeu que o barulho no carro só aumentava. Imaginou se teria que encostar o carro, telefonar para o guincho e depois pedir para alguém ir buscá-la.

— Se esse maldito carro não quebrar, chego em cinco, dez minutos. Vá pra lá você também.

O ruído aumentou. Por via das dúvidas, ela passou para a pista da direita.

— Está bem, já estou indo. Devo chegar antes de você.

A notícia do menino morto encontrado nos arbustos soou aos ouvidos de Jeanette mais como um caso de agressão que saiu de controle. Nesse caso, seria homicídio culposo.

"*Assassinato*", pensou ela, sentindo o volante tremer, "é quando uma mulher é morta em sua casa pelo marido depois de dizer que queria o divórcio."

Pelo menos nos casos mais comuns.

Mas o fato era que os tempos haviam mudado, e o que ela um dia aprendera no treinamento policial não estava apenas ultrapassado, mas também equivocado. A metodologia tinha se transformado, e o trabalho policial era, em vários aspectos, bem mais difícil do que vinte anos antes.

Jeanette lembrou seus primeiros dias de patrulha e a proximidade com as pessoas comuns. A comunidade ajudava a polícia e confiava nela. "O único motivo pelo qual as pessoas ainda denunciam os crimes", pensou, "é porque as seguradoras exigem isso. Não por ter esperança de que sejam solucionados."

O que ela esperava quando largara a faculdade de serviço social e tomara a decisão de se tornar policial? Mudar alguma coisa? Ajudar alguém? Pelo menos foi o que ela disse ao pai no dia em que mostrou com orgulho a carta de aprovação. Sim, aquele era o motivo. Ela queria ficar entre os que sofrem o mal e os que o praticam. Queria ser alguém que fazia a diferença.

E como policial tinha essa possibilidade.

Durante sua infância, Jeanette escutava, com admiração, seu pai e avô falarem do trabalho policial. Nos jantares e festas só se falava de assaltantes de banco inescrupulosos, batedores de carteira e vigaristas. Histórias e lembranças do lado sombrio da existência.

Do mesmo modo que o aroma de pernil assado inundava a casa de expectativa no Natal, o som de fundo das conversas entre os homens na sala de estar criava um cenário de segurança.

Ela sorria, lembrando-se do desinteresse e ceticismo do avô quanto ao uso de novas técnicas. As algemas haviam sido substituídas por braçadeiras, para simplificar o trabalho. Uma vez, ele disse que as análises de DNA eram uma moda passageira.

"Essa profissão é pra quem quer fazer a diferença", pensou ela. "Não pra quem está atrás de soluções fáceis. O trabalho deve se adaptar às condições da sociedade em transformação."

Jeanette acreditava que ser policial era ajudar os outros, dar valor às pessoas. E não ficar sentado dentro de uma van blindada, olhando impotente através do vidro filmado.

O AEROPORTO

estava tão cinza e frio quanto a manhã de inverno. Ele chegou num voo da Air China a um país de que nunca tinha ouvido falar. Sabia que centenas de crianças antes dele tinham feito a mesma viagem e, como elas, tinha uma história bem ensaiada para contar aos policiais na imigração.

Sem hesitar, apresentou a narrativa que durante meses repetira até decorar.

Ele trabalhara na construção de uma das arenas olímpicas, carregando tijolos. Quando seu tio, um pobre trabalhador, sofreu um acidente e teve que ser hospitalizado, não tinha mais ninguém que pudesse tomar conta dele. Seus pais tinham morrido, e ele não tinha irmãos ou outros familiares a quem recorrer.

Contou ao agente da imigração que ele e seu tio eram tratados como escravos, num regime próximo ao do apartheid. Disse que trabalhara na obra por cinco meses.

De acordo com o antigo sistema hukou, ele havia sido registrado na vila em que nascera, longe da cidade, e, portanto, quase não tinha direitos no lugar onde morava e trabalhava.

Por esse motivo fora obrigado a se mudar para a Suécia, onde viviam seus únicos parentes vivos. Ele não sabia onde moravam, mas, segundo seu tio, tinham prometido entrar em contato assim que aterrissasse.

Ele chegou ao novo país sem nada a não ser a roupa do corpo, um celular e cinquenta dólares. Ele disse que não sabia o número do celular, e não havia nenhuma mensagem ou foto ali que pudesse fornecer alguma pista.

Era novo e nunca tinha sido usado.

Ele não revelou para a polícia outro número de telefone, que estava num papelzinho escondido dentro do sapato esquerdo. Ligaria para ele assim que conseguisse fugir do abrigo.

O país em que estava não se parecia nem um pouco com a China. Ali, tudo era limpo e vazio. Quando a entrevista terminou, ele atravessou o corredor deserto do aeroporto escoltado por dois policiais, imaginando se toda a Europa era daquele jeito.

O homem que inventara aquela história e lhe dera um telefone, dinheiro e celular contara como nos últimos quatro anos tinha mandado, com sucesso, mais de setenta crianças para diferentes partes da Europa.

Ele disse que a maioria dos contatos estava na Bélgica, um país onde se podia ganhar muito dinheiro. O trabalho consistia em servir pessoas ricas. Sendo discreto e dedicado, era possível ficar rico também. Mas a Bélgica era arriscada.

Não se podia sair de casa nunca, para não ser visto.

A Suécia era mais segura. Lá era possível trabalhar em restaurantes e caminhar livremente. O dinheiro não era tanto, mas, com sorte, dependendo dos serviços que se realizava, era possível se dar bem. As pessoas na Suécia querem a mesma coisa que as pessoas na Bélgica.

O ABRIGO

não ficava muito longe do aeroporto, e ele foi levado para lá em um carro comum. Passou a noite lá, dividindo o quarto com um menino negro que não falava chinês ou inglês.

O colchão estava limpo, mas cheirava a velho.

No dia seguinte, ele ligou para o número anotado. Uma voz de mulher explicou como chegar até a estação e pegar o trem para Estocolmo. Ao chegar, ele deveria ligar para receber novas instruções.

O TREM

era quente e confortável. Veloz e silencioso, conduziu-o através de uma cidade coberta pela neve. Por acaso, ou por obra do destino, ele acabou não indo até a estação Centralen de Estocolmo.

Depois de algumas paradas, uma mulher loira e bem bonita se sentou à sua frente. Ela o observou por um bom tempo, como quem compreendia que estava sozinho. Não apenas no trem, mas no mundo.

Quando o trem chegou à estação seguinte, ela se levantou e pegou a mão dele, indicando a saída com a cabeça. Ele a seguiu, como se estivesse em transe.

Os dois pegaram um táxi. Ele viu que a cidade era cercada de água e achou aquilo lindo. Não tinha tanto trânsito como em sua terra natal. Era mais limpo e mais fácil de respirar ali.

Ele pensou no destino e no acaso, e se perguntou por que estava ali sentado ao lado dela. Quando a mulher virou e sorriu, não pensou em mais nada.

No seu país, todos costumavam perguntar o que ele sabia fazer, apertando seu braço para sentir se era forte o bastante. Faziam perguntas que ele fingia entender.

Sempre duvidavam. Mas, às vezes, ele era escolhido.

Ela o escolhera sem que fizesse nada, o que nunca acontecera antes.

O QUARTO

para o qual ela o conduziu era branco, com uma cama grande. Ela fez com que se deitasse e deu uma bebida quente a ele. Parecia o chá de seu país, e ele adormeceu antes mesmo de terminar de tomar.

Quando acordou, não sabia quanto tempo tinha passado, mas percebeu que estava em outro quarto, sem janela e todo forrado.

Ele levantou e descobriu que o chão era macio e irregular. Tentou girar a maçaneta, mas a porta estava trancada. Suas roupas e o celular tinham sido levados.

Percebeu que estava nu. Deitou assim mesmo e adormeceu novamente.

Aquele quarto seria seu novo mundo.

ESTAÇÃO DE METRÔ THORILDSPLAN

Jeanette sentia o volante puxando para a direita, de modo que ficava difícil manter o carro na pista. Os últimos quilômetros foram percorridos a menos de sessenta quilômetros por hora. Quando ela virou na rua Drottningholmsvägen em direção à estação de metrô, percebeu que o carro tinha dado tudo o que podia dar em seus quinze anos.

Ela estacionou, caminhou em direção à fita de isolamento e encontrou Hurtig. Sua cabeça despontava acima das outras. Ele era o típico escandinavo, loiro, alto e elegante.

Em quatro anos trabalhando juntos, Jeanette tinha aprendido a interpretar sua linguagem corporal.

Ele parecia preocupado. Quase aflito.

Quando a viu, seu rosto se alegrou. Ele foi ao seu encontro e ergueu a fita de isolamento.

— Então o carro aguentou — ele disse sorrindo. — Não entendo por que você ainda dirige aquela lata velha.

— Nem eu. Se tivesse um aumento, poderia passear por aí de Mercedes.

"Se Åke arranjasse um trabalho decente, com um salário decente, eu poderia ter um carro decente", pensou ela, entrando na área isolada.

— Marcas de pneu? — Jeanette perguntou a uma perita, que estava agachada no asfalto.

— Sim, marcas diferentes — ela respondeu, levantando o rosto. — De um caminhão de lixo e de uma roda menor.

Jeanette era a pessoa com o cargo mais alto no local do crime, sendo considerada formalmente responsável pela investigação.

Mais tarde, ela teria que se reportar ao seu superior, o chefe de polícia Dennis Billing, que por sua vez informaria o promotor Von Kwist. Juntos os dois decidiriam o que deveria ser feito, mesmo que ela discordasse. Era assim que funcionava.

Jeanette virou para Hurtig.

— Vamos lá. Quem o encontrou?

Hurtig encolheu os ombros.

— Não sabemos.

— Como assim?

— A central recebeu um telefonema anônimo, há mais ou menos... — ele conferiu o relógio — três horas. Um homem disse que tinha um menino morto na entrada do metrô. E só.

— A ligação foi gravada?

— É claro.

— E por que só fomos informados agora?

Jeanette sentiu uma pontada de irritação.

— A central mandou um carro para Bolidenplan, em vez de Thorildsplan, por engano.

— Já rastrearam a chamada?

Hurtig franziu a testa.

— Número bloqueado.

— Merda.

— Mas logo vamos saber de onde a ligação foi feita.

— Muito bem. Depois a gente escuta a gravação. Testemunhas? Alguém viu ou ouviu alguma coisa? — Jeanette perguntou com autoridade, olhando em volta. Seus subordinados apenas negaram com a cabeça.

— Alguém trouxe o menino pra cá — disse Jeanette, tentando não desanimar. Ela sabia que o trabalho se dificultaria bastante caso não conseguissem nenhuma pista nas próximas horas. — Ninguém carrega um cadáver no metrô, mas quero ver as imagens das câmeras de segurança mesmo assim.

Hurtig foi até ela.

— Já foram buscar. Mais tarde a gente vê.

— Ótimo. O corpo pode ter sido trazido de carro, então quero a lista de todos os motoristas que passaram pelo pedágio.

— Entendido. Vou providenciar — disse Hurtig, afastando-se com o celular na mão.

— Espere. Não terminei ainda. O corpo também pode ter sido carregado até aqui por alguém usando uma bicicleta ou coisa parecida. Pergunte na faculdade se eles têm câmeras de segurança.

Hurtig fez que sim com a cabeça e foi embora.

Jeanette suspirou, virando para uma perita que examinava a grama.

— Algo de estranho?

Ela sacudiu a cabeça.

— Ainda não, só algumas pegadas. Vamos recolher as que estiverem em melhores condições. Mas não espere muita coisa.

Jeanette se aproximou lentamente do arbusto onde a vítima havia sido encontrada, envolta em sacos de lixo. O menino estava nu, enrijecido numa posição sentada, com os braços em volta dos joelhos. As mãos estavam presas com fita isolante. Sua pele havia adquirido uma tonalidade amarelo-escuro e uma textura de couro, lembrando um pergaminho.

No entanto, suas mãos estavam quase pretas.

— Algum indício de violência sexual? — perguntou Jeanette, virando-se para Ivo Andrić, que estava agachado.

Ele era especialista em casos de assassinato incomuns e brutais.

A polícia o havia chamado aquela manhã. Como não queriam manter a entrada da estação de metrô isolada por mais tempo que o necessário, Ivo tinha que trabalhar rapidamente.

— Ainda não dá para dizer com certeza. Mas não podemos excluir essa possibilidade. Não quero tirar conclusões precipitadas, mas esse tipo de agressão extrema sem qualquer traço de violência sexual é bastante incomum.

Jeanette concordou. Ela se aproximou mais um pouco e notou que o menino parecia estrangeiro. Árabe, palestino, indiano ou paquistanês.

O cadáver estava a poucos metros da entrada da estação de metrô, de modo que não poderia ter permanecido muito tempo sem ter sido visto.

A polícia havia tentado ocultar o local com uma lona, mas o terreno era irregular, por isso era possível ver a cena do crime do alto a certa distância. Fotógrafos com grandes objetivas perambulavam por ali, e Jeanette quase sentiu pena deles. Viviam em função do rádio da polícia, ouvindo-o vinte e quatro horas por dia à espera de algum evento espetacular.

No entanto, ela não viu nenhum jornalista. Os jornais não deviam mais ter condições de mandar alguém.

— Ei, Andrić! — disse um dos policiais, sacudindo a cabeça. — Como uma porra dessas foi acontecer?

O corpo estava em grande parte mumificado, o que para Ivo Andrić indicava que havia sido mantido em um lugar muito seco durante um longo período de tempo, protegido do inverno úmido de Estocolmo.

— Pois, é, Schwarz — ele respondeu, olhando para cima. — É isso que vamos tentar descobrir.

— O garoto parece um faraó. Uma merda dessas não acontece da noite pro dia.

Ivo Andrić concordou com a cabeça. Ele era um homem endurecido. Nascera na Bósnia e trabalhara como médico em Sarajevo, durante os quase quatro anos de cerco. Testemunhara coisas terríveis, mas durante toda a sua longa e acidentada carreira nunca vira nada como aquilo.

Cinco minutos de descanso.

Então fechou os olhos.

Hurtig entrou na sala de Jeanette com a gravação da chamada anônima recebida pela central naquela manhã. Ele estendeu o CD e sentou.

Jeanette esfregou os olhos:

— Falou com quem achou o menino?

— Falei. Segundo o relatório, chegaram ao local duas horas depois da ligação. Como eu disse, demorou um pouco, porque a central passou o endereço errado.

Jeanette pôs o CD no computador.

A chamada durava vinte segundos.

— *Central de polícia.*

Em seguida, ouvia-se um ruído, mas nenhuma voz.

— *Alô? Tem alguém aí?*

A telefonista ficou aguardando, então deu para ouvir alguém na linha com a respiração tensa.

— *Só quero dizer que tem um menino morto nos arbustos ao lado da Thorildsplan.*

A voz do homem estava arrastada. Jeanette notou que parecia alterado. Álcool ou drogas.

— *Como você se chama?* — perguntou a telefonista.

— *Não importa. Entendeu o que eu disse?*

— *Sim, há um cadáver em Bolidenplan.*

O homem pareceu se irritar.

— *Há um cadáver nos arbustos na entrada da estação Thorildsplan.*

Então ele desligou e ouviu-se apenas a voz hesitante da telefonista:

— *Alô?*

Jeanette franziu a testa:

— Não precisa ser nenhum Einstein para perceber que a ligação foi feita de um lugar próximo à estação de metrô, não é?

— Claro, a não ser que...

— A não ser que o quê? — Ela percebeu o tom de irritação na própria voz. Tinha esperança de que a gravação respondesse a algumas perguntas ao menos, de que lhe desse qualquer coisa para apresentar ao chefe de polícia e ao promotor.

— Desculpe — disse, mas Hurtig só encolheu os ombros.

— Vamos continuar amanhã cedo. — Ele levantou e foi até a porta. — É melhor você ir pra casa, ver sua família.

Jeanette sorriu agradecida.

— A gente se vê amanhã. Boa noite.

Quando Hurtig fechou a porta, ela ligou para seu superior, Dennis Billing, que atendeu depois de quatro toques.

Jeanette contou sobre o menino mumificado e a ligação anônima, fazendo um resumo de tudo o que acontecera durante a tarde e a noite.

Mas ela não tinha nenhuma resposta.

— Vamos ver o que descobrimos na vizinhança e esperar as conclusões de Ivo Andrić. Hurtig está em contato com a divisão de crimes hediondos... Enfim, o de sempre.

— Como você sabe, é melhor para nós dois que essa história seja resolvida o quanto antes.

Jeanette tinha dificuldade em lidar com a condescendência de Billing. Sabia que o chefe a tratava daquele jeito só pelo fato de ser mulher. Ele foi contra sua promoção a superintendente. Com o apoio informal do promotor Von Kwist, sugerira outro nome — de um homem, claro.

Apesar de sua oposição declarada, Jeanette ficou com o cargo, mas a relação dos dois já estava condenada.

— É evidente que vamos fazer todo o possível. Ligo amanhã quando tivermos mais informações.

Dennis Billing limpou a garganta e disse:

— Preciso falar com você sobre outro assunto.

— O que foi?

— Na verdade, é confidencial, mas não precisamos seguir a regra ao pé da letra. Vou precisar emprestar sua equipe.

— Impossível.

— É apenas por um dia, a partir de amanhã à noite. Depois todos voltam para você. Infelizmente, é necessário.

Jeanette se sentiu impotente e cansada demais para protestar.

Dennis Billing continuou:

— Mikkelsen precisa de assistência. Vai haver uma operação para prender suspeitos de pedofilia e ele precisa de mais gente. Já falei com Hurtig, Åhlund e Schwarz. Vão trabalhar normalmente amanhã e depois se apresentar a Mikkelsen. É isso.

Jeanette sabia que não adiantava falar nada.

MARIATORGET, CONSULTÓRIO DE SOFIA ZETTERLUND

No fim do sangrento século XVIII, o rei Adolf Fredrik deu seu nome ao que hoje é o parque Mariatorget, na condição de que não fosse usado para execuções públicas. Depois disso, não menos que cento e quarenta e oito pessoas perderam a vida lá, em situações mais ou menos análogas à de uma execução.

Algumas dessas execuções ocorreram a menos de vinte metros de onde Sofia Zetterlund mantinha seu consultório de psicoterapia, no último andar de um velho edifício na rua Sankt Paulsgatan, ao lado do Tvålpalatset. Os três apartamentos residenciais haviam sido remodelados para abrigar seis salas comerciais, que estavam alugadas para dois dentistas, um cirurgião plástico, um advogado, Sofia e mais um psicólogo.

A decoração na sala de espera compartilhada era fria e modernista. Um designer de interiores comprou dois grandes quadros de Adam Diesel-Frank, com as mesmas nuances de cinza do sofá e das duas poltronas.

Num canto da sala, ficava uma escultura em bronze da artista alemã Nadya Ushakova. A obra representava um grande vaso de rosas, algumas delas murchas. Ao redor de um dos caules havia um cartão com a frase *Die mythen sind greifbar*.

Quando a escultura foi colocada ali, discutiu-se o significado da citação, sem sucesso.

Os mitos são palpáveis.

Juntos, as paredes brancas, o tapete caro e as obras de arte originais davam um ar de discrição e dinheiro ao conjunto de salas.

Após muitas entrevistas, os profissionais contrataram Ann-Britt Eriksson, ex-secretária de um médico, como recepcionista geral. Ela deveria marcar horários e cuidar da parte administrativa.

— Alguma novidade? — perguntou Sofia Zetterlund quando chegou às oito horas em ponto, como sempre.

Ann-Britt tirou os olhos do jornal aberto sobre a mesa.

— Ligaram do hospital de Huddinge pedindo para antecipar a reunião sobre Tyra Mäkelä para as onze. Eu disse que você ligaria de volta para confirmar.

— Obrigada. Mais alguma coisa? — perguntou Sofia, já seguindo em direção à sua sala.

— Sim — respondeu Ann-Britt. — Mikael acabou de ligar dizendo que não vai conseguir pegar o voo da tarde e só chega a Estocolmo amanhã cedo. Ele pediu para você dormir no apartamento dele. Assim podem se ver pela manhã.

Sofia parou com a mão na porta.

— Hum. Qual é o meu primeiro horário? — Ela ficou irritada por ter de mudar sua agenda. Tinha pensado em surpreender Mikael com um jantar italiano. Como sempre, ele atrapalhou seus planos.

— Às nove horas. Você tem mais duas consultas à tarde.

— Quem vem primeiro?

— Carolina Glanz. Segundo o jornal, ela conseguiu um trabalho como apresentadora de televisão e vai viajar o mundo entrevistando celebridades. Não é incrível?

Ann-Britt sacudiu a cabeça e suspirou profundamente.

Carolina Glanz despontou para a fama com estardalhaço em um dos muitos reality shows que entupiam a televisão. Na verdade, ela não tinha boa voz, mas de acordo com o júri, era uma estrela. Durante o inverno e a primavera, fez uma turnê por pequenas casas noturnas, apresentando com playback uma música gravada por outra cantora, menos bonita e de voz mais potente. Carolina foi bastante exposta pelos tabloides, e um escândalo se seguiu ao outro.

Quando o interesse da mídia se voltou em outra direção, ela começou a questionar a si mesma e à sua carreira.

Sofia não gostava de orientar subcelebridades. Tinha dificuldade em se sentir motivada para essas sessões, mesmo que fossem interessantes em termos econômicos. Era como se estivesse desperdiçando seu tempo, enquanto poderia estar atendendo pacientes que realmente necessitavam de ajuda.

Ela queria lidar com gente de verdade.

A psicóloga sentou-se à mesa e telefonou para o hospital de Huddinge. A mudança de horário a deixava com pouco menos de uma hora para se preparar. Depois do telefonema, ela apanhou o material que tinha acerca de Tyra Mäkelä. Chegava a quinhentas páginas, e ela sabia que aquela pilha de papel pelo menos dobraria de tamanho até o caso estar encerrado.

Tinha lido o parecer duas vezes, da capa ao verso, e agora se concentraria no aspecto central: a condição psíquica de Tyra Mäkelä.

O psiquiatra, que conduziu o trabalho, recomendou o encarceramento, assim como o conselheiro e um dos psicólogos. No entanto, dois outros psicólogos se opuseram, defendendo a custódia. Sofia estava encarregada de unir o grupo em torno de uma decisão final e sabia que não seria fácil.

Tyra Mäkelä tinha sido condenada com o marido pelo assassinato do filho adotivo de onze anos. O menino fora diagnosticado com a síndrome do X frágil, que se caracterizava por sintomas tanto físicos quanto psíquicos. As provas mostravam claramente a crueldade a que o menino, que vivia com a família numa casa isolada no campo, fora submetido. Havia traços de fezes nos pulmões e no estômago, queimaduras de cigarro e marcas de agressões feitas com uma mangueira de aspirador de pó.

O corpo fora achado na floresta, não muito longe da casa.

O caso gerou comoção, ainda mais pelo envolvimento da mãe. A opinião pública, quase unânime, conduzida pela retórica de políticos e jornalistas, exigia a mais severa punição. Tyra Mäkelä tinha que ser mandada para o presídio de Hinseberg e cumprir uma longa pena.

Sofia sabia que a custódia psiquiátrica significava que o condenado, em geral, permaneceria mais tempo isolado do que cumprindo pena.

Tyra Mäkelä era psiquicamente responsável quando cometeu o crime? O inquérito determinava que haviam sido ao menos três anos de torturas.

Problemas reais de pessoas reais.

Ela anotou algumas questões que queria discutir com a condenada, mas foi afastada de seus pensamentos quando Carolina Glanz entrou na sala com botas vermelhas até a coxa, uma minissaia de vinil e uma jaqueta de couro preta.

HOSPITAL DE HUDDINGE

Sofia chegou a Huddinge pouco depois das dez e meia e estacionou o carro na frente do grande complexo de prédios.

O edifício central era revestido por placas cinza e azul, em forte contraste com os prédios ao redor, pintados em diversos tons. Ela ouvira dizer que, durante a Segunda Guerra Mundial, acreditava-se que daquela forma o hospital estaria a salvo de eventuais ataques aéreos. Aparentemente, o objetivo era fazer com que o edifício parecesse um lago do alto, enquanto as construções ao redor dariam a ilusão de campos e prados.

Antes de entrar, ela parou na lanchonete e pediu um café, um sanduíche e os jornais matutinos. Deixou seus objetos de valor trancados em um armário na portaria, passou por detectores de metal e seguiu por um longo corredor. Quando passou pela sala 113, escutou, como sempre, sons de grito e briga. Lá estavam os pacientes mais difíceis, fortemente medicados, à espera de uma mudança para Säter, Karsudden, Skogome ou outra instituição psiquiátrica do país.

Sofia virou à direita na sala 112 e foi até o consultório utilizado pelos psicólogos. Lançou um olhar para o relógio e constatou que tinha chegado quinze minutos antes.

Fechou a porta, sentou-se à mesa e comparou as manchetes dos jornais.

DESCOBERTA MACABRA EM ESTOCOLMO e MÚMIA É ENCONTRADA EM ARBUSTOS!

Deu uma mordida no sanduíche e tomou um gole de café. O corpo de um menino mumificado havia sido encontrado em Thorildsplan.

"Mais uma criança morta", pensou, sentindo um aperto no peito.

Nesse momento, um enfermeiro avantajado abriu a porta.

— Tenho uma aqui pra você. Maldade sem tamanho, com muita merda na cabeça — disse, apontando por cima do ombro.

Ela não gostou da linguagem usada pelo enfermeiro. Mesmo que se tratasse do pior criminoso, não havia motivo para humilhação e desrespeito.

— Deixe ela entrar. Ficaremos a sós, obrigada.

MARIATORGET, CONSULTÓRIO DE SOFIA ZETTERLUND

Às duas horas, Sofia Zetterlund estava de volta ao seu consultório. Restavam dois atendimentos, antes de o dia ser encerrado, mas ela se deu conta de que seria muito difícil retomar o foco após a visita a Huddinge.

Sentou-se à mesa para formular a recomendação de que Tyra Mäkelä permanecesse em custódia psiquiátrica. O psiquiatra reconsiderara sua posição após a reunião em grupo, de modo que Sofia esperava ter alcançado uma decisão final.

Até mesmo em relação à Tyra Mäkelä.

Aquela mulher precisava de tratamento.

Sofia apresentara um resumo de sua história e características. Ela fizera duas tentativas de suicídio. A primeira ocorreu aos catorze anos, quando tomara deliberadamente uma overdose de remédios; aos vinte anos, fora aposentada por invalidez, devido a uma depressão incurável. Os quinze anos que passou em companhia de um sádico, Harri Mäkelä, a levaram a mais uma tentativa de suicídio e à morte do filho adotivo.

Sofia acreditava que o tempo em que Tyra Mäkelä vivera com o marido — que fora considerado saudável o bastante para ser condenado à prisão — havia agravado sua condição.

Sua opinião final era de que Tyra Mäkelä tivera repetidos surtos psicóticos durante os anos de abuso. Havia duas visitas documentadas a um psiquiatra que reforçavam sua tese. Em ambas as ocasiões, a mulher tinha sido encontrada desorientada na rua e mantida em observação durante alguns dias antes ser liberada.

Sofia viu também incongruência na sua participação no assassinato do menino. A mulher tinha um nível de inteligência tão baixo que não podia ser considerada responsável pelo crime. A psicóloga via uma mulher que idealizava seu marido, sob a constante influência do álcool. Ela podia, por sua passividade, ser considerada cúmplice, mas era sua condição psíquica que a tornava incapaz de chegar às vias de fato.

A condenação tinha sido determinada pela mais alta instância e o que restava era a definição da pena.

Tyra Mäkelä precisava de tratamento. Seu crime nunca poderia ser desfeito, mas uma condenação à cadeia não ajudaria em nada. A crueldade envolvida não podia interferir na decisão.

Ao longo da tarde, Sofia concluiu seu parecer e recebeu os pacientes das três e das quatro. O primeiro era um executivo completamente esgotado e o segundo era uma atriz envelhecida que não conseguia mais nenhum papel e por isso se encontrava em depressão profunda.

Às cinco, quando estava a caminho de casa, Ann-Britt a deteve na recepção.

— Você se lembra de que sábado que vem vai a Gotemburgo? Já comprei a passagem de trem. Vai ficar no hotel Scandic.

Ann-Britt pôs um envelope sobre a mesa.

— Sim, claro. — disse Sofia.

Ela ia visitar a editora que pretendia lançar uma tradução sueca de *Muito longe de casa*, de Ishmael Beah, que fora um menino-soldado. A ideia era de que Sofia colaborasse na checagem dos fatos, por sua experiência com crianças traumatizadas.

— A que horas sai o trem?

— Cedo. O horário exato de partida está na passagem.

— Cinco e doze?

Sofia suspirou e voltou para o consultório para procurar o relatório que fizera sete anos antes para a Unicef.

Quando se sentou à mesa e abriu o documento, pensou se estava realmente pronta para reviver aquelas memórias. Ainda sonhava com os meninos-soldados de Port Loko. Os dois meninos no caminhão, um sem braços e o outro sem pernas. O pediatra da Unicef, assassinado pelas mesmas crianças que deveria ajudar. As vítimas se transformando em criminosos. Os sons do canto. "*Mambaa manyani... Mamani manymi*". "Sete anos", pensou ela.

Já fazia tanto tempo assim?

KVARTERET KRONOBERG, DELEGACIA DE POLÍCIA

No dia seguinte, a detetive Jeanette Kihlberg leu sistematicamente os documentos entregues por seu assistente Jens Hurtig. Depoimentos, investigações e autos referentes a abusos ou assassinatos com traços de sadismo. Ela constatou que em todos os casos, exceto um, o criminoso era homem.

A exceção se devia a Tyra Mäkelä, que havia recentemente sido julgada com o marido pelo assassinato do filho adotivo.

Jeanette nunca havia visto nada parecido com o encontrado na cena do crime, em Thorildsplan, e sabia que precisava de ajuda.

Ela ligou para Lars Mikkelsen, da Polícia Federal, responsável pela investigação de crimes contra a infância e pedofilia. Preferiu dar a ele uma descrição bem resumida do caso. Se estivesse em posição de ajudá-la, Jeanette entraria nos detalhes.

"Que merda de trabalho", pensou, enquanto esperava que ele atendesse.

Interrogar e investigar pedófilos. Quão forte alguém precisava ser para suportar a imagem de milhares de horas de vídeos ilegais, milhões de fotografias de crianças abusadas? Para ela, seria desesperador.

Como seria ter filhos com um trabalho daqueles?

Depois da conversa com Mikkelsen, Jeanette Kihlberg chamou sua equipe de investigadores para uma nova reunião. Eles procuraram juntar todos os fatos, tentando formar um panorama geral. Não era uma tarefa fácil, já que não haviam descoberto muito mais pistas.

— A ligação veio de uma região próxima ao prédio do jornal *DN*. — Åhlund exibiu uma folha de papel. — Acabei de receber isso, logo saberemos mais.

Jeanette concordou em silêncio. Então foi até o quadro onde tinham pregado dez fotografias do menino morto.

— Então, o que a gente sabe? — perguntou, virando para Hurtig.

— No gramado e no canteiro da cena do crime foram coletadas marcas de roda de um carrinho de bebê e de um carro pequeno. As outras marcas eram do caminhão da prefeitura que faz a coleta de lixo. Falamos com o motorista e não descobrimos nada.

— Alguém poderia ter usado um carrinho de bebê ou de supermercado para levar o corpo até lá.

— Sim.

— O menino pode ter sido carregado? — perguntou Åhlund.

— Por alguém forte, sim. Ele pesava menos de quarenta e cinco quilos.

A sala ficou em silêncio. Jeanette percebeu que, como ela, todo mundo imaginava alguém carregando uma criança morta enrolada em um saco plástico.

Åhlund quebrou o silêncio:

— Quando vi como o menino foi agredido, pensei logo em Harri Mäkelä. Se não soubesse que está preso em Kumla...

— E daí? — interrompeu Schwarz, sorrindo.

— Eu ia pensar que ele era o principal suspeito.

— E você acha que foi o único a ver a semelhança?

— Vamos manter o foco. — Jeanette folheou seus papéis. — Esqueçam Mäkelä. Recebi informações de Lars Mikkelsen sobre um certo Jimmie Furugård.

— Quem é ele? — perguntou Hurtig.

— Um ex-soldado da ONU. Passou dois anos em Kosovo, depois um ano no Afeganistão. Deu baixa três anos atrás, com uma péssima reputação.

— E por que ele nos interessa? — perguntou Hurtig, abrindo seu bloco de notas e procurando uma folha vazia.

— Há várias acusações de agressão contra ele. Na maioria dos casos, as vítimas eram homens imigrantes ou homossexuais, mas Furugård parece também ter o hábito de agredir suas namoradas. Está envolvido em três casos de estupro. Foi condenado duas vezes e liberado uma.

Hurtig, Schwarz e Åhlund olharam um para o outro, balançando devagar a cabeça.

"Eles estão interessados", pensou Jeanette, "mas ainda não foram convencidos."

— Está bem, mas por que ele saiu da ONU? — perguntou Åhlund. Schwarz virou os olhos.

— Pelo que pude ver, foi algo relacionado às advertências que recebeu por contratar prostitutas em Cabul. Não tenho detalhes.

— Ele não está cumprindo pena? — perguntou Åhlund.

— Não. Saiu da prisão de Corredo no final de setembro do ano passado.

— Mas é realmente um estuprador que estamos procurando? — perguntou Hurtig. — E por que Mikkelsen sabia sobre ele? Quer dizer, ele trabalha especificamente com crimes contra a infância.

— Calma lá — disse Jeanette. — Todos os tipos de crimes sexuais podem ser de nosso interesse. Esse Jimmie Furugård parece ser um homem horroroso, que não teria problemas em ir atrás de crianças também. Ao menos uma vez, foi acusado de abuso e tentativa de estupro de um menino.

Hurtig virou para Jeanette.

— Onde ele está agora?

— De acordo com Mikkelsen, sumiu sem deixar rastros. Mandei um e-mail para Von Kwist para conseguir um pedido de prisão, mas ele não respondeu ainda. Deve estar esperando por evidências mais sólidas.

Mas nada do que ele havia dito a fizera mudar de ideia. Pelo contrário: suas histórias a deixaram ainda mais motivada.

O primeiro obstáculo para ser admitida na academia de polícia foi um problema de visão no olho esquerdo. Toda a sua poupança foi gasta na cirurgia, e ela ainda teve que fazer hora extra quase todos os dias por um semestre para arcar com as despesas.

Depois ela soube que não tinha altura suficiente.

A solução foi ir a um quiroprata, que depois de doze semanas de tratamento de coluna conseguiu fazer com que conquistasse os dois centímetros que lhe faltavam.

Jeanette deitou no carro a caminho da prova, sabendo que a coluna podia se curvar se permanecesse sentada por muito tempo.

"O que vai acontecer se eu perder a motivação? Isso não pode acontecer", reconheceu ao entrar no ambiente aquecido da estação Centralen. "É só continuar." Ela atravessou o terminal de ônibus, descendo as escadas rolantes até passar pela catraca de acesso ao metrô e aos trens.

Os mendigos e vendedores ambulantes lá embaixo a fizeram pensar em dinheiro.

Jeanette abriu a carteira. Havia duas notas amassadas de cem. Ela gastaria trinta com o bilhete de volta pra casa. Torcia pra que Åke ainda tivesse um pouco do que dera a ele no início da semana para os gastos de casa. Mesmo que Åhlund conseguisse arrumar o carro, considerou que ia gastar pelo menos dois mil com aquilo.

"Trabalho e dinheiro", pensou ela. "Como se pode escapar dessa merda?"

Quando Johan foi dormir, Jeanette e Åke permaneceram sentados na sala de estar, cada um com sua xícara de chá. Em breve ia começar a Eurocopa, e os comentaristas esportivos faziam análises detalhadas das chances da seleção sueca. Como de costume, falavam de chegar às quartas, talvez à semi, e quem sabe ganhar o campeonato?

— Seu pai ligou — disse Åke, sem tirar os olhos da televisão.

— O que ele queria?

— O de sempre. Saber como você vai e como Johan está na escola. E me perguntar se já arranjei um trabalho.

Jeanette sabia que seu pai tinha dificuldade em lidar com Åke. Um sem-vergonha, ele dissera certa vez. Em outra, chamara-o de dorminhoco. Vagabundo. Preguiçoso. A lista de epítetos negativos era extensa. Ele jogava aquelas palavras na cara de Åke, na frente da família toda.

Na maior parte das vezes, Jeanette sentia pena e tomava o partido dele, embora concordasse cada vez mais com as críticas.

Åke dizia com frequência que gostava de ser "dona de casa", mas a verdade era que ambos dividiam as tarefas. Não haveria problema se ele conseguisse algo com seus quadros, o que não andava acontecendo.

— Åke...

Ele não a escutou. Parecia estar compenetrado na reportagem sobre os capitães da seleção sueca através dos tempos.

— Francamente, nossa situação está insustentável — disse ela. — Não tenho coragem de ligar para o meu pai de novo.

O marido não respondeu.

— Åke? — tentou ela novamente. — Você está escutando?

Ele suspirou.

— Sim, sim — disse, ainda absorto na televisão. — Pelo menos agora você tem um motivo para ligar pra ele.

— Como assim?

— Ué. Eu disse que ele ligou. — Åke parecia irritado. — Deve estar esperando que você retorne.

"Não dá pra acreditar", pensou ela.

Jeanette sentiu o ódio subindo. Para evitar uma briga, levantou do sofá e foi até a cozinha.

Havia uma montanha de louça para lavar. Åke e Johan tinham feito panquecas, e lá estavam as evidências.

Ela decidiu que não lavaria nada. Ficaria tudo ali até Åke tomar uma iniciativa. Ela se sentou à mesa da cozinha e ligou para o pai.

"Essa é a última vez", pensou.

Depois do telefonema, voltou para a sala de estar, sentou ao sofá e esperou pacientemente até o programa terminar. Ela gostava muito de futebol, talvez até mais do que Åke, mas aquele tipo de programa não a interessava. Era muita conversa fiada.

— Liguei pro meu pai. — disse ela quando os créditos começaram. — Ele vai depositar cinco mil na minha conta pra gente aguentar até o final do mês.

Åke balançou a cabeça distraidamente.

— Mas não vai acontecer de novo — continuou ela. — Dessa vez é sério. Entendeu?

Ele se contorceu no sofá e disse:

— Sim, sim, entendi.

"Vamos ver", pensou Jeanette.

VITA BERGEN, APARTAMENTO DE SOFIA ZETTERLUND

Sofia e seu ex-marido Lasse conseguiram o apartamento através de uma complicada negociação tripla, envolvendo o pequeno apartamento de dois quartos de Sofia em Lundagatan e o de três quartos de Lasse em Mosebacke, para que ela pudesse ter aquele imóvel espaçoso de cinco quartos no alto da Åsöberget, nas proximidades de Nytorget e do parque Vita Berg.

Ela entrou, pendurou a capa e se dirigiu à sala. Pôs a comida indiana sobre a mesa e foi à cozinha buscar talheres e um copo de água.

Ligou a televisão, sentou no sofá e começou a comer.

"Combustível", pensou.

Jantar sozinha a deprimia, por isso Sofia comia rapidamente enquanto zapeava entre os canais. Programas infantis, uma comédia americana, propaganda, programas educativos...

Ela olhou o relógio e viu que o noticiário ia começar. Ia colocar no canal certo quando seu celular vibrou.

Era uma mensagem de Mikael.

Como você está? Estou com saudade..., escreveu ele.

Ela engoliu a comida e respondeu:

Entediada. Vou trabalhar um pouco esta noite. Abs.

Já fazia um tempo que um dos seus pacientes a interessava em particular, e Sofia se habituou a levar suas anotações para casa toda noite, esperando encontrar alguma ideia nova.

Ela levantou, foi à cozinha e jogou fora os restos de comida. Escutou a vinheta do noticiário vindo da sala. Pelo segundo dia seguido, a notícia principal era o assassinato de Thorildsplan.

O apresentador contou que a polícia divulgou uma chamada telefônica feita para a central na manhã anterior.

Sofia notou que a pessoa que havia ligado parecia embriagada.

Ela tirou o pendrive da bolsa, conectou-o ao computador e abriu o arquivo de Victoria Bergman.

Era como se faltassem vários pedaços de sua personalidade. Durante as sessões, Sofia ficou sabendo de experiências traumáticas da infância de Victoria. Muitas das sessões tinham se transformando em longos monólogos.

Várias vezes, Sofia chegou perto de adormecer com a voz monótona e repetitiva de Victoria. Os monólogos funcionavam como uma espécie de hipnose autoinduzida, causando lapsos de memória e sonolência até mesmo na terapeuta, que tinha dificuldade de lembrar os detalhes do que era contado. Quando ela mencionou aquilo a um colega de trabalho, ele sugeriu que gravasse a sessão e inclusive emprestou seu gravador de bolso, em troca de uma boa garrafa de vinho.

Sofia anotou a data e o horário nas fitas, e tinha agora vinte e cinco delas trancadas no armário do trabalho. Transcrevia os trechos que eram especialmente interessantes e salvava no pendrive. Ela abriu a pasta nomeada VB, deu dois cliques em um dos arquivos e leu na tela:

Alguns dias eram melhores. Era como se meu estômago anunciasse com antecedência quando eles iam começar a brigar.

A conversa tratava das férias de verão que Victoria passava em Dalarna. Quase todo feriado, sua família viajava duzentos e cinquenta quilômetros de carro para o norte, até a casa de campo em Dala-Floda. A paciente contou que nas férias chegavam a permanecer lá por quatro semanas.

Sofia continuou a ler:

Meu estômago nunca se enganava, e muitas horas antes de começar a gritaria eu já estava no meu esconderijo.

Levava sanduíches e uma garrafa de refrigerante, porque nunca sabia quanto ia demorar a briga e quando minha mãe ia ter tempo pra cozinhar.

Uma vez, olhando por entre a brecha das tábuas, vi que ele a perseguia pelo campo. Mamãe corria para escapar, mas ele era mais rápido e a derrubou com um golpe na nuca. Quando eles voltaram para casa, mais tarde, ela tinha um machucado grande acima do olho, e ele chorava desesperado.

Minha mãe tinha pena dele, que era obrigado a lidar com a difícil tarefa de educar duas mulheres.

Se ao menos minha mãe e eu o escutássemos e não fôssemos tão desobedientes.

Sofia fez algumas anotações e fechou o documento. Abriu aleatoriamente um dos outros textos e logo entendeu que se tratava de uma das sessões em que Victoria mergulhou em si mesma.

A conversa começou como sempre. Sofia fez uma pergunta, e a paciente respondeu.

As respostas foram ficando cada vez mais longas e mais incongruentes. Victoria começava a contar uma coisa e associava com algo bem distante, numa velocidade cada vez maior.

Sofia procurou a fita da conversa, pôs no gravador, reclinou-se na cadeira e fechou os olhos.

A voz de Victoria Bergman surgiu.

— Então eu comia para acabar com a conversa, e eles não diziam mais nada quando viam que eu estava disposta a ser boazinha. Não que estivesse querendo puxar o saco. Fingindo gostar deles. Conseguir seu respeito. Queria fazer com que compreendessem que eu tinha um cérebro e conseguia pensar.

Sofia abriu os olhos e viu na etiqueta que a conversa havia sido gravada dois meses antes. Victoria havia falado sobre a época do colégio interno em Sigtuna e um incidente particularmente brutal de bullying.

A voz voltou, mudando de assunto.

— Quando o esconderijo ficou pronto, eu não achava mais divertido, não tinha vontade nenhuma de ficar deitada lá lendo quadrinhos. Quando ele dormiu, eu saí, fui até o barco, peguei uma tábua e preguei na porta do esconderijo. Ele acordou lá dentro, sem entender o que eu estava fazendo. Continuei martelando até os pregos acabarem...

A voz desapareceu e Sofia notou que estava quase dormindo.

— *... a janela era pequena demais para alguém conseguir sair. Enquanto ele chorava lá dentro, preguei mais algumas madeiras. Talvez eu o deixasse sair mais tarde, talvez não, mas na escuridão ele poderia pensar em como gostava de mim...*

Sofia desligou o gravador, levantou e viu as horas.

Uma da manhã.

"Não, não pode ser", pensou ela. "Devo ter cochilado."

MONUMENTET, APARTAMENTO DE MIKAEL

Às nove horas, Sofia decidiu fazer o que Mikael pedira e foi ao seu apartamento na rua Ölandsgatan, em Monumentet. No caminho, ela se lembrou de comprar café da manhã, pois sabia que a geladeira dele estaria vazia.

Exausta, ela adormeceu no sofá. Acordou pouco depois com um beijo na testa.

— Oi, querida. Surpresa! — ele disse em voz baixa.

Ela olhou em volta, confusa. Passou a mão no rosto, sentindo cócegas por causa da barba cerrada dele.

— Oi. O que você está fazendo aqui? Que horas são?

— Meia-noite e meia. Consegui pegar o último voo.

Mikael pôs um buquê de rosas vermelhas na mesa e entrou na cozinha. Ela olhou as flores com desagrado, levantou e o seguiu, atravessando a ampla sala de estar. Ele abriu a geladeira e pegou manteiga, pão e queijo.

— Quer? — perguntou ele. — Chá e pão?

Sofia fez que sim e se sentou à mesa da cozinha.

— Como foi a semana? — continuou Mikael. — A minha foi horrível! Um jornalista inventou que nosso produto tem um efeito colateral perigoso, saiu no jornal e na televisão. Você viu alguma coisa aqui?

Ele pôs dois pratos com sanduíches de queijo na mesa e foi até o fogão ferver água para o chá.

— Não que eu saiba, mas é possível. — Ela ainda estava sonolenta e surpresa com sua chegada. — Fui obrigada a ouvir uma mulher que se sente injustiçada pela mídia...

— Não parece bom — ele interrompeu, estendendo a ela uma xícara fumegante com chá de mirtilo. — Mas vai dar tudo certo. Ficamos sabendo que o repórter é um ambientalista, que participou de um protesto contra o uso de peles de animais. Quando isso vazar... — Ele riu, passando o dedo na garganta para mostrar o que acontecia com quem ousava ir contra a grande indústria farmacêutica.

Sofia não gostou da arrogância, mas não tinha energia para começar uma discussão. Já era tarde demais para aquilo. Ela se levantou, tirou a mesa, lavou a louça e foi ao banheiro escovar os dentes.

Mikael dormiu ao seu lado pela primeira vez na semana, e Sofia reparou que apesar de tudo sentia muito sua falta.

"Ele me faz lembrar de Lasse", pensou.

Sofia acordou com a luz dos faróis de um carro. De início, não sabia onde estava, mas quando sentou na cama reconheceu o quarto de Mikael. Olhou para o relógio e viu que tinha dormido mais ou menos uma hora.

Ela fechou a porta do quarto com cuidado e foi até a sala. Abriu a janela e acendeu um cigarro. Um vento suave entrou no apartamento, e a fumaça desaparecia na escuridão. Enquanto fumava, Sofia pôs os olhos num saco plástico que perambulava ao vento, rua abaixo, até encalhar numa poça d'água do outro lado da rua.

"Preciso começar tudo de novo com Victoria Bergman", pensou. "Tem alguma coisa que ainda não estou enxergando."

Sua bolsa estava sobre o sofá. Sofia sentou e apoiou o laptop na mesa à sua frente.

Ela abriu um arquivo, onde resumia Victoria Bergman.

Nascida em 1970.

Solteira. Sem filhos.

Terapia com foco em experiências traumáticas na infância.

Infância: filha única de Bengt Bergman, pesquisador da organização humanitária governamental Sida, e Birgitta Bergman, dona de casa. A memória mais antiga de Victoria é o cheiro de suor do pai e os verões em Dalarna.

Pré-adolescência: passa os primeiros anos em Grisslinge, na ilha de Värmdö. Férias na casa de campo em Dala-Floda. É muito talentosa. Aulas particulares a partir dos nove anos. Entra para a escola um ano antes e pula o oitavo ano. Viaja muito com os pais. Sofre abuso sexual desde o início da puberdade. (Por parte do pai? Outros homens?) A lembrança é fragmentada, revelada através de livre associação.

Adolescência: exibe comportamento de risco e tem pensamentos suicidas (a partir dos catorze ou quinze?). Nos primeiros anos, ela se descreveu como "fraca". De novo, as lembranças são fragmentadas. Estudou no colégio interno de Sigtuna. Os episódios autodestrutivos são recorrentes.

Sofia compreendeu que o ensino fundamental foi um período conflituoso. Quando entrou, Victoria tinha dois anos a menos que os colegas, e era menos desenvolvida emocional e fisicamente.

Sofia sabia por experiência própria que adolescentes podiam ser cruéis no vestiário, após a aula de educação física. Ela foi completamente entregue à educação pelos pares. Mas algo estava faltando.

Idade adulta: o sucesso no trabalho foi descrito como "pouco importante". Vida social limitada. Interesses raros.

Tema central/questões: traumas. O que aconteceu com Victoria Bergman? Como era sua relação com o pai? Lembranças fragmentadas. Transtornos dissociativos?

Sofia se deu conta de que havia mais uma questão central para ser trabalhada e fez mais uma anotação: *O que ela quer dizer com "fraca"?*

A psicóloga via uma angústia enorme e uma profunda culpa em Victoria Bergman.

Com o tempo, poderiam escavar mais fundo e desatar alguns nós.

Mas aquilo ainda estava bem longe de acontecer.

Havia muitos indícios de que Victoria Bergman sofria de transtorno dissociativo. Sofia tinha consciência de que, em noventa por cento desses casos, o problema era decorrente de abuso sexual ou traumas similares. A psicóloga já tinha encontrado diversas pessoas com experiências traumáticas que eram incapazes de relembrá-las. Em certas ocasiões, Victoria Bergman contou de abusos terríveis, enquanto outras vezes parecia não ter nenhuma memória dessas experiências.

"Na realidade, é uma reação bem lógica", pensou Sofia. "A psique se protege do que a abala. Para funcionar no dia a dia, Victoria Bergman eliminou certos eventos e criou memórias alternativas."

Mas o que ela queria dizer com "fraca"?

A pessoa que sofria o abuso era fraca?

Sofia fechou o arquivo e desligou o computador.

Pensou na atitude de Victoria durante as sessões. Uma vez, ela deu à paciente uma caixa de paroxetina, apesar de isso exceder em muito sua responsabilidade. Foi uma iniciativa não apenas ilegal, mas também antiética e antiprofissional. Mesmo assim, Sofia tomou a decisão de ignorar o regulamento. Victoria Bergman ficou bem melhor durante um período, então Sofia concluiu que sua decisão foi acertada. Ela precisava de medicação, afinal de contas.

Em conjunto com os traços de transtorno dissociativo, havia indícios de comportamento compulsivo. Sofia notou até mesmo algo que apontava para a síndrome de savant. Numa ocasião, Victoria Bergman comentou sobre o hábito de fumar da psicóloga.

— Você fumou quase dois maços — disse, apontando para o cinzeiro. — Tem trinta e nove tocos de cigarro aí.

Quando ficou sozinha, Sofia confirmou o número. Mas podia ter sido uma coincidência.

Com tudo isso, Victoria Bergman era sem sombra de dúvida a personalidade mais complexa que caíra nas mãos de Sofia nos seus dez anos de profissão.

Pela manhã, Sofia acordou primeiro, espreguiçou-se e passou os dedos no cabelo de Mikael, indo até a barba. Ela notou que os fios estavam começando a ficar brancos e sorriu.

O relógio indicava seis e meia. Mikael virou, colocou o braço sobre os seios dela e tomou sua mão.

Ela decidiu aproveitar que não tinha consultas pela manhã para chegar um pouco mais tarde.

Mikael estava de muito bom humor. Contou como durante a semana, além de descobrir fatos desfavoráveis sobre o jornalista, tinha conseguido um belo contrato com um grande hospital de Berlim. Esperava receber um bônus grande o bastante para uma viagem luxuosa para onde ela quisesse.

Sofia refletiu por um instante, mas não conseguiu pensar em nenhum lugar que desejava visitar.

— Que tal Nova York? Fazer compras em todas as grandes lojas. Estilo *Bonequinha de luxo*.

"Nova York", pensou Sofia, tomada pelas lembranças. Ela e Lasse tinham visitado Nova York menos de um mês antes de o casamento acabar.

Seria muito difícil esquecer as velhas mágoas.

— Ou você prefere uma praia? Um pacote?

Ela percebeu sua empolgação, mas, por mais que tentasse, não a compartilhava. Sentia um enorme peso sobre si.

De repente, pensou em Victoria Bergman e na expressão que às vezes assumia durante as sessões, quando entrava num estado de apatia próximo ao dos viciados em heroína, sem demonstrar o menor sinal de qualquer reação emocional. Naquele instante, ela se sentiu do mesmo jeito, e pensou que era melhor pedir ao seu médico uma dose maior de paroxetina na próxima consulta.

— Não sei o que tem de errado comigo, meu bem. — Sofia o beijou. — Queria muito viajar, mas é como se eu não conseguisse fazer nada agora. Talvez porque tenho coisa demais pra pensar no trabalho.

— Nesse caso, uma viagem seria perfeita. Não precisamos ficar muito tempo. Só um fim de semana, que tal?

Mikael virou na cama, aproximou-se dela e passou a mão de leve em suas costas.

— Eu te amo — ele disse.

Sofia estava em outro lugar e não respondeu, mas notou a irritação dele, que num instante se levantou. Ela não compreendeu aquilo. De repente parecia tão impulsivo.

Mikael suspirou, pôs a cueca e foi à cozinha.

Por que ela estava se sentindo culpada? Por que aquela dor na consciência? O que lhe dava o direito de se comportar daquele jeito? "Culpa deve ser a mais abjeta das invenções humanas", pensou Sofia.

Ela engoliu a raiva e foi atrás dele. Mikael estava fazendo café. Olhou-a por cima do ombro com raiva. Então ela foi tomada por um sentimento de ternura. Ele não tinha culpa por ser como era.

Ela chegou por trás dele, beijou sua nuca e deixou o roupão cair no chão. Os dois transaram em cima da pia, então Sofia foi tomar banho.

"Não é o fim do mundo", pensou ela.

MARIATORGET, CONSULTÓRIO DE SOFIA ZETTERLUND

Sofia Zetterlund havia concluído o trabalho do dia e estava prestes a ir embora quando o telefone tocou.

— Alô. Meu nome é Rose-Marie Bjöörn, e estou ligando da assistência social de Hässelby. Você pode falar agora? — Sua voz era simpática. — Queria saber se é verdade que você tem experiência com crianças traumatizadas pela guerra.

Sofia limpou a garganta:

— Sim, é verdade. Do que você precisa?

— Bem, é que um garoto de uma família aqui precisa conversar com alguém com conhecimento mais profundo do tema. Me falaram de você e pensei em entrar em contato.

Sofia estava muito cansada e queria encerrar logo a conversa.

— Não tenho horários livres. Qual é a idade dele?

— Dezesseis. O nome dele é Samuel. Samuel Bai. É de Serra Leoa.

A psicóloga refletiu por um instante. "Que coincidência estranha. Há anos não pensava em Serra Leoa, e de repente tenho dois convites de trabalho relacionados ao país."

— Talvez eu possa dar um jeito. — disse por fim. — Quando posso ver o garoto?

Elas marcaram um primeiro encontro de avaliação para a semana seguinte, e o telefonema se encerrou após a assistente social se dispor a mandar todas as informações sobre o rapaz.

Antes de deixar o consultório, Sofia calçou um par de sapatos vermelhos Jimmy Choo. Ela sabia que o machucado no calcanhar ia voltar a sangrar antes mesmo de entrar no elevador.

CASA DE CAMPO EM DALA-FLODA, 1980

Ela cheirou a cola no saco plástico. Primeiro a cabeça começou a girar, depois os sons ao redor se duplicaram. Por fim, a Garota-Corvo se viu de cima.

Perto de Bålsta, ele parou o carro no acostamento. A manhã inteira ela temera o momento em que faria aquilo. Fechou os olhos, tentando não pensar, enquanto ele pegava sua mão e a punha naquele lugar. Ela percebeu que ele já estava excitado.

— Você sabe que tenho minhas necessidades, Victoria. Não há nada de estranho nisso. Acontece com todos os homens, e é natural que você me ajude a relaxar antes de seguirmos em frente.

Ela não respondeu, permanecendo de olhos fechados enquanto ele acariciava seu rosto com uma mão e descia o zíper da calça com a outra.

— Me dê uma ajuda e não faça essa cara. Vai ser rápido.

Seu corpo cheirava a suor; seu hálito, a leite azedo.

Ela fez o que ele havia ensinado.

Com o tempo, ficara mais habilidosa. Quando ele a elogiava, ela se sentia quase orgulhosa. Por saber fazer algo e ser boa naquilo.

Quando ele terminou, ela pegou o rolo de papel higiênico ao lado do câmbio e limpou as mãos pegajosas.

— O que acha de passar no supermercado em Enköping e comprar uma coisa legal pra você? — ele perguntou, sorrindo afetuosamente.

— Tudo bem — balbuciou ela, como sempre. Nunca sabia o que ele realmente estava dizendo.

Os dois estavam a caminho da casa de campo em Dala-Floda.

Um fim de semana inteiro sozinhos.

Ele e ela.

Ela não queria ir.

No café da manhã, dissera que não tinha vontade de viajar com ele, que preferia ficar em casa. Então ele se levantara da mesa, abrira a geladeira e pegara um litro de leite ainda fechado.

Posicionara-se atrás dela, tirara o lacre e derramara devagar o líquido gelado sobre seu corpo. O leite escorreu pela cabeça, pelo cabelo e pelo rosto dela, até os joelhos. Uma grande poça branca se formara no chão.

A mãe não dissera nada, só desviara o rosto. Ele saíra em silêncio para pôr as malas no Volvo estacionado na garagem.

E agora ela estava no carro, cruzando a região ocidental de Dalarna, no verão verdejante, tomada de uma forte inquietação.

Ele não pôs a mão nela o fim de semana inteiro.

Claro que a olhara enquanto vestia a camisola, mas não foi até sua cama.

Deitada sem sono, escutando seus passos, fingia ser um relógio. De bruços, eram seis horas, depois ia virando em sentido horário e ficava deitada pro lado esquerdo para marcar as nove. Mais um quarto de giro e era meia-noite.

Depois virava pro lado direito e eram três.

De bruços, seis novamente.

Pro lado esquerdo, nove horas; de costas, meia-noite.

Se ela conseguisse controlar o tempo, ele acabaria se confundindo com as horas e não iria até ela.

Ela não sabia se aquele era realmente o motivo, mas ele se manteve afastado.

Na manhã de domingo, quando deveriam regressar a Värmdö, ela surgiu com uma nova ideia enquanto ele fazia o mingau. Como estava de férias, poderia ficar um pouco mais.

De início, ele achou que ela era muito nova para ficar sozinha a semana inteira. Ela contou que já tinha perguntado à tia Elsa se podia ficar com ela, e a vizinha tinha adorado a ideia.

Quando ela se sentou à mesa da cozinha, o mingau já estava frio. Sentiu calafrios ao pensar naquela massa cinzenta inchando em sua boca. Como se já não estivesse doce o bastante, ele acrescentou mais um pouco de açúcar.

Para amenizar o sabor do mingau de aveia grudento e frio, ela tomou um gole de leite e tentou engolir. Era difícil, porque a toda hora parecia que o mingau ia voltar.

Do outro lado da mesa, ele cravava os olhos nela.

Os dois ficaram esperando, ele e ela.

— Tudo bem. Então está combinado. Você pode ficar. Mas sabe que sempre vai ser a filhinha do papai — disse ele, bagunçando o cabelo dela.

Ela compreendeu que ele nunca a deixaria se tornar uma adulta.

Sempre seria dele.

O pai prometeu ir até o mercado fazer compras, para que não lhe faltasse nada.

Quando voltou, levaram tudo para a casa de tia Elsa. Ele a levou para casa de carro para buscar a mala com suas roupas, ainda que fossem apenas cinquenta metros. Quando parou no portão, ela se apressou em dar um beijo em seu rosto áspero por conta da barba antes de sair correndo do carro, tendo visto que suas mãos se aproximavam.

Talvez ele se contentasse com um beijo.

— Tome cuidado — disse ele antes de fechar a porta do carro.

Ele permaneceu um tempo no carro. Ela pegou a mala e se sentou na escadaria em frente à casa. Só então ele tirou os olhos dela e deu a partida.

As andorinhas voavam sobre o quintal, e as vacas leiteiras de Tupp-Anders pastavam no campo, atrás da casa pintada de vermelho.

Ela viu o carro seguindo pela estrada, atravessando a floresta, sabendo que logo ele voltaria dizendo ter esquecido uma coisa.

Também sabia o que ele ia querer que ela fizesse.

Era tão previsível. Tudo se repetiria pelo menos duas vezes antes de ele realmente ir embora. Talvez naquele dia fossem necessárias três para satisfazê-lo.

Ela mordeu os lábios, olhando a floresta ao longe, onde se podia divisar o lago entre as árvores. Depois de três minutos, viu o Volvo branco chegando e foi para a cozinha.

Acabou em dez minutos. Ele voltou para o carro, despediu-se e deu a partida.

Victoria observou de novo o Volvo desaparecer por entre as árvores. O barulho do motor ficou cada vez mais distante, mas ela permaneceu sentada, esperando, com frio na barriga, sem cantar vitória antes do tempo. Sabia que, se o fizesse, a decepção seria ainda pior.

Mas ele não voltou.

Quando se deu conta de que estava livre, foi até a fonte se lavar. Com esforço, pegou um balde de água gelada e, tremendo de frio, se esfregou até estar limpa antes de ir até a casa de tia Elsa almoçar e jogar baralho.

Agora ela podia respirar fundo.

Depois da refeição, resolveu ir até o lago tomar banho. A trilha era estreita e coberta de pinhões. Ela sentiu a maciez da grama sob os pés descalços. De dentro da floresta, escutou um pio. Eram filhotes de passarinho com fome, gritando à espera dos pais. Vinha de perto, então ela parou e procurou.

No vão de um velho carvalho, menos de dois metros acima dela, estava o ninho.

Quando chegou ao lago, deitou de costas no barco e ficou olhando para o céu.

Era junho, mas o ar ainda estava bastante frio.

Ela sentia a água fria balançando o barco para a frente e para trás, no compasso das ondas. O céu tinha cor de leite sujo, com bordas de fogo, e era possível ouvir o lamento de um mergulhão na floresta.

Pensou em deixar as ondas levarem-na para dentro do lago, para um lugar mais livre, feliz, longe de tudo. Estava sonolenta, mas, no íntimo, sabia havia muito que jamais ia conseguir dormir tão profundamente a ponto de poder escapar. Sua cabeça era como uma lâmpada acesa numa casa escura e silenciosa. E, ao redor da fria luz elétrica, voavam mariposas, as asas secas tocando seus olhos.

Como de costume, ela nadou quatro vezes a distância entre o ancoradouro e a pedra maior, antes de estender o cobertor e deitar na grama, perto da pequena faixa de areia branca. Os peixes começaram sua vigília, os mosquitos, as libélulas e as aranhas d'água zumbiam sobre o lago.

Ela fechou os olhos, saboreando a solidão que ninguém podia importunar. De repente, escutou vozes na floresta.

Um homem e uma mulher chegavam pela trilha, e à frente corria um menininho com longos cachos loiros.

Eles a cumprimentaram e perguntaram se era uma área privada. Ela não tinha certeza, mas disse que muitos a frequentavam. Ela, ao menos, sempre tomava banho ali.

— Ah, você já veio outras vezes. — disse o homem, sorrindo.

O menino correu animado até a água e a mulher se apressou em segui-lo.

— Aquela é sua casa? — perguntou o homem, apontando para a construção que podia ser vista parcialmente entre as árvores.

— Sim. Minha mãe e meu pai estão na cidade trabalhando. Vou ficar a semana inteira sozinha.

Ela mentiu, porque queria saber como ele reagiria. Estava testando se sua impressão era certa.

— Ah, é? Então você é uma menina independente? — disse o homem.

Ela viu a mulher ajudando o menino a tirar a roupa perto da água.

— Bastante — respondeu, virando para ele, que parecia estar achando graça.

— Quantos anos você tem?

— Dez.

Ele sorriu e começou a tirar a camiseta.

— Dez anos e sozinha. Você é como a Píppi Meialonga.

Ela se inclinou para trás e passou os dedos pelo cabelo. Depois o olhou diretamente nos olhos.

— É. E daí?

Para sua decepção, o homem não pareceu surpreso. Ele não respondeu e voltou os olhos para sua família.

O menino já estava entrando na água, e a mulher o seguia, com a calça jeans dobrada até os joelhos.

— Muito bem, Martin! — gritou o homem, orgulhoso.

Em seguida, ele tirou os sapatos e desabotoou a calça. Sob o jeans, usava uma sunga apertada, com a bandeira americana estampada. Seu corpo era todo bronzeado, e ela o achou bonito. Não como seu pai, barrigudo e branco como uma parede.

Ele a olhou de lado.

— Você parece ser uma menina ajuizada.

Ela não respondeu, mas, por um segundo, viu algo no olhar dele que parecia reconhecer. Algo de que não gostava.

— Hora de mergulhar — disse ele, dando as costas.

O homem andou até a água e sentiu a temperatura. Victoria levantou e pegou suas coisas.

— Talvez a gente se veja outro dia — disse o homem, acenando pra ela. — Tchau!

— Tchau! — respondeu ela, sentindo a solidão pesar.

Quando seguiu de volta pela trilha, ela tentou prever quanto tempo levaria para ele lhe fazer uma visita.

"Provavelmente virá amanhã", pensou, "pedindo o cortador de grama emprestado."

A segurança se fora.

GAMLA ENSKEDE, CASA DOS KIHLBERG

Estocolmo é infiel como uma prostituta. Desde o século XIII, descansa sobre a água salobra, seduzindo o mundo com suas ilhas e sua aparência inocente. É tão bela quanto traiçoeira, e sua história é tingida de sangue, incêndios e exílios.

E sonhos interrompidos.

Quando Jeanette caminhou de manhã até a estação de metrô de Enskede, havia uma névoa gelada no ar, quase uma neblina, e os gramados das casas estavam cobertos de orvalho.

"O final de primavera sueco", pensou. Noites longas e claras, plantas florescendo e imprevisíveis mudanças de temperatura. Em geral, ela gostava desse período do ano, mas naquele momento estava fazendo com que se sentisse sozinha. Havia uma exigência coletiva para aproveitar aqueles dias. Ser feliz, viver, aproveitar ao máximo. O que todos esqueciam era que tal exigência era por si só causadora de estresse.

"O final de primavera nessa cidade é perigoso", pensou ela.

Era a hora do rush matinal e o vagão estava quase cheio. O metrô operava com atraso por problemas técnicos. Ela teve que ir de pé, apertando-se num canto junto às portas.

Problemas técnicos? Jeanette deduziu que aquilo queria dizer que alguém tinha pulado na frente de um trem.

Ela olhou em volta.

Havia uma quantidade anormal de sorrisos. Provavelmente porque faltavam poucas semanas para as férias.

Pensou em como era vista pelos colegas no trabalho. Supunha que às vezes deviam considerá-la rabugenta. Mandona. Dominadora, talvez. Ou mesmo temperamental.

No entanto, não era diferente de outros superintendentes. O trabalho requeria certa autoridade e poder de decisão, e era sua responsabilidade exigir mais dos subordinados. Ela perdia a paciência e ficava de mau humor. As pessoas gostavam dela no trabalho?

Jens Hurtig gostava, isso ela sabia. Åhlund a respeitava. Schwarz, nem uma coisa nem outra. Mas, com os outros, devia ser um pouco de cada.

Havia uma coisa que a incomodava, no entanto.

Quase todos a chamavam de Janne. E tinha certeza de que sabiam que não gostava daquilo.

Era uma indicação de falta de respeito.

Como se houvesse dois times. Schwarz estava à frente do time Janne, seguido por um grande grupo de colegas. O time Jeanette era formado por Hurtig e Åhlund, e até eles fraquejavam de vez em quando, e o resto era um punhado de colegas ou novatos que só tinham lido seu nome no papel.

Por que ela não era respeitada como os outros chefes? Tinha mais mérito e um número bem maior de casos solucionados que a maioria deles. A cada ano, quando os salários eram reajustados, ela notava que o seu salário ainda estava abaixo da média do cargo. Esqueciam seus dez anos de experiência quando contratavam novos superintendentes com salários mais altos, ou quando outros eram promovidos.

Aquela falta de respeito se devia somente ao fato de ser mulher?

O vagão parou em Gullmarsplan. Muitos passageiros saíram, e ela se sentou num banco ao fundo, enquanto entrava mais gente.

Jeanette era uma mulher numa posição predominantemente masculina. Mulheres não costumavam ser chefes dentro da polícia. Elas não eram designadas para posições de comando, fosse nas empresas ou nos times de futebol. Não eram como ela, rabugenta, mandona, dominante ou como preferissem chamar.

O trem seguiu adiante, deixando Gullmarsplan e indo em direção a Skanstullsbron.

"Janne", pensou ela. "Sou um dos caras."

KVARTERET KRONOBERG, DELEGACIA DE POLÍCIA

No terceiro dia após a descoberta em Kungsholmen, ainda não haviam obtido nenhuma informação que pudesse ajudar a investigação, e Jeanette estava frustrada. Pelo menos num primeiro levantamento, não havia ninguém no registro de crianças desaparecidas cuja descrição batesse com o menino morto. Havia centenas, talvez milhares de crianças sem documentação na Suécia, mas contatos não oficiais com a Igreja e o Exército da Salvação revelaram que tampouco eles tinham ideia de quem poderia ser a vítima.

O serviço social da prefeitura em Gamlastan não tinha nenhuma informação a oferecer. Contudo, um dos voluntários do plantão noturno contou que algumas crianças costumavam ficar embaixo da ponte Central Bron.

— Elas são muito ariscas — disse ele, preocupado. — Quando chegamos, eles se aproximam, comem sanduíches, tomam sopa e depois vão embora. Deixam bem claro que não querem nada conosco.

— O serviço social não pode fazer nada? — perguntou Jeanette, apesar de já saber a resposta.

— Duvido. Da última vez que passaram lá, um mês atrás, os meninos sumiram e só voltaram depois de duas semanas.

Jeanette Kihlberg agradeceu as informações e imaginou que uma ida até a ponte talvez pudesse render alguma coisa, se conseguisse conversar com as crianças.

A iniciativa de bater nas portas nos arredores da Faculdade de Pedagogia se mostrou infrutífera, e o trabalho de entrar em contato com os acampamentos para refugiados, que consumia muito tempo, tinha se estendido por toda a região central da Suécia.

Em parte alguma havia uma criança desaparecida que pudesse ser o menino encontrado mumificado nos arbustos junto à entrada do metrô. Åhlund examinou horas de gravação das câmeras de segurança da estação e da faculdade, mas nada de anormal fora encontrado.

Às dez e meia, Jeanette ligou para Ivo Andrić, que estava no Instituto Médico Legal em Solna.

— Diga que você tem alguma coisa pra mim! Estamos sem nada.

— Bem... — Andrić respirou fundo. — Em primeiro lugar, todos os dentes foram removidos, então não faz sentido chamar o ortodontista do IML para examinar o registro odontológico. Em segundo lugar, o corpo está totalmente seco, mumificado... — Ele parou por um momento, e Jeanette ficou esperando que continuasse. — Vou começar de novo. Como você quer que eu explique tudo? Posso usar linguagem técnica ou prefere algo mais simples?

— Como achar melhor. Se eu não entender uma coisa, posso pedir para esclarecer.

— Muito bem. É o seguinte: se um cadáver se encontra num ambiente seco, com alta temperatura e boa circulação de ar, ele seca num espaço de tempo curto. Ou seja, não ocorre nenhuma decomposição. Se o ressecamento for completo, como neste caso, é muito difícil, pra não dizer impossível, remover a pele, em especial do crânio. Não há como retirá-la da base do...

— Desculpe interromper — disse Jeanette impaciente. — Não quero ser chata, mas quero saber como ele morreu e quando isso aconteceu. Que o cadáver está ressecado até eu poderia dizer.

— É claro. Vou tentar ser mais sucinto. Você tem de entender que é quase impossível dizer quando ele morreu, mas posso afirmar com certeza que está morto há pelo menos seis meses. A mumificação leva tempo, então imagino que entre os meses de novembro e janeiro.

— É um período de tempo muito longo. Vocês têm amostras de DNA?

— Sim, elas foram retiradas da vítima e da urina no plástico.

— Alguém urinou no plástico?

— Sim, mas não necessariamente o assassino.

— Certo.

— Vai levar pelo menos uma semana para termos essas informações e podermos estabelecer um perfil mais detalhado. É bem complicado.

— Você tem alguma ideia de onde o corpo foi mantido?

— Pode ter sido em qualquer lugar seco o bastante.

Os dois ficaram em silêncio um instante. Jeanette pensou um pouco antes de continuar:

— A princípio, poderia ser qualquer lugar? Eu conseguiria fazer uma coisa dessas em casa?

A imagem nojenta e absurda se formou em sua cabeça. Um menino morto em sua casa em Enskede, ficando mais seco a cada semana que passava.

Algo indescritivelmente aterrorizante foi se revelando. O que Ivo Andrić dizia tinha um propósito.

— Não conheço sua casa, mas um apartamento comum serviria. Talvez cheirasse mal no começo, mas, com um aquecedor, deixando o cadáver num ambiente fechado, seria completamente possível. Os vizinhos nem perceberiam.

— Um ambiente fechado como um guarda-roupa?

— Seria pequeno demais. Imagino um closet, um banheiro ou coisa parecida.

— Então continuamos sem novas pistas.

Ela sentiu a frustração crescendo.

— Sim, mas tem algo que talvez possa ajudar.

Jeanette ficou mais atenta.

— A análise preliminar do laboratório revelou que o corpo estava cheio de substâncias químicas.

“Até que enfim”, pensou ela.

— Pra começar, anfetamina. Descobrimos traços no estômago e nas veias. Ele pode ter ingerido, mas há fortes indícios de que a substância tenha sido injetada.

— Um viciado? — ela esperava uma resposta afirmativa, porque isso tornaria tudo mais simples. Caso se tratasse de alguém que morreu em uma espelunca qualquer e secou com o tempo, poderiam arquivar o caso, concluindo que um colega, também viciado, se livrou do corpo num momento de confusão.

— Acho que não. Parece que ele recebia as injeções contra sua vontade. As picadas de agulha estão espalhadas, e a maioria nem deve ter atingido uma veia.

— Merda.

— Pois é.

— Você tem certeza de que ele mesmo não usava nenhuma droga?

— Absoluta. Mas a anfetamina não é o mais interessante: também havia anestésicos no corpo. Provavelmente xilocaína. Ela começou a ser vendida na Suécia nos anos quarenta pela AstraZeneca como um remédio de luxo. O papa Pio XII a usava para tratar suas crises de soluço. Eisenhower a usava devido à sua hipocondria. Hoje é um produto bastante comum, usado pelos dentistas.

— Não entendo mais nada.

— O menino não tinha xilocaína na boca, mas no corpo inteiro, o que é bem estranho.

— E ele estava bastante machucado.

— Sim, ele foi espancado, mas o anestésico o manteve de pé. Por fim, depois de horas de sofrimento, as drogas paralisaram seu coração e seus pulmões. Uma morte lenta e terrivelmente dolorosa. Coitado...

Jeanette sentiu uma tontura.

— Mas por quê? — perguntou, numa débil tentativa de que Ivo lhe oferecesse uma explicação plausível.

— Se me permite uma especulação...

— Claro.

— A primeira coisa que veio à minha cabeça foram as rinhas de cães. Você sabe, quando dois animais são colocados para brigar até um morrer. Ainda acontece na periferia.

— Parece muito improvável — disse Jeanette por instinto, enojada com uma ideia tão macabra. Mas ela não estava realmente convencida de que não era verdade. Com o passar dos anos, aprendeu a não descartar o que parecia inverossímil. Muitas vezes, quando a verdade vinha à tona, a ficção era superada pela brutal realidade. Ela lembrou o canibal alemão que entrou em contato com um homem pela internet que quis ser devorado.

— Estou apenas especulando. — continuou Ivo Andrić. — Há outra hipótese mais provável.

— Qual?

— Ele pode ter sido espancado até ficar desfigurado por alguém que não parou, apesar de o menino estar à beira da morte. Essa pessoa teria lhe dado várias anestesias e continuado a agressão.

Uma imagem surgiu na cabeça de Jeanette.

— Lembra aquele jogador de hóquei no gelo de Västerås que foi esfaqueado quase cem vezes?

— Não. Talvez tenha sido antes de eu vir para a Suécia.

— Sim, já faz um tempo. Foi nos anos noventa. O cara era homossexual assumido e foi morto por um skinhead que usava flunitrazepam. Ele continuou a esfaquear o cadáver mesmo depois de ficar com câimbra no braço.

— É. Pensei em alguma coisa assim. Um louco inescrupuloso cheio de ódio e... flunitrazepam ou esteroides, talvez.

Jeanette pôs o telefone no gancho. Estava com fome e olhou as horas. Decidiu fazer um longo almoço no restaurante da sede da polícia. Escolheria uma mesa bem ao fundo, para poder ficar em paz. O restaurante logo ia encher, e ela queria ficar sozinha.

Antes de sentar com sua bandeja, seus olhos encontraram um tabloide esquecido. Jeanette logo concluiu que a fonte policial era alguém próximo, já que certos trechos do artigo eram baseados em fatos que só uma pessoa envolvida na investigação poderia saber. Como estava convencida de que não era Hurtig, restavam apenas Åhlund e Schwarz.

— Então é aqui que você se esconde?

Ela tirou os olhos do jornal. Hurtig estava de pé ao seu lado, sorrindo.

— Posso sentar aqui? — ele perguntou, indicando a cadeira livre à frente dela.

Jeanette fez um gesto convidando-o a se sentar.

— Já voltou?

— Sim, a gente terminou faz mais ou menos uma hora. Danderyd. Um figurão do ramo de construção, com o HD cheio de pedofilia. Horrível. — Hurtig deu a volta na mesa, pôs a bandeja e sentou. — A mulher dele entrou em estado de choque. A filha de catorze anos viu quando o prendemos.

— Mais alguma novidade? — perguntou ela.

— Minha mãe ligou hoje de manhã — disse ele enquanto comia. — Meu pai se machucou e está no hospital de Gällivare.

Jeanette largou os talheres e olhou pra ele.

— É sério?

Hurtig sacudiu a cabeça.

— É uma coisa inacreditável, na verdade. Parece que ele pôs a mão numa serra ligada da marcenaria. Minha mãe disse que vão poder salvar a maioria dos dedos. Ela guardou todos rapidinho num saco com gelo.

— Santo Deus.

— Só não conseguiu achar o polegar. — Hurtig riu. — O gato deve ter pegado.

Pelo menos foi a mão direita. Ele gosta de marcenaria e de tocar violino, e a mão esquerda dele é a mais importante em ambos os casos.

Jeanette pensou no que de fato sabia sobre seu colega e reconheceu que era pouco.

Hurtig nascera em Kvikkjokk, fizera o ensino básico em Jokkmokk e o médio em Boden. Trabalhara alguns anos com alguma coisa que ela tinha esquecido. Tinha integrado a primeira turma de aspirantes a policiais da Universidade de Umeå. Depois do estágio em Luleå, ele se inscrevera na polícia de Estocolmo. Aquilo tudo não passava de dados, pensou ela. A única informação pessoal que tinha era de que ele morava sozinho num apartamento em Södermalm. Namorava? Talvez.

— Mas por que o hospital de Gällivare? — perguntou ela. — Eles não moram em Kvikkjokk?

Ele parou de comer e a olhou.

— Você acha que um vilarejo com cinquenta pessoas tem um hospital?

— É tão pequeno assim? — ela se surpreendeu. — Sua mãe teve que levar seu pai até Gällivare? Deve ser bem longe.

— Duzentos quilômetros. Leva quase quatro horas de carro.

— Nossa! — exclamou Jeanette, envergonhada por sua falta de conhecimento geográfico.

— Ah... Não é fácil. A merda da Lapônia é grande. Pra caralho.

Hurtig ficou sentado em silêncio um instante antes de prosseguir.

— Será que estava gostoso?

— O quê?

Jeanette olhou pra ele sem entender.

— O polegar do meu pai — ele disse, rindo. — Você acha que o gato gostou dele? Não pode ter muita carne no polegar calejado de um velho lapão safado.

“Um lapão”, pensou ela. Mais uma coisa sobre ele de que não fazia ideia. Jeanette decidiu que da próxima vez que ele a convidasse pra tomar uma cerveja aceitaria. Para ser uma boa chefe, precisava conhecer melhor seus subordinados.

Ela levantou com a bandeja e foi buscar duas xícaras de café. Voltou para a mesa trazendo também alguns biscoitos.

— E quanto à ligação, alguma novidade?

Ainda comendo, Hurtig disse:

— Sim, recebi um relatório pouco antes de vir pra cá.

— E?

Jeanette soprava o café quando Hurtig pôs os talheres em cima do prato.

— Como suspeitamos, foi feita perto do prédio do jornal. Mais precisamente na rua Rålambsvägen. — Hurtig mergulhou um biscoito no café. — E você? O que fez hoje de manhã?

— Tive uma conversa boa com Ivo Andrić. Parece que injetaram substâncias químicas no menino.

— Como assim? — perguntou Hurtig, com olhar indagador.

— Grandes quantidades de anestésico. — Jeanette deu uma boa respirada. — Contra a vontade dele.

— Ah, merda!

À tarde, ela tentou entrar em contato com o promotor Von Kwist, mas a secretária informou que ele se encontrava em Gotemburgo, onde participaria de um programa de debate ao vivo, e só retornaria no dia seguinte.

Jeanette entrou no site do programa e leu que o tema era o aumento da violência na periferia. Kenneth von Kwist, que defendia uma posição mais dura e penas mais longas, faria o contraponto ao ex-ministro da Justiça.

Quando estava de saída, Jeanette foi até a sala de Hurtig, e os dois combinaram de se encontrar na estação Centralen às dez. Era importante que conversassem o quanto antes com as crianças que ficavam debaixo da ponte.

GAMLA ENSKEDE, CASA DOS KIHLBERG

Às quatro e meia, o tráfego na rua Sankt Eriksgatan estava completamente caótico.

O velho Audi custou a Jeanette oitocentas coroas entre as peças e as duas garrafas de Jameson, mas valeu cada centavo. O carro parecia novo em folha após os reparos de Åhlund.

Turistas do interior, desacostumados com a velocidade da cidade grande, tentavam conviver com os experientes motoristas locais num espaço bem reduzido, o que não dava muito certo.

A malha viária de Estocolmo fora construída num tempo em que o número de carros era bem menor, sendo mais apropriada a uma cidade do tamanho de Härnösand do que a uma com mais de um milhão de habitantes. O fato de uma faixa da ponte Västerbron estar fechada devido a obras só piorava o trânsito, e Jeanette levou mais de uma hora para chegar até Gamla Enskede.

Em condições normais, o trajeto não levava nem quinze minutos.

Quando ela atravessou a porta, cruzou com Johan e Åke, que estavam de saída. Eles estavam devidamente uniformizados para ir ver uma partida de futebol. Pareciam muito animados, certos da vitória, mas Jeanette sabia, por experiência, que depois de poucas horas retornariam decepcionados e derrotados.

— Hoje a gente ganha! — Åke deu um beijo rápido em sua bochecha e foi conduzindo Johan para fora. — A gente se vê depois.

— Não vou estar em casa quando vocês voltarem. — Jeanette percebeu na hora que Åke não gostou da notícia. — Tenho que trabalhar. Só volto perto da meia-noite.

Ele deu de ombros, virou o rosto e saiu com Johan.

Aquela não era a primeira vez que eles se encontravam rapidamente à porta. "Duas vidas inteiramente separadas, sob o mesmo teto", pensou ela. Os sorrisos se transformavam em olhares de decepção e irritação.

Ela e Åke. Indo em direções opostas, com sonhos diferentes. Mais amigos que amantes.

Jeanette fechou a porta após eles saírem. Tirou os sapatos e foi até a sala de estar, jogando-se no sofá para tentar descansar um pouco. Em menos de três horas ela teria que sair de novo, e queria cochilar um pouco antes.

Os pensamentos se revolviam em sua cabeça, voando livres. A investigação se misturava às tarefas domésticas pendentes. A grama tinha que ser cortada, cartas precisavam ser enviadas, havia interrogatórios a conduzir. Ela precisava cumprir o papel de mãe e tomar conta do filho. Ser capaz de amar e desejar.

E, além disso, tinha que encontrar um tempo para viver. Foi um sono sem sonhos, sem descanso. Um breve intervalo antes de voltar ao movimento perpétuo. Um breve período de calma no trabalho vitalício de levar o corpo de um lugar ao outro.

"Sísifo", pensou ela.

PONTE CENTRAL BRON

O trânsito tinha melhorado. Quando ela estacionou, viu o relógio da estação Centralen marcando vinte para as dez. Ela saiu do carro, fechou a porta e acionou o alarme. Hurtig estava ao lado de uma barraquinha, com um cachorro-quente em cada mão. Ao ver que ela havia chegado, sorriu, parecendo envergonhado. Como se estivesse fazendo algo proibido.

— Seu jantar? — Jeanette perguntou, indicando os sanduíches.

— Pode pegar um.

Ela aceitou o sanduíche e apontou para a ponte.

— Já viu se tem alguém?

— Quando cheguei, vi um carro do serviço social. Vamos lá falar com eles. — disse Hurtig, limpando a boca com um guardanapo.

Eles atravessaram o estacionamento, que ficava no cruzamento da Klarastrandsleden com a Tegelbacken, do outro lado da rua do hotel Sheraton. "Dois mundos diferentes, dentro de uma área menor que a de um campo de futebol", pensou Jeanette ao ver um grupo de pessoas na escuridão, perto das colunas de concreto.

Cerca de vinte jovens e algumas crianças estavam reunidos ao redor de uma van com o emblema da prefeitura.

Algumas crianças saíram quando viram os dois recém-chegados, desaparecendo debaixo da ponte.

Os dois assistentes sociais não contribuíram com nenhuma informação. As crianças iam e vinham. Apesar de passarem ali quase toda noite, eram poucas as que se abriam. Rostos sem nome iam se sucedendo. Uma parte delas voltava para casa, algumas iam para outro lugar, e uma quantidade considerável morria.

Aquela era a triste realidade.

Overdoses e suicídios.

Dinheiro era um problema comum àqueles jovens — ou, melhor dizendo, a falta dele. Um dos funcionários da prefeitura contou que as crianças de vez em quando lavavam pratos em restaurantes. Por um dia de doze horas de trabalho, recebiam uma refeição e cem coroas. Não espantava em nada que muitas crianças também estivessem sujeitas à exploração sexual.

Uma menina de quinze anos teve coragem de se aproximar e perguntar quem eles eram. Ela sorriu, e Jeanette pôde ver que tinha perdido a maior parte dos dentes.

A detetive pensou antes de responder. Mentir sobre o motivo de sua visita não era uma boa ideia. Para ganhar a confiança da menina, era melhor dizer quem realmente eram.

— Eu me chamo Jeanette e sou policial — começou ela. — Esse é meu colega Jens.

Hurtig sorriu e estendeu a mão.

— E o que vocês querem? — A menina olhou nos olhos de Jeanette, ignorando a tentativa de cumprimento de Hurtig.

Jeanette contou sobre o assassinato do menino e disse que precisavam de ajuda para identificá-lo. Então mostrou uma imagem que o desenhista da polícia havia feito.

A menina, que se chamava Aatifa, disse que costumava ficar no centro. Segundo os assistentes, ela não era um caso fora do comum. Tinha mãe e pai, refugiados da Eritreia que estavam desempregados. Morava com eles e seis irmãos num apartamento alugado em Huvudsta, com quatro cômodos e uma cozinha.

Aatifa e seus amigos não reconheceram o menino. Depois de duas horas, Jeanette e Hurtig desistiram e voltaram para o estacionamento.

— Pequenos adultos. — Ele sacudiu a cabeça, e pegou as chaves do carro. — Porra, são crianças. Deviam estar brincando.

Jeanette notou como ele estava abalado.

— Eles poderiam desaparecer e ninguém ia se dar conta.

Uma ambulância passou, com o farol azul piscando, embora a sirene estivesse desligada. Virou à esquerda na rua Tegelbacken e desapareceu no túnel.

A melancólica desolação assumiu forma física. Jeanette apertou o casaco ao redor do corpo.

Åke roncava no sofá. Ela jogou uma manta sobre ele antes de ir para o quarto, onde tirou a roupa e se enrolou no cobertor. Apagou a luz do abajur e ficou deitada na escuridão, sem fechar os olhos.

Jeanette escutava o vento uivando lá fora, o barulho das árvores e o ruído distante da rodovia.

Estava triste.

Não queria dormir.

Queria entender.

MARIATORGET, CONSULTÓRIO DE SOFIA ZETTERLUND

Quando Sofia saiu do hospital de Huddinge, estava exausta. A sessão com Tyra Mäkelä esgotara suas forças. Como se não bastasse, a psicóloga tinha aceitado mais um trabalho, que só aumentaria seu estresse. Lars Mikkelsen pedira que fizesse parte da investigação de um pedófilo que seria processado por abusar sexualmente da filha e propagar pornografia infantil. Ele confessou os crimes ao ser preso.

"A merda nunca acaba", pensou ela, quando virou na rua Huddingevägen sentindo um forte peso no peito.

Era como se fosse obrigada a vivenciar as experiências de Tyra Mäkelä. A lembrança da humilhação, as cicatrizes que acabariam por se abrir e revelar sua miséria. A consciência do que uma pessoa pode causar a outra pode se tornar uma armadura intransponível.

Nada entra e nada sai.

Sentiu aquele peso por todo o caminho até o consultório, onde atenderia o ex-menino-soldado de Serra Leoa Samuel Bai, como tinha prometido para a assistente social de Hässelby.

Ela sabia que aquela conversa ia girar em torno de violência sem sentido e abusos horrorosos.

Nos dias que se seguiriam, não conseguiria almoçar. Permaneceria em silêncio no consultório. De olhos fechados, repousando para tentar reencontrar o equilíbrio.

Samuel Bai era um rapaz alto e musculoso, que de início parecia cauteloso e desinteressado. No entanto, quando Sofia sugeriu que eles conversassem em krio em vez de inglês, num instante ele se tornou comunicativo e começou a se abrir.

Ela aprendera a língua da África Ocidental durante os três meses que passara em Serra Leoa. Os dois falaram bastante sobre Freetown e outros lugares que conheciam. A confiança de Samuel nela foi aumentando conforme via que a psicóloga talvez entendesse em parte o que ele tinha passado.

Depois de vinte minutos, Sofia criou esperanças de que conseguiria contribuir positivamente com a situação.

A dificuldade de Samuel Bai em se concentrar e estar presente, sua incapacidade de permanecer imóvel por meros trinta segundos, bem como a dificuldade em conter impulsos e sentimentos, remetiam ao transtorno de déficit de atenção com hiperatividade.

Mas podia ser ainda mais complicado.

Ela reparou que o tom de voz, o timbre e a linguagem corporal de Samuel mudavam de acordo com o assunto. Às vezes ele começava a falar em inglês, outras vezes numa versão de krio que ela nunca ouvira. Seus olhos também se transformavam, assim como a postura física. Ou ele ficava sentado com as costas erguidas e um olhar intenso, falando alto e claro sobre como pretendia abrir um restaurante no centro da cidade no futuro, ou então se sentava encurvado, com o olhar vazio, murmurando no estranho dialeto.

Se Sofia notava traços de transtorno dissociativo em Victoria Bergman, em Samuel Bai eles eram muito mais profundos. A psicóloga desconfiou que Samuel sofria de estresse pós-traumático, devido aos horrores que vivenciara quando pequeno, o que gerara um transtorno de identidade. Ele parecia ter inúmeras personalidades, que se alternavam sem que percebesse.

Ela sabia que era muito difícil que pessoas assim melhorassem.

Em primeiro lugar, o tratamento consumia muito tempo, no total e por sessão. Os costumeiros quarenta e cinco minutos, que podiam se estender até uma hora, não bastariam. Seriam necessários noventa minutos ao menos três vezes por semana.

Em segundo lugar, as sessões exigiam do terapeuta uma presença integral.

Durante a primeira consulta de Samuel Bai, Sofia sentiu o mesmo que nos monólogos de Victoria Bergman. Ambos possuíam uma habilidade hipnótica, e seu estado similar ao do sono acabava por contaminar Sofia.

Ela sabia que tinha a obrigação de realizar seu melhor, e que podia realmente fazer a diferença naquele caso.

Eles conversaram por mais de uma hora. Quando Samuel deixou o consultório, uma imagem de sua psique atormentada se formava na cabeça de Sofia.

Ela estava cansada, mas sabia que o dia de trabalho não tinha terminado ainda. Precisava concluir seu parecer sobre Tyra Mäkelä, além de se preparar para a checagem dos fatos do livro sobre os meninos-soldados. A história do que acontece quando se dá às crianças o poder de matar.

Sofia retirou o material da estante e começou a folhear a versão em inglês. A editora tinha lhe mandado uma série de perguntas, que esperavam ver respondidas no encontro em Gotemburgo, mas ela se deu conta de que não poderia dar respostas definitivas.

Era complicado demais.

O livro já estava traduzido, e ela só poderia ajudar em questões técnicas.

Mas o livro sobre Samuel Bai ainda não fora escrito. Estava bem ali diante dela.

"Foda-se", pensou ela.

Sofia pediu para Ann-Britt cancelar a reserva no hotel em Gotemburgo. Não se importava com o que a editora ia pensar.

Às vezes, decisões impulsivas são as melhores.

Antes de ir para casa, a psicóloga pôs um ponto final no caso Tyra Mäkelä, mandando um e-mail para o grupo de investigação em Huddinge com sua decisão final.

Era apenas uma formalidade.

Eles concordavam que Tyra Mäkelä devia permanecer em custódia psiquiátrica, como Sofia recomendara.

Ela sentiu que realmente podia fazer a diferença.

MONUMENTET, APARTAMENTO DE MIKAEL

Depois do jantar, Sofia e Mikael tiraram a mesa e puseram os pratos na lava-louça. Ele disse que queria relaxar na frente da televisão, o que Sofia achou ótimo, porque precisava trabalhar. Entrou no escritório e se sentou à mesa. Começou a chover de novo, então ela fechou a janela antes de ligar o laptop.

Tirou da bolsa a fita com a etiqueta VICTORIA BERGMAN 14 e a pôs no gravador.

Sofia recordava que a paciente parecera triste naquela sessão. Alguma coisa tinha acontecido, mas, quando a psicóloga perguntara a respeito, Victoria apenas sacudira a cabeça.

Sofia escutou a si própria dizendo:

— *Você pode me contar o que você quiser. Ou a gente pode ficar em silêncio se preferir.*

— *Hum. Talvez. Se o silêncio não fosse tão incômodo. Tão íntimo.*

A voz de Victoria Bergman ficou mais sombria. Sofia se recostou na cadeira e fechou os olhos.

— *Tenho uma lembrança dos meus dez anos. Estava em Dalarna. Procurava um ninho e me aproximei de mansinho de um buraco numa árvore. Quando estava bem perto, bati forte com a mão contra o tronco, e o piar parou. Não sei por que fiz isso, mas parecia que precisava. Depois me afastei e sentei junto a um arbusto, onde fiquei esperando. Após alguns instantes, um passarinho pousou no buraco. O estertor recomeçou. Lembro que fiquei irritada. Quando o passarinho saiu voando de novo, achei um tronco e arrastei até a árvore. Peguei um galho bem grande e subi em cima do tronco. Eu o usei para bater com força dentro do buraco até o piado cessar. Desci e esperei o passarinho retornar. Queria saber como reagiria quando encontrasse seus filhotes mortos.*

Sofia sentiu a boca seca, levantou e foi até a cozinha beber um copo de água.

Havia alguma coisa familiar na história de Victoria.

Lembrava algo.

Um sonho, talvez?

A psicóloga voltou para o escritório. Ela não tinha apertado o pause, e a gravação continuava tocando.

A voz de Victoria Bergman soava assustadoramente rouca. Seca.

Sofia estremeceu quando a fita chegou ao fim. Ela olhou ao redor, percebendo que tinha dormido. Já era meia-noite.

Pela janela, viu a Ölandsgatan, silenciosa e vazia, as luzes dos postes brilhando. A chuva passara, mas a rua estava molhada.

Sofia desligou o computador e foi até a sala. Mikael já tinha se deitado, e ela se enfiou na cama ao lado dele cuidadosamente.

Ficou deitada sem conseguir dormir, pensando em Victoria Bergman.

O mais impressionante era que, após seus monólogos, a paciente voltava de imediato ao seu "eu" normal e contido.

Era como se mudasse o canal da televisão. Com apenas um toque no controle remoto.

Outro canal. Outra voz.

Ocorreria o mesmo com Samuel Bai? Diversas vozes se sucederiam? Era possível.

Sofia notou que Mikael ainda não tinha adormecido e beijou seu ombro.

— Não queria acordar você — disse ele. — Parecia tão tranquila.

Às três da manhã ela levantou, pegou uma das fitas, pôs no gravador, recostou-se na cadeira e se deixou envolver pela voz.

Os fragmentos da personalidade de Victoria Bergman pareceram começar a se encaixar. A psicóloga finalmente podia sentir empatia.

As imagens que a paciente pintava com suas palavras eram tão nítidas quanto um filme.

No entanto, a mórbida tristeza assustava Sofia.

Era grande demais para se compreender.

Ao longo dos anos, a dor abismal foi penetrando cada vez mais fundo em seu interior.

Talvez as lembranças tivessem se misturado dia após dia, e ela tivesse criado seu próprio mundo, onde às vezes encontrava consolo e às vezes se culpava pelo que tinha acontecido.

Sofia estremeceu ao ouvir a aspereza na voz de Victoria Bergman.

Num momento ela sussurrava, no outro ficava excitada a ponto de lançar perdigotos.

Sofia adormeceu e acordou apenas quando Mikael bateu na porta avisando que já era de manhã.

— Você ficou aí a noite inteira?

— Quase. Vou atender uma paciente hoje e tenho que descobrir o melhor jeito de lidar com ela.

— Bom, tenho que ir. A gente se vê a noite?

— Sim, eu ligo.

Mikael fechou a porta ao sair. Sofia resolveu ouvir um pouco mais. Virou a fita e escutou a si mesma respirando quando Victoria Bergman fez uma pausa. A paciente começou a falar de novo, agora com uma voz autoritária.

— *Ele suava e queria me abraçar. Apesar de estar quente, continuava a jogar água no forno da sauna. Eu podia ver o saco dele quando se inclinava para pegar água da tina. Queria empurrá-lo para que caísse sobre as pedras em brasa. Elas nunca esfriavam. Fiquei sentada em silêncio, quietinha, atenta a como ele me observava. Seu olhar ficava estranho e ele começava a respirar pesado. Quando a brincadeira acabava, eu ia até a ducha me limpar. Mas sabia que nunca poderia me livrar da sujeira. Eu deveria ficar agradecida por ele me mostrar tudo aquilo, de modo que estaria preparada quando deparasse com meninos inexperientes e ansiosos. Ele passava longe disso, porque praticara a vida inteira. Tinha aprendido com a vovó e o irmão dela, e aquilo o tornara mais forte e resistente. Ele participara da competição do Vasaloppet mais de cem vezes, até com a costela quebrada e os joelhos machucados, sem reclamar, apesar de ter vomitado em Evertsberg. A irritação que eu sentia lá embaixo quando ele terminava de brincar e tirava seus dedos não era motivo pra reclamar. Então ele saía, e eu ficava pensando na aranha que depois do acasalamento devora os pequenos machos...*

Sofia sentiu um calafrio e começou a se sentir mal.

Ela devia ter adormecido de novo e sonhado com um monte de coisas asquerosas, provavelmente por causa do gravador, que ainda estava ligado. A voz monótona conduzira seus pensamentos e sonhos.

Remoera a voz de Victoria Bergman até que se infiltrasse em seu subconsciente.

CASA DE CAMPO EM DALA-FLODA, 1980

As asas da mosca ficaram presas no chiclete. "Nem adianta tentar bater as asas", pensou a Garota-Corvo. "Você nunca mais vai voar. Amanhã, o sol vai brilhar como sempre, mas não sobre você."

Quando o pai de Martin a tocou, ela virou instintivamente. Estavam na trilha de cascalho, em frente à casa de tia Elsa. Ele acabava de descer da bicicleta.

— Martin anda perguntando por você. Acho que sente falta de alguém com quem brincar.

Ele estendeu a mão e acariciou seu rosto.

— Eu ia adorar se você um dia viesse à praia com a gente.

Victoria desviou o olhar. Estava acostumada a ser tocada e sabia com exatidão o que vinha a seguir.

Ela reconheceu a expressão em seus olhos quando ele acenou e seguiu de bicicleta pela trilha. Como suspeitara, ele parou e virou para ela.

— Por acaso vocês têm um cortador de grama para emprestar?

"Ele é igual aos outros", pensou.

— Temos um no depósito — disse Victoria, despedindo-se com um aceno.

Ela ficou imaginando quando ele voltaria para buscá-lo.

Sentiu um aperto no peito só de pensar naquilo, porque sabia que seria quando poria as mãos nela.

Mesmo assim, não conseguia se manter afastada da praia.

Por um motivo que não compreendia, ela gostava de passar tempo com aquela família, principalmente com Martin.

Ele estava começando a falar, e as poucas palavras e ocasionais declarações de amor que pronunciava eram a coisa mais linda que já lhe haviam dito. Seus olhos brilhavam quando se encontravam. Ele corria em direção a ela e a abraçava com força.

Os dois brincavam, nadavam no lago, passeavam pela floresta. Martin andava no terreno acidentado apontando coisas, e Victoria dizia com doçura o nome de tudo. "Cogumelo", "pinheiro", "tatuzinho". Ele tentava imitar o som.

Ela lhe apresentava a floresta.

Primeiro ela tirou os chinelos e sentiu a areia entre os dedos, fazendo cócegas. Depois tirou a camiseta e sentiu o sol aquecer a pele. Ondas leves e frescas batiam contra suas pernas, antes de ela se jogar na água.

Victoria ficou tanto tempo ali que sua pele enrugou. Imaginou-a se desfazendo ou desprendendo, para dar lugar a uma pele nova, intocada.

Então escutou a família se aproximando na trilha. Quando a viu, Martin soltou um grito de alegria e correu em sua direção. Ela saiu rapidamente da água para que ele não entrasse e molhasse a roupa.

— Píppi! — disse ele, abraçando-a.

— Martin, você sabe que vamos ficar aqui até o final das férias — intercedeu o pai, olhando Victoria. — Vai acabar quebrando a menina abraçando assim forte.

Victoria retribuiu o abraço de Martin. De repente, um pressentimento a inundou.

Tão pouco tempo.

— Se fôssemos apenas nós dois — sussurrou ela no ouvido do menino.

— Nós dois — repetiu ele.

Martin precisava de Victoria e ela precisava dele cada vez mais. Prometeu a si mesma chatear o próprio pai até não poder mais para permanecer ali o máximo possível.

Ela vestiu a camiseta sobre a roupa de banho molhada e calçou o chinelo. Pegou Martin pela mão e o conduziu pela areia, então avistou um lagostim se arrastando sob a superfície espelhada do lago.

— Lembra o nome daquela planta? — perguntou, para desviar a atenção de Martin enquanto apanhava o animal com força e o escondia atrás das costas.

— "Sambabaia"? — ele arriscou, com olhos indagativos.

Ela começou a rir, e Martin a imitou.

— "Sambabaia" — repetiu ele.

Em meio aos risos, Victoria revelou o lagostim, colocando-o diante do rosto do menino. Ele se contorceu de medo e começou a chorar histericamente. Como quem pedia desculpa, ela jogou o lagostim no chão e o pisoteou até as patas pararem de se mexer. Victoria pôs os braços ao redor de Martin, mas ele parecia inconsolável.

Ela percebeu que havia perdido o controle sobre o garoto, que não bastava mais ser apenas ela mesma diante dele. Era necessário algo mais, embora não soubesse o quê.

Perder o controle sobre Martin era como perder o controle sobre si mesma.

Pela primeira vez, perdera a confiança. Ele achava que ela queria seu mal, que era mais uma daquelas pessoas que queriam prejudicar os outros.

* * *

Victoria desejava que seu tempo com Martin jamais acabasse, mas sabia que seu pai ia buscá-la no domingo.

Ela queria ficar na casa de campo para sempre.

Queria ficar com Martin.

Para sempre.

Ele era tudo de que precisava. Victoria poderia ficar sentada observando o garoto dormir, vendo como seus olhos brincavam sob as pálpebras cerradas, escutando sua doce respiração, velando seu sono tranquilo. Ele havia mostrado a ela que isso existia.

Mas o sábado chegou, inexorável.

Estavam na praia, como de costume. Martin se mantinha sentando no canto da esteira, aos pés dos pais semiadormecidos, brincando distraído com dois cavalinhos de madeira que haviam comprado numa loja em Gagnef.

O céu se enchia de nuvens, e o sol da tarde só aparecia de vez em quando.

— Já chega, está na hora de ir para casa — disse a mãe de Martin.

O pai sacudiu a areia da esteira e a enrolou. Na grama, via-se a suave sombra das folhas encurvadas onde tinha deitado. Em breve a grama cresceria rumo ao céu, e da próxima vez que a visse seria como se a família nunca tivesse existido.

— Quer jantar com a gente hoje? — perguntou a mãe. — Podemos jogar croquet. Você e Martin podem formar um time.

Ela sentiu o coração pular. "Mais tempo", pensou. "Ganhei mais tempo."

Victoria sabia que tia Elsa ia ficar triste por não passarem sua última noite juntas, mas não conseguiu recusar. Não havia como.

Conforme a família se afastava na trilha, ela foi tomada pela expectativa.

Guardou com cuidado suas coisas na bolsa, mas não foi direto para casa. Permaneceu por ali, ao redor das casinhas de madeira à beira do lago, saboreando a calma e a solidão.

Passou a mão sobre a madeira lisa, sobre os troncos, pensando em todos os anos que tinham visto, todas as mãos que os tocaram, lixaram, removendo toda a aspereza. Era como se nada mais pudesse atingi-los.

Ela queria ser assim, intocável.

Depois perambulou pela floresta por algumas horas, vendo como os troncos se contorciam para que a copa recebesse sol, ou como se curvavam ao vento, ou como eram atacados por musgo e parasitas. No fundo de cada árvore, no entanto, a madeira era perfeita. "É só buscar", pensou.

Ela seguiu pela floresta até chegar a uma clareira.

Bem no meio da vegetação compacta, havia um lugar onde a luz era peneirada pelas copas das árvores, iluminando os pinheiros esguios e o musgo macio.

Parecia um sonho.

Mais tarde ela dedicaria muitos dias tentando encontrar aquela clareira novamente. Contudo, por mais que procurasse, nunca a reencontrou, por isso não podia ter certeza se existia de fato.

Mas naquele momento ela estava lá, tão palpável quanto Victoria.

Quando chegou aos degraus da varanda de tia Elsa, uma pontada de inquietação a atingiu. As pessoas podiam fazer mal a outras mesmo que involuntariamente. Aquilo ela já tinha aprendido.

Victoria abriu a porta e ouviu o som arrastado das sandálias de tia Elsa se aproximando. Quando sua figura se revelou, a menina notou que as costas da mulher estavam um pouco mais curvadas e seu rosto parecia mais pálido que o normal.

— Oi, querida — cumprimentou Elsa, mas Victoria permaneceu em silêncio. — Vamos entrar e conversar um instante — continuou, andando em direção à cozinha.

Victoria identificou o cansaço em seus olhos, a boca apertada e o rosto fechado.

— Minha filha — começou tia Elsa, tentando sorrir.

A menina viu que seus olhos brilhavam, como se tivesse chorado.

— Sei que esta é sua última noite e eu adoraria fazer um belo jantar para você e jogar baralho até mais tarde... Mas não estou me sentindo muito bem.

Victoria respirou aliviada, então detectou a culpa nos olhos de Elsa. Ela a reconheceu como se fosse sua. Como se a mulher portasse uma infelicidade igual, pelo leite gelado derramado sobre a cabeça, por ser obrigada a comer lentilha até vomitar, por não receber presente de aniversário se tivesse usado o tom errado para falar, por ser punida toda vez que fazia alguma coisa.

Nos olhos de Elsa, Victoria podia ver que ela também aprendera que nada era suficiente.

— Posso fazer chá — disse Victoria, animada. — E passar no seu quarto mais tarde, para ler para você dormir.

Elsa se enterneceu. Seus lábios se abriram em um sorriso e ela soltou uma risada.

— Você é tão boazinha — disse, apertando a bochecha da menina. — Então ficaremos sem jantar de despedida. O que você vai fazer depois que eu for dormir? Não vai se divertir ficando aqui sozinha no escuro.

— Não tem problema — disse Victoria. — Os pais de Martin me convidaram para jantar. Posso ficar com você, depois colocar o Martin pra dormir e ainda ganhar um jantar.

Tia Elsa riu e balançou a cabeça.

— Vamos fazer uma salada pra você levar.

Elas foram para a cozinha e ficaram lado a lado na pia, cortando os legumes.

Toda vez que Victoria chegava mais perto de Elsa, sentia o odor acre de urina. Isso a fez pensar no seu pai.

No seu severo pai.

O odor lhe causou ânsia. Ela conhecia muito bem o sabor.

Tia Elsa tinha uma lata com balinhas de laranja em cima da mesa da cozinha.

Quando queria afastar o pensamento de seu pai, Victoria pegava uma. Ela não sabia de antemão quando a lembrança dele ia tomá-la, então nunca mastigava as balinhas, nem mesmo quando só sobrava um restinho afiado como uma navalha.

Victoria chupava a balinha enquanto cortava o pepino em rodelas da mesma espessura. Apesar de Elsa ter enxaguado bem a alface, ainda tinha um pouco de terra nela, mas a menina não disse nada, compreendendo que os olhos da senhora estavam cansados demais para ver detalhes daquele tipo.

Ela esperou Elsa se deitar, como prometera, mantendo Martin no pensamento.

— Você é uma menina tão boa. Nunca se esqueça disso — pediu Elsa antes de Victoria fechar a porta.

A menina pegou a salada, tomada pela tensão da espera, e saiu.

Pensou como seria bom se conseguisse convencer seu pai a deixá-la permanecer por mais uma semana. Para todos. Victoria ainda tinha muitas coisas interessantes para mostrar a Martin.

O único pensamento que perturbava o idílio era o pai dele. Seus olhares pareciam mais intensos, seu riso, mais caloroso, e suas mãos permaneciam mais tempo sobre os ombros dela. Mas ela estava disposta a aceitar aquilo para ficar livre de seu próprio pai por mais uma semana. "Não costuma ser tão ruim nas primeiras vezes", pensou. Só depois que achavam que ela havia cedido era que ficavam mais descuidados.

Quando ela chegou à entrada da casa, escutou vozes lá dentro. Parecia ser o pai, e Victoria começou a andar mais devagar. A porta estava entreaberta, e ela podia ouvir som de respingos.

A menina foi até a porta, abriu-a por completo e só depois apertou a velha campainha, que produz alguns toques abafados.

— É você, Píppi? — gritou o pai de dentro da cozinha. — Entre, entre.

O cheiro era bom do lado de dentro.

Victoria entrou na cozinha. Martin estava no chão, dentro de uma banheira. A mãe estava junto à janela, tricotando numa cadeira de balanço, de costas para eles. Virou a cabeça em um cumprimento rápido. O pai se encontrava sentado no chão, sem camisa, ao lado da banheira.

Victoria ficou gelada quando viu o que ele fazia.

Martin estava todo ensaboado, e o pai abriu um sorriso para ela. Segurava a bunda de Martin com uma mão, e com a outra o lavava.

Victoria apenas observava.

— Pois é, tivemos um pequeno acidente — explicou o pai. — Martin fez cocô nas calças quando estávamos na floresta. — Ele esfregava com cuidado a genitália do menino, então disse para ele: — Tem que ficar bem limpinho, não é?

Victoria viu o pai segurar o pênis do menino com o polegar e o indicador. Com a outra mão, ele esfregava com cuidado a parte rosa.

Ela reconheceu a imagem. O pai com a criança, a mãe no mesmo cômodo, de costas.

De repente, a vasilha pareceu tão pesada que escorregou de suas mãos. Uma explosão de tomates, pepinos, cebola e alface no chão. Martin começou a chorar. A mãe largou o crochê e levantou da cadeira de balanço.

Victoria recuou até a porta.

Então começou a correr.

Desceu depressa os degraus da entrada, então tropeçou e caiu de cara no cascalho, levantando depressa e continuando a correr. Ela desceu a trilha no mesmo ritmo e atravessou a cerca, em direção à casa de tia Elsa e ao quintal. Chorando, bateu a porta ao entrar e se jogou na cama.

Victoria sentia um turbilhão dentro de si. Sabia que Martin seria destruído. Quando crescesse, ia se tornar um homem e seria como todos os outros. Ela queria protegê-lo, sacrificar-se para salvá-lo. Mas era tarde demais.

Tudo o que tinha de belo estava perdido, e a culpa era dela.

Então houve uma suave batida na porta. Ela escutou a voz do pai de Martin do lado de fora. Engatinhou até a porta e a trancou.

— Tem alguma coisa errada, Victoria? Por que ficou tão agitada?

Ela sabia que não podia abrir a porta. Seria constrangedor demais.

Então foi com passos leves até o quarto, abriu a janela que dava para os fundos e pulou. Deu uma larga volta ao redor do depósito, saindo pela estradinha de cascalho. Quando a escutaram chegando, viraram e foram em sua direção.

— Achamos que estivesse lá dentro. O que aconteceu?

Ela sentiu vontade de rir.

A mãe e o pai estavam com o menino no colo, enrolado numa toalha.

Pareciam ridículos. Morrendo de medo.

— Tive que ir ao banheiro — mentiu ela, sem entender de onde vinham as palavras, que, no entanto, pareceram funcionar.

A mãe a carregou de volta até a casa deles, e aquilo pareceu muito natural.

Os braços dela transmitiam segurança, como acontecia quando tudo estava bem.

A cada passo, as pernas de Victoria batiam contra a coxa da mãe, que não parecia se incomodar. Ela seguia adiante, decidida. Como se Victoria pertencesse à sua família.

— Vocês vão voltar no próximo verão? — perguntou ela, sentindo o rosto da mãe contra o seu.

— Vamos, sim — a mulher sussurrou. — Vamos nos encontrar todo ano.

Naquele verão, Martin tinha mais seis anos de vida pela frente.

HOSPITAL DE HUDDINGE

Karl Lundström estava sendo acusado de acessar pornografia infantil e pelo abuso sexual de sua filha Linnea. Quando Sofia Zetterlund virou a rua em direção a Huddinge, pensou no que sabia sobre o passado dele.

Tinha quarenta e quatro anos e era um alto executivo da Skanska, responsável por muitos dos maiores projetos de construção e planejamento do país. Sua esposa, Annette, tinha quarenta e um anos e a filha, Linnea, catorze. Por dez anos, a família se mudou meia dúzia de vezes de Umeå, ao norte, a Malmö, ao sul, e vice-versa. Passaram então a viver numa mansão da virada do século XIX para o XX, à beira de Edsviken, no município de Danderyd. No momento, estava em curso uma grande investigação policial para mapear as redes de pedofilia de que ele pudesse fazer parte.

"Sempre se mudando", pensou ela enquanto entrava no estacionamento. Típico dos pedófilos. Para evitar ser descoberto.

Nem Annette Lundström nem a filha Linnea queriam admitir o que tinha ocorrido. A mãe estava confusa e negava tudo, enquanto a filha entrara num estado apático.

Sofia estacionou e entrou. Decidiu dar mais uma olhada em suas anotações.

Pelo que havia sido estabelecido nos interrogatórios da polícia e na fase inicial da investigação psiquiátrica, podia-se deduzir que Karl Lundström era uma pessoa bastante complicada. Nas cuidadosas transcrições, contava, entre outras coisas, como ele e outros homens agiam. Mencionou uma atração física por crianças que raras vezes era percebida por outras pessoas que não fossem pedófilas. Às vezes, quando havia um indício, eles podiam confirmá-lo apenas com olhares e linguagem corporal.

Parecia ser um homem com transtorno de personalidade que se voltava à pedofilia ou efebofilia. Sofia já havia se confrontado com esse tipo diversas vezes.

A melhor arma deles era sua capacidade de subjugar, manipular, estabelecer confiança e imiscuir culpa e submissão em suas vítimas. Por fim, acabavam criando uma espécie de dependência recíproca com a vítima.

O interesse por crianças não era a única coisa que tinham em comum. Costumavam ter uma esposa submissa, que entendia o que estava se passando, mas jamais intervia.

— Está bem, vamos acabar logo com isso. Você tem que julgar se posso ser responsabilizado psiquicamente. O que você quer saber?

Sofia observou o homem sentado à sua frente. Tinha cabelo loiro e ralo, começando a ficar grisalho. Parecia cansado, com os olhos um pouco inchados, irradiando uma triste seriedade.

— Quero que você me fale da sua relação com sua filha — disse a psicóloga. Era melhor ir direto ao ponto.

Ele passou a mão na barba por fazer.

— Eu amo Linnea, mas ela não me ama. Abusei dela, e confessei isso para facilitar as coisas para todo mundo, inclusive minha família, que eu amo.

A falta de energia em sua voz o fazia parecer falso e ausente.

Karl Lundström tinha sido preso após um longo período de monitoramento. Havia muitas fotos e vídeos de sua filha entre o material pedófilo que descobriram em seu computador. Que alternativa ele teria a não ser confessar?

— De que modo você acha que facilitou as coisas para elas?

— As duas precisam ser protegidas. De mim e dos outros.

A declaração era tão interessante que motivou a psicóloga a fazer mais uma pergunta.

— Quem seriam esses "outros"?

— Aqueles de quem só eu posso proteger minha mulher e minha filha.

O homem fez um gesto largo com o braço, e Sofia percebeu que ele estava cheirando a suor. Dava pra ver que fazia muitos dias que não tomava banho.

— Se eu contar para a polícia tudo sobre este caso, Annette e Linnea podem ter sua identidade protegida. Elas sabem demais. Tem pessoas perigosas no mundo. A vida de alguém não é nada para elas. Acredite em mim, eu sei. Deus não significa nada para essas pessoas.

Sofia imaginou que Karl Lundström se referia a traficantes de crianças. No interrogatório, ele havia explicado em detalhes como a máfia russa o ameaçara em repetidas ocasiões. Ele temia pela vida de sua família. Sofia tinha falado com Lars Mikkelsen, que acreditava que Karl Lundström estava mentindo. A máfia russa não operava do modo como ele descrevera, e seu relato estava cheio de contradições. Além disso, Lundström não apresentou nenhuma prova concreta de ameaça para a polícia. Para Mikkelsen, ele queria simplesmente poupar a mulher e a filha da vergonha.

Sofia desconfiava que pudesse ser uma tentativa de construir para si uma circunstância atenuante. Desempenhando o papel de herói, ele tentaria ocultar o que ocorrera na realidade.

— Você se arrepende do que fez? — mais cedo ou mais tarde, ela teria que fazer aquela pergunta.

Ele pareceu distraído.

— Arrependimento? — disse após um instante de silêncio. — É complicado... Desculpe, como é que você se chama? Sofia?

— Sofia Zetterlund.

— Claro. "Sofia" quer dizer "sabedoria". Um bom nome para uma psicóloga... Desculpe. É o seguinte... — Ele respirou fundo. — Nós... Quer dizer, eu e os outros, nos reservávamos o direito de fazer trocas entre nós, envolvendo tanto nossas esposas quanto as crianças. Acho que isso ocorreu com o consentimento tácito de Annette. E das outras esposas também... Do mesmo modo que nos encontramos por instinto, encontramos nossas esposas. Na casa das sombras, compreende?

"Casa das sombras?", pensou Sofia, reconheceu imediatamente a expressão do material da investigação preliminar.

— O cérebro de Annette parece ter se desligado — continuou o homem, sem esperar uma resposta da psicóloga. — Ela não é burra, mas escolhe não ver aquilo de que não gosta. É uma forma de se defender.

Sofia sabia que aquele fenômeno não era incomum. Com frequência havia passividade nas pessoas próximas a um pedófilo, possibilitando que aquele tipo de crime continuasse acontecendo.

Mas a resposta de Karl Lundström foi evasiva. Ela perguntara se ele estava arrependido.

— Você nunca se deu conta de que o que estava fazendo era errado? — tentou ela.

— Defina "errado". Culturalmente errado, socialmente errado, ou errado de outro modo?

— Karl, procure falar sobre o que é errado aos seus próprios olhos, não de outra pessoa.

— Nunca afirmei ter feito algo errado Apenas exteriorizei um impulso que todos os homens têm, mas reprimem.

Sofia viu que o discurso em defesa própria tinha começado.

— Você não lê? — continuou ele. — É uma tradição que vai da Antiguidade até hoje. Leia Arquíloco... "*Ela trazia alegre um ramo de mirto na mão, rosas e doces flores no cabelo. Minha sombra cobriu seus ombros, o corpo de donzela acende nos velhos a chama do amor...*" Os gregos escreveram sobre isso. A poesia lírica de Alkman celebra a sensualidade das crianças. "*Sem crianças vive ele em solidão, e amarga sua ausência. E, consumido de saudade, vai à casa das sombras...*" No século XX, Nabokov e Pasolini escreveram sobre a mesma coisa, só para citar alguns. Apesar de que Pasolini escreveu sobre meninos.

Sofia reconheceu outras frases do interrogatório.

— Você disse que encontrava os outros na casa das sombras. Como assim? — perguntou ela.

Ele sorriu.

— É só uma imagem. Uma metáfora de um lugar secreto, proibido. Existe uma grande quantidade de poesia, psicologia, etnologia e filosofia à disposição, quando se quer ser compreendido. Não estou sozinho, mas sinto como se estivesse sozinho no meu tempo. Por que o que desejo é errado?

Sofia entendeu que aquela era uma questão com a qual ele havia lutado por um bom tempo. Ela sabia que a condição da pedofilia não podia ser curada. Só se podia convencer o pedófilo de que sua perversão era inaceitável e feria outras pessoas. Mas a psicóloga não o interrompeu, pois queria ter uma amostra de seu raciocínio.

— No fundo não é errado. Nem para mim nem para Linnea, acredito. Só é errado por um motivo construído, social e culturalmente. Portanto, não é errado no significado literal da palavra. São os mesmos pensamentos e sentimentos de dois mil anos atrás, mas o culturalmente aceito se tornou condenável. Nós apenas aprendemos que isso é errado.

Sofia considerou seu raciocínio provocador e irracional.

— Então, segundo você, não é possível reavaliar um valor antigo?

Ele parecia ter mais que certeza daquilo.

— Não. Não se for contra a natureza. — Karl Lundström cruzou os braços e ficou repentinamente hostil. — Deus é a natureza... — murmurou.

Sofia ficou em silêncio, esperando uma continuação. Quando não veio nada, decidiu levar a conversa para outra direção, de volta à vergonha.

— Você disse que quer proteger sua família de outras pessoas. Peguei uma parte do seu interrogatório e li que você disse estar sendo ameaçado pela máfia russa.

Ele fez que sim.

— Tem algum outro motivo para acreditar que a identidade de Annette e Linnea precisa ser protegida?

A resposta foi curta:

— Não.

A aparente segurança não a convenceu. O rosto dele parecia indicar dúvida e uma recusa a raciocinar. Aquele homem tinha vergonha, mesmo que enterrada bem fundo.

Sofia se inclinou sobre a mesa. Os olhos dele recobraram a intensidade e a psicóloga tornou a sentir um cheiro forte.

Não era apenas suor. Seu hálito parecia exalar acetona.

— Vou te contar uma coisa — continuou ele. — Algo que eu não disse para a polícia...

Suas mudanças de humor preocupavam Sofia. O cheiro de acetona podia ser um sinal de deficiência de caloria ou nutrição. Estaria ele sendo medicado?

— Existem homens ao nosso redor, totalmente normais, talvez um colega seu, um parente, não sei. Eu nunca comprei uma criança, mas esses homens já...

Suas pupilas pareciam normais, mas a experiência dela com psicotrópicos dizia que algo não estava certo ali.

— O que você quer dizer?

Ele se inclinou para trás e pareceu relaxar um pouco.

— A polícia achou coisas comprometedoras no meu computador, mas, quem quiser achar algo de verdade, deveria procurar uma casa em Ånge, de um homem chamado Anders Wikström. Deviam dar uma olhada no porão dele.

O olhar de Lundström parecia perdido. Sofia duvidava da veracidade do que estava falando.

— Anders Wikström comprou uma criança da máfia russa. Da Terceira Brigada ou como quer que chamem. Solntsevskaya Bratva. Tem dois vídeos numa estante. O primeiro envolve um menino de quatro anos e um pediatra do sul da Suécia. Nunca se vê seu rosto no filme, mas ele tem uma marca de nascença na coxa que parece um cravo, fácil de identificar. No segundo vídeo uma menina de sete anos aparece com Anders, dois outros homens e uma tailandesa. Foi no verão passado. São os filmes mais nojentos que existem.

Karl Lundström respirava forte pelo nariz. Seu pomo de adão subia e descia enquanto falava. Sofia ficou enojada ao vê-lo. Não sabia se queria escutar mais, e sentia dificuldade em manter a objetividade.

Independentemente do que achasse, seu dever era escutar e tentar compreendê-lo.

— Foi no verão passado?

— Sim... Anders Wikström é o gordo no vídeo. Os outros não quiseram dizer o nome, e a tailandesa nem queria estar lá. Ela tinha bebido muito. Tem uma hora que não faz o que Anders pede e recebe um tapa.

Sofia não sabia em que acreditar.

— Como sabe tantos detalhes? — ela perguntou.

— Eu estava lá quando o vídeo foi gravado — ele disse.

Sofia sabia que tinha obrigação de compartilhar com a polícia o que ele havia acabado de contar.

— Você tem mais experiências nesse tipo de abuso?

Karl Lundström pareceu cabisbaixo.

— Vou te contar como é — disse. — Neste momento, mais ou menos quinhentas mil pessoas estão conectadas à internet, compartilhando fotos e vídeos pedófilos. Para fazer parte dessa rede, você tem que produzir material próprio. Não é difícil, com os contatos certos. Aí é possível até encomendar uma criança on-line. Por cento e cinquenta mil coroas se consegue um menino latino-americano. Ele não existe oficialmente, você é seu dono. Não é necessário dizer que se pode fazer qualquer coisa com ele, e na maioria das vezes o menino termina sumindo. É preciso pagar por isso também, caso não se consiga acabar com sua vida sozinho. Costuma custar mais que os cento e cinquenta mil, e ninguém pechincha com esse tipo de gente.

Aquelas informações não eram novas para Sofia. Constavam no interrogatório. Mesmo assim, ela sentia a náusea chegando, com um aperto na barriga e a garganta seca.

— Você está dizendo que já comprou uma criança?

Karl Lundström sorriu com frieza.

— Não. Mas conheço gente que faz isso, como disse. Anders Wikström comprou as crianças que estavam nos vídeos que mencionei.

Sofia engoliu em seco. Sua garganta parecia queimar e suas mãos tremiam.

— Como você se sentiu presenciando isso tudo?

Ele sorriu de novo.

— Fiquei excitado. O que acha?

— Você participou?

Ele riu.

— Não, só olhei... Deus é minha testemunha.

Sofia olhou para ele. Ainda sorria, mas seus olhos pareciam tristes e vazios.

— Você menciona bastante Deus. Pode falar mais sobre sua fé?

Ele deu de ombros e ergueu as sobrancelhas.

— Minha fé?

— Sim.

Mais um suspiro. Lundström soou abatido ao continuar.

— Acredito na verdade divina. Num Deus que está além da nossa capacidade de compreensão. Um Deus que estava próximo das pessoas nos tempos primitivos, mas cuja voz dentro de nós foi se calando através dos séculos. Quanto mais Ele foi institucionalizado, com invenções humanas como a Igreja e os padres, menos restou do original.

— E o que é o original?

— Gnose. Pureza e sabedoria. Eu acreditava que Deus estava em Linnea quando ela era pequena e... acreditava que o tinha encontrado. Mas não sei, devo ter me enganado. Uma criança hoje já nasce impura. É envenenada no ventre da mãe pelo ruído do mundo exterior. Um simples eco da falsidade terrena, mesquinhez, palavras vazias e pensamentos materiais corrompidos...

Eles ficaram um instante em silêncio, enquanto Sofia considerava o que ele dissera.

A psicóloga se perguntou se as ruminações religiosas de Karl Lundström podiam explicar por que abusara de sua filha. Ela se sentiu obrigada a se aproximar do cerne da questão, do que a conversa realmente tratava.

— Quando você abusou de Linnea pela primeira vez?

A resposta foi imediata.

— Bom... Ela tinha três anos. Eu deveria ter esperado um pouco mais, mas acabou sendo assim... Aconteceu por acaso.

— Me conte como foi essa experiência em específico. E como você a vê hoje.

— Ah... Eu não sei. É difícil para mim. — Lundström se contorcia na cadeira, fazendo menção de falar algumas vezes. — Foi... como eu disse, foi por acaso. Não era uma boa ocasião, porque morávamos numa casa em Kristianstad. No meio da cidade. Qualquer um poderia ver. — Ele se conteve e pensou melhor. — Eu estava dando banho nela no quintal. Linnea tinha uma banheira de plástico. Eu perguntei se podia tomar banho também e ela deixou. A água estava um pouco fria, então peguei a mangueira para encher com água quente. Era daquele tipo antigo, com bico de metal. Tinha ficado no sol o dia inteiro, e estava quente e gostoso de pegar. Então ela disse que parecia um pinto...

Ele parecia envergonhado. Sofia indicou com a cabeça para que prosseguisse.

— Então eu entendi que ela pensava no meu pinto, ou, não sei...

— Como você se sentiu?

— Fiquei um pouco tonto... Tinha um gosto metálico na boca, quase como sangue. Talvez viesse do coração. Como todo sangue.

Ele ficou em silêncio.

— Então você enfiou o bico da mangueira nela e acha que não fez nada de errado?

Sofia estava se sentindo mal de tanta força que precisava fazer para ocultar seu asco.

Karl Lundström parecia cansado e não respondeu.

Ela decidiu insistir.

— Você disse antes que acreditava ter encontrado Deus em Linnea. Tem alguma coisa a ver com o que aconteceu em Kristianstad? Com suas ideias sobre o certo e o errado?

Ele sacudiu a cabeça devagar.

— Você não entende...

Ele olhou Sofia diretamente nos olhos, e começou a desenvolver seu raciocínio com calma.

— Nossa sociedade é baseada numa moral construída... Por que as pessoas não são perfeitas, se são feitas à imagem e semelhança de Deus? — Ele abriu as mãos e respondeu à própria pergunta: — Porque Ele não escreveu a Bíblia, foram as pessoas... O verdadeiro Senhor está além do sentimento de certo e errado, além da Bíblia...

Sofia percebeu que ele ia continuar com aquela argumentação em círculos sobre o certo e o errado.

Talvez ela tivesse começado com a pergunta errada.

— No Velho Testamento, Deus é imprevisível e ciumento, pois na realidade é uma pessoa. Há uma verdade original sobre a criatura humana que o Deus da Bíblia desconhece.

Ela olhou as horas e viu que o tempo deles logo ia acabar, então deixou que continuasse.

— Gnose. Verdade e sabedoria. Você devia saber disso, seu nome sendo Sofia. Vem do grego para "sabedoria". De acordo com o gnosticismo, Sofia é a criatura feminina que causa a queda.

Lundström foi conduzido de volta à cela, mas Sofia permaneceu sentada refletindo. Ela não conseguia parar de pensar na filha dele. Mal tinha começado a adolescência e já tinha uma ferida tão profunda que impregnaria toda a sua vida. O que aconteceria com ela? Linnea se tornaria uma agressora, uma Tyra Mäkelä? Quanto uma pessoa pode suportar antes de se tornar um monstro?

Sofia folheava seu arquivo à procura de informações sobre a garota. Só havia dados esparsos sobre seu desempenho escolar. O primeiro ano no colégio interno de Sigtuna. Boas notas, em especial em educação física. Era a campeã da escola na prova dos oitocentos metros.

"Uma menina que consegue correr de todo mundo", pensou Sofia.

SIGTUNA, 1984

O velho podia ser qualquer um, ela nunca o vira antes. Mesmo assim, ele achou que tinha o direito de fazer um comentário sobre sua roupa. A Garota-Corvo acreditava que seu casaco lhe caía muito bem, portanto, era perfeitamente justificável que cuspisse na cara dele.

Em um morro da parte oeste de Sigtuna, ficavam dez dormitórios que faziam parte do internato. A escola onde no passado haviam estudado o rei Carlos Gustavo xvi e Olof Palme, além dos primos Peter e Marcus Wallenberg, chegava quase a transbordar de tanta tradição. Pelo mesmo motivo, o prédio principal, amarelo e pomposo, não tolerava escândalos.

A primeira coisa que Victoria Bergman aprendeu foi que tudo o que acontecia ali permanecia ali. Ela passara toda a infância em uma bolha de terror mudo. Aquela era sua memória mais vívida.

Em comparação, o isolamento de Sigtuna não era nada.

Assim que saiu do carro, ela sentiu a liberdade que não saboreava desde que estivera sozinha em Dala-Floda. Podia respirar de novo. Sabia que não precisaria mais ficar à escuta de passos se aproximando de seu quarto.

Na recepção, foi apresentada às duas meninas com quem dividiria o quarto.

Elas se chamavam Hannah e Jessica. Também eram de Estocolmo, e Victoria as considerou silenciosas e comportadas, para não dizer entediantes. As duas contaram com prazer sobre o cargo importante dos pais nos tribunais de Estocolmo, dando a entender que estavam decididas a seguir seus passos e se tornar advogadas.

Victoria olhou para seus olhos azuis ingênuos e concluiu que elas nunca seriam um perigo para ela.

Eram fracas demais.

Ela as tomou por duas bonecas passivas, que sempre deixariam os outros pensar e planejar em seu lugar. Apenas sombras. Tão pouco interessantes que ficava quase impossível não se esquecer delas.

Na primeira semana, Victoria percebeu que algumas meninas do último ano estavam planejando algo. Ela detectou olhares misteriosos no refeitório, cordialidade exagerada e a tendência a permanecer perto dela e das outras novatas. Tudo aquilo lhe causava desconfiança.

Com razão, como logo seria confirmado.

Através da observação atenta de olhares e gestos, Victoria logo descobriu quem era a líder informal do grupo. Ela se chamava Fredrika Grünewald, era alta e tinha cabelos castanhos. Victoria achou que o rosto comprido de Fredrika e seus dentes grandes faziam com que parecesse um cavalo.

No almoço, Victoria tomou a iniciativa. Viu Fredrika entrando no banheiro e a seguiu de modo discreto.

— Sei tudo sobre o trote. — mentiu ela, encarando Fredrika, que pareceu espantada. — Por nada nesse mundo vou participar. — Ela cruzou os braços e levantou a cabeça com calma. — Quer dizer, não sem brigar.

Fredrika ficou impressionada com o descaramento de Victoria e sua autoconfiança. Durante uma conversa conspiratória, com cada uma fumando um cigarro contrabandeado, Victoria apresentou seu plano, que acreditava fosse estabelecer um novo patamar para todos os rituais de iniciação no futuro.

Sem dúvida alguma, haveria escândalo. Fredrika Grünewald se entusiasmou com a visão dramática de Victoria das manchetes nos tabloides: ESCÂNDALO NA ESCOLA DO REI! MENINAS HUMILHADAS EM RITUAL.

Na semana seguinte, Victoria se aproximou das companheiras de quarto, Hannah e Jessica. Convenceu-as a trocar confidências e em pouco tempo havia conquistado sua amizade.

Na noite de sexta-feira, quando estavam no quarto, Victoria abriu a mochila com um sorriso orgulhoso e misterioso.

— Olha aqui! — disse ela

Hannah e Jessica arregalaram os olhos diante de três garrafas de vinho que a outra trouxera escondido.

— Vamos dividir?

Hannah e Jessica soltaram risadas inseguras, olhando uma para a outra sem saber o que fazer, até que concordaram em sôfrego silêncio.

Victoria encheu os copos com generosidade e serviu as meninas, consciente de que não faziam ideia de quanto álcool podiam suportar.

Elas beberam depressa e com curiosidade, falando alto.

As risadinhas iniciais logo se transformaram em língua enrolada e cansaço. Às duas da manhã as garrafas estavam vazias. Hannah já tinha adormecido no chão e Jessica conseguiu com dificuldade chegar à cama, onde caiu no sono de vez.

Victoria, no entanto, não bebera mais que dois goles e foi para a cama cheia de expectativa, com o corpo formigando.

Ficou acordada, esperando.

Como combinado, as meninas mais velhas apareceram às quatro da manhã. Hannah e Jessica acordaram enquanto estavam sendo carregadas pelos corredores, escada abaixo, atravessando o pátio até o depósito junto à sala do bedel. Estavam tão tontas que não puderam resistir.

As veteranas estavam vestidas com capa cor-de-rosa e máscara de porco, que haviam sido feitas com copos de plástico e tecido rosa, com furos para os olhos. Uma boca sorridente e as narinas do focinho tinham sido pintadas com uma caneta preta.

Uma menina apanhou uma câmera de vídeo e outra começou a falar. O som que saía do focinho parecia mais um chiado tremido e metálico do que palavras de verdade.

Victoria viu que uma das meninas saiu do depósito.

— Amarre as novatas — sussurrou uma delas.

As outras se jogaram sobre Hannah, Jessica e Victoria, fazendo com que sentassem, prendendo suas mãos com fita isolante e as vendando.

Victoria parecia confiante recostada na cadeira, enquanto ouvia a menina que saíra voltar ao depósito.

Ela se surpreendeu com o fedor que trouxera consigo.

Algumas horas mais tarde, Victoria tentava tirar o fedor da pele, mas não parecia que ia sair nunca.

Fora pior do que imaginara.

De madrugada, entrou sorrateiramente no quarto de Fredrika. A menina acordou com Victoria sentada em cima dela.

— Me dê o vídeo! — sussurrou ela, para não acordar as colegas de quarto da outra, que tentava se soltar.

Victoria segurava com força suas mãos.

— Vá pro inferno — disse Fredrika, mas Victoria percebeu que estava morrendo de medo.

— Esqueceu que eu sei quem são vocês? Sou a única pessoa que sabe quem estava por detrás daquelas máscaras. Quer que seu pai descubra o que fizeram com a gente?

Fredrika entendeu que não tinha escolha.

Victoria subiu as escadas até a sala de mídia e fez duas cópias da fita. Colocou uma na caixa do correio da rodoviária, num pacote destinado a ela mesma em Värmdö. Guardaria a outra para mandar aos jornais, caso algum dia tentassem qualquer coisa.

SVARTSJÖLANDET, CENA DO CRIME

Pela segunda vez em menos de duas semanas, Jeanette Kihlberg foi obrigada a investigar o assassinato de um menino.

Depois da ligação de Hurtig naquela manhã, ela pegou o carro e foi até Svartsjölandet para conduzir os trabalhos. O cadáver havia sido encontrado por um casal de idosos durante uma caminhada.

No novo caso, no entanto, tinham quase certeza de quem era a vítima. O menino provavelmente se chamava Yuri Krylov e era bielorrusso. Fora declarado desaparecido do abrigo de refugiados nas cercanias de Upplands Väsby no começo de março. Segundo o departamento de Imigração, não tinha nenhum parente, na Suécia ou no seu país de origem.

Jeanette andou até o ancoradouro onde jazia o menino. O cheiro horrível inundou seu nariz. O corpo ficara muito tempo na água, e a gordura nele se transformara numa massa azeda, fétida, que parecia cimento. Jeanette sabia que tinha sido atacado por moscas, o que ocasionara o acúmulo de grânulos amarelos e vermelhos ao redor dos olhos, do nariz e da boca. Ovos, que após alguns dias se transformaram em vermes. A pele das mãos e dos pés tinha absorvido tanta água que parecia exterior ao corpo, como uma luva ou meia.

"Caralho" foi tudo o que ela conseguiu dizer antes de sair do ancoradouro e ir até Ivo Andrić. — O que temos até agora? — perguntou, embora soubesse que ele não teria muitas informações relevantes antes da autópsia.

O promotor Von Kwist decidiu naquela manhã que seria feita uma autópsia legal estendida em Yuri Krylov, o tipo mais minucioso que existia na Suécia, executada apenas quando ocorria um crime da mais alta gravidade.

Ivo Andrić coçou a cabeça e disse:

— Cadáveres que permanecem na água adquirem uma posição característica, com a cabeça, os braços e as pernas encurvados. Devido ao acúmulo de sangue, a decomposição começa pela cabeça.

Jeanette assentiu em silêncio.

— Quando pressionei seus pulmões, notei que não havia líquido suficiente ali para indicar morte por afogamento, o que...

— O que quer dizer que ele já estava morto quando foi jogado na água — concluiu Jeanette.

Ivo Andrić sorriu e continuou:

— Em geral, cadáveres que se decompõem na água apresentam mordidas de peixe. É o caso, como pode ver. Os olhos do menino estão parcialmente devorados. Ele tem um grande hematoma sobre os maxilares e a ponta do queixo.

— E quanto ao órgão genital?

— Foi removido.

Ivo Andrić explicou que aquilo havia sido feito com a mesma precisão do caso anterior e que, mais uma vez, o corpo apresentava evidências de ter sido submetido a violência extrema. Havia grandes sangramentos subcutâneos nas costas que sugeriam que aquele menino fora chicoteado como o outro.

— Não me surpreenderia se esse corpo também apresentasse altos índices de xilocaína — concluiu o legista.

Jeanette esperava que o laboratório fosse capaz de analisar rapidamente as amostras. Havia uma grande possibilidade de ser o mesmo assassino.

Quantos meninos ainda teriam que morrer?

A única pista significativa que tinham encontrado eram duas pegadas, uma maior e a outra bem menor, talvez de criança, e algumas marcas de pneu. Os peritos haviam feito moldes, mas eles só seriam úteis quando tivessem algo com que comparar.

A cem metros do local do crime, Åhlund percebeu que o mesmo veículo tinha arranhado uma árvore. Era um carro azul, mas não dava para saber se fora usado pelo assassino.

Alguém estava raptando crianças com as quais ninguém se importava para então maltratá-las até a morte. Apesar dos pedidos de ajuda para identificar o menino de Thorildsplan que saíram nos grandes jornais, os telefones da central permaneceram silenciosos.

Para piorar, uma reportagem do Canal 3 fez com que uma dúzia de pessoas seriamente perturbadas assumisse a autoria do crime. Em geral, tais matérias podiam ajudar uma investigação emperrada, mas daquela vez só tomou um precioso tempo dos envolvidos. Alguns homens que ligaram deveriam estar em hospitais psiquiátricos recebendo ajuda adequada. Eles habitavam as ruas de Estocolmo e exorcizavam seus demônios com drogas e álcool.

"Estado de bem-estar social uma ova", pensou Jeanette.

KVARTERET KRONOBERG, DELEGACIA DE POLÍCIA

— Esqueça Furugård! — Von Kwist disse ao telefone.

— O quê? Como assim? — Jeanette Kihlberg levantou e foi até a janela. — O cara tem todas as... Não estou entendendo.

— Furugård tem um álibi e não tem nada a ver como isso. Eu disse que era pra ficar longe dele. Cometi um grande erro em escutar você.

Jeanette notou a raiva na voz do promotor. Podia imaginá-lo com o rosto todo vermelho.

— Tudo o que você tem contra Furugård é prematuro — continuou Von Kwist. — Ele tem um álibi.

— E qual é?

Von Kwist ficou em silêncio por um instante.

— O que vou lhe dizer agora é segredo e deve ficar entre nós. Só vou lhe dar essa informação. Está claro?

— Sim, claro.

— A Força de Paz do Exército sueco no Sudão.

— O que tem ela?

— Furugård foi transferido do Afeganistão. Desde o começo da primavera está posicionado no Sudão. Ele é inocente.

Jeanette não sabia o que dizer.

— Sudão? — repetiu, sentindo uma impotência sem tamanho.

De volta à estaca zero. Nenhum suspeito e apenas uma das vítimas identificada.

O menino encontrado em Svartsjölandet, Yuri Krylov, era um órfão de Molodetino, que ficava uma hora de carro a noroeste de Minsk, em Belarus. Como e por que ele foi para a Suécia podia-se apenas imaginar. A embaixada bielorrussa em Lidingö não havia sido muito solícita.

O menino encontrado nos arbustos do metrô Thorildsplan ainda não tinha sido identificado. Jeanette contatara a Europol, em Haia, na esperança de receber alguma ajuda. Não ia dar em nada, claro. Sobravam crianças refugiadas na Europa que nunca haviam tido contato com as autoridades. Elas desapareciam sem que ninguém soubesse seu destino. E, mesmo sabendo, ninguém faria nada.

Afinal de contas, eram apenas crianças.

De Solna, Ivo Andrić a informara que havia fortes indícios de que Yuri Krylov fora castrado ainda em vida.

Ela pensou no que aquilo poderia significar. A violência extrema e o comportamento similar ao de um torturador indicavam que o agressor era homem.

Havia também um componente de ritual, a possibilidade de que mais de um indivíduo estivesse envolvido não podia ser descartada. Seriam traficantes de pessoas?

Naquele momento, ela tinha que se concentrar no que era mais verossímil. Um homem sozinho e violento, que provavelmente já constava em seus registros. O fato de haver inúmeros indivíduos assim dificultava a procura.

Ela não tirava os olhos dos papéis sobre a mesa.

Milhares de páginas sobre aproximadamente cem homens que poderiam ser o assassino.

Três horas depois, encontrou algo interessante. Ela levantou, foi até o corredor e bateu na porta da sala de Jens Hurtig.

— Você tem um minuto?

Ele se virou para ela, que respondeu a seu olhar indagador com um sorriso.

— Venha comigo — disse.

Cada um sentou de um lado da mesa e Jeanette entregou um arquivo para Hurtig.

Ele se espantou ao abrir.

— Karl Lundström? O pedófilo que prendemos. O que tem ele?

— Nas transcrições do interrogatório da Polícia Federal que você tem à sua frente, Lundström descreve em detalhes como se compra uma criança.

Hurtig pareceu interessado:

— Como se *compra* uma criança?

— É. Lundström estava bem informado. Ele dá quantias exatas. Diz que nunca fez parte do tráfico, mas conhece pessoas que trabalham com isso.

Hurtig se inclinou na cadeira e respirou fundo.

— Porra, isso é interessante. Algum nome?

— Não. Mas o material sobre Lundström não está completo ainda. Em paralelo à investigação em andamento, está sendo feita uma avaliação psiquiátrica. Talvez um dos psicólogos possa nos contar mais coisa.

Hurtig folheava a montanha de arquivos.

— Algo mais?

— Sim. Karl Lundström defende a castração de pedófilos e estupradores. Mas nas entrelinhas dá pra ver que ele não considera isso o bastante. Acha que todos os homens deveriam ser castrados.

Hurtig revirou os olhos.

— Mas as vítimas castradas ainda eram meninos. Não estamos forçando a barra?

— Pode ser, mas tem mais duas coisas que me fizeram querer ir falar com ele — continuou Jeanette. — Um caso de estupro, agressão e cárcere foi arquivado. Sete anos atrás. A menina que o denunciou tinha catorze anos e se chamava Ulrika Wendin. Adivinha quem pôs o caso na gaveta.

Ele riu.

— O promotor Kenneth von Kwist, suponho.

Jeanette assentiu.

— Ulrika Wendin mora em Hammarbyhöjden. Sugiro que a gente vá para lá o quanto antes.

— Tudo bem… E o que mais?

Ele a olhou de modo desafiador. Jeanette deixou o suspense no ar por um momento.

— A esposa de Karl Lundström é dentista.

Ele a olhou sem entender.

— Dentista?

— Em outras palavras, ele tem acesso a medicamentos. Sabemos que pelo menos uma das vítimas recebeu xilocaína. É só juntar as pistas. Não me surpreenderia se o resultado do laboratório apontasse traços da mesma substância no sangue de Krylov. Resumindo, não é impossível que tudo se encaixe.

Hurtig pôs o arquivo em cima da mesa e levantou.

— Certo, você me convenceu. Lundström é de nosso interesse.

— Vou ligar para Billing — disse Jeanette. — Espero que ele convença o promotor a autorizar outro interrogatório.

Hurtig parou na porta e virou.

— É realmente necessário incluir Von Kwist? Afinal, é só uma primeira conversa para sondar o território.

— Infelizmente, sim — disse Jeanette. — Como Lundström já está sendo processado, precisamos pelo menos informar Von Kwist.

Hurtig suspirou e foi embora.

Jeanette ligou para o chefe de polícia Dennis Billing. Para seu espanto, ele foi estranhamente colaborativo, e prometeu fazer o que pudesse para convencer o promotor. Depois ela ligou para o encarregado da investigação na Polícia Federal, Lars Mikkelsen.

Jeanette apresentou sua ideia, mas quando deu o nome de Karl Lundström, ele riu.

— Não, não faz sentido. — Mikkelsen limpou a garganta. — Ele não é um assassino. Lidei com muitos ao longo dos anos e consigo reconhecer um. Lundström é doente. Mas não é um assassino.

— Pode até ser — disse Jeanette. — Mas estou interessada em seus contatos no tráfico de crianças.

— Lundström dá mostra de saber muito sobre o assunto, mas não estou seguro de que vá conseguir algo dele. É uma rede internacional, e nem recorrendo à Interpol se obtém alguma coisa. Pode acreditar, trabalhei com essa merda por vinte anos e realmente tentei.

— Como você pode ter certeza de que Lundström não é um assassino? — perguntou ela.

Mikkelsen limpou a garganta de novo.

— Claro que tudo é possível, mas se você o conhecesse ia entender. Talvez deva conversar com os psicólogos. Sofia Zetterlund é especialista no assunto. Mas a investigação mal começou, então é melhor você aguardar um pouco.

Eles encerraram a conversa.

Jeanette não tinha nada a perder. Talvez a psicóloga pudesse contribuir com algo, um mísero detalhe que fosse. Aquilo tinha acontecido antes. E parecia que havia mesmo um motivo para ligar.

Mas já era tarde, e Jeanette decidiu que estava na hora de ir para casa.

GAMLA ENSKEDE, CASA DOS KIHLBERG

Do carro, ela telefonou para Åke perguntando se tinha comida em casa. A geladeira estava vazia, por isso eles tinham comido pizza. Ela parou num posto de gasolina ao lado do Globen e comeu dois cachorros-quentes.

No caminho, ela baixou o vidro do carro, deixando o vento fresco acariciar seu rosto. Depois de estacionar diante de casa, ela atravessou o jardim e sentiu o cheiro de grama recém-cortada. Encontrou Åke sentado no pátio com uma cerveja. Estava suado e sujo, após o trabalho na terra. Ela foi até ele e beijou seu rosto barbado.

— Oi, bonitão — disse ela, como de costume. — Bom trabalho. Estava precisando! Todo mundo na rua reparava. — Ela indicou a casa vizinha e depois enfiou o dedo na boca, como quem quer vomitar. Åke riu e balançou a cabeça.

— Onde está Johan?

— No campo, com alguns amigos.

Ele olhou para Jeanette e inclinou a cabeça de lado, sorrindo.

— Você é bonita mesmo assim cansada. — Åke a abraçou pela cintura e a pôs no colo. Ela passou a mão sobre seu cabelo cortado rente, depois se soltou, levantou e foi até a porta do pátio que dava para a cozinha.

— Tem vinho? Preciso beber alguma coisa.

— Tem uma garrafa na pia e pizza na geladeira. Já que temos um tempo sozinhos, por que não entramos?

Fazia muitas semanas que eles não transavam. Jeanette sabia que ele costumava se aliviar no banheiro. Estava cansada demais, mas, quando virou, viu que ele caminhava em sua direção.

— Pode ser — disse, sem nenhum entusiasmo.

O desânimo era evidente em sua voz, mas ela não conseguia fingir.

— Se você não quer, deixa pra lá.

Jeanette viu que ele voltava para o pátio e abria mais uma cerveja.

— Desculpe — disse ela. — É que estou muito cansada. Só quero tirar essa roupa e relaxar um pouco antes do Johan voltar pra casa. Pode ser depois, antes de dormir?

Ele olhou para ela e apenas murmurou:

— Claro.

Jeanette suspirou fundo, tomada por um sentimento de inadequação.

Com passos decididos, ela foi até Åke e sentou diante dele com as pernas abertas.

— É melhor você ficar quietinho e entrar pra me comer! Sem conversa ou preliminares! — Ela o tomou pela mão e o levantou da cadeira. — O chão da cozinha vai ter que servir.

— Por que está fazendo isso? — Åke se livrou das mãos dela e saiu andando. — Vou buscar o Johan de bicicleta.

"Todos esses caras", pensou ela, "acham que têm o direito de exigir o que querem e fazer com que me sinta culpada." Seus chefes, Åke, todos os babacas que ela passava os dias tentando prender.

Esses homens de um jeito ou de outro influenciavam sua vida, que seria muito mais simples sem eles.

HOSPITAL DE HUDDINGE

Quando Karl Lundström deixou a sala, Sofia estava exausta. Embora ele negasse, a psicóloga percebeu que, ao contar o episódio em Kristianstad e se esconder atrás da argumentação religiosa e das histórias de tráfico de crianças, estava tomado pela vergonha.

Ele vivia reprimindo-a, principalmente no que dizia respeito ao tráfico.

Tanto a vergonha quanto a culpa não eram exclusivas dele, mas de toda a humanidade, em especial a máfia russa.

Seriam aquelas histórias invenções inconscientes?

Sofia resolveu informar Lars Mikkelsen acerca das informações que surgiram durante a conversa, mesmo achando que a polícia não encontraria nenhum Anders Wikström na região norte nem vídeos numa estante de seu sótão. Ela fez a ligação e contou resumidamente o que Karl Lundström lhe dissera.

— Por que um dos maiores hospitais da Suécia receita ansiolítico a torto e a direito?

— Lundström pareceu tonto?

— Sim. Meu trabalho fica muito mais fácil quando o entrevistado está sóbrio.

Depois que desligou e deixou a sala 112 do hospital de Huddinge, Sofia pensou em como se relacionava com seu trabalho.

Com que tipo de paciente realmente queria trabalhar? Como e onde podia contribuir mais? Qual era o custo disso em termos de noites maldormidas e estômago embrulhado?

Ela queria trabalhar com pacientes como Samuel Bai e Victoria Bergman, mesmo que não tivesse certeza de estar à altura.

Com Victoria Bergman, ela tinha se envolvido demais e perdido o discernimento.

E no geral?

Sofia chegou ao estacionamento, pegou as chaves do carro e lançou um rápido olhar ao complexo hospitalar.

De um lado, estava o trabalho naquele lugar, com homens como Karl Lundström. Ela não decidia nada. Só dava consultoria para uma investigação. No melhor dos casos, sua opinião se tornava uma recomendação que depois era encaminhada à Justiça.

Funcionava como uma brincadeira de telefone sem fio.

Ela sussurrava o que pensava no ouvido de alguém, que passava adiante para outra pessoa, que fazia o mesmo, até que chegasse a um juiz, que tomava a decisão final com um conteúdo totalmente diferente, talvez influenciado por peritos mais convincentes.

A psicóloga destrancou a porta do carro e afundou no assento.

Do outro lado, estava o trabalho no consultório, com pessoas como Carolina Glanz, pelo qual ela recebia por hora.

Os pacientes pagavam por seu tempo, exigindo cem por cento de foco neles. A terapeuta se permitia ser usada mediante pagamento.

"Uma triste tautologia", constatou ela, enquanto saía do estacionamento. "Sou uma prostituta."

KLARA SJÖ, PROMOTORIA

O escritório de Kenneth von Kwist tinha uma decoração esparsa e bem masculina, com poltronas de couro pretas, uma grande mesa e diversas obras de arte naturalistas.

Seu estômago queimava, mas mesmo assim ele encheu o copo de uísque e estendeu a garrafa para o advogado Viggo Dürer, que a aceitou de bom grado.

Von Kwist ergueu o copo, deu um gole e saboreou o aroma encorpado e defumado.

A reunião com Viggo Dürer até então não havia mudado nada, para melhor ou pior. Dürer tinha apenas reconhecido que era bem mais que um conhecido da família Lundström.

— Viggo... — disse o promotor Kenneth von Kwist, respirando fundo. — Faz tempo que nos conhecemos, e eu sempre ajudei você, do mesmo modo que me ajudou.

O advogado balançou a cabeça:

— É verdade.

— Mas agora não sei se posso fazer alguma coisa. Na verdade, nem sei se quero.

— O que está dizendo?

Viggo Dürer olhou pra ele sem entender.

— Karl se complicou quando confessou que abusava de Linnea.

— Sim, uma coisa horrível. — Viggo Dürer se remexeu na cadeira e fez uma careta pouco convincente de nojo. — Mas o que tenho a ver com isso?

— A confissão foi confirmada pela garota.

Viggo Dürer ficou espantado:

— Mas eu pensei que Annette...

Ele ficou em silêncio, e Kenneth von Kwist reagiu imediatamente.

— O que tem Annette?

Dürer percorreu a sala com os olhos.

— Ah, que ela já havia deixado isso tudo pra trás.

Algo na postura de Viggo Dürer fortaleceu a desconfiança do promotor de que a menina falava a verdade.

— Linnea afirmou que você também estava envolvido nas... como posso dizer?... nas atividades de Karl.

Viggo Dürer ficou pálido e pôs a mão no peito:

— Puta merda!

— O que aconteceu? Você está bem?

O advogado gemeu e bufou algumas vezes antes de levantar a mão num gesto terminante:

— Sim — disse ele em seguida. — É só que isso que você acaba de dizer me soa bastante preocupante.

— Eu sei. Por isso precisa ser pragmático. Se é que me entende...

MARIATORGET, CONSULTÓRIO DE SOFIA ZETTERLUND

Quando Sofia retornou ao consultório, sentia um vazio por dentro. Faltava uma hora para a próxima paciente, uma mulher de meia-idade que ela já havia recebido duas vezes, cujo problema principal era ter problemas.

Aquela sessão seria dedicada a compreender um problema que não era um problema de início, mas que se tornara um no decorrer das sessões, de modo mais ou menos perceptível.

E depois seria a vez de Samuel Bai.

"Problemas de verdade", pensou ela.

Uma hora.

Victoria Bergman.

Ela pôs o fone de ouvido.

A voz de Victoria soava alegre.

— *Era tão fácil que eu mal podia evitar rir das caras sérias quando enchia os bolsos de balas que poderia vender pra todos que competiam pra ver quem tinha coragem de pôr a mão no meu peito ou entre minhas pernas, e ria de verdade quando ficava furiosa e passava cola na fechadura para que eles se atrasassem, e aquele velho barbudo que bateu em minha cabeça com um livro fazendo meus dentes chacoalharem e me obrigando a cuspir o chiclete que já tinha mesmo perdido o sabor e depois eu usei para prender numa mosca...*

Sofia refletiu sobre como a voz se transformava com as associações. Era como se as memórias pertencessem a diferentes pessoas que falavam através de um médium. No meio da frase, a voz de Victoria adquiriu um tom melancólico.

— *... e eu tinha, claro, mais chiclete escondido e conseguia pôr outro na boca enquanto ele ficava sentado lendo e observando se eu estava colando, as respostas esta-*

vam escritas na minha mão, mas o suor borrava tudo e eu errava a ortografia só porque estava nervosa, e não por ser burra como os outros coitados que conseguiam fazer mil truques com a bola, mas não sabiam nada sobre capitais ou guerras, mas deviam saber, já que era gente como eles que começava as guerras o tempo todo e nunca entendiam que era hora de parar e só iam atrás de quem era um pouco diferente ou usava a marca errada de calça ou um corte de cabelo feio ou era gordo…

A voz ficou mais penetrante. Sofia lembrou que Victoria parecera nervosa.

— *… como aquela menina grande e gorda que sempre passava de triciclo por lá e tinha o rosto esquisito e babava o tempo todo e uma vez contou que disseram pra tirar a roupa, mas ela não entendeu até que a ajudaram com as calças. Sempre acharam que ela era só uma criança grande, então se espantaram quando viram que já era crescida da cintura pra baixo, depois a gente apanhava só porque não chorava quando davam murro na barriga e em vez disso dava risada e só podia ir embora depois de prometer não contar pra ninguém nem reclamar, pra ser duro e decidido…*

Então, silêncio. Sofia escutou a própria respiração. Por que não pedira a Victoria que continuasse?

Ela avançou a fita. Quase três minutos de silêncio. Quatro, cinco, seis. Por que tinha gravado aquilo? Tudo o que se ouvia eram respirações e o ruído de papel.

Depois de sete minutos, Sofia escutou o som do clique da caneta. Então Victoria quebrou o silêncio.

— *Nunca bati no Martin. Nunca!*

Victoria estava quase gritando, de modo que Sofia teve que baixar o volume.

— *Nunca. Não sou do tipo que trai as pessoas. Comi merda por elas. Merda de cachorro. Estou acostumada com esse tipo de coisa! As esnobes filhas da puta de Sigtuna! Comi merda por causa delas!*

Sofia tirou o fone do ouvido.

Ela sabia que Victoria misturava suas lembranças e com frequência esquecia o que dissera minutos antes.

Mas aqueles silêncios eram lapsos normais?

Sofia aguardava nervosa o horário de Samuel. A sessão não podia terminar num beco sem saída, como as outras.

Ela precisava entrar em sua cabeça antes que fosse tarde demais, antes que ele escorregasse de suas mãos. Sabia que ia precisar de toda a energia que tinha para ser bem-sucedida.

Como de costume, Samuel Bai chegou pontualmente com a assistente social de Hässelby.

— Duas e meia?

— Acho que dessa vez a sessão vai ser mais longa — disse Sofia. — Melhor vir às três.

A assistente social foi embora, e Sofia olhou para Samuel Bai, que estava assoviando.

— Prazer em conhecer a senhora — disse, abrindo um grande sorriso.

Sofia ficou aliviada ao constatar qual das personalidades de Samuel estava diante dela.

Era o Samuel Sincero, como Sofia o chamava nas suas anotações. Ele era franco, expansivo e simpático. Começava quase toda frase com "Sinceramente, tenho que dizer...". Ele falava isso num inglês típico do seu país, o que Sofia achava quase divertido.

Da última vez, Samuel adotara aquela personalidade expansiva assim que a assistente social fora embora e eles apertaram as mãos.

"É interessante que ele escolha usar essa personalidade expansiva quando me encontra", pensou Sofia, convidando-o a entrar em seguida.

A postura aberta do Samuel Sincero tornava-o a mais interessante personalidade dele que Sofia observara até então. O Samuel Comum, que era sua personalidade principal, era fechado, correto e pouco comunicativo.

Samuel Sincero foi a personalidade que contou os horrorosos acontecimentos que ele passara na infância. Era quase bizarro vê-lo sempre sorrindo, charmoso, elogiando os belos olhos de Sofia, e depois contar sobre quando estava num barracão escuro em Lumley Beach, perto de Freetown, cortando as orelhas de uma menina. Ele às vezes soltava uma gargalhada contagiante, que ela achava parecida com a do Ibrahimovíc. Uma gargalhada animada e profunda, que fazia todo o seu rosto se iluminar.

Mas, por vezes, uma faísca nos olhos dele dava à psicóloga razão para acreditar que havia mais um Samuel, que ainda não tinha se mostrado.

O processo terapêutico se constituía em reunir os diferentes tipos numa única personalidade coesa e funcional. Mas Sofia sabia que naquele tipo de caso não se devia ir rápido demais. O paciente tinha que conseguir lidar com o material que ela revelava.

Com Victoria Bergman tudo tinha acontecido por si só.

A paciente funcionava como uma estação de tratamento de água, procurando esvair todo o mal através de seus monólogos circulares.

Mas com Samuel Bai era diferente.

Sofia tinha que ser cuidadosa e ainda assim eficiente com ele.

Samuel Sincero não dava sinais de sentimentos profundos quando contava sobre as experiências terríveis que tinha vivido. Mas ela sentia, mais e mais, que ficava sentado diante dela como uma bomba prestes a explodir.

Sofia o convidou a se acomodar, e Samuel Sincero sentou na cadeira com um movimento serpentino. Fazia parte daquela personalidade uma linguagem corporal elástica e escorregadia.

Sofia olhou para ele e sorriu ressabiada.

— Como você está, Samuel?

Ele tamborilou na mesinha de centro, com seu grande anel de prata, e a observou animado. Depois fez um movimento como se uma onda passasse através dele, de ombro a ombro.

— Nunca estive melhor... E, sinceramente, preciso dizer...

Samuel Sincero gostava de conversar. Ele demonstrava um verdadeiro interesse por Sofia, fazendo perguntas pessoais e pedindo abertamente sua opinião sobre diversas questões. Aquilo era positivo, porque assim ela podia conduzir a conversa para as coisas que considerava importantes, de modo que um avanço pudesse ocorrer.

A sessão já tinha durado cerca de trinta minutos quando a personalidade do Samuel Comum assumiu o controle. O que ela fizera de errado?

Eles estavam falando sobre segregação, um assunto que interessava Samuel Sincero, depois ele perguntara onde ela morava e qual era a estação de metrô mais próxima. Quando ela respondeu "Södermalm" e "Skanstull ou Medborgarplatsen", o sorriso franco se apagou e ele ficou mais reservado.

— Perto do Monumentet... — disse ele em sueco com sotaque.

— Samuel?

— O que foi? Ele cuspiu na minha cara... Tinha aranhas nos braços. Tatuagens...

Sofia sabia a que incidente ele se referia. Ficara sabendo através da assistente de Hässelby que ele tinha sido agredido numa passarela da Ölandsgatan. Monumentet era um bairro que ficava próximo à estação Skanstull.

"Perto do apartamento de Mikael", pensou ela.

— Olha a minha tatuagem. RUF. De Frente Unida Revolucionária. Olha aqui!

Ele puxou a camisa até o peito, revelando as letras. Ela conhecia mais que bem aquele símbolo tão carregado de significado.

Fora a lembrança do ataque que despertara o Samuel Comum?

Sofia refletiu um instante. Ele ficou em silêncio, com os olhos baixos.

Talvez Samuel Sincero não pudesse suportar a humilhação do ataque e deixara aquilo para Samuel Comum, que era quem cuidava dos contatos formais com a polícia e o serviço social. Aquele talvez fosse o motivo pelo qual Samuel Sincero desaparecera quando o Monumentet viera à tona.

"Tem que ser isso", pensou ela. "A linguagem carrega símbolos psíquicos."

Logo ela teve uma ideia para trazer Samuel Sincero de volta.

— Você me dá licença um instante, Samuel?

— O que foi?

Ela sorriu pra ele.

— Tem uma coisa que eu quero mostrar. Volto em um minuto.

Sofia saiu da sala, e foi direto para a sala de espera de Johansson, um dentista, que ficava à direita de seu próprio consultório.

Ela entrou sem bater na porta. Pediu desculpas a um surpreso Johansson, que estava ocupado em brocar o dente de uma senhora, e pediu emprestado uma miniatura de motocicleta que se encontrava numa estante às costas do dentista.

— Só vou precisar dela por uma hora. Sei quanto carinho tem por essa moto, prometo que vou tomar cuidado.

Sofia deu um sorriso sedutor para o dentista sexagenário, sabendo que tinha uma queda por ela. "Coisas da idade", ela pensou.

— Psicólogos... — murmurou ele por detrás da máscara, então levantou e apanhou a miniatura da prateleira.

Era um velho modelo de Harley-Davidson vermelha, muito bem-feito. Segundo Johansson, fora fabricado nos Estados Unidos em 1959, com metal fundido e borracha de uma Harley legítima.

"Perfeito", pensou Sofia.

Johansson entregou a miniatura para a psicóloga e a lembrou de quão valiosa era. Valia pelo menos duas mil coroas num site de compras e talvez mais se fosse vendida a um japonês ou americano.

"Deve pesar quase um quilo", pensou Sofia enquanto voltava à sua sala. Ela se desculpou novamente com Samuel e pôs a miniatura na armação da janela, à esquerda de sua mesa.

— Meu Deus! — irrompeu ele.

Ela não imaginava que a mudança seria tão rápida.

Os olhos de Samuel Sincero brilhavam de cobiça. Ele disparou até a janela e Sofia o observou sorrindo enquanto pegava a moto respeitosamente, soltando assovios e exclamações de entusiasmo.

— Minha nossa, que lindo...

Em sessões anteriores, ela havia notado uma paixão em Samuel Sincero. Ele contara repetidas vezes a ela sobre o clube de motociclistas de Freetown, onde costumava ficar admirando as longas fileiras de motos. Quando ele tinha catorze anos, a tentação foi demais e Samuel roubara uma Harley, com a qual andara pelas extensas praias fora da cidade.

Samuel sentou com a moto no colo, acariciando-a como se fosse um cachorrinho. Seus olhos brilhavam e seu rosto foi tomado por um largo sorriso.

— Liberdade. É o que significa... Essas motos são para mim como o leite materno para um bebê.

Ele começou a falar sobre seu interesse em motos. Possuir uma representava a possibilidade de impressionar as meninas e fazer amigos.

— Fale mais sobre eles. Seus amigos.

— Quais? Os malucos ou os legais? Prefiro os do segundo tipo. Sinceramente, tenho um monte de amigos em Freetown... Começando pelo Collin, que é legal...

Sofia sorriu discretamente e o deixou falar sobre Collin e os outros, cada um melhor que o outro. Após dez minutos, percebeu que Samuel provavelmente gastaria o resto de seu tempo contando anedotas exaltando outros garotos.

Ela se sentiu obrigada a levantar a guarda. A enxurrada de palavras e a gesticulação poderiam tirar sua concentração.

Precisava mudar o rumo da conversa.

Então aconteceu o que ela já esperava, embora não desconfiasse que seria naquele instante.

Outro Samuel apareceu diante dela.

estava banhada pela luz vacilante da tevê, ligada no Discovery a noite toda. Às cinco e meia da manhã, ela acordou no sofá com a voz monótona do narrador.

— *"Pla Kat" em tailandês quer dizer "plágio", mas também é o nome de uma espécie de peixe grande e agressivo, criado em cativeiro, empregado no país em competições espetaculares. Dois machos são aprisionados num aquário pequeno, e seu instinto territorial faz com que se ataquem imediatamente. A medição de força, brutal e sangrenta, não termina antes que um deles morra.*

Ela sorriu, levantando em seguida para ir até a cozinha ligar a máquina de café.

Enquanto esperava que esquentasse, foi para a janela da cozinha e olhou a rua.

O parque e as árvores frondosas, os carros estacionados e as pessoas se aquecendo ao sol.

Estocolmo.

Södermalm.

Sua casa?

Não, sua casa era algo bem diferente.

Era uma condição. Um sentimento que nunca ia vivenciar. Jamais.

Devagar, pedaço por pedaço, uma ideia foi se formando.

Quando terminou de tomar o café, pôs a xícara na pia e voltou para a sala.

Ela mudou a luminária de lugar, destravou o ferrolho e abriu a porta atrás da estante de livros.

Encontrou o menino dormindo profundamente.

A mesa da sala de estar estava cheia de jornais das semanas anteriores. Ela esperava ao menos uma notícia sobre uma criança desaparecida, imaginando secretamente que estaria nas manchetes.

Uma criança some e não é nem noticiado?

Aquilo aumentaria a venda dos tabloides por uma semana.

Costumava ser assim.

Mas ela não encontrou nenhuma indicação de que ele estava sendo procurado. Nada foi mencionado no rádio, e ela se deu conta de que ele era ainda mais perfeito do que imaginara.

Se não havia ninguém procurando pelo menino, isso significava que ele ficaria ao seu lado enquanto satisfizesse suas necessidades básicas, o que ela sabia que podia fazer.

E muito mais do que isso.

Ela ia refinar seus desejos até que se misturassem aos dela e os dois se tornassem um só. Seria a cabeça pensante da nova criatura, enquanto ele seria os músculos.

Mas, naquele instante, dopado na cama, ele não passava de um embrião. Quando aprendesse a pensar como ela, só existiria uma verdade para os dois.

Ela ia ensiná-lo a ser vítima e agressor ao mesmo tempo, e o menino compreenderia.

Ele seria o animal, e ela poderia decidir se o animal se deixaria levar por seus impulsos. Em conjunto iam se tornar a pessoa perfeita, cujo livre-arbítrio seria conduzido por uma consciência, enquanto os impulsos físicos seriam conduzidos por outra.

Seus impulsos poderiam ser liberados através dele, que teria prazer nisso.

Nenhum dos dois poderia ser responsabilizado pelo que o outro fizesse.

O corpo seria formado por duas criaturas, um animal e uma pessoa.

Uma vítima e um agressor.

Um agressor e uma vítima.

O livre-arbítrio e o impulso físico unificados.

Dois antípodas em um só corpo.

O quarto estava escuro, e ela acendeu a luz. O menino despertou, e ela lhe deu de beber e limpou o suor de sua testa.

Encheu a pia do pequeno banheiro com água morna e voltou. Ela o limpou com toalha, sabonete e água. Depois o secou com cuidado.

Antes de sair, aplicou outra injeção de sonífero nele e aguardou até que perdesse a consciência.

O menino adormeceu com a cabeça no colo dela.

RESTAURANTE HARVEST HOME

Os fregueses eram como sempre uma mistura de artistas locais, alguns músicos mais ou menos conhecidos, atores e turistas ocasionais que queriam experimentar a "vida boêmia" de Södermalm.

No fundo, aquele era o bairro mais pequeno-burguês e etnicamente homogêneo de todo o país. Também era uma das regiões onde mais ocorriam crimes, embora fosse apresentada pela mídia como descolada e repleta de intelectuais, em vez de violenta e perigosa.

"Fraqueza", pensou Victoria Bergman, suspirando. Durante um semestre, ela tinha feito terapia com Sofia Zetterlund, mas o que haviam conseguido?

No começo, achara que as sessões permitiam que liberasse seus sentimentos e pensamentos. Sofia Zetterlund era boa em escutar. Mas, depois, percebeu que não recebia nada de volta. A psicóloga ficava o tempo todo sentada, parecendo prestes a dormir. Quando Victoria realmente se abria, ela ficava na sua frente balançando a cabeça com frieza, tomando notas, mexendo nos seus papéis e apertando seu gravadorzinho, sempre parecendo ausente.

Victoria pegou o maço de cigarros da bolsa e pôs sobre a mesa, tamborilando os dedos com nervosismo. O desgosto pesava no peito.

E já estava ali fazia muito tempo.

Era demais para suportar.

Ela estava sentada a uma mesa na calçada da Bondegatan. Depois que se mudara para Södermalm, passara a frequentar aquele lugar para beber uma ou duas taças de vinho.

Os garçons eram simpáticos, mas não invadiam seu espaço pessoal. Ela detestava o tipo de atendente que após algumas visitas já a chamavam pelo nome.

Victoria Bergman pensou no rosto sonolento, desinteressado e cansado da psicóloga e teve uma ideia. Pegou uma caneta no bolso da jaqueta e pôs três cigarros em linha sobre a mesa.

Num deles escreveu "Sofia"; no segundo, "fraca"; no terceiro, "sonolenta".

Depois escreveu "Sofia zzzzzzz..." sobre o maço de cigarros.

Victoria acendeu aquele onde estava escrito "Sofia".

"Foda-se", pensou ela. "Chega de sessões. Por que voltar?" Sofia Zetterlund se dizia uma psicoterapeuta, mas na verdade não passava de uma pessoa fraca.

Ela pensou em Gao. Eles dois não eram fracos.

Os acontecimentos dos últimos tempos permaneciam em sua mente, e ela sentiu quase uma euforia. Apesar disso, continuava insatisfeita, com o desapontamento a roendo por dentro. Como se precisasse de algo a mais.

Concluiu que precisava expor Gao a um teste no qual ele não passaria. Então ela talvez pudesse voltar a sentir o que sentia de início. Victoria compreendeu que precisava ter à sua frente o olhar de Gao e o de mais ninguém. Ver seus olhos percebendo que ela o havia traído.

Sabia que usava a traição como uma droga e que mentia para se sentir bem. Tinha duas pessoas em seu poder e podia decidir quem receberia carinho e quem apanharia. Se houvesse uma troca consciente de quem era a vítima, poderia levá-los a odiar um ao outro, e depois fazer de tudo para cair em suas boas graças.

Quando estivessem inseguros o bastante, chegariam ao ponto de querer matar um ao outro.

Gao era seu filho. Sua responsabilidade, tudo o que tinha no mundo.

Antes só houvera um como ele: Martin.

Ela tomou um gole do vinho e se perguntou se era a culpada pelo desaparecimento do garoto. "Não", pensou ela. Victoria era só uma criança na época.

A culpa era do pai dela. Ele tinha destruído sua confiança nos adultos, e o pai de Martin teve que arcar com as consequências.

"Ele só gostava de mim. Interpretei errado o jeito como me tocava", pensou ela. "Eu era apenas uma criança confusa".

Victoria tomou um gole generoso de vinho e deu uma olhada no cardápio, mesmo sem vontade de comer.

BONDEGATAN, RUA COMERCIAL

Sofia Zetterlund foi à Tjallamalla na rua Bondegatan, na esperança de achar uma roupa bonita, mas acabou saindo de lá com uma pequena pintura do Velvet Underground, banda que ela escutava muito quando era adolescente.

Ela se surpreendeu com o fato de a loja também vender obras de arte. Não pensou um segundo antes de comprar, pois considerou o quadro um achado.

A psicóloga sentou a uma das mesas na calçada do restaurante Harvest Home, que ficava a poucos metros da loja, e pôs o quadro na cadeira ao lado.

A garçonete sorriu quando a reconheceu. Sofia retribuiu o sorriso, pediu meia garrafa do vinho branco da casa e acendeu um cigarro.

Ela pensou em Samuel Bai e na sessão de algumas horas antes. Estremeceu diante do que tinha despertado e da sua reação.

Quando estava enfurecido, ele era imprevisível. A fachada impenetrável parecia totalmente desconectada da racionalidade. Sofia tentara penetrar sua consciência caótica e lá fincar raízes, para se tornar algo em que Samuel pudesse se agarrar. Mas falhou em sua tentativa.

Ela afrouxou a echarpe e sentiu o pescoço dolorido. Sobrevivera por sorte.

Tudo estava indo bem até o instante em que o novo Samuel veio à tona.

Sem aviso, ela testemunhara uma transformação assustadora. Quando fazia um comentário sobre um amigo de infância, Samuel mencionara um lugar chamado Pademba Road Prison.

Já no "Prison", a voz dele mudara, tornando-se rouca e abafada.

Ela sabia que personalidades múltiplas podiam se suceder rapidamente. Uma palavra ou um gesto eram o suficiente.

Samuel tinha soltado uma gargalhada que a assustara bastante. O sorriso largo permanecera num rosto completamente vazio. Seu olhar havia escurecido.

A lembrança de Sofia do que se passara em seguida era pouco clara.

Ela lembrava que Samuel havia se levantado da cadeira e batido na mesa de centro, fazendo o porta-canetas cair e rolar em sua direção.

Samuel vociferava.

— *I redi, na a de foyu. If yu ple wit faya yugo soori*!

"Estou pronto e estou aqui para pegar você. Se brincar com fogo, vai se arrepender."

— *Mambaa manyani... Mamani manyimi...*

Parecia uma fala infantil e a gramática era bem esquisita, mas não havia dúvida quanto ao sentido das palavras. Ela escutara aquilo antes.

Então Samuel botara as mãos em seu pescoço e a levantara no ar, como se ela fosse uma boneca.

Depois tudo escurecera.

Quando Sofia ergueu a taça de vinho com a mão tremendo e a levou à boca, percebeu que estava chorando. Secou os olhos com a manga da camisa e decidiu que precisava pôr as memórias em ordem.

"Então a assistente social chegou", pensou ela.

Sofia lembrou que sorriu ao entregar Samuel. Como se nada de anormal tivesse ocorrido. Mas o que acontecera antes?

Sua única lembrança era um perfume conhecido.

Aquele que Victoria Bergman costumava usar.

"Não consigo separar meus pacientes", constatou ela, desolada, enquanto tomava mais um pouco. "Esse é o motivo pelo qual não consigo lidar com essas questões."

Samuel Bai e Victoria Bergman.

Além do choque e da falta de oxigênio, seu discernimento estava comprometido. Sua única lembrança dos acontecimentos com Samuel no consultório era relacionada a Victoria Bergman.

"Não vou conseguir", repetia ela em silêncio para si mesma. "Não adianta cancelar minha próxima sessão com ele, vou desmarcar todas. Não posso ajudar Samuel agora. Às vezes é aceitável ser fraca."

Seus pensamentos foram interrompidos por um telefonema de um número que ela não reconhecia.

— Alô? — ela disse, hesitante.

— Alô. Aqui é Jeanette Kihlberg, estou ligando da polícia de Estocolmo. Você é Sofia Zetterlund?

— Sim.

— É a respeito de um paciente seu, Karl Lundström. Temos indicações de que ele pode estar envolvido num caso que estou investigando. Lars Mikkelsen recomendou que eu falasse com você sobre uma conversa que tiveram. Quero saber se Karl Lundström contou algo para você que possa nos ajudar.

— Como você sabe, tenho o dever de manter silêncio a esse respeito. Se não me engano, é preciso uma ordem judicial para que eu possa falar sobre o paciente.

— Teremos uma ordem em breve. Estou investigando o assassinato de dois meninos que foram torturados antes de morrer. Suponho que você esteja a par dos acontecimentos através dos jornais. Ficaria muito grata se pudesse nos contar algo sobre Lundström, mesmo que pareça insignificante.

Sofia não gostou do tom de voz da mulher. Era amigável e arrogante ao mesmo tempo. Parecia que estava jogando verde para obter informações às quais não deveria ter acesso.

— Como disse, só posso me pronunciar com uma ordem judicial. Além disso, não estou com o arquivo de Karl Lundström em mãos.

Ela notou o desânimo na voz da mulher.

— Eu entendo, mas, se mudar de ideia, entre em contato conosco. De qualquer jeito, obrigada.

MONUMENTET, APARTAMENTO DE MIKAEL

À noite, Sofia e Mikael conversavam à frente da tevê. Como sempre, ele estava mais interessado em falar sobre suas realizações no trabalho. Ela sabia que Mikael era autocentrado, e na maioria das vezes não se importava em ouvi-lo falar. Mas, naquela noite, sentia necessidade de pôr para fora tudo o que tinha passado.

— Fui atacada por um paciente.

— O quê? — Mikael olhou para ela espantado.

— Não foi nada sério, mas... Estou pensando em interromper o tratamento.

— Imagino que esse tipo de coisa aconteça o tempo todo — disse Mikael, passando a mão no braço dela. — Mas é claro que você não pode continuar atendendo um paciente perigoso.

Sofia pediu que ele a abraçasse.

Mais tarde, recostada no ombro de Mikael, ficou observando seu perfil, delineado pela luz débil do quarto.

— Algumas semanas atrás você me perguntou se eu queria ir a Nova York, lembra? — perguntou, acariciando Mikael, que virou o rosto para ela.

Sofia percebeu sua animação, e por um instante se arrependeu de ter tocado no assunto. Por outro lado, talvez fosse hora de contar tudo.

— Lasse e eu estivemos lá no ano passado...

— Você tem certeza de que quer me contar isso?

— Não sei. Mas o que aconteceu foi importante para mim. Eu queria ter um filho com ele e...

— Hum... Será que eu quero saber disso? — Mikael suspirou.

Ela acendeu a luz e sentou na cama.

— Preciso que me escute agora — disse ela. — Quero te contar uma coisa que significa muito pra mim, o que não acontece sempre.

Mikael puxou o cobertor e virou para o outro lado.

— Eu queria ter um filho com ele — continuou ela. — Estávamos juntos fazia dez anos e nunca tinha acontecido, porque ele não queria. Mas durante a viagem algumas coisas o fizeram mudar de ideia.

— A luz está me incomodando, você pode apagar?

Sofia ficou magoada com sua falta de interesse, mas apagou a luz e se deitou atrás dele.

— Você quer ter um filho, Mikael? — perguntou ela após um instante.

Ele pegou o braço dela e pôs sobre si.

— Humm... Não agora, acho.

Sofia pensou no que Lasse sempre dizia. Tinham sido dez anos de "Não agora". Mas em Nova York ele mudara de ideia.

Estava convencida de que fora sincero, apesar de tudo ter mudado quando voltaram para casa.

Ela não queria pensar no que acontecera depois. Em como as pessoas mudam, e em como às vezes parece que cada ser humano contém várias versões de si mesmo. Tinham sido tão próximos, ele a havia escolhido. Ao mesmo tempo, aquele outro Lasse a afastara de si. "Isso é psicologia elementar", pensou ela. Mas aquilo tudo a amedrontava de qualquer maneira.

— Você tem medo de alguma coisa, Mikael? — perguntou ela, suavemente. — De verdade?

Ele não respondeu, e Sofia percebeu que tinha adormecido.

Ela ficou um tempo deitada pensando em Mikael.

O que tinha visto nele?

Era bonito.

Parecia Lasse.

Tinha despertado seu interesse apesar de ser tão comum, ou justamente por esse motivo.

Uma clássica formação pequeno-burguesa. Tinha crescido em Saltsjöbaden com a mãe, o pai e a irmã mais nova. Com segurança e conforto. Sem problemas financeiros. Escola e futebol, depois seguir os passos do pai. Tudo resolvido.

O pai dele se suicidara bem antes de os dois se conhecerem, e Mikael nunca falava sobre aquilo. Toda vez que Sofia tentava tocar no assunto, ele saía da sala.

Aquela morte ainda era uma ferida aberta. Sofia concluiu que os dois deviam ser próximos. Ela só havia encontrado a mãe e a irmã uma vez.

Ela adormeceu abraçada a ele.

Às três e meia da madrugada, acordou coberta de suor. Pela terceira noite consecutiva, sonhara com Serra Leoa. Estava abalada demais para adormecer de novo. Ela se levantou com cuidado para não despertar Mikael, que dormia profundamente ao seu lado.

Ele não aprovava o fato de Sofia fumar, mas ela ligou a coifa da cozinha, sentou e acendeu um cigarro.

Pensou em Serra Leoa e reconheceu que recusar o trabalho de checagem oferecido pela editora fora um erro.

Teria sido um primeiro passo mais cuidadoso e sensato para processar o que havia passado ali. Muito mais que confrontar um antigo menino-soldado como Samuel Bai.

De vários modos, Serra Leoa tinha sido uma decepção. Jamais pudera se aproximar das crianças que supusera poder ajudar. Ela se lembrou dos rostos vazios e da má vontade com os voluntários. Compreendera logo que era só mais uma entre muitos. Uma estrangeira adulta, branca, que talvez apenas os assustasse. As crianças tinham jogado pedras nela. Sua confiança nos adultos se perdera. Sofia nunca se sentira tão impotente.

E então fracassara em ajudar Samuel Bai.

"Uma decepção", pensou. Sete anos depois, a decepção de Serra Leoa se repetia.

Ela preparou alguns sanduíches e bebeu um copo de suco enquanto pensava em Lasse e Mikael.

Lasse a tinha deixado.

Mikael também era uma decepção? Tudo era tão bom no começo.

Estariam se separando, antes mesmo de poder se aproximar de verdade?

Não havia muita diferença entre sua vida profissional e sua vida privada. Os rostos se fundiam. Lasse. Samuel Bai. Mikael. Tyra Mäkelä. Karl Lundström.

Todos ao redor eram desconhecidos.

Afastavam-se dela, fugindo ao seu controle.

Sofia sentou perto do fogão de novo, acendeu mais um cigarro e viu a fumaça sendo sugada pela coifa. O gravador estava sobre a mesa, e ela o apanhou.

Ainda era cedo e ela devia tentar dormir, mas não pôde resistir à tentação e o ligou.

— *Sempre tive medo de altura, mas ele queria tanto andar de roda-gigante. Se não fosse por isso, nada teria acontecido, e ele estaria agora falando com o sotaque de Skåne, já grande, amarrando o cadarço sozinho. Porra, é difícil lembrar... Ele era mimado pra caramba, e o tempo todo sua vontade tinha que ser feita.*

Sofia sentiu que estava relaxando.

Tinha entrado no estado que precede o sono, quando os pensamentos voam livres.

A PORTA

se abriu e a loira foi até ele. Ela também estava nua, e foi a primeira vez que viu uma mulher sem roupa. Nem mesmo sua mãe tinha se mostrado para ele.

Fechou os olhos.

Ela deitou junto a ele e ficou ali em silêncio, cheirando seu cabelo e acariciando seu peito. Não era sua mãe, mas o havia escolhido. Olhou para ele e pegou sua mão, sorrindo.

Nunca antes tinham-no acariciado daquele jeito. Nunca antes se sentira tão seguro.

Os outros sempre duvidavam dele. Não o tocavam, apenas apertavam. Para testar sua utilidade.

Mas a loira não duvidava dele.

Ele fechou os olhos de novo e a deixou fazer o que quisesse.

O colchão ficou molhado. Por muitos dias, não fizeram mais que permanecer na cama, intercalando atividade e sono.

Quando ele não entendia o que queria que fizesse, ela mostrava com paciência. Embora tudo fosse novo, ele aprendia rápido, e com o tempo foi adquirindo habilidade.

O que tinha mais dificuldade em aprender era como usar o objeto em forma de garra.

Muitas vezes passava muito de leve, e ela era obrigada a mostrar como rasgá-la até começar a sangrar.

Quando passava com força, ela gemia, mas não fazia nenhuma menção de puni-lo, e ele se deu conta de que aquilo era melhor, mesmo que não entendesse por quê.

Talvez ela fosse um anjo e não conseguisse sentir dor.

O teto, as paredes, o piso, o colchão, o plástico que estalava sob seus pés, o banheiro e a ducha. Tudo era dele.

Os dias eram preenchidos com levantamento de peso, abdominais e horas na bicicleta ergométrica que ela pôs num canto do quarto.

Dentro do banheiro tinha um armarinho. Estava cheio de óleos e cremes que ela passava nele toda noite. Alguns tinham cheiro forte, mas faziam as dores musculares desaparecerem. Outros tinham um cheiro delicioso e deixavam sua pele macia e elástica.

Ele se viu no espelho com os músculos contraídos e sorriu.

O quarto era como uma miniatura do país em que estava. Silencioso, seguro e limpo.

Ela recordou o que aquele grande filósofo chinês dissera sobre a capacidade humana de reter conhecimento.

Escuto e esqueço, vejo e recordo, faço e compreendo.

As palavras eram redundantes.

Só precisava olhar para ela para aprender o que queria que fizesse. Depois, compreenderia.

O quarto estava sempre em silêncio.

Cada vez que tentava dizer alguma coisa, ela punha a mão sobre sua boca. Quando se comunicava, era através de pequenos grunhidos, precisos e abafados, ou com gestos. Após um tempo, ele não pronunciava uma palavra mais.

Ele notou como a mulher ficava contente ao vê-lo. Quando punha a cabeça sobre os joelhos dela, ela acariciava seu cabelo espetado, acalmando-o. Com uma leve vibração nos lábios, demonstrava a ela que estava gostando.

O quarto era seguro.

Ele a observava e aprendia, registrando o que queria que fizesse. Com o tempo, deixou de pensar em palavras e frases, passando a relacionar as experiências corporais. A felicidade se tornou um calor na barriga; o nervosismo, uma contração na nuca.

O quarto estava sempre limpo.

Ele só fazia e compreendia. Era puro sentimento.

Nunca dizia uma palavra. Pensava em imagens.

Era um corpo e mais nada.

Palavras não tinham sentido. Palavras não podiam existir no pensamento de alguém.

Mas, de repente, palavras apareciam, e ele não tinha como evitar.

"Gao", pensou. "Meu nome é Gao Lian".

KVARTERET KRONOBERG, DELEGACIA DE POLÍCIA

Quando Jeanette Kihlberg encerrou o telefonema para Sofia Zetterlund, sentiu-se muito abatida. Sabia que conseguir uma ordem judicial seria um problema. Estava convencida de que Von Kwist seria um entrave.

Além do mais, havia a própria Sofia Zetterlund.

Jeanette não gostou da frieza dela. Parecia muito racional e insensível. Afinal, dois meninos haviam sido assassinados. Se ela pudesse ser de alguma ajuda, por que não contribuiria? Era de fato só uma questão de ética profissional e confidencialidade?

Jeanette sentia como se tudo e todos estivessem no seu caminho.

Pela manhã, ela e Hurtig tentaram em vão entrar em contato com Ulrika Wendin, a menina que sete anos antes denunciara Karl Lundström por estupro e agressão. O número de telefone fornecido pela companhia telefônica não existia mais. Eles foram até o endereço em Hammarbyhöjden, mas ninguém abriu a porta. Jeanette esperava que o aviso enfiado na caixa de correio servisse para que ela entrasse em contato tão logo chegasse a casa. Mas, até então, não havia o que fazer.

Aquele caso era como uma árdua escalada. Duas semanas haviam se passado e eles não tinham pistas. Uma vítima permanecia sem identificação.

Ela precisava de uma mudança. Novos desafios.

Se quisesse galgar a hierarquia da polícia, seria através de funções em serviço de gabinete ou administrativo.

Mas era aquilo que desejava?

Enquanto lia um memorando sobre formação continuada, um curso de três semanas sobre interrogatório de crianças, bateram na porta.

Hurtig entrou em companhia de Åhlund.

— A gente vai tomar uma cerveja. Topa?

Ela viu as horas. Quatro e meia. Era dia de Åke fazer o jantar. Macarrão e almôndega na frente da televisão. Silêncio e uma voz interior dizendo que o tédio era a única coisa que os unia.

"Mudança", pensou Jeanette.

Ela amassou o memorando e o atirou no lixo. Três semanas de sala de aula.

— Não posso. Outro dia, quem sabe? — disse ela, lembrando que havia prometido a si mesma que aceitaria o próximo convite.

Hurtig balançou a cabeça e sorriu.

— A gente se vê amanhã. Não vá se matar de trabalhar.

Ele fechou a porta e se foi.

Antes de se arrumar para ir embora, Jeanette tomou uma decisão.

Ligou para Johan para combinar que ele passaria a noite na casa de seu amigo David, então reservou dois ingressos na próxima sessão de cinema. Uma mudança nada drástica, mas ao menos era uma tentativa de sacudir uma rotina tão cinzenta. Depois, jantar. Talvez uma cerveja.

Åke atendeu o telefone irritado.

— O que você está fazendo? — perguntou ela.

— O que eu costumo fazer a essa hora do dia. E você?

— Estou saindo do trabalho e pensei que a gente podia se encontrar no centro.

— Ah, é? Por algum motivo em especial?

— Não, só pensei que faz tempo que a gente não se diverte.

— Johan já deve estar chegando e eu tenho que...

— Ele vai dormir na casa de David — interrompeu ela.

— Ah... Onde a gente se encontra?

— Em frente ao mercado de Medborgarplatsen. Seis e quinze.

Jeanette desligou e pôs o celular no bolso da jaqueta. Tinha imaginado que ficaria contente, mas ele parecera frio. Por outro lado, era só uma ida ao cinema. "Mas ele podia ficar um pouco mais entusiasmado", pensou ela, desligando o computador.

Quando Jeanette chegou à escadaria de Medborgarhuset e passou pela estátua homenageando Anna Lindh, viu Åke. Ele parecia tenso, e ela parou para observá-lo. Vinte anos juntos. Duas décadas.

Foi até ele.

— Sete mil giros — disse ela, sorrindo.

— O quê?

— Talvez um pouco mais. Não sou tão boa em matemática.

— Do que está falando?

— Estamos juntos faz mais de sete mil dias. Vinte anos.

— Hum...

RESTAURANTE INDIRA

Um estudo singular sobre a degradação humana era o primeiro longa-metragem do mundo feito com celular. Talvez não fosse o melhor filme que Jeanette já tinha visto, mas não era de modo algum tão ruim quanto Åke achara.

— Está com fome? — ela perguntou. — Ou vamos só tomar uma cerveja?

— Estou com um pouco de fome. — Åke olhou para a frente. — Poderia comer.

Jeanette achou que parecia um sacrifício para ele. Que era um esforço enorme ter que passar mais de duas horas na sua companhia.

O restaurante indiano estava lotado, e eles tiveram que esperar dez minutos até conseguir uma mesa. Ela se perguntou quando haviam ido a um restaurante indiano pela última vez. Fazia uns cinco anos? E a um restaurante qualquer? Uns dois anos, talvez.

Jeanette pediu um *palak paneer* normal e Åke escolheu um frango bem apimentado.

— Você sempre pede a mesma coisa — ele disse.

Jeanette apontou que ele era igualmente previsível, pedindo sempre o prato mais forte. O que ela não disse foi que em seguida sempre vinha uma explicação dos benefícios da pimenta, embora depois ele acabasse passando mal e pedindo pra ir embora.

— Peço sempre a comida mais apimentada porque é saudável — ele começou a explicar, deixando-a com uma sensação de déjà-vu. — O tempero elimina as bactérias prejudiciais ao intestino e fazem a pessoa transpirar. O processo de resfriamento do corpo é ativado. É por isso que se come mais pimenta em países quentes. E ainda dá uma espécie de barato. As endorfinas rodopiam no cérebro, é como estar dopado.

Jeanette se deu conta, com tristeza, de que seu marido a aborrecia. Tentou mudar de assunto, mas ele não parecia estar interessado em nada. Ela então compreendeu que talvez também o aborrecesse.

"Estamos estagnados", pensou Jeanette, com uma sensação de derrota, enquanto observava Åke absorto no celular.

— Para quem você está escrevendo?

Ele olhou para ela.

— É... um projeto artístico. Um novo contato.

Jeanette ficou interessada. Teria finalmente acontecido alguma coisa?

Åke tentou sorrir, então se levantou e saiu apressado em direção ao banheiro.

"Um projeto artístico", pensou ela. "Quem será esse novo contato?"

Cinco minutos depois, ele voltou à mesa e pegou a jaqueta da cadeira sem se sentar. Do lado de fora do restaurante, eles acenaram para um táxi. Jeanette abriu a porta e sentou no banco da frente. Ela reparou que a noite acabara degringolando. "Pra que tudo isso?", pensou ela, enquanto Åke afundava no assento traseiro.

Jeanette virou para o taxista e disse:

— Gamla Enskede.

Ela era boa em memorizar rostos. Após alguns segundos, já o tinha reconhecido. Era um colega do ensino fundamental. Os olhos e o nariz continuavam iguais, mas os lábios pareciam mais finos. Era como ver um rosto de criança enterrado em camadas de gordura e pelanca. Ela não pôde deixar de rir:

— Caramba... É você, Magnus?

Ele riu também, passando a mão sobre a cabeça quase calva, como para ocultar os estragos dos anos.

— Jeanette?

Ela fez que sim.

— O que anda fazendo? — ele perguntou, quando viraram na rua Ringvägen em direção à Skanstull.

— Sou policial.

— Isso não me surpreende — ele disse, enquanto o táxi seguia pelo viaduto Skanstullsbron.

— Ah, é? Por quê?

Ele olhou pra ela.

— Você já era a policial da sala.

Ela era assim tão previsível?

Talvez.

Palak paneer.

Já era a policial da sala nos tempos de colégio.

UPPSALA, 1986

Ela era a única garota no lugar onde trabalharia no verão. Quinze rapazes eram obrigados a ficar o tempo todo no pequeno dormitório masculino, porque não parava de chover. Eles disputavam no baralho quem iria com a Garota-Corvo até o outro quarto.

A grande pradaria situada em frente ao velho quartel de Polacksbacken estava repleta de barraquinhas e brinquedos, incluindo um carrossel. Era meados de agosto, e um parque de diversões itinerante estava em Uppsala naquela semana.

Ela ia mostrar tudo a Martin enquanto seus pais iam jantar no centro da cidade.

O menino estava todo engraçadinho, e ela notou que adorava ficar sozinho com ela. Após o verão que tinham passado juntos, ela se tornara sua melhor amiga e era quem ele procurava quando queria falar sobre uma coisa importante, estava triste ou queria fazer uma coisa divertida ou proibida.

Ela já sabia que aquele verão seria o último que passariam juntos, pois o pai de Martin recebera uma oferta de emprego irrecusável mais ao sul, em Skåne. A família se mudaria no começo de agosto, e a mãe contara que já haviam conseguido uma babá para Martin, que parecia ser bem cuidadosa e responsável.

Victoria prometera encontrar os pais de Martin às oito horas em frente à roda-gigante, onde o menino poderia encerrar a noite com uma vista ampla dos campos de Uppsala. De lá de cima, dava pra ver Bergsbrunna, onde moravam.

A tarde inteira, Martin aguardara com vivo entusiasmo o passeio na roda-gigante. Não importava em que parte do parque estavam: ela podia ser vista, chegando a quase trinta metros do chão.

Victoria, no entanto, não tinha pressa nenhuma em fazer o passeio, porque não seria apenas o encerramento da visita ao parque, mas talvez também a última coisa que fariam juntos na vida.

Depois não haveria mais nada.

Ela não queria que os adultos fossem parte daquilo. Por isso, sugeriu que fossem na roda-gigante de uma vez e repetissem a experiência quando os dois retornassem.

Assim ela poderia apontar diferentes lugares antes mesmo que eles tivessem tempo de reconhecê-los.

Martin adorou a ideia e comprou um refrigerante antes de ir para a fila. Quando estavam embaixo do brinquedo e olharam para cima, sentiram um pouco de vertigem. Era inacreditavelmente alto. Ela pôs o braço sobre seus ombros e perguntou se ele estava com medo.

— Só um pouco — respondeu Martin, mas Victoria sabia que não estava sendo sincero.

Ela bagunçou seu cabelo e olhou em seus olhos.

— Não tem perigo — disse, tentando parecer confiante. — Estou com você. Nada de perigoso vai acontecer.

Ele sorriu para ela e apertou sua mão quando tomaram seu lugar em uma das cabines. Enquanto novos passageiros iam entrando de pouco em pouco, Martin foi apertando o braço dela com cada vez mais força. Quando a cabine deles parou lá no alto e sacudiu, no mesmo instante em que a última cabine era ocupada lá embaixo, Martin disse não queria mais:

— Quero descer.

— Agora que a gente chegou aqui em cima, onde dá para ver toda a paisagem até Bergsbrunna? Não era isso que você queria? — Ela apontou para a vista ao redor, como fizera quando lhe mostrara a floresta. — Olha lá o balneário, e logo depois a fábrica.

Mas Martin não queria olhar.

Ela teve um impulso de sacudi-lo, mas desistiu quando viu que tinha começado a chorar.

Quando a roda deu mais uma volta, ele olhou para ela e secou as lágrimas na manga. Na terceira volta, seu medo tinha evaporado, e uma curiosidade acerca das imagens que se abriam diante de seus olhos ocupou seu lugar.

— Você é o melhor do mundo — sussurrou ela em seu ouvido, e os dois se abraçaram, rindo.

Ao longo do rio se divisava uma fileira de barcos entre as árvores. Algumas crianças nadavam ao lado de um dos ancoradouros, e dava pra ouvir suas risadas lá de cima.

— Também quero nadar — disse ele.

Ela sabia que o lugar provavelmente cheirava mal quando o vento soprava na direção contrária, carregando o odor penetrante e pesado da estação de tratamento de esgoto mais adiante.

A roda-gigante parou, e Martin continuava empolgado com a ideia de ir ao rio.

Eles deixaram o tumulto do parque de diversões, deram a volta no quartel e seguiram a estradinha que levava para baixo, até uma borda do rio Fyris similar a uma ravina.

O ancoradouro onde tinham visto as crianças nadarem estava vazio, a não ser por uma toalha esquecida jogada sobre uma das estacas. Os barcos prumavam tenebrosos e vazios nas águas escuras do rio.

Ela caminhou decidida sobre o ancoradouro, agachou e sentiu a temperatura da água.

Mais tarde, não conseguiu entender como o havia perdido.

De repente, ele não estava mais lá.

Victoria gritou seu nome. Procurou desesperada entre os arbustos e os juncos rentes à praia. Caiu contra uma pedra pontiaguda e se machucou, mas Martin não estava em parte alguma.

Ela correu até o ancoradouro, mas viu que a água estava calma. Nada. Nenhum movimento. Era como se estivesse dentro de uma bolha escura que expulsava todo som ou sensação.

Quando percebeu que não conseguiria encontrá-lo, seguiu com as pernas trêmulas para o parque de diversões, onde vagou sem rumo entre tendas de cerveja e os brinquedos, até se sentar em um dos pontos mais movimentados.

À sua frente passavam pernas e pés. Ela sentia o cheiro sufocante de pipoca. Luzes de todas as cores brilhavam.

Ela estava com a sensação de que alguém havia feito mal a Martin. E então o choro veio.

Quando os pais dele a encontraram, Victoria estava fora de si. Chorava incessantemente e tinha urinado na própria roupa.

— Martin sumiu — repetia ela. Escutou o pai chamando ajuda. Notou que alguém enrolou um cobertor nela, depois a pegou pelos ombros e a deitou de lado.

Inicialmente, eles não estavam muito preocupados com Martin, já que a área não era tão grande e havia muita gente. Quem o tinha encontrado deveria estar tomando conta dele até que os pais aparecessem.

Mas, após meia hora de procura, a inquietação começou a se instalar. Martin não estava no parque. Após mais trinta minutos, o pai ligou para a polícia. Uma busca mais sistemática na área ao redor começou.

Martin não foi encontrado aquela noite. Só no dia seguinte, com as buscas no rio, seu cadáver apareceu.

A julgar pelos ferimentos, ele tinha se afogado, talvez após ter batido a cabeça numa pedra. O que chamava a atenção era o fato de que o corpo fora severamente lacerado no decorrer da noite. Foi concluído que as feridas tinham sido causadas pela hélice de um barco.

Victoria foi internada no hospital universitário, permanecendo em observação por alguns dias. A princípio, ela não disse uma palavra sequer, e os médicos declararam que estava em estado de choque.

No segundo dia, Victoria estava sendo interrogada pela polícia quando teve um ataque de histeria que durou no mínimo vinte minutos.

Ao policial que conduziu o interrogatório, ela contou que Martin desapareceu após um passeio na roda-gigante e que ela foi tomada de pânico quando não conseguiu encontrá-lo.

No terceiro dia, Victoria despertou no meio da noite. Sentiu que estava sendo observada e que o quarto cheirava mal. Quando seus olhos se acostumaram com a escuridão, viu que não tinha ninguém ali, mas a sensação não passou, muito menos o cheiro nauseante de esgoto.

Ela saiu da cama com cuidado, deixou o quarto e seguiu pelo corredor. Estava iluminado, mas silencioso.

Procurou em volta o motivo de sua inquietação. E então viu. Uma luz vermelha piscando. A revelação foi brutal, e ela sentiu um aperto forte no peito.

— Desliga isso! — gritou. — Você não tem o direito de me filmar!

Três plantonistas apareceram ao mesmo tempo.

— O que foi? — perguntou um deles, enquanto os outros dois a seguravam pelos braços.

— Vão se foder! — gritou ela. — Me larguem e parem de filmar! Eu não fiz nada!

Os enfermeiros não a soltaram, apertando-a ainda mais quando desistiu.

— Passou, passou. Fique calma — tentou um deles.

Ela os escutou conversando às suas costas, combinando uma estratégia. O complô era tão óbvio que chegava a ser engraçado.

— Parem de falar nessa merda de código! Chega de cochicho! — disse ela com dureza. — Contem logo o que está acontecendo. E não tentem mais nada, porque eu não sou culpada. Não passei bosta na janela.

— Sabemos disso — afirmou um deles.

Os enfermeiros tentaram acalmá-la. Mentiam na sua cara, e ela não podia chamar ninguém para ajudá-la. Estava à mercê deles.

— Pare! — gritou ela, quando viu um deles preparando uma injeção. — Solte meu braço!

Depois ela caiu em sono profundo.

Descansou.

Pela manhã, veio o psiquiatra, querendo saber como ela estava.

— O que você quer dizer? — perguntou ela. — Não tem nada de errado comigo.

Ele explicou que seu sentimento de culpa pela morte de Martin estava lhe causando alucinações. Psicose, paranoia e estresse pós-traumático.

Victoria ouviu em silêncio o que ele disse, mas dentro dela nasceu uma resistência muda e compacta, como uma tempestade que se aproximava.

A COZINHA

estava preparada para funcionar como sala de autópsia. Nas estantes da despensa não havia mais latas de conserva e mantimentos, e sim garrafas de glicerina, acetato de potássio e outras substâncias químicas em grande quantidade.

Sobre a pia esterilizada estavam diversas ferramentas comuns. Um machado, uma serra, diversos tipos de alicate, incluindo um de bico e um de corte e uma grande tenaz.

Sobre uma toalha se encontravam instrumentos menores. Um bisturi, uma pinça, agulha e linha, além de um instrumento alongado com gancho na ponta.

Quando ela estava pronta, envolveu o corpo num lençol branco e limpo. Guardou no armário da cozinha o vidro com os genitais amputados, junto com os demais.

Ela maquiou seu rosto cuidadosamente, usando um pouco de pó, lápis preto e um batom claro.

Por último, raspou toda a penugem do corpo. Havia percebido que o formol enrijecia o corpo e fazia a pele inchar. Para ficar mais macia, os pelos tinham que ser removidos.

Quando terminou, o menino parecia estar vivo.

Como se dormisse.

DANVIKSTULL, CENA DO CRIME

O terceiro menino foi encontrado numa pista de bocha perto de Danvikstull. Segundo os especialistas, era um bom exemplo de embalsamamento bem-sucedido.

Jeanette Kihlberg estava de péssimo humor. Não apenas porque seu time de futebol perdera, mas também porque em vez de ir pra casa tomar banho estava a caminho de mais uma cena de crime.

Suada e ainda de uniforme, chegou ao local. Cumprimentou Schwarz e Åhlund, então foi até Hurtig, que fumava ao lado da fita de isolamento.

— Como foi o jogo? — perguntou Åhlund.

— Perdemos de três a dois. Com um pênalti roubado, um gol contra e a goleira rompendo o ligamento.

— É como eu sempre digo: mulher não serve pra jogar futebol — interrompeu Schwarz rindo. — Vocês não têm constituição pra isso. É o joelho...

Ela sentiu o ódio subindo, mas não teve ânimo para reacender a discussão. Aquele era o comentário-padrão dos colegas tão logo sua atividade futebolística era mencionada. Jeanette só achava estranho que alguém tão novo quanto Schwarz tivesse uma opinião tão ultrapassada.

— Já ouvi isso tudo. Como é que estão as coisas aqui? A gente já sabe quem é?

— Ainda não — disse Hurtig. — Infelizmente, é muito parecido com os casos anteriores. O garoto está embalsamado e, a não ser pela palidez, parece vivo. Alguém o deixou deitado sobre um cobertor. Parecia que estava deitado tomando sol quando foi encontrado.

Åhlund indicou o bosque ao lado da pista de bocha.

— Algo mais?

— De acordo com Andrić, teoricamente é possível o corpo ter permanecido aqui por dois dias — respondeu Hurtig. — Acho difícil. Eu pelo menos acharia estranho se alguém passasse a noite inteira aqui, em cima de um cobertor.

— Talvez ninguém tenha passado.

— Mesmo assim...

Jeanette Kihlberg fez o que se esperava dela, depois pediu a Ivo Andrić que ligasse assim que tivesse um relatório pronto.

Duas horas após Jeanette ter chegado ao local do crime, ela voltou ao carro para ir embora. Só então sentiu as dores musculares.

Quando passou pela rotatória em Sickla, ligou para Dennis Billing.

O chefe de polícia estava ofegante:

— Estou a caminho de casa. Como foi lá?

— Mais um menino assassinado. Como anda a questão do Lundström com Von Kwist?

— Infelizmente, o promotor é contrário à ideia de interrogar Lundström. Não há mais nada que eu possa fazer.

— Ah, merda... Por que Von Kwist faz questão de atrapalhar? Eles jogavam golfe juntos?

— Cuidado, Jeanette. Nós dois sabemos que ele é muito competente...

— Bobagem!

— É assim e pronto. Tenho que desligar agora. A gente se fala amanhã — disse Dennis Billing, já desligando.

Quando Jeanette virou à esquerda na Enskedevägen, e parou no sinal vermelho após a rotatória, o telefone tocou:

— Alô... Meu nome é Ulrika. Você me ligou?

A voz era débil. Jeanette se lembrou imediatamente de Ulrika Wendin.

— Que bom que você ligou.

— De que se trata?

— Karl Lundström — disse Jeanette.

Silêncio na linha.

— Certo — disse a menina após um instante. — O que quer de mim?

— Eu gostaria de conversar sobre o que ele fez com você, e espero que possa me ajudar.

— Merda... — Ulrika suspirou. — Não sei se aguento botar tudo pra fora de novo.

— Entendo que seja difícil pra você. Mas é por um bom motivo. Pode ajudar outras pessoas contando o que sabe. Se ele for condenado, será vingada.

— Do que está sendo acusado agora?

— Eu conto tudo amanhã, se puder me ver. Posso ir até sua casa?

O telefone ficou mudo de novo. Jeanette escutou a respiração pesada da menina por alguns segundos.

— Pode ser... A que horas?

GAMLA ENSKEDE, CASA DOS KIHLBERG

Já era mais de meia-noite quando Jeanette foi acordada por um telefonema. Era Ivo Andrić.

Ele contou que, por coincidência, um dos faxineiros do turno da noite no Instituto de Patologia era ucraniano e estudara na Faculdade de Medicina de Charkov. Assim que vira o cadáver, dissera que se assemelhava ao de Lênin. Ivo Andrić pedira a ele que falasse mais a respeito, e o faxineiro lembrou-se de ter lido uma vez um certo professor Vorobyov, que recebera o encargo de embalsamar Lênin na década de 1920.

— Confirmei na internet — disse Ivo. Jeanette podia escutar o cansaço em sua voz. — Uma semana após a morte de Lênin, o corpo começou a dar sinais de decomposição. A pele amarelou e escureceu, manchas e áreas emboloradas surgiram. Quem recebeu o encargo de tentar preservar o corpo se chamava mesmo Vorobyov e era professor do Instituto de Anatomia da Universidade de Charkov.

Jeanette escutava com interesse enquanto Ivo Andrić explicava o processo:

— Primeiro, eles removeram as entranhas e lavaram o corpo com ácido acético, depois injetaram formol nos tecidos moles. Após dias de trabalho intenso, puseram Lênin num recipiente de vidro, que encheram com uma mistura de água e substâncias químicas, incluindo glicerina e acetato de potássio. Imediatamente concluí que a pessoa que embalsamou o corpo do menino podia estar seguindo as anotações de Vorobyov.

O legista admitiu que sua suposição inicial, de que quem executara o embalsamamento era uma pessoa com conhecimento avançado, talvez tivesse sido apressada.

— Atualmente basta ter acesso a internet — disse ele, suspirando. — E, como podemos supor que se trata do mesmo assassino, uma pessoa que tem acesso a uma grande quantidade de anestésicos, não seria difícil para ela conseguir os produtos químicos necessários a um embalsamamento.

As feridas eram idênticas às dos dois outros meninos. Centenas de hematomas, injeções e marcas nas costas.

Como Jeanette já esperava, a genitália também tinha sido removida. Com a mesma faca afiada, da mesma forma precisa.

Ivo Andrić concluiu dizendo que fizera um molde de gesso da arcada dentária, que miraculosamente estava intacta, e a mandaria para identificação.

Quando encerraram a conversa, já eram duas e meia da manhã.

"Alguém solto por aí já cometeu três assassinatos", pensou Jeanette.

E nada indicava um final próximo.

Quando finalmente fechou os olhos para voltar a dormir, ela estava morrendo de frio. O ronco de Åke não ajudava, mas Jeanette já tinha aprendido a lidar com aquilo. Ela o cutucou e o marido virou para o lado murmurando.

Às quatro e meia, Jeanette desistiu de ficar deitada virando de um lado para o outro e foi pra cozinha fazer café.

Enquanto a máquina trabalhava, ela desceu até o porão e encheu a lava-roupa. Passou manteiga no pão, pegou uma xícara de café e saiu no jardim.

Antes de sentar, foi até a caixa de correio e apanhou o jornal.

Evidentemente, a manchete era sobre o menino encontrado em Danvikstull. Jeanette se sentiu quase perseguida.

Do outro lado da rua, em frente à caixa de correio do vizinho, havia um carrinho de bebê abandonado.

A luz da manhã atravessava a cerca, ofuscando seus olhos, e ela se protegeu da claridade intensa com as mãos para enxergar melhor.

Então houve um movimento dentro dos arbustos. Um rapaz subiu a rua apressado abotoando as calças, e ela percebeu que ele tinha urinado na sua cerca.

Ele foi até o carrinho de bebê, apanhou um jornal e o enfiou na caixa de correio. Depois seguiu para a próxima casa.

O carrinho deu a ela uma ideia.

KVARTERET KRONOBERG, DELEGACIA DE POLÍCIA

A primeira coisa que Jeanette Kihlberg fez ao chegar à sua sala foi ligar para a empresa AB, que entregava os jornais.

— Oi, meu nome é Jeanette Kihlberg e estou ligando da polícia de Estocolmo. Preciso de informações sobre quem estava trabalhando na região próxima à Faculdade de Pedagogia na manhã de nove de maio.

A telefonista ficou um pouco nervosa.

— Sim... Isso pode ser providenciado. E qual é o motivo?

— Assassinato.

Enquanto Jeanette esperava que a empresa retornasse a ligação, pediu a Hurtig que fosse até sua sala.

— Você sabia que alguns entregadores de jornal usam carrinho de bebê para carregar os exemplares? — perguntou ela, quando Hurtig entrou na sala e sentou à sua frente.

— Não. E daí? — Ele olhou pra ela sem entender.

— Lembra que havia marcas de um carrinho de bebê em Thorildsplan?

— Claro.

— E quem é que sai por aí com um carrinho de bebê de manhã cedinho?

Hurtig sorriu e balançou a cabeça.

— Aparentemente, entregadores de jornal...

— Logo vão ligar de volta — disse Jeanette. — Se quiser, pode atender.

Ficaram em silêncio por um minuto, até que o telefone tocou e Jeanette ligou o viva-voz.

— Jens Hurtig, polícia de Escolmo.

A moça do serviço de entrega se apresentou.

— Acabei de falar com uma policial que queria saber quem estava a serviço na região oeste de Kungsholmen no dia 9 de maio.

— Sim.

Jeanette percebeu que Hurtig tinha sido fisgado.

— Ele se chama Martin Thelin, mas não trabalha mais com a gente.

— Você tem algum número de contato?

— Sim, temos o celular dele.

Hurtig anotou o número e perguntou à telefonista se tinha mais alguma informação sobre o entregador.

— Tenho o número de identidade dele. Serve?

— Sim, obrigado.

Depois de anotar, ele desligou o telefone.

— E então, o que você acha? — perguntou Jeanette. — Um suspeito?

— Ou uma testemunha. É possível transportar um cadáver dentro de um carrinho de bebê, não?

Jeanette fez que sim.

— Ou então foi Martin Thelin quem achou o corpo em Thorildsplan quando estava entregando jornais. E chamou a polícia.

Ela ligou para Åhlund e pediu que descobrisse o paradeiro de Thelin, passando a ele o número de celular.

— Vamos repassar o que temos — continuou ela para Hurtig. — Me diga quem é seu principal suspeito.

— Karl Lundström — ele respondeu sem titubear.

— Certo — disse ela. — Por quê?

Hurtig parecia estar se divertindo com a situação.

— É um pedófilo. Sabe como comprar crianças de países pobres. Acha que castração é uma boa ideia. Tem acesso a anestésicos através da esposa dentista.

— Concordo — disse Jeanette. — Vamos manter o cara na nossa mira. Recebi o arquivo da Ulrika Wendin hoje de manhã. Sugiro que a gente estude um pouco antes de ir até a casa dela.

HAMMARBYHÖJDEN

A jovem que abriu a porta era pequena e magra, e não parecia ter mais que dezoito anos.

— Oi, sou Jeanette Kihlberg. Meu colega se chama Jens Hurtig.

Ulrika baixou o olhar e com um gesto os conduziu até uma pequena cozinha.

Jeanette se sentou em frente a ela, enquanto Hurtig permaneceu à porta.

— Tinha outro nome escrito na porta — disse Jeanette.

— É... Eu subloco.

— Sei como é. Estocolmo não tem jeito. É impossível achar um lugar pra morar, a menos que você seja milionário — disse Jeanette sorrindo.

A jovem deu mostra de perder o medo e sorriu com timidez.

— Ulrika, vou direto ao assunto, pra você não ter que perder mais tempo.

Ela concordou em silêncio, tamborilando nervosamente na mesa.

Jeanette fez um breve apanhado das acusações contra Karl Lundström. A jovem pareceu relaxar um pouco quando compreendeu que as evidências contra o pedófilo eram tão fortes que iam finalmente resultar numa condenação.

— Sete anos atrás você o acusou de estupro. Seu caso pode ser reaberto, e acredito que tenha boas chances de vencer.

— Vencer? — Ulrika Wendin deu de ombros. — Não quero trazer a história de novo à tona...

— Você pode me contar o que aconteceu?

A jovem ficou em silêncio, com os olhos cravados na toalha, enquanto Jeanette estudava seu rosto e encontrava medo e confusão ali.

— Não sei por onde começar...

— Pelo começo — disse Jeanette.

— Eu... eu e uma amiga respondemos a um anúncio na internet... — Ulrika Wendin se calou e lançou um olhar para Hurtig.

Jeanette compreendeu que a presença dele a incomodava e com um gesto pediu que saísse.

— No começo, era mais por brincadeira — continuou a menina, quando Hurtig sumiu de vista. — Mas logo percebemos que podia dar dinheiro. Quem pôs o anúncio queria dormir com duas meninas. Íamos receber cinco mil...

Jeanette notou como era difícil para ela contar sua história.

— E o que aconteceu depois?

Ulrika Wendin manteve os olhos na mesa.

— Naquele tempo eu era bem difícil... Nós ficamos bêbadas e decidimos encontrar o cara. Ele foi nos buscar de carro.

— Karl Lundström?

— Sim.

— E aí?

— Fomos até um bar. Ele nos ofereceu drinques, e minha amiga fugiu. Primeiro ele ficou com raiva, mas prometi ir com ele por metade do preço...

Jeanette viu que a menina estava envergonhada.

— Não sei por que fiz isso...

Sua voz pareceu mais débil.

— Tudo ficou embaçado depois, e ele me levou de volta para o carro. Então não me lembro de mais nada. A não ser acordar num quarto de hotel.

Jeanette entendeu que ela fora drogada.

— Você não sabe qual?

Ulrika Wendin olhou nos olhos de Jeanette pela primeira vez.

— Não.

Inicialmente, o relato da jovem tinha sido hesitante e desconexo, mas depois se tornara mais direto e factual. Ela contou que foi obrigada a fazer sexo com três outros homens, enquanto Karl Lundström observava e filmava tudo. Por fim, ele próprio abusou dela.

— Como você sabe que era Karl Lundström?

— Eu não sabia até o dia que o vi no jornal.

— E então o denunciou?

— Sim.

— E conseguiria identificar seu rosto se preciso?

Ulrika Wendin já estava cansada.

— Sim. Mas ele tinha álibi.

— Não há a possibilidade de você ter se equivocado?

Seus olhos arderam de desprezo.

— Porra nenhuma. Era ele.

A jovem suspirou e voltou a olhar para a mesa.

Jeanette balançou a cabeça.

— Acredito em você.

Quando Jeanette e Hurtig deixaram o apartamento em direção ao estacionamento, ele abriu a boca pela primeira vez desde que haviam chegado.

— O que acha?

Jeanette destrancou o carro e abriu a porta.

— Acho que Von Kwist vai ser obrigado a reabrir o caso. De outra forma, seria prevaricação, pra dizer o mínimo.

— E que implicação isso terá no nosso caso?

— Isso ainda é incerto.

Eles entraram no carro e Jeanette deu partida.

— Incerto? — Hurtig repetiu, soltando uma risada.

Jeanette fez que sim.

— Porra, Jens, foi há sete anos. Ela estava bêbada e drogada. Além disso, não tem muita semelhança com os crimes que estamos investigando.

O celular tocou no instante em que parou num cruzamento. "Quem pode ser agora?", pensou ela.

Era Åhlund.

— Onde vocês estão? — perguntou ele.

— Hammarbyhöjden, indo em direção ao centro — respondeu Jeanette.

— Então dê a volta. O entregador de jornal, Martin Thelin, mora em Kärrtorp.

O ex-entregador de jornal Martin Thelin estava de ressaca quando abriu a porta vestido com uma calça de ginástica preta e uma camisa desabotoada. Tinha a barba por fazer, o cabelo em pé e um bafo que poderia matar um elefante.

— O que foi? — Martin Thelin pigarreou e Jeanette, que achou que ele estava prestes a vomitar, deu um passo para trás.

— Podemos entrar? — Hurtig exibiu o distintivo e indicou o interior do apartamento.

— É claro, mas está um pouco bagunçado. — Martin Thelin deu de ombros e os deixou entrar.

Jeanette se espantou com sua indiferença em relação à presença deles, mas supôs que sabia que mais cedo ou mais tarde iam encontrá-lo.

O apartamento fedia a cerveja e lixo. Ela procurou respirar apenas pela boca. Thelin os conduziu até a sala, sentou na única poltrona e com um gesto convidou Jeanette e Hurtig a se acomodarem no sofá.

— Tudo bem se eu abrir a janela? — pediu Jeanette. Quando o rapaz de ressaca indicou que sim, ela a abriu e depois foi sentar ao lado de Hurtig.

— Conte o que aconteceu em Thorildsplan. — Jeanette apanhou seu bloco de notas. — Sim, a gente sabe que você estava lá.

— Não temos pressa — explicou Hurtig. — Seja o mais detalhado possível.

Martin Thelin balançava pra frente e pra trás, e Jeanette compreendeu que ele estava vasculhando sua memória fragmentada e destruída pela bebida.

— Eu não estava muito bem naquela manhã — começou ele, pegando o maço de cigarros e acendendo um com a mão trêmula. — Eu tinha bebido a noite inteira, até pouco antes de começar a trabalhar...

— E mesmo assim fez sua rota? — Jeanette tomou nota.

— Isso mesmo. Quando terminei, parei do lado do metrô pra mijar, e foi então que vi o saco plástico.

Apesar de estar alterado, sua narrativa foi detalhada e não apresentou lapsos de memória. Martin urinou nos arbustos e depois descobriu o saco preto. Abriu e ficou chocado com o conteúdo.

Confuso, ele pegou o carrinho de bebê com os jornais e andou depressa pelo parque até a rua Rålambsvägen.

Ao lado do edifício do *DN*, ligou para a polícia.

Aquilo era tudo.

Ele não vira mais nada.

Hurtig o observou atentamente.

— Na verdade, a gente pode prender você por não ter se apresentado. Mas, se for conosco até a delegacia e deixar uma amostra de saliva, podemos fazer vista grossa.

— Pra que isso?

— Para que possamos excluir seu DNA da cena do crime — explicou Jeanette. — Sua urina foi encontrada no saco plástico.

O PLÁSTICO

rangia quando o outro menino se revirava durante o sono. Ele tinha dormido por muito tempo. Gao contou quase doze horas, segundo as batidas do sino ao longe.

Ao ouvi-lo, ele se perguntou se era de uma igreja.

Pensava em palavras, mesmo não querendo.

"Maria", pensou. "Pedro, Jacó e Madalena."

"Gao Lian. Nascido em Wuhan."

Ele escutou o outro acordando.

A ESCURIDÃO

ampliava os sons do outro menino. O choro, o chacoalhar das correntes, os gemidos e os lamentos em palavras estrangeiras.

Gao não estava preso. Ele era livre para fazer o que quisesse com o outro. Talvez ela voltasse se fizesse algo com o menino. Tinha saudade dela e não sabia por que não vinha mais.

Notou que o outro tateava no escuro, o tempo todo, como se estivesse procurando algo. Às vezes ele gritava numa língua estranha. Algo como: *Chto, chto, chto.*

Ele queria que o menino desaparecesse. Gao o odiava, e sua presença no quarto só fazia com que se sentisse solitário.

Por fim ela veio.

Tendo permanecido tanto tempo no escuro, a luz fez seus olhos doerem. O outro menino gritou, chorou e esperneou. Quando viu Gao, acalmou-se e cravou os olhos cheios de ódio nele. Estaria com inveja porque o outro não estava acorrentado?

A loira entrou no quarto e foi até Gao com uma tigela de sopa fumegando nas mãos. Ela a pôs no chão, depois o beijou na testa e passou a mão pelo seu cabelo. Ele recordou como gostava de ser tocado por ela.

Após um instante, ela retornou com mais uma tigela e a entregou ao outro. Ele começou a tomar a sopa com voracidade. Gao, por sua vez, esperou a porta fechar e a escuridão se instalar para tomar a sua. Não queria que ela soubesse com quanta fome estava.

Assim que passou uma hora, ela entrou no quarto de novo. Trazia uma sacola no ombro e um objeto preto, que lembrava um grande besouro, na mão.

O teto pareceu acender quando o outro menino morreu. Gao não se sentia mais solitário. Ele podia se movimentar livremente no quarto, sem precisar se esconder do outro. Ela passou a entrar no quarto com mais frequência, o que também era bom.

Mas tinha uma coisa de que ele não estava gostando.

Seus pés tinham começado a doer. As unhas haviam crescido e encravado, e doía quando andava.

Uma noite, quando estava dormindo, ela entrou sem que ele notasse. Quando acordou, suas mãos estavam presas atrás das costas e seus pés, amarrados. Ela estava sentada sobre ele, de costas, de modo que só podia ver sua sombra.

Gao entendeu na hora o que ela queria fazer. Só uma pessoa tinha feito aquilo com ele antes, no orfanato de Wuhan onde crescera. Muitas vezes, o velho com a cicatriz no rosto o perseguira pelos corredores. Ele sempre era apanhado, então o velho ia buscar a faca. Ele prendia os pés de Gao com tanta força que o menino começava a chorar. O velho tirava a faca do estojo de madeira e ria com a boca desdentada.

Não estava certo que ela, de quem Gao gostava tanto, fizesse aquilo.

Após ter terminado, ela afrouxou a corda e lhe deu de beber e comer. Ele se recusou a tocar na comida. Quando ela se cansou de passar a mão na cabeça dele e saiu, Gao permaneceu acordado pensando no que tinha acontecido.

Naquele momento, ele a odiava e não queria mais estar ali. Por que o machucara quando ele mostrara de modo claro que não o queria? Ela jamais tinha feito aquilo, e não parecia certo.

Pouco depois, quando entrou de novo e ele notou que ela tinha chorado, Gao sentiu que seus pés não doíam como antes, tampouco sangravam como sempre acontecia quando era o velho que o fazia.

Então, pela primeira vez, ele falou com ela.

— Gao — disse ele. — Gao Lian...

GAMLA ENSKEDE, CASA DOS KIHLBERG

O sol já havia se levantado havia muitas horas, secando o orvalho da manhã no gramado.

Jeanette Kihlberg olhou através da janela da cozinha e concluiu que seria um dia quente. Não havia vento, e já se viam as vibrações de calor nos telhados do outro lado da rua.

O entregador de jornal passou pela rua com seu carrinho de bebê às sete em ponto.

"Martin Thelin", pensou ela. Do mesmo modo que Jimmie Furugård, o álibi de Thelin era difícil de questionar. Enquanto Furugård estivera em missão secreta no Sudão, o entregador de jornal fora internado numa clínica. Seis meses em Hälsingland. Hurtig verificou duas vezes os documentos de admissão. Martin Thelin não estava envolvido no crime.

O relógio marcou sete e meia. Ela estava sentada sozinha à mesa da cozinha, tomando café da manhã.

Johan roncava na cama. Ela não sabia onde Åke estava. Tinha saído com um amigo na noite anterior. Não voltara para casa nem atendera quando ela ligara meia hora antes.

"Como tem coragem de ir a um bar quando estamos sem dinheiro?", pensou ela.

Dos cinco mil que pegara emprestado do pai, dera dois mil a Åke. Os caras vão pagar, dissera ele. Claro. Ela sabia muito bem como o marido se portava após algumas rodadas. Mão aberta, pagava tudo. Åke, o amigo generoso. Com o dinheiro deles. Não, o dinheiro *dela*, que *ela* pegara emprestado e que também precisava sustentar Johan.

Por muitos dias, ela e Åke mal se viram. Ela pensou na noite mal-sucedida do cinema e jantar.

Fazia sentido tentar ressuscitar um relacionamento que estava estagnado? Por que lutar para redescobrir algo que talvez não existisse mais?

Talvez fosse melhor seguir adiante. Por caminhos diferentes.

A ideia da separação não lhe causava medo. Parecia mais um aborrecimento.

Desagradável, como um convidado inoportuno.

Como tinham se tornado duas pessoas tão diferentes?

A transformação não se deu da noite para o dia. Tinha se instalado devagar, e era impossível dizer quando. Cinco anos antes, dois, um semestre? Jeanette não podia dizer.

Tudo o que sabia era que sentia falta da comunicação que um dia haviam tido. Mesmo que divergissem em vários assuntos, eles discutiam, conversavam, tinham curiosidade quanto à vida um do outro, surpreendiam-se. Os diálogos tinham lentamente se transformado em dois monólogos. O trabalho e as finanças eram os principais assuntos, e nem mesmo aí eles conseguiam manter um diálogo, apesar de parecer tão simples.

Ela se sentia chata, e ele se mostrava irritadiço e desinteressado.

Jeanette terminou de tomar o café e tirou a mesa. Depois entrou no banheiro, escovou os dentes e tomou uma ducha.

Era fácil se comunicar com as colegas do futebol. Sentia falta delas caso passasse muito tempo entre os jogos e os treinos.

Dez ou quinze indivíduos diferentes, com opiniões, preferências e condições sociais diferentes, mas que formavam uma comunidade. Naturalmente, nem sempre concordavam, mas conseguiam falar de maneira aberta sobre quase tudo. Risos, piadas ou brigas não faziam nenhuma diferença.

Duas jogadoras entrosadas em campo podiam ser amigas, mesmo sendo completamente opostas.

No entanto, ela não convivia com nenhuma delas do lado de fora. Elas se conheciam havia muitos anos, tinham ido a festas, saído e tomado cerveja. Mas ela nunca tinha recebido nenhuma delas em casa.

Jeanette sabia o motivo. Simplesmente não tinha energia para aquilo. Seu trabalho sugava toda a sua energia, e sempre teria prioridade.

Ela saiu do banho, secou-se e começou a se vestir. Deu uma olhada no relógio e percebeu que estava atrasada.

Saiu do banheiro, entreabriu a porta do quarto de Johan e viu que ele ainda estava dormindo. Em seguida, foi até a cozinha e escreveu uma breve mensagem para o filho.

Bom dia. Vou chegar tarde. O jantar está no congelador. É só esquentar. Tenha um bom dia. Beijo, mamãe.

Fazia quase trinta graus do lado de fora, e ela preferiria estar deitada numa praia com Johan. Mas tinha consciência de que suas férias ainda estavam bem longe.

KVARTERET KRONOBERG, DELEGACIA DE POLÍCIA

Meia hora depois, ela estava em Kungsholmen, onde teve uma breve e preocupante reunião com Hurtig, Schwarz e Åhlund.

Pela manhã, Jeanette ficara sabendo que tinha que prosseguir com a investigação pelo único motivo de que não ficaria bem se a abandonassem tão cedo.

Resumindo, ninguém se importava com os três meninos. Ela percebeu nas entrelinhas que o único objetivo de seu trabalho era reunir informações caso surgisse outro menino assassinado, que de fato fizesse falta. Um garoto sueco, cujos pais pudessem ir à imprensa e acusar a polícia de não fazer o suficiente.

Jeanette não acreditava que aquilo fosse acontecer, porque estava convencida de que o criminoso não escolhia suas vítimas a esmo. A crueldade e a abordagem eram tão similares que só podia ser proposital. Mas ela não podia ter certeza. Às vezes as circunstâncias só ocultavam a verdade.

Ela tinha eliminado todos os assassinatos comuns, como maridos ciumentos, brigas de bêbado que terminavam em homicídio e afins. Não eram casos interessantes. Mas naquele havia tortura e uma violência de alto nível. O agressor tinha tanto acesso quanto conhecimento sobre anestésicos. As vítimas eram meninos que tiveram a genitália mutilada. Se um assassinato podia ser considerado "normal", não era o caso daqueles.

Alguém bateu de leve na porta. Hurtig entrou e sentou à sua frente, abatido.

— Então? O que vamos fazer? — perguntou ele.

— Não faço a menor ideia — respondeu ela, como se o desânimo a contaminasse.

— Quanto tempo eles nos deram? Imagino que não seja um assunto prioritário.

— Algumas semanas, mas se não acharmos nada logo teremos que deixar a investigação de lado.

— Certo. Sugiro uma nova visita à Interpol, depois passar no abrigo de refugiados mais uma vez. Se não der em nada, podemos ir de novo até a Central Bron. Eu me recuso a acreditar que uma criança pode desaparecer sem que ninguém dê por sua falta.

— Eu concordo, mas, na verdade, é o contrário aqui — disse Jeanette, olhando Hurtig nos olhos.

— Como assim?

— Mais do que desaparecer, essas crianças *apareceram* de repente.

Åke ligou às duas e meia. No começo ela não entendeu nada do que dizia, de tão exaltado que estava. Quando ele se acalmou, Jeanette pôde compreender o que tinha acontecido.

— Imagina só. Vou fazer uma exposição. A galeria é boa pra caralho e ela já vendeu três quadros pra mim.

"Quem é ela?", pensou Jeanette.

— É em Östermalm! Porra, nem acredito que é verdade.

— Åke, fique calmo. Por que você não disse nada?

Era verdade que durante o jantar após o cinema ele tinha dado uma pista de que algo estava para acontecer, mas ela pensou em como ele tinha passado a maior parte dos últimos vinte anos em casa. Como ela o sustentara, dando apoio a ele e à sua arte. De repente, suas pinturas eram aceitas por uma galeria e ele não dizia nada.

Ela o escutou respirando no telefone, mas o marido não disse nada.

— Åke?

Após um instante, ele voltou a si.

— Pois é... Não sei. Me deu um estalo. Tomei a decisão de ir falar com ela depois de ler um artigo. Tudo parecia encaixar tão bem. Primeiro tive medo, mas depois me dei conta de que era o melhor passo a dar. Chegou a hora, pronto.

"Então foi por isso que ele não voltou ontem à noite", pensou Jeanette.

— Åke, você não está sendo claro. Quem foi que você procurou?

Ele explicou que a mulher que dirigia uma das maiores galerias de Estocolmo ficara encantada com o trabalho dele. Através dos contatos dela, ele tinha vendido quadros por quase quarenta e cinco mil, mesmo antes da exposição ser inaugurada.

A galerista esperava alcançar um valor pelo menos quatro vezes maior, e a mulher prometera mais uma exposição na filial de Copenhague.

— É quase como o Museu de Arte Moderna de Louisiana — riu Åke. — Apesar de ser um local pequeno em Nyhavn.

Jeanette sentiu um calor por dentro. Estava feliz por alguma coisa finalmente ter acontecido, mas em seu íntimo sentia que algo não estava bem.

A arte era realmente apenas dele?

Jeanette perdeu a conta das noites em que tinham ficado acordados até mais tarde discutindo seus quadros. Costumavam terminar com ele dizendo que nada dava certo, e ela tentando consolá-lo e convencê-lo a continuar no mesmo caminho. Jeanette acreditara nele.

Ela sabia que o marido era talentoso, apesar de não ser nenhuma autoridade no assunto.

— Åke, você me surpreende o tempo todo. Mas dessa vez se superou.

Ela não pôde deixar de rir, mesmo que no fundo quisesse perguntar por que ele dera aquele passo em segredo. Afinal, eles tinham conversado sobre o assunto por tanto tempo.

— Eu devia estar com medo de não conseguir — disse ele por fim. — Você sempre me apoiou. Porra, você me sustentou pra que eu pudesse continuar. Como uma mecenas. Dou muito valor a tudo o que você fez por mim.

Jeanette não sabia o que dizer. Mecenas? Era assim que ele a via? Como um caixa automático particular?

— E sabe o que mais? Sabe quem vai expor em Copenhague junto comigo? No mesmo lugar? — Ele soletrou: — D-i-e-s-e-l-F-r-a-n-k. — Ele soltou uma gargalhada. — Adam Diesel-Frank! Bom, tenho que desligar. Vou encontrar Alexandra para discutir alguns detalhes. A gente se vê à noite!

Então aquele era o nome dela.

GAMLA ENSKEDE, CASA DOS KIHLBERG

Jeanette manobrava o carro para estacionar quando teve que frear com força para não atingir o veículo desconhecido bloqueando sua garagem. Ela concluiu que o esportivo vermelho tinha que ser de Alexandra Kowalska, dona da galeria Kowalska, com quem seu marido estava em contato.

Ela abriu a porta e entrou em casa.

— Olá?

Ninguém respondeu, então ela subiu as escadas. Escutou vozes e risos vindo do ateliê de Åke e bateu na porta.

Fizeram silêncio e ela abriu a porta. No chão havia algumas pinturas, e à mesa estavam sentados Åke e uma loira na casa dos quarenta, extremamente bonita. Ela usava um vestido preto justo e estava maquiada com discrição. "Então essa é Alexandra", pensou Jeanette.

— Quer comemorar com a gente? — Åke apontou a garrafa de vinho sobre a mesa. — Vai ter que buscar outra taça — acrescentou ele, quando percebeu que não tinha uma sobrando.

"Que porra é essa?", pensou Jeanette, vendo que havia pão, queijo e azeitonas na mesa.

Alexandra riu e olhou para Jeanette, que não gostou daquela risada. Parecia artificial.

— Ainda não fomos apresentadas. — Alexandra ergueu uma sobrancelha e levantou. Era consideravelmente mais alta que Jeanette. Foi até ela e estendeu a mão.

— Alex Kowalska — disse. Seu sotaque deixava claro que não era sueca.

— Jeanette… — a outra respondeu. — Vou buscar mais uma taça.

Alexandra, ou Alex, como ela preferia ser chamada, ficou lá até quase meia-noite, quando chamou um táxi. Åke tinha dormido no sofá da sala. Jeanette ficou sozinha na mesa da cozinha, com um copo de uísque.

Não demorou muito para ela deduzir que Alex Kowalska era uma manipuladora. Durante a noite, prometera a Åke mais uma exposição, em Cracóvia. Ela era de lá, por isso tinha contatos importantes na cidade. Jeanette se irritou com o tanto que ela falava em glamour e sucesso. Fazia descrições superlativas sobre a arte de Åke e planejava um futuro grandioso. Depois vieram os elogios. Alex definiu-o como uma companhia ótima, e um talento radical e excitante. Disse que seus olhos eram francos, intensos e inteligentes, entre outras coisas. Chegou até a falar que seus pulsos eram bonitos. Quando Åke os contemplou, sorrindo, ela passou o dedo sobre as linhas em sua mão, dizendo serem típicas de pintores. Jeanette considerou tudo aquilo patético, mas Åke ficara encantado com todos os elogios.

"Essa mulher é uma víbora", pensou Jeanette, já presumindo a decepção que Åke sentiria quando suas expectativas não fossem inteiramente concretizadas.

Como o relacionamento deles podia ter chegado àquilo? Era o começo do fim?

Ela apagou a luz da cozinha e foi até a sala para acordar o marido. Como era impossível tirá-lo do sono, teve que ir pra cama sozinha.

Jeanette dormiu mal, teve pesadelos e quando acordou não se sentia bem. O lençol estava molhado de suor, e ela não tinha vontade nenhuma de levantar. Mas não podia permanecer na cama.

"Seria tão bom ter um trabalho normal", pensou ela. Um trabalho no qual não haveria problema em faltar um dia, alegando doença. Um trabalho no qual poderia ser substituída, ou as tarefas poderiam ser adiadas por um ou dois dias.

Ela se espreguiçou, estremeceu e jogou a coberta para o lado. Sem saber como, estava de pé. Seu corpo, por reflexo, tinha tomado a decisão por ela. Como se dissesse: "Seja responsável. Cumpra seu dever e não desista".

Depois do banho, vestiu-se e desceu até a cozinha, onde Johan tomava café da manhã. O mal-estar tinha passado, e ela se sentia pronta para mais um dia de trabalho.

— Já está de pé? São apenas oito horas.

Ela ligou a máquina de café.

— Sim, não consegui dormir. Tenho um jogo hoje à noite.

Johan achou a seção de esporte do jornal e começou a ler.

— É importante? — Jeanette apanhou uma xícara e um prato, pôs sobre a mesa, abriu a geladeira e pegou leite e iogurte.

O filho não respondeu.

Ela pegou o bule, encheu sua xícara de café, sentou-se de frente para ele e repetiu a pergunta.

— Decisão de campeonato — murmurou Johan, sem tirar os olhos do jornal.

Mais uma vez, Jeanette se sentiu mal por não saber de nada. Não tinha a menor ideia de como era a rotina do filho. Ela percebeu que tinha ido à escola uma única vez naquele semestre.

— O jogo é contra quem? Qual é o campeonato?

— Pare com isso! — Ele dobrou o jornal e se levantou. — Você nem se interessa.

— Johan... Claro que me interesso, mas você sabe que tenho que trabalhar muito e... — Jeanette ficou sem saber o que dizer. Só conseguia inventar desculpas esfarrapadas? A vergonha tomou conta dela.

— O jogo é contra Djurgården. — Ele pegou seu prato e o levou até a pia. — Acho que papai vai ver — ele disse, indo embora.

— Vocês vão ganhar! — gritou ela. — Djurgården não é de nada!

Ele não respondeu, entrou no quarto e fechou a porta.

Quando ela estava de saída, escutou Åke se mexendo no sofá. Foi até a sala vê-lo. Estava sentado esfregando o rosto. Seu cabelo estava em pé e seus olhos estavam vermelhos.

— Já estou indo — disse ela. — Não sei que horas chego. Pode ser bem tarde.

— Tudo bem — ele olhou para ela com seus olhos cansados. Jeanette entendeu que, naquele momento, ele não se importava se ela voltaria ou não.

— Não esqueça que Johan tem jogo hoje. Ele quer que você vá.

— Vamos ver — Åke se levantou. — Talvez não tenha tempo. Vou encontrar Alex e montar um catálogo pra exposição, pode demorar. Talvez você deva ir. — Ele deu um sorriso irônico.

— Pare com isso. Você sabe que não posso. — Ela lhe deu as costas e foi em direção à porta. Sapatos e botas se misturavam no vestíbulo, numa grande bagunça de pedrinhas e terra.

"Não sou suficiente", pensou ela. "Inútil e egoísta."

— Ligo mais tarde pra saber como foi.

Jeanette abriu a porta e saiu antes que ele tivesse tempo de responder.

KVARTERET KRONOBERG, DELEGACIA DE POLÍCIA

O trânsito até o centro estava pesado como sempre, mas após Gullmarsplan livrou um pouco. Quando ela estacionou o carro, viu que eram quase nove horas. Decidiu começar o dia de trabalho com uma longa caminhada ao redor de Kungsholmen, para arejar a cabeça.

Quando entrou na sua sala, Hurtig estava sentado em sua cadeira, à espera.

— Gente importante sempre chega atrasada — comentou ele, rindo.

— O que está fazendo aí? — Ela andou em sua direção e indicou que mudasse para a outra cadeira.

— Me corrija se estiver errado, Jeanette — começou ele —, mas estamos numa situação difícil, não é?

Ela assentiu em silêncio.

— Aonde você quer chegar?

— Tomei a liberdade de examinar velhos arquivos de casos com violência extrema...

— Certo.

Aquilo despertou sua curiosidade. Sabia que Hurtig não ia importuná-la se não tivesse algo.

— Por acaso, encontrei isto. — Ele atirou uma pasta marrom na mesa etiquetada como BENGT BERGMAN. INVESTIGAÇÃO ENCERRADA.

— Bergman foi interrogado aqui sete vezes ao longo dos anos. A última vez na segunda-feira passada.

— Segunda? Por qual motivo?

— Uma mulher chamada Tatiana Achatova o acusou de estupro. É uma prostituta que... — Hurtig se interrompeu. — Esqueça, não foi isso que me deixou intrigado. Foi a brutalidade. Quando comparei com outras acusações, a descrição era muito parecida.

— Da violência?

— Sim. As mulheres foram severamente agredidas, algumas chicoteadas com cinto, todas estupradas com a inserção de algum objeto no ânus. Possivelmente uma garrafa.

— Suponho que ele não tenha sido condenado por nada, já que seu nome não consta nos registros.

— Exato. Não havia provas o bastante, e a maioria das vítimas eram prostitutas. Era sua palavra contra a delas, e a esposa lhe deu álibi em todas as ocasiões.

— Então você quer que a gente vá atrás de Bengt Bergman?

Hurtig sorriu. Jeanette entendeu que ele tinha deixado o melhor para o final.

— Duas das acusações são de abuso sexual contra menores. Uma menina e um menino. Irmãos nascidos na Eritreia. Também indícios de violência...

Jeanette pegou imediatamente o arquivo da mesa e folheou.

— Porra, Hurtig, fico feliz em trabalhar com você. Vamos ver...

Ela passou os olhos pelo documento fino.

— Junho de 1999. A menina tinha doze e o menino, dez. Violência brutal, chicotadas, abuso sexual, crianças estrangeiras. O caso foi arquivado devido a... O que é isso? As crianças não foram consideradas confiáveis, após contradições nos testemunhos. Outro álibi da esposa. Pode ser difícil achar uma ligação com nossos casos. Precisamos de algo mais.

Hurtig já tinha pensado nisso.

— Podemos tentar — disse ele. — No arquivo de Bergman, encontrei o nome de sua filha. Talvez possamos ligar pra ela.

— Não entendi. Como você acha que ela poderia contribuir?

— Nunca se sabe, talvez não esteja tão pronta a dar um álibi para o pai como a esposa. É um tiro no escuro, mas já deu certo antes. O que você diz?

— Tudo bem. Mas você faz a ligação — Jeanette estendeu o telefone. — Está com o número?

— Claro que sim — disse Hurtig. Com um gesto provocador, ele abriu o bloco de notas e digitou o número. — Celular. Nada de endereço, infelizmente.

Jeanette riu.

— Você sabia que eu ia concordar.

Hurtig sorriu pra ela enquanto esperava em silêncio.

— Alô? Eu gostaria de falar com Victoria Bergman. É esse número? — Hurtig se espantou. — Alô? — Ele enrugou a testa. — Ela desligou.

Os dois se entreolharam.

— Vamos esperar um instante, então eu tento falar com ela. — Jeanette levantou. — Talvez ela prefira falar com uma mulher. Mas antes preciso de um café.

Eles seguiram pelo corredor até a cozinha.

No momento em que Jeanette pegou o copo de plástico da máquina de café, Schwarz entrou esbaforido, seguido de perto por Åhlund.

— Vocês ficaram sabendo do assalto ao carro-forte na rua Folkungagatan? — Ele ajeitou o coldre da pistola. — Billing quer que a gente vá pra lá. Estão com pouco pessoal.

— Se ele disse isso, é melhor vocês irem. — Jeanette ergueu os ombros.

Dez minutos depois, Hurtig passou o telefone para ela, que viu as horas de relance no computador. Dez e vinte e dois. Ela fez uma anotação: CHAMADA PARA A FILHA DE BENGT BERGMAN.

Após três toques, uma mulher atendeu.

— Bergman. — A voz era grave, quase como a de um homem.

— Victoria Bergman? Filha de Bengt Bergman?

— Sim.

— Olá, eu me chamo Jeanette Kihlberg e estou ligando da polícia de Estocolmo.

— Como posso ajudar?

— Bem... O advogado do seu pai me passou seu número porque gostaríamos de saber se você poderia testemunhar sobre o caráter de seu pai em um processo em andamento.

Hurtig sacudiu a cabeça e sorriu, aprovando a mentira dela.

— Bem pensado — sussurrou ele.

O telefone ficou mudo, então a mulher respondeu.

— Ah. E você ligou pra mim por causa disso?

— Compreendo se achar desconfortável, mas, segundo me disseram, você tem informações que podem beneficiar seu pai. Você tem conhecimento das acusações, não é?

Hurtig balançou a cabeça.

— Porra, você está louca!

Jeanette estendeu a mão pedindo silêncio e escutou a mulher suspirando.

— Não, lamento, mas não falo com ele ou com minha mãe há mais de vinte anos. Pra ser franca, estou espantada que ele pense que eu gostaria de ajudar.

A resposta da mulher fez Jeanette pensar que o palpite de Hurtig estava certo.

— Ah, é? Não condiz com o que eu escutei — mentiu ela.

— Não posso fazer nada. Se estiver interessada, posso dizer que ele com certeza é culpado. Ainda mais se for alguma coisa ligada ao que tem entre as pernas. Ele enfiava aquilo em mim quando eu tinha três ou quatro anos de idade.

A forma direta como a mulher respondeu deixou Jeanette desnorteada. Ela foi obrigada a limpar a garganta.

— Se o que você está dizendo é verdade, eu me pergunto por que nunca o denunciou.

"Que merda é essa?", Jeanette pensou, enquanto Hurtig sorria triunfante, com o polegar pra cima.

— Prefiro não falar sobre isso. Você não tem o direito de me ligar e perguntar sobre ele. Meu pai está morto pra mim.

— Certo. Eu entendo. Não vou importunar mais.

Jeanette ouviu um clique e pôs o telefone no gancho.

Hurtig esperava em silêncio uma palavra dela.

— Vamos pegar esse cara — disse por fim.

— Legal! — Hurtig levantou. — Você quer interrogar? Ou prefere que eu o faça?

— Eu interrogo, mas você pode ficar dentro da sala, se quiser.

Quando Hurtig saiu e fechou a porta, o telefone tocou. Jeanette ouviu a voz de seu chefe.

— Onde diabo você está? — Billing parecia bem nervoso.

— Na minha sala, por quê?

— Estamos esperando você há quase quinze minutos. Não sabe que a reunião dos líderes de equipe é agora?

Jeanette pôs a mão na testa.

— Claro. Chego num instante.

Ela pôs o telefone no gancho e foi correndo para a sala de conferência, sabendo que seria um dia longo.

GAMLA ENSKEDE, CASA DOS KIHLBERG

No dia seguinte, Jeanette estava tomando café quando abriu o jornal e viu a foto. Sentiu vergonha pela segunda vez em pouco tempo.

Na seção de esportes, tinha uma foto do time de Johan.

Hammarby vencera a final contra Djurgården por quatro a um, e seu filho fizera dois gols.

Jeanette sentiu o peso por ter se esquecido de ligar na noite anterior e perguntar como fora o jogo, mesmo sabendo que era a final.

Devido à prolixidade de Billing, a reunião passou da hora. O resto da tarde foi dedicado à busca de Bengt Bergman e a um interrogatório com a prostituta que o denunciara. Ela foi muito lacônica e apenas repetiu o que havia dito na denúncia. Já eram oito horas quando Jeanette saiu do trabalho. Adormeceu em frente à televisão antes que Åke e Johan retornassem. Quando acordou, já era mais de meia-noite, e os dois já tinham deitado.

Jeanette se deu conta de que os meninos assassinados recebiam mais atenção sua do que o próprio filho vivo. No entanto, não havia nada que pudesse fazer. Sabia que ele ficaria desapontado, porque ela de fato o negligenciava, mas era de esperar que um dia entendesse. Ele tinha uma vida muito boa. Um teto sobre a cabeça, comida na mesa, pais que o amavam acima de tudo, não importava quão ocupados estivessem.

Mas e se depois de adulto ele não visse as coisas daquele modo? E se apenas lembrasse as partes ruins?

Ela escutou Johan saindo do quarto e entrando no banheiro, enquanto Åke descia as escadas. Levantou e pôs mais dois pratos e xícaras na mesa.

— Bom dia! — cumprimentou Åke, pegando o suco da geladeira e tomando alguns goles direto da garrafa. — Já falou com ele hoje?

O marido puxou uma cadeira, sentou e olhou pela janela. O sol brilhava e o céu estava azul-claro. Algumas andorinhas apareceram, e Jeanette pensou em sugerir que tomassem café da manhã no jardim.

— Não, ele acabou de acordar e está tomando banho.

— Está bastante desapontado com a gente.

— A gente? — Jeanette procurou estabelecer contato visual, mas Åke continuava olhando através da janela. — Achei que era só comigo.

— Não — Åke se virou.

— O que você fez para ele ficar com raiva de você?

Åke bateu a xícara de café sobre a mesa, arrastou a cadeira para trás e se levantou de repente.

— Com raiva? — Ele se inclinou sobre a mesa. — Então você acha que é isso? Pensa que Johan está com raiva da gente?

Jeanette não esperava aquele rompante.

— Mas...

— Ele não está com raiva. Está magoado e decepcionado. Pensa que não nos importamos com ele e que brigamos o tempo todo.

— Você não foi ao jogo?

— Não, não tive tempo.

— Como assim, não teve tempo? — Jeanette percebeu que estava prestes a culpar Åke por suas próprias falhas. Realmente achava que a tarefa dele era cuidar para que tudo funcionasse em casa. Ela trabalhava duro e, quando não era o bastante, tinha que ligar para seus pais pedindo dinheiro. A única coisa que Åke precisava fazer era tirar a mesa, lavar a roupa de vez em quando e exigir que Johan fizesse suas tarefas.

— Não, eu não tive tempo! Simples assim.

Jeanette viu que ele estava realmente alterado.

— Eu também tenho uma vida fora desta casa — continuou Åke, com as mãos sobre a mesa. — Não consigo mais respirar aqui.

Ela sentiu que estava começando a perder a cabeça.

— Então faça alguma coisa! — gritou. — Arrume um trabalho de verdade, em vez de ficar em casa coçando o saco.

— Por que vocês estão brigando? — Johan apareceu na porta da cozinha. Estava vestido, com o cabelo molhado. Jeanette percebeu que estava magoado.

— Não estamos brigando. — Åke levantou e foi pegar café. — Apenas conversando.

— Não é o que parece. — Johan virou para voltar ao quarto.

— Venha aqui, Johan. — Jeanette suspirou profundamente e viu as horas com o canto no olho. — Seu pai e eu estamos chateados por termos perdido o jogo ontem. Vi que vocês ganharam. Parabéns. — Ela ergueu o jornal e apontou a foto.

— Ah. — Ele suspirou e sentou à mesa.

— Tem muita coisa acontecendo — continuou Jeanette —, tanto com seu pai quanto comigo no trabalho e... — Ela começou a passar manteiga no pão, enquanto procurava as palavras, que pareciam ter sumido. Estavam em falta com ele e não havia uma boa desculpa para aquilo.

Ela pôs o pão na frente de Johan, que o olhou com desgosto.

— Os pais dos meus amigos estavam lá, e eles também trabalham.

Jeanette olhou para Åke pedindo apoio, mas ele ainda olhava pela janela.

"Amor incondicional", pensou ela. Era responsabilidade dela, mas estava recaindo nos ombros de seu filho.

— Sua mãe está lá fora pegando os bandidos para que tanto você quanto os seus amigos e os pais deles possam dormir tranquilos à noite — ela disse, implorando para ele com os olhos.

Johan a encarou com um ódio que ela nunca vira.

— Você fala como se eu tivesse cinco anos! — gritou ele, levantando da mesa. — Não sou mais criança!

Johan bateu com força a porta do quarto.

Jeanette permaneceu sentada com o café nas mãos. Estava quente. Naquele momento, era a única coisa quente ali.

— Como é que a gente chegou a esse ponto?

Åke se virou pra ela e a olhou pensativo.

— Não consigo me lembrar de ter sido de outro jeito — disse ele, lançando um olhar nela. — Vou pôr a roupa para lavar.

Ele lhe deu as costas e saiu.

Jeanette enterrou o rosto entre as mãos. As lágrimas ardiam por trás das pálpebras. Ela não conseguia sentir o chão debaixo dos pés. Tudo o que tinha de garantido desmoronava. Sem eles, quem realmente era?

Ela se recompôs, pôs a jaqueta e saiu sem se despedir. Eles não a queriam por perto.

Sentou no carro e partiu rumo ao que restava de sua vida.

KVARTERET KRONOBERG, DELEGACIA DE POLÍCIA

Enquanto esperava Von Kwist estar disponível, ela leu tudo o que podia encontrar sobre anestésicos em geral, especialmente xilocaína.

Quando eram dez e meia, finalmente conseguiu que o promotor atendesse sua ligação.

— Por que você é tão teimosa? — começou ele. — Pelo que sei, o caso nem é seu. A responsabilidade é de Mikkelsen, não é?

Jeanette irritou-se com seu tom autoritário.

— Sim, é verdade, mas tem alguns pontos que eu queria esclarecer. Coisas que ele disse no interrogatório e sobre as quais estive pensado.

— Certo. E o que seriam?

— A mais importante é que ele afirma saber como se compra uma criança. Uma de quem ninguém vai sentir falta, e que depois é só pagar para se ver livre dela. E tem duas outras coisas que eu quero saber.

— Ah, é? O quê?

— Os dois meninos foram castrados e os corpos contêm anestésicos usados por dentistas. Karl Lundström tem opiniões bem extremas no que se refere à castração e, como você sabe, sua mulher é dentista. Resumindo, ele é interessante para minha investigação.

— Desculpe, mas... — Von Kwist pigarreou. — Acho que tudo isso soa bastante inconclusivo. Você não tem nada de concreto. E desconhece um fato importante. — Ele se calou.

— Qual?

— Durante o interrogatório, ele estava sob a influência de medicamentos fortes.

— Pode ser, mas isso não explica como...

— Minha querida — interrompeu ele. — Você não sabe de que medicamentos estamos falando.

Ela estava fervendo de ódio com a arrogância do promotor, mas sabia que precisava se conter.

— Não, é verdade. De que medicamentos estamos falando?

Ela o escutou mexendo em seus papéis.

— Acende uma luzinha se eu disser alprazolam?

Jeanette tentou lembrar.

— Não, não sei do que se trata...

— Imaginei. Porque, se soubesse, não teria levado a sério as histórias de Lundström.

— O que você quer dizer?

— É o mesmo remédio que fez Thomas Quick confessar quase todos os assassinatos não desvendados jamais cometidos. Se tivessem perguntado, ele também teria assumido a autoria dos assassinatos de Olof Palme e Kennedy. Ou até mesmo o genocídio de Ruanda. — Von Kwist riu da própria piada.

— Então você quer dizer que…

— Que não é boa ideia seguir adiante — interrompeu ele. — Ou, melhor ainda: proíbo você de seguir adiante.

— Pode fazer isso?

— Claro que posso, já falei com Billing.

Jeanette estava tremendo de ódio. Se não fosse o tom autoritário do promotor, ela poderia até aceitar sua ordem, mas sua decisão de desobedecê-lo só se fortaleceu. Lundström podia ter tomado o tanto de remédio que fosse — o que ele havia dito era relevante demais para ser descartado.

Jeanette não desistiria.

MARIATORGET, CONSULTÓRIO DE SOFIA ZETTERLUND

Uma tempestade de nuvens negras castigava o teto de cobre da Cervejaria Munique. De quando em quando, a baía de Riddarfjärden se iluminava com raios afiados.

A dor de cabeça aumentou e Sofia entrou no banheiro, jogou água no rosto e tomou dois analgésicos. Esperava ser suficiente para recobrar as forças.

Ela destrancou o armário sob a mesa, apanhou o arquivo de Karl Lundström e leu de novo, para refrescar a memória.

Seu parecer concluíra que, durante a sessão, não havia nada que indicasse a necessidade de uma custódia psiquiátrica. Ela baseou sua opinião nas convicções ideológicas de Karl Lundström e recomendou sua reclusão.

Mas aquilo não aconteceria.

Tudo indicava que o tribunal decidiria internar Karl Lundström numa instituição. Devido ao fato de ele estar sob efeito de alprazolam durante o interrogatório e as sessões em Huddinge, consideraram que seu parecer não podia ser usado para sustentar uma decisão judicial.

Em outras palavras, a sessão que tivera com ele fora desconsiderada.

O tribunal apenas vira um homem humilhado e confuso, mas Sofia compreendera que o que dissera não fora efeito de remédios.

A posição de Karl Lundström era de que só ele via a verdade. Tinha convicção no direito do mais forte, estendendo seus privilégios para cometer abusos contra indivíduos mais frágeis. Admirava suas características e tinha orgulho delas.

Ela se lembrava do que ele dissera.

Tinha sido apenas um longo discurso de defesa.

— *Não considero errado o que eu fiz* — dissera ele. — *Só é errado na sociedade de hoje. A moral está conspurcada. É um impulso primordial. A palavra de Deus não traz nenhuma proibição contra o incesto. Todos os homens têm a mesma necessidade que eu, primitiva e ligada ao sexo. Isso já era falado em pentâmetros. Sou uma criatura de Deus e ajo conforme a missão que Ele me designou.*

Desculpas travestidas de religiosas, moralistas e filosóficas.

Ela só podia constatar que a certeza de Karl Lundström acerca da própria grandeza o tornava uma pessoa muito perigosa.

Alguém que pensava ter um alto nível de inteligência.

Demonstrando uma considerável falta de empatia.

Com sua capacidade de manipular as pessoas e as situações, acabaria saindo em liberdade condicional após um período de internação forçada numa instituição qualquer. A cada segundo que estivesse solto representaria perigo para as demais pessoas.

Sofia tomou a decisão de ligar para a detetive Jeanette Kihlberg.

Naquele caso, era seu dever passar por cima da lei.

Jeanette Kihlberg ficou espantada, para dizer o mínimo, quando Sofia disse que queria marcar um encontro para contar o que sabia sobre Karl Lundström.

— Por que mudou de ideia?

— Não sei se há uma conexão com o seu caso, mas creio que Lundström pode estar envolvido em algo maior. Mikkelsen investigou a história acerca de Anders Wikström e dos vídeos?

— Pelo que entendi, estão fazendo isso agora. Mas Mikkelsen acredita que Anders Wikström é fruto da imaginação de Lundström e que eles não vão achar nada. Se não me engano, vocês o declararam incapacitado. Ele parece mesmo estar doente.

— Sim, mas não o bastante para não responder por seus atos.

— Não? Certo. Mas há diferentes níveis de doença?

— Sim. É como se sabe quando é necessário punir.

— Então mesmo uma pessoa com princípios doentios pode ser punida? — perguntou Jeanette.

— Isso mesmo. Mas a punição tem que ser adequada. Neste caso, recomendei a reclusão. Minha convicção é de que Lundström não pode ser ajudado com tratamento psiquiátrico.

— Concordo — disse Jeanette. — Mas o que você diz sobre ele estar sob efeito de remédios?

Sofia sorriu.

— Pelo que li, a quantidade de droga não era suficiente para mudar as coisas. Era uma dosagem pequena de alprazolam.

— O mesmo remédio que aplicaram em Thomas Quick.

— Sim, sim, mas naquele caso as dosagens eram bem maiores.

— Então você acha que não devo me preocupar com isso?

— Correto. E acho que vale a pena interrogar Lundström sobre os meninos assassinados. O vento que entra por uma porta pode abrir outra.

Jeanette riu.

— O vento que entra por uma porta?

— Sim. Se o que Lundström afirma sobre comprar crianças tiver uma gota de verdade, talvez haja mais coisa pra tirar dele.

— Eu sei. Obrigada por me conceder seu tempo.

— Não tem de quê. Quando podemos nos encontrar?

— Ligo amanhã de manhã, então podemos marcar um almoço.

— Combinado.

Elas desligaram e Sofia olhou pela janela. O sol brilhava lá fora.

MONUMENTET, APARTAMENTO DE MIKAEL

Começou a chover à noite, e de repente tudo pareceu ficar mais sujo. Sofia Zetterlund guardou suas coisas e deixou o consultório.

Se o tempo estava um fiasco, o jantar com Mikael não ficou muito atrás. Ela realmente se esforçara, porque seria o último deles por um bom tempo. Mikael fora convidado para trabalhar na sede alemã de sua empresa e ficaria ausente por dois meses. Os dois tiveram uma conversa pouco interessante e ele adormeceu no sofá depois de comer a sobremesa que Sofia levou mais de uma hora e meia para fazer, bolo de cenoura com passas e cobertura cremosa. Quando ela estava na pia enxaguando os copos, acompanhada pelos roncos que vinham da sala, percebeu que não estava bem.

O trabalho ia mal. Ela se irritava com todos os que estavam ligados ao caso Lundström. Assistentes sociais, psicólogos e psiquiatras do IML. Irritava-se também com seus pacientes no consultório. Estava livre de Carolina Glanz, que tinha desmarcado as últimas sessões, por um tempo. Graças aos tabloides, sabia que ela estava trabalhando em filmes eróticos.

Nem Victoria Bergman aparecia mais. Aquela era uma perda. Seus dias passaram a ser dedicados ao treinamento de executivos em cargos de liderança a falar em público. A maior parte ela fazia no automático, não exigindo nenhuma preparação. No final das contas, era tudo tão absurdamente chato que ela começou a se perguntar se valia a pena.

Resolveu largar o resto da louça, foi para o escritório com uma xícara de café e ligou o computador. Tirou da bolsa um gravador e o pôs sobre a mesa.

Victoria Bergman brigava com uma menininha que, aparentemente, era ela mesma quando criança.

Talvez um fato isolado tivesse sido decisivo.

Victoria sempre voltava a um acontecimento durante o primeiro ano do ensino médio, mas Sofia não sabia exatamente o que era, já que a moça contava muito depressa.

Podia também ser mais que um fato isolado. Uma situação que durara muito tempo, talvez durante todo o seu período de crescimento.

Ser uma pária, uma pessoa fraca?

Sofia desconfiava que Victoria desprezava a fraqueza.

Ela procurou uma folha em branco e decidiu que sempre teria um bloco de notas diante dela quando escutasse as gravações das sessões.

Quando leu a etiqueta da fita, viu que a sessão tinha se dado havia menos de um mês.

Ela ouviu a voz seca de Victoria:

— *... e depois ficar lá um dia com as mãos atadas atrás das costas e deixar todas as outras mãos livres para fazer o que quisessem independente da minha vontade. Não queria chorar quando eles não choravam, por que seria muito humilhante, ainda mais quando eles tinham viajado tão longe para dormir comigo em vez da esposa. Deviam achar muito bom, não ter que pagar o preço por estar em casa sem nada pra fazer e em vez de sentir dor nos braços e nas pernas de arrastar tanta coisa...*

Sofia se sentiu confusa, desanimada e cansada. Era um cansaço físico, como uma dor muscular.

Ouviu o barulho da televisão. A chuva batendo na janela.

E a voz monótona e impiedosa. Deveria parar de escutar?

— *... os homens queriam ir embora de manhã e depois chegar em casa, onde a comida era sempre saudável e nutritiva, apesar do gosto de sexo e da falta de tempero...*

Sofia escutou Victoria começando a chorar e achou estranho não ter nenhuma lembrança daquilo.

— *Quando ninguém via, dava pra deixar a boca pingar sobre as panelas e encher tudo com coisas que as pessoas preferem jogar na privada. E depois eu ficava com meus avós. Era legal porque eu ficava livre das brigas com meu pai, e sem ele era mais fácil dormir, sem vinho ou as pílulas que tomava pra sentir uma sensação gostosa na cabeça. Só queria silenciar a voz que falava mais e mais, e perguntava se naquele dia eu tinha coragem de...*

Sofia despertou em frente ao computador, com uma sensação desagradável no corpo. Era meia-noite e meia.

Ela fechou o arquivo e foi pra cozinha tomar um copo d'água, então mudou de ideia e apanhou o maço de cigarros que tinha no bolso.

Enquanto fumava debaixo da coifa, refletiu sobre as histórias de Victoria.

Tudo se encaixava. Mesmo que à primeira vista as coisas parecessem incongruentes, no fundo não havia nenhum lapso. Era um único e longo acontecimento. Uma hora se estendendo por uma vida, como um elástico.

"Até onde pode ser esticado sem se romper?", pensou ela, deixando o cigarro aceso no cinzeiro.

Sofia voltou ao escritório e reviu suas anotações. Tinha escrito: SAUNA, FILHOTES

DE PASSARINHO, CACHORRINHO DE PELÚCIA, AVÓ, CORRER, FITA ISOLANTE, VOZ, COPENHAGUE. As palavras estavam espalhadas pelas páginas, rabiscadas de qualquer jeito.

"Interessante", pensou ela, e foi com o gravador até a cozinha, colocando uma cadeira ao lado do fogão.

Enquanto rebobinava a fita, ela pegou o cigarro do cinzeiro. Então ligou o aparelho. A primeira coisa que escutou foi a própria voz.

— *Para onde vocês foram?*

Ela podia ver na sua cabeça Victoria mudar de posição, ajeitando a saia sobre a coxa.

— *Ah, eu era bem nova, mas acho que fomos até Dorotea e Vihelmina, no sul da Lapônia. Talvez mais longe ainda. Fui sentada no banco da frente pela primeira vez e me senti adulta. Ele contou um monte de coisa e fez perguntas depois pra ver se eu lembrava. Uma vez, ele ficou com uma enciclopédia atrás do volante e ia me perguntando todas as capitais do mundo. No livro constava que Quezon City era a capital das Filipinas, mas eu disse que na verdade era Manila. Ele ficou com raiva e nós apostamos um par de sapatos para esquiar. Quando depois ficou claro que eu estava certa, ganhei um par usado de couro, que ele comprou num brechó e eu nunca usei.*

— *Quanto tempo vocês ficaram lá? Sua mãe foi também?*

Ela escutou Victoria rindo.

— *Não, ela nunca ia com a gente.*

As duas ficaram em silêncio por quase um minuto. Então Sofia escutou a si mesma se referir ao que Victoria dissera sobre uma voz.

— *Que voz era aquela? Você ouve vozes?*

Sofia se irritou com a maneira como se repetira.

— *Sim, acontecia às vezes quando eu era pequena — respondeu Victoria. — No começo era mais como um som intenso, que aumentava devagar. Um zumbido crescente.*

— *Você ainda escuta isso?*

— *Não, foi há muito tempo. Quando fiz dezesseis, dezessete anos, esse som constante se tornou uma voz.*

— *E o que ela dizia?*

— *Na maior parte do tempo me perguntava se eu ia ter coragem naquele dia. Você tem coragem? Você tem coragem? E hoje, você tem coragem? Às vezes, era bem cansativa.*

— *O que você acha que aquela voz queria dizer quando perguntava isso?*

— *Suicídio, é claro. Porra, você não faz ideia de quanto lutei contra a voz. Então, quando criei coragem, ela parou.*

— *Está dizendo que já tentou se suicidar?*

— *Sim, quando tinha dezessete anos, numa viagem com alguns amigos. A gente estava voltando de algum lugar na França, acho. Quando cheguei a Copenhague estava destruída, então tentei me enforcar no quarto do hotel.*

— *Você tentou mesmo?*

Ao ouvir aquilo, Sofia achou que parecia insegura.

— Sim... Eu acordei no chão do banheiro com o cinto ao redor do pescoço. O gancho tinha soltado do teto e eu bati a boca e o nariz no chão. Tinha sangue pra todo lado. Quebrei a ponta de um dente.

Ela tinha aberto a boca e mostrado para Sofia uma restauração no incisivo direito, de uma cor ligeiramente diferente.

— E então a voz parou?

— É, acho que sim. Eu provara que tinha coragem, então não fazia sentido continuar me enchendo.

Sofia escutou Victoria rindo na gravação, depois o silêncio e o som de respiração por dois minutos. Veio então o som de Victoria arrastando a cadeira, pegando o casaco e saindo.

A psicóloga apagou o terceiro cigarro, desligou a coifa e foi deitar. Já eram quase três da madrugada e tinha parado de chover.

O que ela tinha feito para Victoria deixar a terapia? Elas estavam num bom caminho.

Reconheceu então que sentia falta de conversar com Victoria Bergman.

A ESTRADA

que percorria a ilha de Svartsjölandet pareceu deserta por muito tempo, mas por fim ela achou um menino.

Sozinho à beira da estrada com uma bicicleta quebrada.

Precisava de carona.

Confiava em todo mundo.

Nunca aprendera a reconhecer que fora traído.

O QUARTO

estava iluminado pela luz acesa, e ela admirava o espetáculo numa cadeira ao canto.

Na parede em frente à porta secreta que dava para a sala, ela tinha montado um vigoroso anel de ferro, usado para atracar barcos.

Eles despiram o menino, acorrentaram seu pescoço e o prenderam ao anel, com uma correia de dois metros de comprimento.

Tinha quatro metros quadrados para se movimentar, mas não podia alcançá-la.

No chão ao lado dela tinha um fio elétrico, e sobre seus joelhos havia uma arma de eletrochoque, que poderia atirar dois projéteis de aço caso houvesse necessidade. Quando se prendessem ao corpo do menino, descarregariam cinquenta mil volts durante cinco segundos. Os músculos de seu corpo iam se contorcer de dor, mas depois ele estaria ileso.

Ela fez um sinal para Gao, indicando que o espetáculo poderia começar.

Ele usara a manhã para se purificar e, através de meditação, foi lentamente minimizando os pensamentos. Nenhuma lógica podia permanecer e distraí-lo de fazer aquilo para que fora treinado.

Agora, segundos antes de o espetáculo começar, ele eliminaria os últimos vestígios de pensamento.

Seria um corpo com apenas quatro necessidades vitais.

Oxigênio.

Água.

Comida.

Sono.

Mais nada.

"Ele é uma máquina", pensou ela.

O plástico no chão rangia quando o menino acorrentado começou a se mexer. Ele ainda estava confuso e atordoado, tendo acabado de recobrar a consciência, e olhou em volta inseguro. Puxou a corrente ao redor do pescoço sem muita energia, já tendo percebido a impossibilidade escapar, por isso engatinhou para trás com cuidado, levantou e ficou de costas pra parede.

Gao se aproximava e se afastava do menino nu e desamparado.

Com um chute na boca do estômago, ele o pôs de joelho, quase sem ar. Depois acertou com força seu ouvido, e o menino caiu no chão gemendo.

Algo se partiu. Sangue escorreu do nariz do menino.

Ela concluiu que a luta era muito desigual e afrouxou a corrente do outro, que chorava.

A lâmpada balançava devagar no teto, e as sombras dançavam sobre as costas do menino que se arrastava no chão. Gao entendeu de imediato o que era esperado dele. O outro menino acreditava que suas preces e soluços iam salvá-lo, sem compreender a gravidade da situação.

Ele estava deitado no chão e esperneava como um cachorrinho abandonado.

Ela se perguntou se o motivo era aquela ser a primeira vez que sentia dor física, de modo que não tinha acesso aos instintos de sobrevivência necessários. Talvez tivesse sido criado para acreditar na bondade inerente às pessoas, e a ilusão acabara com suas chances reais de defesa.

Gao cobria o menino de chutes e golpes.

Por fim, ela tentou igualar as condições dando uma faca para o outro, que apenas a jogou longe e gritou de pavor.

Ela levantou da cadeira e deu a Gao uma garrafa de água com anfetamina. Ele estava suado, e os músculos do tronco se contraíam em profundas respirações.

Os dois se tornariam algo perfeito e completo.

Nas sombras, eles eram um só.

O começo e o fim.

Sangue e dor. Impulsos elétricos.

Sem pressa, começou a chicotear as costas do menino com o fio elétrico, aumentando o ritmo até bater com toda a velocidade.

Sangue escorria pelas costas dele.

Ela pegou uma injeção, mas quando ia aplicar a anestesia no pescoço notou que já estava morto.

Tinha acabado.

KVARTERET KRONOBERG, DELEGACIA DE POLÍCIA

Karl Lundström era o único nome interessante na lista de suspeitos. Jeanette Kihlberg estava espantada, mas ao mesmo tempo agradecida por Sofia Zetterlund ter entrado em contato. Talvez ela levasse a investigação para uma nova direção.

Torcia para aquilo, porque não tinham mais nada.

Thelin e Furugård já estavam descartados havia muito tempo, e o interrogatório com Bengt Bergman, suspeito de estupro, foi infrutífero.

A impressão que Jeanette teve dele foi a de que era uma pessoa particularmente desagradável. Emocionalmente imprevisível, mas também frio e calculista. Diversas vezes, falou sobre sua grande capacidade de sentir empatia enquanto dava mostras do contrário.

Ela não pôde deixar de ver semelhanças com o que lera sobre Karl Lundström.

A esposa de Bergman foi quem que lhe dera um álibi para todas as acusações. Um fato que Jeanette apontou com veemência para Von Kwist quando sugerira que falassem com ela mais uma vez. A detetive tinha também apontado a semelhança com Karl Lundström e sua esposa, Annette, que tomara seu partido até mesmo quando se tratava do abuso da filha.

O promotor, como sempre, foi inflexível. Jeanette reconheceu para si mesma que Bengt Bergman era um beco sem saída.

Uma aposta errada.

Mas, durante o breve telefonema para sua filha, compreendeu que se tratava de um homem com muito na consciência. Ninguém rompe a ligação com os pais sem motivo.

Jeanette constatou, resignada, que o promotor arquivaria a acusação de estupro feita por Tatiana Achatova.

O que uma prostituta de meia-idade, com várias condenações por porte de drogas, poderia fazer contra um alto funcionário de uma organização? Era a palavra dela contra a dele. E todo mundo sabia em quem o promotor Von Kwist depositaria sua confiança.

“Não, Tatiana Achatova não teria a menor chance”, pensou Jeanette.

Mais uma vez, ela foi tomada pelo cansaço. Só queria ser livre para aproveitar o verão e o calor. Mas Åke tinha viajado para a Cracóvia com Alexandra Kowalska e Johan estava em Dalarna na casa de amigos. Ela concluiu que só sentiria solidão se tirasse férias naquele momento.

— Você tem visita. — Hurtig entrou em sua sala. — Ulrika Wendin está sentada na recepção. Ela não quer entrar, mas disse que precisa ver você.

A moça estava fumando do lado de fora. Apesar do calor, usava uma jaqueta grossa e preta, jeans escuros e coturnos. Sob o capuz, portava um par de óculos escuros grandes. Jeanette foi até ela.

— Quero que meu caso seja reaberto — disse Ulrika, apagando um cigarro.

— Certo... Vamos conversar em algum lugar. Eu pago o café.

Elas caminharam em silêncio ao longo da rua Hantverkargatan, e Ulrika teve tempo de fumar mais um cigarro antes de chegarem. Cada uma pediu um café e um sanduíche, e as duas sentaram a uma mesa na calçada.

Ulrika tirou os óculos escuros e Jeanette viu por que os usava. Seu olho direito estava roxo e inchado. O hematoma grande como um punho devia ter uns dois dias, a julgar pela cor.

— Que porra é essa? — explodiu Jeanette. — Quem fez isso?

— Não é nada. Foi só um cara que eu conheço. Na verdade, ele é bem legal. Quer dizer, quando não bebe. — Ulrika sorriu envergonhada. — Fui eu quem ofereceu bebida, depois a gente começou a discutir porque eu queria abaixar o volume do som.

— Meu Deus, Ulrika. Não se culpe. Com que tipo de gente você anda? Um rapaz que te bate porque você quer abaixar a música para não incomodar os vizinhos?

Ulrika Wendin deu de ombros e Jeanette viu que não chegaria a lugar nenhum.

— Então... — disse ela. — Posso ajudar com a parte jurídica, se você quiser reabrir o caso Lundström. — Ela presumia que Von Kwist não ia tomar essa iniciativa ele mesmo. — O que fez com que tomasse essa decisão?

— Ah, depois que a gente conversou em casa vi que não superei isso — explicou ela. — Quero contar tudo.

— Tudo?

— Sim, antes era tão difícil. Eu tinha vergonha...

Jeanette examinou a moça e se admirou com como ela parecia frágil.

— Vergonha? De quê?

Ulrika se remexia na cadeira.

— Não foi só o estupro.

— O que você não contou?

— Foi tão humilhante — disse ela por fim. — Eles me deram uma coisa que tirou minha sensibilidade da cintura pra baixo. Quando me estupraram assim... — Ela se calou mais uma vez.

Jeanette a pressionou.

— O que aconteceu?

Ulrika amassou o cigarro no cinzeiro e acendeu logo outro.

— Um monte de merda escorreu pra fora, sabe? Como se eu fosse um bebê.

Jeanette viu que Ulrika quase chorava. Seus olhos pareciam vazios e sua voz estava trêmula.

— Era como uma espécie de ritual. Eles saborearam o momento. Foi tão humilhante que nunca contei para a polícia.

Ulrika enxugou as lágrimas na manga da jaqueta, e Jeanette se encheu de compaixão pela moça.

— Você quer dizer que eles usaram algum tipo de anestésico em você?

— É, algo assim.

Jeanette viu o olho roxo de Ulrika. Hematomas quase pretos se ramificavam até o ouvido direito.

Recém-agredida por alguém que se dizia seu namorado.

Sete anos antes, violentada e humilhada por quatro homens, um deles chamando Karl Lundström.

— Vamos até minha sala pra você dar um depoimento completo.

Ulrika Wendin fez que sim.

"Anestésico?", pensou Jeanette. Ninguém fora da investigação poderia saber o que continham os corpos dos meninos. Não podia ser coincidência.

Ela sentiu seu coração bater acelerado.

MARIATORGET, CONSULTÓRIO DE SOFIA ZETTERLUND

Quando o telefone tocou, Sofia Zetterlund estava imersa em pensamentos profundos sobre Lasse. O barulho fez com que quase derramasse o café.

— Aqui é Jeanette Kihlberg. Você pode almoçar um pouco mais cedo, pra gente ter mais tempo? Compro comida chinesa e a gente se encontra em frente ao estádio Zinkensdamm. Aliás, você gosta de comida chinesa?

Duas perguntas e uma decisão prévia numa só respiração. Jeanette Kihlberg não era de poucas palavras.

— Sim, estou treinando para a Olimpíada em Pequim — brincou Sofia.

Jeanette riu e elas desligaram.

Sofia estava desconcentrada. Lasse continuava ocupando seus pensamentos.

Ela abriu a gaveta da mesa e pegou uma fotografia.

Alto, cabelos pretos, olhos azuis e intensos. O que ela lembrava com mais clareza eram suas mãos. Apesar de trabalhar num escritório, era como se a natureza o tivesse equipado com os punhos fortes e calejados de um artesão.

Ao mesmo tempo, estava grata por ter conseguido afastar a saudade e substituí-la por indiferença. Ele não merecia seus sentimentos.

Lembrou o que dissera a ele no quarto de hotel em Nova York, antes de tudo desabar.

— *Eu me entrego a você, Lasse. Você me tem inteira, tudo de mim, e eu sei que vai tomar conta de mim.*

Tão ingênua. Nunca mais faria aquilo. Não ia deixar ninguém chegar tão perto.

Ela vestiu o blazer e saiu.

ESTÁDIO DE ZINKENSDAMM

— Ah, até que enfim a voz ganhou um rosto — disse Jeanette Kihlberg, estendendo a mão para cumprimentá-la.

Sorria.

— É mesmo — respondeu Sofia Zetterlund, esforçando-se para sorrir. Jeanette tinha ao redor de quarenta anos e era bem mais baixa do que imaginara.

A detetive saiu andando, e Sofia a seguiu com passos leves e autoconfiantes. Elas sentaram na arquibancada ampla do estádio, recém-construída, com os olhos voltados para o gramado sintético.

— Um lugar diferente para almoçar — disse Sofia.

— Zinkens é um clássico. — Jeanette sorriu com educação. — É difícil achar um lugar melhor. Talvez só Kanalplan.

— Kanalplan?

— Nacka, aquele da Copa de 58, jogou bola lá no passado. Hoje quem usa o estádio é o time feminino do Hammarby. Mas é melhor a gente começar. Que horas você tem que ir?

— Não se preocupe. Podemos ficar o dia inteiro se for necessário.

Jeanette estava concentrada em comer sua asinha de frango.

— Que bom, pode mesmo levar um tempo. Lundström não é nada fácil de entender. E tenho uma série de dúvidas.

Sofia pôs a comida no assento ao lado.

— Vocês encontraram aquele Wikström de que ele falou?

— Não. Eu o mencionei a Mikkelsen hoje de manhã. Existe de fato um Wikström em Ånge. Ou melhor, um Anders Efraim Wikström. Mas ele tem mais de oitenta anos e mora num asilo perto de Timrå há quase cinco anos. Nunca ouviu falar de alguém chamado Karl Lundström e não tem nada a ver com essa história.

Sofia não se espantou com aquilo. Estava de acordo com o que sempre acreditara. Anders Wikström era um produto da imaginação de Karl Lundström.

— Certo. Vocês descobriram mais alguma coisa?

Jeanette enfiou o resto de comida na sacola.

— Lundström tem mais coisa no currículo. Ontem à noite, uma moça deu um depoimento que pode ajudar bastante meu caso. Não posso dizer mais nada agora, mas está ligado aos assassinatos que estou investigando.

Jeanette acendeu um cigarro e tossiu.

— Porra, preciso parar... Aceita um?

— Sim, obrigada...

Jeanette lhe entregou o isqueiro.

— Vocês perguntaram à esposa se ela sabia dos vídeos?

Jeanette ficou em silêncio por um instante antes de responder.

— Quando Mikkelsen perguntou, recebeu apenas uma resposta desconexa. Ela não sabe, não lembra, estava viajando, e por aí vai. Mente para proteger o marido. No que se refere às histórias de Karl Lundström, tenho dificuldade em juntar tudo. Aquele papo sobre Anders Wikström e a máfia russa. Mikkelsen acha que ele só está mentindo.

— Não estou segura disso — afirmou Sofia, dando um trago. — Esse foi um dos motivos pelo qual liguei.

— Como assim?

— Acredito que é mais complicado do que parece.

— Ah, é? Como assim?

— É possível que ele às vezes diga a verdade, mas depois as fantasias o dominem. Ou melhor, os desvarios, a autoilusão. Ele abusou da própria filha, o que é um tabu muito forte.

— Então você acha que Lundström precisa lidar com a culpa de algum jeito?

— Sim. Ele começou a se desprezar tanto que chegou ao nível de se sentir culpado por uma série de crimes que na verdade não cometeu.

Sofia soltou alguns anéis de fumaça.

— Durante nossa sessão, problematizou várias vezes o conceito de errado quando ligado à atração que homens sentem por meninas. É óbvio que ele a considera natural. Para se convencer disso, acaba inventando uma série de ações tão extremas que não podem ser ignoradas.

Sofia amassou o cigarro.

— E Linnea?

Jeanette refletiu um pouco.

— Acharam também uns vídeos velhos no porão, além do que estava no computador de Lundström.

— Na casa deles?

— Sim. Esses vídeos têm não apenas a impressão digital de Lundström, mas também da filha.

Sofia estremeceu.

— Então ela assistiu a eles?

— Suponho que sim. Após análise, foi concluído de que se trata de pornografia infantil clássica. Pelo que descobrimos até agora, foram gravados no Brasil no final dos anos oitenta. Os vídeos circularam por muito tempo entre os pedófilos, adquirindo certo status lendário entre colecionadores...

— Então não tem nada a ver com a máfia russa?

— Não, a máfia russa é mais uma das fantasias de Lundström, como Anders Wikström, que é totalmente inocente. Além disso, o que acontece no vídeo está de acordo com o que ele contou pra você durante a sessão, com a diferença de que na verdade foi gravado no Brasil, vinte anos atrás.

— Faz sentido. As mentiras dele sobre Anders Wikström foram então inspiradas por filmes pedófilos existentes. Isso explica por que as mentiras são tão detalhadas.

— Numa das gavetas da mesa de Lundström encontraram um cacho de cabelo e um par de calcinhas da filha. Pode me explicar por quê?

— Sim, é um comportamento típico. Ele coleciona troféus — disse Sofia. — O objetivo é exercer poder sobre a vítima. Com o objeto, pode reviver o abuso através da fantasia.

Elas ficaram em silêncio por um instante. Talvez porque tudo era horroroso.

Sofia pensou em Linnea Lundström e no que ela devia ter passado. Seus pensamentos recaíram em Victoria Bergman, e ela se perguntou como Linnea lidava com suas experiências. Victoria aprendera a canalizar aquilo a que fora submetida. Como seria para a filha de Lundström?

— Como está a menina agora?

Jeanette abriu os braços, desalentada.

— Mikkelsen diz que já viu a reação dela em outras crianças. Ficam com raiva, se sentem abandonadas. Não confiam em ninguém. Quando ela não está chorando, grita que odeia o pai, mas ao mesmo tempo não há dúvida de que sente falta dele.

Sofia pensou mais uma vez em Victoria Bergman. Uma mulher adulta que ainda era uma criança.

— Eu entendo — disse ela.

Jeanette pôs os olhos no gramado sintético.

— Você tem filhos? — perguntou, acendendo um cigarro.

Sofia ficou surpresa com a pergunta.

— Não... Ainda não pude. E você?

— Tenho. Um menino. — Sofia notou que Jeanette estava pensativa. — Ele... — A detetive ficou mais séria. — Ele tem a idade de Linnea. As crianças são tão frágeis nessa idade, entende?

— Eu sei.

— Sim, segundo Mikkelsen essa é sua especialidade. Crianças traumatizadas... — Jeanette abriu os braços e acrescentou: — Falando com sinceridade, tenho dificuldade em entender esse tipo de criminoso. Por que fazem isso?

A pergunta foi direta e Sofia sentiu que Jeanette esperava dela uma resposta direta, mas não sabia o que dizer. A energia da detetive e sua presença a interessavam e distraíam ao mesmo tempo.

— Não é nada fácil responder isso — afirmou ela após um instante. — Mas tem duas coisas sobre Karl Lundström que achei bem esquisitas.

— O quê?

— Não sei se quer dizer alguma coisa, mas ele falou em castração várias vezes.

Uma hora me perguntou se eu sabia como se castrava um macho de rena, e contou depois que os testículos são esmagados com uma mordida. Outra hora ele chegou a dizer que todos os homens deviam ser castrados após o nascimento.

Jeanette ficou em silêncio por alguns segundos.

— O que nós conversamos fica entre nós. Mas o que você disse fortalece minhas suspeitas. Encontramos três meninos mortos que haviam sido castrados.

— Caramba...

Jeanette olhou pra Sofia com reprovação.

— Se você tivesse me contado isso da primeira vez que conversamos...

— Eu não tinha motivo pra quebrar a confidencialidade quando entrou em contato comigo. Era difícil ver uma ligação direta com seu caso.

Jeanette fez um gesto de quem a perdoava.

Sofia notou que a detetive tinha pavio curto, e para seu espanto percebeu que gostava daquilo.

O rosto de Jeanette Kihlberg não ocultava nenhum sentimento, e a psicóloga viu o olhar acusador esmorecer e se transformar em tristeza.

— Tudo bem. Deixa pra lá. Você tem mais alguma coisa pra gente?

— Xilocaína — disse Sofia.

Jeanette prendeu a fumaça na garganta e foi acometida por uma crise de tosse.

Sofia ficou atordoada com aquela reação exaltada, sem saber como continuar. Jeanette antecipou entre as tossidas.

— Do que está falando?

— Karl Lundström disse que Anders Wikström tinha o hábito de injetar xilocaína nas vítimas. Mas essa substância é desconhecida pra mim. Não sei como altera a pessoa.

Jeanette sacudiu a cabeça e soltou um suspiro profundo.

— É um anestésico — disse ela, desconsolada. — O mesmo que encontramos nos meninos mortos. É usado por dentistas, e essa é justamente a profissão de Annette Lundström. Preciso dizer mais?

Elas ficaram em silêncio de novo.

— Nossa. Agora soa bem pior — disse Sofia após um instante.

A conversa foi interrompida pelo celular de Jeanette Kihlberg, que se desculpou.

Sofia não conseguiu escutar o que era dito do outro lado, mas tudo indicava que algo deixara Jeanette furiosa.

— Caralho! E o que mais?

A detetive levantou e começou a andar entre os bancos da arquibancada.

— Certo. Entendi. Mas como uma merda dessas foi acontecer?

Ela sentou de novo.

— Já estou indo — disse, depois desligou o celular e suspirou desesperada. — Merda.

— O que aconteceu?

— E nós aqui sentadas falando sobre ele...

— Sobre quem?

Jeanette Kihlberg inclinou o corpo para trás, xingando silenciosamente entre as tragadas. Seu rosto era como um livro aberto. Decepção. Ódio. Resignação.

Sofia não sabia o que dizer.

— Não vamos falar muito mais sobre Lundström — murmurou Jeanette Kihlberg. — Ele se enforcou na cela. O que me diz disso?

TORONTO, 2007

A tempestade de neve sobre a costa leste dos Estados Unidos fez com que o voo 4592 fosse redirecionado para Toronto, em vez de aterrissar no aeroporto John F. Kennedy. Para compensar o atraso, os passageiros foram acomodados num hotel quatro estrelas e incluídos no voo da manhã seguinte.

Após tomar banho para tirar as marcas da viagem, eles decidiram permanecer no quarto e dividir uma garrafa de champanhe.

— Ai, que delícia! Até que enfim, férias.

Lasse se inclinou pra trás e se espreguiçou na cama. Sofia, que estava de lingerie, maquiando-se em frente ao espelho do lado da cama, pegou uma toalha molhada e jogou nele.

— Vem aqui e vamos fazer um filho — disse ele de repente, ainda com a toalha sobre o rosto. — Quero ter um filho com você — repetiu ele, e Sofia congelou.

— O que você disse?

— Eu disse que acho que chegou a hora de termos um filho.

— Acha mesmo? De verdade? — Sofia não sabia dizer se ele estava brincando.

Às vezes, Lasse podia dizer coisas assim só para retirá-las no instante seguinte. Mas havia algo diferente em sua voz.

— É, que se dane. Você já tem quase quarenta anos, está passando da hora. Não pra mim, claro. E acho que vamos continuar juntos... Ah, você entende o que quero dizer. — Ele tirou a toalha da cara, e ela pode ver que estava falando sério.

Influenciada pelo álcool ou pelo cansaço da longa viagem, ela começou a chorar. Talvez fosse a combinação de tudo.

— Querida, você está chorando? — Ele levantou da cama e foi até ela. — Tem alguma coisa errada?

— Não, não. Estou tão feliz. Claro que quero ter um filho com você. Sabe disso. — Seus olhos encontraram os dele no espelho.

— Então vamos fazer isso. É agora ou nunca.

Ela foi até a cama. Ele a abraçou, beijou seu pescoço e desabotoou seu sutiã. Os olhos dele brilhavam como no passado, e ela sentia o corpo formigar.

Eles foram a uma casa noturna na Nassau Street. Um dos poucos lugares onde a fila não era longa.

Tinha iluminação fraca e era formada por uma série de espaços diferentes, separados por cortinas de veludo vermelho.

No maior deles, havia um pequeno palco vazio quando chegaram.

Não tinha muita gente. Eles se sentaram no bar e pediram drinques. Duas horas se passaram. Enquanto ia ficando mais e mais embriagada, pessoas apareciam e o volume da música aumentava.

Um homem e uma mulher sentaram ao lado deles.

Ela não recordaria o nome deles, mas jamais esqueceria o que acontecera em seguida.

No início, apenas trocaram olhares e sorrisos. A mulher elogiou Sofia por um detalhe em sua roupa.

Os drinques se sucederam e logo os quatro se arrastaram até um sofá num lugar mais calmo.

Um espaço grande.

A luz e a música pareciam abafadas. O sofá tinha formato de coração.

Então ela compreendeu a que tipo de lugar Lasse a havia levado.

Foi ele quem sugerira ir a uma casa noturna. E não a conduzira a passos decididos até a Nassau Street?

Ela se sentiu uma idiota por ter levado tanto tempo para perceber onde estavam.

Depois disso, tudo foi tão rápido e tão fácil.

E não só por causa da bebida. Aconteceu alguma coisa entre ela e Lasse na presença dos dois desconhecidos.

Ele a apresentou como sua companheira. Sua linguagem corporal indicava que estavam juntos, e ela entendeu que era porque Lasse queria que se sentisse segura naquela situação.

Ela deixou a mesa para ir ao banheiro, e ao retornar a mulher estava ao lado de Lasse, e o lugar ao lado do homem estava vazio. Sofia sentou, sentindo a excitação crescer e o sangue pulsar em suas têmporas.

Ela olhou para Lasse e percebeu que ele já sabia que estava ciente do que aconteceria e não fazia nenhuma objeção àquilo.

Podia muito bem dividi-lo com outra. Afinal, ela estava lá e sabia que Lasse jamais faria algo sem seu consentimento.

Não havia mais segredos. Eles se amariam do mesmo jeito, não importava o que acontecesse.

E teriam filhos juntos.

Quando Sofia acordou na manhã seguinte, estava com uma dor de cabeça terrível. Só de bocejar, viu estrelas.

— Acorde... Nosso voo é daqui uma hora.

Ela lançou um olhar para o relógio.

— Porra, quinze pras seis... Eu dormi por quanto tempo?

— Mais ou menos meia hora — riu Lasse. — Você devia ter se visto ontem.

— Ontem?

Ela sorriu para ele, apesar da dor tornar o esforço doloroso.

— Você quer dizer agora há pouco? Vem cá.

Ela estava sem roupa e deixou a coberta escorregar. Deitou de bruços e encolheu uma perna.

— Vem!

Lasse riu de novo.

— Caramba, você fica tão linda assim... Mas esqueceu que temos visitas?

Ela escutou a ducha ligada no banheiro. Viu corpos nus através da porta entreaberta e se virou para beijá-lo.

— Isso impede alguma coisa?

Eles tinham feito a coisa certa? Ela se sentia bem, e ele também parecia feliz.

— Tem que ser uma rapidinha — sussurrou ele. — O avião não espera gente doida.

A dor de cabeça dela agora era só uma tontura gostosa.

— Sofia! Você tem que ver isso. É quase futurista...

Ela adormecera no ombro dele. Ajeitou-se na cadeira e olhou pela janela do avião. Era Nova York, branca de neve, dividida em dois pelo rio Hudson, cortando o campo de visão num traço escuro. As ruas do Bronx e do Brooklyn pareciam rabiscos num papel. As sombras dos arranha-céus eram como diagramas.

Ela se sentia segura com ele ao seu lado.

Quando chegaram ao hotel no Upper West Side, o sol brilhava no céu azul-claro. Sofia havia estado em Nova York duas vezes, mas aquilo havia sido quase dez anos antes, e ela se esquecera de como a cidade era bonita.

Ela e Lasse estavam abraçados junto à janela do hotel. Do décimo quinto andar, tinham uma vista fantástica do Central Park, envolto pela grossa camada de neve caída durante a noite.

Ela se virou e o beijou na boca.

— Eu me entrego a você, Lasse. Você me tem inteira, tudo de mim, e eu sei que vai tomar conta de mim.

— Eu... — ele se interrompeu e deu um abraço longo e forte nela. Sofia teve a sensação de que ia dizer alguma coisa.

— Eu também te amo — afirmou ele após um instante, mas ela desconfiou que não se tratava daquilo.

Através do espelho do quarto, Sofia conseguia ver a janela para a qual estava voltado. Seu rosto era visível no vidro, e pareceu a ela que ele estava chorando. Pensou em como se sentia algumas semanas antes. Era como se fosse outro mundo. Mas agora ele queria ter filhos com ela e tudo seria diferente.

E então Lasse a soltou e olhou para ela. Sim, ele estivera chorando. Mas agora sorria com o rosto todo.

— Sabe o que a gente devia fazer?

— Não... O quê? Você já esteve aqui umas cem vezes, então deve saber — disse ela, sorrindo também.

— Primeiro vamos almoçar no restaurante do hotel. A comida é excepcional, ou pelo menos era quando estive aqui no ano passado. Depois vou levar você a um lugar muito especial nesta época do ano.

Quando estavam na sobremesa, Lasse se afastou com um olhar misterioso, desculpou-se e foi até o bar. Inclinou-se sobre o balcão e entregou algo para o homem do outro lado. Falaram baixinho por um instante e depois ele retornou sorrindo para a mesa.

De repente se ouviu no som ambiente o acorde de uma guitarra e um rufado de bateria. Sofia reconheceu a música na hora.

— Poxa, Lasse! Eu adoro essa música... Como você sabia?

Então recordou que, alguns anos antes, tinha visto um filme asiático de cuja trilha aquela música fazia parte. Ela nem achara o filme tão bom, mas não conseguira esquecê-la.

Quando voltara para casa, já não lembrava o nome do filme, mas contara a Lasse sobre a música. Ele riu dela quando tentou cantá-la, mas parecia que tinha compreendido exatamente do que se tratava.

— Essa música é de quem? É daquele filme que você nem viu.

Ele se inclinou sobre a mesa.

— Não, mas escutei você cantando. Vamos fazer um brinde e depois eu conto.

Ele encheu as taças e continuou.

— A menina da música vem do lugar pra onde nós vamos. E o disco ficou na estante por pelo menos dez anos, mas você nunca quis escutar até o final, nas poucas vezes em que me deixou pôr para tocar. "Coisa de velho", você dizia. Essa é última faixa.

Eles brindaram, então Lasse ficou sentado em silêncio à sua frente enquanto ela prestava atenção à letra. Ela logo compreendeu para onde iriam.

And the straightest dude I ever knew was standing right for me all the time... Oh, my Coney Island baby, now. I'm a Coney Island baby, now.

Ela suspirou e se reclinou na cadeira, sorrindo.

— Coney Island? Vamos para Coney Island? No meio do inverno?

— Pode acreditar, é fantástico lá — disse ele sério. — Você vai adorar.

Ela acariciou sua mão.

— Praias, carrosséis, lama, vento e ninguém na rua? Viciados e cachorros abandonados? Você acha que vou gostar? E quem é o idiota que está cantando?

Eles se beijaram demoradamente, então Lasse explicou que era Lou Reed.

— Lou Reed? A gente não tem nenhum disco do Lou Reed... — disse ela, parecendo incerta.

Ele sorriu.

— Você não lembra a capa? Lou Reed de terno e gravata-borboleta, o rosto parcialmente coberto por um chapéu preto.

Ela riu.

— Lasse, você está brincando comigo. Estou dizendo que não temos esse disco em casa. Eu limpo a estante de vez em quando, ao contrário de certas pessoas.

Ele ficou desconcertado.

— Mas é claro que a gente tem esse disco.

Aquilo a fez rir.

— Tenho certeza absoluta de que não temos esse disco e de que nunca o tocou pra mim. Mas não importa. O que acabou de fazer compensa isso.

— O que acabei de fazer?

— Pediu para colocarem a música pra mim, bobinho. — Ela riu de novo. — Lembrou que eu tinha gostado dela.

Ele pareceu ficar aliviado. A insegurança desapareceu de seu rosto.

— Está bem... Vamos beber.

Os dois brindaram de novo e ela pensou em como o amava.

Quando cantara a música pra ele depois do cinema, Lasse não deu mostra de reconhecê-la. Mas, na verdade, só esperara com afinco a situação certa para surpreendê-la.

Por um ano ele aguardara, esperara, recordara.

Era um detalhe, mas um a que ela dava muita importância. Ele se importava com Sofia, mesmo que não dissesse isso de modo direto. Lasse o fazia do seu próprio jeito.

Os últimos dias foram dedicados a compras e a relaxar no hotel.

Coney Island era maravilhosa, exatamente como ele havia falado.

No voo de volta para casa, Sofia pensou em quanto tempo fazia que não conviviam daquele modo tão relaxado. Ela sentia como se tivesse reencontrado um Lasse que sempre estivera lá, mas que não vira por muitos anos.

De repente, ele estava presente de novo, o Lasse pelo qual ela um dia se apaixonara.

Mas, de volta a Estocolmo, tudo empalideceu. Após algumas semanas, Sofia percebeu que, por mais que ela quisesse, ele nunca estaria ao seu lado.

Com a mesma rapidez que retornara para ela, ele desapareceu mais uma vez.

Os dois estavam sentados à mesa do café da manhã lendo o jornal quando tiveram a conversa.

— Lasse...

— Hum? — Ele continuava absorto no que lia.

— O teste de gravidez...

Lasse nem tirou os olhos do jornal.

— Deu negativo.

Então ele ergueu o olhar. Assustado.

— Como é?

— Não estou grávida, Lasse.

Ele ficou em silêncio por alguns segundos.

— Desculpe, eu tinha esquecido... — Ele sorriu envergonhado e voltou a ler o jornal.

Sua falta de jeito não lhe caía mais bem.

— Esqueceu? Você se esqueceu do que a gente conversou em Nova York?

— Claro que não. — Ele parecia cansado. — É só o trabalho que está bem puxado. Nem sei que dia é hoje.

Lasse remexeu o jornal e cravou os olhos nele, mas ela podia ver que não estava lendo. Seus olhos estavam parados e fora de foco. Ele suspirou, parecendo mais cansado ainda.

Os dias em Nova York haviam se tornado memórias difusas, como um sonho. A proximidade, a confiança, o dia em Coney Island, tudo se fora.

O sonho havia sido substituído por uma rotina cinzenta e previsível, com os dois passando um pelo outro como sombras.

Sofia percebeu que ele nem se esforçava para ocultar o fato de que não se preocupava com ela. E também esquecera a ideia de ter filhos. Não dava para acreditar.

Ela estava prestes a explodir.

— Tenho uma coisa para contar — disse ele, finalmente largando o jornal. — Ligaram de Hamburgo dizendo que precisam de mim lá. Não pude recusar.

Ele pegou o suco e a olhou ressabiado. Encheu o copo dela primeiro e depois o dele.

— Você sabe, os alemães nunca descansam. Nem mesmo no Natal e no Ano-Novo.

Então ela explodiu.

— Puta que pariu, vá embora daqui! — gritou ela jogando o jornal em cima dele. — Você não estava aqui nos dois últimos feriados. E agora também o Natal e o Ano-Novo? Não dá mais. Você não é o chefe? Porra, tem que conseguir delegar!

— Por favor, se acalme.

Ele abriu os braços em desconsolo.

Ela teve a impressão de que Lasse estava rindo. Nem mesmo quando estava com raiva, ele a levava a sério.

— Não é tão fácil quanto você pensa — Lasse tentou explicar. Se eu virar a cabeça, tudo desmorona. Claro que os alemães são capazes, mas não são muito independentes. Você sabe, eles gostam de lei e ordem, de marchar em linha reta.

Ele riu e tentou se aproximar. Mas ela ainda estava furiosa.

— Talvez não seja só na Alemanha que tudo desmorone quando você não está olhando.

De repente, ele pareceu ficar com medo.

— O que você quer dizer com isso? Aconteceu alguma coisa?

A reação dele não era o que ela esperava, e a raiva foi diminuindo.

— Não, eu não sei o que quero dizer. Só estou com raiva e desapontada por ter que passar mais um feriado sozinha.

— Eu entendo, mas não posso fazer nada — disse Lasse levantando e dando as costas para guardar as coisas na geladeira. E então já não parecia mais presente.

Mais tarde, quando ele estava tomando banho, ela fez uma coisa que nunca tinha feito nos dez anos que passaram juntos.

Pegou o celular dele do bolso do paletó, o qual ele sempre deixava no silencioso quando não estava trabalhando. Ela desbloqueou o aparelho para ver as ligações feitas.

Os primeiros quatro números tinham o código da Alemanha, mas o quinto era da região de Estocolmo.

Mais números da Alemanha. Depois o mesmo número de Estocolmo.

Ela foi descendo e percebeu que número se repetia com regularidade. Notou que ele tinha ligado para essa pessoa várias vezes no mesmo dia.

Ligou para o número e escutou chamar, enquanto observava com o canto do olho a porta do banheiro.

Uma voz suave de mulher atendeu.

— Oi, querido. Você disse que estaria ocupado…

Sofia desligou.

Sentou-se à mesa da cozinha.

"Sobre a cabeça dele?", pensou ela. "É sobre a minha cabeça que tudo acaba de desmoronar."

Lasse saiu do banheiro com a toalha em volta da cintura. Ele sorriu pra ela e foi até o quarto para se vestir. Ela sabia que ele ia ligar a máquina de café em seguida.

Sofia abriu a geladeira, pegou o leite e derramou na pia. Depois amassou a caixa e jogou no lixo.

Ele entrou na cozinha.

— Se quiser café, vai ter que sair pra comprar leite. Acabou.

— Está bem. Vá ligando a máquina.

Quando escutou a porta fechando, foi até a entrada e constatou que ele tinha saído só de camisa. O paletó ainda estava pendurado.

Ela pegou o telefone e viu que tinha duas chamadas perdidas.

Provavelmente era a mulher desconhecida, mas ela não verificou, para que o aviso se mantivesse ali.

Em vez disso, abriu a pasta de mensagens.

Quando já tinha lido umas trinta trocadas com a mesma mulher nos meses anteriores, sentiu como se tivesse batido a cabeça na parede.

KVARTERET KRONOBERG, DELEGACIA DE POLÍCIA

Uma via-crúcis liga o prédio da polícia de Estocolmo com o do Tribunal, por onde os presos são conduzidos até o local de julgamento. Vai serpenteando debaixo da terra, e dizem que já foi palco de inúmeros suicídios.

Karl Lundström se enforcara na cela e estava em coma.

Jeanette Kihlberg sabia o que aquilo queria dizer: que talvez a verdade sobre ele nunca pudesse ser descoberta.

Na mesma noite em que ocorrera a tentativa de suicídio, os noticiários televisivos a reportaram. Muitos comentaristas tinham condenado a falta de segurança do sistema judicial. Sobrara até para os psicólogos, pelo erro de julgamento ao afirmar que Lundström não tinha tendências suicidas.

Jeanette se reclinou pra trás na velha cadeira de escritório e olhou pela janela.

Ela tinha feito tudo o que podia.

Naquele momento, tinha a obrigação de ligar para Ulrika Wendin e explicar a situação.

A jovem não pareceu ficar espantada quando Jeanette narrou o que havia acontecido e disse que, enquanto Karl Lundström estivesse em coma, era evidente que um novo processo estava fora de questão.

Åhlund e Schwarz ficaram encarregados de averiguar se o Volvo azul pertencente a Karl Lundström era o mesmo carro que raspara em uma árvore em Svartsjölandet, embora a primeira análise indicasse que não.

A tintura não era compatível. O azul tinha outra tonalidade.

Do lado de fora da janela, o sol da tarde ardia.

O telefone tocou com a notícia da descoberta de um novo corpo.

Quase na mesma hora que Karl Lundström amarrara um lençol ao redor do pescoço na cela em Kronoberg, um menino foi achado morto em um sótão em Södermalm.

MONUMENTET, CENA DO CRIME

Na verdade, não havia muitos indícios de que o menino encontrado em um sótão nos arredores de Monumentet, em Skanstull, fosse vítima do mesmo assassino, a não ser pelo fato de seu rosto estar completamente destruído.

Dois orifícios vazios indicavam o que haviam sido seus olhos, e só dava para supor onde o nariz e os lábios tinham estado. O rosto inteiro estava coberto de inchaços e só restavam tufos de cabelo.

A pesada porta de ferro do sótão foi aberta e Ivo Andrić entrou em companhia de outro legista.

— Rydén, como está? Tudo bem? — cumprimentou Jeanette, virando então para Ivo Andrić. — Ah, você também veio.

— Alguém estava de férias e eu me apresentei — explicou Ivo Andrić, coçando a cabeça.

À primeira vista, os inchaços no rosto pareciam queimaduras, mas como o resto do corpo estava intacto e as roupas não tinham sinal de cinza ou fuligem era necessário encontrar outra explicação.

— Parece ácido — disse Ivo Andrić, e Rydén sacudiu a cabeça, concordando.

Havia marcas de respingo no chão, sob o corpo do menino, e nas paredes ao lado. Rydén pegou um cotonete e o passou em uma das manchas amareladas. Ele o cheirou e ficou pensativo.

— Parece ser ácido clorídrico com alta porcentagem de pureza, a julgar pela reação que causou no rosto. Eu me pergunto se quem fez isso sabia do risco que estava correndo. Havia uma grande possibilidade de se ferir também.

Ivo Andrić passou a mão no queixo.

— Essa parede parece nova. — Ele apontou a parede esquerda e continuou. — Pedreiros costumam usar esse tipo de ácido. Acho que aplicam sobre tijolos velhos pra argamassa assentar melhor.

— Parece plausível — disse Rydén.

— Sabemos quem ele é? — Jeanette se virou pra ele.

— Creio que esse é o seu trabalho — respondeu Rydén. — Eu e Ivo só podemos descobrir como se deu. Não quem foi ou por quê. No entanto, o menino estava preso a uma corrente muito estranha. Nós a fotografamos e embalamos. Não que eu saiba algo de etnologia, mas tenho impressão de que é de origem africana.

Jeanette Kihlberg foi até Schwarz e Åhlund, que estavam conversando do outro lado do sótão.

— Se não são o Tico e o Teco — ela disse rindo. — Quem achou o corpo?

Åhlund riu e disse:

— Um viciado que mora no prédio. Ele disse que subiu aqui pra pegar uma caixa de LPs que ia vender. Mas vários depósitos nesta área foram arrombados, então só podemos imaginar que era isso que estava fazendo quando encontrou o corpo pendurado no teto. Se quer saber minha opinião, deve ter sido um baita choque.

Åhlund confirmou que o homem estava a caminho de Kungsholmen para ser interrogado. Nada indicava que tinha algo a ver com a história, mas ninguém podia ser descartado.

Nas horas que se seguiram, o local do crime foi isolado e vários objetos foram ensacados e enumerados. O laço tinha sido feito com um nó direito alceado numa corda de varal comum. No pescoço do garoto, havia as marcas típicas, parecidas com a letra V, para cima e para baixo. A extremidade estava sob o nó que entrara quase um centímetro na pele. A marca deixada pela linha era amarronzada e seca como couro. Na ferida, Jeanette notou discretos sinais de sangramento.

No chão, abaixo de onde o corpo estivera pendurado, havia traços de urina e fezes.

— Bem... Não dá para dizer que ele cometeu suicídio. — Rydén apontou para o que tinha sido o rosto do menino.

— A não ser que ele tenha amarrado a corda no teto, dado um nó em volta do pescoço e jogado um balde de ácido na cara, o que pra mim soa completamente absurdo, pra não dizer fisicamente impossível.

— Como assim? — perguntou Jeanette.

— A corda é ao menos dez centímetros menor do que deveria.

— Curta demais?

— Exatamente. Ele não conseguiria amarrar a corda no teto, mesmo se estivesse sobre um cavalete — Rydén apontou para cima. — Elementar, meu caro Watson.

— E ele foi pendurado ainda vivo. Esvaziou o intestino e tenho quase certeza de que vamos descobrir que ejaculou.

— Você quer dizer que foi bom pra ele? — Schwarz se virou para Rydén, e Jeanette viu que seu subordinado estava quase rindo.

— Sim. Costuma acontecer. Mas, como disse, alguém o pendurou no teto, possivelmente com ajuda daquela escada. — Rydén apontou uma, encostada na parede mais adiante. — Depois posicionaram o cavalete para parecer que ele tinha subido sozinho, e por fim jogaram ácido no rosto. Por que alguém faria isso?

— Boa pergunta...

— Minha primeira ideia é que foi pra ocultar sua identidade. — Ivo virou para Jeanette. — Mas esse não é nosso trabalho. Por fim, ainda há o estranho detalhe da corda ser curta demais.

— O impressionante é que essa é a segunda vez em pouco tempo que vejo uma coisa assim. — Rydén pareceu inexplicavelmente contente ao dizer isso.

— O que você quer dizer?

— Não o ácido, mas a corda curta demais.

— Ah é? — Jeanette ficou curiosa.

— Foi a mesma coisa. O corpo era de um homem de meia-idade, que traíra a mulher e tinha duas famílias. Tudo indicava suicídio, a não ser esse detalhe sobre a corda.

— E então?

— A mulher dele contou que o encontrara ao voltar de uma viagem. Fora ela quem informara a polícia. Debaixo da cadeira havia uma pilha de listas telefônicas.

— Então vocês deduziram que ele pôs as listas debaixo da cadeira para conseguir amarrar?

— Sim. A mulher dele contou que entrou em estado de choque e tirou as listas para descer o corpo. Não tínhamos motivo para duvidar dela. Além disso, não havia sinais de ninguém mais ter estado no local. Pelo que me lembro, ela tinha álibi. Um vigia de estacionamento e um funcionário da estação de trem confirmaram a história dela.

— Vocês analisaram o sangue dele?

Jeanette sentiu uma comichão indicando que não estava vendo tudo diante de seus olhos. Uma conexão em que não conseguia pôr as mãos.

— Não que eu saiba. Não havia motivo. Ficou concluído que foi suicídio.

— Então você acha que não há nenhuma conexão?

— Você está viajando, Janne — disse Rydén. — São dois casos completamente diferentes.

— Pode ser. Mas levem o menino até Solna e peçam para o laboratório examinar se tem indícios de anestésico nele.

Rydén ficou intrigado. Ivo Andrić entendeu logo o que Jeanette estava procurando e explicou:

— Temos três meninos no Instituto. Garotos assassinados que acreditamos serem vítimas do mesmo criminoso. Certamente, muita coisa difere este corpo dos outros. Eles foram todos severamente agredidos, castrados e anestesiados. Tinham traços de narcóticos no sangue. Se a gente examinar este menino...

Com um gesto, ele entregou a palavra a Jeanette.

— Como vou saber? É só uma intuição.

Ela sorriu agradecida para Ivo.

KVARTERET KRONOBERG, DELEGACIA DE POLÍCIA

No bolso do menino encontraram um aviso do Serviço Social de Hässelby. De repente tinham um nome. Schwarz e Åhlund foram encontrar os pais e os levaram até Solna para a identificação do corpo.

A corrente que o menino usava ao redor do pescoço passara de geração em geração em sua família.

Evidentemente não foi possível, devido às mutilações, identificar sua identidade pelo rosto. Quando os pais viram a tatuagem do menino, convenceram-se de que era seu filho. RUF, rasgado com um caco de vidro no peito, não era a tatuagem mais popular em Estocolmo. Às onze e vinte e dois, eles assinaram o documento que dava um rosto ao corpo.

Rydén estava correto em relação ao ácido. Era ácido clorídrico com noventa e cinco por cento de pureza.

Jeanette Kihlberg ligou para Ivo Andrić, que lhe fez um breve resumo de suas descobertas:

— Há algumas similaridades com os outros meninos — começou ele. — Mas não recebi ainda os resultados pra dizer se há presença de xilocaína. Até agora só encontramos traços de anfetamina, mas nesse caso não foi injetado.

— Como sabe disso?

— Não há marcas de injeção. Ele deve ter absorvido de outro jeito. Mas encontrei duas marcas em seu peito.

— De que tipo?

— Parecem de uma arma de eletrochoque, mas não tenho certeza.

— E você tem certeza de que não havia marcas iguais nos outros meninos?

— É impossível dizer, os corpos estavam em péssimo estado. Vou fazer mais um exame. Ligo depois.

Eles encerraram a chamada.

"Arma de eletrochoque", pensou Jeanette Kihlberg.

Devia ser alguém realmente perturbado.

O menino encontrado pendurado em Monumentet se chamava Samuel Bai, tinha dezesseis anos e fora declarado desaparecido desde que fugira de casa. O serviço social de Hässelby enviara informações sobre ele que incluíam uso de drogas, furtos e brigas.

Os pais haviam fugido da guerra em Serra Leoa e sido objeto de diversas investigações. O maior problema da família era Samuel, o filho mais velho, que mostrava claros sinais de trauma de guerra e recebera tratamento por um tempo no consultório da psiquiatra infantil em Maria Prästgårdsgata, além de atendimento particular com a terapeuta Sofia Zetterlund.

Jeanette teve um sobressalto ao deparar com aquele nome de novo. Primeiro Lundström, agora Samuel Bai. Se o mundo era pequeno, Estocolmo era ainda menor.

"Que estranho ela estar envolvida", pensou Jeanette. Mas talvez não fosse. Cinco policiais representavam toda a expertise sueca em combate à pedofilia. Quantos psicólogos seriam especializados em crianças traumatizadas?

Talvez dois ou três.

Ela pegou o telefone e digitou o número de Sofia Zetterlund:

— Oi, aqui é Jeanette Kihlberg de novo. Fiquei sabendo que atendeu Samuel Bai, de Serra Leoa. Nós o encontramos morto.

— Morto?

— Sim. Assassinado. Podemos nos encontrar hoje à tarde?

— Venha agora. Estava indo para casa, mas posso esperar.

— Combinado. Chego em quinze minutos.

MARIATORGET, CONSULTÓRIO DE SOFIA ZETTERLUND

Jeanette teve que dar duas voltas na praça Mariatorget até achar uma vaga para estacionar.

Ela pegou o elevador e foi recebida por uma mulher, que se apresentou como Ann-Britt.

A detetive explicou o motivo de sua visita e, enquanto a secretária foi avisar Sofia, olhou em volta da sala. A decoração bem cuidada, com obras originais e móveis caros, deu a ela a impressão de que era lá que devia trabalhar para ganhar muito dinheiro, em vez de ficar se matando em Kungsholmen.

Ann-Britt retornou com a psicóloga, que perguntou se Jeanette aceitava algo para beber.

— Não, estou bem. Não quero tomar seu tempo, então acho melhor começar logo.

— Sem problemas — replicou Sofia. — Se eu puder ser de alguma ajuda, já fico feliz.

Jeanette olhou para a psicóloga e sentiu instintivamente que gostava dela. Na conversa anterior, havia uma distância entre elas, mas agora, após um minuto apenas, captara uma amizade genuína no olhar da outra.

— Vou tentar evitar os atos falhos freudianos — brincou Jeanette.

Sofia sorriu.

— Ótimo.

Jeanette não entendia bem de onde vinha o tom de intimidade, mas lá estava ele. Ela se deixou tomar e saboreou o momento.

Cada uma se sentou de um lado da mesa, e as duas trocaram olhares curiosos. Havia algo diferente em Sofia em relação à última vez que tinham se encontrado. "Ela é atraente", admitiu Jeanette para si mesma, então pôs o pensamento de lado.

— Então, o que é que você quer saber? — perguntou Sofia.

— Bem, como eu disse, Samuel Bai está morto. Foi encontrado pendurado num sótão.

— Suicídio? — perguntou Sofia.

— Não. Assassinato...

— Mas você falou que ele...

— Eu sei. Outra pessoa o pendurou. Possivelmente querendo fazer parecer que havia sido um suicídio... Não. Na verdade, não foi uma tentativa de ocultar um assassinato.

— Como assim? Ou foi suicídio ou não foi. — Sofia sacudiu a cabeça sem entender e acendeu um cigarro.

— Acho melhor passar por cima dos detalhes. Samuel foi assassinado. É assim e pronto. Talvez a gente possa falar sobre isso em outro momento, mas agora preciso saber mais sobre ele. Qualquer coisa que me dê uma visão de quem ele era seria útil.

— Há algo mais específico que você queira saber?

Ela percebeu que Sofia estava decepcionada, mas não tinha tempo para explicar os detalhes.

— Pra começar, por que você o atendia?

— Na verdade, não tenho formação em psicologia infantil, mas trabalhei em Serra Leoa, por isso abrimos uma exceção.

— Nossa, deve ter sido bem difícil — disse Jeanette com compaixão. — Você disse "abrimos"? Quem mais estava envolvido na decisão?

— Recebi um pedido da assistente social de Hässelby para tratar Samuel.

Jeanette pensou antes de continuar: — O que você sabe sobre as experiências dele em...

— Freetown? Ele contou, entre outras coisas, que conviveu com uma gangue e se sustentou com roubos e saques. De vez em quando intimidava as pessoas a mando de um chefe da máfia local. — Sofia parou pra respirar. — Não sei se você sabe, mas Serra Leoa é o caos. Grupos paramilitares usam crianças para realizar atos que adultos mal poderiam imaginar. Elas são maleáveis, então...

Jeanette notou que o assunto era difícil para Sofia, mas não tinha como evitar. Por mais que quisesse poupá-la, precisava saber mais.

— Qual era a idade de Samuel na época?

— Ele disse que com sete anos já tinha matado uma pessoa. Aos dez, perdera a conta do número de assassinatos e estupros que cometera. Tudo sob a influência de haxixe e álcool.

— Meu Deus, que horror. Pra onde a humanidade vai?

— A humanidade, não. Só os homens...

Elas ficaram em silêncio e Jeanette pensou no que a própria Sofia podia ter passado no tempo em que estivera na África. Tinha dificuldade em imaginá-la por lá. Com aqueles sapatos, aquele cabelo.

Era tão arrumada.

— Tudo bem se eu pegar um? — Jeanette apontou o maço de cigarros ao lado do telefone.

Sofia arrastou devagar o maço, olhando Jeanette direto nos olhos. Ela pôs o cinzeiro entre as duas, no meio da mesa.

— Para Samuel, a inserção na sociedade sueca era extremamente difícil. Desde o primeiro dia ele teve muitos problemas em se adaptar.

— Quem não teria? — Jeanette pensou em Johan, que apresentara um déficit de atenção. Aquilo não chegava nem perto do que Samuel passara.

— Pois é. — Sofia balançou a cabeça. — Ele não conseguia ficar quieto na escola. Ele era barulhento e incomodava os colegas. Em várias ocasiões, ficou raivoso e violento após se sentir agredido ou incompreendido.

— O que você sabe sobre seu tempo livre? Quer dizer, quando ele não estava em casa ou na escola. Teve a impressão de que tinha medo de alguém?

— A inquietação de Samuel, combinada com sua exposição à violência, fazia com que estivesse com frequência em conflito com a polícia e as autoridades. Recentemente, na primavera, ele foi agredido e roubado. — Sofia pôs o cigarro no cinzeiro.

— Por que você acha que ele fugiu de casa?

— Quando Samuel desapareceu, ele e sua família tinham acabado de ficar sabendo que no outono ele seria colocado sob custódia. Acho que foi esse o motivo. — Sofia levantou. — Agora eu realmente preciso de um café. Quer um também?

— Por favor.

A psicóloga foi até a recepção. Jeanette escutou o barulho da máquina de café, então pensou em como a situação era insólita.

Duas mulheres adultas, inteligentes e completamente funcionais estavam discutindo o assassinato de um rapaz violento e disfuncional.

Elas não tinham absolutamente nada em comum com a realidade do menino, mesmo assim lá estavam.

O que se esperava delas? Que descobrissem uma verdade que não existia? Que compreendessem algo que não era possível compreender?

Sofia retornou com duas xícaras de café fumegando e as pôs sobre a mesa.

— Lamento não poder ajudar mais, mas se você me der uns dias para reexaminar meus papéis, talvez a gente possa se encontrar de novo.

"Que mulher incrível", pensou Jeanette. Era como se pudesse ler seus pensamentos. Era fascinante e assustador, ainda que a detetive não entendesse muito bem o motivo.

— Pode fazer isso? Eu ficaria imensamente grata. — Jeanette sorriu e sentiu que sua confiança em Sofia só aumentava. — Talvez possamos juntar o útil ao agradável e sair pra jantar.

Ela escutou a própria voz com espanto. De onde havia tirado aquilo? O convite podia ser mal interpretado, sugerindo uma intimidade inexistente. Ou não?

"O que estou fazendo?", pensou ela.

A detetive não costumava ser tão aberta. Nunca havia recebido em casa suas colegas do time de futebol, mesmo conhecendo-as por tanto tempo.

Mas Sofia se inclinou para a frente e a olhou nos olhos.

— Acho uma ótima ideia. Faz uma eternidade que só janto sozinha. — Ela fez uma pausa antes de continuar, ainda sem tirar os olhos de Jeanette. — Estou reformando minha cozinha, mas se você não se incomodar podemos pedir comida em casa.

Jeanette concordou.

— Sexta?

Depois de conduzir Jeanette Kihlberg até o elevador, Sofia voltou à sua sala. Ela se sentia entusiasmada, quase feliz. Mas teria sido uma boa ideia convidar Jeanette para jantar em sua casa?

Só porque sentira algo por Jeanette, não queria dizer que era correspondida. E o que sentia exatamente? Houvera algum tipo de conexão, aquilo era óbvio. Um senso de afinidade.

Mas ela realmente desejava contato físico com a mulher?

Sofia pensou por um tempo antes de concluir que sim. Embora não tivesse certeza se estava se referindo a algo mais que um abraço.

Em todo caso, elas se encontrariam em um lugar reservado, e só o futuro poderia dizer o que aconteceria. A experiência de Sofia com mulheres, e com homens, garantia que era melhor esperar para ver. Deixar acontecer, se é que aconteceria de fato.

Como fizera em Nova York, com Lasse.

"Chega disso", pensou ela. "De volta ao trabalho."

Sofia pegou uma fita das sessões de Victoria Bergman, pôs no gravador e deu play. Quando escutou a voz da paciente, pegou o bloco de notas e pôs sobre o joelho, então se reclinou pra trás e fechou os olhos.

— *Ela sabia muito bem, aquela vaca covarde, ainda que fingisse que não era estranho eu acordar com ele e a cueca no chão, manchada de amarelo e fedendo.*

Sofia procurou se defender das imagens intrusivas que a voz de Victoria descrevia. "Preciso ser profissional", pensou ela. Mesmo assim, uma imagem se formava: a de um pai que entrava escondido no quarto da filha.

E deitava-se ao seu lado.

Sofia imaginou o cheiro de sexo. Teve dificuldade em respirar e começou a passar mal.

O odor podre se espalhando por todo lado, sem poder ser extinto.

— *E eu não podia brigar, porque aí ia apanhar e chorar, então a gente continuava jogando. O patê de fígado já tinha sal o bastante sem minhas lágrimas, então era melhor ficar calada, concordar e responder às perguntas. Foi legal visitar meu primo que morava em Östersund, Borgholm, ou sei lá onde. Meu pai disse que tinha pessoas malucas o bastante, e eu sempre concordava. Continuei concordando e tomando chocolate quente, e a mão dele ia praquele lugar quando mamãe não estava vendo...*

Sofia sentiu que não aguentava mais escutar, mas algo a impedia de desligar o gravador.

— *E dava pra correr mais rápido e pra mais longe, mas nunca o suficiente pra ganhar o prêmio e colocar na estante, ao lado do cartão-postal do menino que não queria nadar...*

A voz ficou mais intensa, mas permanecia monótona.

Mudou a frequência.

O timbre pareceu baixo.

— *... e só queria um abraço, mas ele já tinha encontrado alguém novo pra passar as férias...*

Depois contralto.

— *... e tomar conta dele quando ela poderia ir até Padjelanta...*

Meio-soprano, soprano, mais agudo e mais agudo.

— *... e andar vinte quilômetros por dia e cheirar a raiz de ouro, que era a única coisa interessante, porque nem tudo era feio...*

Ainda com os olhos fechados, ela tateou sobre a mesa e esbarrou no gravador, deixando-o cair no chão.

Silêncio.

Sofia abriu os olhos e olhou o bloco de notas.

Duas palavras.

PADJELANTA, RAIZ DE OURO.

O que Victoria estava contando?

Sobre ter a vida destroçada quando menos esperava?

Sobre procurar refúgio na integridade e não conseguir?

Sofia viu que estava no escuro. Ela queria entender, mas era como se a paciente estivesse totalmente fragmentada. Estando Victoria sozinha ou frente a frente com alguém, ia apenas descobrir uma estranha ao tentar se encontrar.

A psicóloga guardou o bloco de notas e se arrumou pra ir pra casa. Eram vinte pras dez, o que indicava que dormira por quase cinco horas. Aquilo explicava sua dor de cabeça.

GAMLA ENSKEDE, CASA DOS KIHLBERG

Após o encontro com Sofia Zetterlund, Jeanette teve dificuldade em se concentrar no trabalho. Ela estava agitada, mas não sabia dizer por quê. Queria encontrá-la de novo. Aguardava com ansiedade a chegada de sexta-feira.

Quando passou pela rua Nynäsvägen e fez a curva, quase bateu num carro esportivo vermelho que vinha da direita e deveria ter lhe dado preferência. No mesmo instante que buzinou com raiva, viu que era Alexandra Kowalska.

"É uma idiota", pensou, enquanto acenava sorrindo. Alexandra acenou de volta, desculpando-se com um gesto.

Quando entrou na casa, foi recebida por Åke, que estava na cozinha fritando almôndegas, radiante.

Jeanette sentou à mesa posta.

— Sabe o que aconteceu? — começou ele. — Alex esteve aqui e disse que a exposição em Copenhague está fechada, e que já vendi dois quadros. Olha aqui! — Ele pegou um papel do bolso e o jogou sobre a mesa. Era um cheque no valor de oitenta mil coroas suecas.

— E é só o começo — disse ele animado, depois mexeu na frigideira e foi buscar duas cervejas na geladeira.

Jeanette permaneceu em silêncio. "As coisas mudaram radicalmente", pensou ela. De manhã, estava preocupada com a possibilidade de o dinheiro não durar até o fim do mês. Poucas horas depois, tinha um cheque à sua frente, no valor de dois meses de aluguel.

— Está bem, qual é o problema agora? — Åke estava em pé à sua frente, oferecendo uma cerveja. — Você não acha bom eu finalmente estar ganhando dinheiro com o que todos esses anos você considerou um hobby?

Ela escutou a decepção na voz dele.

— Como pode dizer uma coisa dessa? Sabe muito bem que sempre acreditei em você. — Ela tentou pôr a mão no seu braço, mas ele se esquivou e voltou para o fogão.

— Ah, agora você diz isso. Mas não faz nem duas semanas que reclamou e me chamou de irresponsável.

Ele se virou e sorriu para ela. Mas aquele não era seu sorriso habitual, era um pouco mais arrogante.

Jeanette sentiu o ódio crescendo ao ver sua complacência. Eles não haviam feito aquela jornada juntos? Åke estava completamente cego para o fato de que fora ela quem sempre cuidara para que houvesse comida na mesa e tinta na paleta?

Åke foi até ela e a abraçou.

— Desculpe. Bobagem minha — disse ele, mas Jeanette achou que não estava sendo sincero. — Alex disse que vai sair uma crítica no *DN* de domingo e que depois eles querem fazer uma entrevista para o caderno de sábado. Estava na hora!

Ele estendeu os braços, como quem acaba de fazer um gol.

VITA BERGEN, APARTAMENTO DE SOFIA ZETTERLUND

— Como eu disse, a cozinha está inabitável, então vamos ficar na sala — explicou Sofia, depois de abrir a porta.

Jeanette entrou e sentiu um cheiro diferente. Na sua casa, os cheiros dominantes eram o de aguarrás e roupas suadas, mas ali o ar estava impregnado com um aroma puro e penetrante, quase químico, misturado com a suave fragrância do perfume de Sofia.

— Nada mal — disse Jeanette, olhando à volta na sala ampla, mobiliada de modo esparso. — Quero dizer morar assim no centro, sozinha. — Ela sentou no sofá com um suspiro de alívio. — Às vezes acho que daria qualquer coisa para poder chegar em casa e desfrutar de um pouco de paz. — Ela recostou a cabeça no sofá e olhou para Sofia. — Que sonho poder me livrar dos olhares de cobrança, dos passos em volta, dos planos para o jantar, dos diálogos repetitivos à frente da televisão.

— Talvez — disse Sofia com um sorriso eloquente. — Mas esta vida pode ser bem solitária. Tem dias em que penso em vender o apartamento e mudar. — Ela pegou duas taças da cristaleira e as encheu de vinho antes de sentar ao lado de Jeanette.

— Você está com muita fome ou aguenta esperar um pouco? Pedi comida italiana.

— Não, posso esperar.

Elas se olharam.

— Pra onde você se mudaria? — retomou Jeanette.

— Boa pergunta. Se soubesse, venderia o apartamento amanhã, mas não tenho a menor ideia. Talvez para fora do país.

Sofia ergueu a taça e fez um brinde.

— Parece interessante — disse Jeanette, encostando sua taça na dela. — Mas não sei se seria menos solitário.

A psicóloga riu.

— Acho que acredito no mito de que vou me tornar cordial e acolhedora apenas indo para outro país.

Jeanette riu também, mas entendeu a seriedade por trás do tom de brincadeira. A frieza. Ela se identificou de imediato.

— Eu me deixo seduzir pela ideia de não ter que entender o que as pessoas dizem.

Sofia parou de sorrir.

— Sério? De verdade?

— Não, mas às vezes seria agradável ter o idioma como desculpa, quando não se quer ouvir o papo furado de sempre... — Jeanette fez uma pausa e mudou de assunto. — Bom, parece que não nos conhecemos tão bem ainda. — Ela olhou no fundo dos olhos de Sofia e tomou um gole do vinho. — Você pode guardar um segredo?

Imediatamente ela se arrependeu do suspense dramático que tinha criado ao se expressar daquele modo. Como se elas fossem duas adolescentes conversando no quarto, descobrindo o mundo juntas, como se a palavra dela fosse o bastante para que se sentisse segura.

Era como se tivesse perguntado se queria ser sua melhor amiga. Tinha mostrado a mesma vontade ingênua de controlar a realidade caótica com uma promessa, em vez de permitir que a própria relação decidisse o que podia ser dito.

A palavra no lugar da ação.

A palavra no lugar da segurança.

— Depende, se for sobre um crime... Mas você sabe que tenho dever de manter a confidencialidade. — Sofia sorriu.

Jeanette ficou agradecida pelo jeito com que ela lidara com sua pergunta adolescente.

A psicóloga olhava pra ela como quem queria ver. Ouvia-a como quem queria entender.

— Se você fosse de extrema direita, talvez considerasse um crime.

Sofia jogou a cabeça para trás numa gargalhada. Seu pescoço era longo, parecendo vulnerável e forte ao mesmo tempo.

Jeanette também riu, aproximou-se e encolheu as pernas sobre o sofá. Ela se sentia em casa. Imaginou se podia ser tão simples quanto imaginara, se as amizades haviam esfriado através dos anos porque ela priorizava o trabalho.

Agora era diferente.

Era óbvio.

— Estive casada com Åke por vinte anos e estou começando a aprender. — Ela se virou para ficar de frente para Sofia. — Às vezes fico chateada por saber exatamente o que ele vai dizer e como vai reagir.

— Algumas pessoas chamariam isso de segurança — disse Sofia, com uma pontada de curiosidade profissional.

— Claro que é uma segurança ter alguém tão próximo, mas... é como viver com um irmão. Ah, eu nem sei o que é proximidade... Não pode ser apenas uma questão geográfica. Porra, que papo chato. — Jeanette fez um gesto de desânimo, apesar de saber que Sofia não ia julgá-la.

— Não tem problema. — Ela sorriu com doçura, e a outra sorriu de volta. — Eu escuto com prazer, como amiga.

— Está bem. É claro que eu amo Åke, mas não acho que quero mais morar com ele. Na realidade, *sei* que não quero mais. A única coisa que me impede é Johan, meu filho. Ele tem treze anos. Não sei se ele ia lidar bem com a separação. Ou talvez seja engano meu. Ele já tem idade suficiente para entender que isso acontece.

— Åke sabe que você se sente assim?

— Ele deve desconfiar que não estou envolvida na nossa relação.

— Mas nunca falaram sobre isso?

— Não exatamente. É mais um clima entre nós dois. Eu cuido da minha vida e Åke da dele.

— Sempre próximos e sempre ausentes? — perguntou Sofia com sarcasmo.

— E também acho que ele está tendo um caso com sua galerista — Jeanette escutou sair da própria boca.

Era mais fácil contar aquilo só porque Sofia era psicóloga?

— Para se sentir segura, é preciso se sentir compreendida. — Sofia tomou um pouco de vinho. — Mas essa é uma falha fundamental na maioria das relações humanas. A gente esquece de ver um ao outro, de valorizar o que o companheiro faz, já que o único caminho desejável é o nosso. É culpa do individualismo. Se tornou uma religião. Na realidade, é estranho que, em um mundo cheio de guerra e sofrimento, as pessoas tenham desprezo pela segurança e pela lealdade. Que baita paradoxo!

Jeanette viu que algo em Sofia se transformou. Sua voz ficou mais grave e mais dura. Ela não entendeu bem a repentina mudança de humor.

— Desculpe, não quis irritar você.

— Não foi nada, é que eu também tenho experiência em ser negligenciada. — Sofia levantou. — Acho que está na hora da gente comer. Topa?

Jeanette notou com mais clareza que a voz de Sofia estava mais grave e menos melodiosa, e entendeu que tinha posto o dedo numa ferida profunda.

A anfitriã pôs a mesa e encheu as taças de vinho. As duas se sentaram à mesa.

— Por que não conta a ele como se sente? Estresse por causa de dinheiro é um dos motivos mais comuns de tensão em um casamento.

— Claro que tivemos nossas rusgas, mas é como se… Não sei, às vezes parece que ele não consegue imaginar o que eu passo quando não conseguimos pagar as contas e eu tenho que ligar para meus pais pedindo dinheiro emprestado. Como se fosse só minha responsabilidade.

Sofia a olhou com a expressão séria.

— Pra mim soa como se ele nunca se sentisse responsável por nada. Como se sempre tivesse alguém pra tomar conta de tudo.

Jeanette balançou a cabeça em silêncio. As partes finalmente se encaixavam.

— Ah, chega, vamos deixar isso de lado — disse ela, pondo o braço no ombro de Sofia. — A gente ia se encontrar pra falar sobre Samuel, não é?

— Temos tempo pra isso, mesmo que não seja hoje.

— Estou muito feliz por termos nos conhecido — sussurrou Jeanette. — Gosto de você.

Sofia se aproximou e pôs a mão sobre o joelho de Jeanette. Quando a detetive a encarou, sua cabeça começou a girar.

"Talvez eu encontre tudo o que sempre procurei dentro desses olhos", pensou ela.

Nesse instante, escutou um dos vizinhos martelando.

Alguém estava pregando um quadro.

ESTOCOLMO, 2007

Olhando o passado, às vezes se pode determinar o momento em que nasce um tempo novo, apesar de parecer que um dia sucedia o outro, como de costume.

Para Sofia Zetterlund, isso aconteceu durante a viagem para Nova York. Quando chegou o Natal, sua vida privada tomava mais e mais espaço em sua consciência.

No dia seguinte, ela tomou a decisão de ligar para a Receita para pedir informações detalhadas acerca do homem sobre o qual achava que sabia tudo.

Precisava apenas do número dos documentos de Lars Magnus Pettersson para que tudo a seu respeito fosse mandado para ela.

Por que tinha esperado tanto?

Por que queria saber?

Ela entendera certo?

Na indústria farmacêutica, não sabiam de quem ela estava falando quando perguntou por Lars Pettersson. Quando insistiu, foi redirecionada para o departamento de vendas.

A recepcionista foi compreensiva e fez tudo o que podia para ajudá-la. Após procurar um instante, achou um Magnus Pettersson, que tinha deixado a empresa oito anos antes. Ele trabalhara por um breve período de tempo apenas, na filial alemã em Hamburgo.

Seu último endereço era em Saltsjöbaden.

Na rua Pålnäsvägen.

Sofia desligou o telefone sem se despedir e pegou o papel onde anotara o número desconhecido que encontrara no celular de Lasse. Segundo o site da companhia telefônica, a titular da linha era Mia Pettersson, que morava na rua Pålnäsvägen, em Saltsjöbaden. No mesmo endereço, havia mais um número pertencente à Floricultura Pettersson em Fisksätra. Apesar de começar a entender que dividia seu marido com outra, ainda queria acreditar que tudo havia sido um gigantesco mal-entendido.

Lasse não faria aquilo.

Era como se estivesse em um corredor, onde uma porta se abria após outra diante de seus olhos. Por um segundo, todas as portas se abriram e ela viu que o corredor era infinito. À distância, ela enxerga a verdade.

Em um instante, percebe, entende e vê tudo com nitidez.

Lasse tinha mantido duas famílias. Uma em Saltsjöbaden e outra com ela num apartamento em Södermalm.

Obviamente, ela podia ter notado aquilo bem antes.

Suas mãos calejadas evidenciavam um trabalho manual, apesar de ele afirmar que trabalhava em um escritório.

A incerteza e o ciúme a roeram por dentro. Sofia se deu conta de que parara de pensar de modo racional. Era apenas ela que não havia compreendido como as coisas funcionavam?

"Ele precisa de ajuda", pensou. Mas não dela.

Sofia não podia salvar alguém como ele, se é que havia salvação.

Ela levantou e foi até o escritório, onde começou a revirar as gavetas. Não sabia o que esperava encontrar, mas podia haver algo ali que pudesse lançar luz sobre quem era aquele homem com o qual tinha vivido.

Debaixo de algumas brochuras com o logotipo da empresa farmacêutica, encontrou um envelope do hospital Södersjukhuset. Ela o abriu e leu a folha que havia dentro.

Era de nove anos antes, e informava que Lars Magnus Pettersson tinha sido atendido por um urologista para realizar uma vasectomia.

Primeiro ela não entendeu nada, depois se convenceu de que Lasse não podia mais ter filhos. Havia nove anos.

Durante todo aquele tempo, ele não podia ter lhe dado a criança que tanto desejava. O que dissera em Nova York sobre ter filhos não era apenas uma mentira, mas também uma impossibilidade.

Era como se alguém enrolasse uma corda ao redor de seu tórax e lentamente a apertasse. Ela achou que ia desmaiar. Sua experiência com pacientes que sofrem de ataques de pânico a fez entender exatamente o que estava acontecendo.

Contudo, por mais racional que fosse seu entendimento, não podia deixar de sentir medo.

"Será que vou morrer?", pensou ela antes de tudo escurecer.

Na sexta-feira, dia 28, foi de carro até Fisksätra. Caía uma chuva misturada com neve, e o termômetro em Hammarby indicava pouco mais que zero grau.

Ela estacionou próximo à marina e caminhou até o centro comercial.

O que ela ainda queria saber?

Supôs que era apenas a vontade de dar um rosto à mulher desconhecida.

Mas, quando estava sozinha na praça, não sentia a mesma resolução. Hesitou, mas, se retornasse sem fazer nada, continuaria atormentada.

Decidida, foi até a loja, mas pra sua decepção descobriu que a pessoa atrás do balcão era uma moça de vinte a vinte cinco anos.

— Olá! Feliz Natal. — A moça deu a volta no balcão e foi até Sofia. — Procura algo em especial?

Ela respondeu que não e virou para ir embora. No mesmo instante, uma porta interna se abriu. Uma mulher bonita, de cabelo castanho, por volta dos cinquenta anos, entrou no recinto. No lado esquerdo do peito, tinha um crachá onde estava escrito MIA.

A mulher era quase tão alta quanto Sofia e tinha olhos grandes e pretos. A psicóloga não conseguia parar de olhar para ela e a moça, tão parecidas.

Mãe e filha.

Na mais jovem, viu traços nítidos de Lasse. O nariz um pouco encurvado. O rosto oval.

A moça quebrou o silêncio constrangedor:

— Com licença, você precisa de alguma coisa?

Sofia virou para ela.

— Um buquê para... — Ela engoliu em seco. — Para meus pais. É aniversário de casamento deles.

A moça foi até a prateleira com diversas opções de flores.

— Acho que essas cairiam muito bem.

Cinco minutos depois, Sofia entrou na lanchonete ao lado da floricultura e pediu uma xícara grande de café e um bolinho de canela, então sentou num banco de onde podia ter uma visão geral da praça.

Nada fora como tinha pensado.

A moça fez um buquê e Mia voltou ao depósito. Depois, mais nada. Sofia supôs ter pagado, mas não tinha certeza. Provavelmente sim, já que ninguém foi atrás dela. A psicóloga se lembrava do som do sino na porta e depois das suas pisadas na neve. Tinham forrado a praça de cascalho.

Quanto mais pensava em Lasse, mais irreal ele se tornava.

Amassou o buquê e o enfiou na lata de lixo ao lado da mesa. Largou o café, que não tinha gosto de nada. Nem sequer estava quente.

Sentiu que as malditas lágrimas estavam a caminho e teve que se esforçar para contê-las. Escondeu o rosto entre as mãos e tentou pensar em outra coisa. Mas era impossível.

Todo aquele tempo, Mia fizera amor com ele. E a filha de Lasse? *Filha*. Aquilo que ele não queria dar pra ela. Sofia pensou no álbum de Lou Reed que ele mencionara no hotel em Nova York. Ela se deu conta de que o disco fazia parte de sua coleção em Saltsjöbaden, e de que ele e Mia o escutavam.

Sofia inclinou a cabeça para trás para evitar que as lágrimas escorressem pelo rosto. Entendeu que tinha que terminar tudo. E então nenhum pensamento mais, nenhuma ruminação, nada. Ia deixá-lo cuidar de si o melhor que pudesse. Para ela, estaria morto.

Certas coisas era preciso extirpar da vida para sobreviver. Não era novidade para ela.

Mas tinha que fazer uma coisa antes. Por mais que doesse.

Precisava vê-los juntos. Lasse, Mia e a filha.

Senão, nunca ia parar de pensar neles. A imagem da família feliz reunida. Ela tinha consciência de que, caso contrário, aquilo ia persegui-la. Precisava confrontar a situação.

Nos dias que restavam até o Ano-Novo, Sofia Zetterlund não fez muita coisa. Ela falou com Lasse apenas uma vez, e a conversa não durou mais que trinta segundos.

Às onze horas, véspera de Ano-Novo, Sofia pegou o carro e foi até Saltsjöbaden. Não teve que procurar muito para achar a rua Pålnäsvägen.

Estacionou o carro a cem metros de distância e foi a pé até a entrada. Era uma casa grande e amarela, de dois andares, com telhado branco e um jardim espaçoso e bem cuidado. Na garagem, estava o carro de Lasse.

Ela deu a volta e foi até a porta dos fundos. Ocultada pelas árvores, tinha visão total através da janela panorâmica. A luz dourada era receptiva e aconchegante.

Sofia viu Lasse entrando na sala com uma garrafa de champanhe e chamando alguém lá de dentro.

A bela mulher de cabelo castanho que estava na floricultura entrou carregando uma bandeja com taças. De uma sala contígua veio a filha, com um rapaz que também parecia Lasse.

Ele tinha *dois* filhos? E já crescidos?

Sentaram num sofá grande, e Lasse encheu as taças com champanhe. Eles brindaram, sorrindo.

Por trinta minutos, Sofia permaneceu em pé, sem reação, testemunhando o risível espetáculo.

Era real e, ao mesmo tempo, tão falso.

Ela recordou quando vira o teatro chinês. Fora uma experiência desconcertante ver a cenografia por detrás. De frente, tinha um bar, um restaurante, uma janela pela qual se via o mar e o sol se pondo. Tudo parecia tão genuíno.

Quando foi aos bastidores, parecia tudo tão prosaico. Era tudo compensado, fita adesiva e grampos. O contraste era tão grande que ela quase se sentira enganada.

O que Sofia testemunhava agora era parecido. Convidativo na superfície, mas falso por dentro.

Pouco antes da meia-noite, no momento em que a família feliz levantou para mais um brinde, ela pegou o celular e ligou pra Lasse. Viu-o se sobressaltar e deduziu que tinha posto o celular no vibrador.

Ele disse alguma coisa e subiu. Ela viu a luz acender. Poucos segundos depois, seu celular tocou.

— Oi, querida! Feliz Ano-Novo! O que está fazendo? — Ele se esforçava para soar apressado. Afinal, deveria estar no escritório na Alemanha, sendo obrigado a trabalhar mesmo na véspera de Ano-Novo.

Antes de conseguir dizer uma coisa, Sofia teve que afastar o celular da boca para vomitar num canteiro.

— Alô? O que você está fazendo? A ligação está ruim. Posso ligar mais tarde? Aqui está bem caótico.

Ela o escutou ligando a torneira, para que sua educada família no andar de baixo não ouvisse o que falava.

Era como uma represa que se rompera liberando uma torrente de mentiras. Sofia jamais aceitaria ser a outra.

Ela encerrou a chamada e voltou para o carro.

Chorou durante todo o caminho para casa, enquanto a chuva e a neve batiam no para-brisa. Sentiu o gosto amargo da maquiagem.

Por dez anos, construíra um sonho. Quando pensou que aconteceria, tudo começou a ruir.

— *Lasse, o que você acha de tirar quatro semanas no verão e alugar uma casa na Itália?*

— *Lasse, o que você me diz de eu parar de tomar pílula?*

— *Eu pensei em...*

— *Eu queria...*

Dez anos de sugestões e ideias, em que ela revelara a si mesma seus sonhos. E o mesmo tanto de anos de hesitações e desculpas.

— *Eu não sei...*

— *Estou trabalhando muito...*

— *Agora não dá, mas logo...*

Num único e lento instante, ele tomara tudo dela.

Sofia se sentiu apática. Por horas dirigiu sem rumo, e só quando acendeu a luz da reserva retornou à realidade. Parou o carro e desligou o motor.

Tudo o que alguns dias antes era verdadeiro e confiável se mostrara uma ilusão, um engano.

Ela ia ficar assistindo passivamente à sua vida ser demolida?

Uma carreta passou buzinando a poucos centímetros de distância, e ela ligou o pisca-pisca. Se fosse morrer, seria com estilo, e não em um acostamento de merda na região industrial de Västberga.

"A nova paciente, Victoria Bergman, jamais ia deixar que a jogassem fora quando cansassem dela", pensou.

Apesar de não terem se encontrado muitas vezes, Sofia percebeu que Victoria possuía uma força que ela só podia sonhar em ter. Apesar de tudo, a moça sobrevivera e transformara suas experiências em um modo de ser.

Num impulso, Sofia decidiu ligar para a paciente. No mesmo instante viu que recebera uma mensagem de Lasse: QUERIDA, VOU VOLTAR PRA CASA NO PRIMEIRO VOO.

PRECISAMOS CONVERSAR. Ela ignorou a mensagem e apertou o número de Victoria. Para sua decepção, estava ocupado. Depois riu ao se dar conta do que estava prestes a fazer. Victoria Bergman? Era ela quem a estava tratando, e não o contrário.

Lembrou-se da mensagem de Lasse. Para casa? Onde de fato era sua casa? E o voo? Ele só ia pegar o carro e voltar de Saltsjöbaden. Talvez ele já suspeitasse. Era preciso um motivo para que deixasse sua família de verdade. Afinal, era véspera de Ano-Novo.

Sem aviso, a náusea retornou. Ela abriu a porta do carro a tempo de pôr tudo para fora na neve enlameada.

Sofia deu partida no carro, ligou o aquecimento no máximo e dirigiu rumo a Årsta, passando pelo túnel e seguindo por Hammarby Sjöstad.

Parou num posto de gasolina para encher o tanque e depois entrou na loja de conveniência. Andou por entre as prateleiras pensando no que ia comprar e se maldizendo por ter se isolado ao ponto de terminar sozinha, de modo tão patético.

Quando estava no caixa, viu sua cesta e descobriu que tinha pegado dois limpadores de para-brisa, um aromatizante e seis pacotes de biscoito de chocolate.

Pagou e foi em direção à saída, parando diante de um estande de óculos de leitura. Provou mecanicamente alguns de menor grau. Por fim, achou uns com armação preta, que a deixava mais magra, severa e velha. Viu que o balconista estava de costas pra ela e enfiou os óculos rapidamente no bolso. O que estava acontecendo? Ela nunca tinha furtado nada.

Quando entrou no carro, pegou o celular, abriu a última mensagem de Lasse e respondeu:

VEJO VOCÊ EM CASA. ME ESPERE SE NÃO TIVER CHEGADO AINDA.

Depois foi até o centro e estacionou na garagem da rua Olof Palme. Com o cartão de crédito, pagou para deixar o carro ali por um dia.

Era tempo mais que suficiente.

Em seguida, não pôs o bilhete na catraca, guardando-o na carteira.

Já eram cinco e meia da manhã do dia primeiro quando chegou à estação Centralen, foi até o saguão e olhou o quadro de partidas. Västerås, Gotemburgo, Sundsvall, Uppsala, e assim por diante. Foi até uma das máquinas e comprou com o cartão de crédito uma passagem de ida e volta para Gotemburgo, saindo às oito.

Pegou dois maços de cigarro na banca antes de se sentar num café à espera do horário de partida.

"Gotemburgo?", pensou ela.

De repente, sabia exatamente o que ia fazer.

GAMLA ENSKEDE, CASA DOS KIHLBERG

A manhã de domingo estava deslumbrante. Jeanette acordou cedo. Pela primeira vez em muito tempo, sentia-se realmente descansada.

O fim de semana transcorreu sem grandes dificuldades. Os pais de Åke foram visitá-los e surpreendentemente não deram nenhuma dor de cabeça, apesar de a mãe ter achado que o lombo estava um pouco seco e que a salada de batata não deveria ter sido comprada no supermercado.

De resto, passaram bons momentos juntos. Viram televisão e jogaram um jogo de tabuleiro.

Os sogros iam partir no trem da manhã, depois ela teria o resto do dia para dedicar ao que quisesse. Ficou na cama planejando o que faria com o tempo livre.

Nem pensaria em trabalho.

Talvez fizesse alguma coisa manual, lesse um pouco e caminhasse.

Ela escutou Åke despertando. Ele bufou e se remexeu na cama.

— Todo mundo já acordou? — Ele ainda estava sonolento e cobriu a cabeça com o cobertor.

— Acho que não. São só sete e meia, podemos ficar na cama mais um tempo. Logo sua mãe deve entrar na cozinha.

Åke levantou e começou a se vestir.

"Pode ir, não tem nada aqui pra você", pensou ela, sonhando com o rosto de Sofia.

— Quando sai o trem deles?

— Pouco antes do meio-dia. Quer que eu os leve? — disse Jeanette, tentando soar indiferente.

— A gente pode ir junto — respondeu ele, numa evidente tentativa de ser amigável.

Meia hora depois, ela desceu para a cozinha e tomou café da manhã com os outros. Quando terminaram e tiraram a mesa, pegou uma xícara de café e saiu para o jardim.

Apesar de tudo, Jeanette se sentia bastante feliz.

O encontro com Sofia se transformara em algo bem diferente do que imaginara, e ela esperava que a psicóloga pensasse o mesmo. Sentira por uma mulher o que antes só havia sentido por homens.

"Será que a sexualidade não precisa ser relacionada ao gênero?", pensou ela, sentindo-se confusa. "Talvez a resposta seja bem banal: o que importa é a pessoa. Homem ou mulher, não faz diferença."

Devia ser assim tão simples. Mas era sempre complicado.

Quando chegou a hora de ir à estação, Jeanette levou as malas até o carro, porque não queria ficar no caminho dos sogros, que juntavam suas últimas coisas e despediam-se de Johan.

Ela dirigiu até a Centralen e estacionou entre dois táxis. Eles os ajudaram a carregar as malas e, após mais uma despedida lacrimejante, acenaram debaixo da marquise. Jeanette sentiu mais facilidade em respirar. Deu a mão para Åke e caminharam de volta ao carro.

Os pensamentos que a tinham incomodado ao decorrer do dia desapareceram no ar. Ela pertencia a Åke, e ele pertencia a ela.

"O que Sofia pode me dar que já não tenho?", pensou.

Excitação e curiosidade eram superestimadas.

Era melhor sossegar.

No caminho de casa, eles pararam em uma banca e compraram o jornal, porque sairia um texto sobre a exposição de Åke. Ele gostaria de ter feito aquilo antes do café da manhã, mas, como não queria que seus pais lessem uma eventual crítica demolidora, tinha se refreado.

De volta à casa, sentaram à mesa da cozinha e abriram o jornal. Jeanette nunca o vira tão nervoso.

Åke riu com exagero e fingiu estar tranquilo.

— Aqui — disse ele, dobrando o jornal ao meio e colocando-o entre eles.

Ficaram em silêncio, lendo. Quando Jeanette se deu conta de que era do seu marido que estavam falando, sua cabeça começou a girar.

O crítico se expressava de modo lírico. Segundo ele, as pinturas de Åke Kihlberg eram o acontecimento mais importante da década na arte sueca. O homem previa um futuro brilhante. Indubitavelmente, Åke ia se tornar a próxima grande exportação da cultura sueca. Em comparação, Ernst Billgren e Max Book eram apenas meros imitadores.

— Tenho que ligar para Alex. — Åke levantou e foi até o telefone. — Depois tenho que ir para o centro. Você pode me levar?

Jeanette permaneceu sentada, sem saber o que sentir.

— Sim, claro — respondeu ela, sabendo que nada mais seria como antes.

ALLHELGONAGATAN

A música de um acordeom inundou o barulhento tráfego da rua Dalslandsgatan com a melodia famosa. Sofia Zetterlund parou um instante para escutar, antes de seguir em direção a Mariatorget.

Alguns transeuntes também pararam sorrindo, e uma mulher começou a cantar junto a triste letra sobre o menino que fora preso a um mastro e chicoteado, depois acabara deixado para trás quando o navio afundara. A música criou uma atmosfera inesperada, funcionando como um catalisador verbal em um país onde ninguém conversava com outra pessoa sem motivo. Todos conheciam as músicas de Evert Taube, transmitidas com o arenque pelo leite materno.

Quando chegou à rua Allhelgonagatan ela parou, tirou o gravador da bolsa e pôs os fones no ouvido. Na etiqueta, leu que a gravação era de quatro meses antes.

Sofia apertou o play e seguiu andando.

— *... então eu peguei a balsa para a Dinamarca com Hannah e Jessica, aquelas duas garotas falsas que eu tinha conhecido em Sigtuna. Elas precisavam ir para o* *festival em Roskilde e me deixaram sozinha na barraca com aqueles quatro alemães nojentos que ficaram a noite inteira cutucando, esfregando, apertando e gemendo, enquanto eu escutava Sonic Youth e Iggy Pop ao longe sem conseguir me mexer, porque eles se alternavam para me segurar...*

Totalmente desligada, ela perambulou num estado próximo ao sono, onde nem via nem escutava as pessoas ao redor.

— *... sabia que as minhas amigas, se é que se pode dizer assim, estavam perto do palco e não davam a mínima se o vinho doce tinha me derrubado e eu estava sendo estuprada e depois não teria vontade de contar porque estava triste e só queria ir embora...*

Na rua Magnus Ladulåsgatan, parecia que seu corpo se mexia automaticamente. Na rua Timmermansgatan, as palavras se transformaram em imagens que ela nunca tinha visto, mas que lhe pareciam bem conhecidas mesmo assim.

— *... e seguir para Berlim, onde esvaziei as mochilas e menti dizendo que tínhamos sido roubadas e fiquei dormindo quando elas saíram pra comprar vinho, como se já não tivéssemos bebido o suficiente. Mas elas se cuidavam quando seus pais ricos não estavam por perto, trabalhando em casa pra juntar dinheiro que depois era mandado à Alemanha para que pudéssemos continuar o mochilão de trem...*

Então Sofia compreendeu o que Victoria estava contando e lembrou que já havia escutado aquela fita muitas vezes.

Como podia ter esquecido?

— *... para a Grécia e ficar presa na fronteira e ter as malas cheiradas por cachorros e o corpo revistado por guardas com tesão que não tiravam o olho do meu peito, como se nunca tivessem visto um antes, e depois achar que era adequado usar luvas de plástico na hora de enfiar os dedos em alguém. O pior passou com o lapso de memória causado pela vodca na maior parte da Itália e da França, então acordei pra vida em algum lugar da Holanda. Aí as duas mentirosas acharam que já não dava mais e disseram que iam pra casa, e eu fiquei pra trás com um cara em Amsterdam que não conseguia controlar as mãos e por isso levou um vaso de planta na cabeça. Fiz bem de roubar sua carteira, o dinheiro deu de sobra pra pagar um quarto de hotel em Copenhague, onde tudo acabou, as vozes silenciaram e a coragem se mostrou. Mas o cinto soltou e fui parar no chão com um dente quebrado e...*

De repente, ela sentiu alguém pegando seu braço e a sacudindo.

Sofia se desequilibrou e deu um passo para o lado.

Alguém tirou seus fones de ouvido e por um segundo tudo ficou completamente em silêncio.

Ela parou de existir e o mundo pareceu calmo.

Era como quando se chegava à superfície após ter mergulhado fundo demais e finalmente se enchiam os pulmões com ar fresco.

Depois Sofia escutou os carros e gritos e olhou em volta, confusa.

— Você está bem?

Ela virou e viu um muro de gente na calçada, então percebeu que estava no meio da rua Hornsgatan.

Olhos sobre ela, olhos que a julgavam. Do lado, um carro. Os motoristas buzinavam com raiva, com os punhos para fora, acelerando.

— Precisa de ajuda?

Ela escutou a voz, mas não conseguiu distinguir a quem na multidão pertencia. Era difícil se concentrar.

Andou depressa para a calçada e foi em direção a Mariatorget.

Pegou o gravador para tirar a fita e guardar no estojo. Espantada, notou que estava vazio.

ANTES, VITA BERGEN, APARTAMENTO DE SOFIA ZETTERLUND

Mambaa manyani... Mamani manyimi...

Sofia Zetterlund acordou com a cabeça explodindo.

Ela sonhara que estava fazendo uma trilha na serra, com um homem mais velho. Estavam procurando algo, mas não lembrava o quê. Ele lhe mostrou uma flor qualquer e disse pra apanhá-la. O chão era pedregoso e suas mãos doeram. Quando por fim conseguiu, o homem mandou que cheirasse a raiz.

Era como um buquê de rosas.

"Raiz de ouro", pensou ela, indo para a cozinha.

A dor de cabeça costumava ser esporádica e desaparecia após algumas horas, mas se tornara permanente.

Era parte dela.

Enquanto a máquina de café esquentava, Sofia folheava suas anotações das sessões com Victoria Bergman.

Ela leu: SAUNA, FILHOTES DE PASSARINHO, CACHORRINHO DE PELÚCIA, AVÓ, CORRER, FITA ADESIVA, VOZ, COPENHAGUE, PADJELANTA E RAIZ DE OURO.

Por que anotara justamente aquelas palavras?

Talvez por serem detalhes que considerara importantes para Victoria.

Sofia acendeu um cigarro e continuou folheando. Na penúltima página, viu algumas anotações novas, de cabeça para baixo, como se estivessem sido escritas com o bloco virado: QUEIMAR, CHICOTEAR, PROCURAR A BONDADE NA CARNE.

Não reconheceu de início a caligrafia. Era irregular, infantil e quase ilegível. Tirou uma caneta da bolsa e tentou escrever com a mão trocada.

Percebeu que era sua letra, com a mão esquerda.

Queimar? Chicotear? Procurar bondade?

Sofia estava zonza e escutava um zumbido dentro da cabeça, além da dor. Pensou em sair e fazer uma caminhada. Talvez um pouco de ar fresco esclarecesse seus pensamentos.

O zumbido aumentou. Ela não conseguia se concentrar.

Um choro de criança penetrou pela janela e um odor acre chegou ao seu nariz. Era seu próprio suor.

Ela levantou para ligar a máquina de café, então viu que já tinha feito isso e pegou uma xícara do armário. Encheu-a e voltou para a mesa da cozinha.

Já tinha quatro xícaras lá.

Uma estava vazia, mas não tinham sido tocadas.

Ela viu que estava com problemas de memória.

Como se estivesse repetindo o mesmo movimento e travando. "Há quanto tempo estou acordada?", pensou ela. "Cheguei a deitar?"

Sofia tentou se recompor, pensar melhor, mas era como se suas lembranças se dividissem em duas.

Primeiro o passado e o que se referia a Lasse e a viagem para Nova York. Mas o que tinha acontecido quando voltaram para casa?

As lembranças de Serra Leoa eram tão palpáveis quanto as sessões com Samuel, mas o que tinha acontecido depois?

O barulho da rua aumentou. Sofia começou a zanzar inquieta na cozinha.

A outra metade das lembranças eram imagens e sensações. Lugares onde estivera. Pessoas que conhecera.

Nenhuma imagem ou rosto. Apenas flashes. Uma lua que parecia com uma lâmpada, ou o contrário?

Ela vestiu o casaco e se olhou no espelho. Os hematomas deixados pelas mãos de Samuel começavam a branquear. Para ocultá-los, envolveu uma echarpe no pescoço. Então saiu.

Eram quase dez horas e, do lado de fora, havia luz e sol, o que para ela era indiferente. Seu olhar estava voltado para dentro. Sofia tentava entender o que se passava.

Veio uma tempestade de pensamentos que ela não reconheceu.

As palavras de Victoria Bergman sobre expor seu corpo à violência. Suas ideias sobre quem decidia quando fantasias, impulsos e desejos ultrapassavam o socialmente aceito e se tornavam destrutivos.

A conversa de Victoria sobre o bem e o mal, o mal que vive e cresce como um câncer em alguém aparentemente saudável. Ou fora Karl Lundström quem dissera aquilo?

No parque Björns Trädgård, ela sentou em um banco. O zumbido na cabeça era ensurdecedor, e ela não sabia se conseguiria voltar a sua casa.

A voz monótona de Victoria.

Você tem coragem? Você tem coragem? E hoje, você tem coragem?

Não, ela tinha que ir para casa deitar. Tomar um remédio e dormir um pouco. Talvez estivesse apenas exausta e precisasse da escuridão solitária do apartamento.

Quando tinha sido a última vez que tinha se alimentado? Não conseguia lembrar.

Estava desnutrida. Sim, devia ser aquilo. Apesar de não ter fome, ia se obrigar a comer e depois faria de tudo para segurar a comida no estômago. Não ia vomitar.

No momento em que se levantou, vários carros de polícia passaram em alta velocidade, com a sirene ligada. Depois surgiram três vans da prefeitura, com vidros filmados e luzes piscando. Sofia imaginou que devia ter acontecido algo.

Foi comprar comida no McDonald's da Medborgarplatsen, onde ficou sabendo pelos diálogos agitados dos demais fregueses que acontecera um assalto a um carro-forte, um pouco mais adiante na rua Folkungagatan. Alguém falou em troca de tiros, outra pessoa mencionou feridos.

Sofia pegou a comida e saiu.

Ela não percebeu Samuel Bai ao sair para a rua e andar em direção a sua casa.

Mas ele a viu e a seguiu.

Sofia passou a barreira policial e virou à direita na rua Östgötagatan, passando pela Kocksgatan e depois virando à esquerda na Åsögatan.

No parquinho, Samuel a alcançou e a cutucou.

Ela se assustou e virou.

Rapidamente, ele girou em torno dela, que demorou para entender quem era.

— Oi! Quanto tempo! — Samuel sorriu, exibindo os dentes brancos, então deu um passo para trás. — Tem hambúrguer pra mim também? Você pediu dois, né?

Ela parou de respirar.

"Calma", pensou ela. "Calma."

Suas mãos, por reflexo, foram até sua garganta.

"Calma."

Ela reconheceu o inglês de Samuel Sincero e entendeu que ele a estava observando havia um tempo.

Sorria.

Sofia disse que tinha comida suficiente para ele e sugeriu que fossem comer juntos na casa dela.

Ele sorriu de volta.

Inexplicavelmente, o medo desaparecera tão rápido quanto surgira.

De repente, ela sabia o que fazer.

Samuel pegou a comida e eles seguiram andando pela rua Renstierna, depois entraram na Borgmästargatan.

Sofia pôs a comida sobre a mesa da sala. Ele perguntou se podia tomar um banho para se refrescar, e ela lhe ofereceu uma toalha.

Ele fechou a porta do banheiro.

O que estava acontecendo?

SAUNA, FILHOTES DE PASSARINHO, CORRER, FITA ADESIVA, VOZ, COPENHAGUE, PADJELANTA, RAIZ DE OURO, QUEIMAR, CHICOTEAR.

O barulho do encanamento.

— Sofia, Sofia, calma — sussurrou para si mesma, tentando respirar fundo.

FILHOTES DE PASSARINHO, CORRER, FITA ADESIVA.

Ela esperou um instante antes de entrar na sala. Os hambúrgueres exalavam um cheiro de mofo e queimado.

QUEIMAR, CHICOTEAR.

Um mal-estar a tomou e Sofia se deixou cair no sofá com o rosto entre as mãos.

SAUNA.

O som do chuveiro e a voz de Victoria invadiram sua cabeça. Era como se a devorassem por dentro, roendo seu cérebro.

Escutara aquela voz toda a sua vida, mas nunca se acostumara a ela.

Você tem coragem? E hoje, você tem coragem?

Levantou com as pernas bambas e foi até a cozinha buscar um copo de água. "Vamos lá", pensou ela. "Preciso me acalmar."

Viu seu reflexo no espelho e constatou que parecia cansada. Acabada, na verdade.

Ela abriu a torneira da pia, mas a água não estava fria o bastante. Viu em sua mente o líquido brotando das profundezas, de seu âmago, onde era mais quente que o inferno.

Sofia se queimou no jorro e viu um incêndio diante de seus olhos.

As crianças em volta da fogueira.

Mambaa manyani... Mamani manyimi...

Estremeceu com a lembrança da canção infantil.

Voltou para a entrada e procurou na bolsa, tateando à procura de uma cartela de paroxetina.

Ela se esforçou para juntar saliva o bastante para engolir o remédio. Sua garganta estava seca, mas Sofia o enfiou na boca mesmo assim. A amargura era tamanha que, quando tentou engolir, entalou na garganta. Ela continuou forçando e sentiu o comprimido descendo.

Você tem coragem? E hoje, você tem coragem?

— Não, eu não tenho coragem — murmurou ela, caindo com as costas apoiadas contra a parede. — Estou morrendo de medo.

Sofia encolheu-se no chão, esperando o remédio fazer efeito. Tentando se ninar até estar em paz.

A espera. O zumbido do qual não podia escapar.

SAUNA, FILHOTES DE PASSARINHO, CACHORRINHO DE PELÚCIA.

Ela se aferrou à última ideia.

— Cachorrinho de pelúcia, cachorrinho de pelúcia — repetia para si mesma, para silenciar as vozes e retomar o controle de seus pensamentos.

De repente, o celular tocou, mas era como se o som viesse de outro mundo.

Um mundo ao qual ela não tinha mais acesso.

Com dificuldade, Sofia levantou para atender à chamada que o acaso trouxera quando estava perdendo o controle. Aquele era o caminho de volta, a conexão com a realidade.

Era só atender para pôr os pés no chão e encontrar a saída. Ela sabia daquilo, o que lhe deu força para buscar o celular.

— Alô? — murmurou ela, caindo apoiada na parede mais uma vez. Tinha conseguido. Agarrara-se a um fio de vida.

— Alô? Tem alguém aí?

— Sim, sou eu — respondeu Sofia Zetterlund, acreditando que estava em casa de novo. Que estava segura.

— Oi... Estou procurando Victoria Bergman. É o número correto?

Ela desligou e soltou uma gargalhada.

Mambaa manyani... Mamani manyimi...

Sentiu a voz de Victoria de repente e se pôs de pé, olhando em volta.

Acha que não sei o que você está fazendo? Como você é fraca.

Sofia seguiu o som até a sala, que estava vazia.

Sentiu que precisava de um cigarro e pegou o maço. Atrapalhou-se toda, mas por fim conseguiu puxar um e o enfiou na boca trêmula, então o acendeu e deu uma tragada profunda à espera de que Victoria se mostrasse.

Escutou Samuel no banheiro.

Então hoje você não vai fumar debaixo da coifa?

Ela estremeceu. Como Victoria podia saber que costumava fazer aquilo? Estivera ali? "Não", ela tentou se tranquilizar. "É impossível."

O que acontece de verdade na sua cozinha?

Sofia se esforçou para retomar seu papel profissional.

— Victoria, o que você quer dizer quando diz isso?

O que quer que acontecesse, ela não podia demonstrar medo, tinha que manter a calma, retomar o controle.

A porta do banheiro abriu.

— Falando sozinha?

Sofia virou e viu Samuel nu junto à porta. Ele ainda pingava da ducha e olhava pra ela. Sorrindo.

— Com quem está falando? — Ele olhou em volta. — Não tem ninguém aqui. — Samuel deu alguns passos em direção à sala e foi até a porta. — Tem alguém aí?

— Estamos brincando de esconde-esconde — disse Sofia, tomando Samuel pelo braço.

Ele parecia espantado e levou a mão até o rosto dela.

— O que aconteceu com sua cara? Parece estranha...

— Ponha a roupa e coma antes que esfrie. — Ela abriu um armário e estendeu outra toalha para ele. Ele a enrolou no corpo e voltou ao banheiro.

Sofia fechou a porta, pegou o pote de pentobarbital da bolsa e o pôs todo no copo de coca.

Você vai trancá-lo também?

— Victoria, por favor — ela implorou. — Não sei do que está falando. O que quer dizer com isso?

Você tem um menino trancado neste apartamento. No quarto atrás da estante.

Sofia não entendeu nada. Seu desconforto foi ficando cada vez maior.

Então se lembrou do significado da música que ouviu pela primeira vez quando estava amarrada numa cova no meio da selva.

Mambaa manyani... Mamani manyimi...

O espantalho fode crianças... Você deve ter a buceta suja...

Sua puta gorda e nojenta. Não adiantou cortar os braços com a navalha?

Sofia pensou em como se cortava atrás da casa de tia Elsa.

Escondendo as feridas ensanguentadas com camisas de manga longa.

Agora você compra sapatos pequenos demais. Para se lembrar da dor.

Ela olhou para os pés. Tinha grandes calos nos calcanhares, após anos de flagelo. Nos braços, cicatrizes esbranquiçadas deixadas por navalhas, cacos de vidro e facas.

De repente, a outra metade de sua memória se abriu, o que antes eram imagens confusas se tornaram sequências de filme.

O que era passado se tornou presente, e tudo caiu no lugar.

As mãos de seu pai e os olhares de reprovação da mãe. Martin na roda-gigante, o ancoradouro do rio Fyris, a vergonha de tê-lo perdido. O hospital universitário de Uppsala, os remédios, a terapia.

As lembranças de Sigtuna e das meninas mascaradas.

A humilhação.

Os rapazes que a haviam violentado em Roskilde. A fuga para Copenhague e a tentativa frustrada de suicídio.

Serra Leoa e as crianças que não sabiam o que odiavam.

Um depósito em Sigtuna, o chão de terra batida, uma lâmpada através dos olhos vendados.

A mesma imagem.

Sofia escavou o interior de Victoria e viu o que ela própria dedicou toda a sua vida a esquecer. Victoria andava em sua casa, na sua esfera privada. Ela estava em toda parte e em parte alguma.

O gravador que você segurou por horas a fio, enquanto falava e falava e falava. Não é de estranhar que Lasse deixou você. Não deve ter aguentado toda a história da sua infância horrorosa. Foi você quem quis ir a uma casa de swing em Toronto, você quem quis fazer sexo grupal. Ainda bem que ele não quis ter um filho com você, porra.

Sofia tentou protestar, mas não conseguiu emitir um som. "Mas ele fez vasectomia", pensou ela.

Você é perversa. Tentou roubar o filho dele. Mikael é filho de Lasse! Esqueceu?

A voz era tão forte que ela recuou e caiu no sofá. Era como se seus tímpanos fossem explodir.

"Mikael? Filho de Lasse? Não pode ser..."

A imagem da família feliz na véspera de Ano-Novo, na casa em Saltsjöbaden. Sofia vira Lasse brindando com Mikael.

Depois de ter matado Lasse, você seduziu Mikael. Não lembra? Colocou as listas telefônicas no chão para que parecesse um suicídio. A corda era curta demais, não é?

Ao longe, Sofia escutou Samuel retornando do banheiro e, com a vista embaçada, observou-o sentando-se à mesa de centro. Ele pegou um hambúrguer e começou a comer.

Samuel tomou o refrigerante com gosto.

— Com quem estava conversando? — perguntou.

Sofia se pôs de pé e foi até ele.

— Cale a boca e coma — rosnou ela, mas Samuel não reagiu. Sofia não sabia se ele a ouvira.

Ela viu seu rosto no espelho. Era como se um lado estivesse paralisado. Ela não se reconhecia. Parecia tão velha.

— Merda — murmurou para a imagem, dando um passo adiante e sorrindo. Ergueu o lábio e descobriu o dente incisivo, o que havia quebrado vinte anos antes, quando tentara se enforcar num quarto de hotel em Copenhague.

Mimese.

A relação entre o que ela via e o que não se podia questionar.

Então se lembrou de tudo.

Seu celular tocou de novo.

Ela olhou a tela.

Dez e vinte e dois.

— Bergman — respondeu.

— Victoria Bergman? Filha de Bent Bergman?

Ela olhou para a sala. O sonífero derrubara Samuel no sofá. Seus olhos se mexiam devagar no estado de inconsciência.

— Sim.

"Meu pai se chama Bengt Bergman", pensou. "Eu sou Victoria, Sofia e tudo o que há entre elas."

Uma voz que parecia reconhecer perguntou sobre seu pai, e ela respondeu mecanicamente. Quando desligou, não se lembrava de nada do que dissera.

No entanto, estava perfeitamente ciente de que cometera um grande erro ao ligar para a casa de seus pais. Eles deviam ter guardado seu número. E depois, de algum modo, o número fora parar na polícia.

Ele podia ser rastreado, mas mesmo assim ela teria que se livrar do aparelho.

Apertou o telefone entre as mãos e olhou para Samuel. "Há tanta coisa na consciência dele, e mesmo assim é inocente", pensou, indo até a estante e levantando o ferrolho. Quando abriu a porta secreta, o ar viciado e o cheiro de mofo bateram em seu rosto.

Gao estava em um canto com as mãos sobre os joelhos. Ele apertou os olhos em virtude da luz que entrava pela porta. Tudo estava sob controle. Ela saiu, pôs a estante de volta e começou a tirar a roupa. Após uma ducha rápida, enrolou uma toalha grande e vermelha em volta do corpo e abriu as janelas para arejar o apartamento. Acendeu um incenso, encheu uma taça de vinho e sentou no sofá, ao lado de Samuel. A respiração dele era profunda e regular, e com doçura ela acariciou sua cabeça.

"Ele não é culpado de todos os horrores que cometeu como menino-soldado em Serra Leoa", pensou ela. "É uma vítima, porque não faz ideia do que fez."

Seus motivos eram puros, impolutos de sentimentos como vingança ou inveja.

Sentimentos que eram a motivação dela.

O sol começou a se pôr, o lusco-fusco entrava pela janela e a sala repousava numa sombra cinzenta. Samuel se mexeu, bocejou e sentou. Olhou pra ela e lhe deu um largo sorriso. Ela afrouxou um pouco a toalha e mudou de lugar no sofá para se sentar bem à frente dele. O olhar dele percorreu suas coxas e foi subindo devagar.

"Você tem liberdade de escolha", pensou ela. "Ou segue seus impulsos ou resiste. É você quem escolhe."

Ela retribuiu o sorriso.

— O que é isso? — perguntou, apontando a corrente dele. — Onde ganhou isso?

Ele se iluminou, tirou a corrente e a segurou à sua frente.

— É a prova de um grande feito.

Sofia fingiu se impressionar. Quando se inclinou para a frente para examinar a corrente, notou que ele observava seus seios.

— O que fez para merecer um objeto tão precioso?

Sofia se reclinou pra trás e levantou a toalha um pouco mais, para que pudesse ver que estava sem calcinha. Samuel engoliu saliva e se aproximou dela.

— Matei um macaco.

Ele sorriu e pôs a mão sobre a perna descoberta dela.

Como ele estava concentrado em outras coisas, não viu quando ela apanhou o martelo que sempre deixava escondido debaixo da almofada.

"É possível ter maldade quando não se sente culpa?", pensou ela, então bateu com toda a força no olho esquerdo de Samuel. "Ou esse sentimento é a condição da maldade?"

KVARTERET KRONOBERG, DELEGACIA DE POLÍCIA

Sofia Zetterlund desligou o telefone sem entender o que havia acontecido.

Jeanette dissera que precisava conversar com ela. Ela estava com a voz exaltada e contara que haviam surgido novos fatos em relação ao caso Samuel Bai.

O que ela precisava contar?

Alguém a vira em companhia de Samuel?

Sofia foi até a sala e viu que a estante estava no lugar. Gao estava sozinho lá dentro, e não havia problema com ele.

Ela retocou a maquiagem antes de pegar a bolsa e descer. Folkungagatan, quatro quarteirões e depois o metrô. Uma caminhada curta demais para pensar.

Para mudar de ideia.

Ela se acostumara com a voz de Victoria, mas a dor de cabeça ainda era novidade, parecendo perfurar sua testa.

A insegurança aumentava quanto mais se aproximava da polícia, mas era como se Victoria a empurrasse adiante. Dizendo a ela o que devia fazer.

Um passo de cada vez. Um pé na frente do outro. Repita o movimento. Faixa de pedestre. Pare. Olhe à esquerda, à direita, à esquerda de novo.

Sofia Zetterlund deu o nome na recepção, foi liberada após um simples controle de segurança e seguiu em direção ao elevador.

Abra a porta. Siga em frente.

Após dois minutos de espera, foi recebida por uma radiante Jeanette.

— Que bom que pôde vir tão depressa — disse ela, quando estavam sozinhas no elevador. — Tenho pensado muito em você. Fiquei feliz por ter um motivo para ligar.

Sofia estava insegura. Não sabia como reagir.

Em sua cabeça havia duas vozes que disputavam sua atenção. Uma dizia para ela abraçar Jeanette e contar quem era de verdade. *Desista*, dizia a voz. *Ponha um fim nisso. Encontrar Jeanette foi um sinal.*

Outra dizia: *Não, não, não! Ainda não. Você não pode confiar nela. É como todo mundo, vai trair você assim que mostrar sua fraqueza.*

— Tem sido tão... — Jeanette olhou para Sofia. — Estamos sendo pressionados de todos os lados, e essa coisa com Samuel fica cada vez mais estranha. Mas vamos deixar isso pra depois. Aceita um café?

Elas pegaram um copo da máquina cada uma e seguiram pelo corredor, chegando por fim à porta certa.

— Esta é minha toca — disse Jeanette.

A sala era apertada, cheia de pastas e pilhas de papel. Na pequena janela tinha uma flor seca e desfolhada, ao lado da fotografia de um homem e de um menino. Sofia compreendeu que eram Åke e Johan.

— Sobre o que você queria conversar? — Ela estava com a boca seca e notou que sua voz parecia mais rouca e grave do que o normal.

— Lembra que Samuel disse ter sido agredido? Mais ou menos um ano atrás?

Se concentre nos detalhes, Sofia.

Ela pensou bem.

— Sim, ele contou que foi atacado perto da rua Ölandsgatan...

— No Monumentet — completou Jeanette. —No mesmo lugar onde foi achado pendurado.

— É mesmo? É, pode ser. Me lembro de ele ter dito que um dos caras que o atacara tinha uma tatuagem de cobra no braço.

— De teia de aranha. — Jeanette jogou o copo de papel na lata de lixo. — O rapaz é um neonazista. Entre eles, é sinal de status ter uma teia de aranha no cotovelo. É pra dizer que já matou alguém, o que neste caso duvido fortemente. Mas isso não importa agora.

A detetive levantou e abriu a janela.

Dava pra ouvir crianças brincando no parque de Kronoberg.

Sofia ainda tinha nos olhos a imagem de Gao espancando sem clemência Samuel, que estava ferido demais para oferecer resistência. Ficou apenas tropeçando, fazendo tentativas desajeitadas de se proteger dos chutes e golpes.

Ela olhou pela janela, pensando em como a perda de sangue causada pelo destroçamento do olho fizera com que perdesse a consciência. Ele devia ter sentido que era melhor morrer.

No mesmo instante em que desmaiara, o animal ensandecido que tinha à sua frente se lançara sobre ele para fazê-lo em pedaços. Ela vira aquilo acontecer em Serra Leoa, e sabia que era um jogo de gato e rato, com resultado predefinido.

O telefone sobre a mesa tocou. Jeanette pediu licença para atender.

— Claro, ela está aqui comigo. Já estamos indo.

A detetive pôs o telefone no gancho e olhou para Sofia, em dúvida.

— O rapaz com a tatuagem de teia de aranha se chama Petter Christoffersson e está aqui no prédio. Ele foi detido por agressão e pôs na cabeça que pode conseguir algo de nós abrindo o bico. Ele deve ter assistido a filmes americanos demais e pensa que aqui funciona do mesmo jeito.

Sofia sentiu o zumbido na cabeça e começou a suar.

— Acho que você devia escutar o garoto também. Ele disse que tem algo a contar sobre Samuel. Parece que o viu no dia anterior àquele em que foi encontrado morto. Do lado de fora do McDonald's da Medborgarplatsen, com uma mulher. Ele parece saber quem ela é e... — Jeanette parou. — Você entende.

Sofia estava pensando em como fora fácil para Gao desmembrar o menino que tinham encontrado à beira da estrada em Svartsjölandet.

Durante o tempo em que Jeanette estava em sua casa, Gao partira seu crânio com um martelo. Mais tarde, ela jogara a sujeira no lixo, junto com restos de frango assado.

Minta. Invente. Parta pra ofensiva.

— Na verdade, não sei se é apropriado. Não estou certa de ter permissão para... Mas, claro, posso ir.

Sofia viu que Jeanette examinava sua reação com interesse. Como se a testasse.

— Você tem razão. Mas você pode acompanhar do lado de fora. Escutar o que ele tem a dizer.

As duas se levantaram e saíram pelo corredor.

Os interrogatórios eram feitos no andar de baixo, e Jeanette conduziu Sofia para um ambiente menor. Através de uma janela, ela podia ver a sala de interrogatório, onde Petter Christoffersson estava recostado na cadeira, aparentemente relaxado. Ela notou as tatuagens e lembrou.

Era ele.

Da última vez que o vira, estava com uma camiseta com duas bandeirolas suecas estampadas no peito. Ele era um dos homens que tinha entregado o material para o quarto atrás da estante de livros — isopor, tábuas, pregos, cola, lona e fita adesiva.

Era uma coincidência absurda. Ela sentiu o suor escorrendo pelas costas.

— Vidro espelhado. — Jeanette apontou a janela. — Pode ver o garoto, mas ele não vê você.

Sofia procurou no bolso da jaqueta, achou um guardanapo e secou as mãos úmidas. Ela não estava passando bem.

Os sapatos apertavam e ela sentia um nó na garganta.

— Você está bem? — Jeanette perguntou, olhando para ela.

— Não. Sinto como se fosse vomitar.

A detetive olhou pra ela com preocupação.

— Quer ir para a minha sala?

Sofia fez que sim e voltou pelo corredor.

Tinha conseguido.

De volta à sala de Jeanette, foi até a estante e quase de imediato encontrou um arquivo grosso nomeado: THORILDSPLAN — DESCONHECIDO. Após procurar mais um pouco, localizou os demais: SVARTSJÖLANDET — YURI KRYLOV e DANVIKSTULL — DESCONHECIDO.

Ela virou e olhou a mesa desarrumada. Ao lado do telefone tinha uma pilha de CDs. Lendo as etiquetas, viu que eram gravações de interrogatórios.

Passou os olhos pelos nomes sem realmente ler, mas quando chegou ao último CD ficou paralisada.

Primeiro pensou que tinha se equivocado, mas quando tornou a olhar a etiqueta viu: BENGT BERGMAN.

Ela encontrou um CD virgem no alto da estante, ao lado de um pote com elásticos e clipes.

Deu a volta na mesa, sentou em frente ao computador, pôs o CD original e depois o virgem e fez uma cópia.

Os segundos se arrastavam enquanto pensava em como ela e Gao tinham levado o corpo de Samuel até a casa de Mikael, no Monumentet.

Como o haviam carregado até o sótão e como o trabalho de pendurar juntos o corpo no teto os unira.

Após menos de dois minutos, o computador devolveu os dois CDs, e ela pôs o original onde o tinha encontrado, enfiando a cópia na bolsa.

Sofia sentou e apanhou um jornal.

Foi Gao quem encontrou o ácido e jogou sobre o rosto de Samuel.

Jeanette retornou dez minutos depois. A psicóloga estava lendo uma edição antiga de uma revista sobre a polícia sueca.

— Alguma coisa interessante? — perguntou a detetive.

Era como se Jeanette olhasse Sofia de posse de novas informações. Ela sentiu a insegurança voltar.

— Pensei em resolver as palavras cruzadas — respondeu Sofia —, mas não consegui e fiquei olhando as fotos. Como foi com o Homem-Aranha? Descobriu algo importante?

Jeanette parecia confusa.

— Há quanto tempo você mora em Borgmästargatan? — perguntou num estalo, e Sofia se sobressaltou.

— Desde 1995... Estou lá faz treze anos. Caramba, como o tempo passa rápido.

— Notou alguma coisa estranha durante esse tempo? Em especial nos últimos seis meses?

Era como se fosse uma suspeita num interrogatório.

— Defina "estranho". — Sofia engoliu seco. — É Estocolmo, e eu moro em Söder, com tudo o que isso inclui: bêbados, brigas, gente falando sozinha, carros vandalizados e...

— Crianças desaparecidas.

— É, isso também. E meninos mortos no sótão. Você tem que ser um pouco mais clara, para que eu possa ajudar.

Sofia sentiu Victoria tomando conta da situação. As mentiras vinham por si próprias, sem necessidade de pensar. Aquilo era como uma peça, e ela tinha decorado todas as suas falas.

— É que durante o inverno Petter Christoffersson estagiou na loja de materiais de construção Fredells, em Sickla. Ele se lembra de que bem antes do Ano-Novo levou material de isolamento para um apartamento em Söder. Não lembra exatamente aonde, mas a algum lugar de Sofo. Ele afirma que a mulher que recebeu o material era a mesma que estava com Samuel um dia antes de encontrarem seu corpo.

Sofia limpou a garganta.

— Acha que ele está dizendo a verdade, e não apenas tentando chamar a atenção? Você disse que ele tentou negociar...

Jeanette cruzou os braços e balançou a cadeira. Não desgrudava os olhos de Sofia.

— A história dele é convincente. Tem alguns detalhes que a tornam verossímil. — Ela se inclinou para a frente, e sua voz ficou um pouco mais grave. — A descrição é bem vaga. A mulher era loira, um pouco acima da estatura mediana e de olhos azuis. Ele disse que a achou bonita. Mas isso poderia se aplicar a muita gente. Até a você.

Sorria.

Sofia riu, depois fez uma careta para mostrar que a ideia era ridícula.

— Dá pra ver que você não está bem — disse Jeanette. — Talvez seja melhor ir pra casa.

— Também acho.

— Descanse um pouco. Posso passar lá depois do trabalho.

— Não é ruim pra você?

— Imagine. Agora vá pra casa e deite. Eu levo o vinho. Tudo bem? — disse Jeanette, passando a mão no rosto de Sofia.

VITA BERGEN, APARTAMENTO DE SOFIA ZETTERLUND

Da estação de metrô Rådhuset até a Centralen, passando para a linha verde em direção a Medborgarplatsen. O mesmo caminho de duas horas antes, só que para o outro lado. Folkungagatan, quatro quarteirões e depois casa. Cento e doze passos.

Quando chegou, pôs o CD que copiara no seu laptop.

— *Primeiro interrogatório com Bengt Bergman. São treze horas e doze minutos. Será conduzido por Jeanette Kihlberg, com assistência de Jens Hurtig. Bengt, você é suspeito de diversos crimes, mas este interrogatório se refere em particular à acusação de estupro, ou estupro com agravante, além de agressão ou agressão com agravante, o que significa pena mínima de dois anos. Podemos começar?*

— *Hum...*

— *A partir de agora quero que você fale com clareza e em direção ao microfone. Evidentemente, se fizer um gesto, não vai sair na gravação. Queremos que se expresse do modo mais claro possível. Muito bem. Então vamos começar.*

Uma pausa de silêncio e Sofia escutou alguém bebendo e depois pondo o copo sobre a mesa.

— *Como você se sente, Bengt?*

— *Antes, na verdade, gostaria de saber qual é sua formação.*

Sofia reconheceu imediatamente a voz do pai.

— *Quais são suas qualificações para me interrogar? Tenho oito anos de faculdade, um diploma de bacharel e estudei psicologia por conta própria. Você sabe quem é Alice Miller?*

A voz fez Sofia sentir um calafrio. Ela se afastou por reflexo, erguendo os braços para se proteger.

Mesmo adulta, seu corpo estava tão impregnado de medo que reagia instintivamente. A adrenalina percorria suas veias e seu corpo se preparava para fugir.

— *Bengt, você tem que entender agora que sou eu, e não você, quem vai conduzir esse interrogatório. Ficou claro?*

— *Não sei realmente se...*

Jeanette Kihlberg o interrompeu na hora.

— *Ficou claro? Fiz uma pergunta.*

— *Sim.*

Sofia percebeu que sua resistência vinha do fato de ainda estar habituado a ter o controle, e por se sentir desconfortável no papel de criminoso.

— *Eu perguntei como você se sente.*

— *Ah, o que acha? Gostaria de estar aqui sendo acusado de um monte de coisas nojentas se fosse inocente?*

— *Provavelmente ia achar horroroso e faria de tudo em meu poder para tentar esclarecer a situação. É assim que se sente? Quer contar por que foi preso?*

— *Como você com certeza sabe, fui detido pela polícia na região sul da cidade, quando estava a caminho de casa em Grisslinge. Moro em Värmdö. Ofereci carona para uma mulher que estava à beira da estrada toda ensanguentada. Meu único intuito era ajudar, levando a mulher até o hospital Södersjukhuset para que recebesse tratamento adequado. Isso não é passível de punição, certo?*

Sua voz, seu jeito de pronunciar as palavras, a arrogância, as pausas e a calma fingida a fizeram se sentir com dez anos de idade novamente.

— Você afirma, portanto, que não causou os ferimentos em Tatiana Achatova que estão no documento que você leu.

— É um completo absurdo!

— Pode ler o que está escrito aqui?

— É o seguinte: eu odeio violência. Na televisão, só vejo o jornal. Se for acabar vendo um filme, escolho um bom. Não quero nenhum contato com a crueldade que faz parte dessa...

A sensação da trilha coberta de pinhões a caminho do lago. Aos seis anos aprendera como tocá-lo para que ficasse bonzinho. Lembrava a doçura das balinhas de tia Elsa. A água fria da fonte. A escova dura contra a pele.

Jeanette Kihlberg o interrompeu novamente.

— Quer ler ou devo fazer isso em seu lugar?

— Prefiro que você leia, já disse que não quero que...

— Segundo o médico que examinou Tatiana Achatova, ela foi admitida no hospital domingo à noite, por volta das dezenove horas, exibindo os seguintes ferimentos: severos rompimentos no ânus...

Era como se falassem sobre ela. Sofia recordava seu sofrimento.

Como tinha doído, mesmo ele dizendo que ia ser bom.

Como ficara decepcionada quando entendera que o que ele fazia com ela era errado.

Sofia não aguentava ouvir mais e desligou.

"Suas ações asquerosas finalmente o atingiram", pensou. "Mas ele não vai ser punido pelo que fez comigo. Não é justo. Sou obrigada a sobreviver com minhas cicatrizes, enquanto ele pode seguir adiante."

Ela deitou no chão e ficou olhando para o teto. Só queria dormir. Mas como ia conseguir?

Seu nome era Victoria Bergman. Ele ainda existia.

Bengt Bergman. Seu pai. Ainda estava vivo.

A menos de vinte minutos de distância.

Quando elas se abraçaram, Sofia notou que Jeanette tinha acabado de tomar banho e usava um perfume diferente. A detetive pôs uma garrafa de vinho sobre a mesa de centro.

— Pode sentar. Vou buscar as taças. Aceita vinho?

— Sim, por favor. Foi uma semana bem puxada.

Pegue o decantador. Encha de vinho. Sirva as taças.

Sofia obedeceu.

Leia a situação. Faça uma pergunta pessoal.

Ela reparou que os olhos de Jeanette estavam úmidos e se deu conta de que não era apenas cansaço.

— Como você está? Parece triste.

Contato visual. Demonstre compaixão. Arrisque um leve sorriso.

Ela encarou Jeanette e sorriu, compreensiva.

A detetive pôs os olhos sobre a mesa em silêncio.

— Maldito Åke — disse de repente. — Acho que está apaixonado pela galerista. Como pude ser tão burra? Pra ser honesta, nem sei se me importo. Estou cansada dele. — Jeanette respirou fundo. — Que cheiro é esse?

Sofia pensou nos jarros de vidro na cozinha e em Gao atrás da estante. Então detectou um fedor azedo de produtos químicos preenchendo o apartamento.

— Vem do ralo. Os vizinhos estão reformando o banheiro.

Jeanette pareceu não se convencer.

Conduza a conversa em outra direção.

— Vocês tiveram alguma notícia de Lundström? Ele ainda está em coma?

— Sim. Na realidade, isso não muda nada. O promotor se apegou à ideia de que foram os remédios e tudo mais... Você sabe...

— Vocês averiguaram o que o Homem-Aranha falou?

— Petter Christoffersson? Não, ainda não demos seguimento. Não sei mais em que acreditar. Pra ser honesta, ele parecia estar mais interessado nos meus seios. — Jeanette soltou uma risada contagiante.

Sofia ficou mais aliviada.

— Você viu alguma coisa nele?

— Sim, o de sempre. Cheio de complexos, inseguro, fixação em sexo — começou Jeanette. — Talvez violento, em especial quando envolve algo importante para ele. Isso inclui tudo o que vai contra a sua vontade ou questiona sua ideologia. É inteligente, mas de um jeito perigoso, e parece autodestrutivo.

— Você fala como uma psicóloga. — Sofia bebeu mais vinho. — Tenho que reconhecer que fiquei curiosa em ouvir seu diagnóstico do rapaz...

Jeanette ficou em silêncio um instante, então continuou com exagerada seriedade:

— Suponha que Petter Christoffersson seja obrigado a interpretar o significado de uma situação pouco clara. Vamos dizer que sua namorada passou a noite na casa de um amigo. Ele verá isso como uma traição e sempre escolherá a pior alternativa, tanto para si mesmo quanto para os demais envolvidos, ou seja, de que ela foi infiel...

— Quando na verdade dormiu sozinha no sofá — contribuiu Sofia.

— Mas — Jeanette continuou em seguida — passar a noite na casa de um amigo para ele se transforma em transar com o amigo, em todas as posições que seu cérebro possa imaginar...

Ela se interrompeu e deixou que Sofia concluísse.

— E depois os dois comentarem como ele é burro por não perceber nada.

Elas caíram na risada. Quando Jeanette se aconchegou melhor no sofá, Sofia viu uma mancha vermelha no forro branco. Pegou depressa uma almofada e o jogou para a detetive, que a segurou, e a pôs ao seu lado, ocultando o sangue de Samuel, como Sofia desejava.

— Caramba, você fala como se fosse psicóloga. Tem certeza de que não fez faculdade na área?

Jeanette ficou quase envergonhada.

— E o que você acha da mulher que ele viu?

— Acho que ele só viu uma loira bonita com Samuel. Ele chegou a dizer que não tinha tirado os olhos da bunda dela. É um moleque e só pensa em sexo. Olha, registra, olha, registra, fantasia e depois se masturba. — Jeanette riu. — Portanto, não creio que seja a mesma mulher para a qual ele entregou o material de construção.

Faça cara de interessada.

— Ah, é? E por que não?

— Esse rapaz é daqueles que só conseguem ver peitos e bundas. Todas as mulheres são iguais para ele.

Ela tomou o resto do vinho e encheu a taça de novo.

As duas ficaram em silêncio por um momento, em contemplação. Sofia gostava dos olhos de Jeanette. Seu olhar era firme e curioso. A inteligência era visível nele. E tinha outra coisa também. Coragem, caráter. Era difícil apontar o que exatamente.

Sofia sentiu que estava cada vez mais fascinada por ela. Em dez minutos, todos os sentimentos e qualidades ficaram aparentes em seus olhos. Alegria. Autoconfiança. Inteligência. Tristeza. Decepção. Dúvida. Frustração.

"Num outro tempo, num outro lugar", pensou ela. Tinha que cuidar para que Jeanette não visse seu lado sombrio. Era obrigada a contê-lo quando se encontravam. Jeanette jamais poderia conhecer Victoria Bergman.

Mas ela e Victoria estavam ligadas como gêmeas siamesas, e por isso também dependiam uma da outra.

Elas compartilhavam o mesmo coração e o sangue que corria em seu corpo era o mesmo. Mas, enquanto Victoria desprezava sua fraqueza, Sofia admirava a força da outra. Sabia que era a admiração do submisso em relação ao mais forte.

Ela se lembrou de como se fechava em si mesma quando a irritavam. Como era boazinha, engolia toda a comida e deixava que botassem a mão nela.

Tinha se comportado, o que Victoria jamais conseguira fazer.

Victoria se escondera lá no fundo.

Esperara. Aguardara o instante em que Sofia seria obrigada a libertá-la, para não desabar por completo.

Se tivesse procurado em si mesma, talvez encontrasse força. Mas, em vez disso, tentou riscar Victoria da lembrança. Por décadas, Victoria tentou fazer com que Sofia compreendesse que era ela quem tinha a chave, e algumas vezes Sofia tinha acreditado.

Como quando ela calou o menininho à beira do rio.

Como quando deu um jeito em Lasse.

Sofia sentiu a dor de cabeça diminuindo, enquanto sua consciência, como uma corda, era tensionada a ponto de se romper. Teve vontade de contar tudo a Jeanette. Descrever como o pai abusava dela. As noites em que não tinha coragem de dormir, com medo de que a procurasse. Os dias na escola em que não conseguia ficar acordada.

Queria contar para Jeanette como era se encher de comida e depois vomitar tudo. Sentir a dor de uma navalha.

Queria contar tudo.

Então, de repente, a voz de Victoria retornou.

— Desculpe, mas o vinho fez efeito. Tenho que ir ao banheiro.

Sofia levantou e sentiu o álcool subindo à cabeça. Riu e se apoiou em Jeanette, que lhe estendeu a mão.

— Sabe... — Jeanette ergueu os olhos. — Estou superfeliz de ter conhecido você. É a melhor coisa que aconteceu comigo em... Nem sei quanto tempo.

Sofia parou, surpreendida com aquele gesto de carinho.

— O que vai acontecer conosco quando não tivermos mais que nos encontrar? Por trabalho, quero dizer — continuou Jeanette.

Sorria. Responda com franqueza.

Ela sorriu.

— Acho que vamos nos encontrar mesmo assim.

— Quero que conheça Johan. Você vai gostar dele.

Sofia ficou paralisada. Johan?

Ela tinha esquecido completamente que havia outras pessoas na vida de Jeanette.

— Ele tem treze anos? — perguntou ela.

— Isso mesmo. Vai começar o sétimo ano.

Neste ano Martin teria completado treze anos.

Se seus pais não tivessem visto por acaso um anúncio de uma casa para alugar em Dala-Floda.

Se ele não tivesse pedido para andar de roda-gigante.

Se não tivesse pedido para ir tomar banho de rio.

Se não tivesse achado a água fria demais.

Se não tivesse caído.

Sofia pensou em como Martin desaparecera após o passeio de roda-gigante.

Ela olhou bem fundo nos olhos de Jeanette, enquanto ouvia a voz de Victoria dentro da cabeça:

— O que você me diz da gente levar Johan ao parque de diversões um fim de semana qualquer?

Sofia aguardou a reação de Jeanette.

— Parece ótimo. Que ideia boa — disse Jeanette, sorrindo. — Você vai adorar meu filho.

Jeanette acendeu um cigarro. Quem era Sofia Zetterlund realmente? Existia uma proximidade, mas ela parecia inacessível ao mesmo tempo. Estava tão presente às vezes, mas sem aviso se transformava em outra pessoa.

Talvez fosse aquele o motivo pelo qual a cativava. Ela sempre a surpreendia. Mas às vezes a voz dela até mudava de tom.

Quando Sofia fechou a porta do banheiro, Jeanette se levantou da poltrona e foi até a estante. "Você é o que lê", pensou ela. Um clichê, evidentemente, mas estava curiosa e examinou as lombadas dos livros com grande interesse.

Muitos volumes grossos sobre psicologia, diagnósticos psicanalíticos e desenvolvimento cognitivo nas crianças. Uma grande quantidade de livros sobre filosofia e sociologia, além de biografias e literatura. *Suspiria de profundis, Cento e vinte dias de Sodoma* e *Domados: Como a cultura traiu o homem americano* lado a lado com os romances políticos de Jan Guillou e os policiais de Stieg Larsson.

Na ponta esquerda da prateleira estava um livro cujo título despertou seu interesse. *Muito longe de casa: Memórias de um menino-soldado*. Quando puxou o livro, notou que tinha um ferrolho na quina. "Que estranho ter uma tranca numa estante", pensou ela no mesmo instante em que Sofia entrava na sala.

— Então você gosta do Larsson — disse Sofia.

— Qual deles? Stig ou Stieg? O maldoso ou o bondoso?

Jeanette riu e mostrou a edição de *Ano-Novo*, de Stig Larsson.

— O maldoso, suponho.

— Vi que você tem duas cópias do *SCUM manifesto*, de Valerie Solanas.

— Sim, eu era jovem e muito raivosa. Hoje acho um livro bastante divertido. Antes o levava bem a sério.

Jeanette pôs o livro de volta na estante.

— *Uma proposta para a destruição do sexo masculino*. Não me interessou tanto quando li. Também era jovem, adolescente eu acho. De que modo você acha divertido?

— É radical, e aí é que está a diversão. É tão implacável ao falar sobre as facetas ruins dos homens... Eles ficam parecendo criaturas ridículas, não tem como não rir. Eu tinha dez anos quando li pela primeira vez e concordei com tudo. Literalmente. Hoje dou risada dos detalhes e da visão geral do livro, o que é bem melhor.

Jeanette bebeu o resto do vinho.

— Você tinha dez anos? Fui obrigada a ler *O Senhor dos Anéis* pelo romântico do meu pai quando tinha essa idade. Que tipo de educação você teve, para ler algo assim com essa idade?

— Eu que decidi ler.

Sofia ficou em silêncio um instante e respirou profundamente.

Jeanette viu que parecia triste e perguntou o que havia de errado.

— É aquele livro que você estava segurando quando entrei — respondeu ela. — Ele me causou uma impressão bem forte.

— Este aqui? — Jeanette apanhou o livro sobre o menino-soldado e olhou a capa, com uma criança carregando um fuzil no ombro.

— Esse mesmo. Samuel Bai era um menino-soldado em Serra Leoa. Quem escreveu esse livro tinha quase o mesmo nome. Ishmael Beah. Me convidaram para fazer uma revisão técnica do livro, mas infelizmente não tive coragem.

Jeanette passou os olhos no texto da contracapa.

— Leia em voz alta o que está grifado na página duzentos e setenta e seis — disse Sofia.

Jeanette abriu o livro e leu.

Era uma vez um caçador que entrou nos arbustos para matar um macaco. Ele estava procurando fazia poucos minutos quando viu o macaco sentado confortavelmente num galho de uma árvore baixa. O macaco não lhe deu a menor atenção, nem mesmo quando os passos do homem sobre as folhas secas subiam e desciam, se aproximando. Quando estava bem perto do macaco, atrás de uma árvore de onde conseguia ver o bicho claramente, ele levantou o rifle e apontou. Justo quando estava para apertar o gatilho, o macaco falou: "Se você atirar em mim, sua mãe vai morrer, e, se você não atirar, seu pai vai morrer". O macaco voltou ao que estava fazendo antes, mastigando comida e de vez em quando coçando a cabeça ou um lado da barriga. O que vocês fariam se vocês fossem o caçador?

Jeanette ergueu os olhos para a amiga e guardou o livro.

— Eu não daria o tiro — disse Sofia.

GRISSLINGE

Sofia Zetterlund pegou o metrô de Skanstull até Gullmarsplan, onde tinha estacionado o carro no dia anterior, porque não queria que fosse registrado pelas câmeras de segurança que monitoravam as chegadas e partidas durante a semana das seis e meia da manhã até as seis e meia da tarde.

O bosque de Årsta tingia a vista desde a ponte de Skanstull com nuances de verde-escuro, e abaixo a marina fervilhava de barcos, enquanto as mesas ao ar livre do restaurante Skanskvarn já estavam lotadas.

Após muitos meses sem apetite, Sofia não conseguia mais discernir entre suas dores. O mal-estar físico, que a obrigava a vomitar várias vezes ao dia, tinha se misturado com a dor psíquica e com o flagelo dos sapatos apertados. Toda a dor tinha se tornado uma coisa só. Durante o verão, a escuridão dentro dela se fizera mais compacta.

Era cada vez mais difícil admirar o que antes considerava interessante. Aquilo de que outrora gostara, começava a lhe dar nos nervos.

Por mais que se lavasse, achava sempre que cheirava a suor e que seus pés fediam poucas horas após o banho. Ela olhava com cuidado ao redor para ver se os outros davam sinal de reparar nos odores de seu corpo. Quando não havia nenhuma reação, supunha que só ela se incomodava com o cheiro.

Os comprimidos de paroxetina haviam acabado, e ela não tinha ânimo para procurar alguém que pudesse arranjar mais.

Não aguentava mais usar o gravador.

Após cada sessão, ficava totalmente exausta, podendo passar muitas horas antes que voltasse a si.

De início, era bom ter alguém que a escutava, mas por fim não havia mais o que dizer.

Ela não precisava de análise. Já tinha passado o tempo.

Precisava agir.

Pegou a chave do carro, abriu a porta e sentou atrás do volante. Sem vontade, pôs a mão no câmbio para engatar a marcha. Então começou a ficar tonta. A lembrança do rolo de papel higiênico ao lado do câmbio e a respiração dele se tornaram nítidas. Ela tinha dez anos quando ele saiu da estrada pouco antes de Bålsta, a caminho de Dala-Floda.

Ela sentiu o couro frio do câmbio contra sua mão. Os sulcos da superfície faziam cócegas em sua linha da vida, e Sofia apertou o topo com força.

Então tomou uma decisão.

Não havia mais hesitação.

Nenhuma dúvida.

Ela engatou a primeira com firmeza, deu a partida e seguiu pela estrada de Hammarby a caminho de Värmdö. Quando passou por Orminge, começou a chover e o ar ficou úmido e gelado. Cada respiração parecia pesada.

Estava de novo com dificuldade de puxar o ar.

"A espera acabou", pensou ela dirigindo rumo ao anoitecer.

Os postes de luz indicavam o caminho a seguir.

Aos poucos, o carro foi esquentando, mas ela ainda estava morrendo de frio, e o calor permanecia apenas em uma camada de suor. Não passava da pele.

Não atingia sua decisão fria como o gelo.

Nada poderia enternecê-la. Estava afiada como uma navalha.

Levou quinze minutos para chegar ao mercado Willys em Gustavsberg, onde ela entrou e estacionou o carro. O lugar não existia então. Ela tremia por dentro em pensar que tudo podia se transformar de modo tão radical, a duzentos metros de onde o tempo parara. Onde sua vida parara.

Antes, havia um bosque, que diziam ser cheio de gente estranha e bêbados. Mas os desconhecidos não eram um problema. Só os que estavam perto dela podiam realmente fazer-lhe mal.

A floresta tinha sido um lugar seguro.

Ela se lembrou da clareira em Dala-Floda. A que nunca mais reencontrara. O brilho do sol nas folhas, as nuances do musgo claro que vencia tudo o que era rígido e afiado.

No banco de trás tinha um moletom já bem gasto, grande demais para ela. Olhou ao redor, vestiu-o e trancou o carro.

Ela já tinha se decidido a andar o resto do caminho. O trecho exigia mobilidade. Exigia consideração, e consideração pode levar ao perdão, mas a viagem de carro apenas fortalecera sua decisão e ela não tinha intenção de voltar atrás. Desfez-se de todos os pensamentos de reconciliação. Fizera sua escolha. Era sua vez de agir.

Cada paralelepípedo estava coberto de memórias, e tudo o que via a fazia lembrar da vida da qual fugira.

Sabia que o que faria era irreversível. Atingira o ponto em que o que ele tinha posto em movimento se encerraria.

"Cada um colhe o que planta", pensou ela.

Sofia puxou o capuz sobre a cabeça e foi andando pela rua Skärgårdsvägen em direção a Grisslinge.

O som dos tamancos de madeira de sua infância a perseguiam, ecoando entre as casas.

Ela pensou em todas as vezes que subiu e desceu a rua correndo, quando deveria estar brincando.

A criança que um dia fora queria impedi-la de fazer o que estava prestes a fazer. Queria continuar a existir.

Mas ela devia ser extirpada.

A casa de seus pais tinha três andares. Parecia menor do que antes, mas ainda se erguia ameaçadoramente contra o céu. A construção a olhava de cima com suas janelas com cortina. As flores bem cuidadas se esgueiravam por elas, como se quisessem escapar.

Um Volvo branco estava estacionado em frente, e ela concluiu que eles estavam em casa.

À esquerda, viu a sorveira que seus pais haviam plantado no dia em que nascera. Tinha crescido desde que a vira pela última vez. Quando tinha sete anos, tentara pôr fogo na árvore, mas não conseguira.

A cerca alta que ele construíra para bloquear a visão dos vizinhos era a cobertura perfeita para que ela avançasse sorrateiramente até o pátio, onde olhou através da janelinha do porão.

Ela estava certa. A rotina deles permanecia risivelmente regular, e eles estavam na sauna, como toda quarta-feira à noite.

Do outro lado da janela, viu as roupas dele dobradas com zelo sobre o banco. Ela sentiu náusea pensando no cheiro de suas calças, no som do zíper abrindo, na pontada de suor azedo quando caíam no chão.

Abriu com cuidado a porta destrancada e entrou. A primeira coisa que sentiu foi o odor abafado de hortelã. "Cheira a doença", pensou ela. "Uma doença que se espalhou pelas paredes." Ela hesita antes de tirar o tênis, sentindo seu próprio fedor. Exalava medo e ódio.

Seu calçado estava, mais uma vez, ao lado do dele.

Por um instante, foi vencida por um sentimento de que tudo havia voltado a ser como antes. De que ela tinha retornado de um dia normal da escola e ainda pertencia àquela vida.

Sofia se livrou da sensação antes que se apoderasse dela.

"Este mundo não é meu", disse para si mesma.

Fizemos nossa escolha.

Ela entrou na sala com passos silenciosos e olhou ao redor. Tudo estava como de costume. Não havia nem sequer um objeto novo.

A sala tinha sido decorada com uma simplicidade que ela sempre considerara ridicularmente espartana. Sofia se lembrou de que evitava convidar os colegas para ir à sua casa porque sentia vergonha.

Nas paredes brancas havia algumas pinturas com motivos folclóricos e uma reprodução de Carl Larsson, da qual por algum motivo desconhecido eles sentiam muito orgulho. Continuava lá, dependurada em toda a sua pequenez.

Ela conseguia ver através de todas as mentiras e afetações.

Ele tinha pagado caro pelos móveis da sala de jantar em um leilão em Bodarna. Precisavam ser reformados, e um tapeceiro de Falun trocou o forro por outro que era quase idêntico ao original. Tudo brilhava à perfeição, mas as presas do tempo haviam se cravado até mesmo ali.

Havia um leve cheiro de decomposição, de vidas que já haviam passado do auge.

Ele detestava mudanças e queria que tudo permanecesse como de costume. Odiava quando sua esposa trocava algum móvel.

Era como se num determinado instante concluísse que tudo estava perfeito e então congelasse o tempo.

Ele vivia na ilusão de que a perfeição era eterna e não exigia manutenção.

"Não consegue ver a decadência", pensou ela. Já Sofia via a velhice da casa que circundava sua vida com muita clareza.

A sujeira.

O cheiro de mofo.

Na escada, estava pendurado o diploma dela, emoldurado. Ocultava o espaço vazio deixado pela máscara africana que sumira para sempre.

Ela subiu em silêncio, virou à esquerda e abriu a porta do seu quarto de infância.

Perdeu o fôlego.

Estava do mesmo modo como no dia em que o deixara furiosa, convencida de que nunca mais ia retornar. Lá estava a cama, feita e intocada. Lá estavam a mesa e a cadeira. Uma flor morta à janela. "Mais um momento congelado", pensou.

Eles haviam conservado sua lembrança, fechado a porta do que fora sua vida e nunca mais aberto.

Sofia abriu o guarda-roupa, onde suas coisas ainda estavam penduradas. Num prego ao fundo estava a chave que ela não tinha usado por mais de vinte anos. Na parte de baixo estava a caixinha de madeira vermelha, com motivos floridos, que ganhara de tia Elsa no verão em que conhecera Martin.

Deixou seus dedos percorrerem os motivos na fechadura, tentando se controlar antes de abrir a caixinha.

Ela não sabia o que encontraria lá dentro.

Na verdade, ela sabia exatamente o que encontraria, mas não o que faria com aquilo.

Na caixa tinha um envelope, um álbum de fotografias e um cachorrinho de pelúcia rasgado. Sobre o envelope estava uma fita de vídeo que ela mandara para si mesma.

Seu olhar foi conduzido para o tampo da mesa, onde ela desenhara diversos corações e escrevera um monte de nomes. Seus dedos seguiram as letras riscadas, e ela procurava na mente os rostos que os nomes simbolizavam. Não se lembrava de nenhum deles.

O único nome que significava algo era Martin.

Ela tinha dez anos e ele três quando se conheceram durante a semana na casa de campo.

A primeira vez que ele pôs sua mão sobre a dela, foi sem querer nada mais.

Só queria tocá-la.

Sofia pôs a mão sobre o nome de Martin no tampo da mesa e sentiu a tristeza subindo no peito como se fosse seiva. Ela o tivera em suas mãos, e ele obedecia ao seu menor gesto. Tão cheio de amor. Tão cheio de confiança.

Ela se viu ao lado do pai de Martin. A ameaça que ela pensara que representava. Como ela tentara fazer o jogo que dominava tão bem. Sempre esperando o momento em que ele ia segurá-la e se apoderar dela. Como quisera proteger Martin daqueles braços adultos, daqueles corpos adultos.

Riu da própria lembrança e da suposição ingênua de que todos os homens eram iguais. Se não tivesse visto o pai de Martin o tocando, tudo teria sido diferente. Fora naquele instante que concluiu que todos os homens eram incontroláveis e capazes de qualquer coisa.

Mas, no caso dele, ela tinha se equivocado.

O pai de Martin era como um pai qualquer. Ele estava dando banho no filho. Mais nada.

"A culpa", pensou ela.

Bengt e os outros homens haviam tornado o pai de Martin culpado. A Victoria de dez anos vira nele a culpa coletiva masculina. Em seus olhos e no jeito como ele punha a mão sobre ela.

Era um homem, aquilo bastava. Nenhuma análise era necessária. Era a consequência lógica.

Ela leu a etiqueta do vídeo em suas mãos.

SIGTUNA, 1984.

Um carro passou em alta velocidade na estrada de Skärgårdsvägen, e Sofia deixou a fita cair no chão. Para ela o som foi ensurdecedor. Ficou imóvel, mas nada indicava que eles a haviam escutado na sauna.

O silêncio voltou, e ela foi tomada pelo pensamento de que talvez tudo cessara após ter desaparecido da vida deles.

Talvez fosse ela a raiz de todo o mal.

Se fosse verdade, não tinha nenhum objetivo a seguir, nenhum plano em que confiar cegamente. Apesar de não ser boa ideia, não pôde resistir à tentação de rever o vídeo. Ela tinha que reviver tudo mais uma vez.

"Redenção", pensou.

Sentou na cama, pôs o vídeo no aparelho e ligou a televisão.

Quando começou fez barulho, ela abaixou o volume da televisão. A imagem era nítida e mostrava um quarto iluminado por uma lâmpada solitária e descoberta.

Ela viu três meninas ajoelhadas diante de uma fileira de máscaras de porco.

À esquerda estava ela própria, Victoria, sorrindo de leve.

A velha fita chiava.

— *Amarre as novatas!* —gritou uma delas, soltando uma gargalhada.

As três meninas estavam vendadas e com as mãos atadas nas costas com fita adesiva. Uma das mascaradas pegou um balde com água.

— *Silêncio. Ação!* — disse a menina com a câmera. — Bem-vindas ao Colégio de Humanas de Sigtuna — continuou ela, enquanto o conteúdo do balde era derramado na cabeça das três. Hannah tossiu e Jessica soltou um grito, mas Sofia viu a si própria permanecer em absoluto silêncio.

Uma das meninas foi à frente, pôs um chapéu de formatura e se curvou, fazendo um gesto para a câmera. Então ela se dirigiu às três. Com fascinação, Sofia viu como Jessica começou a balançar para a frente e para trás.

— *Sou a presidente do grêmio!*

Todas as outras soltaram risadas fortes e Sofia abaixou o volume da televisão mais uma vez, no momento em que a menina começou seu discurso:

— *Para se tornarem membros, vão ter que comer o presente de boas-vindas do mui estimado reitor de nossa escola.* — Os risos aumentaram e Sofia notou que pareciam forçados. Como se as meninas rissem por obrigação, e não por realmente acharem engraçado. Instigadas por Fredrika Grünewald.

A câmera deu um zoom e focou em Jessica, Hannah e Victoria, sentadas no chão.

Sofia Zetterlund estava calada em frente à tela, sentindo o ódio tomando conta dela. Tinham combinado de servir musse de chocolate, mas Fredrika Grünewald resolveu usar bosta de cachorro para garantir seu controle sobre as novatas.

Quando se viu no vídeo, sentiu orgulho. Apesar de tudo, ela conseguiu revidar. Fora ela quem levara a vitória para casa com o último choque.

Desempenhara seu papel até o fim.

Estava acostumada com toda aquela merda.

Sofia tirou a fita e a pôs de volta na caixa. Dava pra ouvir o som do encanamento e do aquecedor sendo ligado no porão. A voz enraivecida dele chegava da sauna, e a mulher tentando acalmá-lo.

Ela achou que estava abafado e abriu devagar uma janela. Viu o jardim à luz do anoitecer. Seu velho balanço ainda estava pendurado na árvore abaixo. Lembrou-se de que era vermelho, mas a tinta já tinha desaparecido. Havia sobrado apenas manchas secas e acinzentadas.

"Um mundo de fachadas", pensou ela, olhando em volta. Na parede estava um retrato dela no nono ano. Seu sorriso era encantador e seus olhos pareciam cheios de vida. Nada indicava o que se passava dentro dela.

Aprendera a interpretar o papel.

Sentiu que estava perto de chorar. Não por arrependimento, mas pensando em Hannah e Jessica, que haviam sido atingidas pela brincadeira de Victoria sem nunca saber que a ideia tinha sido dela.

Elas tinham participado de um experimento. De uma piada que se tornara séria.

Diante de Hannah e Jessica, ela fez o papel de vítima, porém na realidade tinha sido a articuladora de tudo.

Fora uma traição.

Por três anos, ela dividira a vergonha com elas.

Por três anos, o desejo de vingança as uniu.

Sofia odiava Fredrika Grünewald e todas as moças anônimas de classe alta em Danderyd e Stocksund, que com o dinheiro de seus pais podiam comprar as mais caras e elegantes roupas de marca. Que pensavam que eram especiais com seus sobrenomes importantes.

Quatro anos mais velhas.

Quatro anos mais adultas do que ela.

Quem estaria mais angustiada no presente? Teriam elas esquecido, reprimido tudo?

Sofia sentou no carpete azul-claro e macio. Inclinou a cabeça para trás e constatou que as rachaduras no gesso do teto continuavam ali. Viu ainda que tinham surgido novas desde que estivera ali pela última vez.

Ela se perguntava quem guardara o contrato que haviam assinado com sangue.

Hannah? Jessica? Ela própria?

Por três anos estiveram juntas, depois perderam o contato.

A última vez que as viu foi do trem na Gare du Nord, em Paris.

Abriu o velho álbum na última página. Não se reconheceu nas fotos. Era somente uma criança, não parecia ela. Quando pensou em si mesma pequena, não sentiu nada.

"Esta não sou eu, nem mesmo a versão de cinco ou oito anos. Elas não podem ser eu, porque não me sinto como se sentiam e não penso como pensavam."

Elas estão mortas.

Sofia lembrou como a menina de oito anos tinha acabado de aprender a ver as horas e se deitava na cama fingindo que era um relógio.

Mas jamais conseguira enganar o tempo. Ele a tinha tomado pelos braços e levado para longe.

No álbum que tinha diante dos olhos, envelhecia a cada página virada. As estações do ano e os bolos de aniversário se sucediam.

Após as fotos de Sigtuna, ela colara uma passagem de trem e um ingresso do festival em Roskilde. Do outro lado, havia três fotos embaçadas dela com Hannah e

Jessica. Continuou olhando as fotografias enquanto tentava escutar barulho no porão, mas aparentemente tudo tinha se acalmado.

Elas tinham sido como os três mosqueteiros, apesar de no final as outras terem dado as costas a ela, mostrando ser igual a todas. Inicialmente, dividiam tudo e resolviam juntas os problemas que surgiam. Mais tarde, quando a coisa ficou séria, elas se mostraram traiçoeiras. Vira-casacas superficiais que não entendiam o que realmente contava. Quando a coisa ficou séria, na hora de mostrar caráter, correram chorando de volta para a mamãe, como menininhas.

Ela achava que as duas eram burras. Mas então, ao ver as fotografias, reconheceu que eram apenas inexperientes. Acreditavam que as pessoas eram boas. Confiavam nelas. Só isso.

Sofia se sobressaltou ao ouvir uma porta batendo e gritos no porão. Pela primeira vez em muitos anos ela escutou sua voz:

— Não que eu espere que você um dia esteja limpa de verdade, mas isso pelo menos deve acabar com o cheiro ruim!

Ela supôs que, como de costume, ele havia pego sua mãe pelo cabelo e a arrastado para fora da sauna. Jogaria um balde de água nela ou ia obrigá-la a permanecer vários minutos debaixo da ducha gelada?

Sofia fechou os olhos e pensou no que faria se decidissem terminar a sauna naquele momento. Viu as horas. Não, ele é um homem de rotina. A tortura vai continuar por pelo menos mais meia hora.

Sofia pensou no que sua mãe costumava dizer às amigas. Quantas vezes dava pra bater o rosto no armário da cozinha? Com que frequência alguém podia cair na banheira? Não era melhor tomar mais cuidado na escada depois de tropeçar quatro vezes em um semestre? "As pessoas deviam desconfiar", pensou ela.

Numa única ocasião, ele ergueu o braço para bater em Victoria. Quando ela arremessou uma panela na sua cabeça, ele recuou como um tubarão, valente até encontrar um adversário mais forte.

Ele tinha encontrado alguém superior. Por muitos meses, reclamou de dor de cabeça.

A mãe nunca batia de volta. Só chorava e ia até Victoria para ser consolada. A menina fazia o melhor que podia e ficava acordada até que adormecesse.

Após uma briga, a mãe pegou o carro e se hospedou em um hotel por vários dias. O pai, que não sabia para onde havia ido, ficou preocupado. Victoria teve que o acalmar, enquanto chorava com a cabeça no peito dela.

Em dias assim, ela não ia para a aula. Passeava de bicicleta por muitas horas e, quando chegava a carta da escola, seus pais assinavam sem perguntar. Afinal, tinha que haver alguma vantagem em toda aquela confusão.

Sofia riu da lembrança. Aquele sentimento de superioridade, de ter um segredo.

Victoria enterrava bem fundo as fraquezas de seus pais. Os dois sabiam que a qualquer hora ela poderia usá-las contra eles. Mas nunca fazia aquilo. Preferia olhá-los como se fossem ar. Aquilo que não recebe nenhuma atenção e não pode se defender.

Ela sentou na cama, pegou o cachorrinho de pelúcia e o levou até o nariz. Tinha cheiro de pó e mofo. Os dois olhinhos amarelos a observavam fixamente, e Sofia os encarava de volta.

Quando era pequena, costumava segurar o bichinho e olhar bem fundo em seus olhos. Após um instante, abria-se um mundo, em geral uma praia, e ela o explorava até adormecer.

Mas agora ela não dormiria.

Aquela visita ia libertá-la para sempre.

Ela incendiaria todas as pontes.

Deu mais um abraço no bichinho. Era como se tivesse acreditado que ninguém podia feri-la se guardasse tudo dentro e dançasse conforme a música, se fosse mais esperta do que eles. Como se achasse que se chegava à vitória aniquilando os outros.

Aquela era a lógica do pai durante seus ataques.

"Papai, papai, papai", murmurava ela para si mesma, numa tentativa de esvaziar o sentido da palavra.

Ele estava lá embaixo na sauna. Ninguém ousava deixá-lo. A não ser Victoria. A única coisa que ele despertara nela fora o desejo de fugir. Jamais fez com que quisesse ficar.

"Acima de tudo, fugir", pensou Sofia. O impulso de autodefesa andava de mãos dadas com a destrutividade.

As recordações a atacavam por dentro. Ardiam na garganta. Tudo doía. Ela não estava preparada para o fluxo causado pelas fotos de um tempo em que não tinha pensado por mais de vinte anos, tão nítidas à sua frente. Admitiu que devia ter sentido bem mais, sabendo que passara de acontecimento a acontecimento, rindo despreocupada. De humilhação a humilhação.

Escutou o som daquela risada. O volume aumentou até ficar ensurdecedor. Ela se embalava para a frente e para trás no seu quarto de infância. Gemia baixinho para si mesma. Era como se a voz dentro de sua cabeça escoasse pra fora através de seus lábios fechados. Como som de um pneu de bicicleta furando.

Ela pôs as mãos nos ouvidos, para tentar abafar a risada maníaca, que um dia pensara ser de felicidade.

Lá embaixo, na sauna, ele destruíra tudo o que poderia ser, através de sua atitude doentia, sádica, e de sua autopiedade chorosa.

Sofia apanhou o envelope da caixinha. Estava assinado com a letra M e continha uma carta e uma fotografia.

A carta era de 9 de julho de 1982. Martin tinha obviamente recebido ajuda para escrever. Ele contava que o dia estava ensolarado e quente, e que tinha ficado no mar quase o dia inteiro. Depois tinha desenhado uma flor e algo que parecia com um cachorro.

No verso da fotografia, ela leu que havia sido tirada em Ekeviken, na ilha de Fårö, no verão de 1982. Na foto se via Martin, com cinco anos de idade, debaixo de uma macieira. Ele segurava um coelho branco, que parecia tentar escapar. Contra o sol, Martin sorria, com a cabeça um pouco de lado.

Seus cadarços estavam desamarrados. Ele parecia feliz. Sofia passou levemente o dedo sobre o rosto de Martin na foto, pensando nos cadarços que ele nunca aprendera a amarrar, de modo que tropeçava o tempo todo. Lembrou a risada que sempre a fazia abraçá-lo.

Ela se deixou perder na fotografia, em seus olhos, em sua pele. Ainda podia lembrar como cheirava após um dia de sol, depois do banho da tarde, e de manhã, quando a marca do travesseiro ainda estava visível em sua bochecha. Pensou nas últimas horas que passou em sua companhia.

Ela fechou os olhos e cruzou os braços, abraçando a si mesma.

O encanamento rangia na parede ao lado de sua cama. Então ela ouviu passos na escada. Passos cujo peso reconhecia.

Seu coração batia tão forte que mal conseguia respirar. "Não fui eu", pensou. "Foi você."

Ela o escutou mexendo na cozinha, abrindo a torneira. Depois que a fechou, seus passos desapareceram no porão.

Sofia não aguentava mais recordar, só queria acabar com tudo. Restava apenas descer até eles e executar seu plano.

Saiu do quarto e desceu a escada, mas se deteve na porta da cozinha. Entrou ali e olhou em volta.

Algo estava diferente.

Onde antes havia um espaço vazio debaixo da pia, estava agora uma lava-louça novinha em folha. Por quantas horas ela ficara ali, atrás da cortina, escutando a conversa dos adultos?

Mas outra coisa se mantinha ali, exatamente como havia adivinhado.

Ela foi até a geladeira e viu o recorte do jornal *Upsala Nya Tidning*, que após quase trinta anos estava bem amarelado.

TRÁGICO ACIDENTE: MENINO DE NOVE ANOS ENCONTRADO MORTO NO RIO FYRIS.

Sofia olhou o recorte. Tinha lido o artigo diariamente e sabia tudo de cor. Foi tomada por um desconforto repentino, diferente do que costumava sentir diante da notícia.

Não era tristeza nem nada parecido.

Como no passado, o artigo, ler como Martin se afogara inexplicavelmente no Fyris aos nove anos, a consolava. Assim como o fato de a polícia não ter desconfiado de crime e de tudo ter sido encarado como um acidente trágico.

Ela sentiu a calma se espalhando pelo corpo e o sentimento de culpa desaparecendo aos poucos.

Fora um acidente.

Nada mais.

UPPSALA, 1986

No ancoradouro, ela passava a mão na água.

— Não está fria — mentiu.

Mas ele não queria ir até lá.

— Vamos voltar? Está cheirando mal e eu estou com frio.

Ela se irritou com sua incerteza. Primeiro queria ir na roda-gigante, depois não queria mais. Então queria ir nadar no rio, depois não queria mais.

— Tape o nariz se está cheirando mal. E estou dizendo que a água não está fria!

Ela olhou ao redor para se assegurar de que não tinha ninguém por perto. As únicas pessoas que poderiam vê-la seriam aquelas no alto da roda-gigante, mas Victoria viu que ela estava vazia e parada.

Ela tirou a malha e a camiseta, então sentou no ancoradouro. Depois tirou as calças e as meias, e deitou só de calcinha. Sua pele se arrepiou quando uma lufada de vento gelado acariciou suas costas.

— Viu como não está tão frio? Por favor, Martin, venha aqui!

Ele foi até ela hesitante. Victoria virou de lado e desamarrou seus sapatos.

— Temos agasalhos, não vamos passar frio. Além do mais, está mais quente na água que aqui fora.

Ela se inclinou para a frente e pegou a toalha esquecida na estaca do ancoradouro.

— Olha só, temos até uma toalha para nos secar. Não está nem molhada. Você pode usar primeiro.

Então se ouviu um som estridente da ponte de Kungsängsbron, onde ficava a estação de tratamento. Martin se assustou e estremeceu. Ela riu, porque sabia que era só um sinal avisando que a ponte seria levantada para o tráfego de barcos. O primeiro ruído era seguido de outros, mais breves. Dava para ver o cintilar rítmico das luzes vermelhas refletidos nas árvores ao redor, mas não a ponte em si.

— Não fique com medo. É só a ponte que vai levantar pra deixar passar os barcos.

Ele parecia perdido.

Quando notou que ele ainda estava com frio, ela o puxou para si e o abraçou com força. O cabelo do menino fez cócegas no seu nariz, fazendo-a rir.

— Você não precisa entrar na água se não tiver coragem...

A ponte devia ter se aberto, porque logo passou um barquinho de madeira com faróis acesos, seguido por um iate grande.

Eles permaneceram abraçados no ancoradouro enquanto os barcos passavam. Ela pensou como seria ruim quando o outono chegasse e ele não pudesse mais ficar com ela.

Martin estava deitado em silêncio, encolhido junto a seu corpo.

— No que você está pensando? — perguntou ela.

Ele ergueu os olhos e Victoria pôde ver que estava sorrindo.

— Vai ser tão legal mudar pra Skåne — disse ele.

Ela sentiu frio por dentro.

— Meu primo mora em Helsingborg e vamos poder brincar todo dia. Ele tem uma minipista de corrida e vou ganhar um carrinho dele. Talvez um Ponsack Fajörbörd.

Ela sentiu seu corpo ficando inerte e paralisado. Martin *queria* se mudar para Skåne?

Victoria pensou em como iam tirá-lo dela, em como desapareceria de sua vida.

Ela o olhou. Estava deitado ao seu lado, com um olhar sonhador dirigido ao céu.

Havia uma sombra sobre seu rosto que parecia uma asa de pássaro.

Ela queria levantar, mas era como se alguém tivesse prendido seus braços e seu peito com uma corrente de ferro.

"Pra onde eu vou?", pensou ela apavorada. Queria apagar tudo o que ele dissera e levá-lo.

Para casa.

E foi então que aconteceu.

Sua vista escureceu, e ela sentiu vontade de vomitar.

Era como se um corvo crocitasse dentro em seu ouvido.

Ela olhou para cima aterrorizada e viu seu rosto sorridente.

Mas não, não era ele, era seu pai, com seus lábios úmidos e nojentos, rindo dela com escárnio. E então o corvo estava dentro de sua cabeça, as asas pretas esvoaçando. Cada músculo de seu corpo se tensionou, e ela procurou se defender, em pânico.

A Garota-Corvo o pegou pelo cabelo com tanta força que chegou a arrancar tufos.

Ela bateu nele.

Na cabeça, no rosto, no corpo. O sangue escorria por seus ouvidos e seu nariz, e em seus olhos ela viu primeiro medo, depois algo diferente.

Ele não entendia o que estava acontecendo.

A Garota-Corvo batia e batia. Quando ele parou de se mexer, os golpes foram enfraquecendo.

Ela chorou e se agachou sobre ele. O menino não emitia nenhum som, apenas permanecia deitado com os olhos cravados nela. Eles não exprimiam nada, mas se mexiam. Martin piscou. Sua respiração era curta e sua garganta chiava.

Ela se sentia tonta, com o corpo pesado.

A Garota-Corvo levantou e foi buscar uma pedra grande na beira do rio. Sua vista estava embaçada.

Quando a pedra atingiu a cabeça dele, o som foi como o de quando se pisa numa maçã.

— Não sou eu — disse ela, e então deixou o corpo afundar na água. — Agora você vai ter que nadar...

GRISSLINGE, CASA DOS BERGMAN

Sofia Zetterlud pegou o recorte de jornal, dobrou-o com cuidado e o enfiou no bolso.

"Não fui eu", pensou ela. "Foi você".

Abriu a geladeira e constatou que estava, como sempre, cheia de leite. Era tudo como deveria ser. Sabia que ele costumava beber dois litros por dia. Porque o leite era puro.

Sofia se lembrou de quando derramara uma garrafa inteira sobre ela, só porque não quisera ir com ele para a casa de campo. O leite escorreu por sua cabeça e seu corpo até o chão. Ela acabou indo com ele e conhecendo Martin.

"Deviam ser as lágrimas escorrendo", pensou ela enquanto fechava a geladeira.

De repente, escutou um zumbido, não da geladeira, mas no seu bolso.

O celular.

Ela deixou que continuasse tocando.

Sabia que logo iam terminar lá embaixo e tinha que se apressar, mas mesmo assim voltou em silêncio para o quarto. Ela tinha que se assegurar de que não havia mais nada que queria conservar. Algo de que sentiria falta.

Decidiu levar seu cachorrinho de pelúcia.

Durante muitos anos, ele a consolara e escutara seus pensamentos.

Não, ela não podia abandoná-lo.

Tirou o bichinho da cama. Por um instante, pensou em levar também o álbum, mas decidiu que ele seria destruído. Eram as fotos de Victoria, não dela. A partir de agora seria apenas Sofia, mesmo que fosse obrigada a dividir sua vida com a outra.

Antes de descer a escada com passos leves, passou pelo quarto de seus pais. Do mesmo modo que a sala de estar, a aparência não tinha mudado. Até mesmo a colcha marrom com flores havia sido mantida, embora estivesse um pouco mais gasta e desbotada. Ela parou para escutar. Do burburinho vindo da sauna podia concluir que estavam na fase da reconciliação. Mais uma vez, viu a hora e percebeu que já fazia bastante tempo que estavam lá.

Desceu para a sala de estar e escutou alguém saindo da sauna.

Cada sessão tinha sua dramaturgia inerente, que seguia um padrão predeterminado.

A fase um era o silêncio e o frio na barriga. Apesar de saber que a fase dois chegaria, ela nunca deixava de desejar que daquela vez seria uma exceção, que eles usariam a sauna como pessoas normais. Quando ele começava a se remexer e passar a mão sobre os cabelos ralos, era a transição para o próximo ato, e um sinal para sua mãe. Ela tinha aprendido durante os anos que aquilo era um convite a se retirar para deixá-los a sós.

— *A sauna está quente demais pra mim* — ela costumava dizer. — *Acho que vou sair e fazer um chá.*

Mas naquele dia a vaca gorda não escaparia.

Pelo que escutara da sauna, ela concluiu que a fase dois tinha sido dominada pela violência, diferente de quando ela era deixada pra trás.

No tempo dela, levava ao redor de vinte minutos, antes que passasse para a fase três, que era a mais desagradável, quando ele chorava e pedia perdão. Se ela não escolhesse bem suas cartas, podia acontecer uma repetição da fase dois. Antes de descer, Sofia olhou em volta pela última vez. A partir de então tudo só existiria em sua memória, não haveria nada real a que retornar, algo que pudesse confirmar as recordações.

Ela tirou o quadro da parede da sala e o colocou no chão. Sem fazer barulho, quebrou o vidro com o pé. Em seguida, retirou a fotografia da moldura quebrada e, ao rasgar o papel lentamente, examinou o motivo pela última vez.

O interior de uma casa em Dalarna.

Ela está em primeiro plano, nua com botas pretas longas, quase chegando aos joelhos. Atrás dela, esconde um lençol usado. No fundo está Martin, sentado ao chão, sem notá-la.

Naquele momento, Sofia via apenas uma menina sorridente e um menino bonito que brincava alegre com um bloco de madeira. As botas, que ela fora obrigada a usar enquanto ele abusava dela, pareciam duas meias altas, e o lençol com seu sangue e seus fluidos corporais poderia ser uma manta limpa.

Era como uma obra de Carl Larsson.

Apenas ela sabia que o idílio era falso.

Os outros viam uma imagem decorativa, mais nada.

Respirou profundamente e sentiu o cheiro de mofo formigando no nariz.

Detestava Carl Larsson.

Ao descer a escada até o porão, evitou os degraus que, por experiência, sabia que iam ranger e entrou na oficina. Pegou uma tábua longa e seguiu para o banheiro do lado de fora da sauna. Podia ouvi-los com clareza. Só ele falava.

— Poxa, os anos passam e você só engorda. Não pode se cobrir com uma toalha?

Ela sabia que sua mãe ia fazer o que ele dissera sem reclamar. Parara de chorar fazia muito tempo. Tinha aceitado que a vida não era sempre como se imaginara.

Sem mágoa. Apenas indiferença.

— Mandaria você embora, se não tivesse pena. E não quero dizer só pra fora da sauna, mas daqui. Pra longe. Mas como ia se virar?

A mãe se calou. Como sempre fizera.

Por um momento, Sofia hesitou. Talvez somente ele devesse morrer.

Mas não, a mãe teria que pagar por seu silêncio, por sua complacência. Sem ela, ele não poderia ter continuado. O silêncio fora vital.

Quem cala, consente.

— Que inferno! Diga alguma coisa!

Eles estavam tão ocupados lá dentro que não escutaram quando ela apoiou a tábua na maçaneta da porta da sauna, tensionando-a contra a parede contrária.

Então pegou seu isqueiro.

KVARTERET KRONOBERG, DELEGACIA DE POLÍCIA

O celular tocou e Jeanette viu na tela que era Dennis Billing.

— Alô, Jeanette — começou ele, e seu tom bajulador a deixou desconfiada.

— Dennis, meu querido! — Sua voz estava carregada de ironia e ela não pôde deixar de acrescentar: — A que devo essa honra?

— Ah, pare com isso — ele disse, rindo. — Não parece você!

A fachada desmoronou. Jeanette se sentiu mais segura.

— Por mais de dois meses tenho lido seus relatórios sem entender o caminho que você está seguindo, e então recebo isso. — O chefe de polícia se calou.

— O quê? — perguntou Jeanette, fingindo não saber de nada.

— Esse apanhado brilhante sobre os terríveis acontecimentos relacionados aos assassinatos... — A voz dele esmoreceu.

— Você se refere ao último relatório, com minhas conclusões acerca dos assassinatos dos meninos?

— Sim, exatamente. — Dennis Billing limpou a garganta. — Você fez um trabalho fantástico, mas fico feliz por já ter terminado. Mande um pedido de férias pra mim e semana que vem já vai estar deitada na praia.

— Não estou entendendo...

— Qual é a dificuldade? Tudo indica que Karl Lundström seja o culpado. Como ele ainda está em coma, não é possível processar o cara. Mesmo que acorde, segundo os médicos, os danos cerebrais são irreversíveis. Quanto às vítimas, duas não foram identificadas e podem ser chamadas de... como se diz? — Ele procurava as palavras corretas.

— Que tal "crianças"? — sugeriu Jeanette, percebendo que não aguentava mais conter sua raiva.

— Sim, claro. Se não estivessem aqui na ilegalidade, então...

— A situação seria diferente — completou Jeanette antes de ele continuar. — Então teríamos posto cinquenta investigadores no caso em vez do que temos agora: eu e Hurtig, com um pouco de ajuda de Schwarz e Åhlund. É isso que você quer dizer?

— Por favor, Janne. O que está insinuando?

— Nada, mas já compreendi que você está ligando para dizer que o caso foi encerrado. E como vamos fazer com Samuel Bai? Até mesmo Von Kwist tem que entender que é impossível que Lundström o tenha matado.

Billing respirou profundamente:

— Vocês não têm nenhum suspeito! — gritou ele. — Não há uma pista sequer que aponte uma direção. Pode muito bem se tratar de tráfico de pessoas. Como vamos lidar com isso?

— Entendo — disse Jeanette, suspirando. — Então você quer que a gente junte tudo o que tem e mande para Von Kwist?

— Exatamente — respondeu Billing.

— Então Von Kwist vai ler nosso trabalho e arquivar o caso, porque não há nenhum suspeito.

— Isso. Quando quer, você entende muito bem. — O chefe de polícia riu. — Depois vocês podem ter uma folga. Vai ficar todo mundo feliz. Está claro? Quero a investigação e seu pedido de férias na minha mesa amanhã na hora do almoço.

— Claríssimo — respondeu Jeanette e pôs o telefone no gancho.

Ela decidiu que era melhor informar Hurtig das novas ordens e foi até a sua sala.

— Acabei de ficar sabendo que vamos ter que encerrar nosso trabalho.

Ele ficou espantado de início, depois se inclinou para a frente e abriu os braços. Estava bem desapontado.

— É um absurdo!

Jeanette sentou, sentindo um desalento e um cansaço profundos. Era como se seu corpo pudesse escorrer da cadeira até o chão.

— Será mesmo? — disse ela. Não aguentava mais fazer o papel de advogado do diabo, mas sabia que era seu dever como chefe defender a decisão de seus superiores. — Faz tempo que não acontece nada. Nem uma pista. É bem possível que seja uma questão de tráfico de pessoas, como Billing sugeriu, o que está fora da nossa alçada.

Hurtig sacudiu a cabeça.

— Karl Lundström então...

— Ele está em coma, porra. Não há o que fazer.

— Você mente muito mal, Janne. Claro que aquele pedófilo...

— É assim e pronto. Não temos o que fazer.

Hurtig olhou pra cima.

— Um assassino está à solta e nossas mãos são atadas. Só porque se trata de meninos com quem ninguém se importa! Que inferno! E aquele tal de Bergman? Não podemos tentar falar com a filha dele? Ela parecia ter muita coisa pra dizer.

— Não, Jens. Não é permitido e você sabe disso. Acho melhor largar tudo. Pelo menos por enquanto.

Ela o chamava de Jens apenas quando a irritava. Mas o sentimento desapareceu quando viu como ele estava decepcionado. Afinal, tinham trabalhado juntos no caso e ele estava tão engajado quanto ela.

Era hora de ir pra casa e adormecer no sofá.

— Vou indo — disse Jeanette. — Preciso descansar.

— Claro, claro — disse Hurtig, dando as costas a ela.

GAMLA ENSKEDE, CASA DOS KIHLBERG

Ela foi para casa no automático. Já tinha feito aquele caminho milhares de vezes.

Passou pelo Globen.

Entrou à direita na rotatória em frente à padaria Södermalm, na rua Enskedevägen.

Nem precisava pensar.

Tudo era hábito. Quando Jeanette virou para entrar na garagem, pela terceira vez em pouco tempo quase bateu no esportivo vermelho que pertencia a Alexandra Kowalska. Como da primeira ocasião, ela foi obrigada a frear com força.

— Merda! — gritou, com o cinto de segurança apertando o ombro. Deu ré, estacionou com raiva em frente à cerca e saiu batendo a porta do carro.

As noites de verão em Enskede tinham cheiro de carne na grelha. Ao sair do carro, ela foi atingida pelo odor de centenas de churrasqueiras. O cheiro nauseante se espalhava pelo jardim, e Jeanette pensou que era o odor de uma família feliz e de boas companhias. Churrasco não era algo que se fizesse sozinho.

O delicado silêncio foi quebrado pelas vozes dos vizinhos, as risadas e os gritos exaltados no campo de futebol. Ela pensou em Sofia e imaginou o que estaria fazendo.

Jeanette subiu os degraus até a casa. A maçaneta desceu antes que pusesse a mão nela, e a detetive teve que se afastar para evitar a porta na cara.

— Até logo, bonitão. — Alexandra Kowalska estava de costas para ela, acenando para Åke, que sorria.

Seu rosto se transformou quando deu com os olhos em Jeanette.

Alexandra virou.

— Oi! — ela disse, sorrindo e bem à vontade. — Eu estava de saída.

"Vaca", pensou Jeanette, entrando sem responder.

Ela fechou a porta e pendurou o casaco. "Bonitão"?

Entrou na cozinha, onde Åke estava à janela, acenando. Ele a olhou inseguro quando jogou a bolsa sobre a mesa.

— Sente — disse ela com dureza enquanto abria a geladeira. — "Bonitão"? — continuou Jeanette, bufando. — Agora você vai ter que explicar essa merda. O que está acontecendo? — Ela evitou elevar a voz, mas percebeu que estava tremendo de raiva.

— O que quer dizer? O que espera que eu explique?

A detetive resolveu ir direto ao ponto. Não podia se deixar enganar por seu olhar de cachorro sem dono, que sempre aparecia nesses momentos.

— Conta por que você não veio pra casa ontem e nem ligou. — Ela o olhou. De novo, o olhar de cachorrinho.

Ele tentou sorrir, mas não conseguiu.

— Eu… Quero dizer, *nós* saímos. Fomos ao restaurante da ópera. Tomamos alguns drinques a mais…

— E?

— E eu dormi na cidade e Alexandra me deu carona de volta. — Åke virou a cabeça e olhou pela janela.

— Por que está tão envergonhado? Está dormindo com ela?

Jeanette percebeu que Åke demorou demais a responder.

Ele pôs os cotovelos sobre a mesa, escondeu o rosto nas mãos e depois ergueu o rosto com um olhar vazio.

— Acho que estou apaixonado por ela.

"Então é isso", pensou Jeanette, suspirando.

— Porra, Åke...

Sem dizer mais nada, ela levantou, pegou a bolsa e sumiu pela porta. Saiu com o carro, pegou o telefone e ligou para Sofia Zetterlund. Precisava conversar com alguém.

Sem resposta.

Quando chegou à rua Nynäsvägen, ligou para contar que ia levar Johan para a casa de seus pais no fim de semana. Talvez fosse bom pensarem sobre a situação cada um no seu canto por alguns dias.

Jeanette percebeu que era só um pretexto.

"O silêncio é uma boa arma", pensou ela ao virar na rotatória em Gullmarsplan.

Um adiamento.

A vida que ela tinha como garantida alguns meses antes evaporara. Ela não sabia como seriam os próximos dias.

Jeanette ligou o rádio para não ter que escutar seus pensamentos.

Já sentia angústia por ter que acordar sozinha em casa.

HAMMARBY SJÖSTAD, POSTO DE GASOLINA

No caminho de volta de Grisslinge, Sofia Zetterlund parou no posto Statoil, em Hammarby Sjöstad, onde trocou de roupa. No banheiro, jogou na lata de lixo o vestido caro, arruinado pelo fogo. Riu sozinha ao pensar que custara mais de quatro mil coroas. Voltou para a loja, comprou um grande pedaço de queijo de cabra, um pacote de torradas, um vidro de azeitonas pretas e uma bandeja de morangos.

Quando estava pagando, o celular vibrou novamente. Daquela vez ela o apanhou.

Os toques pararam enquanto recebia o troco. Notou as duas chamadas perdidas e agradeceu ao caixa. Viu que Jeanette Kihlberg ligara e guardou o celular no bolso.

"Depois", pensou ela.

A caminho da saída, viu o display com os óculos de leitura. Seu olhar se prendeu em um par que era idêntico ao que ela furtara na manhã de Ano-Novo, quase seis meses antes.

Ela tinha ido para a estação Centralen e comprado passagens para Gotemburgo de ida e volta. O trem das oito partiu no horário, e ela sentou no vagão-restaurante deserto com uma xícara de café.

Logo após a partida, o inspetor chegou para furar seu bilhete. Ela o apresentou com uma mão ao mesmo tempo que com a outra derramava de propósito a xícara com café quente sobre a mesa. Ela gritou e o inspetor saiu apressado para buscar algo para limpar a mesa.

Ela sorriu com a lembrança e apanhou os óculos do display. Pôs no rosto e se olhou no espelho.

O inspetor levara guardanapos para ela, que teve o cuidado de mostrar os seios quando se inclinou para a frente, perguntando se as manchas na blusa tinham sumido. Ele se lembraria dela com certeza, se depois precisasse de um álibi.

Mas Sofia nem teve que mostrar à polícia o bilhete picotado, pago com cartão de crédito. Eles engoliram sua história sem conferir os fatos.

Quando o trem parou na estação de Södertälje Syd, ela entrou no banheiro, prendeu o cabelo num coque apertado e pôs os óculos furtados.

Antes de descer, virou o casaco preto de dupla face, de modo que estava então vestida com um casaco bege. Sentou, acendeu um cigarro e esperou o trem de volta para Estocolmo e Lasse.

"Não havia o que dizer", pensou ela, quando devolveu os óculos.

Nenhuma explicação que fosse boa o suficiente.

Ele a tinha traído.

Mijado nela.

Humilhado-a.

Simplesmente não havia espaço para ele em sua nova vida. Deixá-lo e mandá-lo para o inferno não seria o bastante. Ele ainda estaria vivo em algum lugar.

Ela saiu da loja e foi para o carro. Só então percebeu que seu cabelo cheirava a fumaça.

Abriu a porta pensando em como encontrara Lasse caído no sofá da sala. Uma garrafa quase vazia de uísque indicava que estava embriagado. Não seria nada surpreendente que um homem levando uma vida dupla por dez anos acabasse com a própria vida depois de descoberto, ainda mais se estivesse bêbado.

Era até de se esperar.

Ela deu a partida. Engatou a primeira e saiu do posto.

Ele estava roncando forte, de boca aberta, e ela tivera que manter uma disciplina férrea para não seguir o impulso de acordá-lo e obrigá-lo a confessar tudo.

Sofia foi em silêncio até o banheiro para pegar o cinto do roupão vinho que Lasse tinha levado do hotel em Nova York.

Enquanto recordava, ela dirigia em direção à cidade. Pela rodovia 222, sentido oeste. As luzes dos postes passavam pelo para-brisa.

Lasse estava deitado de lado, com o rosto para o outro lado, o pescoço desprotegido. Era importante que o nó parasse no lugar certo, não causando mais que uma marca. Ela fizera um laço com o cinto e colocara com precisão nele.

Quando o nó estava posicionado no lugar exato e era só puxar, ela parara e refletira.

Calculara os riscos, mas não encontrara nada que pudesse incriminá-la.

Quando tivesse terminado, iria até a estação Centralen para aguardar o trem da tarde voltando de Gotemburgo, depois buscaria o carro no estacionamento. Seu tíquete de estacionamento ainda seria válido, como comprovaria o guarda para quem ela o mostraria. Assim, eles estariam de prova que ela tinha passado o dia indo e voltando de Gotemburgo.

Sofia desceu a rua Hammarbacken, seguiu pela ponte Gamla Skanstull e entrou no túnel debaixo do Hotel Clarion.

"Disciplina", pensou. "É preciso estar atento para não agir de modo impulsivo e ser pego."

O estacionamento, a passagem de trem, o inspetor que a vira no vagão-restaurante eram suficientes para descartar seu nome entre os suspeitos do que mais parecia um suicídio. As listas telefônicas no chão ao lado da cadeira eram o último detalhe que completava sua criação.

Ela passou pela rua Renstiernas, depois pela Skånegatan e pela Bondegatan, e virou à direita na Åsögatan.

Segurara o cinto com firmeza e puxara com toda a força. Lasse abrira a boca para respirar, mas a embriaguez fazia com que seu cérebro não enviasse os impulsos necessários.

Ele nunca mais despertara, e ela o pendurara no gancho do lustre. Posicionara uma cadeira debaixo de seu corpo e, quando notou que os pés não a alcançavam, preencheu o espaço vazio com as listas telefônicas, que depois se esparramaram pelo chão. Era um caso evidente de suicídio.

SKANSTULL

Pouco antes da ponte Johanneshov, Jeanette Kihlberg viu o grande relógio de Skanstull mostrar nove e vinte, e resolveu ligar para Sofia novamente.

Ela digitou o número e segurou o celular com o ombro, enquanto ouvia o som de sirenes. No retrovisor, viu três carros do corpo de bombeiros se aproximando em alta velocidade.

Tocou, mas ninguém respondeu.

Jeanette queria estar em outro lugar e ter uma vida diferente. Lembrou-se de um documentário que vira sobre um homem que de repente não aguentara mais. Em vez de ir para o trabalho no Rigshospitalet de Copenhague, foi de bicicleta até o sul da França. Deixou a mulher e os filhos na Dinamarca, e construiu uma vida nova como ferreiro numa aldeiazinha na montanha. Quando os repórteres o acharam, ele disse que não queria mais saber de sua vida antiga. Tinha mandado tudo para o inferno.

Jeanette sabia que podia fazer a mesma coisa. Deixar Åke resolver tudo.

A única coisa que dificultava era Johan, mas podia muito bem entrar em contato com ele depois. Ela sempre levava o passaporte na bolsa. No fundo, nada a impedia. Por um estranho motivo, a angústia diminuía, como se a noção de que não estava presa a nada fizesse com que ela sentisse menos pressa de se libertar.

A música do rádio foi interrompida por informações sobre o trânsito, pedindo aos moradores de Grisslinge que fechassem suas janelas devido a um grave incêndio.

Ela dirigiu adiante sem nenhum plano.

Em queda livre.

VITA BERGEN, APARTAMENTO DE SOFIA ZETTERLUND

Sofia Zetterlund encontrou seu apartamento deserto e vazio. Não havia nenhum sinal de Gao. Quando entrou no quarto atrás da estante, viu que ele tinha arrumado e limpado tudo. Cheirava a produto de limpeza, apesar de ainda restar um leve fedor de urina.

O cobertor áspero estava dobrado com zelo sobre o colchão.

As injeções estavam sobre a mesinha, ao lado do frasco de xilocaína, e ela se perguntara como o dentista do consultório ao lado do seu nunca dera pela falta do anestésico. Mais uma vez, o destino tinha sido amigo.

Ela se irritou por Gao ter agido sem que tivesse dado uma ordem a ele. O que estava acontecendo?

Sentiu um medo incontrolável. Era uma situação desconhecida. De repente, havia algo em que não podia interferir, em movimento, fora de seu controle.

Sem entender por que, ela se viu gritando histericamente. As lágrimas escorriam por seu rosto, e Sofia não conseguia parar de urrar. Muita coisa saía ao mesmo tempo. Ela esmurrou as paredes até que não sentisse mais os braços.

O ataque durou quase meia hora. Quando se acalmou, foi mais por exaustão física. Ela se encolheu em posição fetal sobre o carpete macio.

O cheiro de fumaça a incomodava.

Sonhou com as cicatrizes que tinha no corpo. Feridas que haviam fechado, tornando-se marcas claras sobre a pele.

Hálitos que davam a ela vontade de vomitar e faziam com que tivesse dificuldade de beijar outra pessoa.

Tinham sido experiências formadoras. As coisas aconteciam, eram apreendidas e se tornavam uma lembrança, mas com o tempo o processo se apagava, formando uma unidade. Os eventos se fundindo em um só. Sofia achava que sua vida era uma grande mistura, na qual o abuso e a agressão tinham se transformado em um acontecimento isolado, que por sua vez se tornara uma experiência, que por fim resultara num instinto.

Não havia nada antes nem depois.

O que existia dentro dela e deixara de existir?

O que ela pôde ver um dia e não conseguia mais? Procurou novas possibilidades de desenvolver sua personalidade. Não uma alternativa ou complemento, mas uma criatura totalmente nova. Aceitação incondicional.

Ela cortou a fina membrana que a separava da loucura. "Nada começou comigo. Nada começou dentro de mim. Sou uma fruta velha, apodrecendo devagar", ela pensou.

"Minha vida se constitui de uma sucessão de instantes, um depois do outro, como uma lista de fatos relacionados, sutilmente diferentes."

Por um instante, ela se viu de fora e teve um momento de autoconhecimento.

GAMLA STAN, CENTRO HISTÓRICO DE ESTOCOLMO

Pela primeira vez, Gao Lian, de Wuhan, andava sozinho por Estocolmo. Saindo do apartamento na rua Borgmästargatan, desceu os degraus de pedra escorregadios da Klippgatan, que conduziam à Igreja de Santa Sofia. Ele atravessou a Folkungagatan e subiu as escadarias até o hospital Ersta.

Na Fjällgatan, sentou-se em um banco e viu o panorama de Estocolmo. Abaixo havia grandes balsas de passageiros e ao longe, nos canais, se agrupavam veleiros. À esquerda, viu a cidade histórica, Gamla stan, e o castelo real.

As andorinhas caçando insetos no ar eram as mesmas que ficavam nos beirais em Wuhan.

O ar também era o mesmo, apesar de mais puro.

Continuou descendo em direção ao Slussen e atravessou a ponte na Gamla stan. Escutava com curiosidade a língua estrangeira, e achou que as pessoas ao redor falavam de um jeito cantado. O novo idioma parecia amigável, como se feito para criar belos poemas. Ele se perguntou se aquelas pessoas suavam quando ficavam nervosas.

Andou por muitas horas por entre o povo em ruazinhas e becos, e após um tempo começou a se orientar, indo desimpedido para onde queria. Quando começou a escurecer, tinha um claro mapa mental do que ficava entre as pontes. Aquele seria seu ponto de partida quando fosse descobrir outras partes da cidade. Pegou a Götgatan até a Skånegatan, onde virou à esquerda e seguiu direto até o apartamento.

Ele encontrou a loira dentro do quarto escuro. Estava desacordada no chão. Ele se agachou e beijou seus pés, depois se despiu.

Antes de se deitar ao seu lado, dobrou sua roupa com cuidado, do jeito que ela tantas vezes tinha mostrado. Fechou os olhos e esperou que o anjo lhe desse instruções.

VITA BERGEN, APARTAMENTO DE SOFIA ZETTERLUND

Sofia Zetterlund ainda estava com o cabelo molhado quando o celular tocou.

— Victoria Bergman? — perguntou uma voz desconhecida.

— Quem gostaria de saber? — respondeu ela com desconfiança fingida, mesmo sabendo muito bem que, mais cedo ou mais tarde, entrariam em contato.

— Estou ligando da polícia de Värmdö e procuro por Victoria Bergman. É você?

— Sim, sou eu. Do que se trata? — Ela fingiu ficar apreensiva, do modo que imaginava que as pessoas costumavam ficar quando a polícia ligava tão tarde.

— Você é filha de Bengt e Birgitta Bergman, de Grisslinge em Värmdö?

— Sim… O que foi que aconteceu? Qual é o problema? — Ela foi se exaltando. Por alguns segundos, sentiu-se preocupada de verdade. Como se tivesse saído de si mesma e não soubesse o que tinha acontecido.

— Eu me chamo Göran Andersson e preciso ir até sua casa, mas não consegui encontrar nenhum endereço.

— Que estranho. O que aconteceu?

— Tenho o triste dever de informar que acreditamos que seus pais tenham falecido. A casa foi consumida pelo fogo esta noite, e acreditamos que os corpos encontrados sejam deles.

— Mas... — gaguejou ela.

— Sinto muito por contar desse jeito. Seu endereço continua registrado como o mesmo de seus pais. Consegui seu telefone com o advogado deles...

— Como assim? — Victoria elevou a voz. — Falei com eles poucas horas atrás. Meu pai disse que iam para a sauna.

— Sim, foi exatamente onde os encontramos. O fogo pode ter começado no sótão e eles não conseguiram sair. A porta deve ter travado, mas por enquanto é apenas uma suposição. Só ficará comprovado após uma investigação. Parece ter sido um trágico acidente.

"Acidente", pensou ela. Se eles pensavam aquilo era porque não tinham encontrado a tábua. Ela estava correta quando supusera que viraria cinza antes que alguém conseguisse apagar o fogo.

— É compreensível que queira conversar com alguém. Posso passar o número de um psicólogo de plantão.

— Não, não é preciso — respondeu ela. — Sou psicóloga e tenho meus contatos. Mas obrigada pela consideração.

— De nada. Vamos ligar de novo amanhã com mais informações. Beba alguma coisa forte e ligue para alguém próximo. Realmente lamento ter que informar o ocorrido desse modo.

— Obrigada — disse Sofia Zetterlund, então pôs o telefone no gancho.

"Até que enfim", pensou ela. Seus pés doíam, mas ela se sentia viva.

Agora não tinha mais nada.

Finalmente conseguia ver o fim.

KVARTERET KRONOBERG, DELEGACIA DE POLÍCIA

Quando Jeanette fechou a porta de casa, sentiu as primeiras gotas de chuva. O tempo estava fechado, e ela teve a impressão de ouvir um trovão ao longe. Entrou no carro e deixou a casa deserta de Gamla Enskede no momento em que a primeira tempestade de fim de verão envolvia Estocolmo em cinza e preto.

Ao chegar ao prédio da polícia, arrumou a mesa e regou as flores. No final do dia, foi até a sala de Jens Hurtig lhe desejar boas férias.

— O que vai fazer? — perguntou ela.

— Depois de amanhã vou pegar o trem noturno para Älvsbyn, depois o ônibus para Jokkmokk, onde minha mãe vai me buscar. Só vou descansar e pescar um pouco. Talvez ajudar meu pai com a casa.

— Como ele está depois do acidente? — perguntou ela, envergonhada por não ter perguntado antes.

— Ainda consegue segurar o violino, apesar de não estar tocando muito bem, mas é triste... Minha mãe tem que amarrar os cadarços dele. — Hurtig pareceu sério, depois abriu um sorriso. — E você? Paz e tranquilidade?

— Quem me dera. Vou ao parque de diversões Gröna Lund com Johan e Sofia. Você sabe que tenho um pouco de medo de altura, mas queria que os dois se conhecessem, e foi ela quem sugeriu o lugar.

O sorriso dele se transformou em risada.

— Você pode ir no carrossel ou na casa mal-assombrada.

Jeanette riu e deu um empurrão amigável nele.

— Nos vemos daqui a duas semanas — disse ela, sem saber que eles se encontrariam em menos de três dias, quando seu filho já estaria desaparecido.

VITA BERGEN, APARTAMENTO DE SOFIA ZETTERLUND

Sofia Zetterlund acordou em companhia de Victoria Bergman e se sentiu completa.

Por dois dias, ficara na cama de Gao, conversando com Victoria.

Sofia contou tudo o que acontecera desde que tinham se separado, vinte anos antes.

Victoria ficou calada a maior parte do tempo.

Ouviram as gravações várias vezes, e Victoria sempre adormecia. O contrário do que acontecia antes.

Só quarenta e oito horas depois, Sofia se sentiu pronta para voltar à realidade.

Pegou uma xícara de café e sentou na frente do computador. Depois que foi informada da morte de seus pais, fez uma busca na internet e descobriu o jeito mais simples de se livrar do que restara deles. Seria na sexta-feira, no cemitério de Skogskyrkogården.

Quando olhou o telefone, viu que Jeanette tinha ligado muitas vezes. Sua consciência pesou. Lembrou-se de que tinha prometido ir ao Gröna Lund com Johan e ligou imediatamente.

— Onde você se meteu? — perguntou Jeanette preocupada.

— Fiquei doente e mal conseguia atender o celular. Então, quando vamos ao Gröna Lund?

— Você ainda pode sexta-feira?

— Claro — respondeu ela. — Onde nos encontramos?

— Na balsa de Djurgården, às quatro horas?

— Estarei lá!

A próxima ligação foi para o advogado, que tomaria conta da herança. Ele se chamava Viggo Dürer e era um velho amigo da família. Quando criança, ela o encontrara algumas vezes, mas só se lembrava dele vagamente. Old Spice e Eau de Vie.

Tenha cuidado com ele.

Dürer contou a ela que herdaria tudo.

— Tudo? — repetiu ela espantada. — Mas se a casa foi incendiada...

Ele disse que o seguro renderia por volta de quatro milhões de coroas, enquanto o terreno valia um milhão. Seus pais tinham guardado novecentas mil coroas e tinham uma carteira de ações estimadas em quase cinco milhões.

Sofia encarregou o advogado de converter as ações em dinheiro vivo o mais rápido possível. Ele tentou dissuadi-la, mas ela foi firme, e por fim o advogado fez como queria.

Quando fez as contas, Sofia concluiu que ia receber ao menos onze milhões de coroas. Ela tinha se tornado uma mulher rica.

PARTE II

GAMLA ENSKEDE, CASA DOS KIHLBERG

Jeanette estava feliz ao encerrar a chamada. Sofia apenas ficara doente e não conseguira atender os telefonemas. Ela tinha se preocupado à toa.

A ida ao Gröna Lund finalmente daria a ela um modo de surpreender Johan. E ainda encontrariam Sofia.

Agora que finalmente estava de férias, descansaria alguns dias. Depois pensaria no futuro.

A campainha soou. Ela foi abrir.

Do lado de fora estava um policial uniformizado que nunca tinha visto antes:

— Olá, meu nome é Göran — disse ele estendendo a mão. — Você é Jeanette Kihlberg?

— Göran? — repetiu Jeanette. — Do que se trata?

— Andersson — completou ele. — Göran Andersson. Trabalho em Värmdö.

— Como posso ajudar?

Ele limpou a garganta.

— Há alguns dias tivemos um incêndio terrível. Duas pessoas morreram na sauna de casa. Parece ter sido um acidente, mas...

— Mas?

— Eram Bengt e Birgitta Bergman. Então talvez a coisa seja um pouco mais complicada.

Jeanette se desculpou e o convidou a entrar.

— Vamos sentar. Quer café?

— Não, tenho que ir embora logo.

— Então... Por que veio até aqui? — Jeanette entrou na cozinha e sentou à mesa. O policial a seguiu.

— Vi que você interrogou Bengt Bergman por uma acusação de estupro.

Jeanette balançou a cabeça:

— Sim. Mas não deu em nada. Ele saiu livre.

— Pois é... E agora está morto, então... — ele continuou. — Quando liguei para a filha e contei o que havia acontecido, ela reagiu... Como posso dizer?

— De modo estranho? — Jeanette sugeriu, recordando sua própria conversa com Victoria Bergman.

— Não. Com indiferença.

— Desculpe, Göran. — Jeanette começou a ficar impaciente. — Por que veio até aqui?

O policial se aproximou da mesa e sorriu.

— Ela não existe.

— Quem não existe? — Jeanette sentiu um desconforto no corpo.

— Algo na filha me deixou curioso, então fui atrás de informações.

— E o que você encontrou?

— Nada. Zero. Nenhum registro, nenhuma conta de banco. Victoria Bergman não deixou nenhum rastro de sua existência por mais de vinte anos.

CAPELA DE SANTA CRUZ

Uma imensa tempestade de outono teria sido uma moldura mais apropriada para o enterro de Bengt e Birgitta Bergman, mas o sol brilhava e Estocolmo mostrava seu mais belo semblante.

As árvores do parque Koleraparken se vestiam de todas as nuances imagináveis, indo de um suave marrom até um profundo vermelho, e o mais belo verde-escuro.

No estacionamento do cemitério Skogskyrkogården havia uma dezena de carros, mas Sofia sabia que nenhum deles pertencia a alguém que participaria da cerimônia. Apenas ela estaria presente.

Desligou o motor, abriu a porta e saiu do carro. Estava frio. Ela respirou profundamente, sentindo o ar fresco.

O pastor já estava ao lado da cova.

Sério, de cabeça baixa.

No chão à sua frente havia uma urna com as cinzas de duas pessoas.

A urna era de cerejeira, tingida de vermelho-escuro. Um material degradável, como estava escrito no site da funerária.

Pouco mais de mil coroas.

Quinhentos por pessoa.

Seriam apenas eles. Ela e o pastor. Fora o que tinha decidido.

Nenhum anúncio, nenhum discurso. Um adeus calmo, sem lágrimas ou sentimentos fortes. Nenhuma palavra de consolo ou tentativa desajeitada de enaltecer indevidamente os falecidos.

Nenhuma palavra de recordação para conferir a eles coisas que não haviam feito, ou descrevê-los como se fossem anjos.

Não seriam criados novos deuses.

Ela cumprimentou o pastor, que explicou o procedimento.

Já que recusara o serviço religioso em si, seriam ditas apenas frases protocolares antes de a urna ser enterrada.

De volta às mãos do Criador. A pregação sobre a morte de Jesus e sua ressurreição dos mortos havia sido feita antes da cremação, sem a presença de Sofia.

Do pó viestes. Ao pó retornarás.

Até o dia do Juízo Final.

Tudo estaria terminado em menos de dez minutos.

Eles foram andando e passaram em frente a uma pequena represa, por entre as árvores do cemitério.

O pastor, um homem alto e macilento, cuja idade ela tinha dificuldade em determinar, levava a urna. Seu corpo fino tinha a vagareza dos homens velhos, mas seu olhar revelava a curiosidade de um menino.

Eles não conversaram. Ela não conseguia tirar os olhos da urna. Lá dentro estava o que sobrara de seus pais.

Após a cremação, os restos mortais haviam sido colocados para resfriar. Coisas que não tinham queimado, como a prótese no quadril de Bengt, foram retiradas antes que os corpos fossem pulverizados na moagem.

Paradoxalmente, quando seu pai morreu, ele se tornou mais vivo para ela. Uma porta se abriu, deixando entrar o ar. Escancarou-se, convidando-a a se libertar.

"Marcas", pensou ela. O que deixaram? Sofia se lembrou de um acontecimento muito tempo antes.

Ela tinha quatro anos e Bengt estava refazendo o piso de cimento queimado do porão. A tentação de imprimir sua mão nele fora mais forte que o medo da punição que ela sabia que viria. A marca da mãozinha permanecera até o incêndio. Talvez ainda estivesse sob os restos da casa incendiada.

Mas o que sobrara dele?

Tudo o que deixara de físico fora destruído, vendido ou leiloado, espalhado ao vento. Logo seriam objetos anônimos na posse de pessoas estranhas. Coisas sem história.

A marca que seu pai deixara dentro dela sobreviveria a ele na forma de vergonha e culpa.

Uma culpa que ela jamais poderia remir, por mais que tentasse.

E que só cresceria dentro dela.

"O que realmente sabia sobre ele?", pensou Sofia.

O que se ocultava no fundo de sua alma? Quais eram seus sonhos? O que desejava?

"Ele era conduzido por uma constante insatisfação", pensou. Por mais que se aquecesse, estava sempre tremendo de frio. Por mais que se alimentasse, seu estômago doía de fome.

O pastor parou, depôs a urna e baixou a cabeça em uma prece. Um pano verde, com um orifício no meio, estava estendido em frente à tampa do túmulo, de granito vermelho de Vånga.

Sete mil coroas.

Ela procurou os olhos do pastor. Quando ele por fim os ergueu, olhou para ela e sacudiu a cabeça.

Sofia deu alguns passos à frente, passou para o outro lado do pano, agachou e pegou com as duas mãos o cordão que estava preso à urna. Ela se espantou com o peso dela. O cordão marcava suas mãos.

Foi devagar em direção à cova, parou e baixou lentamente a urna até a cova escura. Após um momento de hesitação, soltou a corda, que caiu sobre a tampa.

As palmas de suas mãos ardiam. Quando abriu as mãos, viu uma marca feia e vermelha em cada uma.

"Estigmata", pensou ela.

QUEDA LIVRE

A atração mais popular do parque de diversões Gröna Lund era uma torre panorâmica com cem metros de altura, que podia ser vista de grande parte de Estocolmo. Os passageiros eram levados lentamente até uma altura de oitenta metros, ficavam lá um instante e depois desabavam em direção ao chão, em uma velocidade de quase cento e vinte quilômetros por hora. A queda levava dois segundos e meio e, na freada, os passageiros eram expostos a uma força equivalente a três e meio g, o que significava que, na aterrisagem, o corpo da pessoa pesava mais de três vezes o normal.

O peso do corpo era diferente na descida. Uma pessoa que viajava numa velocidade de cem quilômetros por hora pesava mais de doze toneladas.

— Sabia que fecharam o Queda Livre no verão passado? — Sofia riu.

— Ah é? Por quê? — Jeanette pegou o braço de Johan e eles deram alguns passos na fila. A ideia de que Sofia e Johan logo estariam pendurados lá em cima a deixava tonta.

— Alguém teve o pé arrancado por um fio num parque de diversões nos Estados Unidos. Todo o Gröna Lund foi fechado para que um controle de segurança fosse feito.

— Porra... Pare com isso. Não conte essas coisas logo antes de vocês subirem.

Johan riu e deu um empurrãozinho nela.

Jeanette sorriu pra ele. Fazia muito tempo que não o via tão animado.

Durante as últimas horas, Johan e Sofia tinham andado no Vassoura, na Lula, no Extreme e na Catapulta. Também haviam sido fotografados enquanto gritavam no Tapete Voador.

Jeanette ficou o tempo todo olhando, lá embaixo, com um frio na barriga.

A vez deles no Queda Livre chegou, e ela deu um passo para o lado.

Johan quase perdeu a coragem. Quando Sofia subiu na plataforma, ele a seguiu com um sorriso inseguro.

Um funcionário verificou se a trava de segurança estava no lugar.

Depois, tudo aconteceu muito rápido.

Os assentos começaram a subir. Sofia e Johan acenavam com nervosismo.

No instante em que Jeanette viu que a atenção deles se transferiu para a vista da cidade, escutou atrás de si o som de vidro quebrando. Vozes agitadas.

Ela virou e viu um homem prestes a esmurrar outro homem.

Jeanette levou cinco minutos para interromper a briga.

Trezentos segundos.

Pipoca, suor e acetona.

Os odores deixavam Sofia confusa. Ela tinha dificuldade em discernir quais eram reais e quais eram imaginários. Quando passou pelos carros-patrulha, o ar pareceu sufocante e elétrico.

Um cheiro imaginário de borracha queimada se misturou a um real, uma lufada nauseante do banheiro masculino.

Começava a escurecer, mas a noite estava morna e o céu não tinha nuvens. O asfalto ainda estava úmido após a pancada de chuva, e as luzes tremeluzentes e coloridas se refletiam nas poças de água, incomodando os olhos. Um grito repentino da montanha-russa a fez estremecer. Ela deu um passo para trás. Alguém dá um encontrão nela.

— Que porra você está fazendo?

Ela parou e fechou os olhos, tentando separar as vozes dentro de sua cabeça.

O que você vai fazer? Sentar no chão e chorar?

O que fez com Johan?

Sofia olhou em volta e percebeu que estava sozinha.

— Ele não tinha medo de altura, mas quando a trava desceu começou a chover e quando já estávamos presos ela viu que ele estava tremendo de medo e quando o assento começou a se mexer ele disse que tinha se arrependido e que queria descer...

Seu rosto ardia. Ela sentiu que estava molhado e salgado.

— O que tem de errado com ela?

— Alguém pode chamar ajuda?

— O que ela está dizendo?

— Tem um médico aqui?

— ... e ele chorou e estava com medo e primeiro eu tentei consolar, quando foi subindo e subindo e dava pra ver toda Uppsala e todos os barcos no Fyris e quando ela disse isso ele parou de reclamar e disse que era Estocolmo e que eram as balsas de Djurgård que estavam vendo...

— Acho que ela está dizendo que é de Uppsala.

— ... e lá em cima começou a trovejar e a relampejar e tudo parou e as pessoas embaixo eram como pontinhos que dava pra esmagar entre os dedos como mosquitos...

— Acho que ela vai desmaiar.

— ... e então parecia que a garganta tinha subido e tudo passou correndo bem do jeito como...

— Me deixem passar!

Ela reconheceu a voz, mas não sabia de onde.

— Saiam da frente, eu conheço essa mulher.

Sentiu uma mão morna contra sua testa. Um cheiro familiar.

— Sofia, o que aconteceu? Onde está Johan?

Victoria Bergman fechou os olhos.

O pesadelo vestia um casaco azul-cobalto, pouco mais escuro que o céu da noite sobre Djurgården e a enseada de Ladugårdsland. Era loira, tinha olhos azuis e carregava uma bolsa no ombro. Os sapatos vermelhos eram pequenos demais e apertavam o calcanhar, mas ela estava acostumada. A ferida fazia parte dela. A dor a mantinha acordada.

Sabia que, se pudesse perdoar, estariam todos livres, tanto ela quanto os perdoados. Por muitos anos tentou esquecer, sem sucesso.

Não conseguia ver, mas sua vingança era uma reação em cadeia.

Uma bola de neve começara a rolar um quarto de vida atrás, num depósito do colégio em Sigtuna, aprisionando-a no movimento antes que seguisse seu caminho inevitável.

Podia-se perguntar para as meninas que haviam posto a bola de neve em movimento se elas sabiam o que tinham despertado. Talvez elas tivessem apenas seguido em frente. Esquecendo aquilo, como uma brincadeira inocente que começara e terminara no depósito.

Já ela permanecera no mesmo movimento. O tempo lhe era insignificante, incapaz de cura.

O ódio não enferrujava. Pelo contrário, endurecia até se tornar cristais de gelo afiados espalhados sobre seu ser.

A noite estava um pouco fria, o ar úmido com a chuva intermitente que caíra durante a tarde. Escutavam-se gritos da montanha-russa. Ela levantou, sacudiu a poeira e olhou em volta. Parou, respirou e lembrou por que estava ali.

Tinha uma tarefa e sabia o que precisava fazer.

Logo adiante, debaixo da torre panorâmica, viu uma comoção.

As luzes coloridas do parque de diversões lançavam reflexos penetrantes no asfalto molhado pela chuva.

Ela entendeu que o momento em que devia agir tinha chegado, mesmo que não fosse como tinha planejado. O acaso facilitara as coisas para ela. Era tão simples que ninguém ia entender o que acontecera.

Ela vira o menino a pouca distância, sozinho do lado de fora do Queda Livre.

"Perdoar algo que é perdoável não é realmente perdoar", pensou ela. "O perdão genuíno é perdoar o que é imperdoável. Algo que só um deus pode fazer."

O menino parecia confuso. Ela foi devagar até ele, que se afastava. Foi risivelmente fácil se aproximar mais. Agora estava a apenas alguns metros atrás. Ele se mantinha de costas.

"O perdão verdadeiro é impossível, louco e inconsciente", pensou ela. Como esperava que os culpados demonstrassem angústia, o perdão jamais se concretizava. A lembrança era e continuaria sendo uma ferida que nunca poderia ser curada.

Segurou o braço do menino com força.

Ele se assustou e virou, no momento em que ela aplicava uma injeção em seu antebraço esquerdo.

Por dois segundos, ele a olhou espantado, antes de suas pernas falharem. Ela o segurou e o pôs sentado em um banco.

Ninguém viu.

Tudo parecia absolutamente normal.

Ela pegou algo na bolsa e envolveu sua cabeça.

Era uma máscara de plástico rosa com o focinho de um porco.

PARQUE DE DIVERSÕES GRÖNA LUND

A detetive Jeanette Kihlberg sabia exatamente onde estava quando ficara sabendo que o primeiro-ministro Olof Palme tinha sido assassinado na rua Sveavägen.

Em um táxi, a caminho de Farsta, enquanto o homem ao seu lado fumava um cigarro mentolado. Caía uma chuvinha fraca, e ela recordava o mal-estar de quem bebera cerveja demais.

O momento em que descobrira que Johan desaparecera, no entanto, seria sempre uma mancha preta em sua memória. Cinco minutos sumidos. Roubados dela por um encanador embriagado de Flen que visitava a capital.

Um passo para o lado, o olhar cravado em Johan e Sofia nos assentos, subindo. Ela ficou zonza, apesar de estar segura no chão.

De repente o som de vidro quebrado.

Gritos.

Alguém chorando. Jeanette viu que eles continuaram subindo.

Dois homens se empurraram e ela se preparou para intervir. Lançou um olhar para Johan e Sofia. Viu suas pernas de baixo. Balançando.

Johan riu de alguma coisa.

Logo estariam no alto.

— Vou matar você, seu desgraçado!

A detetive viu que um dos homens não tinha controle sobre o próprio corpo. O álcool deixara suas pernas longas demais e suas juntas, muito rígidas. O sistema nervoso estava alterado, um pouco lento.

O homem tropeçou e caiu de cara no chão.

Ele se levantou com o rosto arranhado pelo asfalto.

Algumas crianças choravam.

— Papai!

Era uma menininha com menos de seis anos, segurando um algodão-doce cor-de-rosa.

— Vamos embora? Quero ir pra casa.

O homem não respondeu. Olhou em volta à procura de seu oponente, de alguém em quem descarregar sua frustração.

O reflexo do policial fez com que Jeanette agisse sem hesitar. Ela pegou o homem pelo braço.

— Ei — disse baixinho. — Fique calmo.

Seu objetivo era fazê-lo mudar de ideia, não repreendê-lo.

O homem virou e Jeanette viu que seus olhos estavam úmidos e vermelhos. Parecia triste e desapontado, quase envergonhado.

— Papai… — repetiu a menininha, mas ele não reagiu, mantendo o olhar vazio, sem foco.

— Quem é você? — Ele se livrou da mão de Jeanette. — Vá pro inferno!

O hálito dele estava azedo; os lábios, cobertos por uma fina camada branca.

No mesmo instante, ela escutou as cadeiras no alto sendo soltas e os gritos entusiasmados de terror e alegria, que chamaram sua atenção.

Jeanette viu Johan com o cabelo em pé e a boca aberta, gritando.

Ela escutou a menininha falar de novo.

— Não, papai, não!

Não percebeu que o homem ao seu lado erguia o braço.

A garrafa acertou a cabeça de Jeanette. Ela perdeu o equilíbrio. Sentiu o sangue escorrendo pelo rosto, mas não perdeu a consciência.

Torceu o braço do homem, derrubou-o no chão e logo recebeu ajuda dos seguranças do parque.

Foi só então, cinco minutos mais tarde, que viu que Johan e Sofia tinham desaparecido.

Trezentos segundos.

PRINS EUGENS WALDEMARSUDDE, ILHA DE DJURGÅRDEN

Como as pessoas que por toda vida são privadas de felicidade e mesmo assim conseguem se aferrar a uma esperança, Jeanette Kihlberg tinha em sua prática profissional uma atitude bem positiva, contra todas as opiniões que exprimiam um mínimo que fosse de pessimismo.

Era por isso que ela jamais desistia, e era por isso que reagira daquele modo quando o policial Schwarz, provocando-a abertamente, reclamou do tempo ruim, do cansaço e da falta de avanço na busca por Johan.

A visão dela ficou escura.

— Puta que pariu! Vai pra casa, ninguém precisa de você aqui.

Aquilo fez efeito. Schwarz retornou ao trabalho como um cachorro envergonhado, enquanto Åhlund ficou ao lado sem ação. A raiva fez com que a ferida na cabeça de Jeanette latejasse.

Ela se acalmou um pouco, suspirou e fez um gesto de dispensa para Schwarz.

— Você está liberado até segunda ordem.

Pouco depois, Jeanette estava só. Ficou em pé em frente ao Museu Vasa, esperando por Jens Hurtig, que no mesmo instante que foi avisado sobre o desaparecimento de Johan interrompera suas férias para participar das buscas.

Quando um carro de polícia à paisana se aproximou do parque Galärparken, ela viu que era Hurtig com mais alguém. Uma testemunha que afirmava ter visto um menino sozinho à beira do mar na noite anterior. Pelo que Hurtig contara pelo rádio, ela entendeu que não devia esperar muito da testemunha. Mas se convenceu de que mesmo uma esperança vã podia fazer a diferença.

Tentou organizar as lembranças e reconstituir as horas anteriores ao desaparecimento.

Johan e Sofia haviam sumido num instante. Após trinta minutos, ela pedira que anunciassem o nome dele no alto-falante do parque de diversões e ficara aguardando tensa no balcão de informações.

Então haviam chegado os seguranças, e ela repetira a procura infrutífera pelo parque. Acabaram encontrando Sofia deitada em uma das ruas, cercada por pessoas que Jeanette afastara a cotoveladas até poder encará-la. O rosto que pouco antes fora sinônimo de liberdade só lhe causara mais inquietação e incerteza. Sofia parecera fora de si. Jeanette duvidava que fosse capaz de reconhecê-la. Muito menos dizer onde Johan se encontrava. A detetive não permanecera com ela, porque precisava voltar a procurar o filho.

Mais trinta minutos haviam se passado quando ela entrara em contato com a polícia. Nem ela nem seus vinte colegas que haviam sondado as águas ao redor do parque ou a equipe de busca ao redor de Djurgården tinham conseguido encontrar Johan. Tampouco um dos carros-patrulha, após sua descrição ter sido espalhada.

Então haviam informado as rádios locais. Sem resultado, até quarenta e cinco minutos antes.

Jeanette sabia que estava agindo corretamente, mas era como um robô. Um robô com os sentimentos mutilados, o que era uma contradição. Dura, fria e racional na superfície, mas comandada por impulsos caóticos. A raiva, a irritação, o medo, a angústia, a confusão e a resignação que ela sentira no decorrer da noite tinham se transformado em uma mágoa difusa.

O único sentimento que persistira fora o de insuficiência.

E não apenas em relação a Johan.

Ela não fazia ideia de como avisar Åke na Polônia.

Jeanette pensou em Sofia.

Como ela estava?

Tinha ligado para ela várias vezes sem resultado. Se ela soubesse algo sobre Johan, não teria entrado em contato? Ou sabia de uma coisa que teria de reunir forças para dizer?

"Não importa agora", pensou ela, afastando os pensamentos do abominável. Foco.

O carro parou e Hurtig saiu.

— Merda — disse ele. — Está bem feio.

Hurtig indicou o curativo na cabeça dela.

Ela sabia que parecia pior do que era. A ferida fora suturada no local, e o curativo estava ensanguentado, como o paletó e a blusa.

— Não tem problema — disse Jeanette. — Você não precisava voltar por minha causa.

Ele deu de ombros.

— Deixa de bobagem. O que eu ia fazer lá em cima? Bonecos de neve?

Pela primeira vez em doze horas Jeanette sorriu. Nada mais precisava ser dito, porque ele entendeu que ela estava profundamente agradecida por ter vindo.

Jeanette abriu a porta do passageiro e ajudou a senhora a sair do carro. Hurtig já tinha mostrado uma foto de Johan a ela, e a detetive percebera que seu testemunho era frágil. Não conseguia nem determinar a cor da roupa de Johan.

— Foi lá que você o viu? — Jeanette apontou a praia de pedras junto ao ancoradouro, onde estava o barco *Finngrund*.

A senhora concordou, tremendo de frio.

— Ele estava deitado sobre as pedras, dormindo. Eu o sacudi. "Que coisa mais feia", eu disse. "Bebendo nessa idade..."

— Certo. — Jeanette estava impaciente. — Ele disse alguma coisa?

— Ah, ele murmurou. Se disse alguma coisa, não escutei.

Hurtig pegou a fotografia de Johan e mostrou mais uma vez para a senhora.

— E tem certeza de que é este o menino?

— Como disse, é o mesmo cabelo, mas o rosto... Difícil dizer. Ele tinha bebido.

Jeanette suspirou e andou pelo caminho que percorria a praia. "Bêbado?", pensou ela. "Johan? Bobagem."

Viu adiante Skeppsholmen, envolvido numa doentia névoa cinza.

De onde viera aquele frio?

Ela foi até a água e pisou nas pedras.

— Ele estava deitado aqui? Tem certeza?

— Sim — disse a senhora, decidida. — Mais ou menos aí.

Hurtig virou para a mulher.

— E depois saiu daqui? Em direção a Junibacken?

— Não... — A senhora tirou um lenço do bolso e assoou o nariz ruidosamente. — Saiu cambaleando. Tão bêbado que nem conseguia andar em linha reta...

Jeanette se irritou.

— Mas ele foi pra lá? Para Junibacken?

A senhora fez que sim e usou o lenço mais uma vez.

Uma ambulância subiu a rua Djurgårdsvägen a caminho do interior da ilha, julgando pelo som das sirenes.

— Outro alarme falso? — disse Hurtig compungido, olhando Jeanette, que balançou a cabeça desanimada.

Era a terceira vez que ouvia o som de ambulâncias, sem que houvesse nenhuma relação com o caso de Johan.

— Vou ligar para Mikkelsen — disse Jeanette.

— A Polícia Federal? — Hurtig ficou espantado.

— Sim. A meu ver, ele é mais adequado para isso. — Ela levantou e deu alguns passos rápidos sobre as pedras, voltando para a calçada.

— Crimes contra crianças, você quer dizer? — Hurtig se arrependeu daquilo. — Bom, ainda não sabemos do que se trata.

— Talvez não, mas seria um erro não trabalhar com essa hipótese. Foi Mikkelsen quem organizou as buscas em Beckholmen, Gröna Lund e Waldemarsudde.

Hurtig concordou e a olhou com tristeza.

Quando Jeanette pegou o celular, viu que a bateria tinha acabado. No mesmo instante se ouviu o sinal do rádio no carro de Hurtig a dez metros de distância.

Sentiu um peso no estômago ao entender.

Como se o sangue afundasse, querendo puxá-la para a terra.

Johan tinha sido encontrado.

HOSPITAL KAROLINSKA

De início, os médicos pensaram que o menino estivesse morto.

Ele fora encontrado perto do antigo moinho em Waldemarsudde. A respiração e a atividade cerebral eram quase imperceptíveis.

Estava com hipotermia e dava pra ver que tinha vomitado várias vezes durante a noite fria para o fim de verão.

Temiam complicações respiratórias caso houvesse ácido gástrico nos pulmões.

Logo após as dez horas, Jeanette Kihlberg entrou na ambulância que levava seu filho para a UTI do hospital Karolinska em Solna.

O quarto estava escuro, mas o brilho suave do sol da tarde atravessava a persiana, e listras de luz amarela formavam um padrão sobre o torso nu de Johan. A luz da máquina a que estava ligado piscava sobre a cama, e Jeanette Kihlberg sentia como se estivesse em um sonho.

Ela acariciou a mão de Johan e lançou um olhar para o monitor ao lado da cama.

Sua temperatura corporal começava a regularizar, pouco abaixo de trinta e seis graus.

Jeanette sabia que ele tinha grande quantidade de álcool no corpo. Quase três partes por mil, quando chegara ao hospital.

Ela não tinha dormido nem um segundo e sentia o corpo anestesiado. Não conseguia nem perceber se o coração que batia dentro dela era o mesmo que pulsava contra sua testa. Pensamentos que desconhecia ecoavam em sua cabeça. Sentia frustração, raiva, medo, confusão e renúncia, tudo ao mesmo tempo.

Ela sempre fora uma pessoa racional. Até então.

Jeanette o olhou deitado na cama. Era a primeira vez que ele estava num hospital. Não, a segunda. A primeira fora treze anos antes, quando nascera. Então ela estava totalmente calma. Tão bem preparada que chegara a sugerir a cesariana antes que os médicos se decidissem.

Mas para aquilo ela não tinha se preparado.

Apertou sua mão com mais força. Ainda estava fria, mas ele parecia relaxado e respirava calmamente. O quarto estava silencioso. Havia apenas o ruído elétrico das máquinas.

— Filho… — sussurrou ela, consciente de que podia ouvi-la. — Eles acham que vai dar tudo certo.

Ela interrompeu sua tentativa de instilar esperança em Johan.

“Eles acham?” Na verdade, não sabiam.

Podiam falar de eletrocardiograma, oxigênio e soro, explicar como uma sonda media a temperatura corporal pela garganta, como a máquina o ajudava em suas funções vitais.

Podiam falar sobre hipotermia, devida a uma longa permanência na água fria, uma noite com chuva, vento forte, e sobre como tinha efeito sobre o corpo.

Podiam explicar que o álcool causava dilatação dos vasos, apressando a queda de temperatura, e que a queda da taxa de glicemia às vezes levava a dano cerebral.

Tinham dito que o pior havia passado e explicado que à primeira vista o prognóstico parecia positivo.

O que aquilo queria dizer?

Eles achavam. Mas não sabiam de nada.

Se Johan conseguisse escutar, então sabia de tudo o que havia sido dito a ela no quarto. Não podia mentir para ele. Jeanette pôs a mão no rosto dele. Daquilo pode ter certeza.

Seus pensamentos foram interrompidos por Hurtig entrando no quarto.

— Como ele está?

— Ele está vivo e vai ser recuperar. Pode ficar tranquilo, Jens. Vá para casa.

BANDHAGEN

A cada segundo, oitocentos raios caem na Terra, o que constitui cerca de oito milhões por dia. A tempestade mais forte do ano se abatera sobre Estocolmo. Às dez e vinte e dois, dois raios caíram em dois lugares ao mesmo tempo. Um em Bandhagen, ao sul da cidade, e outro nas proximidades do hospital Karolinska em Solna.

Quando o telefone tocou, Jens Hurtig estava no estacionamento, pronto para ir para casa. Antes de responder, abriu a porta do carro, entrou e sentou atrás do volante. Viu que era o chefe de polícia Dennis Billing e supôs que estava ligando para ouvir o que tinha acontecido.

— Me disseram que encontraram o filho de Jeanette. Como ele está? — Ele parecia preocupado.

— Inconsciente. Ela está com ele. — Hurtig pôs a chave na ignição e deu partida. — Parece que não há risco de vida.

— Que bom. Então ela vai estar de volta dentro de alguns dias, imagino. — O chefe estalou os lábios. — E você, como está?

— O que quer dizer?

— Está cansado ou conseguiria ir até Bandhagen?

— O que aconteceu?

— Encontraram uma mulher morta, talvez estuprada.

— Certo. Vou direto daqui.

— É assim que eu gosto. Você é um bom rapaz, Jens. — O chefe de polícia engoliu em seco. — Mande um abraço pra Janne Kihlberg e diga que não há nenhum problema em ela ficar em casa um tempo pra tomar conta do filho. Pra ser sincero, acho que devia ficar mais com a família. Escutei rumores de que Åke vai sair de casa.

— Como assim? — Hurtig estava cansado das insinuações. — Você quer que eu diga pra ela ficar em casa porque acha que as mulheres devem tomar conta do marido e dos filhos em vez de trabalhar?

— Meu Deus, Jens. Deixe disso. Pensei que você ia me entender e…

— Só porque somos homens — interrompeu Hurtig — não quer dizer que temos as mesmas opiniões.

— Não, claro. — O chefe de polícia suspirou. — Só achei que…

— É. Eu sei. A gente se fala. — Hurtig desligou antes que Dennis Billing tivesse tempo de dizer mais besteiras.

Saindo de Solna, ele viu a Marina Pampas e as fileiras de barcos.

"Um barco", pensou ele. "Vou arrumar um."

A chuva castigava o ginásio da escola de Bandhagen, e Hurtig puxou o capuz da jaqueta e fechou a porta do carro. Olhou em volta e reconheceu o local.

Em várias ocasiões, esteve ali como espectador, quando Jeanette Kihlberg jogara futebol no time da polícia. Ele recordou que ficara impressionado com como ela jogava bem, melhor que a maioria dos homens. Na posição de meia-atacante, era quem criava, dava passes e via espaços que ninguém mais enxergava.

Ele reparara que sua atitude em campo refletia seu estilo de liderança. Ela tinha estatura sem ser dominante.

Pensou em como Jeanette estava. Apesar de Hurtig não ter filhos tampouco os desejar, imaginou que ela deveria estar passando por algo bem difícil. Quem se importava com ela se Åke estava fora da jogada?

Ele sabia que os casos dos meninos assassinados tinham-na abalado bastante.

E então aconteceu algo com seu próprio filho, o que lhe fazia querer ser mais que um assistente. Um amigo.

Ele pensou nos meninos anônimos. Se havia uma pessoa desaparecida, alguém tinha que sentir sua falta.

Jens Hurtig ficou triste ao se apressar em direção aos prédios ao lado do campo de futebol.

Quando Ivo Andrić entrou no estacionamento da escola de Bandhagen, viu Hurtig, Schwarz e Åhlund. Eles estavam sentados em um carro de polícia, prestes a ir embora. Jens Hurtig ergueu a mão em um cumprimento, e ele respondeu antes de estacionar.

Andrić permaneceu no carro, observando o campo encharcado pela chuva, envolto em escuridão. De um lado, a tenda da perícia; do outro, um gol triste e abandonado, com a rede rasgada. A chuva caía com vigor e não dava nenhum sinal de parar. Ele decidiu permanecer no coberto o quanto pudesse. Estava tomado por um cansaço feroz e seus olhos ardiam. Pensou nos acontecimentos recentes e nos meninos mortos.

Durante semanas de calor e verão, aqueles casos haviam consumido todo o seu tempo. Ivo Andrić estava convencido de que uma só pessoa havia cometido os crimes.

Jeanette Kihlberg fizera um bom trabalho, mas havia um chefe de polícia e um promotor que não contribuíam. Aquilo o deixara profundamente desiludido. Sua crença no sistema judiciário sempre foi baixa, mas tinha se esgotado por completo.

Quando o promotor encerrou a investigação, ele ficara estupefato.

Ivo Andrić se agasalhou bem e pôs um boné de beisebol. Abriu a porta do carro e saiu debaixo da chuva torrencial correndo até o local do crime.

VITA BERGEN, APARTAMENTO DE SOFIA ZETTERLUND

Sofia Zetterlund tinha grandes lapsos de memória. Buracos negros pelos quais passava em seus sonhos e durante suas andanças sem fim. Às vezes, aumentavam quando ela sentia um cheiro ou quando alguém a olhava de certo modo. As imagens voltavam quando ouvia o som de tamancos de madeira contra o cascalho ou via as costas de alguém na rua. Naquelas ocasiões, era como se um redemoinho se formasse ao redor do ponto que ela chamava de "eu".

Sabia que tinha feito parte de algo que não se deixava denominar.

Era uma vez uma menininha chamada Victoria. Quando ela tinha três anos, seu pai construíra um quarto dentro dela. Um quarto vazio onde só havia dor e sofrimento. Com o tempo, o cômodo criara paredes firmes de mágoa, um piso de desejo de vingança e por fim um espesso teto de ódio.

Tornara-se tão cerrado que Victoria nunca mais saíra.

E então ela estava dentro do quarto.

"Não fui eu", pensou Sofia. "Não foi minha culpa." Seu primeiro sentimento ao acordar foi de culpa. Todos os sistemas do seu corpo se preparavam para fugir, para se defender.

Ela pegou o frasco de paroxetina e engoliu dois comprimidos em seco. Voltou a deitar, esperando que a voz de Victoria silenciasse. Não por completo, já que isso nunca acontecia, mas o bastante para que pudesse escutar.

Escutar a vontade de Sofia.

O que acontecera realmente?

A lembrança de cheiros. Pipoca, chão molhado. Terra.

Alguém tentara levá-la ao hospital, mas Sofia recusara.

Depois mais nada. Tudo escuro. Não se lembrava de subir as escadas para o apartamento, muito menos de como voltara para a casa de Gröna Lund.

"Que horas são?", pensou ela.

O celular estava sobre o criado-mudo. Um Nokia de modelo antigo, o aparelho de Victoria Bergman. Do qual ela ia se livrar. A última conexão com sua vida antiga.

Eram sete horas e trinta e três minutos, e havia uma chamada perdida.

Não reconheceu o número.

Após dez minutos, estava suficientemente calma para levantar. O apartamento estava abafado e ela abriu as janelas da sala. A Borgmästargatan estava silenciosa, molhada pela chuva. À esquerda, erguia-se majestosamente a Igreja de Santa Sofia, em meio ao verde esmaecido de Vita Bergen e da praça Nytorget, um pouco mais ao longe. Havia um aroma de pão quente e fumaça no ar.

Alguns carros estavam estacionados na rua.

No bicicletário do outro lado da rua, uma das doze bicicletas estava com o pneu murcho, ao contrário do dia anterior. Ela mantinha aqueles detalhes consigo, querendo ou não.

Se alguém perguntasse, conseguiria descrever as cores de todas as bicicletas em ordem. Da direita para a esquerda ou o contrário.

Não teria nem que pensar muito.

Saberia que estava certa.

Mas a paroxetina a deixava mais relaxada, fazia seu coração se acalmar e tornava mais fácil lidar com o dia a dia.

Ela estava indo tomar uma ducha quando o celular tocou. Daquela vez, era o do trabalho.

Ainda estava tocando quando ela entrou no banheiro.

A água quente teve um efeito restaurador. Enquanto se secava, pensou que em breve estaria completamente só. Livre para fazer o que quisesse.

Já tinham passado três semanas desde que seus pais haviam falecido no incêndio. Logo ela herdaria cerca de onze milhões de coroas. Teria dinheiro o suficiente para não ter que se preocupar com questões financeiras para o resto da vida.

Ela podia deixar o consultório.

Mudar para onde quisesse. Recomeçar. Tornar-se outra pessoa.

"Ainda não", pensou ela. "Em breve, mas ainda não." Ela precisava da rotina do trabalho. De momentos em que não precisava pensar em nada, em que fazia o mínimo. Eles lhe davam a calma de que necessitava para manter Victoria longe.

Sofia se vestiu e foi à cozinha.

Ligou a máquina de café, pegou o laptop, pôs em cima da mesa da cozinha e o ligou.

No site da companhia telefônica, viu que o número desconhecido era da polícia de Värmdö e sentiu um frio na barriga. Tinham descoberto algo? Se fosse o caso, o quê?

Ela levantou e foi buscar uma xícara de café, decidindo manter a calma e aguardar. Seria um problema para o futuro.

Sentou de frente para o computador, procurou a pasta nomeada VICTORIA BERGMAN e viu que tinha vinte e cinco arquivos de texto dentro.

Todos numerados e com o nome GAROTA-CORVO.

Suas próprias lembranças.

Ela sabia que estivera doente e que fora necessário coletar todas as lembranças. Por muitos anos, conversara consigo mesma, gravando e analisando seus monólogos. Fora através daquele trabalho que pudera conhecer Victoria e finalmente aceitar a ideia de que as duas viveriam juntas para sempre.

Mas, ao descobrir do que a outra era capaz, decidiu que não se deixaria mais manipular.

Ela selecionou todos os arquivos, respirou fundo e apertou "delete".

Uma janela perguntou se tinha certeza de que queria descartar os arquivos.

Ela pensou melhor.

Já tivera tomado a decisão de apagar as conversas consigo mesma, mas ficara sem coragem.

— Não, não tenho certeza — disse, clicando em "não".

Foi um alívio.

Então ficou preocupada com Gao.

Ela fez uma panela grande de mingau de aveia, pôs numa garrafa térmica e levou até ele. O menino estava deitado nu no quarto escuro e acolchoado, e ela notou que seus olhos indicavam ausência. No chão estavam seus desenhos, organizados em pilha. Apesar de Sofia limpar o quarto por horas, o cheiro de urina se mantinha por baixo dos produtos de limpeza.

O que faria com ele? Era mais um fardo do que uma vantagem.

Ela pôs a garrafa térmica no chão ao lado da cama. Ao sair, empurrou a estante que ocultava a porta e fechou a tranca. Ele tinha com o que passar a noite.

A língua mente e difama. Gao Lian, de Wuhan, sabia que precisava tomar cuidado com o que as pessoas diziam.

Nada poderia surpreendê-lo, porque tinha o controle e não era um animal.

Ele sabia que os animais não conseguiam planejar desvios da normalidade. Esquilos juntavam nozes para o inverno no caule das árvores, mas, se a abertura fosse coberta pelo gelo, era como se as nozes jamais tivessem existido, porque estavam fora de alcance. O esquilo desistiria e morreria.

Gao Lian sabia que tinha de estar preparado para um possível desvio da normalidade.

Os olhos viam o proibido. Gao tinha que fechá-los e esperar que desaparecesse.

O tempo era igual à espera, e, portanto, não era nada.

O que ocorreria depois seria o contrário absoluto do tempo.

Quando os músculos se contraíssem, o abdômen ficasse tenso, a respiração parecesse curta e rica em oxigênio, ele estaria unificado com o todo. O pulso, que antes era lento, ia acelerar até se tornar um estrondo ensurdecedor, tudo aquilo em um instante.

Naquele momento, o tempo não seria mais ridículo: seria tudo.

Cada segundo teria vida própria, como uma história com começo e fim. Uma hesitação de cem segundos podia causar consequências determinantes. Ser a diferença entre a vida e a morte.

O tempo era o melhor amigo de quem tinha vontade fraca e não tomava a iniciativa.

A mulher lhe dera papel e caneta, e ele podia ficar horas desenhando no escuro. Buscava inspiração no seu banco de memórias. Pessoas que tinha encontrado, coisas de que sentia falta, sentimentos que esquecera.

Um ninho cheio de passarinhos.

Quando terminava, pegava outro papel e começava de novo.

Ele nunca parava para ver o que tinha desenhado.

A mulher que tomava conta dele não era nem verdadeira nem falsa. Para Gao, não havia um tempo anterior a ela. Nenhum antes e nenhum depois. O tempo não era nada.

Tudo nele estava voltado para dentro, para o mecanismo peculiar da memória.

HOSPITAL KAROLINSKA, BISTRÔ AMICA

Jeanette deixou o quarto de Johan e se dirigiu ao café na entrada do hospital. Ela era policial e mulher, o que significava que não podia deixar o trabalho de lado, nem mesmo naquelas circunstâncias. Sabia que mais tarde usariam aquilo contra ela.

Quando a porta do elevador abriu, ela seguiu pelo saguão cheio de gente, ergueu os olhos e viu o movimento e os sorrisos. Encheu os pulmões de um ar cheio de vida. Apesar de não reconhecer, precisava de um momento de descanso da vigília ao lado da cama, onde o ar ficava parado.

Hurtig chegou com uma bandeja com duas xícaras de café fumegante e duas rosquinhas de canela, que pôs sobre a mesa entre os dois. Jeanette pegou uma xícara e sentiu vontade de fumar.

Ele pegou sua xícara e a olhou com curiosidade. Jeanette não gostou de seu olhar crítico.

— Então, como ele está? — perguntou Hurtig.

— Estável. O pior é não saber o que aconteceu.

— Entendo, mas vocês podem conversar sobre isso quando ele estiver melhor e puder ir pra casa. Não é?

— Claro. — Jeanette suspirou antes de continuar. — Mas ficar sozinha naquele silêncio me deixa louca.

— Åke não esteve aqui? Ou seus pais?

Jeanette deu de ombros.

— Åke está exibindo seus quadros na Polônia. Queria voltar, mas depois que encontramos Johan... — Ela fez um gesto de desânimo. — Não há muito o que ele possa fazer.

Jeanette notou que Hurtig queria dizer uma coisa, mas o interrompeu.

— O que foi que Billing disse?

— Basicamente acha que você tem que ficar em casa com Johan e que é culpa sua Åke querer o divórcio.

— Ele disse isso? Cretino.

— Foi bem direto, sem rodeios — ele disse, revirando os olhos.

Jeanette se sentia exausta e incapaz.

— Puta que pariu — murmurou, olhando ao redor.

Hurtig permaneceu em silêncio. Pegou um pedaço da rosquinha e enfiou na boca. Ela viu que algo o incomodava.

— O que foi? Em que está pensando?

— Você não desistiu também, né? — ele disse entredentes. — Dá pra ver. Está furiosa porque os casos vão ser arquivados. — Hurtig tirou algumas migalhas que haviam ficado presas na barba por fazer.

— Jens, me escuta... — Ela pensou bem. — Estou tão frustrada quanto você com o que aconteceu. Acho tudo uma merda, mas sei que não é justificável do ponto de vista econômico...

— Crianças refugiadas. Crianças não documentadas. Não é justificável? Isso me deixa doente.

Hurtig levantou. Jeanette se deu conta da raiva que ele tinha acumulada.

— Senta aí, Jens. Não terminei. — Ela se espantou ao ver que podia falar com tanta firmeza, apesar da exaustão.

Hurtig suspirou e sentou novamente.

— Vamos fazer assim... Preciso tomar conta do Johan e não sei quanto tempo vai levar. — Ela fez uma pausa antes de continuar. — Mas você sabe tão bem quanto eu que vamos ter tempo pra outras coisas... Se é que me entende. — Ela viu que os olhos de Hurtig se iluminaram e sentiu algo ardendo por dentro. Um sentimento que tinha quase esquecido. Entusiasmo.

— Você quer dizer que vamos continuar por fora?

— Exatamente. Mas tem que ficar entre nós. Se isso se espalhar, a gente se ferra.

Hurtig sorriu.

— Na verdade, já encaminhei umas questões que espero ver respondidas em uma semana.

— Muito bem — disse Jeanette, correspondendo o sorriso. — Aprovo isso, mas temos que tomar cuidado.

— Segundo Ivo Andrić, o menino de Thorildsplan tinha traços de penicilina no corpo, além de todos os outros anestésicos e drogas.

— Penicilina? E o que isso quer dizer?

— Que a vítima esteve em contato com o sistema de saúde. Talvez um médico que tenha trabalhado com refugiados secretamente. Conheço uma moça da Igreja sueca, que me prometeu conseguir alguns nomes.

— Ótimo. Continuei falando com a agência de refugiados da ONU, em Genebra. — Jeanette sentiu o futuro aos poucos retornando. Havia um além do infinito presente. — Tenho uma ideia.

Hurtig a olhou com expectativa.

— O que acha de fazer um perfil criminal?

Ele se espantou.

— Mas como vamos conseguir um psicólogo para participar não oficialmente... — começou ele, quando caiu a ficha. — Ah, você está pensando em Sofia Zetterlund.

Jeanette fez que sim.

— Mas ainda não perguntei nada pra ela. Queria consultar você primeiro.

— Porra, Jeanette — disse Hurtig com um sorriso largo. — Você é a melhor chefe que já tive.

Ela viu que ele estava sendo sincero.

— Obrigada. Esses dias não estou me sentindo lá essas coisas.

A detetive pensou em Johan e no divórcio. Naquele instante, não sabia nada sobre o futuro de sua vida pessoal. A vigília solitária do filho era um prenúncio do que estava por vir? A solidão definitiva? Åke já estava com outra mulher. Alexandra Kowalska. "Restauradora", constava no seu cartão de visitas. Soava como alguém que empalhava animais. Criando aparência de vida no que estava morto.

Åke havia ido definitivamente? Ela não sabia. Talvez sim. Ele tomou o primeiro passo, e era o momento de ela lhe dar — e talvez a si mesma — um pequeno empurrão.

— Vamos sair pra fumar? — Hurtig levantou, percebendo que precisava interromper os pensamentos de Jeanette.

— Você fuma?

— É hora de abrir uma exceção. — Ele tirou o maço do bolso e ofereceu a ela. — Não sei nada sobre marcas de cigarro, mas comprei este pra você.

Jeanette olhou o maço e riu.

— Cigarro mentolado?

Eles se agasalharam e saíram pela porta principal. A chuva começava a parar e no horizonte se podia divisar uma faixa clara de céu. Hurtig acendeu um cigarro e deu para Jeanette, depois acendeu outro para si. Deu uma profunda tragada, tossiu e soltou a fumaça pelo nariz.

— Você vai continuar morando na mesma casa? Não vai ficar caro? — perguntou ele.

— Não sei. Mas, por causa de Johan, tenho que dar um jeito logo. E também tem a carreira de Åke, que deslanchou. Seus quadros começaram a vender.

— É. Eu li as críticas nos jornais. Eram bem empolgadas.

— É um pouco amargo ter subvencionado o trabalho dele por vinte anos e depois não poder colher os frutos.

Jeanette jamais pensou que ela e Johan significassem tão pouco a ponto de ele simplesmente virar as costas e ir embora.

Hurtig olhou para ela, amassou o cigarro e abriu a porta.

— Todo dia o sol se levanta…

Ele a abraçou, e Jeanette viu que estava precisando daquilo, mas então se deu conta de que demonstrações de carinho podiam ser frágeis como madeira podre. "Não consigo diferenciar os mortos dos vivos", pensou ela, quando se revestiu de ferro para retornar ao silêncio do quarto, ao lado de Johan.

VITA BERGEN, APARTAMENTO DE SOFIA ZETTERLUND

Sofia Zetterlund desligou o computador. Quando se decidiu por não apagar os arquivos sobre Victoria, sentiu-se mais leve.

Ela levantou, foi até a pia e a encheu. A água quente fez a pele das suas mãos enrugar, arder e ficar vermelha, mas Sofia se obrigou a mantê-las ali. Ela se testava, obrigava-se a endurecer.

Começara um relacionamento com Mikael apenas porque queria se vingar de Lasse. Agora tudo parecia sem sentido. Vazio e seco. Lasse estava morto e seu filho Mikael fora aos poucos se tornando desinteressante, apesar da tentação de contar quem ela realmente era.

"Vou terminar com ele", pensou Sofia, e finalmente tirou as mãos da água. Ela abriu a torneira e colocou-as debaixo de água gelada. Primeiro foi bom e aliviou, depois o frio tomou conta e mais uma vez ela se obrigou a aguentar. A dor precisava ser vencida.

Quanto mais pensava, menos sentia falta de Mikael. "Sou sua madrasta", pensou ela, "e ao mesmo tempo sua amante." Era impossível revelar a verdade para ele.

Fechou a torneira e esvaziou a pia. Após um tempo, suas mãos recobraram a cor normal. Quando a dor passou, sentou-se à mesa da cozinha.

O celular estava à sua frente e ela sabia que devia ligar para Jeanette. Mas sentia uma força contrária. Não sabia o que deveria dizer.

A angústia a atingiu, e ela pôs as mãos sobre o abdômen. Tremia e sentia palpitações. Suas forças escorriam como se tivesse cortado os pulsos. A cabeça ardia, e ela sentiu que estava perdendo o controle, sem nenhuma ideia do que seu corpo estava a caminho de fazer.

Bater a cabeça na parede? Jogar-se pela janela? Gritar?

Ela precisava escutar uma voz de verdade. Uma voz que provasse que ainda existia, que era palpável. Somente assim, conseguiria silenciar as vozes na sua cabeça. Pegou o telefone. Jeanette Kihlberg atendeu após dez toques.

Ela escutou ruído na linha. Um barulho de fundo intercalado por um som de bipe.

— Como ele está? — Foi a única coisa que Sofia conseguiu dizer.

— Está vivo, deitado aqui na minha frente. Por enquanto, basta.

"O filho está ao seu lado", pensou ela. "E Gao está aqui comigo."

— Posso ir aí hoje? — Ela se escutou dizendo.

— Venha, por favor.

— Posso ir aí hoje. — Sua voz ecoava nas paredes da cozinha. Ela tinha se repetido? — Posso ir aí hoje. Posso ir...

Johan estivera desaparecido uma noite inteira quando Sofia fora para casa, para Gao. Eles haviam dormido. Nada mais. Ou não?

— Posso ir aí hoje.

A insegurança se espalhou e num instante ela não tinha ideia do que acontecera após terem entrado no Queda Livre.

Ao longe escutou a voz de Jeanette.

— Bom. Então a gente se vê. Estou com saudade.

— Posso ir aí hoje.

O telefone estava mudo. Quando olhou na tela viu que a chamada durara vinte e três segundos.

Quando pegou as botas para calçar, viu que estavam úmidas, como se tivessem acabado de ser usadas.

Sofia as examinou. Havia uma folha amarelada grudada no calcanhar da bota esquerda, havia grama nos cadarços e as solas estavam enlameadas.

"Calma", pensou ela. "Choveu muito. Quanto tempo leva para um par de botas secar?"

Ela pegou a jaqueta. Também estava úmida, então olhou mais de perto.

Havia um rasgo em um dos braços, com cerca de cinco centímetros. No algodão que desfiava, encontrou grãos de areia.

Tinha algo no bolso.

"O que é isso, meu Deus?"

Era uma foto polaroide.

Quando a viu, ficou sem saber o que pensar.

Era uma imagem dela, talvez com dez anos de idade. Estava em uma praia deserta. O vento estava forte e seu cabelo loiro se mantinha quase em ângulo reto. Na areia tinha uma fileira irregular de tocos de madeira, e no fundo havia um farol com listras vermelhas e brancas. A silhueta de gaivotas se destacava contra o céu cinza.

Seu coração disparou. A imagem não lhe dizia nada. Aquele lugar era totalmente desconhecido.

DINAMARCA, 1988

Insone, ela escutou seus passos, enquanto fingia ser um relógio. Se conseguisse controlar o tempo, ele acabaria se confundindo e ela ficaria em paz.

Ele era pesado. Tinha as costas peludas, estava suado e fedia a amônia depois de duas horas trabalhando com o esterco e o trator. Seus palavrões no depósito podiam ser ouvidos do quarto dela.

Os ossos de seu quadril roçavam o ventre da menina, que olhava ausente por cima de seus ombros.

A bandeira dinamarquesa afixada ao teto era uma cruz invertida, com o vermelho do sangue e o branco dos esqueletos.

Era mais fácil fazer o que ele queria. Acariciar suas costas e gemer no seu ouvido. Encurtava o tempo em pelo menos cinco minutos.

Quando o rangido da velha cama cessava, ele ia embora. Ela se levantava para ir ao banheiro. O fedor de estrume tinha que ser removido.

Ele era um trabalhador braçal de Holstebro. Chamava-o de "porco de Holstebro", inspirada pela raça criada na região, bastante apropriado ao abate.

Ela anotou seu nome no diário junto com os outros, encabeçando a lista com seu vizinho, o criador de porcos, a quem ela devia agradecer por ter onde morar.

O outro era bem mais educado, um advogado ou coisa parecida. Trabalhava na Suécia quando não estava na fazenda matando porcos. Ela o chamava de "bastardo alemão", mas sempre pelas costas.

Ele tinha orgulho de trabalhar seguindo um método antigo e comprovado. O porco da Jutlândia deveria ser sapecado, e não escaldado, antes de remover as cerdas.

Ela abriu a torneira e esfregou as mãos. Seus dedos estavam inchados do trabalho. O pelo de porco entrava nas unhas, que inflamavam, e não adiantava usar luvas de proteção.

Ela os matava. Eram desacordados com choques e sangrados, depois ela limpava tudo e enxaguava os ralos, tomando conta do abatedouro. Uma vez ele a deixou atirar em um porco com uma pistola, e por pouco ela não atirou nele. Só para ver seus olhos ficarem vazios como os dos animais.

Depois de ter se esfregado bastante, ela se secou com uma toalha e voltou ao seu quarto.

"Não aguento mais", pensou. "Preciso ir embora".

Enquanto se vestia, escutou o carro do porco de Holstebro dando a partida. Afastou a cortina e olhou pela janela. O carro saiu e o bastardo alemão foi ao depósito para continuar a espalhar esterco.

Ela resolveu ir até Grisetåudden e talvez atravessar a ponte para Oddesund.

O vento penetrava na sua roupa. Apesar de estar usando uma blusa e um agasalho, tremia de frio.

Andou até a estrada de ferro e seguiu os trilhos. A intervalos regulares, passava por restos de bunques e trincheiras da Segunda Guerra. O caminho se estreitou, e logo se podia ver água dos dois lados. Quando a estrada de ferro fez uma curva em direção à ponte, viu o farol a algumas centenas de metros adiante.

Ela desceu até a praia e viu que estava sozinha. Deitou na grama em frente ao farol vermelho e branco e ficou olhando para o céu azul. Lembrou-se de estar deitada do mesmo jeito escutando uma voz dentro da floresta.

Era um dia de ventania igual àquele. A voz era de Martin.

Por que ele desaparecera?

Ela não sabia, mas acreditava que alguém o afogara. Desaparecera perto do ancoradouro, na mesma época em que a Garota-Corvo surgira.

Suas memórias eram difusas. Havia um buraco negro nelas.

Enrolou uma folha entre os dedos e viu como mudava de cor sob os raios de sol. Na ponta havia uma gota de orvalho e abaixo uma formiga, imóvel. Viu que tinha perdido uma perna traseira.

— No que está pensando, formiguinha? — sussurrou ela, soprando a folha.

Deitou de lado e pôs a folha numa pedra. A formiga começou a se mexer e conseguiu descer. A falta de uma perna não parecia ser um empecilho.

— O que está fazendo aqui?

Uma sombra caiu sobre seu rosto. Um bando de pássaros passou sobre sua cabeça.

Ela levantou e foi com ele até a trincheira. Levou dez minutos, porque ele estava cansado.

Ele lhe contou sobre a guerra, sobre o que os dinamarqueses tiveram que suportar durante a ocupação alemã, sobre como as mulheres eram estupradas e desonradas.

— Eram as putinhas dos alemães — suspirou ele. — Foderam uns cinco mil porcos.

Várias vezes falou sobre mulheres dinamarquesas que, de livre vontade, haviam mantido relações com soldados alemães. Ela percebeu logo que ele próprio era um bastardo, filho de alemão.

Quando voltaram, ela ficou alguns passos para trás, ajeitando a roupa suja. A camisa estava rasgada, e ela não queria encontrar ninguém. Estava dolorida, porque ele fora mais bruto do que o normal e o chão era pedregoso.

"A Dinamarca é o inferno na Terra", pensou.

HOSPITAL KAROLINSKA

— Que tempo horrível — disse Sofia Zetterlund, ao entrar no quarto do hospital. Um sorriso incerto repousava em seus lábios. Jeanette Kihlberg a olhava com expectativa. Claro que estava feliz em revê-la, mas havia algo diferente em seu rosto, que ainda não podia ser decifrado.

A chuva batia contra as vidraças e de quando em quando o ambiente se iluminava com um raio. Lá estavam uma diante da outra.

Sofia olhou Johan com preocupação. Jeanette se aproximou e passou a mão em suas costas.

— É bom ver você — sussurrou ela. Sofia respondeu com um abraço.

— Qual é o prognóstico? — perguntou a psicóloga.

Jeanette sorriu.

— Se você estiver se referindo ao tempo, nada bom. — O tom brincalhão veio por si só. — Quanto ao Johan, parece ser bom. Ele começou a despertar. Dá pra ver que os olhos se mexem debaixo das pálpebras. — O rosto de Johan finalmente estava com mais cor. Ela acariciou seu braço.

Os médicos finalmente ousaram dar um prognóstico positivo sobre sua condição. Era agradável ter a companhia de alguém que era mais que um colega. Alguém que não exigia que se portasse como chefe.

Sofia relaxou e voltou a ser ela mesma.

— Você não pode se culpar — disse Jeanette. — Não teve nada a ver com você, teria acontecido de qualquer jeito.

Sofia a olhou com seriedade.

— Pode ser. Mas fico envergonhada de ter entrado em pânico. Eu queria ter estado lá por ele, mas não estive.

Jeanette pensou em como Sofia reagira. Ela a encontrara completamente abatida, chorando e confusa, no chão.

— Espero que me perdoe por ter deixado você lá — disse Jeanette. — Mas Johan ainda estava desaparecido e...

— Sim, pelo amor de Deus — interrompeu Sofia. — Eu me viro. — Ela olhou diretamente nos olhos de Jeanette. — Lembre disso: eu sempre me viro. Você nunca vai precisar se responsabilizar por mim, não importa a razão.

A detetive ficou quase alarmada com a seriedade da voz e do olhar de Sofia.

— Consigo lidar com altos executivos enfurecidos, então posso muito bem tomar conta de mim mesma.

Jeanette ficou aliviada ao ver Sofia sorrindo.

— Eu, pelo visto, não consigo nem lidar com um bêbado — disse Jeanette. Ela riu e apontou para o curativo na cabeça.

— E qual é o seu prognóstico? — perguntou Sofia, que também sorria.

— Levei uma garrafada na cabeça. Quatro pontos, que vou tirar daqui a duas semanas.

Outra vez, o quarto se iluminou com um raio. A janela sacudia. Por um instante, a luz forte cegou Jeanette.

Paredes brancas, teto branco, chão branco, lençol branco. O rosto pálido de Johan. Sua visão se turvou.

— Mas o que foi que aconteceu com você? — A detetive mal conseguiu olhar para Sofia ao fazer a pergunta. Uma luz vermelha piscava na máquina. Johan estava na cama à sua frente, e ela podia divisar a silhueta escura de Sofia contra a janela. Esfregou os olhos e aos poucos a nitidez e as cores retornaram. Podia ver novamente os traços de Sofia.

— Pois é... — suspirou ela em resposta, olhando para o teto à procura de palavras. — Ficou provado que tenho medo de morrer. Simples assim.

— Você pensava que não tinha? — Jeanette a olhou com curiosidade, sentindo no peito seu próprio medo do inevitável.

— Não desse jeito. Não tanto. A ideia da morte não é clara antes de se ter filho. Quando estava com Johan lá em cima... — Sofia se calou e pôs a mão na perna dele. — A vida ganhou de repente um novo significado, e eu não estava pronta pra isso. — Ela olhou para Jeanette e sorriu. — Foi um choque. Deparar com o sentido da vida.

Jeanette viu pela primeira vez que Sofia não era apenas uma psicóloga ou alguém com que era fácil conversar.

Ela também carregava algo, uma falta ou uma saudade, talvez uma mágoa.

Também tinha experiências com que precisava lidar, vazios a preencher.

Sentiu vergonha por não ter percebido aquilo antes. Que Sofia não era uma pessoa que não podia apenas dar o tempo todo.

— É impossível não fraquejar quando se está vivo — disse ela, após um longo instante de silêncio, esperando que Sofia entendesse suas palavras como um consolo.

De repente, elas escutaram um gemido de Johan. Durante o ínfimo de um segundo se olharam espantadas até entender o que era exatamente. Jeanette se sentiu mais leve de imediato. Ela se inclinou sobre ele.

— Meu amor — murmurou, passando a mão no seu peito. — Bem-vindo de volta, querido. Mamãe está aqui com você.

Ela chamou um médico, que explicou que era uma parte natural do processo, mas que levaria muitas horas antes de ele estar totalmente consciente.

— A vida retorna devagar a todos nós — disse Sofia depois que o médico as deixou a sós.

— Sim — disse Jeanette. Então ela decidiu contar o que sabia. — Sabe quem está em coma neste mesmo hospital? — perguntou ela.

— Não faço ideia.

— Karl Lundström. — disse a detetive. — Passei na frente do quarto dele hoje. É bem esquisito — continuou ela. — A dois corredores de distância está aquele homem, envolvido por lençóis iguais aos de Johan, sendo tratado da mesma maneira pelos funcionários. A vida tem o mesmo valor, não importa quem você seja.

— Vivemos no mundo dos homens — disse Sofia. — Onde Johan não vale mais que um pedófilo. Onde ninguém vale mais que um pedófilo ou um estuprador. Só se pode valer menos.

Jeanette riu.

— O que você quer dizer?

— Se é uma vítima, você vale menos que um pedófilo. É mais importante proteger os possíveis agressores do que as possíveis vítimas. Esse é o mundo dos homens.

Jeanette balançava a cabeça, mas não sabia se tinha entendido. Olhou para Johan deitado à sua frente. Vítima? Ela não tinha ainda pensado naquilo. Vítima de quê? Pensara em Karl Lundström. Não, não era possível. Ela o afastou da cabeça.

— Me conte mais sobre sua experiência com os homens... — tentou Jeanette.

— Acho que odeio todos — respondeu Sofia. Seu olhar estava vazio. — Coletivamente, quero dizer. — Ela olhou para Jeanette. — E você?

A detetive não esperava receber a pergunta de volta. Olhou para Johan e pensou em Åke, seus chefes e colegas. Muitos eram uns porcos, mas não todos. Sofia dera expressão a um mundo diferente do dela. Aquilo era perceptível.

O que constituía a escuridão de Sofia? Seus olhos eram difíceis de interpretar.

Ódio ou ironia, loucura ou sabedoria. "Há de fato uma diferença?", pensou Jeanette.

— Me deu vontade de fumar. Vamos? — Sofia interrompeu seus pensamentos.

Pelo menos ela nunca a aborrecia, ao contrário de Åke.

— Não... Vá você. Vou ficar aqui com Johan.

A psicóloga vestiu a capa e saiu.

ESTOCOLMO, 1987

A sorveira fora plantada no mesmo dia em que ela nascera. Uma vez tentou queimá-la, mas a árvore não pegou fogo.

A cabine estava quente, com o cheiro das pessoas que haviam se sentado antes nela. Victoria abriu a janela para ventilar, mas era como se o cheiro estivesse impregnado no estofado.

A dor de cabeça, que sentia desde que acordara com o cinto ao redor do pescoço, no quarto de hotel em Copenhague, começava a passar. A boca ainda estava inchada e o dente quebrado doía. Ela passou a língua sobre ele, sentindo que um pedaço se desprendera e pensando que precisava ir ao dentista assim que voltasse para casa.

O trem sacudiu e deixou a estação. Começou a chover forte.

"Posso fazer o que quiser", pensou ela. Deixar tudo para trás e nunca mais voltar. Ele ia deixar? Ela não sabia. Precisava dela, e ela precisava dele.

Pelo menos por enquanto.

Uma semana antes, ela, Hannah e Jessica haviam pego a balsa de Corfu até Brindisi, depois o trem de Roma para Paris. Chuva e céu cinzento na janela por todo o caminho. Julho parecera novembro. Dois dias sem sentido em Paris. Hannah e Jessica sentiam saudade de casa. Estavam com frio e molhadas quando entraram no trem na Gare du Nord.

Victoria se encolheu num canto e cobriu a cabeça com o casaco. Após um mês de mochilão pela Europa, só faltava o último trecho.

Durante toda a viagem, Hannah e Jessica haviam se portado como duas bonecas. Ela se cansara delas. Quando o trem parara em Lille, decidira descer. Um caminhoneiro dinamarquês oferecera carona, e ela fora com ele até Amsterdam. Em Copenhague, trocara os últimos traveller's checks e se hospedara em um hotel.

A voz lhe contara o que devia fazer. Mas estava errada.

Ela sobrevivera.

O trem se aproximava da travessia de Helsingør, e Victoria se perguntou se sua vida poderia ter sido diferente. Talvez não. Seu pai cravara uma faca em sua infância e a lâmina ainda vibrava após o golpe. Não importava mais. Ela e o ódio se pertenciam, como o trovão e o raio, como o punho cerrado e o soco.

A viagem para casa levou a noite inteira. Ela dormiu o tempo todo. O inspetor a acordou pouco antes da chegada. Victoria se sentia tonta e nervosa. Tinha sonhado, mas não lembrava com o que, e a única coisa que restava do sonho era um mal-estar no corpo.

Era bem cedo e o ar estava gelado. Saiu do trem, pegou sua mochila e entrou no saguão enorme e abobadado. Ninguém a esperava, o que não a surpreendeu. Ela desceu a escada rolante a caminho do metrô.

O ônibus de Slussen até Värmdö e Grisslinge levava meia hora, e ela usou o tempo para inventar anedotas inocentes de viagem. Sabia que seu pai ia querer escutar tudo e não ia se satisfazer com uma descrição vaga.

Victoria saiu do ônibus e andou devagar pela rua tão familiar.

Viu a "Árvore de Subir" a "Escadaria de Pedra". O morro que ela apelidara de "A Montanha" e o córrego que chamava de "O Rio".

Era uma adolescente de dezessete anos, mas uma parte dela parecia ter dois.

O Volvo branco estava na entrada, e ela os viu no jardim.

Ele estava de costas, ocupado com algo. Sua mãe estava agachada arrancando ervas daninhas entre as flores. Victoria tirou a mochila das costas e a pôs no pátio.

Só então ele a escutou e virou.

Ela sorriu e acenou, mas ele a olhou sem expressão, deu as costas e continuou seu trabalho.

A mãe tirou os olhos das flores e acenou com timidez para Victoria. A garota acenou de volta, pegou a mochila e entrou na casa.

No porão, tirou a roupa suja da mochila e pôs na máquina de lavar. Ela se despiu e entrou no chuveiro.

Uma lufada de vento repentina levantou a cortina, e ela viu que ele estava do lado de fora.

— Fez boa viagem? — Sua sombra caía sobre a cortina do chuveiro, e ela sentiu o peito apertando. Não queria responder, mas, apesar das humilhações que ele lhe infligira, não podia recebê-lo com o tipo de silêncio que faria com que se revelasse.

— Sim, foi boa. — Ela tentou parecer feliz e relaxada, como se ele não estivesse a poucos centímetros de seu corpo nu.

— O dinheiro foi suficiente pra viagem toda?

— Sim. Até sobrou um pouco.

— Muito bem, Victoria. Você é... — Ele se calou e ela o escutou soluçando.

Estava chorando?

— Senti sua falta. Ficou bem vazio aqui sem você. Nós dois sentimos.

— Mas agora estou em casa. — Ela tentou parecer alegre, mas sentiu o aperto no peito crescendo, sabendo o que ele queria.

— Certo. Termine seu banho e ponha a roupa, depois sua mãe e eu queremos falar com você. Ela foi preparar o chá. — Ele assoou o nariz no lenço e fungou.

"Sim, ele está chorando", pensou ela.

— Logo eu termino.

Ela o esperou se afastar antes de fechar a torneira e se secar. Sabia que podia voltar a qualquer segundo, por isso se vestiu com pressa. Nem se importou em procurar uma calcinha limpa. Pegou a que usara durante toda a viagem pela Dinamarca.

Eles estavam em silêncio na mesa da cozinha, à sua espera. Só se ouvia o rádio na janela. Na mesa estava o bule de chá e um prato com biscoitos de amêndoa. Sua mãe encheu uma xícara, ela sentiu o forte cheiro de hortelã e mel.

— Bem-vinda de volta, Victoria. — A mãe ofereceu a bandeja de biscoitos sem olhá-la nos olhos.

Victoria tentou estabelecer contato visual com ela. Repetidas vezes.

"É como se não me reconhecesse", pensou Victoria.

A bandeja com biscoitos era a única coisa presente.

— Você deve ter sentido falta de... — A mãe não soube como continuar, então pôs a bandeja sobre a mesa e recolheu migalhas invisíveis. — Depois de tanta coisa diferente como...

— Vai ser bom. — Victoria deixou o olhar passear pela cozinha e depois olhou para ele. — Tem algo que vocês queiram me falar? — Ela mergulhou o biscoito no chá. Um pedaço se desprendeu e caiu dentro da xícara. Viu com fascinação como se dissolveu. Os pedacinhos afundaram como se jamais tivessem sido uma coisa só.

— Mamãe e eu pensamos enquanto você esteve viajando e decidimos mudar daqui por um tempo.

Ele se inclinou sobre a mesa. A mãe concordava com a cabeça, para reforçar a afirmação.

— Mudar? Pra onde?

— Vou conduzir um projeto em Serra Leoa. Ficaremos lá por seis meses, depois poderemos permanecer por mais seis, se quisermos.

Ele entrelaçou os dedos, e ela reparou que pareciam velhos e enrugados.

Dedos tão duros e sôfregos. Ardentes.

Ela estremeceu com a ideia de que ele ia tocá-la.

— Mas eu me inscrevi na Universidade de Uppsala e... — As lágrimas se formaram, mas ela não queria demonstrar fraqueza. Não daria uma oportunidade para ele tentar consolá-la. Ele olhou para sua xícara, mexeu o chá com a colher e misturou as migalhas de biscoito até virar um mingau.

— A África é bem longe e...

Ela ficaria completamente à sua mercê. Sem conhecer ninguém, sem ter para onde fugir.

— Conseguimos alguns cursos à distância para você. Vai ter acompanhamento algumas vezes por semana.

Ele a olhou com seus olhos vítreos e azuis. Já tinha tomado a decisão e não havia o que dizer.

— Que curso? — Ela sentiu a dor no dente e passou a mão no queixo.

Eles nem perguntaram a respeito.

— É um curso básico de psicologia. Achamos apropriado para você.

Ele juntou as mãos, aguardando uma resposta.

A mãe se levantou e levou sua xícara para a pia. Sem uma palavra, lavou, secou e guardou com capricho no armário.

Victoria não disse nada. Sabia que não adiantava protestar.

Era melhor conservar a raiva dentro de si, deixando-a crescer. Um dia os diques iam romper e ela deixaria o fogo inundar o mundo. Então não haveria nenhuma clemência, nenhum perdão.

Ela sorriu para ele.

— Vai dar tudo certo. Afinal, são apenas alguns meses. Vai ser legal conhecer um lugar novo.

Ele concordou e levantou da mesa para assinalar que a conversa tinha acabado.

— Agora cada um pode fazer o que quiser — disse ele. — Talvez você precise descansar um pouco. Vou continuar com o trabalho no jardim. Às seis a sauna vai estar quente e continuamos a conversa. Pode ser? — Ele lançou um olhar de comando primeiro para Victoria e depois para sua esposa.

Elas balançaram a cabeça.

Durante a noite, Victoria teve dificuldade em dormir, remexendo-se na cama.

Ela estava dolorida, porque sua mão fora pesada. A pele ardia após a água escaldante, e doía entre suas pernas. Mas ela sabia que ia passar depois de uma noite. Caso ele estivesse satisfeito e dormisse.

Ela abraçou o cachorrinho de pelúcia.

Em sua memória, anotou as injustiças, ansiando pelo dia em que ele e todos os outros implorariam sua misericórdia.

HOSPITAL KAROLINSKA

É fácil matar alguém. Os problemas são de ordem mental, com condições bem diversas. Para a maioria das pessoas, é necessário passar por uma série de barreiras. Empatia, consciência e reflexão geralmente funcionam como impedimento para a prática da violência assassina.

Mas, para alguns, é tão simples quanto abrir o leite.

Era o horário de visita, e muitas pessoas estavam circulando. Do lado de fora, a chuva era torrencial, e a tempestade castigava as janelas. De vez em quando, um raio iluminava o céu escuro, e o estrondo vinha quase em seguida.

A tempestade estava bem próxima.

Na parede ao lado dos elevadores havia um mapa. Como não queria perguntar o caminho para ninguém, foi averiguar se estava no local certo.

Numa das mãos, carregava um buquê de tulipas amarelas. Cada vez que passava por alguém olhava para o chão, evitando contato visual. Seu casaco era comum, assim como suas calças e os sapatos brancos com sola de borracha. Ninguém a notava. Se fosse necessário, não se recordariam de nenhum detalhe de sua aparência.

Ela podia ser qualquer pessoa. Estava acostumada a ser ignorada. Aquilo não a incomodava mais, embora no passado a tivesse magoado.

Por muito tempo foi solitária, mas já não era.

Pelo menos não do mesmo jeito.

Era a segunda porta à esquerda. Entrou sorrateiramente, fechou-a e parou para escutar.

Estava tudo em silêncio. Como esperado, ele estava sozinho no quarto.

Ao lado da janela, havia um abajur de luz suave, conferindo ao quarto um brilho febril e fazendo com que parecesse menor.

À cabeceira da cama estava sua ficha. Ela a pegou e leu.

Karl Lundström.

Ao lado havia diversos aparelhos e dois suportes de onde substâncias pingavam e iam até um tubo preso à sua garganta. Havia dois tubos finos e transparentes no seu nariz e outro na boca.

"Ele é apenas um monte de carne", pensou ela.

Houve um bipe rítmico e sonolento de um dos aparelhos que o mantinha vivo. Ela sabia que não podia simplesmente desligá-los. O alarme ia disparar, e em menos de um minuto os enfermeiros estariam lá.

O mesmo aconteceria se tentasse sufocá-lo.

Ela o observou. Seus olhos se mexiam assustados debaixo das pálpebras. Talvez estivesse consciente de sua presença.

Talvez até compreendesse por que ela estava lá, mas não podia fazer nada.

Pôs a sacola na cabeceira da cama, abriu e pegou uma pequena seringa antes de ir até o suporte.

Só se ouvia a chuva do lado de fora e o barulho do respirador.

Ela pegou a seringa e furou a região superior da parte onde estava escrito NUTRIENTES. Quando tirou a agulha, agitou-o gentilmente para que a morfina se misturasse com a solução açucarada.

Depois pegou um dos vasos e encheu de água no banheiro. Colocou as tulipas ali.

Antes de sair, tirou a polaroide da bolsa.

O flash da câmera saiu sincronizado com a luz de mais um raio na janela. A foto foi aos poucos se revelando aos seus olhos.

Olhou para ela.

O raio distorceu a cor das paredes do quarto e do lençol, mas o corpo de Karl Lundström e o vaso de tulipas amarelas saíram perfeitos.

Karl Lundström. Ele que por tantos anos abusara da filha. Ele que não se arrependera. Ele que tentara pôr fim à sua vida insignificante com uma tentativa patética de suicídio.

Ele que fracassara no que qualquer um conseguia fazer.

Abrir uma embalagem de leite.

Mas ela ia ajudá-lo a concretizar sua vontade. Poria um ponto final em tudo.

Ao abrir a porta em silêncio, escutou a respiração dele ficando mais lenta.

Logo ia parar por completo, deixando mais ar puro para que os vivos respirassem melhor.

GAMLA ENSKEDE, CASA DOS KIHLBERG

Eles se mantinham em silêncio no carro. Só se ouvia o limpador de para-brisa e o ruído suave da frequência policial. Jens Hurtig estava ao volante e Jeanette ia no banco de trás com Johan.

Hurtig virou o carro na rua Enskedevägen e lançou um olhar para Johan.

— Você já está bem — disse, sorrindo para o retrovisor.

O menino concordou em silêncio, virou a cabeça e olhou para fora.

"O que aconteceu com ele?", pensou Jeanette, mais uma vez a caminho de abrir a boca para perguntar como estava. Ela se refreou. Não queria pressioná-lo. Sua falação não ia fazê-lo contar nada. A detetive sabia que naquele estágio o primeiro passo devia ser dele. Podia levar o tempo que fosse. Talvez Johan não soubesse nada sobre o que acontecera, mas ela tinha a impressão de que estava ocultando algo.

O silêncio no carro era opressivo quando Hurtig embicou na casa.

— Mikkelsen ligou hoje de manhã — disse ele, desligando o motor. — Lundström morreu na noite passada. Achei melhor contar antes que você lesse nos tabloides.

Ela se sentiu afundando. A chuva intensa contra a janela por um instante lhe deu a impressão de que o carro ainda estava em movimento. Sua única pista na caça do assassino se fora.

— Espere aqui, por favor. Já volto — disse ela, abrindo a porta do carro. — Venha, Johan. Vamos entrar.

O menino a seguiu pelo jardim, subiu os degraus e entrou na casa. Sem dizer nada, tirou os sapatos, pendurou a jaqueta molhada e foi para o quarto.

Ela ficou imóvel um instante, só olhando para ele.

Quando voltou para fora, a chuva tinha acalmado um pouco. Hurtig estava de pé ao lado do carro, fumando.

— Já virou hábito?

Ele riu e estendeu o maço.

— Quer dizer que Karl Lundström morreu — disse ela.

— Sim, parece que seus rins entraram em falência.

A dois corredores de distância. Na mesma noite que Johan acordara.

— Nada de estranho, então?

— Aparentemente não, ainda mais com o tanto de remédio que enfiaram nele. Mikkelsen prometeu um relatório para amanhã e… Eu só queria que você soubesse.

— Mais nada? — perguntou ela.

— Nada de especial. Ele recebeu uma visita logo antes de morrer. A enfermeira que o encontrou viu que havia flores novas. Tulipas amarelas. Da mulher ou do advogado. As únicas visitas registradas durante o dia.

— Annette Lundström? Ela não está internada?

— Não. Mikkelsen disse que mal deixou a casa em Danderyd nas últimas semanas, a não ser para visitar o marido. Foram informá-la da morte hoje de manhã e... parece que a casa cheirava a um lugar fechado por muito tempo.

"Alguém deu flores amarelas para Karl Lundström", pensou Jeanette. "Essa cor costuma simbolizar traição."

— Sou uma mãe ruim? — perguntou ela.

Hurtig riu, inseguro.

— Johan é adolescente. Ele fugiu, encontrou alguém que lhe ofereceu álcool. Ficou bêbado, deu tudo errado e agora está com vergonha.

"Ele está tentando me animar", pensou Jeanette. "Mas isso não faz sentido."

— Você está sendo irônico?

Ela logo viu que não.

— Não, Johan está com vergonha. Dá pra ver.

Ela se reclinou sobre o capô. "Talvez ele esteja certo", pensou. Hurtig tamborilava os dedos no teto do carro.

Os dois se despediram e ela voltou para a casa. Entrou na cozinha, pegou um copo de água e levou para Johan.

Ele já estava adormecido. Ela pôs o copo no criado-mudo e acariciou seu rosto.

Foi ao porão, colocar a roupa suja na máquina. As camisas de treino e os meiões de futebol do filho. E as camisas que Åke deixara pra trás.

Pôs o sabão, fechou a tampa e se sentou de frente para o vidro, vendo as roupas girarem. Traços de sua vida antiga rodopiavam diante dela.

Pensou em Johan. Silencioso todo o caminho de volta pra casa. Nem uma palavra. Nem um olhar. Decidira que ela não era o bastante. E conscientemente a descartara.

Como doía.

VITA BERGEN, APARTAMENTO DE SOFIA ZETTERLUND

Sofia Zetterlund arrumou a casa, pagou as contas e tentou lidar com questões práticas.

Na hora do almoço, ligou para Mikael.

— Então você ainda está viva? — Ela identificou a raiva na sua voz.

— Precisamos conversar...

— Agora não posso. Tenho uma reunião no almoço. Pode me ligar à noite? Você sabe como são meus dias.

— Você sempre está ocupado à noite. Deixei alguns recados...

— Sofia... — Ele suspirou. — O que estamos fazendo? Não é melhor esquecer essa história?

Ela ficou muda e engoliu em seco.

— O que você quer dizer?

— Dá pra ver que não temos tempo para nos encontrar. Então por que continuar?

Quando se deu conta do que Mikael queria, ela sentiu um grande alívio. Ele se antecipara a Sofia. Queria terminar. Simples assim. Sem rodeios.

Ela soltou uma risada.

— Mikael, era por isso que eu estava tentando falar com você. Não tem cinco minutos para resolver essa questão agora?

Após a ligação, Sofia sentou no sofá.

"Lavar roupa", pensou ela. "Arrumar a casa e pagar as contas. Regar as flores. Terminar uma relação. Atividades práticas de magnitude comparável."

Ela não achava que sentiria sua falta.

Sobre a mesa estava a foto polaroide que encontrara no bolso da jaqueta.

"O que vou fazer com isso?", pensou ela.

Não conseguia entender. Era ela na foto, e ao mesmo tempo não era.

Por um lado, não se podia confiar na sua memória. A infância de Victoria Bergman era cheia de lapsos. Por outro, os detalhes da fotografia eram tão claros que deveriam despertar alguma lembrança.

Estava com uma blusa vermelha com detalhes brancos, galochas brancas e calça vermelha. Ela jamais se vestiria daquele jeito. Parecia que alguém tinha feito aquilo em seu lugar.

O farol ao fundo era vermelho e branco, o que fazia a foto parecer que a combinação de cores era planejada.

Não dava para ver muito ao redor, a não ser a praia e as estacas partidas. A paisagem parecia estéril, com morros baixos e capim alto e amarelado.

Podia ser Gotland, talvez o litoral sul da Inglaterra ou a Dinamarca. Skåne? O norte da Alemanha?

Lugares onde estivera, mas não com aquela idade.

Parecia ser fim de verão, talvez outono, considerando suas roupas. Um dia de frio e vento.

A menina era ela, com um leve sorriso nos lábios, embora os olhos não o acompanhassem. Observando com mais atenção, Sofia notou que pareciam desesperados.

Como aquilo fora parar no seu bolso? Estivera ali o tempo todo? Ou pegara em Värmdö, antes de incendiar a casa?

Não, ela não estava usando aquela jaqueta.

"Victoria", pensou ela. "Conte o que não estou lembrando."

Nenhuma reação.

Nem mesmo um sentimento a atingiu.

KUNGSGATAN, CENTRO DE ESTOCOLMO

Após anos de escavação na serra de Brunkeberg, a rua Kungsgatan foi inaugurada em novembro de 1911. Durante o trabalho, descobriram os restos de um vilarejo viking que um dia estivera no lugar da praça Hötorget.

A rua que inicialmente se chamava Helsingegathun foi rebatizada no começo do século XVIII como Lutternsgatan. Era um local perigoso, de casebres e velhas casas de madeira.

O escritor Ivar Lo-Johansson escreveu sobre ela, sobre os boêmios da região e as mulheres prostituídas que moravam e trabalhavam ali.

Durante os anos 1960, quando o centro da cidade se deslocava para o sul, em direção à Hamngatan, a rua começou a decair, mas após a revitalização dos anos 1980 recuperou algo de seu antigo status.

O promotor Kenneth von Kwist saiu do vagão do metrô em Hötorget. Como de costume, teve dificuldade em se orientar. Eram saídas demais, e seu senso de direção não funcionava debaixo da terra.

Alguns minutos depois, estava diante da sala de concertos Konserthuset.

Como estava chovendo, ele abriu seu guarda-chuva para andar devagar pela Kungsgatan, sentido oeste.

Não estava com pressa.

Quase se arrastava em direção ao escritório da promotoria.

Von Kwist estava inquieto. Sabia que, independentemente do modo como agisse, acabaria perdendo.

Atravessou as ruas Drottninggatan, Målargatan e a Klara Norra Kyrkogatan.

O que aconteceria se não fizesse nada, se apenas escondesse os documentos no fundo da gaveta?

Havia uma chance de ela nunca ouvir falar deles. Com o tempo, novos casos iam aparecer e os anteriores cairiam no esquecimento.

Mas duvidava que Jeanette Kihlberg apenas seguiria adiante.

Ela era muito teimosa e dedicada ao trabalho. Estivera realmente engajada no caso dos meninos assassinados.

Quando procurou fatos comprometedores sobre ela, o promotor não encontrou nada.

Nem mesmo uma notificação de má conduta.

Jeanette era a terceira geração de sua família na polícia. O pai e o avô tinham servido em Västerort. Tampouco eles tinham uma mancha no currículo.

Ele passou em frente ao Teatro Oscarsteatern e ao Cassino Kosmopol, onde antes estivera o salão de dança Bal Palais.

A situação toda tinha se tornado uma maldita confusão, e somente ele poderia resolver o problema.

A não ser que tivesse ignorado algo.

Talvez uma nova informação?

Jeanette Kihlberg andava completamente ocupada com o filho, mas, quando ele estivesse melhor, ela retornaria ao trabalho e, mais cedo ou mais tarde, ia se inteirar dos fatos.

Não havia nada que ele pudesse fazer para impedir.

A não ser que...

KVARTERET KRONOBERG, DELEGACIA DE POLÍCIA

O chefe de polícia Dennis Billing bateu na porta e entrou.

Jeanette reparou que ele estava queimado de sol.

— Já de volta? — perguntou ele, ofegante. Puxou uma cadeira e jogou seu corpo grande e pesado nela. — Como você está?

Jeanette deduziu que a última pergunta envolvia mais que apenas seu bem-estar.

— Tudo bem. Estou aguardando Hurtig trazer um relatório sobre o caso de Bandhagen.

— E o que está fazendo agora? — perguntou ele, abrindo a porta para Hurtig, que estava chegando.

— Tem algo de novo para nós? — perguntou Jeanette, inclinando-se para trás e vendo as costas largas de Billing. Tinha uma grande marca de suor nelas. "Um claro sinal de que fica sentado tempo demais", pensou.

— Não exatamente. Os dias estão bem calmos, vocês podem voltar a suas férias.

Jeanette e Hurtig fizeram o mesmo gesto de recusa, mas o assistente falou primeiro:

— De jeito nenhum. Prefiro tirar minhas férias no inverno.

— Eu também — acrescentou Jeanette. — Ficar em casa sem nada para fazer é muito chato.

Billing virou e olhou para ela.

— Está bem. Até acontecer alguma coisa, vocês podem jogar paciência. Arrumar os papéis. Reinstalar o Windows. Aproveitem para descansar. Tchau. — Sem esperar por uma resposta, ele passou por Hurtig e foi embora.

O detetive fechou a porta rindo e puxou a cadeira até a mesa.

— O estuprador de Bandhagen já confessou? — Jeanette endireitou a coluna, e cruzou os braços detrás da cabeça.

— Caso encerrado. — Hurtig sentou e continuou. — Ele vai ser processado por estupros múltiplos contra a esposa, agressão e, se mantiver sua versão, cárcere privado. — Ele se calou e pareceu pensativo. — Acho que ele se sentiu bem confessando seus crimes.

Jeanette tinha dificuldade em sentir compaixão por um homem daqueles.

"A rejeição não serve de desculpa", pensou ela, vendo Åke e Alexandra diante de si. "É uma parte da vida."

— Bom, então podemos deixar esse cara de lado e dedicar nosso tempo ao caso dos meninos.

Ela puxou uma gaveta e apanhou um arquivo cor-de-rosa, o que fez Hurtig rir.

Ela sorriu de volta.

— Aprendi a fazer algo importante parecer o contrário. Ninguém se daria ao trabalho de abrir isso. — Ela começou a folhear os documentos. — Tem algumas questões a que precisamos dar seguimento. Annette e Linnea Lundström. Ulrika Wendin. Kenneth von Kwist.

— Ulrika Wendin? — Hurtig pareceu não entender.

— Sim, não acho que ela tenha contado tudo. Vou seguir meu instinto.

— E Von Kwist? — Hurtig abriu os braços.

— Tem algo obscuro na relação da família Lundström com ele. Ainda não sei o que é, mas... — Jeanette respirou antes de prosseguir. — Tem outro nome que precisamos averiguar.

— Qual?

— Victoria Bergman.

Hurtig ficou surpreso.

— Victoria Bergman?

— Sim. Antes do desaparecimento de Johan, recebi a visita de um rapaz da polícia de Värmdö. Göran Andersson. Ainda não tive tempo de conferir as informações que me passou, por causa de tudo o que aconteceu, mas ele disse que Victoria Bergman não existe.

— Não existe? A gente não falou com ela?

— Sim, mas tentei ligar de novo e o número foi desativado. Ela está viva, mas usa outro nome. Ela evaporou de todos os registros vinte anos atrás. Alguma coisa fez com que Victoria Bergman se enfiasse debaixo da terra.

— Será que foi o pai? Ele abusava dela.

— Sim, talvez ele seja o motivo. Algo me diz que devemos seguir a pista dos Bergman.

— Mas qual é a ligação com o nosso caso?

— Mais uma vez, estou seguindo meu instinto. Quero saber por que esses dois nomes surgiram simultaneamente. Destino? Coincidência? Não importa. A conexão com as famílias Bergman e Lundström é mais que evidente. Sabia que durante anos eles tiveram o mesmo advogado? Viggo Dürer. Não pode ser uma coincidência. Pedi para que Åhlund desse uma olhada nesse cara.

Jeanette viu que ele entendera a seriedade de suas palavras e continuou:

— Tanto Bengt Bergman quanto Karl Lundström, além de abusar das filhas, cometeram o mesmo crime com outras crianças. Você se lembra de Bengt Bergman e dos irmãos da Eritreia? Uma menina de doze e um menino de dez. Birgitta Bergman, como sempre, confirmou o álibi. O mesmo vale para Annette Lundström, que sempre protegeu o marido, mesmo quando ele confessou estar envolvido com prostituição de crianças de países pobres.

— Eu entendo. Temos por onde seguir. A única diferença é que Karl Lundström confessou, enquanto Bengt Bergman negou tudo.

— Sim, por enquanto está tudo embolado, mas acho que a solução é uma só. Tudo está conectado e faz parte do nosso caso. Cheira a encobertamento. Estamos falando de pessoas bem-sucedidas, Bergman no Sida e Lundström na Skanska. A vergonha das famílias. E estamos falando de procedimentos judiciais falhos, talvez deliberadamente, e não por simples incompetência.

Hurtig concordava.

— E ambas as famílias estão relacionadas a pessoas que não existem — continuou ela. — Victoria Bergman. Qualquer criança sem nome que se compra na internet, se castra e depois se esconde em um arbusto morta.

— Você acredita em teoria da conspiração?

Se havia ironia no comentário de Hurtig, nem tomou conhecimento dela.

— Não, mas acredito em teoria holística.

— Holística?

— O todo é maior que a soma das partes. Sem entender o contexto, não se pode entender os detalhes. Não acha?

Hurtig pareceu pensativo.

— Ulrika Wendin. Annette e Linnea Lundström. Viggo Dürer. Victoria Bergman. Por onde começamos?

— Sugiro Ulrika Wendin. Vou ligar agora para ela.

"Crimes contra crianças", pensou ela. Do começo ao fim, tudo se tratava daquilo. Duas crianças não identificadas, o bielorrusso Yuri Krylov e Samuel Bai, menino-soldado em Serra Leoa. Três mulheres abusadas sexualmente na infância. Victoria Bergman, Ulrika Wendin e Linnea Lundström.

Alguém bateu à porta, então Åhlund entrou na sala.

— Que rápido — disse Jeanette, olhando-o com expectativa.

— Sim, fui rápido porque Viggo Dürer morreu.

— Morreu?

— Foi encontrado incinerado com a esposa em seu veleiro, duas semanas atrás. Perto de Simrishamn.

— Acidente?

— Sim, foi um vazamento de gasolina. O barco pegou fogo em poucos segundos. Eles não tiveram nenhuma chance.

Åhlund entregou um bilhete para ela com um número de telefone.

— Ligue e fale com o responsável pela investigação — disse ele. — Seu nome é Gullberg.

Jeanette ligou. Era melhor esclarecer aquilo de uma vez.

Gullberg se mostrou um homem comunicativo e agradável, com forte sotaque do sul. Contou que a Guarda Costeira recebera um pedido de socorro do telefone de Viggo Dürer. O barco tinha sido tomado pelo fogo e ele precisava de ajuda. Quando chegaram, estava tudo em chamas e os dois corpos tinham sido carbonizados.

No dia seguinte, encontraram na marina um carro no nome de Henrietta Dürer e uma sacola com pertences do casal, além dos documentos pessoais.

— Duas alianças confirmaram que se tratava do casal Dürer. — Gullberg estalou os lábios, satisfeito. — Tinham nome e data gravados. Os corpos foram cremados após o legista concluir seu trabalho.

— E foi mesmo um acidente? — perguntou Jeanette.

— Os peritos disseram que o incêndio começou no tanque de gasolina. O barco era bem velho. Havia um problema na mangueira. Não suspeitamos de crime, se é isso que você está pensando.

— Não estou pensando nada — disse Jeanette, encerrando a ligação.

BAR ZINKENS

Quando Ulrika Wendin entrou no pequeno café ao lado do estádio Zinkensdamm, Jeanette notou que ela emagrecera consideravelmente. Estava com a mesma camiseta da última vez, mas agora parecia ser de um tamanho bem maior.

Ulrika sentou à frente de Jeanette.

— Porra de ônibus — disse ela, jogando a bolsa do lado. — Perdi meia hora porque o imbecil do inspetor não queria validar meu bilhete. Vai me custar mil e duzentas coroas. A besta do motorista tinha carimbado o horário errado.

— Aceita alguma coisa?

O sorriso no rosto magro da menina pareceu forçado. Seu olhar era evasivo e a linguagem corporal demonstrava inquietação.

— O mesmo que você.

Elas fizeram o pedido e a detetive se recostou no sofá.

— Tudo bem se eu fumar? — Ulrika levantou antes de Jeanette ter tempo de responder. Sua inquietação era como uma capa que envolvia todo o seu ser.

— Tudo bem.

Elas saíram. Ulrika sentou no esquadrio da janela. Jeanette passou o maço de cigarros para ela.

— Sei que é difícil, mas eu queria que a gente falasse sobre Karl Lundström. Você disse antes que queria contar tudo. Então…

Ulrika Wendin acendeu o cigarro e olhou com frieza para Jeanette através da fumaça.

— Qual é a diferença? Ele está morto.

— Isso não nos impede de seguir adiante com a investigação. Você chegou a falar com alguém sobre o que aconteceu?

A menina deu um trago e suspirou.

— Não, eles encerraram o inquérito preliminar. Ninguém acreditou em mim. Acho que nem minha mãe. O promotor ficava repetindo que tinha uma rede de proteção social para pessoas como eu, mas no final das contas ele só achava que eu preciso de ajuda psicológica porque apresentava comportamento de risco. Eu era só uma puta adolescente pra ele. E aquele advogado de merda…

— O que tem ele?

— Li sua conclusão. A declaração da defesa, como Von Kwist chamava.

Jeanette balançou a cabeça. Às vezes, o advogado de defesa participa da fase inicial do inquérito, mesmo não sendo comum.

— Continue, por favor.

— Estava escrito que eu não tinha nenhuma credibilidade, que era cheia de problemas... Desde a escola até a bebida. Apesar de nunca ter me conhecido, me pintou de um modo horroroso. Como se valesse menos que merda. Fiquei tão magoada que decidi nunca mais esquecer seu nome.

Jeanette pensou em Viggo Dürer e Kenneth von Kwist.

Casos arquivados.

Havia mais? Ela sabia o que tinha que investigar. O advogado e o promotor deveriam ter seu passado examinado cuidadosamente.

— Viggo Dürer está morto — disse Jeanette.

— Não vai fazer falta a ninguém. — Ulrika amassou o cigarro contra a quina da janela. — Vamos entrar?

O pedido estava sobre a mesa. Jeanette começou a comer, mas Ulrika nem olhou para o prato com batatas fritas. Em vez disso, olhava pela janela. Pensava em algo e batia a ponta dos dedos sobre a mesa com inquietação.

Jeanette não disse nada. Só aguardou.

— Eles se conheciam — disse Ulrika após um instante.

Jeanette pôs os talheres de lado e olhou a menina de modo encorajador.

— O que você dizer? Quem?

Ulrika Wendin hesitou de início, mas depois apanhou o celular. De último modelo, quase um pequeno computador.

Como ela conseguira pagar por aquilo?

Ulrika tocou a tela e mostrou para Jeanette.

— Encontrei no Flashback. Leia.

— Flashback?

— É. Só leia. Você vai entender.

A tela do celular mostrava os comentários de uma página de internet.

Havia uma lista de suecos que davam apoio financeiro a uma organização chamada Sihtunum i Diasporan.

Eram cerca de vinte nomes. Quando Jeanette passou os olhos por ela, entendeu o que Ulrika queria dizer.

Além daqueles dois nomes, ela reconheceu mais um.

VITA BERGEN, APARTAMENTO DE SOFIA ZETTERLUND

Sofia Zetterlund estava sentada no sofá da sala, com os olhos fixos na escuridão. Ela não tinha acendido a luz quando chegara. Estava escuro, a não ser pela iluminação da rua.

Ela sentia que não podia mais se conter. Sabia também que não era racional.

Ela e Victoria teriam que cooperar. Senão as coisas só piorariam.

Sofia sabia que estava doente. E sabia o que devia ser feito.

Ela e Victoria formavam uma dupla complicada com um passado em comum.

As duas personalidades tinham se dividido numa tentativa desesperada de lidar com o dia a dia brutal.

Tinham modos de se defender e estratégias de cura completamente diferentes. Sofia mantivera a doença afastada se aferrando à rotina. O trabalho no consultório dava a ela uma ordem que anestesiava o caos interior. Victoria era guiada por ódio e fúria, soluções simples e uma lógica branco no preto segundo a qual, se precisasse, tudo poderia ser eliminado.

Ela odiava a fraqueza da outra, a vontade de ser aceita e se adaptar. As constantes tentativas de engolir todas as injustiças e aceitar com indiferença o papel de vítima.

Depois que Victoria reaparecera, Sofia se enchera de autodesprezo e perdera a capacidade de ver com clareza o caminho a seguir. Estava num atoleiro.

Não havia mais certeza.

Duas vontades diversas deveriam ser satisfeitas e reduzidas a uma só. "Uma equação desesperadora", pensou ela.

Havia a crença de que uma pessoa era formada por seus medos, e Sofia desenvolvera sua personalidade a partir do medo de ser Victoria. A outra permanecera de modo latente nela, como um polo oposto, um trampolim.

Sem as características de Victoria, Sofia deixaria de ser, tornando-se apenas uma casca vazia.

Sem conteúdo.

"De onde veio Sofia Zetterlund?", pensou ela. Não conseguia lembrar.

Ela passou a mão no braço.

"Sofia Zetterlund", pensou ela. Saboreou o nome e foi tomada pela impressão de ter sido criada por outra pessoa, a quem seu braço realmente pertencia.

Tudo começara com Victoria.

"Sou produto da mente de outra pessoa", pensou. "De outro ego." A ideia era vertiginosa, e ela teve dificuldade em respirar.

Onde podia encontrar um ponto em comum? Onde estava em Victoria a necessidade preenchida por Sofia? Precisava achá-lo, mas para fazer aquilo não podia temer os pensamentos de Victoria. Necessitava da coragem para olhar em seus olhos com mente aberta. Fazer-se acessível àquela a quem dedicara toda a sua existência a evitar.

Para começar, devia encontrar um lugar no tempo onde as lembranças eram suas, e não de Victoria.

Pensou na polaroide. Tinha cerca de dez anos e estava vestindo roupas feias, em vermelho e branco, em uma praia. Claro que não se lembrava. Aquele tempo, aquela sequência, pertencia a Victoria.

Sofia acariciou o outro braço. As cicatrizes esbranquiçadas eram de Victoria. Ela costumava cortar os braços com navalha e cacos de vidro, atrás da casa de tia Elsa, em Dala-Floda.

Quando surgira Sofia? Estava presente nos tempos de Sigtuna? Na viagem com

Hannah e Jessica? Tudo era vago. Ela percebeu que suas lembranças se tornavam lógicas e estruturadas somente a partir da faculdade, quando tinha vinte anos.

Sofia Zetterlund se matriculara na Universidade de Uppsala e morara cinco anos numa república, depois se mudara para Estocolmo. Fizera estágio num hospital em Nacka, depois trabalhara por dois anos com psiquiatria legal em Huddinge.

Então conhecera Lasse e abrira seu consultório.

O que mais? Serra Leoa, naturalmente.

De repente, sua vida pareceu deprimente, curta e sem sentido. Ela sabia que a causa disso era uma só pessoa. Seu pai, Bengt Bergman, que tomara metade de sua vida, obrigando-a a enfrentar a outra metade como uma prisioneira da rotina. O trabalho, o dinheiro, as ambições, a necessidade de ser competente e de ter uma vida amorosa. De afastar as lembranças mantendo-se tão ocupada quanto possível.

Aos vinte anos, Sofia era forte o bastante para assumir o controle sobre a vida de Victoria, começando uma nova. Na faculdade, ela a escondia ao mesmo tempo que bloqueava os abusos do pai. Eliminava a existência de Victoria ao mesmo tempo que perdia o controle sobre ela, no entanto.

Sofia levantou e foi até o espelho. Sorriu diante de seu reflexo e viu o dente que Victoria quebrara no hotel em Copenhague. O pescoço em que enrolara o cinto. Sentiu como era definido, forte.

Desabotoou a blusa e deixou a mão entrar debaixo do tecido. Sentiu seu corpo de mulher madura, lembrando o toque de Lasse e de Mikael.

Imaginou como seria se Jeanette a tocasse. Pele contra pele. Suas mãos lisas e macias.

Ela foi tateando a pele. Fechou os olhos e sentiu como estava por dentro. Vazia. Tirou a blusa e olhou seu próprio contorno no espelho.

O fim do corpo é tão definitivo. Onde a pele termina, o mundo prossegue.

"Sou tudo o que está aqui dentro", pensou ela.

Cruzou os braços e pôs as mãos nos ombros, como num abraço. As mãos subiram para seu rosto, tocaram os lábios. Fechou os olhos. Foi atingida pela náusea, sentindo um gosto azedo na boca.

Era ao mesmo tempo familiar e estranho.

Devagar, Sofia tirou a calça e a calcinha. Examinou-se no espelho. Sofia Zetterlund. "De onde você veio? Quando Victoria criou você?"

Ela olhou sua pele e a leu como um mapa de sua vida e da vida de Victoria.

Sentiu os pés e os calcanhares feridos, cujos calos nunca pareciam grandes o bastante para impedir que a pele abrisse novamente.

Eram os calcanhares de Sofia.

Passou as mãos sobre as panturrilhas e parou nos joelhos. Sentiu as cicatrizes de quando Bengt a pegava por trás, seu peso pressionando-os contra o caminho de pedra.

"Os joelhos de Victoria", pensou ela.

As coxas. Eram macias ao toque das mãos. Fechou os olhos e mesmo assim sabia como eram. Os hematomas que tentara esconder. Sentiu como os tendões doíam quando ele os agarrava.

As coxas de Victoria.

Continuou passando a mão, subindo pelas costas. Sentiu desigualdades que nunca registrara antes.

Fechou os olhos e lá estava o cheiro de terra quente, que só ela sentia em Serra Leoa.

Pensou no país, mas não se lembrava da cicatriz nas costas, não via a conexão que Victoria tentava lhe mostrar. "Às vezes é preciso se contentar com o simbólico", pensou, lembrando como acordara numa cova coberta segura de que ia ser enterrada viva pelos meninos-soldado, que dominavam através do ódio. Sentira o peso no corpo, a escuridão ameaçadora, o cheiro do pano úmido. E conseguira fugir.

Em retrospectiva, considerava aquilo um feito sobre-humano. Na hora, não percebera que o que fizera era impossível.

Fora a única a sobreviver.

A única que conseguira transpor o abismo entre realidade e fantasia.

BAR ZINKENS

Três nomes. Três homens.

Primeiro Karl Lundström e Viggo Dürer. Duas pessoas cujos destinos estavam interligados de um modo estranho. "Mas por outro lado, talvez não tão estranho", pensou Jeanette. Eles eram membros da mesma organização e se encontravam em reuniões e jantares. Quando Lundström tinha um problema, entrava em contato com um advogado que conhecia. Viggo Dürer. Era assim que funcionava. Favores recíprocos.

Mas a lista de nomes que financiavam a organização Sihtunum i Diasporan, até então desconhecida para Jeanette, incluía Bengt Bergman.

O pai da desaparecida Victoria Bergman.

A detetive perdeu o chão.

— Como achou isso? — Jeanette devolveu o celular e olhou para a jovem à sua frente.

Ulrika Wendin sorriu.

— Não foi difícil. Procurei no Google.

"Devo ser uma policial bem ruim", pensou Jeanette.

— Flashback? Dá pra confiar? — perguntou ela.

Ulrika riu.

— Pois é, tem um monte de besteira no site, mas também muita coisa verdadeira. A maior parte é fofoca de celebridade fazendo merda. Quando os tabloides reproduzem as notícias dizendo que estavam na internet. Às vezes dá a impressão que são os próprios jornalistas que inventam tudo.

Jeanette supôs que a menina tinha razão.

— E que organização é essa? Sihtunum i Diasporan?

Ulrika pegou o garfo e começou a mexer na batata frita.

— Uma associação ou coisa parecida. Não encontrei muita coisa sobre ela...

"Tem que ter alguma coisa", pensou Jeanette. "Vou pôr Hurtig atrás disso."

— Como Viggo Dürer morreu? — Ulrika ergueu os olhos do prato.

— Num incêndio acidental em seu veleiro. A polícia de Skåne o encontrou perto de Simrishamn.

— Ele sofreu?

— Não sei. Talvez.

— É verdade mesmo?

— Sim. Ele e a mulher foram cremados e sepultados.

Jeanette examinou o semblante magro da moça. Seu olhar parecia vazio, como se ela visse através do prato, enquanto desenhava no molho com a batata frita.

Ela precisava de ajuda.

— Você... já pensou em fazer terapia?

Ulrika lançou um rápido olhar para Jeanette e encolheu os ombros.

— Terapia? Acho que não.

— Tenho uma amiga que é psicóloga e está acostumada a lidar com jovens. Sei que você tem muita coisa aí dentro. Dá pra ver. — Jeanette fez uma pausa antes de continuar. — Quanto está pesando? Quarenta e cinco quilos?

Mais um gesto de indiferença.

— Não, quarenta e oito. — Ulrika sorriu, e Jeanette se encheu de compaixão por ela. — Não sei se daria certo. Sou muito burra pra esse tipo de coisa.

"Você está errada", pensou Jeanette. "Totalmente errada".

Apesar de tudo, a detetive via sua força interior. Ela podia se recuperar, caso alguém estendesse uma mão amiga.

— O nome dela é Sofia Zetterlund. Se quiser, ela pode atender você na semana que vem.

Jeanette sabia que era um tiro no escuro, mas conhecia Sofia bem o bastante para saber que ela concordaria com aquilo.

— Posso dar seu celular a ela?

Ulrika se remexeu na cadeira.

— Tá... Mas não vai ser esquisito, né?

Jeanette riu.

— Não, eu prometo. Ela é bem séria.

SERRA LEOA, 1987

— Coma tudo, Victoria. — Ele a olhava fixamente no café da manhã. — Quando terminar, não se esqueça de pôr um tablete de cloro na piscina. Vou dar um mergulho depois da reunião da manhã.

Já fazia mais de trinta e cinco graus, e ele enxugava o suor da testa. Victoria aquiesceu em silêncio, mexendo no repugnante mingau. Cada colherada inchava na boca. Ela odiava a canela e o açúcar que ele a obrigava a pôr em cima. Seus colegas do Sida logo chegariam e ele deixaria a mesa. Então ela poderia jogar fora o resto.

— Como vão os estudos?

Victoria não o encarou, mas sentiu que ele a examinava.

— Bem — respondeu ela com voz débil. — Estamos lendo Maslow. É sobre necessidade e motivação. — Victoria achava que ele não conheceria Maslow e esperava que isso servisse para silenciá-lo.

Ela estava certa.

— Motivação. Pode ser útil para você. — Ele voltou a olhar para o prato.

"Necessidade", pensou ela.

Enquanto fingia estar comendo, pensou no que havia lido sobre a hierarquia das necessidades, começando pelas fisiológicas. Necessidades como alimentação e sono, das quais ele sistematicamente a privava.

Em seguida, havia a necessidade de segurança, amor, companhia e admiração. Ele tirara tudo aquilo dela e continuava tirando.

No topo da hierarquia havia a necessidade de autoconhecimento, uma palavra que Victoria nem conseguia entender. Ela não sabia quem era ou o que queria. O autoconhecimento parecia algo inalcançável, porque estava além dela, além de seu ego. Em se tratando de necessidades, ele realmente a havia privado de todas.

A porta do pátio se abriu e uma garota alguns anos mais nova que Victoria apareceu.

— Olha você aí! — gritou ele com um sorriso nos lábios, olhando a empregada.

Victoria gostara dela desde o início. Bengt também tomara gosto pela garota esguia e alegre, cobrindo-a sempre de elogios.

Na primeira noite, no jantar, ele decidiu que por motivos práticos a garota ia se mudar do alojamento dos empregados para a casa principal. Aquilo fez com que Victoria passasse a dormir melhor do que nunca, e mesmo mamãe pareceu se alegrar com a mudança.

"A vaca cega", pensou ela. "Um dia tudo vai vir à tona e ela vai ter que pagar por fechar os olhos."

A garota entrou na cozinha. De início pareceu amedrontada, mas se acalmou ao ver Victoria e a mãe.

— Quando tivermos terminado, pode tirar a mesa — continuou ele, interrompendo-se após ouvir o som de um carro se aproximando, que entrava pela janela. — Caramba, eles já chegaram.

Bengt levantou, foi até a empregada e bagunçou seu cabelo.

— Você dormiu bem? — Victoria sabia que talvez nem tivesse dormido. Os olhos estavam inchados e vermelhos, e ela pareceu amedrontada quando ele a tocou.

— Sente e coma alguma coisa.

Ele piscou para a menina e lhe deu dinheiro, que ela guardou imediatamente, antes de sentar à mesa, ao lado de Victoria.

— Olha só — disse ele antes de sair. — Você poderia ensinar a Victoria o que é ter apetite. — Ele indicou o prato e saiu rindo em direção à porta.

Victoria sàbia que a noite seria difícil. Quando ele estava de bom humor pela manhã, o dia geralmente terminava em sombras.

"Ele se comporta como um colonialista de merda", pensou ela. "Organização humanitária governamental? Só um nome de fachada para andar por aí como um escravagista nojento."

Ela olhou para a garota magrela, totalmente concentrada no café da manhã. O que ele havia feito com ela? Estava com marcas no pescoço e tinha uma pequena ferida na ponta da orelha.

— Vou cuidar da roupa... — suspirou mamãe. — Já estão terminando aqui, não é? — Victoria não respondeu. — Você nunca diz nada. Não passa de uma sombra silenciosa, cega, sem contorno.

A empregada terminou de comer e Victoria empurrou seu prato para ela, que pareceu se iluminar. Victoria não pôde deixar de sorrir de volta quando ela atacou a massa cinzenta coberta de leite morno.

— Pode me ajudar com a piscina? Vou mostrar como se faz.

A empregada a olhou por cima do prato e concordou entre as colheradas.

Quando ela terminou de comer, saíram para o jardim e Victoria mostrou onde estavam os tabletes de cloro.

A organização humanitária para a qual o pai trabalhava dispunha de várias casas nos arredores de Freetown. Eles moravam em uma das maiores, mas também uma das mais afastadas. Tinha três andares e era cercada por um muro alto. A entrada era guardada por homens armados com uniforme camuflado.

Victoria podia ouvir as vozes de dentro da casa. A reunião havia sido transferida para lá porque não era mais seguro ir para o centro de Freetown.

— É só rasgar o embrulho — explicou Victoria —, depois pôr com cuidado o tablete na água.

Ela viu a hesitação nos olhos da empregada e recordou que a piscina era estritamente proibida aos serviçais.

— Não tem problema — disse Victoria. — É minha piscina também. E digo que você pode estar aqui.

A garota soltou um sorriso triunfante, de quem era temporariamente admitido entre as pessoas de alta classe, enquanto enfiava a mão na água com um gesto grandioso. Balançou-a antes de soltar o tablete e o seguiu com os olhos até o fundo. Ela ergueu as mãos molhadas e encarou Victoria.

— A água está boa? — perguntou a outra, recebendo um tímido aceno em resposta. — Vamos nadar antes que ele volte?

A empregada sacudiu a cabeça e disse que não era permitido. Victoria insistiu:

— Eu deixo. — Ela lançou um olhar para a casa e começou a se despir. — Não se importe com eles. Vai dar para escutar quando terminarem.

Ela mergulhou na piscina e nadou duas vezes de uma borda a outra.

Ficou imóvel por um instante no fundo, saboreando a pressão contra os tímpanos. A água era uma proteção compacta contra o mundo lá fora.

Quando não aguentava mais segurar o ar, foi até a borda, onde viu a empregada sentada com as pernas na água. Victoria submergiu ao lado dela e foi atingida pelo sol ofuscante. A garota sorria contra a luz.

— Como um peixe — disse ela, apontando para Victoria, que riu.

— Entre também. Podemos dizer que eu obriguei você.

Ela acabou se convencendo, mas se recusou a nadar só de calcinha e sutiã, como Victoria.

— Você tem que tirar a sandália de qualquer jeito. Mas pode usar isso — disse Victoria, jogando a camisola que estivera usando antes.

Quando a empregada tirou o vestido, Victoria viu que tinha hematomas na barriga e nas costas e foi tomada por uma sensação estranha.

Primeiro sentiu ódio por ele ter feito o que fizera, depois alívio por não ter sido com ela.

Em seguida, veio uma vergonha mesclada a um sentimento que ainda não conhecia. Vergonha por ser filha de quem era. Algo fervilhou em seu interior, acabando com a vontade de ensinar a outra garota a nadar.

Victoria olhou para a criatura magra que sorria na beira da piscina, vestida com uma camisola grande demais.

De repente se sentiu mal em ver a garota vestindo a roupa com o emblema da Sigtuna, prestes a entrar na piscina. Tentou ver o que ele via na empregada. Ela era bonita, pura, mais jovem e talvez não dissesse não, como ela mesma começara a fazer.

"Quem você pensa que é para tomar meu lugar?", pensou Victoria.

— Venha aqui. — Victoria tentou soar amigável, mas percebeu que aquilo soava como uma ordem.

Uma imagem despontou em sua cabeça. Um menininho que ela amava, mas que a traíra e depois se afogara. "Pode ser tão simples", pensou ela.

— Pule na água que eu seguro você.

A empregada pareceu hesitante.

— Vamos lá. Não seja medrosa. Eu seguro você.

Ela entrou devagar na água.

Era leve como uma criancinha no colo de Victoria.

A garota mexia os braços e as pernas de acordo com as instruções, mas, quando Victoria a soltava, entrava em pânico. Aquilo irritava Victoria, mas ela manteve o controle e conduziu a menina devagar até a parte mais funda da piscina.

"Ela não alcança o chão aqui", pensou Victoria, que se mantinha à superfície.

Então soltou a garota.

— Sihtunum i Diasporan? O que isso significa? — Jens Hurtig olhou em dúvida para Jeanette Kihlberg.

— É sueco arcaico para "Sigtuna" e grego clássico para "exílio". Quer dizer "Sigtuna no exílio" e se trata de uma organização formada por ex-alunos da escola. Todos os membros têm ou tiveram alguma ligação com o internato.

— Foi lá que Jan Guillou estudou?

— Não, mas foi onde o rei estudou. Sigtuna é o maior e mais importante internato da Suécia. Olof Palme, Povel Ramel, Peter e Marcus Wallenberg estudaram lá. Esses nomes dizem alguma coisa a você?

Jeanette riu e Hurtig sorriu para ela.

Ele fechou a porta e sentou à sua frente, do outro lado da mesa.

— Então o rei apoia essa organização?

— Não, os nomes da lista não são assim importantes, mas tenho certeza de que vai reconhecer pelo menos três deles.

Hurtig soltou um assovio de admiração quando Jeanette mostrou a relação de doadores.

— Dürer, Lundström e Bergman ofereceram grandes quantias desde meados dos anos setenta — continuou Jeanette. — Mas a organização não aparece nos registros públicos, o que é estranho, já que atua na Suécia.

— Algo mais?

— Eles eram donos de uma empresa na Dinamarca, mas que depois foi descontinuada. Sua única propriedade de valor era o veleiro *Gilah*. Onde Dürer e a esposa morreram.

— Interessante. O que está escrito na descrição da atividade da organização?

Jeanette apanhou um papel e leu em voz alta:

— *O objetivo da organização é erradicar a pobreza e promover o bem-estar de crianças ao redor do mundo.*

— Um pedófilo que ajuda crianças?

— Dois pedófilos pelo menos, entre os vinte nomes na lista. Bergman e Lundström. Dez por cento. Do resto, só conheço Dürer, que era advogado das duas famílias. Mas talvez mais nomes possam nos interessar. Compreende?

— Sim. Mais alguma coisa?

— Nada que não saibamos. — Jeanette se reclinou sobre a mesa e baixou a voz. — Hurtig, você entende mais de computador que eu. Acha que é possível descobrir quem escreveu o post no Flashback? Consegue fazer isso?

Ele sorriu, mas não respondeu.

— Só porque sou homem, não quer dizer que sei mais que você sobre computadores.

— Não é por isso — disse ela. — Você é mais jovem e joga video game.

Hurtig ficou desconcertado.

— Video game? Quem disse...

— Não venha com essa. Você sempre para em frente às vitrines das lojas de video game e tem até calos nos dedos. Uma vez a gente estava almoçando e você disse que o garçom parecia com seu personagem do GTA. Você é viciado em video games, Hurtig, e ponto final.

— Certo, mas... — Ele parecia inseguro. — Localizar a identidade de um usuário que não quer ser identificado não é crime digital?

— Ninguém precisa saber. Se tivermos o endereço de IP, talvez cheguemos a um nome. Talvez isso conduza a algum lugar, talvez não. Não precisamos fazer muito caso. Não vamos intimidar ninguém, espionar ou registrar opiniões. Só quero um nome.

— Certo, vou tentar — continuou Hurtig. — Se não conseguir, conheço alguém que pode nos ajudar.

— Ótimo. Aproveite para investigar a lista de doadores. Eu me encarrego de Victoria Bergman.

Quando Hurtig deixou a sala, ela procurou pelo nome nos registros policiais, mas, como esperado, sem sucesso.

Existiam duas pessoas chamadas Victoria Bergman, mas nenhuma delas tinha a idade certa.

O próximo passo era procurar no registro geral. Jeanette entrou no sistema da Receita, onde estavam registrados todos os cidadãos suecos vivos.

Havia trinta e duas pessoas com aquele nome.

A maioria com a grafia mais comum no país, Viktoria, mas aquilo não queria dizer que deveriam ser desconsideradas. A grafia podia mudar com o tempo. Jeanette se lembrou de uma colega de escola que trocara S por Z e, com apenas uma canetada, transformara o rotineiro Susanne em um exótico Zuzanne. Alguns anos mais tarde, Zuzanne morrera de overdose de heroína.

A detetive ampliou a busca e conseguiu as declarações de imposto de cada uma daquelas pessoas.

Com exceção de uma.

O número vinte e dois da lista era uma Victoria Bergman que morava em Värmdö.

A filha do estuprador Bengt Bergman.

Jeanette levantou então todas as declarações de imposto do ano anterior, mas foi a mesma coisa. A Victoria Bergman de Värmdö não se importava em informar seus ganhos ou gastos.

Ela fez uma busca nos dez anos anteriores e nada.

Nenhuma informação.

Apenas um nome, um número de registro geral e o endereço de Värmdö.

Jeanette engoliu a decepção e procurou em todos os sistemas a que tinha acesso, mas, por mais que procurasse, ficou confirmado o que Göran Andersson, da polícia de Värmdö, havia dito.

Victoria Bergman morara no mesmo lugar desde que era criança, nunca recebera uma coroa sequer e jamais tivera despesas, um cartão de crédito, uma dívida na Justiça ou passara em um hospital por quase vinte anos.

Ela resolveu ligar naquele mesmo dia para a Receita e perguntar se não havia nada de errado.

Depois lembrou de que tinha falado com Hurtig sobre fazer um perfil criminal e pensou em Sofia.

Talvez já fosse hora de pôr mãos à obra.

Parecia uma boa ideia. No seu entender, Sofia possuía experiência o bastante para fazer um perfil criminal preliminar.

Por outro lado, podia ser devastador se prender a uma descrição e confiar inteiramente num único parecer psicológico.

Era quase tão comum uma investigação ser prejudicada por um perfil malfeito quanto ser auxiliada pelo oposto. Jeanette pensou em Niklas Lindgren, que chamavam de Hagamannen. Não era verdade que a investigação fora dificultada por um perfil sem pé nem cabeça?

Psiquiatras entre os mais habilidosos do país haviam considerado que devia se tratar de uma pessoa estranha, sem amigos próximos ou relações íntimas. Quando posteriormente ele foi preso, suspeito de oito casos de agressão, estupro e tentativa de homicídio, mostrou-se um pai de duas crianças, aparentemente normal, com um trabalho e relacionamentos estáveis.

Portanto, ela devia ser cuidadosa.

Ia pagar para ver, já que não tinha nada a perder. De qualquer modo, precisava falar com ela sobre Ulrika Wendin, então discou o número do consultório de Mariatorget e aguardou à beira da janela.

Do lado de fora, o parque Kronoberg estava deserto, a não ser por um rapaz passeando com o cachorro. Jeanette olhou distraidamente para o animal, que passava por entre as latas de lixo, parava e ficava olhando o dono com expectativa.

Ann-Britt atendeu e logo transferiu a ligação.

— O que você sabe sobre criar um perfil criminal?

— É você, Jeanette? — perguntou Sofia, e a detetive achou que ela soava calma e relaxada.

— Sim, quem mais seria?

— Realmente, ninguém vai tão direto ao ponto. — Sofia ficou em silêncio e Jeanette escutou a cadeira dela rangendo. — Não sei muito sobre perfis criminais na prática — continuou ela —, mas suponho que se levantem as possíveis características demográficas, sociais e comportamentais que um criminoso possa apresentar. Então é possível concluir onde seria mais provável encontrar aquele tipo de pessoa, e com um pouco de sorte…

— Na mosca — interrompeu Jeanette, feliz por Sofia ter desenvolvido o assunto sem perguntar mais. — Hoje chamamos isso de "análise de caso" — continuou ela. — Assim há menos expectativa. — Jeanette pensou antes de continuar. — O objetivo do trabalho é diminuir a quantidade de suspeitos e, quando possível, apontar na direção de uma pessoa específica.

— Você nunca descansa? — provocou Sofia.

Tinham se passado apenas alguns dias desde que Johan saíra do hospital e Jeanette já estava mergulhada no trabalho. Sofia estava querendo dizer que ela era insensível e racional? Mas como poderia ser diferente?

— Você sabe que sim — respondeu a detetive, em dúvida se deveria se sentir ofendida ou lisonjeada. — Mas realmente preciso da sua ajuda. Por vários motivos, não tenho ninguém a quem recorrer. — Ela estava sendo sincera.

Sofia hesitou, mas logo respondeu: — Está bem. Suponho que toda a ideia se baseia na teoria de que o que fazemos na nossa vida está de acordo com nossa personalidade. Tipo, alguém obsessivo mantém a mesa em ordem e nunca veste uma camisa amassada.

— Isso mesmo — respondeu Jeanette. — Ao se reconstituir um crime, é possível tirar conclusões sobre a pessoa que o cometeu.

— E você precisa da minha ajuda para isso?

— Estamos atrás de um assassino em série e temos alguns nomes para estudar. — Ela fez uma pausa dramática para sublinhar a importância do que diria em seguida. — Quem faz uma análise de caso tem que tirar os eventuais suspeitos da cabeça. Isso atrapalha a visão geral e se torna um filtro que dificulta ver o objeto com clareza.

Sofia se manteve calada. Jeanette escutou sua respiração ficar mais forte, mas não disse nada.

— Quer ir à minha casa hoje à noite continuar a conversa? — perguntou Jeanette, com medo de que Sofia não estivesse interessada em sua proposta. — Tem outra coisa que preciso pedir a você.

— O que é?

— Prefiro deixar para a noite, se você estiver disponível.

— Claro — respondeu Sofia, sem qualquer entusiasmo.

Elas desligaram e mais uma vez Jeanette reconheceu que não sabia nada sobre a amiga.

Sabia que podia levar poucos minutos para se gostar de alguém, mas realmente conhecer uma pessoa levava muitos anos.

Jeanette queria se aproximar de Sofia, mas sentia que seria um desafio. De qualquer maneira, queria ao menos tentar.

Ela resolveu ligar para os pais de Åke e pedir que ficassem com Johan no fim de semana. Ele estava mesmo precisando de uma mudança de ares. Teria alguém que o mimasse e que lhe daria toda a atenção. Tudo o que ela própria não podia oferecer naquele momento.

A mãe de Åke ficou feliz em ajudar. Elas combinaram que iria buscá-lo naquela noite.

Então Jeanette ligou para a Receita para investigar Victoria Bergman e teve que aguardar com paciência na linha.

Uma voz robótica cordial informou que Jeanette era a vigésima nona na fila. O tempo de espera estimando era de catorze minutos.

A detetive colocou o telefone no viva-voz. Enquanto uma voz monótona anunciava a posição na fila mudando, ela regou as plantas e esvaziou o lixo.

— *Você é o número vinte e dois. O tempo estimado de espera é de doze minutos.*

"Alguém deve ter gravado todos os números possíveis e impossíveis", pensou ela.

Então se ouviu um bipe seguido de um ruído.

— Receita Federal, como posso ajudar?

Jeanette se apresentou e o funcionário se desculpou pelo tempo de espera, mas perguntou por que ela não usara a linha direta para a polícia. Jeanette explicou que não sabia e que aproveitara a espera para pensar na vida.

Ele riu e perguntou do que ela precisava. Quando Jeanette explicou que queria tudo o que havia sobre Victoria Bergman, que morava em Värmdö e nascera em 1970, o funcionário pediu que esperasse.

Após dois minutos, retornou, parecendo confuso.

— Você se refere a Victoria Bergman, com número de registro 700607?

— Talvez. Espero que sim.

— Nesse caso, temos um problema.

— O que foi?

— Tudo o que eu consegui achar foi uma notificação do tribunal de Nacka.

— Em que consiste essa notificação?

O funcionário limpou a garganta.

— Vou ler em voz alta: *Segundo decisão do tribunal de Nacka, a requerente terá sua identidade protegida. Todas as questões concernentes serão referidas ao órgão nomeado acima.*

— Só isso?

— Sim. — Ele suspirou laconicamente.

Jeanette agradeceu e encerrou a chamada. Ligou para a central e pediu para ser transferida para o tribunal de Nacka, de preferência, para uma linha direta.

O notário não foi tão simpático como o funcionário da Receita, mas prometeu mandar tudo o que tinham sobre Victoria Bergman assim que fosse possível.

"Malditos burocratas", pensou Jeanette, desejando uma boa noite ao homem e desligando o telefone.

Às quatro e vinte, ela recebeu um e-mail do tribunal de Nacka.

Jeanette abriu o documento anexado. Para sua decepção, viu que as informações que tinham sobre Victoria Bergman se resumiam a três linhas:

VICTORIA BERGMAN, 1970 — XX — XX — XXXX
ASSUNTO CONFIDENCIAL
INFORMAÇÕES DESTRUÍDAS

GAMLA ENSKEDE, CASA DOS KIHLBERG

Jeanette escutou o carro se aproximando, virando na garagem e estacionando atrás do seu Audi.

Sentiu um frio na barriga.

Antes de ir abrir a porta, olhou-se no espelho e arrumou o cabelo.

"Talvez eu devesse ter me maquiado", pensou. Mas, como não tinha o costume de fazer aquilo, pareceria estranho. Ela nem sabia se maquiar direito. Podia passar batom e talvez um pó, mas e depois?

Ela abriu a porta e Sofia Zetterlund entrou.

— Oi, seja bem-vinda. — Jeanette deu um leve abraço nela, com medo de se demorar demais. Não queria parecer desesperada.

"Desesperada pelo quê?", pensou.

— Aceita uma taça de vinho?

— Sim, obrigada. — Sofia a examinou com um pequeno sorriso no rosto. — Senti sua falta.

Jeanette sorriu de volta e se perguntou de onde vinha tanto nervosismo. Observou a amiga e notou que não estava arrumada.

A detetive foi até a cozinha e Sofia a seguiu.

— Onde está Johan? — perguntou.

— Vai passar o fim de semana na casa dos avós — respondeu Jeanette. — A mãe de Åke o pegou há pouco tempo. Ele mal se despediu. Não quer falar comigo.

— É só esperar. Acredite em mim, vai passar.

Sofia olhou a cozinha, para evitar encarar Jeanette.

— Descobriu alguma coisa sobre o que aconteceu em Gröna Lund?

A detetive suspirou e abriu uma garrafa de vinho.

— Ele disse que encontrou uma moça que lhe ofereceu cerveja e que não se lembra de mais nada depois disso.

Jeanette encheu a taça de Sofia.

— Você acredita nele? — perguntou a psicóloga.

— Não sei. Mas Johan está bem melhor agora, e eu decidi que não quero ser uma mãe chata. Ou não vou conseguir tirar nada dele.

Sofia ficou pensativa.

— Você quer que eu arranje um horário para falar com ele?

— Não, ele ia ficar bravo. Acho que só precisa de normalidade, chegar da escola um dia e encontrar a mãe em casa.

— Então você e Johan concordam que a culpa é sua? — perguntou Sofia.

Jeanette ficou imóvel e considerou aquilo. Errar com um filho tinha um sabor amargo, de pia entupida e chão sujo. Ela cravou os olhos em Sofia e se perguntou o que ela queria dizer com aquilo.

A psicóloga segurou a mão de Jeanette e sorriu.

— Calma. — disse, consolando-a. — O que aconteceu pode ser uma reação ao divórcio. Ele põe a culpa em você porque você está aqui.

— Johan acha que eu o abandonei, é isso?

— Talvez — respondeu Sofia, com a mesma voz suave. — Mas é algo irracional. Foi Åke quem o abandonou. Talvez Johan considere vocês dois uma coisa só. Os pais que o abandonaram. — Ela fez uma pausa. — Desculpe, parece que estou criticando você.

— Sem problema. Mas como faço? Como se perdoa um abandono? — Jeanette tomou um gole generoso de vinho e então pôs a taça sobre a mesa com desânimo.

A suavidade desapareceu do rosto de Sofia e sua voz endureceu.

— Abandono não se perdoa. Se aprende a conviver com ele.

Elas ficaram em silêncio até que Jeanette olhou nos olhos de Sofia.

A detetive tinha compreendido o que a outra queria dizer. A vida era cheia de abandonos, e quem não aprendia a lidar com eles não tinha como sobreviver.

Jeanette se reclinou na cadeira e, com um longo suspiro, se livrou de todas as camadas de tensão e preocupação relacionadas a Johan.

Respirou profundamente, como quem quer destravar o cérebro.

— Sofia... — disse Jeanette com cautela. — Eu queria que você recebesse uma moça que eu conheço... Na verdade, prometi a ela que você a veria. Talvez tenha sido errado da minha parte, mas...

Ela se interrompeu, aguardando uma reação e recebendo apenas um olhar em resposta.

— Essa moça é bastante complicada, e acho que precisa de ajuda.

— Qual é o problema dela?

— Não sei muita coisa além de que topou com Karl Lundström.

— Ah. Isso já é suficiente pra mim. Amanhã confiro meus horários e aviso você.

O rosto de Sofia parecia enigmático, com um sorriso quase tímido.

— Você é ótima — disse Jeanette, feliz por ter acertado quanto à disposição da outra, que nunca hesitava em ajudar.

— Suponho que Lundström não seja mais o principal suspeito dos assassinatos, já que você quer um perfil criminal.

Jeanette bufou.

— Ah, pra começar ele está morto. E no fundo acho que era só um bode expiatório. O que você sabe sobre estupro seguido de homicídio?

— Mais uma vez, direto ao ponto. Há dois tipos de crime dessa natureza: premeditado e caótico. O primeiro geralmente vem de alguém com quem se tem uma relação social funcional, pelo menos na superfície e que se porta na maioria das vezes como uma pessoa que não cometeria um crime. Esse criminoso planeja o assassinato e não deixa pistas. Amarra e tortura as vítimas e as procura em locais onde nunca foi visto.

— E o outro tipo?

— Geralmente o criminoso tem um passado difícil e comete assassinatos ao acaso. Às vezes conhece as vítimas. Você se lembra do Vampiro?

— Não.

— Ele matou as duas irmãs de criação e bebeu o sangue delas. Acho que teve até canibalismo envolvido... — Sofia fez uma careta de nojo antes de prosseguir. — Obviamente, muitos assassinatos são uma mistura dos dois tipos, mas a experiência confirma que essa divisão é válida para a maioria. Suponho que assassinatos de tipos diferentes deixam pistas diferentes no local do crime.

Mais uma vez, Jeanette se espantou com a agilidade de Sofia.

— Caramba, você é incrível! Tem certeza de que nunca fez um perfil criminal antes?

— Nunca, mas li bastante a respeito. Já trabalhei com psicopatas e todo aquele blá-blá-blá deles — disse Sofia, revirando os olhos.

As duas riram e Jeanette percebeu o tanto que gostava de Sofia. Ela mudava abruptamente o tom de tenso a descontraído. Encarava a vida com tanta seriedade que conseguia fazer piada de tudo.

A detetive pensou no rosto amargo de Åke. Não entendia de onde vinha, já que ele nunca tivera nenhuma responsabilidade.

Seguiu os contornos do rosto de Sofia com os olhos.

O pescoço magro, as bochechas salientes.

Os lábios.

As unhas pintadas com um esmalte claro. "Tão limpas", pensou, já tendo notado aquilo antes.

Ali estava ela, acessível. O que aconteceria depois, só o futuro poderia dizer.

Sofia estava sentada no sofá com alguém de quem tinha aprendido a gostar. Ela se apegava mais e mais a Jeanette e entendia o por quê. Havia atração física, mas ia além daquilo. A detetive tinha notado seu lado escuro. Sofia se sentia segura com ela, mesmo não sabendo quem era realmente e o que buscava.

Jeanette a surpreendia e a desafiava, ao mesmo tempo que parecia respeitá-la. Aquele era o motivo da atração.

Sofia respirou profundamente, notando o som da respiração da outra e a chuva que batia na vidraça da janela.

Quando Jeanette pedira ajuda com a investigação, aceitara por impulso, mas já estava quase se arrependendo.

Pensando de modo racional, sabia que a proposta era amedrontadora. Ao mesmo tempo, havia uma possibilidade de se aproveitar da situação. Ela poderia ficar por dentro de toda a investigação e usar aquilo para confundir a polícia.

Jeanette contou os detalhes dos casos com exatidão e paciência.

Enquanto ouvia, Sofia sabia quem era e quem não deveria ser.

Quem não *queria* ser.

— Eles tinham marcas nas costas, indicando que haviam sido chicoteados.

No fundo de sua consciência, as portas se abriam. Sofia se lembrou das marcas nas próprias costas.

Queria deixar tudo para trás. Despir-se até os ossos.

Deu-se conta de que jamais poderia se integrar a Victoria enquanto não aceitasse o que ela tinha feito. Precisava entender, ver as ações da outra como as suas próprias.

— Eles também foram encontrados sem genitália.

Sofia sentiu vontade de fugir para um mundo mais simples e novamente cerrar as portas para Victoria, trancá-la bem no fundo e torcer para que desaparecesse.

Mas naquele momento precisava agir como uma atriz que lia um roteiro e então buscava a personagem dentro dela.

E para aquilo era necessário mais que empatia.

Tratava-se de se *transformar* em outra pessoa.

— O corpo de um dos meninos estava seco, mas o outro fora embalsamado de um modo quase profissional. O sangue tinha sido removido e substituído por formaldeído.

Elas permaneceram em silêncio por um instante. Sofia sentiu as mãos úmidas. Secou-as na perna antes de começar a falar.

As mentiras surgiram automaticamente.

— Preciso estudar as informações que você me deu, mas de início creio que se trate de um homem entre trinta e quarenta anos. O acesso a anestésicos indica que trabalha na área da saúde. Pode ser um médico, enfermeiro, veterinário ou coisa parecida. Mas, como disse, tenho que analisar mais a fundo antes de entregar meu parecer.

Jeanette a olhou com gratidão.

MARIATORGET, CONSULTÓRIO DE SOFIA ZETTERLUND

Sofia Zetterlund estava almoçando em sua mesa. A agenda estava apertada aquele dia, porque Jeanette Kihlberg a convencera a atender Ulrika Wendin.

Quando terminou, ela abriu uma caixa de diálogo na tela do computador.

Um e-mail.

Sofia arregalou os olhos.

Annette Lundström?

Ela abriu a mensagem e leu.

Olá. Sei que você encontrou meu marido algumas vezes e gostaria de falar com você sobre Karl e Linnea. Ficaria agradecida se pudesse entrar em contato no número de telefone abaixo.

Cordialmente,

Annette Lundström

"Interessante", pensou ela, olhando as horas. Cinco para a uma. Ulrika logo chegaria, mas ela pegou o telefone e ligou.

* * *

Ulrika estava sentada, com as pernas cruzadas, os cotovelos apoiados nos braços da poltrona e os dedos entrelaçados sobre o joelho. Sofia se mantinha na mesma posição.

Era a técnica do "espelho", que envolvia copiar fisicamente padrões de movimento e expressões faciais. Ulrika Wendin devia se reconhecer em Sofia, sentir que lidava com alguém que estava do seu lado. Se desse certo, ela poderia conduzir a moça, através de mudanças quase imperceptíveis de postura, ajudando-a a relaxar.

Naquele momento, as pernas e os braços de ambas estavam fechados, e os cotovelos apontavam para longe, de modo que a insegurança era visível.

"Não dá para se proteger mais que isso", pensou Sofia, enquanto cruzava as pernas e se inclinava para a frente.

— Olá, Ulrika — começou ela. — Seja bem-vinda.

O intuito da primeira sessão era fazer com que a paciente confiasse em Sofia. Aquilo tinha que acontecer rapidamente, de modo que Ulrika pudesse conduzir a conversa na direção em que se sentisse segura.

A psicóloga ficou à espera, reclinada na cadeira e parecendo interessada.

Ulrika contou que ela quase nunca conhecia gente. Às vezes sentia falta de companhia, mas sempre que precisava se sociabilizar era tomada pelo pânico.

Contou também que havia sido aceita num curso supletivo, mas, quando chegara o primeiro dia de aula e fora à escola cheia de expectativa de fazer novos amigos e reaprender coisas, seu corpo travara na porta.

Ela não conseguira entrar.

— Nem sei como tive coragem de vir até aqui — disse Ulrika, rindo com nervosismo.

Sofia concluiu que a moça fazia aquilo para ocultar a gravidade do que dissera.

— Você se lembra do que pensou quando abriu a porta?

Ulrika deu a devida importância à pergunta e pensou bem.

— "Caralho, e agora?" — disse ela, espantada. — Por que será?

— Só você pode saber — disse Sofia, sorrindo.

Ela percebeu que tinha diante de si uma moça que tomara uma decisão.

Ela não queria mais ser uma vítima.

Pelo que Ulrika contou, Sofia pôde perceber que tinha uma série de problemas. Pesadelos, compulsões, tonturas, tensão, insônia e repulsa a comida e bebida.

Ulrika disse que a única coisa que descia bem era cerveja.

Para a psicóloga, ela precisava de apoio regular e uma mão amiga.

Alguém tinha que abrir seus olhos e mostrar que a possibilidade de outra vida estava bem à sua frente.

Sofia considerou que deviam se encontrar duas vezes por semana.

Caso passasse mais tempo entre as sessões, a paciente poderia começar a se questionar e duvidar do tratamento, o que dificultaria o processo.

Mas Ulrika não aceitou.

Por mais que Sofia argumentasse, não conseguiu convencê-la a se comprometer com mais que uma sessão a cada duas semanas, nem mesmo quando disse que não cobraria mais por isso.

Quando foi embora, Ulrika disse algo que deixou Sofia preocupada.

— Tem uma coisa...

A psicóloga tirou os olhos de suas anotações:

— Que foi?

Ulrika pareceu muito nova naquele momento.

— Eu não sei... Às vezes tenho dificuldade de... De saber o que realmente aconteceu.

Sofia pediu para que ela fechasse a porta e sentasse de novo.

— Conte mais — disse ela, procurando ser doce.

— Às vezes... acho que a culpa foi minha, da humilhação e dos estupros. Sei que não é verdade, mas algumas manhãs acordo com essa certeza. Sinto tanta vergonha... Depois entendo que não tem nada a ver.

A psicóloga a olhou com firmeza.

— Foi bom ter me contado isso. O que você sente é comum em alguém que passou por esse tipo de situação. Você assume parte da culpa. Entendo que dizer isso não faz o desconforto diminuir, mas pode confiar em mim: você não fez nada de errado.

Sofia aguardou a reação de Ulrika, mas ela ficou sentada em silêncio.

— Você tem certeza de que não quer vir na semana que vem? — a psicóloga tentou. — Tenho dois horários livres, na quarta e na quinta.

Ulrika levantou e olhou para o chão como se tivesse feito algo de errado.

— Não, acho que não. Tenho que ir.

Sofia conteve o impulso de levantar e segurar os braços dela para reforçar a seriedade da sugestão. Era cedo demais para aquilo. Em vez disso, respirou profundamente e se recompôs.

— Certo. Se mudar de ideia, é só ligar. Vou deixar esses dois horários reservados.

— Tchau — disse Ulrika, abrindo a porta. — Obrigada.

Sofia permaneceu sentada à mesa. Escutou-a entrar no elevador e depois o elevador descer.

O cuidado com que Ulrika disse "obrigada" permaneceu dentro dela como uma prova de que houvera um avanço. Com aquela palavra, Sofia interpretou que a jovem não estava acostumada a ser vista como de fato era.

Decidiu ligar para Ulrika no dia seguinte para perguntar se havia pensado melhor e se estava pronta para voltar já na semana seguinte. Se não desse certo, ia sugerir que Jeanette fosse visitá-la no decorrer da semana. Não podia deixá-la escapar.

Queria ajudar a menina a se erguer das cinzas.

Sofia se envolveu em seus braços e sentiu o relevo das cicatrizes em suas costas.

As cicatrizes de Victoria.

SERRA LEOA, 1987

Ela agarrou o menino pelo cabelo com tanta força que chegou a arrancar um tufo. Os fios pareciam linha de costura em sua mão.

Golpeou-o na cabeça, no rosto e no corpo, por muito tempo. Confusa, levantou e saiu do ancoradouro para pegar uma pedra grande à beira do rio.

— Não sou eu — disse, deixando o corpo do menino afundar. — Agora você tem que nadar...

A garota se debatia e engolia água, então começou a afundar.

Victoria se afastou, observando-a.

Por duas vezes, a garota subiu tossindo, para depois afundar de novo. Ela tentava sem sucesso ir até a beira da piscina. Então Victoria nadou calmamente até ela, segurou-a pelos braços e a puxou para fora. As pernas da garota fraquejaram, e ela caiu sobre os azulejos. Deitou de lado e vomitou. Primeiro saiu água, depois torrentes do mingau cinzento que tomara no café da manhã.

Após alguns minutos, a garota se acalmou e Victoria a embalou nos braços.

— Você me deu um chute tão forte que eu quase desmaiei — disse Victoria.

A garota chorava e após um instante soltou entre soluços um pedido de desculpa.

— Não tem problema — disse Victoria, abraçando-a. — Mas é melhor não contar para ninguém.

A garota sacudia a cabeça e repetia:

— Desculpe.

Victoria não sentia mais ódio.

Dez minutos mais tarde, estava limpando a beira da piscina com a mangueira do jardim. A empregada tinha se vestido e estava sentada na espreguiçadeira da varanda, com o cabelo curto seco e parecendo envergonhada. Ela lançou a Victoria um sorriso angustiado, de quem fez coisa errada.

"Morder e assoprar. Primeiro proteger, depois destruir", pensou Victoria. "Foi ele quem me ensinou."

A sala estava em silêncio, com a janela fechada. Victoria esperava que ninguém tivesse escutado nada. A porta abriu e quatro homens foram embora na grande Mercedes preta estacionada à entrada. O pai permaneceu na escadaria, observando o carro ir embora. De cabeça baixa e mão no bolso, desceu os degraus e seguiu o caminho que levava até a piscina. Victoria notou que ele estava insatisfeito.

Ela desviou o olhar enquanto ele tirava a calça e a cueca e vestia o calção de banho. Então não pôde deixar de rir da peça justa, bem anos 1970, com florezinhas, que ele se recusava a abandonar.

Então ele virou em sua direção e deu dois passos.

Victoria viu em seus olhos o que ia acontecer.

Uma vez, quando tentara bater nela, a menina acertara sua cabeça com uma panela. Ele nunca mais se arriscara. Até aquele instante.

"No rosto não", pensou Victoria, antes de tudo ficar vermelho e ela bater contra a parede da varanda.

Um golpe a acertou na testa e outro na barriga. Com a vista turva, ela se encolheu.

Deitada no chão, escutou o ruído da mangueira sendo arrastada. Suas costas arderam e Victoria soltou um grito. Ele permanecia de pé, atrás dela, que não ousava abrir os olhos. O calor se espalhava pelo rosto e pelas costas.

Victoria escutou os passos pesados sobre as pedras, indo em direção à piscina. Ele era medroso demais para mergulhar, preferindo descer pela escada. Ela sabia que ele tinha o hábito de nadar de uma borda a outra dez vezes, nem mais nem menos. Quando terminou, saiu da água e foi até ela.

— Olhe para mim — ordenou ele, passando a mão nas costas dela.

Victoria sentiu que o bico da mangueira tinha aberto uma ferida grande na sua escápula esquerda.

— Você está horrível. — Ele levantou e estendeu a mão para ela. — Vamos entrar e fazer um curativo.

Após ele ter cuidado da ferida, Victoria ficou no sofá enrolada numa toalha, ocultando um sorriso. "Morder e assoprar. Proteger e destruir", repetia ela mentalmente, enquanto ele contava como as negociações tinham empacado e eles precisavam retornar para a Suécia.

Ela sentiu prazer em saber que o projeto fracassara.

Tinha sido um fiasco.

Ele contou que a tentativa de irrigar a região norte do país fora desastrosa. O dinheiro sumira, as pessoas tinham desaparecido e os lemas de nacionalismo construtivo e nova ordem passaram a soar tão vazios quanto os cofres públicos.

Trinta pessoas tinham morrido envenenadas e se falava em sabotagem e maldições. O projeto fora interrompido e a viagem de volta seria antecipada em quase quatro meses.

Ele saiu da sala, mas Victoria permaneceu olhando sua coleção de fetiches.

Ele tivera tempo de juntar vinte esculturas de madeira representando o corpo feminino, que já estavam enfileiradas na mesa, prontas para ser empacotadas.

"É um colonialista", pensou Victoria. "Veio até aqui juntar troféus."

Havia também uma máscara em tamanho natural de antepassados da tribo Temne que a fazia recordar o rosto da empregada.

Enquanto passava os dedos sobre a madeira áspera, imaginou que a máscara estava viva. Ela acariciou os olhos, o nariz e a boca. A superfície começou a parecer quente e, ao seu toque, a madeira se tornou pele de verdade.

Ela deixou de odiar a garota, entendendo que não havia mais rivalidade entre elas.

Dera-se conta disso depois que seu pai a agredira à beira da piscina.

Victoria era mais importante. A garota era apenas um brinquedo, uma boneca de madeira, um troféu.

Seu pai ia levar as máscaras.

Pendurá-las em algum lugar, talvez na sala.

Algo exótico para mostrar aos convidados nos jantares.

Mas, para Victoria, a máscara de madeira era mais que um ornamento. Com suas mãos, podia lhe dar vida e alma.

Se ele ia levá-la, Victoria podia levar a empregada. Ela não tinha direitos, era quase uma escrava. Ninguém daria por sua falta, porque era órfã.

A garota contara para Victoria que sua mãe morrera ao dar à luz e que seu pai fora executado, depois de ter sido acusado de roubar uma galinha. O "julgamento da água vermelha", um modo ancestral de provar a culpa, tinha decidido contra ele. De barriga vazia, a pessoa era obrigada a comer uma grande quantidade de arroz cru e depois a beber meio barril de água misturada com noz-de-cola. O vômito vermelho e aguado era sinal de inocência, mas ele não vomitou. Apenas inchou com tanto arroz e foi morto com um golpe de pá.

"Não tem ninguém aqui para tomar conta dela", pensou Victoria. "A garota vai com a gente para a Suécia e vai se chamar Solace."

Victoria ia levar mais uma coisa para a Suécia.

Uma semente que germinava em seu íntimo.

GAMLA ENSKEDE, CASA DOS KIHLBERG

Jeanette Kihlberg reparou que as luzes da casa estavam apagadas, o que queria dizer que Johan tinha saído. O fim de semana na casa da avó não fizera muita diferença. Ele continuava introvertido, e ela se sentia completamente desnorteada. Era como se não quisesse reconhecer o problema. Muitos jovens tinham fases difíceis, mas aquilo nunca tinha acontecido com Johan.

Ele estava muito vulnerável, e ela sabia que o menor mal-entendido poderia gerar uma crise. Talvez Johan nunca tivesse imaginado que ela e Åke podiam se separar. Ele sempre pudera contar com os dois.

Era culpa dela? Billing teria razão? Jeanette havia trabalhado demais e não dedicara tempo suficiente à família?

Pensou em Åke, que aproveitou a chance de deixar uma vida monótona com esposa e filho no subúrbio.

"Não", concluiu. "A culpa não é minha. Talvez seja melhor assim, mesmo que pareça difícil para Johan."

Ela entrou em casa e acendeu a luz, então foi até a cozinha esquentar a sopa de ervilha. O corte na cabeça estava quase curado, mas coçava muito.

Ela pegou um copo de cerveja e abriu o jornal.

A primeira coisa que viu foi uma foto do promotor Kenneth von Kwist, que escrevera um artigo sobre as falhas de segurança nos presídios suecos.

"Imbecil", pensou, dobrando o jornal e começando a comer.

Então ouviu o som da porta abrindo. Johan tinha voltado.

Ela largou a colher e foi até a porta. Ele estava encharcado. Quando tirou o tênis, Jeanette viu que as meias estavam pingando.

"Não seja chata", pensou ela.

— Não tem problema. Eu limpo depois. Você já comeu? — perguntou ela.

Ele balançou a cabeça, parecendo cansado, então tirou as meias e passou rápido por ela para ir até o banheiro.

Dez minutos mais tarde, de volta à sopa e ao jornal, Jeanette se perguntou o que ele estava fazendo. A casa estava completamente silenciosa.

Ela bateu na porta.

— Johan?

Ele demorou a responder, então o fez com uma voz tão baixa que ela não compreendeu o que disse.

— Johan, você pode abrir a porta? Não estou ouvindo.

Após alguns segundos, ele destrancou a porta, mas não a abriu.

Ela permaneceu parada, olhando a porta em silêncio. "Uma barreira entre nós", pensou ela. "Como tem acontecido."

Quando por fim a abriu, ele estava sentado sobre o tampo da privada. Ela percebeu que ele sentia frio, então pegou uma toalha para cobri-lo.

— O que foi que você disse? — Jeanette sentou na borda da banheira.

Ele estava com a respiração pesada, como quem acabara de chorar.

— Ela é esquisita — disse ele com a voz baixa.

— Quem?

— Sofia. — Johan desviou o olhar.

— Sofia? Por que diz isso?

— Não sei. Ela ficou estranha — continuou ele. — Quando estávamos no alto, no brinquedo. Ela gritou e me chamou de Martin... E então, quando a gente desceu, ela simplesmente saiu andando. Tentei ir atrás, mas acho que segui a pessoa errada. É a última coisa de que me lembro.

Jeanette o abraçou com força, e os dois choraram.

EDSVIKEN, CASA DOS LUNDSTRÖM

O sol da tarde se escondia atrás do casarão estilo 1900, lançando seus últimos raios no mar. Uma estradinha de cascalho protegida por bordos conduzia até a casa. Sofia Zetterlund estacionou no pátio, desligou o motor e olhou pela janela. O céu estava cinza-chumbo, mas a chuva que caíra mais cedo havia cessado.

Então era naquele local que a família Lundström morava?

Pouco adiante, ela podia ver uma garagem de barcos entre as árvores. Havia uma casa ao lado com uma piscina rodeada por uma cerca alta. O lugar parecia deserto, como se nunca tivesse sido habitado. Ela saiu do carro e seguiu em direção aos largos degraus de pedra. Quando subiu, as luzes se acenderam, a porta se abriu e uma mulher baixa e magra apareceu, enrolada num cobertor escuro.

— Entre e tranque a porta — disse Annette Lundström.

Sofia fez como ela pediu e reparou que por todo lado havia caixas de mudança.

Annette Lundström tinha quarenta anos, mas parecia ter quase sessenta. Seu cabelo estava desarrumado, e ela sentou em um sofá repleto de roupas, parecendo cansada.

— Sente — disse baixinho, indicando uma poltrona à sua frente.

A sala estava fria, e Sofia reparou que a calefação não funcionava.

Ela pensou na situação da família Lundström. Um caso de pedofilia e pornografia infantil, depois uma tentativa de suicídio. Incesto. A filha a encargo do Serviço Social.

Observou a mulher à sua frente. Devia ter sido bonita antes de todo o sofrimento.

— Aceita um café? — Annette tocou o bule sobre a mesa de centro.

— Sim, obrigada.

— Pode pegar uma xícara.

Em uma das caixas de papelão, havia diversas louças embrulhadas com descuido. Sofia achou uma xícara lascada e Annette a serviu.

O café estava imbebível.

A psicóloga fingiu que não havia nada de mais. Tomou alguns goles e largou a xícara sobre a mesa.

— Por que quis me ver?

Annette tossiu e enrolou o cobertor com mais força no corpo.

— Como falei pelo telefone, queria conversar sobre Karl e Linnea. Também tenho um apelo a fazer.

— Um apelo?

O olhar de Annette se reavivou.

— Sei como funciona a psiquiatria legal. Nem mesmo os mortos têm seus dados revelados. Karl está morto e ninguém pode perguntar sobre o que vocês conversaram. Mas tem uma questão. Após a sessão, ele me disse que você o compreendia. Que compreendia o... bem, o *problema* dele.

Sofia estremeceu. A casa estava gelada.

— Não preciso mais defender meu marido agora que ele morreu, e posso dizer que nunca compreendi o problema dele — continuou Annette. — Achei que só tinha acontecido uma vez. Em Kristianstad, quando Linnea tinha três anos. Foi um erro, e eu sei que contou a você. Ele tinha aqueles filmes asquerosos, coisa que nunca suportei. Mas que ele e Linnea... Quer dizer, ela gostava do pai... Como você pode compreender o problema dele?

Sofia sentiu a presença de Victoria. Annette Lundström a irritava.

"Sei que você está aí, Victoria", ela pensou, "mas é melhor eu cuidar dessa situação."

— Já vi isso antes — respondeu Sofia por fim. — Muitas vezes. Mas não se pode tirar muitas conclusões a partir do que ele disse. Só o encontrei duas vezes, e estava bastante alterado. O mais importante é Linnea. Como ela está?

Num ponto, Annette Lundström era bem diferente de Birgitta Bergman: a mãe de Victoria era gorda, enquanto a outra definhava. Os ossos despontavam na pele e logo não restaria mais nada.

Ela ia acabar morrendo.

Mas havia algo de familiar nela. Sofia raramente se esquecia de um rosto e tinha certeza de já ter visto Annette Lundström.

Seus olhos se fixaram nela.

— Eles a levaram. Linnea está num abrigo em Danderyd. Ela mal quer saber de mim, e não recebo nenhuma notícia. Você pode pedir para ver minha filha? Tem algum contato lá?

— Não posso aparecer de repente e pedir para ver Linnea — disse Sofia. — A única possibilidade é ela própria pedir. Para ser sincera, não vejo isso acontecendo.

— Posso ir falar com eles — disse Annette.

Sofia viu que ela estava decidida.

— E tem mais uma coisa... — continuou a viúva, apanhando alguns papéis amarelados. — Nunca entendi o que é isso.

Annette pôs três desenhos feitos com giz de cera sobre a mesa. Tinham sido feitos por Linnea e o nome dela e a idade com que os desenhara constavam ao pé da página em caligrafia infantil.

Sofia pegou um dos desenhos.

Pela assinatura, ela o tinha feito aos cinco anos, mas o número estava invertido. Representava uma menina loira ao lado de um cachorro grande. Da boca dele saía uma língua enorme, cheia de pontos. "Papilas gustativas", pensou Sofia. No fundo havia uma casa e em frente algo que parecia um pequeno chafariz. O cachorro estava preso a uma corrente comprida, e a psicóloga deu atenção ao fato de os anéis dela irem diminuindo de tamanho até desaparecer atrás de uma árvore.

Havia algo escrito junto a ela, mas Sofia não conseguiu entender o que era.

Sobre a assinatura estava uma seta indicando a árvore, atrás da qual havia um homem de óculos encurvado, sorrindo e olhando para a frente.

Em uma das janelas da casa estava uma figura virada para o quintal, de cabelos longos e sorrindo. O que a diferenciava do resto do desenho, tão rico em detalhes, era o fato de Linnea não ter lhe dado olhos.

Tendo em mente o que Sofia sabia sobre a família Lundström, não era difícil deduzir que aquela era Annette Lundström.

A mulher que não via. Que não queria ver.

Daquele ponto de vista, a imagem do quintal ganhava interesse.

O que Linnea tentava mostrar para Annette que ela não queria enxergar?

Um homem de óculos encurvado e um cachorro de língua grande e pontilhada?

Então Sofia conseguiu desvendar o que estava escrito: U1660.

ESTOCOLMO, 1988

Nós pedalamos mundo afora, nos apresentando em ruas e praças.
Tocamos qualquer instrumento, até mesmo nossa bicicleta.

Dentro da casa em Värmdö, Victoria Bergman observava os fetiches na parede da sala.

Grisslinge era uma prisão.

Ela não sabia o que fazer com as horas mortas do dia. O tempo escoava como um rio transbordando.

Certos dias, ela não se lembrava de ter acordado. Em outros não se lembrava de ter ido dormir. Outros ainda simplesmente desapareciam.

Havia dias em que lia livros de psicologia, fazia longas caminhadas, nadava no mar, ou descia pela rua Mormor até a Skärgårdsvägen, depois pegava a Riksväg em direção à rodovia Värmdö, onde contornava a rotatória e pegava o caminho de volta. As caminhadas a ajudavam a pensar, e o ar frio batendo contra o rosto a lembrava de que era limitada.

Victoria não era o mundo inteiro.

Ela pegou a máscara que parecia com Solace e a pôs no rosto. Tinha um forte cheiro de madeira, quase um perfume.

Ali havia uma promessa de outra vida, em outro lugar, que Victoria sabia que jamais teria. Ela estava acorrentada ao pai.

Mal conseguia ver através dos buraquinhos da máscara. Escutava a própria respiração e sentia o calor espalhando uma camada úmida sobre o rosto. Ela se pôs diante do espelho. A máscara fazia sua cabeça parecer menor. Como se ela fosse uma adolescente com o rosto de uma criança de dez anos.

— Solace — disse Victoria. — Solace Manuti. Agora eu e você somos gêmeas.

A porta então se abriu. Ele estava de volta do trabalho.

Victoria tirou imediatamente a máscara e correu de volta à sala. Sabia que não devia mexer em suas coisas.

— O que você está fazendo? — ele perguntou da entrada.

— Nada — respondeu ela, pendurando a máscara de volta no lugar e ouvindo os sapatos sendo tirados e os passos no corredor. Victoria sentou no sofá e pegou o jornal sobre a mesa.

Ele entrou na sala.

— Estava falando com alguém? — Ele olhou em volta antes de sentar na poltrona. — O que estava fazendo? — repetiu.

Victoria cruzou os braços e olhou fixamente para ele. Sabia que aquilo o deixava nervoso. Gostava de ver seu pânico crescendo, suas mãos atingindo os braços da poltrona, seu corpo mudando de posição o tempo todo, sem que ele conseguisse dizer uma palavra.

Ela ficou em silêncio por um tempo, então sentiu a angústia crescendo. Notou a respiração acelerada dele. Parecia desanimado. Seu rosto ficava pálido e se contorcia.

— O que vamos fazer com você, Victoria? — disse ele, desanimado, escondendo o rosto com as mãos. — Se o psicólogo não resolver seu problema logo, não sei que opção temos.

Ela não respondeu.

Viu Solace em silêncio, observando os dois.

Elas eram parecidas.

— Desça e ligue a sauna — disse ele com voz decidida, levantando. — Mamãe está chegando. Daqui a pouco vamos jantar.

Victoria pensou se havia uma salvação. Uma mão estendida em um lugar inesperado, que pudesse agarrar e fugir para bem longe, se suas pernas tivessem força. Mas ela se esquecera do que era partir, do que era traçar um objetivo.

Após o jantar, escutou a mãe limpando a cozinha. Um eterno acúmulo de lixo, pó e louça. Por mais que arrumasse e guardasse, o ciclo sempre se repetia.

Victoria sabia que aquele hábito lhe dava uma falsa segurança. Sua mãe poderia se enfiar nele para evitar ver o que estava ao redor. O barulho das panelas só aumentava quando Bengt estava em casa.

A garota desceu as escadas até o porão e viu que mais uma vez sua mãe se esquecera de limpar os vãos dos degraus, onde restavam folhas da árvore de Natal.

Foi até a sauna, tirou a roupa e aguardou.

Do lado de fora, fazia o frio congelante de fevereiro na Suécia. Dentro da sauna, a temperatura subiu até quase noventa graus, devido ao novo e potente forno e à ligação elétrica que se vangloriava de ter feito ilegalmente.

Em frente à sauna havia um cano que descia da cozinha. O calor fortalecia o fedor do ralo.

O cheiro de cebola, restos de comida, chouriço, gordura, beterraba e creme azedo se misturava a outro que parecia de gasolina.

E então ele chegou, parecendo triste. Na outra ponta do encanamento estava a mãe lavando a louça. Ele pendurou a toalha.

Quando Victoria abriu os olhos, estava na sala com a toalha ao redor do corpo. Tinha acontecido de novo. Ela perdera a noção do tempo. Sentia o ardor na virilha e os braços doloridos, mas ficava grata por se ver livre dos minutos ou das horas anteriores.

Solace estava pendurada na parede da sala. Victoria foi para o quarto. Sentou na cama, jogou a toalha no chão e se encolheu. Os lençóis estavam frios. Ela deitou de lado e olhou em direção à janela.

O frio de fevereiro quase rachava a vidraça, que ela escutou estalando ao duro abraço dos quinze graus abaixo de zero.

A janela gradeada era dividida em seis partes. Seis quadros emoldurados onde as estações do ano se alternavam desde que tinham voltado para casa. Nas duas vidraças de cima, ela via o topo de uma árvore; nas do meio, as casas dos vizinhos, os galhos, o caule e as correntes do seu velho balanço; na base, o solitário balanço, coberto de neve e embalado pelo vento.

No outono, tudo era capim amarelado até as folhas murcharem e caírem. Depois, em meados de novembro, surgiu uma camada de neve parecendo diferente a cada dia.

Só o balanço era o mesmo. Preso a suas correntes atrás das seis vidraças e da grade tomada por cristais de gelo.

GLASBRUKSGATAN

O outono soprava sobre o Báltico e cobria Estocolmo com um frio pesado e úmido.

Da rua Glasbruksgatan, no alto de Katarinaberget, descendo pela Mosebacke, podia-se ver a ilha de Skeppsholmen através da chuva. Um pouco mais à frente, a ilha de Kastellholmen era engolida por uma neblina acinzentada.

Era um pouco antes das seis.

Ela parou debaixo de um poste de luz, apanhou o bilhete e conferiu o endereço mais uma vez.

Sim, era aquele o lugar, então só precisava esperar.

Sabia que ele saía às seis horas e chegava em casa quinze minutos depois.

Ela havia esperado por tanto tempo que uma hora a mais ou a menos não faria diferença.

A chuva recomeçou. Ela apertou o casaco azul-cobalto ao redor do corpo e movimentou os pés para se aquecer.

Repassava seu plano pela terceira vez, visualizando os próximos acontecimentos, quando viu um carro preto se aproximando devagar. A janela estava filmada, mas mesmo assim pôde ver um homem sozinho. O carro parou ao lado dela e deu ré para estacionar. Então a porta do motorista abriu e ele saiu.

Ela imediatamente reconheceu Per-Ola Silfverberg e foi até ele.

Seu sorriso trouxe as lembranças de volta. Uma casa grande em Copenhague, uma fazenda na Jutlândia e um abatedouro de porcos. O fedor de amônia, sua mão segurando firme a faca ao mostrar como se fazia. Do lado direito, com a lâmina inclinada para cima, para atingir o coração.

— Quanto tempo! — disse ele se aproximando para um forte e terno abraço. — Está aqui por acaso ou falou com Charlotte?

Ela ficou em dúvida se havia alguma lógica no que ia dizer, mas concluiu que não tinha importância. Ele não teria nenhuma possibilidade de confirmar a veracidade daquilo.

— Mais ou menos — disse ela, olhando-o nos olhos. — Eu estava por perto e lembrei que Charlotte me disse que vocês tinham se mudado para cá, então pensei em passar e ver se estavam em casa.

— E fez muito bem! — Ele riu, pegou-a pelo braço e conduziu-a. — Infelizmente, ela só chega daqui a duas horas, mas vamos entrar e tomar um café.

Ele era diretor de uma grande empresa de investimentos, um homem tão acostumado a ser obedecido quanto desabituado a ser questionado. Não havia como se recusar a segui-lo.

— Por que não? Estou livre.

Ela teve náusea ao sentir o toque de sua mão e o cheiro da loção de barbear.

Tinha o estômago embrulhado, e a primeira coisa que precisava fazer era usar o banheiro.

O apartamento era enorme. Ela contou sete cômodos antes de ser conduzida até a sala. A decoração era de bom gosto, com o típico design escandinavo e móveis caros e discretos em tons claros.

Havia duas janelas amplas com uma vista panorâmica de Estocolmo. À esquerda estava um balcão espaçoso com lugar para quinze pessoas.

— Desculpe, mas preciso usar o banheiro — disse ela.

— Claro. No corredor à direita — disse ele. — Quer café ou outra coisa? Talvez uma taça de vinho?

Ela foi em direção ao corredor.

— Vinho seria muito bom. Mas só se você também for beber.

Entrou no banheiro, tomou o pulso e viu no espelho gotas de suor se formando em sua testa.

Sentou na privada fechada e fechou os olhos. As lembranças estavam voltando. Viu Per-Ola Silfverberg, mas não com o sorriso simpático de homem de negócios, e sim com um vazio e distante.

Pensou em como ele e os outros homens da fazenda limpavam as entranhas dos porcos e depois moíam para fazer chouriço. Pensou em seu sorriso insensível quando explicou que a cabeça do porco virava carne processada.

Antes de voltar para a sala lavou as mãos. Memorizou todos os lugares em que havia tocado. Mais tarde, ia apagar as impressões digitais.

Per-Ola Silfverberg encheu uma taça de vinho e ofereceu a ela.

— Você tem que me contar onde morou todos esses anos.

Ela ergueu a taça, levou o nariz até a borda e inspirou. "Chardonnay", pensou.

O homem que odiava a observou enquanto tomava um golinho, mantendo sempre os olhos nela. Ela deixou o vinho oxigenar na boca para liberar o sabor.

— Suponho que você tenha uma razão para nos procurar depois de tanto tempo — disse ele.

Ela considerou o Chardonnay complexo. Sentiu melão, pêssego, damasco e um toque cítrico, amanteigado.

Engoliu o vinho, saboreando-o devagar.

— Por onde quer que eu comece?

"Do lado direito, com a lâmina inclinada para cima", pensou ela.

GLASBRUKSGATAN, CENA DO CRIME

A polícia de Kungsholmen foi notificada pouco antes das nove.

Uma mulher ligou aos gritos depois de encontrar o marido morto em casa.

Jens Hurtig estava a caminho de casa quando recebeu o telefonema. Como não tinha planos para aquela noite, achou que era uma boa oportunidade de fazer umas horas extras.

Duas semanas em algum país quente seria perfeito, e ele já tinha decidido tirar férias no auge do inverno sueco.

Apesar de em Estocolmo a temperatura em geral ser amena e de modo algum comparável ao frio de sua infância em Kvikkjokk, na região norte, havia sempre algumas semanas quase insuportáveis a cada ano.

Cinco graus positivos com sensação de menos cinco. Por causa da umidade. Da maldita chuva.

A única cidade do mundo com um inverno mais chato que o de Estocolmo era São Petersburgo, do outro lado do Báltico. Os suecos foram os primeiros a construir uma cidade naquele pântano, que depois foi tomado pelos russos. Dois povos igualmente propensos ao masoquismo.

Como se tivessem obrigação de saborear o sofrimento.

O trânsito na ponte Centralbron estava parado, como de costume. Ele teve que ligar a sirene para avançar, mas mesmo com a boa vontade dos motoristas não havia espaço para passar.

Ele dirigiu em zigue-zague entre as fileiras até a saída de Stadsgården, onde virou na rua Katarinavägen. Como o trânsito estava melhor ali, pôde finalmente pisar no acelerador.

Quando passou em frente ao La Mano, o memorial aos suecos que morreram na Guerra Civil Espanhola, já estava a mais de cento e quarenta quilômetros por hora.

Hurtig gostava de velocidade e a considerava um privilégio de seu trabalho.

Estacionou em frente ao portão, onde já havia duas viaturas com luzes azuis piscando.

Encontrou um colega de saída, com o quepe apertado na mão. Hurtig viu que estava com o rosto branco como giz, passando para verde, e saiu da frente para ele poder vomitar.

"Coitado", pensou. A primeira vez não era fácil. Na verdade, nunca ficava fácil. Era impossível se acostumar. Talvez se aprendesse a relevar, o que de modo algum tornava o policial melhor. Mas ajudava a realizar o trabalho.

O jargão policial podia parecer, aos ouvidos estranhos, insensível e agressivo, mas era também uma estratégia para criar distanciamento.

Quando Jens Hurtig entrou no apartamento, ficou feliz por já estar habituado àquilo.

Dez minutos mais tarde, reconheceu que precisava ligar para Jeanette Kihlberg para pedir assistência. Quando ela perguntou o que tinha acontecido, ele descreveu tudo como sendo a maior merda de todas as merdas que ele já tinha visto no seu trabalho de merda.

GAMLA ENSKEDE, CASA DOS KIHLBERG

Johan já estava dormindo e Jeanette ainda não sabia o que fazer com ele quando o telefone tocou.

Tirou o telefone do gancho. Infelizmente, era Hurtig. Ela tinha esperado que fosse Sofia.

— O que foi agora? Se não for importante, vou…

Ele a interrompeu.

— É importante.

Hurtig se calou e Jeanette escutou vozes agitadas ao fundo. Segundo ele, a detetive não tinha alternativa a não ser retornar para a cidade.

O que tinha acabado de ver era desumano.

— Um louco esfaqueou um homem pelo menos cem vezes, depois o cortou em pedaços e pintou o apartamento inteiro com o sangue.

"Merda", pensou ela. "Agora não."

— Chego assim que puder. Me dê vinte minutos.

"Maravilha. Vou abandonar Johan mais uma vez."

Um assassinato brutal era a última coisa de que precisava. Não somente porque precisava cuidar de Johan, mas também porque sua investigação tinha sido arquivada. E ainda havia Victoria Bergman. O tribunal de Nacka não dera em nada.

A chuva estava parando, mas aqui e ali grandes poças d'água a impediam de dirigir em alta velocidade. Fazia frio. O termômetro em Hammarby indicava onze graus.

Os galhos das árvores do parque Koleraparken tinham a cor do outono. Quando ela olhou a cidade da ponte Johanneshovsbron, foi tomada pela sensação de estar diante de uma beleza inexprimível.

EDSVIKEN, CASA DOS LUNDSTRÖM

Sofia examinava os outros desenhos. Um deles representava uma sala com três homens, uma menina sobre a cama e uma figura olhando em outra direção. O outro era mais abstrato e de difícil interpretação, porém, a mesma figura aparecia duas vezes. No meio do desenho, sem olhos e cercada por um turbilhão de rostos, e no canto inferior esquerdo, quase saindo da folha. Apenas metade do corpo estava enquadrada, sem o rosto.

A psicóloga comparou com o primeiro desenho. A mesma figura sem olhos na janela, virada para o jardim. Um cachorro grande e um homem atrás de uma árvore. U1660.

— O que é que você não entende nos desenhos? — perguntou Sofia.

Annette Lundström sorriu com insegurança.

— É essa figura sem olhos. Suponho que seja um autorretrato. Mas o que ela quer dizer com isso?

"A que ponto chega a cegueira...", pensou Sofia. A mulher dedicara toda a sua vida a fechar os olhos ao que estava acontecendo. E agora acreditava poder compensar aquilo admitindo a uma psicóloga que via algo de estranho nos velhos desenhos de sua filha. Uma débil admissão, depois de tantos anos. A culpa era transferida ao marido, e ela se livrava de qualquer envolvimento.

— Você sabe o que isso significa? — perguntou Sofia, indicando os números ao lado da árvore, no primeiro desenho. — U1660?

— Sim, pelo menos isso eu entendo. É o nome do homem que está atrás da árvore.

— Como assim?

Annette sorriu com nervosismo.

— Não é U1660. É Viggo. Viggo Dürer, o marido de uma amiga. Linnea desenhou a casa de Kristianstad. Eles sempre iam nos visitar, apesar de morar na Dinamarca.

Sofia estremeceu. O advogado de seu pai.

Tome cuidado com ele.

Annette ficou subitamente triste.

— Henrietta, uma de minhas melhores amigas, casou com Viggo. Acho que Linnea tinha um pouco de medo dele, talvez por isso não queira olhar o homem do desenho. Ela também tinha medo do cachorro. Era um rottweiler, e o desenho ficou bem parecido.

Sofia concordou.

— Mas se você acha que Linnea é quem está à janela sem olhos, quem é então a menina ao lado do cachorro?

Annette sorriu.

— Eu. Este vestido vermelho é meu. — Ela pôs o primeiro desenho de volta na mesa e pegou o segundo. — Neste aqui estou deitada na cama dormindo, enquanto os rapazes fazem uma festa. — Ela riu.

Para Sofia, o significado dos desenhos de Linnea era evidente, mas Annette Lundström parecia confundir a si mesma com a menina.

Ela não conseguia ver o que acontecia à sua volta.

Enquanto Linnea compreendia tudo desde os cinco anos de idade.

Sofia sabia que precisava conseguir uma sessão com Linnea Lundström, com ou sem ajuda da mãe.

— Posso fotografar os desenhos?

— Sem problema.

Sofia pegou o celular, tirou algumas fotos e depois levantou da poltrona.

— Vamos fazer assim. Você e eu vamos juntas para Danderyd. A chefe da psiquiatria é uma velha conhecida minha. Podemos explicar a situação e, se jogarmos bem nossas cartas, talvez ela me autorize a conversar com Linnea.

Quando Sofia Zetterlund virou na rua Norrtäljevägen, eram quase seis horas.

Viggo Dürer? Por que ela não conseguia se lembrar dele? Tinham combinado a venda da casa por telefone. Recordava sua loção de barbear. Old Spice e Eau de Vie. Mais nada.

Sofia percebeu então que Victoria conhecia Viggo Dürer.

Ela se sentia inquieta e ligou o rádio. Uma mulher com voz suave contava como era conviver com transtornos alimentares. A incapacidade de comer e beber devido ao temor de engordar, uma fobia desencadeada por trauma. Reflexos básicos do corpo fora de função. Podia parecer simples, mas não era.

Pensou em Ulrika Wendin e Linnea Lundström.

Duas jovens cujos problemas tinham sido causados por um homem.

Ulrika Wendin não comia. Linnea Lundström não falava. Logo elas estariam à sua frente contando mais sobre sua história.

A voz suave no rádio e as luzes desfocadas na escuridão nebulosa deixaram-na num estado quase hipnótico.

Ela viu dois rostos cadavéricos e a imagem delgada de Ulrika se misturando com a de Annette Lundström.

Num estalo, ficou claro para ela quem era Annette. Ou melhor, quem tinha sido.

Quase vinte e cinco anos antes. Quando tinha um rosto mais redondo e ria.

OS TÍMPANOS

aceitavam as mentiras. Ele não podia permitir que a inverdade entrasse, descendo até o estômago, envenenando seu corpo.

No passado, aprendera a não falar, depois tentara aprender a não ouvir.

Quando era pequeno, costumava ir a um templo, em Wuhan, para escutar um monge.

Todos diziam que era um velho louco. Falava uma língua estrangeira que ninguém entendia, cheirava mal e era sujo, mas Gao Lian gostava dele e as palavras dele se tornaram as suas.

Gao se apropriou dos sons do monge assim que atingiram seus ouvidos.

Quando a loira emitia ruídos suaves e belas melodias, ele pensava no monge, e seu coração se enchia de um calor só seu.

Gao desenhava um coração grande e preto com o giz que ela lhe dera.

O estômago digeria mentiras, caso não se tomasse cuidado, mas ela o ensinara a se proteger, deixando o ácido se misturar com os fluidos corporais.

Gao Lian, de Wuhan, experimentou a água. Estava salgada.

Eles ficaram sentados um na frente do outro por muito tempo, até que ele lhe deu sua água.

Após um instante, não saía mais água de seu corpo. Em vez disso escorria sangue de seu pescoço, vermelho e um pouco doce.

Gao procurava algo com sabor ácido e depois amargo.

Quando ela o deixou, ele permaneceu sentado no chão, passando o giz na mão até a pele ficar preta.

A cada dia fazia novos desenhos, tornando-se melhor em colocar suas imagens interiores no papel. Seu cérebro não precisava dizer o que a mão devia fazer. Ele apenas realocava as imagens da fantasia.

Gao aprendeu como usar as sombras para fortalecer o branco, e no encontro dos contrastes criava novos efeitos.

Estava desenhando uma casa em chamas.

KVARTERET KRONOBERG, DELEGACIA DE POLÍCIA

EMPRESÁRIO BRUTALMENTE ASSASSINADO era a manchete. Quando Jeanette abriu o jornal, viu que tinham escrito sobre a vida e a carreira de Per-Ola Silfverberg. Formado em economia, ele tinha estudado chinês e percebido cedo a importância do mercado asiático. Mudou-se para Copenhague e se tornou diretor de uma fábrica de brinquedos.

Em conexão com uma investigação que depois foi arquivada, ele e sua esposa se mudaram para a Suécia, onde ficou conhecido como um habilidoso homem de negócios, cujas funções na empresa se acumularam com os anos.

— Ivo Andrić entregou o relatório — disse Jens Hurtig, entrando na sala de Jeanette com Schwarz e Åhlund. — Acabei de ler. — Ele lhe entregou um arquivo.

— Muito bem, então pode ler suas conclusões.

Schwarz e Åhlund sentaram para escutar. Hurtig limpou a garganta. Jeanette achou que parecia um pouco alterado. Quanto a ela, estava aliviada pela vítima não ser mais uma criança.

— Na parede, foi encontrada a frase: "No abate, a faca deve ser cravada no ângulo correto para atingir a artéria principal, junto ao coração".

— Os homens são uns animais, não é? — disse Schwarz, rindo. Hurtig olhou para Jeanette, aguardando seu comentário.

— Estou inclinada a concordar com Schwarz. Parece ser um assassinato simbólico, mas duvido que o gênero de Per-Ola Silfverberg seja o motivo principal. Estou pensando na expressão "porco capitalista", mas não vamos nos prender a isso. — Jeanette fez um sinal para que Hurtig continuasse a ler o relatório.

— A autópsia indica outro ferimento incomum, no pescoço. A faca penetrou por debaixo da pele e foi torcida, fazendo com que se abrisse — ele leu, olhando ao redor. — Ivo nunca viu um ferimento como este. O modo como os pulsos foram abertos também é incomum. Tudo indica que o assassino possui certo conhecimento de anatomia.

— Portanto, não se trata de um médico, mas de um caçador ou açougueiro — tentou Åhlund.

Hurtig encolheu os ombros.

— Ivo sugere que pode haver mais de um assassino, por causa da quantidade de golpes e do fato de alguns parecerem ter sido feitos por um destro e outros por um canhoto.

— Então pode ser um assassino com conhecimento em anatomia e outro sem? — perguntou Åhlund, enquanto fazia anotações.

— Talvez — respondeu Hurtig, olhando para Jeanette.

"Fios soltos e nada mais", pensou ela.

Hurtig continuou a ler:

— "O corpo foi desmembrado com um instrumento afiado, como uma faca pesada. A distribuição das feridas sugere que ao menos o desmembramento foi realizado por duas pessoas. A imagem geral sugere brutalidade excessiva, e a maioria das evidências indica que o assassinato foi conduzido por alguém com tendências sádicas, um indivíduo que se estimula impondo humilhação e sofrimento aos outros. Devo acrescentar que minha experiência prévia nesses casos sugere que assassinos desse tipo têm pronunciada tendência a repetir o crime, geralmente de modo similar, com uma vítima parecida. Em um caso extremo e raro como este, a literatura relacionada deve ser estudada cuidadosamente, o que requer tempo."

Ele colocou o arquivo sobre a mesa, e o silêncio se impôs na sala.

"Duas pessoas, com diferentes níveis de conhecimento em anatomia", pensou Jeanette.

— O que a mulher dele disse? — perguntou ela. — Sabe se Per-Ola tinha recebido alguma ameaça?

— Ainda não conseguimos ouvir nada coerente da sua parte — respondeu Hurtig. — Mas vamos conversar de novo com ela mais tarde.

— Ela tem um álibi?

— Sim. Três amigas confirmaram que estavam com ela.

— Não houve arrombamento, então pode ser alguém que ele conhecesse — começou Jeanette, mas foi interrompida por alguém batendo na porta. Eles ficaram em silêncio por um instante, enquanto Ivo Andrić entrava na sala.

— Olá, eu estava por perto, e…

— Tem mais alguma coisa? — perguntou Jeanette.

— Sim, talvez uma imagem mais clara — ele disse, tirando o boné de beisebol e sentando sobre a mesa de Jeanette. — Suponho que a vítima e o assassino tenham se encontrado na rua e entrado juntos. O corpo não tem sinais de ter sido amarrado, deve ter sido um encontro normal que saiu do controle. No entanto, creio que o assassinato foi planejado.

— O que faz você pensar assim? — perguntou Åhlund, erguendo os olhos de suas anotações.

— O assassino não estava embriagado e não possui sinais evidentes de doença psíquica. Encontramos duas taças de vinho, mas elas foram esfregadas com cuidado para apagar digitais.

— O que você me diz sobre como o corpo foi desmembrado? — prosseguiu Åhlund.

Jeanette permaneceu em silêncio, escutando e observando seus colegas.

— O corpo não foi desmembrado para ser transportado, e é provável que o processo tenha ocorrido no banheiro.

Ivo Andrić descreveu em que ordem o corpo foi dividido e como o assassino posicionou os pedaços no apartamento. Durante toda a noite e pela manhã, o local havia sido cuidadosamente examinado à procura de pistas. A torneira do banheiro foi examinada, bem como os canos e o ralo.

— É notável como a coxa foi separada do quadril com apenas alguns cortes. Com a mesma habilidade, a perna foi dividida no joelho.

Ivo se calou e Jeanette encerrou a conversa fazendo duas perguntas a esmo, sem objetivo definido.

— O que o ato de desmembrar o corpo diz sobre o assassino? Que ele vai fazer isso de novo?

Ela olhou nos olhos de cada um.

Ficaram em silêncio na sala abafada, unidos pelo sentimento de impotência.

KLARA SJÖ, PROMOTORIA

Apesar do nome, o lago de Klara Sjö era poluído e portanto impróprio para a pesca e para o banho.

A rede de esgoto, as indústrias e o tráfego da região de Klarastrandsleden despejavam impurezas na água, que apresentava grandes níveis de nitrogênio, fósforo, metais e alcatrão. Era uma água sombria, como a promotoria sediada na vizinhança.

"É demais", pensou Kenneth von Kwist, passando os olhos nas fotografias de Per-Ola Silfverberg. "Já não estou aguentando."

Se não tivesse conhecido Viggo Dürer, ele poderia ficar sentado tranquilo em seu escritório, contando os dias que faltavam para sua aposentadoria.

Primeiro Karl Lundström, depois Bengt Bergman, então Silfverberg. Todos apresentados a ele por Viggo Dürer, apesar de não considerá-los amigos próximos. Eram apenas conhecidos.

Seria suficiente para um jornalista curioso? Ou uma detetive zelosa como Jeanette Kihlberg?

Por experiência própria, sabia que as únicas pessoas confiáveis eram as verdadeiramente egoístas. Elas seguiam um padrão, de modo que era possível prever como agiriam. Eram as únicas que se podia enganar.

No entanto, quando se encontrava alguém como Jeanette Kihlberg, uma pessoa com um senso de justiça inabalável, a situação se tornava imprevisível.

Ele não podia tentar silenciá-la do modo costumeiro. Precisava apenas cuidar para que Jeanette não tivesse acesso ao seu material, com a consciência de que estava cometendo um crime.

Retirou do fundo da gaveta um arquivo de treze anos antes e ligou o triturador de papel. Antes de entregar os papéis à máquina, leu o que o advogado dinamarquês de Per-Ola Silfverberg havia argumentado:

São muitas acusações, imprecisas quanto ao tempo e ao local e, portanto, difíceis de serem refutadas. O ponto de partida do caso repousa nos relatos da menina e na credibilidade da mesma.

Ele enfiou devagar a primeira folha no triturador, que chiou e cuspiu uma série de fitas.

Próxima folha.

As principais provas do caso podem fortalecer ou abalar a veracidade das declarações da criança. Durante o processo, ela narrou certos atos que Per-Ola Silfverberg teria cometido. Contudo, ela não foi capaz de concluir seu testemunho. Algumas de suas declarações só puderam ser analisadas através dos vídeos do depoimento.

Mais folhas, mais fitas.

A defesa considera que, no depoimento em vídeo, o interrogador fez perguntas tendenciosas, induzindo as respostas. Além disso, a menina tinha motivo para acusar Per-Ola Silfverberg de tais ações. Caso pudesse demonstrar que fora ele quem provocara sua enfermidade psíquica, poderia deixar o lar adotivo e voltar para a Suécia.

"Voltar para a Suécia", pensou o promotor Kenneth von Kwist, desligando o triturador.

ESTOCOLMO, 1988

Ele disse: "Não tem motivo para começar de novo. Você sempre foi minha e vai continuar sendo". Era como se ela fosse duas pessoas.

Uma que gostava dele e outra que o odiava.

O silêncio parecia um vácuo.

Ele respirou ruidosamente durante todo o trajeto para Nacka. Aquele som a incomodava bastante.

Quando chegaram ao hospital, ele desligou o motor do carro.

— Está bem, então — disse, quando Victoria saiu do carro. A porta foi fechada com um som abafado, e ela sabia que seu pai permaneceria em silêncio lá dentro.

Sabia também que não precisava olhar para trás, porque ele permaneceria ali assegurando a distância entre os dois. Seus passos ficavam mais leves conforme se afastava. Os pulmões se enchiam de um ar diferente do que havia ao redor dele. Fresco.

"Sem ele, eu não estaria doente", pensou Victoria.

Mas ela sabia que não seria nada sem ele, um pensamento que era melhor evitar.

Sua terapeuta já tinha passado da idade de se aposentar, mas continuava trabalhando.

Sessenta e seis anos e com a sabedoria da idade. A terapia começara em ritmo lento, mas, após algumas sessões, Victoria vira a possibilidade de se abrir.

Quando entrou no consultório, a primeira coisa que viu foram os olhos dela.

Era do que mais sentia falta. Olhos aos quais podia se entregar.

Eles ajudavam Victoria a se compreender. Eram olhos ancestrais, que tinham visto tudo, confiáveis. Olhos que não entravam em pânico, não diziam a ela que era louca, tampouco diziam que tinha razão ou que a compreendiam.

Aqueles olhos não a bajulavam.

Por isso, Victoria conseguia vê-los e se sentir calma.

— Qual foi a última vez em que você se sentiu bem?

A terapeuta começava cada encontro com uma pergunta, que usava como tema para o resto da sessão.

— Quando passei as camisas do meu pai e ele disse que estava perfeito.

Victoria sorriu por saber que não ficara nenhuma ruga. O colarinho se mantivera firme, do jeito certo.

Aqueles olhos lhe davam total atenção. Eram somente dela.

— Se você pudesse escolher uma coisa para fazer pelo resto de sua vida, seria passar camisas?

— Não, de jeito nenhum! — exclamou Victoria. — Passar roupa é muito chato. — Ela se deu conta do que dissera e do motivo daquilo. — Eu costumo redecorar o escritório dele — continuou ela a todo vapor. — Para ver se repara quando chega em casa. Quase nunca acontece.

— Como está a faculdade? — interrompeu a senhora, sem mesmo reagir ao que Victoria dissera.

— Mais ou menos. — Victoria ergueu os ombros.

— O que o professor disse sobre seu último trabalho?

Victoria hesitou em responder.

Claro que ela lembrava, mas não sabia se conseguiria pôr para fora.

Era tão ridículo.

— "Excelente" — disse, com ironia. — "Você tem uma compreensão fenomenal sobre os processos neurais e contribui com ideias originais e interessantes, que eu gostaria de ver sendo desenvolvidas num trabalho posterior."

A terapeuta arregalou os olhos e juntou as mãos.

— Isso é fantástico, Victoria! Você não ficou satisfeita ao receber um elogio assim?

— Mas... — tentou Victoria. — Não faz diferença. É fingimento.

— Victoria — disse a psicóloga com seriedade. — Você já falou sobre sua dificuldade em discernir entre o que é fingido e o que é sincero, como costuma dizer, ou entre o que é importante ou não para você, como eu costumo dizer... Se pensar bem, vai ver que esse é um bom exemplo. Você afirma que se sente bem passando camisas, mas no fundo não gosta disso. Quando estuda, que é o que gosta de fazer, tem resultados ótimos, mas — ela ergueu um dedo e cravou os olhos em Victoria — não se permite ficar contente ao ser parabenizada por sua excelência.

"Esses olhos", pensou Victoria. Viam o que ela jamais vira, apenas imaginara. Eles a engrandeciam quando ela tentava se diminuir e mostravam com cuidado a diferença entre o que supunha ver, escutar e sentir e o que ocorria na realidade.

Victoria desejava ver o mundo através de olhos velhos e sábios. Como os da psicóloga.

O alívio que ela sentia no consultório durava apenas até o fim dos vinte e oito degraus que conduziam até a porta. E, então, o silêncio do carro.

Eles passavam de quarteirão em quarteirão, de casa em casa, de família em família. Ela viu uma jovem de sua idade andando de braço dado com a mãe. Pareciam despreocupadas.

"Eu poderia ter sido como ela", pensou Victoria.

Poderia ter sido qualquer outra pessoa.

Mas não.

— Vamos fazer uma reunião após o jantar — disse ele, ao abrir a porta do carro e sair. O pai ergueu a calça até o meio da barriga, deixando à mostra o contorno do pênis. Victoria virou o rosto e entrou na casa.

Era como um buraco negro, desintegrando todos que entravam. Ela abriu a porta e se deixou engolir.

Sua mãe não disse nada, mas o jantar estava pronto. Eles sentaram ao redor da mesa. O pai, a mãe e Victoria. Quando estavam ali, ela viu que pareciam uma família.

— Victoria — começou ele, entrelaçando as mãos cheias de veias e as colocando sobre a mesa. Ela sabia que não se tratava de uma reunião. Era uma ordem.

— Achamos que você precisa mudar de ambiente — disse ele. — Mamãe e eu resolvemos que o melhor seria unir o útil ao agradável. — Ele olhou para a mulher, que balançou a cabeça concordando e serviu mais batatas. — Você se lembra do Viggo?

Ela se lembrava do Viggo.

Um dinamarquês que os visitava regularmente quando era mais nova.

Nunca quando sua mãe estava em casa.

— Ele tem uma fazenda na Jutlândia e precisa de alguém para tomar conta da casa. Sem serviço pesado, tendo em vista sua situação atual.

— Minha situação atual?

O ódio pulsava dentro dela, ardendo sob a camada de impotência.

— Sabe o que quero dizer — disse ele, com um tom mais firme. — Você fala sozinha. Tem amigos imaginários, apesar de estar com dezessete anos. Tem acessos de fúria e se comporta como uma criança. Queremos o melhor para você, e Viggo tem contatos em Ålborg que podem ajudar. Você vai para lá na primavera e ponto final.

Permaneceram em silêncio enquanto ele concluía a refeição com uma xícara de chá. Prendeu um torrão de açúcar entre os lábios e foi bebendo até que se desmanchasse. De tempos em tempos, soprava o chá para esfriar, como sempre.

— É para o seu bem — ele disse por fim, levantando para ir até a pia enxaguar a xícara. A mãe se remexia na cadeira, com os olhos ausentes.

Ele desligou a torneira, enxugou as mãos e se apoiou na pia.

— Você ainda não é maior de idade — disse ele. — Somos responsáveis por você. Não há o que discutir.

"Ah, eu sei", pensou ela. "Não há o que discutir e nunca houve."

KVARTERET KRONOBERG, DELEGACIA DE POLÍCIA

Quando Ivo Andrić, Schwarz e Åhlund deixaram a sala, Hurtig se aproximou da mesa e disse para Jeanette em voz baixa:

— Antes de dar prosseguimento com Silfverberg, como andam nossos casos anteriores?

— Bem parados. Pelo menos de minha parte. E você? Encontrou alguma coisa?

— Tenho boas e más notícias — disse ele. — Por onde quer que eu comece?

— Evitando o clichê — interrompeu Jeanette. Ele se desconcertou, mas ela sorriu. — Desculpe, eu estava brincando. Comece pela notícia ruim. Sabe que eu prefiro assim.

— Certo. Primeiro o histórico de Dürer e Von Kwist. Tirando o fato de haver cinco ou seis casos com cada um de um lado arquivados, não vejo nada suspeito. O número não surpreende, porque eles são especializados no mesmo tipo de crime.

Jeanette balançou a cabeça.

— Continue.

— A lista de doadores. Sihtunum i Diasporan é mantida por um grupo de ex-alunos de Sigtuna, empresas e políticos, pessoas de sucesso com passado impoluto. Alguns poucos não têm nenhuma ligação direta com a escola, mas podemos presumir que conhecem algum ex-aluno ou tenham contatos que os levaram à organização.

"Nada por enquanto", pensou Jeanette, fazendo um sinal para que Hurtig prosseguisse.

— Quanto a quem publicou a lista de doadores, ele só escreveu uma vez. Tive que cavar por muito tempo para identificar o endereço de IP. Adivinha onde deu.

— Mais um beco sem saída?

Ele abriu os braços.

— Uma loja de conveniência em Malmö. Pondo vinte e nove coroas numa máquina, sai um bilhete que permite usar um computador por uma hora com total anonimato.

— E a boa notícia?

Jens Hurtig sorriu.

— Per-Ola Silfverberg estava na lista.

Antes de Jeanette Kihlberg deixar o trabalho, Dennis Billing informou o orçamento para o caso Silfverberg. Quando ela estava no carro, não pôde deixar de pensar que o dinheiro que Billing prometera a ela era mais de dez vezes superior ao que fora disponibilizado para o caso dos meninos.

Crianças mortas sem documentação valiam menos que suecos mortos com carreira e dinheiro no banco, constatou com raiva a detetive.

Se Billing ao menos autorizasse a realização de um perfil criminal, ela não precisaria ter pedido um por conta própria.

Sofia teria que fazer o trabalho sem receber nada e sem ser reconhecida. Jeanette não se sentia bem com aquilo. Portanto, decidira não a pressionar, dando-lhe o tempo de que necessitasse.

Ela pensou no que decidia o valor de uma vida.

A quantidade de pessoas no funeral, a herança ou o interesse da mídia?

A influência do falecido na sociedade? A proveniência ou a cor da pele?

Os recursos da polícia gastos com a investigação?

Jeanette sabia que o custo da investigação da morte da ministra das Relações Exteriores Anna Lindh chegara a quinze milhões de coroas antes de o tribunal condenar o assassino Mijailo Mijailovic. Também sabia que, entre os policiais, aquela soma foi considerada modesta quando comparada aos trezentos e cinquenta milhões gastos no caso do assassinato do primeiro-ministro Olof Palme.

VITA BERGEN, APARTAMENTO DE SOFIA ZETTERLUND

Quando Sofia Zetterlund acordou, seu corpo doía como se tivesse corrido dezenas de quilômetros durante a noite. Ela levantou e foi ao banheiro.

"Estou horrível", pensou ao se ver no espelho.

Seu cabelo estava bagunçado e ela se esquecera de limpar o rosto antes de deitar. Os restos de maquiagem pareciam hematomas e o batom virara uma mancha rosa sobre o queixo.

O que acontecera na noite anterior?

Ela passou uma toalha no rosto e puxou a cortina da banheira. Estava cheia de água, e no fundo havia uma garrafa vazia de vinho, cujo rótulo comprovava que era o Rioja caro que ela tinha no barzinho.

"Não sou eu quem bebe", pensou ela. "É Victoria. Mas o que aconteceu, além do vinho e do banho? Eu saí ontem?"

Ela abriu a porta do quarto e olhou o apartamento. Parecia normal.

Quando entrou na cozinha, viu um saco plástico. Antes mesmo de abri-lo, já sabia que não era lixo.

Eram roupas encharcadas.

Lá estavam uma camiseta e uma blusa preta e uma legging cinza. Com um suspiro profundo e resignado, Sofia espalhou as roupas no chão da cozinha e as examinou atentamente.

Não estavam sujas, mas cheiravam a mofo. Provavelmente porque tinham passado a noite inteira molhadas dentro do saco. Ela torceu a camiseta e o líquido que saiu era marrom. Quando experimentou, percebeu que tinha um gosto salgado, mas ficava impossível determinar se era de suor ou de água suja da rua.

Ela aceitou o fato de que naquele momento não conseguiria deduzir o que fizera durante a noite. Juntou as roupas e as pendurou no banheiro, depois esvaziou a banheira e jogou fora a garrafa.

Em seguida, retornou ao quarto, abriu as persianas e conferiu as horas. Quinze para as oito. Não havia pressa. Poderia passar dez minutos no banho, dez em frente ao espelho e depois pegar um táxi para o consultório. O primeiro paciente estava marcado para as nove.

A consulta de Linnea seria às treze, disso Sofia se lembrava. Mas e antes? Não sabia quem encontraria.

Ela fechou a janela e respirou profundamente.

"Não tem mais jeito. Não posso continuar assim. Victoria tem que desaparecer."

Meia hora depois, Sofia Zetterlund retocava a maquiagem enquanto o táxi seguia pela rua Borgmästargatan.

Ela estava satisfeita com sua aparência, mas por dentro tremia de medo.

Tinha adquirido consciência de seus lapsos de memória. No passado, os esquecimentos tinham sido algo natural, que seu cérebro nem registrava. Era como se não existissem. Então haviam se tornado preocupantes buracos negros em sua vida.

Ela sabia que precisava aprender a lidar com a situação. Tinha que ser funcional de novo. Queria conhecer Victoria Bergman, a criança que ela fora um dia. A mulher adulta ignorada pelo mundo e por si própria.

As lembranças crescendo na família Bergman não estavam organizadas como um arquivo de fotografias, onde se pode pegar uma caixa com data específica. Elas apareciam ao acaso, quando menos esperava. Às vezes vinham à tona sem motivo; em outras vezes, um objeto ou uma conversa tinham o poder de fazê-la voltar no tempo.

No rosto emagrecido de Annette, Sofia identificou uma menina dois anos mais velha que Victoria conhecera no primeiro ano no Sigtuna. Ela cochichava pelas suas costas e a olhava de lado nos corredores.

Sofia tinha certeza de que Annette se lembrava dos acontecimentos no depósito do colégio. Também tinha certeza de que Annette não fazia ideia de que a mulher que ia conduzir a terapia de sua filha era a mesma da qual rira no passado.

Em breve, ela faria um favor a Annette. Ajudaria sua filha a superar um trauma. Um trauma com o qual a própria Annette convivia e que Sofia sabia não ser possível apagar.

No entanto, ela se aferrava à esperança de que era possível, de que acabaria por considerar as lembranças como suas. Seu cérebro tentara protegê-la mantendo-a inconsciente. Mas não dera certo. Sem as lembranças, era apenas uma casca.

Não havia cura para ela. A situação estava piorando.

Por mais que pensasse e repensasse, a única solução era Victoria Bergman e Sofia Zetterlund se integrarem em uma só consciência, com acesso aos pensamentos e lembranças das duas.

No entanto, sabia que aquilo não seria possível enquanto Victoria não a aceitasse. Ela sentia desprezo por Sofia, apesar de fazer parte dela. Já Sofia tinha medo de ser responsabilizada pelos atos de violência cometidos pela outra. Eram duas pessoas sem nenhum denominador comum.

A não ser pelo fato de dividir um corpo.

KVARTERET KRONOBERG, DELEGACIA DE POLÍCIA

— Você tem visita — Hurtig disse no instante em que Jeanette saiu do elevador. — Charlotte Silfverberg está esperando na sua sala. Quer que eu vá junto?

— Não, eu cuido disso. — Jeanette o afastou com um gesto. Mais adiante no corredor, viu que a porta de sua sala estava aberta.

Charlotte Silfverberg estava de costas, olhando pela janela.

— Olá. — A detetive entrou e foi até a mesa. — Que bom que veio. Estava pensando em entrar em contato. Como você está?

Charlotte virou, mas permaneceu à janela sem responder.

Jeanette notou que ela parecia insegura.

— Pode sentar, se quiser.

— Tudo bem. Prefiro ficar em pé. Já estou de saída.

— Então... Tem algo em particular que queira discutir? Caso contrário, tenho algumas perguntas.

— Pode falar.

— Sihtunum i Diasporan — começou Jeanette. — Seu marido consta na lista de doadores. O que você sabe sobre a organização?

Charlotte parecia tensa.

— Só sei que é um grupo de homens que se encontram algumas vezes por ano e discutem projetos beneficentes. No fundo, acho que é uma desculpa para beber e contar velhas histórias. Eles saíam duas vezes por ano no *Gilah*. O veleiro deles.

— Você nunca foi?

— Não éramos convidadas a participar. Era um clube masculino.

— Você deve saber que Viggo e a esposa faleceram.

— Sim, eu li no jornal. O veleiro pegou fogo.

Jeanette pensou em Bengt e Birgitta Bergman. Eles também tinham morrido em um incêndio, que também fora considerado um acidente.

— Você sabe de alguém que teria motivos para matar o casal Dürer? Ou Viggo?

— Não faço ideia. Eu mal os conhecia.

Jeanette intuiu que ela estava dizendo a verdade.

— Então... O que é que queria falar comigo? — perguntou ela.

— Tem uma coisa que preciso contar. — Charlotte se refreou, então engoliu em seco e cruzou os braços. — Treze anos atrás, um ano antes de mudarmos para cá, Per-Ola foi acusado de um crime. Ele foi liberado e tudo se resolveu...

"Acusado de um crime", pensou Jeanette, recordando o artigo que lera. Então era algo comprometedor?

Charlotte se apoiou na janela.

— Eu tinha a sensação de estar sendo seguida — disse ela por fim. — Recebemos algumas cartas.

— Cartas? — Jeanette não podia mais se conter. — De que tipo?

— Não sei bem. Foi estranho. A primeira chegou logo depois do processo ter sido arquivado. Pensamos que era uma feminista irritada por ele não ter sido condenado.

— O que tinha na carta? Você a guardou?

— Não, era só um monte de coisas incoerentes, então jogamos fora. Em retrospectiva, foi um erro.

"Merda", pensou Jeanette.

— O que fez você pensar que a carta tinha sido escrita por uma feminista? Do que ele era suspeito?

Charlotte se tornou mais agressiva.

— Dá pra perceber na hora, não é? E não quero falar sobre isso. Para mim, esse assunto já está resolvido.

Jeanette achou melhor não irritá-la ainda mais.

— Tem alguma ideia de quem escreveu carta?

Jeanette sorriu, tentando ser simpática.

— Não. Como disse, deve ter sido alguém que ficou descontente quando Per-Ola foi inocentado. — A mulher se calou, suspirou e continuou. — Uma semana atrás chegou mais uma. Essa eu guardei.

Charlotte Silfverberg tirou da bolsa um envelope branco e pôs sobre a mesa.

Jeanette vestiu um par de luvas de plástico. O envelope já devia estar coberto de impressões digitais de Charlotte e dos funcionários do correio, mas não custava tentar.

Era um envelope branco comum. Do tipo que se podia comprar em pacotes de dez nos supermercados.

Selado em Estocolmo e endereçado a Per-Ola Silfverberg com caligrafia infantil e tinta preta. Jeanette ergueu as sobrancelhas.

A carta tinha sido escrita em folha A4 branca comum, que podia ser comprada em qualquer parte, em maços de quinhentas.

Ela desdobrou o papel. Era a mesma letra com tinta preta. Estava escrito: "Não se pode enterrar o passado".

"Quanta originalidade", pensou Jeanette, soltando um suspiro. Ela olhou para Charlotte.

— Notei que tem erros de ortografia — disse. — Isso faz você pensar em alguma coisa?

— Talvez não seja um erro — respondeu Charlotte. — Talvez seja a grafia dinamarquesa.

— Você sabe que essa carta é uma pista. Por que esperou uma semana pra trazer?

— Bem... Eu estava fora de mim. Só agora consegui sair de casa.

"Vergonha", pensou Jeanette. Era um grande obstáculo.

Independentemente do que Per-Ola fosse suspeito, era algo vergonhoso. Daquilo a detetive podia ter certeza.

Charlotte indicou a carta.

— Na semana passada, recebi dois telefonemas. Quando atendi, tinha alguém na linha, depois desligaram.

Jeanette balançou a cabeça.

— Com licença — disse ela, então ligou para Hurtig. — Per-Ola Silfverberg — disse, quando ele atendeu. — Esta manhã contatei a polícia de Copenhague acerca do processo arquivado contra ele. Você pode olhar se a resposta já chegou?

Jeanette desligou o telefone e se reclinou na cadeira.

Charlotte corou.

— Gostaria de saber se... — ela começou a dizer com a voz trêmula. — Se é possível que eu receba algum tipo de proteção.

Jeanette entendeu que aquilo podia ser necessário.

— Vou ver o que posso fazer, mas não sei se consigo algo para hoje.

— Obrigada. — Charlotte parecia aliviada, então juntou suas coisas e foi em direção à porta.

— Posso ter que conversar com você de novo — acrescentou Jeanette.

Charlotte parou na porta.

— Está bem — ela disse, de costas, no mesmo instante em que Hurtig entrava com um arquivo na mão. Ele jogou a pasta sobre a mesa da detetive e voltou para sua sala.

O caso Per-Ola Silfverberg tinha dezessete páginas.

A primeira coisa que viera à mente de Jeanette era que Charlotte, além de não ter dado informações sobre ele, deixara de fora um detalhe bastante relevante: os dois tinham uma filha.

MARIATORGET, CONSULTÓRIO DE SOFIA ZETTERLUND

Às nove horas, um paciente com insônia; às onze, um anoréxico.

Relendo os resumos das sessões, Sofia mal conseguia se lembrar de seus nomes.

Seu corpo estava desgovernado após aquela noite. As mãos suavam frio e a boca se mantinha seca. Sua condição piorara ainda mais com a expectativa de encontrar Linnea Lundström. Em poucos minutos, a psicóloga ia se deparar consigo mesma quando tinha catorze anos. A menina a quem dera as costas.

Linnea chegou ao consultório às treze, acompanhada por um monitor do abrigo.

Tinha o corpo e o rosto bem mais maduros do que o esperado. Tinha sido obrigada a crescer cedo demais e já acumulava o inferno de uma vida inteira na aparência. Teria que lidar com aquilo pelo resto dela.

Após quinze minutos, Sofia viu que não seria fácil.

Ela esperava uma menina mergulhada nas trevas e cheia de ódio, expressando-se ocasionalmente no silêncio, mas também com ataques de impulsividade causados por um instinto de autodestruição. Se fosse aquele o caso, saberia o que fazer.

Mas naquele dia se viu diante de algo bem diverso.

Linnea respondia às perguntas de forma reticente, com uma linguagem corporal esquiva, sem estabelecer contato visual. Com o rosto de lado, passava os dedos no chaveiro. Sofia se espantou que a psiquiatra de Danderyd tivesse conseguido convencê-la a comparecer em seu consultório.

Quando estava a ponto de perguntar a Linnea quais eram suas expectativas em relação à consulta, a jovem fez uma pergunta que a surpreendeu.

— O que meu pai falou para você?

Sua voz era surpreendentemente firme, mas seu olhar permaneceu no chaveiro. Sofia não esperava algo tão direto e ficou em dúvida quanto a como responder. Corria o risco de se distanciar dela.

— Ele admitiu muita coisa — começou Sofia. — Muito do que depois se mostrou não ser verdade e outras coisas mais ou menos verdadeiras.

Ela fez uma pausa para estudar a reação de Linnea. O rosto dela continuava sem expressão.

— O que ele falou sobre mim? — perguntou a garota após um instante.

Sofia pensou nos três desenhos que Annette mostrara. Três cenas que Linnea desenhara em sua infância e que provavelmente descreviam abusos.

— Annette disse que você... que você compreendeu meu pai. Ou melhor, ele disse isso para ela. É verdade?

Mais uma pergunta direta.

— Se acredita que vai se sentir melhor quando o compreender, então podemos ajudar. Você quer isso?

Linnea se remexeu na cadeira, mas não respondeu de imediato. Sofia percebeu que ela estava em dúvida.

— Você pode me ajudar? — perguntou ela por fim, enfiando o chaveiro no bolso.

— Creio que sim. Tenho uma longa experiência com homens como seu pai. Mas preciso de sua ajuda. Pode me ajudar a ajudar você?

— Talvez — disse a menina. — Depende.

O vulto de Linnea desapareceu no corredor. Ela quis ir embora assim que o monitor voltara, mas Sofia sentira que ela começava a se abrir. Ainda era cedo para ter esperanças, mas a sessão, após a desconfiança inicial, superara as expectativas. Ela acalentava a ideia de se aproximar da verdadeira Linnea, e não de uma imagem exterior. Por experiência própria, sabia que certas coisas jamais podiam ser consertadas. Sempre havia algo no caminho.

KVARTERET KRONOBERG, DELEGACIA DE POLÍCIA

Jeanette Kihlberg havia acabado de ter uma longa conversa com Dennis Billing. Após muita discussão, ele concordara que dois policiais iam garantir a proteção de Charlotte Silfverberg.

Em seguida a detetive foi ler a investigação da polícia dinamarquesa acerca de Per-Ola Silfverberg.

A acusação fora feita pela filha adotiva de Per-Ola e Charlotte. Ela morava com o casal em Copenhague desde bebê. Não havia informações sobre o motivo da adoção.

Como os documentos eram públicos, o nome da criança havia sido coberto com tarjas pretas. Jeanette, no entanto, sabia como descobri-lo.

Mas naquele instante estava mais interessada em saber quem era Per-Ola. Ou melhor: quem ele tinha sido.

Um padrão começava a tomar forma.

A detetive via erros, omissões e manipulações. A polícia e a promotoria não faziam seu trabalho, enquanto pessoas influentes mentiam e deturpavam os fatos.

Ela podia ver falta de energia e má vontade naquelas páginas. Não queriam ir a fundo na acusação contra Per-Ola. A negligência policial era inacreditável.

Quanto mais lia, maior era seu desânimo. Ela trabalhava com homicídios, mas parecia estar cercada de casos de crimes sexuais.

"Violência e sexualidade", pensou. "Dois fenômenos que não deveriam estar relacionados, mas com frequência estão."

Ao terminar de ler, estava exausta, mas ainda tinha que informar Hurtig. Ela o encontrou com o rosto enterrado numa pilha de documentos semelhante à que ela terminara de ler.

— O que é isso? — perguntou Jeanette espantada, indicando os papéis de Hurtig.

— Os dinamarqueses mandaram mais material. Achei bom ler para trocarmos informações. Assim ganhamos tempo. — Hurtig sorriu para ela e continuou. — Você ou eu?

— Eu — respondeu Jeanette, sentando. — Treze anos atrás, Per-Ola Silfverberg foi acusado de abusar da filha adotiva.

— Ela tinha acabado de completar sete anos — disse Hurtig.

Jeanette olhou suas anotações.

— A filha contou detalhadamente sobre... Vou ler: "os métodos de educação de Per-Ola, com espancamentos e outras formas de violência, mas teve dificuldade em revelar os abusos sexuais".

Hurtig baixou a cabeça.

— Porco nojento...

Ele se calou, então Jeanette retomou:

— "A criança voltou a descrever a violência física de Per-Ola, os beijos de língua que exigia dela e o modo intenso como mexia em suas partes íntimas."

— Por favor — implorou Hurtig, mas Jeanette queria esclarecer tudo e continuou, impiedosamente.

— "A menina deu detalhes específicos sobre como se sentia nas ocasiões em que Per-Ola entrava em seu quarto à noite. Ao descrever o comportamento dele em sua cama, fica evidente ter ocorrido sexo anal e vaginal." — Ela fez uma pausa. — Em linhas gerais é isso.

Hurtig levantou.

— Posso abrir a janela? Preciso de ar — disse ele, com os olhos voltados para o parque. — Sexo? Em se tratando de crianças, a palavra certa não é estupro?

Jeanette não conseguia responder. O vento fresco levantava as folhas. O som de crianças brincando no parque se misturou ao burburinho de vozes e funcionários no computador, e ao zumbido do ar-condicionado.

— Por que o caso foi arquivado? — perguntou Hurtig, virando para Jeanette.

Ela suspirou e leu:

— "Considerando que não houve exame médico na menina, não se pode excluir a possibilidade de não ser o caso."

— Como é? "A possibilidade de não ser o caso"? — Hurtig bateu a mão na mesa. — Que merda de linguagem é essa?

Jeanette riu.

— Pois é. Simplesmente preferiram não acreditar na menina. Depois, a defesa de Per-Ola apontou que durante o depoimento o interrogador teria feito perguntas tendenciosas, pressionando a menina em alguns momentos... — disse ela, suspirando. — Crime sem prova, caso arquivado.

Hurtig abriu uma pasta e folheou, procurando algo. Quando achou, pôs o documento sobre a mesa.

— Aqui está o que aconteceu — disse ele. — A família Silfverberg, ou seja, Per-Ola e Charlotte, não quis a menina após a acusação. O Serviço Social dinamarquês encontrou outra família adotiva para ela na região de Copenhague.

— E depois, o que foi feito dela?

— Não sei, mas tomara que tenha ficado bem.

— Hoje deve ter por volta de vinte anos — constatou Jeanette, e Hurtig concordou.

— Mas agora vamos ao que importa — disse ele, endireitando as costas. — Os Silfverberg mudaram para Estocolmo. Compraram um apartamento na rua Glasbruksgatan e se estabeleceram na mais completa paz.

— E então...?

— Por algum motivo, a polícia de Copenhague queria interrogar Per-Ola mais uma vez, então entrou em contato com a polícia de Estocolmo.

— O quê?

— E um de nós o interrogou.

Hurtig estendeu o arquivo para ela, apontando um nome com o dedo.

Jeanette leu:

Interrogador: Gert Berglind. Caso de estupro e incesto.

Por um instante, as crianças no parque e o burburinho de digitação silenciaram. Só restou o som do ar-condicionado e a respiração entusiasmada de Hurtig.

Ele manteve o dedo indicador, com a unha bem aparada, abaixo do nome.

Advogado do interrogado: Viggo Dürer.

Jeanette leu e concluiu que a verdade estava sendo ocultada por um fino véu. Outra realidade.

Demais presentes: promotor Kenneth von Kwist.

Só que uma muito mais asquerosa.

DINAMARCA, 1988

Ela não gostava de gente velha e enrugada.

Um velho chegou perto demais quando estava em frente ao balcão onde estava o leite, cheirando levemente a urina, sujeira e comida.

O funcionário chegou com um balde, disse que não tinha problema e limpou tudo o que ela havia comido no café da manhã.

— Você consegue sentir? — O sueco olhou excitado para ela. — Enfie o braço! Deixe de medo.

O berro do animal fez Victoria parecer indecisa. Seu braço estava enterrado até o cotovelo na porca.

Mais alguns centímetros e finalmente ela sentiu a cabeça do leitão. Pôs o polegar contra o focinho e o indicador e médio atrás das orelhas. Do jeito que Viggo ensinara. E então puxou com cuidado.

Eles achavam que era o último. Sobre a palha, a porca estava rodeada de dez leitõezinhos malhados lutando por uma teta. Viggo se mantinha ali o tempo todo, observando. Ajudara os três primeiros, mas os outros sete haviam se seguido sem sua participação.

A vagina da porca apertou com força o braço de Victoria. Por um instante, ela pensou que o animal estava tendo câimbra. Quando a garota puxou com mais força, os músculos relaxaram e em poucos segundos o leitão estava com metade do corpo para fora. Após mais uns instantes, já estava deitado sobre a palha ensanguentada.

Suas patas traseiras se mexeram, depois ele ficou imóvel.

Viggo agachou e passou a mão no dorso do leitão.

— Bom trabalho — disse dele, sorrindo para Victoria.

Os leitões sempre ficavam imóveis por trinta segundos após o parto, parecendo estar mortos. Depois, começavam a se mexer, ainda cegos, tropeçando ao redor até achar onde mamar. No entanto, aquele leitão movimentara a perna, coisa que os outros não haviam feito.

Ela contou em silêncio. Quando chegou a trinta, ficou preocupada. Tinha apertado com muita força? Puxado do jeito errado?

O sorriso de Viggo se apagou enquanto ele examinava o cordão umbilical.

— Merda. Esse está morto…

Ele tirou os óculos e olhou para ela com seriedade.

— Tudo bem. Foi um problema no cordão umbilical. Não teve nada a ver com você.

"Sim, foi minha culpa. Quando formos embora, a porca vai devorar o próprio filhote, para absorver todos os nutrientes que puder."

Viggo Dürer possuía uma grande fazenda nas cercanias de Struer, e a única companhia de Victoria, além dos livros escolares, eram trinta e quatro porcos, um touro, sete vacas e um cavalo maltratado. A fazenda consistia em uma casa de madeira em mau estado numa paisagem triste e plana, com moinhos de vento, como uma versão mais feia da Holanda. Um remendo de campos pálidos se estendia no horizonte, onde se podia apenas adivinhar um trecho de azul, da baía de Venø.

Ela estava ali por duas razões: estudos e lazer.

Os motivos reais também eram dois: isolamento e disciplina.

Deveria permanecer longe dos outros e dentro da moldura. Faria os serviços domésticos e estudaria. Limparia a casa e cozinharia.

Cuidaria dos porcos. E do porco que regularmente visitava seu quarto.

O que importava para ela eram os estudos. Fazia um curso à distância de psicologia na Universidade de Ålborg. O único contato que tinha com o mundo exterior era pelo professor, que de vez em quando mandava avaliações impessoais dos seus trabalhos escritos.

"Distância", pensou ela. De tudo. Do pai. Das pessoas. Do curso que estava fazendo. Ela morava na fazenda de um criador de porcos com diploma superior.

O advogado Viggo Dürer buscara Victoria em Värmdö sete semanas antes e a levara no velho Citroën por quase mil quilômetros. Atravessaram a Suécia à noite e o dia raiou na Dinamarca.

Victoria olhou pela janela embaçada para o pátio onde o carro estava estacionado. "Que ridículo", pensou ela. Quando desligavam o veículo, era como se soltasse um peido, resmungasse e fizesse uma mesura de submissão.

Viggo era uma figura nojenta, mas pelo menos seu interesse por ela diminuía a cada dia. Victoria estava ficando mais velha. Ele queria que ela se depilasse, mas a garota se recusava.

— Depile os porcos — sugeriu ela uma vez.

Victoria fechou as persianas. Só queria dormir, mesmo sabendo que deveria estudar. Estava ficando para trás no curso, não por falta de motivação, mas porque o considerava mal conduzido. Eles saltavam de um assunto para o outro. Era só conhecimento superficial, sem nenhuma reflexão profunda.

Não queria avançar rápido demais, por isso lia os textos devagar, pensando além do assunto e absorvendo as ideias.

Por que ninguém entendia como aquilo era importante? A psique humana não pode ser resumida em uma prova. Duzentas palavras sobre esquizofrenia e transtornos psicóticos pareciam uma quantidade irrisória. Com certeza, não eram o bastante para que o aluno atestasse ter compreendido alguma coisa.

Ficou deitada na cama pensando em Solace. A menina que tornara sua vida em Värmdö suportável. Tinha sido uma substituta que o pai usara por quase seis meses. Mas fazia sete semanas que se fora.

Victoria se assustou com o som da porta batendo no andar de baixo. Escutou vozes na cozinha e constatou que eram de Viggo e mais um homem.

"O sueco de novo?", pensou. "Sim, deve ser".

Levantou em silêncio e esvaziou um copo d'água em um vaso de flores. Colocou-o contra o chão e encostou o ouvido nele.

— Pode esquecer! — disse Viggo. O outro, apesar de ter morado na Dinamarca por muitos anos, tinha dificuldade com o dialeto da Jutlândia, por isso o advogado sempre falava em sueco com ele.

Detestava o modo como Viggo falava com ele. Seu sotaque parecia falso e o advogado falava devagar, como se estivesse conversando com um idiota.

— E por que não?

O sueco parecia irritado. Viggo permaneceu em silêncio por alguns segundos.

— É muito arriscado.

— Eu confio no russo. Berglind disse que não há problema. Que porra de medo é esse?

Russo? Berglind? Ela não entedia do que estavam falando.

O sueco continuou:

— Ninguém vai sentir falta de uma maldita criança na Rússia.

— Fale mais baixo. Tem uma "maldita criança" que pode escutar você no andar de cima.

— Por falar nisso... — O sueco riu e, ignorando a recomendação de Viggo, continuou falando alto. — Como foi em Ålborg? Tudo certo com a menina?

O advogado ficou em silêncio antes de responder.

— Os últimos documentos vão ser expedidos esta semana. Pode ficar tranquilo, você vai receber sua menininha.

Victoria ficou confusa. Ålborg? Devia ter sido quando...

Ela escutou passos na cozinha, depois o som da porta fechando. Quando olhou pela cortina, viu que estavam atravessando o pátio.

Pegou o diário do criado-mudo, deitou na cama e esperou. Manteve-se completamente desperta no escuro, com a mochila pronta no chão, como sempre.

O sueco permaneceu na fazenda até a madrugada. Eles partiram ao raiar do dia. Quando o carro foi embora, Victoria viu que eram quatro e meia da manhã.

Ela saiu da cama, pôs o diário no bolso do casaco, fechou o zíper e viu a hora. Quinze para as cinco. Viggo não voltaria antes das dez, quando ela já estaria longe.

Antes de deixar a casa, abriu o armário da sala.

Lá havia uma caixa de música do século XVIII, que Viggo exibia com orgulho para os convidados. Ela decidiu descobrir se era mesmo tão valiosa quanto ele dizia.

O sol da manhã estava bem quente, quando chegou a pé em Struer e conseguiu uma carona para Viborg.

Lá, pegou o trem das seis e meia para Copenhague.

MARIATORGET, CONSULTÓRIO DE SOFIA ZETTERLUND

Ela precisou de menos de um minuto para achar no computador do consultório uma foto de Viggo Dürer. Sentiu um aperto no peito ao ver seu rosto e perceber que Victoria tentava lhe dizer algo. Contudo, a imagem do velho magro com óculos redondos de aro grosso não lhe dizia nada além da angústia no peito e da lembrança da loção de barbear.

Salvou a foto de cintura para cima no disco rígido e a imprimiu em alta resolução.

Sofia estudou os detalhes do corpo e da roupa. Ele era pálido, tinha cabelo ralo e talvez estivesse na casa dos setenta, mas não parecia particularmente enrugado. Pelo contrário: seu rosto parecia brilhar. Ele tinha muitas manchas na pele, lábios cheios, nariz pequeno e bochechas afundadas. Usava paletó cinza, gravata preta, camisa branca e um broche com o logotipo do escritório de advocacia.

Tudo aquilo não despertava nenhuma lembrança. Victoria não lhe dera nenhuma imagem, nenhuma palavra, somente vibrações.

Ela pôs a impressão sobre a mesa, suspirou com desânimo e viu a hora. Ulrika Wendin estava atrasada.

A moça magra retribuiu o cumprimento de Sofia com um sorriso débil. Seus olhos pareciam vazios.

"Dias e dias de bebedeira", pensou a psicóloga.

— Como você está?

Ulrika sorriu encabulada. Apesar da timidez, ela contou:

— No sábado fui a um bar, vi um cara que parecia legal e o levei para casa. Dividimos uma garrafa de licor e depois fomos pra cama.

Sofia não sabia aonde ela chegaria com aquela história, então a encorajou a continuar.

Ulrika riu e disse:

— Não sei se foi realmente isso que eu fiz. Quer dizer, se eu fui lá e o levei para casa. Era como se eu fosse outra pessoa, talvez porque estivesse muito bêbada.

Ulrika fez uma breve pausa e tirou um chiclete do bolso, deixando escapar algumas cédulas de quinhentas coroas.

Ela enfiou o dinheiro depressa no bolso, sem fazer nenhum comentário a respeito.

Sofia sabia que Ulrika estava desempregada e não tinha acesso a grandes somas de dinheiro. "De onde vêm todas essas coroas?", pensou ela.

— Consegui relaxar — continuou Ulrika, sem olhar Sofia nos olhos. — Por que não era eu quem estava com ele. Tenho vestibulite vulvar. É constrangedor, não é? Não consigo deixar alguém me penetrar. Deu certo aquela noite, porque não era eu quem estava ali na cama.

Vestibulite vulvar? Não era ela na cama? Sofia pensou em quando Karl Lundström estuprara Ulrika. Sabia que uma das possíveis causas da vestibulite vulvar era lavar a vagina em excesso, de modo que as glândulas ficavam sensíveis, os nervos e os músculos enfraqueciam e a dor era constante.

A psicóloga se lembrou de quando se esfregava por horas a fio na ducha, da bucha áspera e do cheiro de sabonete, sem nunca conseguir se livrar do fedor dele.

Ser obrigada a se tornar outra pessoa para sentir desejo, proximidade. Para chegar perto da normalidade. Ser irremediavelmente destruída pelo que um homem fizera. Sofia sentiu o sangue fervendo.

— Ulrika… — Ela se aproximou para sublinhar melhor a pergunta. — Você pode me explicar o que é prazer para você?

A moça permaneceu em silêncio por um instante antes de responder:

— O sono.

— E como é seu sono? — perguntou Sofia.

Ulrika suspirou.

—Vazio. Nada acontece.

— Então, pra você, sentir prazer é não sentir nada? — Sofia pensou em seu calcanhar ferido, na dor que a acalmava. — O prazer não é nada?

A paciente não respondeu de imediato, então endireitou a coluna e disse, furiosa:

— Depois que aqueles desgraçados me estupraram no hotel, enchi a cara todo dia por quatro anos. Tentei me recuperar, mas não sei se serviu de alguma coisa. Estou o tempo todo na merda.

— Que tipo de merda?

Ulrika se encolheu na cadeira.

— É como se meu corpo não fosse meu, como se transmitisse uma coisa que faz as pessoas acreditarem que podem fazer o que quiserem comigo. Me bater, me foder... Não importa o que faço ou o que digo. Mesmo quando aviso que dói, não faz diferença.

"Vestibulite vulvar", pensou Sofia. Sexo indesejado. Glândulas comprometidas. Lá estava uma jovem que não sabia o que era desejo, que aprendera a sonhar em fugir. Manter-se no vazio do sono era evidentemente um alívio para ela.

Talvez, seu modo de agir no bar contivesse um dado importante. Naquela situação era ela quem decidia, quem tinha o controle. Ulrika estava tão desabituada a agir conforme sua vontade que nem mesmo se reconhecera.

Tal problema poderia ser confundido com dissociação. Porém, ela não se desenvolvia na adolescência. Era um mecanismo de defesa da criança.

"Na realidade é uma postura de confronto", pensou Sofia, na falta de uma descrição mais apropriada. Uma espécie de autoterapia cognitiva.

A psicóloga sabia que, durante o estupro, a menina fora drogada com algo que paralisara seus membros inferiores, o que lhe causara incontinência.

Sua condição, que possivelmente envolvia anorexia, baixa autoestima, um leve grau de alcoolismo e um histórico de namorados violentos e aproveitadores, vinha de um único acontecimento, sete anos antes.

A culpa era toda de Karl Lundström.

De repente, Ulrika ficou ainda mais pálida.

— O que é isso?

Sofia não entendeu o que ela queria dizer, com o olhar preso em algo sobre a mesa.

Cinco segundos de silêncio. Então Ulrika levantou e pegou a página impressa. A fotografia de Viggo Dürer.

Sofia ficou sem reação. "Porra", pensou. "Que falta de atenção."

— Esse é o advogado de Karl Lundström — ela disse apenas. — Você o conhece?

Ulrika observou a fotografia por alguns segundos e a pôs de volta na mesa.

— Ah, esquece. Nunca vi esse cara. Pensei que era outra pessoa — ela disse, pouco convincente e tentando sorrir.

Ulrika Wendin conhecia Viggo Dürer.

GAMLA ENSKEDE, CASA DOS KIHLBERG

— Então, o que vamos fazer em relação à filha? — perguntou Hurtig.

— Com certeza ela é de nosso interesse. Descubra tudo o que puder sobre ela. Nome, endereço e tal. Você sabe.

Hurtig concordou.

— Devo colocar um alerta para o nome?

Jeanette pensou um pouco antes de responder.

— Ainda não. Vamos aguardar e ver o que descobrimos sobre ela. — A detetive levantou. — Vou ligar para Von Kwist pedindo uma reunião para amanhã. Precisamos descobrir o que realmente aconteceu.

Após uma breve ligação em sua sala para o promotor, na qual marcou uma reunião sobre o caso arquivado de Per-Ola Silfverberg, Jeanette entrou no carro para voltar a sua casa.

Estocolmo parecia mais cinza e úmida do que nunca. Era uma cidade em preto e branco. No horizonte, as nuvens se partiam. Entre as bordas iluminadas, ela podia adivinhar pedaços de céu azul. Quando saiu do carro, sentiu cheiro de terra e de grama molhada.

Quando Jeanette entrou em casa, pouco antes das cinco horas, Johan estava vendo televisão. Ela foi até o sofá e lhe deu um beijo.

— Oi, querido. Teve um bom dia?

Ele ergueu os ombros em resposta.

— Vovó e vovô mandaram um cartão-postal. Está na mesa da cozinha.

Ele aumentou o volume.

Jeanette entrou na cozinha, pegou o cartão e viu a imagem. A muralha da China, montanhas e uma paisagem verdejante. Leu o verso. Eles estavam bem, mas com saudade de casa. O de sempre.

Ela arrumou a pia e encheu a lava-louça antes de subir para tomar um banho.

Quando desceu, Johan já tinha se enfiado em seu quarto. Ela o escutou jogando no computador.

Jeanette e Åke tinham conversado sobre proibir os jogos mais sangrentos, mas logo perceberam que não adiantaria. Todos os amigos de Johan tinham os mesmos jogos, portanto aquilo não teria nenhum efeito prático. "Eu o protegi demais?", pensou ela. De repente, teve uma ideia.

Qual era o jogo de que Johan tanto falava? O que todos tinham menos ele? Jeanette foi até a cozinha e ligou para Hurtig.

— Oi. Você pode me ajudar?

Ele respondeu ofegante.

— Claro. O que foi?

— É uma coisa que você pode responder até dormindo. Qual é o jogo de video game mais popular do momento?

— *Assassin's Creed.* — respondeu ele sem titubear.

— Não.

— *Counter Strike?*

Jeanette reconheceu o nome.

— Não... Acho que era um jogo de ação.

Hurtig bufou no telefone. Ela escutou o som de uma porta batendo.

— Você deve estar pensando no *Spore* — sugeriu ele.

— Esse mesmo. É muito violento?

— Depende de como você joga. A ideia é desenvolver seu personagem, que começa como uma célula e pode virar senhor do universo. Aí às vezes a violência é necessária.

O som do computador parou. Johan abriu a porta e saiu do quarto. Jeanette pediu para que Hurtig aguardasse um instante e perguntou ao filho aonde estava indo, mas só ouviu o som da porta fechando em resposta.

Ela voltou ao telefone, cansada.

— Vim cedo para casa hoje porque não queria que Johan estivesse trancado no quarto ou tivesse ido para a casa de um amigo quando eu chegasse. Mas agora ele fez as duas coisas comigo aqui.

— E você quer resolver o problema com uma surpresa?

— É. Desculpe minha ignorância, mas se você me emprestar o jogo eu consigo instalar no computador dele?

Hurtig não respondeu imediatamente. Jeanette teve a impressão de que ele estava rindo.

— Tudo bem... — disse ele em seguida. — Vamos fazer o seguinte... Eu vou até sua casa, instalo o jogo e ele já vai poder aproveitar hoje mesmo.

— Você é um cara legal. Se não comeu ainda, posso pedir uma pizza.

— Boa ideia.

— Do que você gosta?

Ele riu.

— Essa pergunta você consegue responder dormindo.

Ela entendeu a alusão.

— Calabresa?

— Não.

— Quatro queijos?

— Também não — disse Hurtig. — Nada de pizza chique.

— Muçarela então?

— Exatamente.

Jeanette despertou com um ruído. Levantou do sofá e viu duas caixas vazias de pizza sobre a mesa. Então lembrou que Hurtig chegara, os dois haviam comido pizza e ela adormecera enquanto ele instalava o jogo.

A detetive percebeu que a luz do quarto de Johan estava acesa e foi com passos leves até a porta.

Abriu e encontrou Hurtig e o filho ao computador, compenetrados numa espécie de ácaro azul que nadava na tela.

Estavam tão envolvidos no jogo que nem notaram sua presença.

— Pega esse aí! Pega esse aí! — murmurou Hurtig, empolgado, dando um tapinha nas costas de Johan enquanto o ácaro engolia uma espiral vermelha.

O primeiro impulso de Jeanette fora perguntar o que eles estavam fazendo no computador às quatro da manhã e mandar que fossem dormir, mas ela se conteve.

"Eles que joguem."

Ela deitou novamente no sofá, puxou a coberta e tentou voltar a dormir.

Virou de bruços e ouviu uma risada abafada vindo do quarto de Johan. Agradeceu Hurtig em silêncio ao mesmo tempo que se espantava com sua irresponsabilidade. Deveria saber que um adolescente precisava dormir para conseguir ir à escola no dia seguinte. O treino de Johan também estaria comprometido. Hurtig talvez conseguisse trabalhar, mas seu filho passaria o dia como um zumbi.

Ela logo se deu conta de que não estava com sono, então deitou de costas e olhou para o teto.

As três letras que Åke pintara em verde no teto após uma noite de bebedeira ainda estavam lá. Ele tentara cobri-las depois, mas de nada adiantara. Exatamente como tantas outras coisas que prometera e não cumprira. Via-se um H, um F e um C, representando seu time, o Hammarby F.C.

"Se formos vender a casa, ele vai ter que ajudar", pensou ela. "Imagina só a papelada. Mas não, Åke se mandou para a Polônia e agora está bebendo espumante e vendendo quadros velhos que teriam sido destruídos muito tempo atrás se eu não o tivesse impedido."

Jeanette imaginou como seria quando tivessem que assinar os papéis do divórcio.

O tempo de seis meses de separação que a lei exigia era como um limbo para ela. Depois, viria o inferno da partilha dos bens. Mas ela não podia deixar de sorrir ao pensar que tinha direito à metade do que ele estava ganhando no momento. Poderia fingir querer sua parte só para ver sua reação. Quanto mais quadros ele vendesse antes do divórcio se concretizar, mas dinheiro ela receberia.

Jeanette escutou mais risadas do quarto de Johan e, mesmo estando feliz por ele, sentiu-se um pouco sozinha.

Virando-se de lado e se enrolando no cobertor, desejava sentir o corpo de Sofia junto ao seu.

VITA BERGEN, APARTAMENTO DE SOFIA ZETTERLUND

Sofia pegou o gravador, foi até a janela e olhou para a rua. A chuva cessara. Na calçada em frente, passou uma mulher com um cachorro branco manchado de preto na coleira. Ele a fez pensar em Hannah, que logo após retornarem do mochilão, levou uma mordida tão severa que foi obrigada a amputar um dedo. Mesmo assim, continuou a amar cachorros.

Sofia ligou o gravador e começou a falar:

— *O que tem de errado comigo? Por que não consigo sentir o mesmo carinho e amor pelos animais que as outras pessoas? Quando era criança, tentei várias vezes. Primeiro foi o bicho-pau, mais fácil de cuidar que peixe de aquário e muito apropriado, já que ele tinha alergia da Esmeralda, que foi morar com alguém que gostava mais de gatos. Depois houve as tentativas de verão, um coelhinho que morreu no carro porque ninguém pensou que precisaria de água. Em seguida, a cabra que passou o verão inteiro com gravidez imaginária. Eram bolinhas pretas de merda por todo lado, e alguém sempre pisando em cima. Depois as galinhas de que ninguém gostava, e o cavalo do vizinho por um breve período de tempo, antes do coelho, que era fiel, feliz e obediente, que alimentava antes da escola, mas foi mordido pelo pastor-alemão do vizinho, que talvez não fosse mau de nascença, mas todo mundo que apanha um dia acaba ficando enfezado e ataca qualquer um mais fraco…*

Daquela vez, ela não ficou sonolenta com a voz. Sabia de quem era.

Ela estava à janela, olhando pela persiana o que acontecia do lado de fora e deixando o cérebro trabalhar.

— *Foi o coelho que não conseguiu escapar, porque tinha neve por toda parte, onde na verdade ele poderia ter se escondido, caso o cachorro não tivesse quebrado seu pescoço. O cachorro odiava tudo, até mesmo sorvete, então mordera bem no rosto um menino que tentara dar um pouco a ele, sem que ninguém se importasse muito, só levaram ao hospital para dar ponto. Então chegou a hora de sonhar alto, mais uma vez com o cavalo, e mais escola de equitação, pôneis, corações no diário, que significavam que tinha um menino mais velho com o qual sonhava, ou que pelo menos torcia para que olhasse para você no corredor, com os seios nascendo e a calça bem apertada. Quando já conseguia tragar o cigarro sem tossir ou vomitar, como quando se toma Valium e se bebe demais, você continuava burra ao ponto de ir para casa e cair no chão, então mamãe tinha que tomar conta de você, que só queria ficar no colo dela e ter a idade que tinha mesmo, sentir seus braços e o cheiro dos cigarros fumados longe dele, percebendo como mamãe também tinha medo, escondendo o hábito de fumar…*

Sofia desligou o gravador, entrou na cozinha e sentou à mesa.

Rebobinou a fita e a tirou de lá. Já tinha uma quantidade considerável de memórias, organizadas numa fileira no escritório.

Ouviu o som quase inaudível dos passos cuidadosos de Gao e o rangido da porta atrás da estante.

Levantou, entrou no quarto secreto, seguro e confortável que possuíam e foi até ele.

Gao estava sentado no chão, desenhando. Ela sentou na cama e pôs uma fita virgem no gravador.

O quarto era uma jaula, um lugar distante onde poderia ser ela mesma.

KLARA SJÖ, PROMOTORIA

As palavras jorravam da boca de Kenneth von Kwist enquanto contava sobre seu papel no interrogatório adicional de Per-Ola Silfverberg. Jeanette reparou que ele não precisava verificar nem um fato sequer. Todos os detalhes estavam em sua cabeça, e ela tinha a impressão crescente de que ele recitava uma história que sabia de cor. Os olhos do promotor examinavam-na, tentando descobrir o que procurava.

— Pelo que me recordo, a polícia de Copenhague me ligou pela manhã — disse ele. — Queriam que eu participasse. O interrogador foi o antigo chefe de polícia Gert Berglind. O advogado de Silfverberg, Viggo Dürer, também estava.

— Então eram só vocês quatro?

Von Kwist acenou com a cabeça afirmativamente.

— Nós conversamos por algumas horas e ele negou todas as acusações. Afirmava que a filha adotiva sempre tivera uma imaginação fértil. Lembro que disse que ela fora abandonada pela mãe biológica logo após o nascimento, quando foi adotada por ele e pela mulher. Ele mencionou que se sentia magoado e ultrajado pelas acusações.

Quando Jeanette perguntou como era possível recordar com tanta clareza de algo que se passara muitos anos antes, Von Kwist disse que tinha uma memória prodigiosa.

— Havia razão para acreditar nele? — tentou Jeanette. — Quero dizer, Per-Ola e a esposa se mudaram da Dinamarca tão logo ele foi liberado. Para mim isso indica que eles tinham algo a ocultar.

O promotor suspirou.

— Estávamos seguros da veracidade do que dissera.

Jeanette balançou a cabeça com desânimo.

— Mesmo com a filha afirmando que ele fizera um monte de coisas com ela? Para mim é completamente incompreensível ele ter escapado com tanta facilidade.

— Não vejo dessa forma. — O promotor apertou os olhos atrás dos óculos. Ele chegou a esboçar um sorriso. — Lido com esse tipo de coisa há muito tempo, e sei que erros e omissões ocorrem com frequência.

Jeanette viu que não chegaria a lugar nenhum e mudou de assunto.

— O que você tem a dizer sobre o caso Ulrika Wendin?

— O que quer saber? — Ele tomou um gole d'água. — Faz sete anos.

— Sim, mas com sua excelente memória você certamente se lembra de que foi o mesmo Gert Berglind quem conduziu a investigação sobre Lundström e que esse caso também foi arquivado. Não vê nenhuma conexão?

— Não, jamais pensei em algo assim.

— Quando Annette Lundström deu a Karl um álibi para a noite em que Ulrika Wendin foi estuprada, você largou o caso logo em seguida. Nem averiguou se as declarações dela eram sólidas. Não foi assim?

Jeanette sentiu o ódio vindo e tentou se conter. Sabia que não podia perder o controle. Que precisava se manter calma a despeito das atitudes do promotor.

— Foi uma escolha minha — respondeu ele calmamente. — Um julgamento correto em vista das informações de que dispunha. A questão era se Lundström estava no local. E os fatos mostraram que não. Simples assim. Não acredito que tenha mentido.

— Mesmo hoje você não acha que a investigação deveria ter sido mais rigorosa?

— A declaração de Annette Lundström era apenas uma parte das informações que eu tinha recebido, mas é claro que poderia ter havido mais investigação. Sempre poderia.

— E você disse a Gert Berglind e aos detetives que eles podiam dar prosseguimento às investigações?

— Claro que sim.

— Mas não foi o que aconteceu.

— Eles fizeram uma escolha a partir das informações disponíveis.

Jeanette observou o sorriso de Von Kwist. Ele parecia uma serpente falando.

JUTAS BACKE, CENTRO DE ESTOCOLMO

A reforma psiquiátrica que entrou em vigor em 1º de janeiro de 1995, integrando as pessoas com doenças psíquicas à sociedade, não foi positiva. Por ironia do destino, seu líder, o ministro Bo Holmberg, foi afetado pessoalmente. Sua esposa, a ministra Anna Lindh, foi assassinada por um homem que a Justiça considerava um doente mental e que, portanto, deveria estar internado. Uma grande quantidade de hospitais psiquiátricos foi desativada nos anos 1970, mas não se pode deixar de especular o que aconteceria se a comissão encarregada de realizar a mudança tivesse chegado a outra conclusão.

Havia aproximadamente dois mil leitos nos abrigos de Estocolmo e cinco mil pessoas em situação de rua, grande parte com problemas envolvendo álcool ou drogas, o que, em outras palavras, significava uma batalha constante por teto.

Como quase a metade daquelas pessoas também sofria de problemas psíquicos, havia uma constante disputa por leitos, de modo que muitos acabavam escolhendo outros lugares para passar a noite.

Na Caverna da Igreja de São João, em Norrmalm, tinham surgido colônias de pessoas ao largo das proteções usuais da sociedade.

Naquele espaço úmido, que lembrava uma nave de catedral, tinham encontrado algo que se assemelhava a segurança.

Pequenas tendas de plástico ou lona, ao lado de pedaços de papelão e sacos de dormir.

A qualidade dos abrigos variava bastante, e alguns podiam até ser considerados elegantes.

Acima do morro Jutas backe, ela virou na Johannesgatan e caminhou ao lado da cerca do cemitério.

A cada passo que dava, aproximava-se de algo novo, um lugar onde pudesse parar e ser feliz. Trocar de nome, de roupa e se livrar de seu passado.

Um lugar onde sua vida pudesse tomar outra direção.

Tirou o gorro do bolso e o pôs na cabeça, tomando o cuidado de esconder seu cabelo loiro.

Os familiares roncos na barriga começaram. Como da última vez, ela se perguntou o que faria caso precisasse ir ao banheiro.

Ao final, deu tudo certo. A vítima a convidara a entrar. Per-Ola Silfverberg fora ingênuo, confiante demais para seu próprio bem.

Ele estava de costas, quando ela puxou uma faca e abriu seu pulso direito. Caiu de joelhos, virou e a olhou, depois caiu sobre a poça de sangue que se formava no piso de madeira. Ele tentou se levantar e ela não o impediu. Queria que tivesse ao menos uma chance. Quando tirou a câmera polaroide da bolsa, ele a olhou espantado.

Ela tinha levado quase duas semanas para localizar uma das moradoras da Caverna. A despeito de sua proveniência, Fredrika Grünewald acabou na rua e passara a ser conhecida como Duquesa. A família Grünewald perdera todas as suas posses devido às escolhas erradas e aos investimentos arriscados dela.

Por um momento, hesitou em realizar sua vingança contra Fredrika, já que sua vida já era um inferno. Mas o que já começara deveria ser finalizado.

Não havia espaço para compaixão.

As lembranças de Fredrika Grünewald retornaram a ela. Viu o chão sujo e o som das respirações. O cheiro de suor, terra molhada e lubrificante.

Era indiferente para ela se Fredrika fora a responsável por tudo ou se apenas cumprira seu papel. De todo modo, era culpada. Não agir também constitui culpa.

Ela virou na rua Kammakargatan e depois à esquerda novamente, descendo a Döbelnsgatan. Chegou então do lado oposto à entrada do cemitério. Seus passos se tornaram mais lentos, e ela procurou nervosa uma porta da qual um morador de rua lhe falara. Cinquenta metros adiante, viu uma sombra debaixo de uma árvore. Ao seu lado, uma porta de aço entreaberta, por onde saíam vozes.

Ela tinha encontrado a Caverna.

— Quem é você?

O homem saiu da sombra da árvore.

Estava embriagado, o que era bom, pois sua lembrança dela seria vaga, talvez até inexistente.

— Você sabe quem é a Duquesa? — Ela tentou olhar em seus olhos, mas como ele era vesgo ficava um pouco difícil.

Ele a encarou.

— Por quê?

— Sou amiga dela e gostaria de conversar.

— Cacete, então a bruaca tem amigas? Não fazia ideia. — Ele tirou uma bituca de cigarro de um maço amarfanhado. — O que eu ganho com isso? Quero dizer, se eu levar você até ela?

Não tinha mais certeza de que ele estava embriagado. De repente havia uma clareza em seu olhar que lhe deu medo. E se o homem se lembrasse dela?

— Trezentas coroas. Combinado?

Ela abriu a carteira e estendeu três cédulas de cem, que ele olhou com um sorriso satisfeito antes de abrir a porta, com um gesto para que entrasse.

Um fedor nauseante a atingiu em cheio. Ela tirou um lenço da bolsa e o manteve contra o nariz e a boca para não vomitar. O homem riu da sua reação.

A escadaria era longa. Quando seus olhos se acostumaram à escuridão, ela viu uma luz fraca lá embaixo.

Ao entrar no salão da Caverna, não acreditou em seus olhos. Era do tamanho de um campo de futebol, e o pé-direito devia ter uns dez metros. Por todo lado via um emaranhado de tendas, papelão e barracos ao redor de fogueiras, e pessoas deitadas ou perto do fogo.

O mais notável era o silêncio.

A única coisa que se escutava era o som suave de sussurros e roncos.

Havia algo de respeitoso ali. Como se os que vivessem ali embaixo tivessem um acordo mútuo de não se incomodar, deixando cada um em paz com suas preocupações.

O homem passou e ela o seguiu por entre as sombras. Ninguém pareceu se dar conta de sua presença.

— Aqui é onde a bruaca mora. — Ele apontou uma tenda de sacos de lixo pretos, grande o bastante para caber quatro pessoas. A entrada era coberta por um cobertor azul.

— Vou me mandar. Se a bruaca perguntar quem mostrou o caminho, diga que foi Börje.

Quando ela agachou, viu que alguém se mexia do lado de dentro. Tirou devagar o lenço do nariz e respirou com cuidado. O ar era pesado e sufocante, e ela teve que se esforçar para respirar pela boca. Tirou uma corda de piano da bolsa e a escondeu na mão.

— Fredrika? — sussurrou. — Está aí? Preciso falar com você.

Ela se aproximou da entrada, pegou a polaroide da bolsa e levantou o cobertor com cuidado.

Se a vergonha tivesse um cheiro, então era aquele que ela sentia.

MARIATORGET, CONSULTÓRIO DE SOFIA ZETTERLUND

Ann-Britt anunciou a chegada de Linnea Lundström, e Sofia Zetterlund foi até a sala de espera para recebê-la.

Assim como com Ulrika Wendin, o tratamento psicoterapêutico de Linnea seria realizado em três fases.

A primeira fase seria voltada exclusivamente para estabilização e confiança. Apoio e estrutura eram as palavras-chave, e Sofia esperava que a medicação fosse desnecessária, tanto para Ulrika quanto para Linnea. No entanto, essa opção não podia ser descartada. A segunda fase se baseava em lembrar, elaborar, discutir e reviver os traumas sexuais. Por fim, na última fase, as experiências traumáticas deveriam ser separadas das experiências sexuais atuais e futuras.

Sofia se espantara com a narrativa de Ulrika sobre o encontro com um rapaz no bar, uma ação puramente sexual que a fizera se sentir melhor.

Ela pensou na reação de Ulrika ao ver a foto de Viggo Dürer. Ele tivera um papel central na infância de Linnea.

Que tipo de papel teria desempenhado na vida de Ulrika?

Linnea sentou em frente a Sofia.

— Parece que acabei de vir aqui — disse ela. — Estou tão doente assim? Pra ter que vir todo dia?

Sofia ficou contente por Linnea estar tão relaxada a ponto de fazer piada.

— Não, esse não é o motivo. No começo é bom manter um contato estreito, pra gente se conhecer mais rápido.

Passo a passo, Sofia conduziu a conversa para o assunto que era a causa real das sessões: a relação dela com seu pai.

A psicóloga preferia que Linnea levantasse a questão, como fizera no dia anterior, o que novamente aconteceu.

— Você acha que vou conseguir me compreender melhor se compreender melhor meu pai?

Sofia demorou um pouco a responder.

— Talvez... Só quero antes ter certeza de que você me considera a pessoa certa para falar sobre esse assunto.

Linnea se espantou.

— Claro. Quem mais? Tipo meus amigos ou coisa assim? Eu ia morrer de vergonha...

Sofia sorriu.

— Não necessariamente um de seus amigos. Mas existem outros terapeutas.

— Você falou com ele. É a pessoa mais adequada, como Annette disse.

Sofia olhou para Linnea e constatou que era um tanto teimosa. "Não posso perdê-la agora", pensou.

— Eu entendo. Voltando ao seu pai: por onde quer começar?

Linnea tirou um papel amassado do bolso, e o pôs sobre a mesa. Parecia estar envergonhada.

— Escondi uma coisa de você ontem. — Ela hesitou de início, mas depois entregou o papel para Sofia. — É uma carta que meu pai escreveu para mim na primavera. Pode ler.

A caligrafia era bonita, mas difícil de entender. A carta fora escrita em um avião, algumas semanas antes de Karl Lundström ter sido preso.

A primeira parte não queria dizer nada. Depois o texto ficava ainda mais fragmentado e incoerente.

Talento é paciência e medo da derrota. Você tem talento e paciência, portanto, tem todas as condições para o sucesso, mesmo que não pareça.

Mas para mim tudo é passado. Há feridas que devoram a alma como lepra.

Eu procuro as sombras! Sombras saudáveis e vivas que se aproximam. Seguindo-as com devoção, tendo-as no coração. Procuro minha casa na casa das sombras.

Sofia reconheceu aquela expressão. Durante a sessão em Huddinge, Karl mencionara a "casa das sombras", uma metáfora para um lugar proibido.

Tenho um livro que explica tudo. Sobre você e eu.

Nele consta que desejo o que milhares, talvez milhões, desejaram antes de mim e que minhas ações são sancionadas pela história. Os impulsos desse desejo não estão no meu cérebro, e sim numa mente coletiva. É o desejo de todos.

Só faço o que outros já fizeram, e minha consciência deveria estar tranquila. Contudo, ela ainda diz que algo está errado! Não entendo!

Eu poderia perguntar ao oráculo de Delfos. A Pítia, a mulher que nunca mentia.

Graças a ela, Sócrates aprendeu que sábio é aquele que sabe que nada sabe. O ignorante acredita que sabe o que não sabe e se torna, portanto, duas vezes ignorante, por não saber que não sabe! Mas eu sei que não sei!

Isso quer dizer que sou sábio?

Em seguida havia um trecho ilegível, depois uma mancha que Sofia presumiu ser de vinho tinto. Ela voltou os olhos para Linnea e ergueu uma sobrancelha em interrogação.

— Eu sei — disse a menina. — É difícil de ler. Ele devia estar bêbado.

Como Sócrates, sou acusado de corromper a juventude. Mas ele era pederasta, e talvez os que o acusaram tivessem razão. O Estado adora seus deuses, e nós somos acusados de fazer pacto com o demônio.

Sócrates era exatamente como eu! Estamos errados? Esse livro explica tudo. Aliás, você sabe o que aconteceu em Kristianstad quando era pequena? Com Viggo e Henrietta? Está no livro!

"Viggo e Henrietta Dürer", pensou Sofia. Annette falara que Linnea retratara Viggo em seus desenhos.

A psicóloga reconheceu o entendimento ambíguo de certo e errado que Karl apresentara na sessão em Huddinge, e as peças do quebra-cabeça começavam a se encaixar. Continuou a ler, apesar de a carta incomodá-la.

O grande sono. A cegueira. Annette é cega e Henrietta era cega como convém a uma aluna de Sigtuna.

Ela compreendeu que Henrietta fora colega de sala de Annette. Também devia ter usado uma máscara de porco, grunhido e dado risada. Seu sobrenome então devia ser outro, mais comum, como Andersson ou Johansson. Mas ela era uma delas, mascarada e cega.

E casara com Viggo.

Era demais. Sofia sentiu o estômago se contorcendo.

Linnea interrompeu seus pensamentos:

— Meu pai disse que você o compreendeu. Acho que é de alguém como você que ele fala na carta, a tal de Pítia... Mas é tão estranho.

— A que livro ele se refere?

Linnea suspirou.

— Não sei... Meu pai lia tanto. Mas sempre falava sobre um livro chamado *Os ensinamentos de Pítia*.

— *Os ensinamentos de Pítia*?

— Sim, mas eu nunca o vi.

Em menos de uma semana, ela conhecera duas jovens que tinham sido destruídas pelo mesmo homem. Apesar de Karl Lundström estar morto, ela ia cuidar para que as vítimas fossem vingadas.

O que era fraqueza? Ser vítima? Mulher? Explorada?

Não, fraqueza era não transformar aquilo numa vantagem.

— Posso ajudar você a se lembrar — disse Sofia.

Linnea olhou pra ela.

— Você acha?

— Eu sei.

Então Sofia tirou da gaveta os desenhos que Linnea fizera quando tinha cinco, nove e dez anos de idade.

CAVERNA DE SÃO JOÃO, CENA DO CRIME

Desde o século XII, a Ordem de São João trabalhou com o lema "Em auxílio aos pobres e doentes". Foi, portanto, o destino que transformou a Caverna em um refúgio de pobres e marginalizados.

À entrada da Caverna havia um brasão da ordem, uma cruz branca em fundo vermelho, que alguém pôs ali para dizer que, quem quer que fosse, estaria seguro. Entretanto, aquela segurança era falsa, e ouviam-se gritos de socorro ecoando pelas paredes da cripta.

Jeanette Kihlberg acordou com o telefone tocando às seis e meia. Era o chefe de polícia Dennis Billing, ordenando que fosse imediatamente à cidade. Tinham encontrado uma mulher assassinada na Caverna de São João.

Ela rabiscou com pressa um recado para Johan, que deixou na mesa da cozinha com uma nota de cem coroas, então saiu em silêncio e entrou no carro.

Ligou para Hurtig. Ele já tinha sido avisado e estaria no local em quinze minutos. Segundo o que escutara, o clima na Caverna era de linchamento, então decidiram se encontrar do lado de fora.

O pneu de um caminhão tinha furado no túnel de Söderleden, e o trânsito estava quase parado. Ela viu que chegaria atrasada e ligou para Hurtig dizendo que ele podia entrar sozinho.

Na ponte Centralbron, o trânsito começou a andar.

Quando ela chegou, havia três vans da polícia no local, com os faróis azuis piscando. Muitos policiais estavam empenhados em liberar a entrada da Caverna.

Jeanette foi até Åhlund e no mesmo instante viu Schwarz pouco mais adiante, ao lado de uma vigorosa porta de aço.

— Qual é a situação? — Ela foi obrigada a gritar para ser escutada.

— Um completo caos — disse Åhlund, abrindo os braços. — Evacuamos o lugar. São quase cinquenta pessoas. Imagina... — Ele apontou em volta. — Porra, eles não têm para onde ir.

— Vocês ligaram para a prefeitura? — Jeanette deu um passo para o lado, deixando passar um colega que tivera que imobilizar um morador de rua mais agressivo.

— Claro, mas eles não têm vaga e não vão poder nos ajudar.

Åhlund olhou para ela aguardando uma ordem. Jeanette pensou um pouco antes de falar.

— Vamos fazer o seguinte: mande vir um ônibus para cá o mais rápido possível. Eles podem se esquentar e então vamos conversar com os que têm algo a dizer. Mas suponho que a maioria não vá cooperar muito. Eles não costumam ser comunicativos.

Åhlund concordou e apanhou seu radiotransmissor.

— Vou descer para ver o que aconteceu. Tomara que eles possam voltar logo.

Jeanette foi até a porta de aço. Schwarz a cumprimentou e deu a ela uma máscara de proteção.

— Acho que vai precisar disso.

Ele fez uma careta.

O fedor realmente era insuportável. Jeanette esticou o elástico e ajustou a máscara sobre o nariz antes de entrar na escuridão.

A Caverna estava banhada pela luz dos refletores e se ouvia o zumbido dos motores a diesel que alimentavam as lâmpadas.

Jeanette parou e viu a bizarra sociedade subterrânea.

Era uma favela como as do Rio de Janeiro. Casas feitas de lixo e coisas achadas na rua. Algumas construídas com evidente habilidade e noção estética. Outras apenas barracas. Mas, apesar de tudo, havia um senso de organização.

Um desejo latente de estrutura.

Hurtig estava vinte metros à frente e acenou para ela. Jeanette avançou com cuidado entre montes de sacos de dormir e de lixo, caixas e roupas. Ao lado de uma tenda, havia uma prateleira cheia de livros. Um aviso informava que eles podiam ser emprestados.

Jeanette sabia da crença preconceituosa de que moradores de rua eram pouco intelectualizados e culturalmente desinteressantes. No entanto, para descer à Caverna bastava um pouco de azar, dívidas ou uma depressão.

Hurtig estava ao lado de uma tenda feita de sacos de lixo. Um velho cobertor azul fazia as vezes de porta, e ela viu que tinha alguém deitado lá dentro.

— Muito bem. O que foi que aconteceu? — Jeanette agachou para ver melhor.

— A mulher se chama Fredrika Grünewald, mais conhecida como Duquesa, imaginamos que era por ter sangue nobre. Já estamos averiguando.

— Muito bem. Algo mais?

— Algumas testemunhas disseram que um homem chamado Börje desceu aqui na tarde de ontem em companhia de uma mulher desconhecida.

— Sabemos onde ele está?

— Ainda não, mas é uma espécie de celebridade aqui embaixo, então não vai ser muito difícil encontrar o cara. Já soltamos uma descrição.

— Ótimo. — Jeanette se aproximou da entrada.

— Ela foi brutalmente atacada. A cabeça está quase separada do corpo.

— Faca? — Jeanette levantou e endireitou as costas.

— Acho que não. Encontramos isto. — Hurtig ergueu um saco plástico contendo uma longa corda de aço. — Deve ser a arma do crime.

Jeanette fez que sim.

— E não foi ninguém daqui?

— Não. Se ela, vamos dizer, fosse roubada e depois morta... — Hurtig pensou melhor. — Mas é outra coisa.

— Então não levaram nada?

— Não. A carteira ficou, e ela tinha quase duas mil coroas e um cartão do transporte público válido.

— Certo. O que você acha que aconteceu?

Hurtig ergueu os ombros.

— Vingança, talvez. O assassino esfregou fezes nela depois de morta. Sobretudo ao redor da boca.

— Que horror.

— Ivo vai checar se a merda é dela mesma. Se tivermos sorte, pode ser do assassino — disse Hurtig indicando o interior da tenda, onde o homem e dois colegas estavam ensacando o corpo para transportá-lo para Solna.

Os peritos abriram o plástico que envolvia a tenda e Jeanette pôde ver como aquilo era trágico. Um fogareiro, algumas conservas e montes de roupas. Ela pegou um vestido e notou que se tratava de um Chanel. Quase novo.

Leu os rótulos das latas de comida e viu que muitas eram importadas. Mexilhões, foie gras e patês. Nada que se encontrasse em supermercados de esquina.

"Por que Fredrika morava neste lugar?", pensou ela. Não parecia ser falta de dinheiro. Deveria haver outro motivo. Mas qual?

Jeanette olhou os objetos em volta. Algo estava faltando. Ela tentou limpar a mente e ver tudo com novos olhos.

"O que é que não estou enxergando?", pensou ela.

— Ei, Jeanette. — Ivo Andrić cutucou suas costas. — Só uma coisa antes de ir: não são fezes humanas no rosto dela. São de cachorro.

No mesmo instante, ela entendeu.

Não era algo que estava faltando.

Era algo que não deveria estar ali.

DINAMARCA, 1988

E hoje, você tem coragem? Sua covarde! E aí? E aí?
Não, você não tem. Você não é de nada.
Você é patética. Não é à toa que ninguém se importa com você.

As fachadas gastas, os bares e os sex-shops se sucediam nas calçadas de Istedgade. Ela entrou em uma rua transversal mais tranquila, a Viktoriagade. Fazia quase um ano que estivera naquele lugar e se lembrava do hotel ali perto, ao lado de uma loja de discos.

Um ano antes, ela o escolhera bem. Em Berlim, tinha se hospedado na Bergmannstrasse, em Kreuzberg, e quando voltara à Dinamarca o ciclo se fechara. Viktoriagade era uma escolha bem lógica de lugar para morrer.

Assim que abriu a velha porta de madeira para ir à recepção, notou que o letreiro com o nome do hotel ainda estava danificado. Atrás do balcão se encontrava o mesmo homem entediado. Ele lhe deu as chaves e Victoria pagou com cédulas amassadas, retiradas da lata de biscoitos da cozinha de Viggo.

Contando tudo, ela tinha quase duas mil coroas dinamarquesas e mais de novecentas suecas. Bastaria por alguns dias. A caixinha de música de Viggo talvez pudesse render mais algumas centenas de coroas.

O quarto de número sete, onde ela tentara se enforcar no verão anterior, ficava no segundo andar.

Enquanto subia a escadaria, que rangia a cada passo, se perguntou se teriam consertado a pia do banheiro. Antes de decidir se enforcar, ela quebrara uma garrafa de perfume contra a pia, que rachara inteira.

Mas o que se passara em seguida fora bem anticlimático.

O gancho no teto se soltara e ela acordara no chão do banheiro com o cinto ao redor do pescoço, o lábio inchado e um dente quebrado. Tinha limpado o sangue com uma camiseta e depois fora como se nada tivesse acontecido. O banheiro permanecera do mesmo jeito que antes, a não ser pela rachadura na pia e o buraco no teto. Fora um acontecimento quase invisível, sem sentido.

Ela abriu a porta do quarto e entrou. Como antes, havia uma cama estreita encostada na parede, um guarda-roupa à esquerda e uma janela suja dando para a Viktoriagade. Havia um cheiro de fumaça e mofo, e a porta do banheiro estava aberta.

Victoria tirou os sapatos, jogou a sacola sobre a cama e abriu a janela para ventilar o quarto.

Podia escutar o barulho do trânsito e latidos de cães sem dono vindos do lado de fora.

Em seguida, ela foi ao banheiro. O buraco no teto tinha sido tapado e a rachadura da pia fora remendada com silicone, parecendo um risco de sujeira.

Fechou a porta do banheiro e deitou na cama.

"Eu não existo", pensou, e riu.

Apanhou a caneta e o diário da mochila e começou a escrever.

Copenhague, 23 de maio de 1988. A Dinamarca é um país de merda. Porcos e roceiros. Bastardos de alemães.

Sou um buraco, uma rachadura, acontecimentos sem sentido. Na Viktoriagade e na Bergmannstrasse. Estuprada por alemães em solo dinamarquês. No festival em Roskilde, por três rapazes.

Depois, humilhada por um dinamarquês filho de alemão em um bunker que os alemães haviam construído na Dinamarca. Dinamarca e Alemanha. Viggo é um bastardo. O filho dinamarquês de uma puta dos alemães.

Ela gargalhava.

— Solace Manuti. Preciso de consolo. Sou louca.

Louca. Como podia falar de si mesma daquele jeito?

Pôs o diário de lado. Ela não era louca. Os outros eram.

Pensou em Viggo. O bastardo alemão.

Merecia ser estrangulado e atirado num bunker em Oddesund.

Nascido de uma buceta dinamarquesa e morto num buraco de merda alemão. Depois os porcos poderiam comê-lo.

Ela pegou o diário novamente.

Procurou uma página anterior. Dois meses, quatro meses, um semestre.

Leu:

Värmdö, 13 de dezembro de 1987.

Solace ainda não despertou depois do que ele fez na sauna. Estou com medo de que morra. Ela respira, os olhos se abrem, mas ela parece estar distante. Ele foi brutal. Ela bateu a cabeça contra a parede enquanto ele se saciava e depois ficou esparramada no chão.

Passei um pano molhado em seu rosto, mas ela não quis acordar.

Será que está morta?

Eu o odeio. Bondade e perdão são apenas formas adicionais de opressão e provocação. O ódio é puro.

Victoria avançou algumas páginas do diário.

Solace não estava morta. Ela despertou, mas não disse nada, só tinha dor de barriga e gemia como se estivesse dando à luz. Então ele entrou no quarto.

Quando nos viu, fechou o rosto. Depois expeliu ranho em nós. Simplesmente tapou uma narina e soprou!

Cuspir não é o bastante para ele?

Victoria mal conseguiu reconhecer sua caligrafia.

24 de janeiro de 1988.

Solace se recusa a tirar a máscara. Estou começando a cansar do seu rosto de madeira. Ela só fica deitada reclamando. A madeira estala. A máscara deve ter crescido invadindo o rosto, como se as fibras da madeira a devorassem.

Ela é uma boneca de madeira. Deitada em silêncio e morta, seu rosto estala, porque é úmido dentro da sauna.

Bonecas de madeira não têm filhos. Apenas incham de umidade e calor.

Eu a odeio!

Victoria fechou o diário. Escutou alguém rindo pela janela.

À noite teve um sonho. Havia uma casa com todas as janelas e portas abertas. Sua tarefa era fechá-las, mas assim que conseguia mais uma se abria. O estranho era que fora ela quem decidira que todas as janelas não podiam ser fechadas ao mesmo tempo, porque senão a tarefa seria fácil demais. Fechar, abrir, fechar, abrir, ela cansar, sentar no chão e mijar.

Quando acordou, tinha feito tanto xixi que atravessara o colchão e pingava no chão.

Não eram mais que quatro horas da manhã, mas ela levantou. Lavou-se, juntou suas coisas e saiu do quarto levando o lençol, que jogara no lixo do corredor antes de ir até a recepção.

Ela sentou no pequeno bar e acendeu um cigarro.

Era a quarta ou a quinta vez em menos de um mês que mijava na cama. Já acontecera antes, mas não em intervalos tão próximos, e nunca associado a sonhos tão fortes.

Tirou alguns livros da mochila.

Livros de psicologia para a faculdade e muitos volumes de R. J. Stoller. Seu exemplar de *A interpretação dos sonhos* estava quase se desfazendo. Ao contrário do que imaginara quando o pegara pela primeira vez, ao fim de tantas leituras ela acabara adotando uma postura totalmente oposta às teorias de Freud.

Por que os sonhos seriam expressão de desejos inconscientes e conflitos ocultos? Qual era o sentido de ocultar os desejos de si mesmo? Seria como se ela fosse uma pessoa quando estava dormindo e outra quando estava acordada. Não havia a menor lógica.

Os sonhos simplesmente espelhavam seus pensamentos e fantasias. Talvez houvesse simbologias, mas ela não acreditava que se conheceria pensando e repensando seus significados.

Para Victoria, era uma idiotice, senão perigoso, tentar resolver seus problemas através da interpretação dos sonhos.

E se alguém atribuísse um sentido inexistente a eles?

Era mais interessante entender os sonhos como claros e lúcidos. Estava ciente de que sonhava enquanto dormia e de que podia influenciar o que acontecia em seus sonhos.

Ela riu sozinha ao constatar que toda vez que urinava dormindo era uma escolha consciente.

Ainda mais esquisito era o fato de que, de acordo com certas pesquisas, quem tinha sonhos lúcidos possuía uma capacidade cerebral incomum. Isso queria dizer que ela urinava porque tinha um cérebro mais refinado e desenvolvido do que os outros.

Victoria apagou o cigarro e apanhou mais um livro. Era uma pesquisa sobre a teoria do apego. Sobre como a relação das crianças de colo com a mãe tinha consequências na vida futura.

Embora o livro não fizesse parte da bibliografia do curso e a deprimisse, Victoria não podia deixar de lê-lo de vez em quando. Página por página, capítulo por capítulo, constatava como tinha sido privada de contato e em consequência não conseguira desenvolver relações com outras pessoas.

Tudo fora destruído por sua mãe logo que ela nascera. As ruínas do que seria sua vida afetiva tinham sido cuidadosamente vigiadas por seu pai, que a impedia de se aproximar de outras pessoas.

Victoria não sorria mais.

Sentia falta de uma relação? Sentia realmente falta de uma pessoa?

Não tinha amigos de quem sentir falta nem amigos que sentiam sua falta.

Hannah e Jessica tinham se afastado dela fazia muito tempo. Também a haviam esquecido? Tinham trocado juras, prometido fidelidade eterna e tudo o mais.

Mas havia uma pessoa de quem ela sentia falta desde que chegara da Dinamarca. E não era Solace. Ela se virava bem sem ela.

Sentia falta da psicóloga do hospital de Nacka.

Se ela estivesse ali, teria entendido que Victoria fora àquele hotel com um motivo específico: reviver a própria morte.

E para decidir o que devia ser feito.

Quem não consegue se matar deve se tornar outra pessoa — e ela sabia como fazê-lo.

Primeiro ia pegar a balsa para Malmö, depois o trem para Estocolmo, em seguida o ônibus para Tyresö, onde a mulher morava.

E daquela vez ia contar tudo, absolutamente tudo o que sabia sobre si mesma.

Era seu dever.

Para que Victoria Bergman pudesse morrer de verdade.

MARIATORGET, CONSULTÓRIO DE SOFIA ZETTERLUND

Linnea Lundström estava sentada do outro lado da mesa. Sofia mal acreditava na rapidez com que ganhara sua confiança.

— Essa aqui é você? — perguntou Sofia, apontando os três desenhos. — E essa aqui é Annette?

Linnea parecia surpresa, mas não disse nada.

— E esse aqui é um amigo da família? — Sofia apontou para Viggo Dürer. — Em Skåne, Kristianstad.

Sofia achou que a garota parecia aliviada.

— Sim — suspirou ela. — Mas ele não era assim. Era mais magro.

— Como se chamava?

Linnea hesitou um momento, mas acabou sussurrando:

— Viggo Dürer. Era o advogado do meu pai.

— Quer falar sobre ele?

A respiração dela se alterou como se lutasse por ar.

— Você foi a primeira pessoa que entendeu meus desenhos — disse em seguida.

Sofia pensou em Annette Lundström, que realmente não entendera nada daquilo.

Linnea foi surpreendentemente direta em seguida, embora não tivesse dito nada sobre o conteúdo do desenho.

— Ele era... Eu gostava dele quando era pequena.

— Viggo?

Ela baixou os olhos.

— Sim... No começo era tão bonzinho. Depois, a partir dos meus cinco anos, ficou bem estranho.

Foi Linnea quem tomou a iniciativa de falar sobre Viggo. Sofia notou que a segunda fase do tratamento já havia começado. Aquela que tratava de lembrar e elaborar.

Pensou nos desenhos de Viggo e seu cachorro no quintal da família Lundström, em Kristianstad. O próprio Karl Lundström citara aquele evento na carta. Linnea desprezava seu pai, mas tinha medo de Viggo. Ela fazia o que ele mandava. Annette e Henrietta permaneciam cegas. Fechando os olhos para o que ocorria à sua volta.

"Como sempre", pensou Sofia.

Depois Karl escrevera que Viggo era duas vezes ignorante. Pelo teor da carta, ela podia concluir que Karl achava que o advogado estava errado e não tinha ciência daquilo.

"Então só resta uma pergunta", constatou Sofia. "Que informação Viggo não tinha?"

Com certeza absoluta do que Karl queria dizer, Sofia se aproximou de Linnea e a olhou nos olhos.

— Você pode me contar o que aconteceu em Kristianstad?

KLARA SJÖ, PROMOTORIA

Na verdade, o promotor Kenneth von Kwist não era de família nobre. Foi no tempo de escola que agregou um "von" ao sobrenome, para se dar mais importância. Ele era incrivelmente vaidoso, tanto em termos de reputação quanto de aparência.

Kenneth von Kwist tinha um problema e estava bastante preocupado. Ficara tão consternado após a recente conversa com Annette Lundström que sentia sua gastrite se transformando em úlcera.

"Benzodiazepina", pensou. Uma substância tão viciante que o testemunho de qualquer pessoa que a tivesse ingerido deveria ser rigorosamente questionado. Sim, era necessário. A forte medicação que Karl Lundström recebera o levara a fantasiar.

Kenneth von Kwist cravou os olhos na pilha de papel à sua frente.

5 miligramas de diazepam
1 miligrama de alprazolam
0,75 miligrama de Halcion

Diariamente. Era inacreditável.

"A crise de abstinência deve ter sido tão forte, que Lundström admitiria qualquer coisa só para receber uma nova dose", pensou ele, enquanto lia os relatórios.

Eram cerca de quinhentas páginas impressas.

Mas o promotor estava em dúvida.

Havia muitas pessoas envolvidas. Ele as conhecia pessoalmente, ou pelo menos acreditava conhecer.

Durante todo aquele tempo, fora um idiota, usado por um grupo de pedófilos e estupradores que permaneciam livres?

A filha de Per-Ola Silfverberg tivera razão quando acusara o pai adotivo de ter abusado dela?

Ulrika Wendin fora de fato drogada por Karl Lundström e levada até um hotel onde ocorrera um estupro?

A verdade doía. Ele se deixara usar, era simples assim. Como poderia lavar as mãos sem ao mesmo tempo prejudicar seus supostos amigos?

O relatório citava várias vezes as sessões realizadas no hospital de Huddinge. Karl Lundström se encontrara com a psicóloga Sofia Zetterlund em duas ocasiões.

Seria possível abafar toda aquela história?

Kenneth von Kwist procurou um omeprazol, chamou sua secretária e pediu a ela que descobrisse o telefone de Sofia Zetterlund.

MARIATORGET, CONSULTÓRIO DE SOFIA ZETTERLUND

Linnea Lundström deixou o consultório e Sofia permaneceu sentada por um bom tempo escrevendo.

Ela tinha o hábito de usar duas canetas diferentes, uma vermelha e outra azul, para separar o que o paciente dissera do que ela própria pensava.

Quando virou a sétima página de anotações, uma A4 pautada, foi tomada por um cansaço paralisante. Como se estivesse adormecendo.

Voltou algumas folhas para refrescar a memória e começou a ler ao acaso, na página cinco.

O trecho envolvia lembranças de Linnea.

O rottweiler de Viggo ficava sempre preso em algum lugar. Numa árvore, no corrimão ou nos canos da calefação. O cachorro avançava, então Linnea o evitava. Quando Viggo entrou em seu quarto durante a noite, o cachorro ficou de guarda, e Linnea se lembra do reflexo dos olhos do animal no escuro. Viggo mostrou para Linnea um álbum de fotografias com crianças nuas, da mesma idade que ela. A garota se lembra dos flashes no escuro e de usar um chapéu de gala, grande e preto, com um vestido vermelho que Viggo lhe dera. Seu pai entrou no quarto e Viggo ficou com raiva. Eles brigaram, o pai de Linnea foi embora e os dois ficaram a sós.

Sofia se surpreendeu pelo modo como as palavras pareciam brotar de Linnea. Como se sua história tivesse permanecido em estado latente, pronta desde sempre, e finalmente pudesse transbordar, tendo encontrado alguém com quem dividir suas experiências.

Linnea tinha muito medo de ficar sozinha com Viggo. Ele era tão bonzinho durante o dia e tão mau durante a noite. Uma vez fez algo com ela que a deixou num estado em que mal podia caminhar. Perguntei o que era. Linnea respondeu: "Acho que ele fez uma coisa com suas mãos e com seu doce. Ele tirou fotos de mim e me disse para não dizer nada para meu pai e minha mãe".

Sofia sabia que "doce" era um eufemismo.

Linnea repetiu: "Suas mãos, seu doce e depois flashes de câmera". Então disse que Viggo queria brincar de polícia e ladrão. Ela era o ladrão e ele podia usar algemas. As algemas e o doce áspero arderam na sua pele a manhã toda. Linnea não conseguia dormir, porque os flashes a incomodavam. Tudo dentro e fora zumbia como se ela tivesse uma mosca dentro da cabeça…

Sofia estava ofegante. Não reconhecia mais as frases.

Percebeu que o resto do texto fora escrito com a caneta vermelha.

Uma mosca zumbindo, e pra tirar era preciso bater a cabeça na parede. E então a mosca podia sair pela janela, por onde também ia o fedor azedo das mãos do bastardo, que tem cheiro de porco, roupas fedendo a amônia, e por mais que as lavasse, seu doce tinha gosto de cavalo e devia ser cortado fora e jogado para os porcos…

Ann-Britt entrou na sala, e fez um gesto para que Sofia se apressasse.

— Você tem que fazer uma ligação. O promotor Kenneth von Kwist pediu que entrasse em contato assim que possível.

Sofia se recordou de uma casa cercada de pastos.

Ela costumava ficar sentada à janela suja, no segundo andar, e acompanhar com os olhos o voo das gaivotas no céu. O mar não ficava tão longe.

— Certo. Me dê o número que eu ligo agora.

Ela se lembrou do metal frio da pistola de abate na mão. Poderia ter matado Viggo.

Se tivesse feito aquilo, a história de Linnea poderia ser diferente.

As lembranças empalideciam como pedaços de gelo que derretem com o toque.

Ela olhou para as anotações mais uma vez. As últimas três páginas eram de Victoria. Ela contava sobre Viggo e Linnea.

… o formato de suas vértebras se desenhava por baixo da roupa até mesmo quando estava de paletó. Ele obrigava Linnea a se despir, participar de suas brincadeiras, com seus brinquedos, no quarto dela, onde a porta estava sempre trancada, a não ser por uma vez, quando Annette, ou talvez Henrietta, os interrompeu. Ela ficou com vergonha por estar seminua, de quatro, no chão, enquanto ele estava completamente vestido, explicando que a menina queria mostrar que conseguia fazer uma abertura total, então eles pediram que ela repetisse, e, quando ela desceu em abertura total e depois levantou e fez uma ponte, recebeu aplausos dos dois, mas tudo era na verdade doentio, porque ela tinha doze anos e já tinha seios como os de uma adulta…

Sofia reconheceu uma parte do que Linnea contara, mas as palavras estavam misturadas às lembranças de Victoria. Ainda assim, o texto não despertara nenhuma lembrança nova.

O papel estava cheio de palavras incoerentes.

Ela telefonou para o promotor.

Kenneth von Kwist explicou resumidamente do que precisava, dizendo que Karl Lundström fora medicado com benzodiazepina e que gostaria de saber a opinião dela a respeito.

— Não muda muita coisa. Ainda que Karl Lundström tenha dado seu depoimento sob a influência de fortes medicamentos, tudo foi confirmado por sua filha. Ela é o mais importante agora.

— É um medicamento forte — disse o promotor, bufando. — Você sabe o que é alprazolam? — Sofia escutou a velha arrogância masculina e começou a se enervar. Ela se esforçou para manter a calma durante a conversa, falando de modo lento e didático, como se ele fosse uma criança.

— Pacientes medicados com alprazolam por um longo período de tempo desenvolvem dependência. A síndrome de abstinência é severa. Quando a substância está presente no corpo, o paciente se sente bem. Quando a substância é eliminada, ele se sente mal. Um de meus pacientes descreveu o alprazolam como rápidas viagens entre céu e inferno. Por isso ele é classificado como narcótico. Infelizmente, não são todos os médicos que têm esse conhecimento.

Ela escutou o promotor suspirando.

— Muito bem. Vejo que você fez a lição de casa. — Ele riu, tentando parecer simpático. — No entanto, não consigo imaginar que possa ser verdade o que ele disse ter feito com a filha... — Von Kwist se interrompeu no meio do argumento.

— Eu não apenas acho, mas *sei* que você está errado. — Sofia pensava no que Linnea lhe tinha contado.

— O que quer dizer com isso? Tem alguma prova, além das declarações da filha?

— Tenho um nome. Linnea em diversas ocasiões falou de um homem chamado Viggo Dürer.

No mesmo instante em que nomeou o advogado, ela se arrependeu.

GLASBRUKSGATAN, CASA DOS SILFVERBERG

O objeto que prendeu a atenção de Jeanette no barraco de Fredrika Grünewald foi um buquê de tulipas amarelas, não apenas pela cor das flores, e sim pelo cartão.

O sino da Igreja Katarina bateu as seis horas e Jeanette mais uma vez sentiu dor na consciência por ainda estar no trabalho, e não em casa com Johan.

Mas, após a descoberta, era necessário prosseguir com rapidez. Por isso ela e Hurtig estavam em frente à elegante residência dos Silfverberg. Eles tinham ligado avisando de sua visita.

Charlotte Silfverberg os conduziu até a sala. Jeanette foi até a janela panorâmica e se assombrou com a vista. Bem à frente estavam o Nationalmuseum e o Grand Hôtel. À direita, o veleiro histórico transformado em albergue da juventude: *af Chapman*. Ela reconheceu que provavelmente não existia uma vista mais bonita de Estocolmo e virou, enquanto Hurtig sentava numa poltrona.

— Suponho que a visita vá ser rápida. — Charlotte se posicionou atrás de outra poltrona e apoiou as duas mãos nela.

Jeanette sentou no sofá.

— Pra começar, gostaria de saber por que não me contou sobre sua filha. — A detetive abriu o bloco de notas. — Ou melhor, filha adotiva.

Charlotte respondeu sem pestanejar.

— Porque ela é um capítulo encerrado na minha vida. Passou dos limites e hoje não é bem-vinda nesta casa.

— O que você quer dizer com isso?

— Vou resumir uma história bem longa. — Charlotte respirou antes de continuar. — Madeleine chegou recém-nascida. Sua mãe era muito jovem e tinha uma doença mental grave, portanto não podia tomar conta da criança. Nós a adotamos e amamos como se fosse nossa própria filha, mesmo sendo uma criança tão difícil. Estava sempre doente e choramingando. Nem sei quantas noites passei acordada com ela, que só chorava e chorava. Era simplesmente inconsolável.

— Vocês nunca descobriram o que tinha de errado? — Hurtig se inclinou para a frente e pôs a mão sobre a mesa de centro.

— Não havia nada de errado. A menina era só... Como posso dizer? Ruim por natureza. — Charlotte fez uma careta de desgosto e Jeanette sentiu vontade de estapeá-la.

Ruim por natureza?

Era daquele jeito que ela definia uma criança maltratada cuja única defesa era o choro?

Jeanette desviou o olhar e sentiu um pouco de medo do que via. Charlotte não era apenas uma mulher em luto. Era também uma pessoa cruel.

— Pois bem, ela cresceu e foi para a escola. Era a queridinha do papai. Ela e Per-Ola passavam todo o tempo que podiam juntos, e aí nasceu o problema. Uma menina não deve ter uma relação tão próxima assim com o pai. Ela desenvolveu uma dependência tão grande dele que Per-Ola sentiu que era hora de estabelecer limites. A garota se sentiu abandonada e começou a inventar um monte de coisas negativas sobre ele, para se vingar.

— Coisas negativas? — Jeanette não podia mais conter a raiva. — Puta que pariu, a menina disse que Per-Ola a estuprou!

— Prefiro que modere a linguagem ao falar comigo. — Charlotte ergueu as duas mãos, escandalizada. — E esse assunto está encerrado.

— Infelizmente, não. — Jeanette pôs o bloco de notas sobre a mesa. — Você tem que entender que ela é suspeita do assassinato de seu marido.

Só naquele momento Charlotte entendeu a seriedade da questão. Ela balançou a cabeça em silêncio.

— Você sabe onde ela está? — continuou Jeanette. — Pode descrever Madeleine? Tem alguma característica em particular?

Charlotte negou com a cabeça.

— Imagino que permaneceu na Dinamarca. Quando nos separamos, ela ficou a encargo do Serviço Social e foi levada para uma clínica de psiquiatria infantil.

Charlotte aparentou de repente estar muito fatigada, e Jeanette achou que ela ia chorar. Mas, parecendo ter recobrado as forças, a mulher continuou:

— Ela tem olhos azuis e cabelo loiro. Se não tiver tingido. Era muito bonita. Mas não sei como está agora...

— Tinha alguma particularidade na aparência?

Charlotte pensou um pouco.

— É ambidestra.

Hurtig riu.

— Eu também sou.

— Jimmi Hendrix também era, e Shigeru Miyamoto.

— Shigeru Miyamoto?

— O gênio dos video games, da Nintendo — explicou Hurtig. — O criador de *Donkey Kong* e muito mais.

Jeanette desconsiderou aqueles detalhes irrelevantes.

— Então Madeleine escreve com as duas mãos?

— Sim — respondeu Charlotte. — Ela costumava ficar sentada desenhando com a mão esquerda enquanto escrevia com a direita.

Jeanette pensou no que Ivo Andrić dissera sobre as facadas em Per-Ola. Que os cortes pareciam ter sido feitos por duas pessoas.

Um destro e um canhoto. Duas pessoas com conhecimentos diversos em anatomia.

Hurtig olhou para Jeanette. Como ela o conhecia bem, percebeu que queria saber se já era o momento de mostrar o cartão. Quando a detetive autorizou com um gesto discreto, ele enfiou a mão no bolso e tirou um saco plástico contendo uma prova.

— Isso lhe diz alguma coisa? — Hurtig pôs o cartão na frente de Charlotte, que olhou sem entender. Na parte da frente havia uma imagem com três porquinhos e embaixo a frase: "Parabéns pelo seu grande dia!".

— O que é isso? — Ela apanhou o cartão, virou e olhou o verso. Primeiro se espantou, depois riu. — Onde conseguiram isso?

Ela pôs o cartão sobre a mesa e todos olharam a fotografia no verso.

Jeanette apontou para ela.

— Que fotografia é essa?

— Sou eu. Quando concluí o ensino fundamental. Todos tiramos fotos assim e depois trocamos. — Charlotte sorriu. Jeanette notou a nostalgia.

— Você pode contar um pouco sobre a escola em que estudou?

— Sigtuna? O que isso tem a ver com o assassinato de Per-Ola? E onde vocês conseguiram essa foto? — Ela franziu a testa, olhou para Jeanette e depois virou para Hurtig. — Então é por isso que estão aqui?

— Por outros motivos, precisamos saber sobre o período que passou em Sigtuna. — Jeanette tentou estabelecer contato visual, mas ela continuava virada para Hurtig.

— Não sou surda! — A mulher ergueu a voz, finalmente virou para a detetive e olhou profundamente em seus olhos. — Nem idiota! Se quer que eu conte sobre a escola em que estudei, vai ter que esclarecer *o que* e *por que* pergunta.

— Desculpe, vou explicar. — Jeanette olhou para Hurtig em busca de apoio, mas ele estava revirando os olhos. Ela sabia o que ele estava pensando: *Bruaca maldita.*

Jeanette respirou profundamente.

— Estamos investigando outro assassinato, de uma mulher que infelizmente tem uma ligação com você. Por isso precisamos saber sobre seu tempo em Sigtuna. É uma antiga colega sua. Fredrika Grünewald. Lembra?

— Fredrika morreu? — Charlotte pareceu realmente abalada.

— Sim, e há sinais de que pode ser o mesmo assassino. O cartão estava junto ao corpo.

Charlotte pareceu triste.

— Não se deve falar mal dos mortos, mas ela não era uma boa pessoa. Fredrika. Naquela época já dava pra perceber.

— Como assim? — Hurtig se aproximou da mesa, e apoiou os braços sobre o joelho. — Por quê?

Charlotte balançou a cabeça.

— Fredrika é sem dúvida a pessoa mais horrorosa que já encontrei e não posso realmente dizer que lamento sua morte. Quase o contrário.

Charlotte se calou, mas suas palavras ecoaram nas paredes recém-pintadas.

"Quem é essa mulher?", pensou Jeanette. "Por que ela tem tanto ódio?"

Os três ficaram em silêncio. Jeanette olhou em volta na sala arejada. Na parede estava o sangue de Silfverberg, abaixo de uma camada de tinta branca.

Hurtig limpou a garganta.

— Pode contar.

Charlotte falou sobre seu tempo em Sigtuna. Eles não a interromperam.

No entanto, a detetive sentia que ela estava dizendo a verdade. Charlotte não ocultou que era uma das capangas de Fredrika, que fazia bullying contra os alunos e professores.

Eles a escutaram por mais de meia hora, até que Jeanette se aproximou dela e leu suas anotações:

— Se fosse resumir o que você recorda sobre Fredrika, ela era uma pessoa manipuladora. Obrigou vocês a fazerem coisas que no fundo não queriam fazer. Você, e duas meninas chamadas Regina Ceder e Henrietta Nordlund eram suas amigas mais próximas. Correto?

Charlotte assentiu.

— E em uma ocasião vocês submeteram três garotas a um ritual de iniciação humilhante, para dizer o mínimo. Sob ordens de Fredrika.

— Sim.

Jeanette examinou o rosto de Charlotte e viu algo que poderia ser vergonha.

— Você se lembra do nome das meninas?

— Duas delas saíram da escola, então não as conheci realmente.

— Mas e a terceira? A que permaneceu?

— Eu me lembro dela muito bem. Fingia que nada tinha acontecido. Era fria como gelo. Quando alguém a encontrava nos corredores, parecia quase orgulhosa. Depois disso, ninguém mais mexeu com ela. Nós a deixamos em paz.

— Como ela se chamava? — Jeanette fechou o bloco de notas e se preparou para finalmente ir para casa.

— Victoria Bergman.

Hurtig gemeu como se tivesse levado um soco no estômago. O coração de Jeanette parou por um instante. O bloco de notas se desprendeu de sua mão e caiu no chão.

SISTA STYVERNS TRAPPOR

O acaso é um fator insignificante em crimes graves. Jeanette Kihlberg sabia muito bem daquilo, após anos de investigações complicadas.

Quando Charlotte contara que ela e a filha do estuprador Bengt Bergman, Victoria, tinham sido colegas de escola, a detetive sabia que não podia ser uma coincidência.

Em frente ao apartamento da família Silfverberg, Hurtig se despediu e foi em direção a Sista Styverns Trappor. Jeanette entrou no carro e antes de dar partida mandou uma mensagem para Johan dizendo que estaria em casa em quinze minutos.

No caminho, pensou na conversa estranha que tivera com Victoria Bergman algumas semanas antes. Ela tinha ligado na esperança de receber alguma ajuda com a investigação dos meninos, já que o pai dela estava relacionado ao tema. Victoria se esquivara e dissera que não o via fazia vinte anos.

Jeanette lembrava que ela lhe dera uma forte impressão de amargura ao afirmar que o pai também abusara dela. Agora eles precisavam achá-la.

A chuva recomeçou e a visibilidade ficou ruim. Quando ela passou por Blåsut, havia três carros encostados. Um estava bem amassado, e Jeanette supôs que se tratava de um engavetamento. Ao lado estava um veículo de socorro e uma viatura com o pisca-alerta ligado. O oficial de trânsito orientava os carros, que passavam bem devagar. Só havia uma pista livre, e ela entendeu que aquilo a atrasaria em vinte minutos.

"O que faço com Johan?", pensou. Seria hora de levá-lo a um psicólogo?

E por que Åke nunca ligava? Ele continuava sem assumir nenhuma responsabilidade. Como de costume, estava longe, ocupado em realizar seus sonhos, sem tempo para ninguém além dele.

"Nunca sou o bastante", pensou ela, quando o tráfego parou de vez, a cinquenta metros da entrada para Gamla Enskede.

Eles não tinham assinado o divórcio. Poderiam chegar ainda a um entendimento? Teriam seis meses antes de tomar a decisão definitiva.

Podiam mudar de ideia.

Se, como tudo sugeria, aquilo terminasse em divórcio, como poderiam estar ambos presentes na vida de Johan?

Talvez a fila do refeitório não fosse o lugar mais apropriado para fazer a pergunta, mas, como o chefe de polícia Dennis Billing raramente estava acessível, ela decidiu aproveitar o momento.

— Como vê seu antecessor, Gert Berglind?

— Como o Prático, dos Três Porquinhos — disse ele após um instante, dando-lhe as costas para pegar mais purê de batata. Ela aguardou uma continuação que não veio, então cutucou seu ombro.

— Como assim?

Dennis Billing seguiu montando seu prato. Almôndegas, molho de carne, picles e por fim uma colher de geleia de arando.

— Ele era mais acadêmico do que policial — continuou ele. — E, só entre nós, era um chefe ruim, pouco presente. Só se preocupava com diretorias e palestras.

— Palestras?

Ele pigarreou.

— Isso mesmo... Vamos sentar?

Ele escolheu uma mesa bem ao fundo. Jeanette entendeu que, por alguma razão, preferia falar a sós.

— Berglind era membro do Rotary e de um monte de outras organizações — disse, entre garfadas. — Era um homem religioso, talvez até de maneira exagerada. Dava palestras sobre ética pelo país afora. Eu o escutei falando algumas vezes e devo dizer que era carismático, apesar de só dizer asneiras. Mas é assim que funciona, não? As pessoas só querem a confirmação do que já sabem. — Ele riu, e mesmo Jeanette, que tinha dificuldade com seu tom cínico, teve que concordar.

— Você lembra com quais organizações estava envolvido?

Billing passava uma almôndega no molho e depois na geleia.

— Algo religioso, acho. Sua imagem suave era lendária, mas, cá entre nós, posso dizer que ele não era tão pio assim.

Jeanette afiou os ouvidos.

— Conte mais.

Dennis Billing depositou os talheres sobre o prato e tomou um gole de cerveja sem álcool.

— Não quero que você tire conclusões precipitadas, apesar de saber que é o que vai acontecer, porque ainda não deixou de lado o caso Karl Lundström. Tudo bem, desde que não atrapalhe seu trabalho, mas vou bater o pé se perceber que você estava fazendo algo nas minhas costas.

Jeanette sorriu para ele.

— Não se preocupe. Não tenho tempo pra mais nada. O que Berglind tem a ver com Lundström?

— Eles se conheciam — disse Billing. — Se encontravam algumas vezes por ano na Dinamarca por causa de uma das organizações de Berglind.

Jeanette sentiu o pulso acelerando. Se fosse a organização que estava pensando, podia ser uma pista.

— Olhando pra trás — continuou Billing —, depois de saber o que Lundström fazia, acho que boatos envolvendo Berglind podiam ter um quê de verdade.

— Boatos? — Jeanette tentava conter suas perguntas, com medo de que sua voz revelasse seu entusiasmo.

Billing fez que sim.

— Diziam que ele contratava prostitutas, e várias colegas falaram de avanços sexuais, até mesmo assédio. Mas não deu em nada, e então ele morreu. Um ataque cardíaco, um belo funeral e da noite para o dia ele era um herói. Dizem que enfrentou o racismo e o sexismo na corporação, mas você sabe tanto quanto eu que isso é bobagem.

Jeanette concordava. Ela se viu gostando de Billing. Nunca tinham conversado de modo tão pessoal.

— Eles também se encontravam sozinhos? Quero dizer, Berglind e Lundström.

— Berglind tinha uma fotografia em seu escritório que desapareceu alguns dias antes de Lundström ser interrogado sobre o estupro no hotel. Como chamava a menina? Wedin?

— Wendin. Ulrika Wendin.

— Isso mesmo. Era uma foto com Berglind e Lundström, cada um com um peixe enorme. Quando apontei o fato de não ser apropriado ele conduzir o interrogatório, Berglind negou, dizendo que só conhecia Lundström superficialmente. Ele fez de tudo para ocultar sua ligação. A foto sumiu e Lundström de repente era só um conhecido.

"A organização obviamente era a mesma que Lundström, Dürer e Bergman financiavam", pensou ela. Sihtunum i Diasporan.

KVARTERET KRONOBERG, DELEGACIA DE POLÍCIA

"Fredrika Grünewald foi morta por alguém que ela conhecia", pensou Jeanette Kihlberg. "Precisamos trabalhar a partir dessa hipótese."

O corpo não apresentava nenhum sinal de que tivesse tentado se defender. Seu barraco era austero e estava em ordem. O assassinato não fora precedido por embate físico, portanto, Fredrika recebera o assassino, que em seguida a imobilizara. Ela não estava em boas condições físicas. Embora só tivesse quarenta anos de idade, os dez anos vivendo como sem-teto tinham deixado suas marcas.

Segundo Ivo Andrić, seu fígado estava tão danificado que ela só viveria mais alguns poucos anos, de modo que o assassino fizera um esforço desnecessário.

Mas, se Hurtig estivesse certo, o crime fora movido por vingança, então o objetivo principal não era tirar sua vida, mas humilhá-la e torturá-la. E naquele aspecto o assassino teve cem por cento de sucesso.

Informações preliminares indicavam que Fredrika agonizara de trinta minutos a uma hora. Ao fim, a corda de piano rasgara a garganta de tal maneira que apenas alguns tendões e vértebras tinham mantido a cabeça ligada ao corpo.

Foram encontrados traços de cola ao redor da boca, e Ivo Andrić deduzira que aquilo se devia a fita isolante, o que explicava o fato de ninguém ter escutado gritos.

O legista fizera outras observações interessantes. Ele acreditava que havia uma anomalia na execução do assassinato.

Jeanette pegou o relatório da autópsia e leu.

Caso seja apenas um assassino, é uma pessoa com muita força física ou que age sob a influência de adrenalina e pode usar as duas mãos simultaneamente.

"Madeleine Silfverberg", pensou Jeanette, "mas ela seria forte o suficiente? E o que tinha contra Fredrika Grünewald"?

A mulher provavelmente sufocou com as fezes de cachorro.

A boca, as vias aéreas, a garganta e os ouvidos continham não apenas fezes, mas traços de vômito, camarão e vinho branco.

O crime também pode ter dois autores. No caso, um teria estrangulado a mulher enquanto o outro teria mantido a cabeça da vítima imóvel enquanto a forçava a comer as fezes.

Duas pessoas?

Jeanette consultou os depoimentos que lhe haviam enviado. Os interrogatórios com os habitantes da Caverna não tinham sido fáceis de realizar. Muitos não eram particularmente comunicativos e aqueles que estavam dispostos a testemunhar tinham em sua maioria sido considerados pouco confiáveis, por causa de drogas, álcool ou doenças mentais.

A única informação que Jeanette considerara promissora era que várias testemunhas afirmavam ter visto um homem chamado Börje descendo para a Caverna com uma mulher desconhecida. A polícia espalhara sua descrição, o que ainda não tinha produzido nenhum efeito.

Em relação à mulher, os testemunhos eram vagos. Alguém dissera que ela cobrira a cabeça de alguma forma, enquanto outros falavam de cabelo loiro ou escuro. A idade estimada variava entre vinte e quarenta e cinco anos, e o mesmo acontecia quanto a altura e tipo físico.

"Uma mulher?", pensou Jeanette. Parecia improvável. Ela jamais havia encontrado uma que realizasse aquele tipo de assassinato planejado e brutal.

Dois assassinos? Uma mulher e um homem?

Jeanette considerou aquela explicação muito melhor. Estava certa de que o tal Börje não estava envolvido. Era uma figura popular na Caverna e, de acordo com testemunhas, não era uma pessoa violenta.

Quando Jeanette estava atravessando o corredor a caminho da sala de Jens Hurtig, fez a si mesma uma pergunta retórica.

O assassino era o mesmo que tinha matado Silfverberg?

"Não é impossível", constatou, entrando na sala sem bater.

Jens Hurtig estava à janela com um olhar pensativo. Virou, deu a volta na mesa e soltou seu peso sobre a cadeira.

— Ei... Esqueci de agradecer pela ajuda com o computador — disse ela, sorrindo. — Johan está nas nuvens.

Eles se olharam em silêncio.

— O que os dinamarqueses disseram? — perguntou ela em seguida. — Sobre Madeleine Silfverberg.

— Meu dinamarquês não é lá essas coisas — disse ele sorrindo. — Falei com um médico da clínica onde ficou internada. Ao longo dos anos, ela continuou afirmando que Per-Ola Silfverberg tinha abusado dela. Além disso, mais homens estariam envolvidos.

— E ninguém acreditou nela?

— Não. Foi diagnosticada como psicótica com delírios graves. Recebia doses fortes de remédios.

— Ela continua no mesmo lugar?

— Recebeu alta há dois anos e mudou, segundo eles, para a França — disse ele confirmando em seus papéis. — Para um lugar chamado Blaron. Pus Schwarz e Åhlund nisso, mas acho que não vai dar em nada.

— É possível, mas precisamos conferir.

— Especialmente tendo em conta que ela é ambidestra.

— Por que você nunca me contou que também é?

Hurtig riu.

— Nasci canhoto, mas as outras crianças me provocavam na escola. Então aprendi a usar a mão direita, e agora sou ambidestro.

Jeanette recordou todas as palavras impensadas que dissera quando era pequena, sem se importar com as consequências. Ela balançou a cabeça.

— Voltando a Madeleine, você perguntou ao médico se ela era violenta?

— Claro. Ele disse que no hospital só feriu a si mesma.

— Costuma ser assim — suspirou Jeanette, pensando em Ulrika Wendin e Linnea Lundström.

— Porra! Estou cansado dessa merda toda.

Eles se olharam e Jeanette se reconheceu no súbito desconsolo de Hurtig.

— Não podemos desistir, Jens — disse ela, tentando consolá-lo, mas percebendo que nem ela mesma acreditava em suas palavras.

Hurtig se endireitou na cadeira e tentou sorrir.

— Vamos resumir o que temos — recomeçou Jeanette. — Duas pessoas foram mortas. Per-Ola Silfverberg e Fredrika Grünewald. Os assassinatos são excepcionalmente brutais. Charlotte Silfverberg era colega de classe de Grünewald. E estamos considerando a hipótese de haver dois assassinos.

Hurtig parecia em dúvida.

— Você acha mesmo que são dois assassinos?

— Não, mas vamos manter isso em vista. Lembra que Charlotte falou sobre um rito humilhante no internato?

Ele olhou pela janela e um leve sorriso se espalhou por seu rosto quando percebeu o que Jeanette estava implicando.

— As duas meninas que desapareceram. Silfverberg não conseguiu se lembrar do nome delas.

— Quero que você entre em contato com Sigtuna e peça que enviem a lista de alunos. Se possível também os anuários. Temos alguns nomes importantes: Fredrika Grünewald e Charlotte Silfverberg, as duas amigas Henrietta Nordlund e Regina Ceder. Mas o que me desperta mais curiosidade é Victoria Bergman. Que cara ela tem? Já pensou nisso?

— Sim — respondeu ele, mas Jeanette notou que não era verdade.

— É mais um fator que devemos considerar antes de seguir em frente, mas não vamos falar sobre isso na reunião de hoje... — A atenção retornou ao olhar de Hurtig, e ele fez um gesto para que ela continuasse. — Temos Bengt Bergman, Viggo Dürer e Karl Lundström. Tendo em conta que os três e Per-Ola Silfverberg faziam parte da organização Sihtunum i Diasporan, pode ser que tenham algo a ver com essa história toda. Além disso, Billing me contou algo bem interessante durante o almoço. O ex-chefe de polícia Gert Berglind conhecia Karl Lundström.

Hurtig acordou de vez.

— Como assim?

— E não é só isso. Eles estavam ligados por uma organização. Qualquer idiota pode imaginar de qual se trata. Barra pesada. Não acha?

— Caramba. — O entusiasmo de Hurtig estava de volta e Jeanette o acolheu com sorrisos.

— Sabe... — disse ela. — Notei que você está distraído com alguma coisa e não acho que seja o trabalho. Aconteceu alguma coisa?

— É meu pai de novo. Vai ter mais dificuldade ainda com a marcenaria e o violino.

"Não pode ser", pensou Jeanette.

— Deram a medicação errada para ele. O hospital vai ter que pagar uma indenização, mas os dedos gangrenaram e vão ter que ser amputados. Pra piorar, ele levou uma pancada na cabeça, da Ferrari GF.

Jeanette estava boquiaberta, sem entender como aquilo era possível.

— Estou vendo que você não sabe o que é uma Ferrari GF. É o cortador de grama do meu pai, uma coisa enorme.

— O que aconteceu?

— Bem... Ele ia tirar os ramos que estavam presos nas pás, então levantou a máquina com um pedaço de madeira e entrou debaixo para ver melhor. Então, é claro, o negócio caiu. Minha mãe raspou o cabelo dele e o vizinho deu quinze pontos.

Jeanette estava sem palavras. A única coisa em que ela conseguia pensar eram dois nomes: Jacques Tati e Carl Gunnar Papphammar.

— Ele sempre escapa — disse Hurtig, fazendo um gesto de desânimo. — O que você quer que eu faça depois de entrar em contato com a Sigtuna? Afinal, faltam algumas horas até a reunião.

— Fredrika Grünewald. Pergunte tudo sobre ela. Comece com o que a levou a morar na rua, então descubra seu passado. Quanto mais nomes, melhor. Vamos considerar vingança o motivo do crime e procurar pessoas próximas. Pessoas que tenha ofendido ou que, por outro motivo, tinham contas a acertar com ela.

— Gente como Fredrika cria inimigos em todo o lugar. A alta classe, com suas falcatruas e empresas de fachada. Passando por cima de cadáveres, traindo seus amigos por um bom negócio.

— Você é muito preconceituoso, Jens. É o socialista em você — disse ela, gargalhando e levantando para ir embora.

— Comunista — disse Hurtig.

— O quê?

— É o comunista em mim. Faz uma baita diferença.

AS PARTES IMPURAS

podiam ser tocadas, mas era preciso tomar cuidado com as mãos de estranhos e de quem oferecesse dinheiro. As únicas mãos que podiam tocar Gao Lian eram as da loira.

Ela penteava seu cabelo, que tinha crescido muito. Gao achava que tinha clareado também. Talvez por ter passado tanto tempo no escuro, como se a memória da luz estivesse armazenada em sua cabeça, tingindo os fios.

Naquele momento, tudo no quarto estava branco. Ele tinha dificuldade em enxergar. Ela abrira a porta e entrara com uma bacia com água para lhe dar banho. Ele estava desfrutando do contato.

Enquanto ela o secava, ouviu-se um toque lá fora.

As mãos saqueavam quando não se estava atento. Ela o ensinara a ter controle total sobre elas. Todo gesto deveria ter um propósito.

Ele treina as mãos desenhando.

Se conseguisse capturar o mundo e internalizá-lo, depois soltá-lo novamente pelas mãos, não precisaria temer mais nada. Então, teria o poder de mudar o mundo.

* * *

Os pés iam a lugares proibidos. Ele sabia. Uma vez ele a deixara para visitar a cidade. Fora um erro. Não havia nada de bom lá fora. O mundo era mau, por isso ela o protegia.

A cidade parecia limpa e bonita, mas depois ele soube que sob a terra e a água jaziam os restos de cadáveres e que dentro dos prédios e das pessoas havia apenas morte.

Se o coração adoece, o corpo adoece e morre.

Gao Lian, de Wuhan, pensou no coração sombrio dos homens. Ele sabia que o mal se manifesta como uma mancha escura, com sete caminhos para o coração.

Primeiro dois caminhos, depois mais dois, por fim três.

Dois, dois e três. O mesmo ano em que sua cidade natal, Wuhan, fora fundada. Em duzentos e vinte e três.

O primeiro caminho da mancha escura era através da língua, que mentia e caluniava; o segundo, dos olhos, que viam o proibido; o terceiro, dos ouvidos, que escutavam mentiras; o quarto, do estômago, que digeria mentiras; o quinto, das partes impuras, que podiam ser tocadas; o sexto, das mãos, que saqueavam; o sétimo, dos pés, que entravam em lugares proibidos.

Diziam que na hora da morte o homem via tudo o que estava em seu coração. Gao tentou imaginar o que ele veria.

Aves, talvez.

Uma mão consoladora.

Ele desenhava e escrevia. Folha sobre folha. O trabalho o acalmava e fazia com que se esquecesse de seu medo da mancha escura.

O toque soou mais uma vez.

GAMLA ENSKEDE, CASA DOS KIHLBERG

“Tudo está relacionado de uma maneira ou de outra”, pensou Jeanette Kihlberg, enquanto descia de elevador até o estacionamento. Embora o dia de trabalho tivesse terminado, não conseguia parar de pensar em todas as esquisitices e coincidências estranhas.

Duas meninas, Madeleine Silfverberg e Linnea Lundström. Dois pais, Per-Ola Silfverberg e Karl Lundström. Ambos suspeitos de pedofilia. Lundström também era suspeito de estuprar Ulrika Wendin. E a esposa de um pedófilo, Charlotte Silfverberg, era colega de escola da vítima de assassinato Fredrika Grünewald.

A detetive conduziu o carro até a saída e acenou para o guarda. Ele retribuiu o aceno e levantou a cancela. O sol forte ofuscou seus olhos e por um momento ela não viu nada.

Um advogado em comum, Viggo Dürer, que também tinha Bengt Bergman como cliente. A filha desaparecida de Bergman, Victoria, que estudara em Sigtuna.

O chefe de polícia já falecido Gert Berglind tinha conduzido o interrogatório de Silfverberg e Lundström. Todos os homens estavam envolvidos na mesma organização. "O promotor Von Kwist não deve estar envolvido", pensou Jeanette. "É só um idiota prestativo."

Per-Ola Silfverberg e Fredrika Grünewald tinham sido assassinados. Talvez pela mesma pessoa.

Karl Lundström morrera no hospital. Bengt Bergman morrera em um incêndio, assim como Viggo.

Acidentes? Sim, tudo apontava para aquilo, de acordo com as investigações da polícia.

Mas Jeanette duvidava. Alguém relacionado à organização queria fazer mal àquelas pessoas.

Quando estacionou e saiu do carro, Jeanette entendeu que precisava de ajuda. Sentia uma necessidade urgente de falar com alguém em quem confiava, com quem podia ser sincera e se abrir. Sofia era a única que atendia àqueles critérios.

O vento incerto e úmido balançava as folhas de bétula e os galhos batiam na parede. Jeanette respirou profundamente. "Tomara que não chova", pensou, vendo o vermelho e encoberto a oeste.

A casa estava deserta e vazia. Na mesa da cozinha havia um recado de Johan avisando que ia dormir na casa de David por causa de uma LAN.

"LAN?", pensou ela, certa de que em algum momento ele explicara o que era aquilo. Jeanette era uma mãe tão ruim que nem conhecia os hobbies do filho? Devia ser algo ligado a computadores.

Ela pegou o telefone e ligou para Sofia Zetterlund. Quase dez toques depois, a psicóloga atendeu. Sua voz estava rouca e tensa.

— Pode falar agora?

Sofia não respondeu por um longo tempo. Depois, pigarreou e disse:

— É importante?

Jeanette não sabia se era um bom momento, mas decidiu estabelecer um tom leve para conquistá-la.

— Mais ou menos... — disse rindo. — Åke e Johan, como sempre. Problemas. Só precisava de alguém com quem conversar... Aliás, obrigada por aquele dia. Como anda nosso assassino?

— "Nosso assassino"? Do que está falando?

Jeanette percebeu que não estava sendo muito clara.

— Me refiro ao perfil criminal de que falamos da última vez, na minha casa.

Não houve resposta. Jeanette ouviu Sofia empurrando uma cadeira. Em seguida, o som de um copo sendo posto sobre a mesa.

— Alô? — tentou ela. — Ainda está aí?

Houve mais alguns segundos de silêncio antes de Sofia responder. A voz pareceu então muito mais próxima. Jeanette podia ouvir sua respiração.

Sofia começou a falar mais rápido:

— Em menos de um minuto você fez três perguntas. “Pode falar agora?”, “Como anda nosso assassino?” e “Ainda está aí?”. — Sofia suspirou e prosseguiu. — Eis as respostas: “Sim”, “Não comecei ainda” e “Estou aqui, onde mais poderia estar?”.

“Ela está brincando comigo”, pensou Jeanette.

— Podemos nos encontrar?

— Está bem. Mas tenho que terminar uma coisa antes. Pode ser amanhã à noite?

— Sim, seria ótimo.

Depois que elas desligaram, Jeanette foi para a cozinha pegar uma cerveja na geladeira. Ela voltou para a sala, sentou no sofá e abriu a garrafa usando o isqueiro.

Sabia que Sofia era uma pessoa complicada, mas daquela vez tinha sido diferente. Mais uma vez foi forçada a admitir que estava fascinada por ela.

“Vai levar um bom tempo para conhecer você de verdade, Sofia”, pensou Jeanette, tomando um grande gole de cerveja. “Mas eu vou tentar.”

No dia seguinte, quando chegou do trabalho, Jeanette encontrou Johan à porta. Ele ia dormir na casa de um amigo, jogar video game e assistir a filmes. Ela pediu para que ele não ficasse acordado até muito tarde.

Johan pegou sua bicicleta e desceu pelo caminho de cascalho. Quando ele sumiu de sua vista, a detetive entrou em casa.

Soltou um profundo suspiro de alívio. Finalmente sozinha.

Ela estava feliz. Quando pensava que veria Sofia, sentia-se animada, como quem estava prestes a cometer um pecado.

Foi até a cozinha e se serviu de um pouco de uísque. Deixou o líquido âmbar molhar a língua e queimar a garganta. Sentiu o calor no peito.

Após o banho, envolveu-se em uma toalha e olhou-se no espelho. Abriu o armário do banheiro e pegou um nécessaire com maquiagens que estava coberto por uma fina camada de poeira.

Jeanette ressaltou as sobrancelhas com cuidado. O batom era mais difícil. Teve que tirar tudo com lenço de papel e começar de novo porque não gostou do tom. Pouco antes de terminar, ela apertou os lábios contra outro lenço. Alisou atentamente a saia e passou as mãos nos quadris. Aquela era sua noite.

Sofia olhou-a chocada antes de soltar uma gargalhada.

— Você está falando sério?

Elas estavam de frente uma para a outra na mesa da cozinha. Jeanette acabara de abrir uma garrafa de vinho. Ainda sentia o gosto doce de uísque na boca.

— Martin? Eu o chamei de Martin? — Sofia parecia estar achando graça, mas seu sorriso logo morreu. — Pânico — disse ela então. — Foi a mesma coisa com Johan, acho. Entrou em parafuso quando viu você levar uma garrafada lá embaixo.

— Mas como você explica o lapso de memória?

— Foi causado pelo trauma. Mas é comum que inclua momentos anteriores a ele.

Jeanette entendeu. Ataque de pânico, um adolescente cheio de hormônios. Tudo tinha uma explicação química.

— E os novos casos? — Sofia estava curiosa. — O que vocês têm?

Por vinte minutos, Jeanette contou para Sofia sobre os dois casos mais recentes. Ela ouviu atentamente.

— A primeira coisa que me chama a atenção quanto a Fredrika Grünewald — disse a psicóloga quando Jeanette terminou sua narração — é a presença de fezes.

— Por quê?

— É simbólico. Quase ritualístico. Como se o agressor quisesse dizer algo.

Jeanette pensou nas flores encontradas ao lado da mulher morta.

Karl Lundström também recebera flores amarelas, mas podia ser uma coincidência.

— Vocês têm algum suspeito? — indagou Sofia.

— Não, nada de concreto ainda — respondeu Jeanette. — Mas achamos uma conexão. Uma organização chamada Sihtunum i Diasporan. Lundström e Silfverberg faziam parte dela. Há também um advogado, Viggo Dürer. Mas ele também morreu.

— É mesmo?

— Sim, algumas semanas atrás. Num incêndio em seu barco.

Sofia reagiu com espanto, e Jeanette viu algo em seu olhar.

— Recentemente recebi um telefonema bem estranho — disse ela, então pareceu se segurar.

— Como assim?

— O promotor Kenneth von Kwist me ligou sugerindo que Karl Lundström tinha mentido. Que tudo foi inventado sob a influência de medicamentos. Não entendi onde ele queria chegar.

— Não é muito difícil. Von Kwist quer salvar a própria pele. Ele devia ter assegurado que Lundström não fosse medicado durante o interrogatório. Se deixou isso passar, está perdido.

— Acho que cometi um erro.

— Por quê?

— Mencionei um dos homens que Linnea diz ter abusado dela e tive a sensação de que ele reconheceu o nome. O promotor ficou sem palavras.

— Posso perguntar quem era?

— Você acabou de dizer: Viggo Dürer.

Jeanette percebeu imediatamente por que Kenneth von Kwist parecia tão estranho. Ela não sabia o que sentir. Dürer tinha mesmo sido um homem terrível.

— Aposto que Von Kwist vai tentar abafar tudo. Não é exagero dizer que ele se prejudicaria gravemente caso se tornasse público que se associou no passado a pedófilos e estupradores.

Jeanette pegou a garrafa de vinho.

— Quem Von Kwist é realmente? — Sofia estendeu sua taça vazia e Jeanette serviu mais vinho.

— Ele trabalhou por mais de vinte anos na promotoria, e não foi apenas no caso de Ulrika Wendin que a investigação encalhou. E não é porque trabalha conosco que precisa ser exatamente brilhante. — Jeanette riu. Quando viu o olhar perplexo de Sofia, ela esclareceu: — Não é nenhum segredo que Von Kwist é um advogado sem talento.

— E como ele conseguiu o cargo?

— Simples. Aqueles que não são inteligentes o suficiente para se tornar advogados em grandes empresas de exportação ou montar seu próprio escritório, onde ganhariam muito mais, vêm trabalhar conosco, com a Receita e com a Previdência. Von Kwist provavelmente sonhava em se tornar um advogado criminalista famoso, mas é muito burro pra isso.

Jeanette pensou em seu superior, o chefe da polícia regional de Estocolmo, um dos nomes mais importantes da polícia sueca. Uma pessoa que jamais se metia em discussões sérias sobre criminalidade, mas se sentia à vontade para aparecer em revistas de celebridade e comparecer a festas com roupas caríssimas.

— Se você quiser pressionar Von Kwist, posso ajudar com a prova — disse Sofia, batendo a unha contra o vidro. — Linnea me mostrou uma carta em que Karl Lundström sugere que Dürer abusou dela. E Annette Lundström me deixou fotografar alguns desenhos que a garota fez quando pequena. Cenas representando o abuso. Está na minha bolsa. Quer ver?

Jeanette concordou e Sofia mostrou tudo.

— Obrigada. Isso certamente pode ser útil. Mas temo que seja mais um indício do que uma prova.

— Entendo — disse Sofia.

Elas permaneceram em silêncio por um tempo, antes de a psicóloga continuar:

— Além de Von Kwist e Dürer... Há mais nomes?

— Sim. Um que sempre se repete. Bengt Bergman.

Sofia estremeceu.

— Bengt Bergman?

— Acusado de abusar sexualmente de duas crianças: um menino e uma menina da Eritreia. Elas não tinham documentos, era como se não existissem. O caso foi arquivado. Com a assinatura de Kenneth von Kwist. O advogado de Bergman era Viggo Dürer. Tudo parece relacionado.

Jeanette se recostou no sofá e tomou um gole de vinho.

— Bengt Bergman tinha uma filha, chamada Victoria.

— E o que tem ela?

— Faz vinte anos, desde novembro de 1988, que não se tem nenhum registro dela. Quando conversamos por telefone, ela não foi exatamente discreta sobre seu relacionamento com o pai. Deu a entender que ele abusava sexualmente dela e foi por isso que fugiu. Bengt e Birgitta Bergman também morreram em um incêndio recentemente.

Sofia deu um sorriso fraco.

— Parece que o denominador comum entre as famílias Bergman e Lundström é a inexistência — disse Jeanette. — A história deles foi sombreada. Acredito que tanto Dürer quanto Von Kwist participaram do acobertamento.

— E Ulrika Wendin?

— Sobre ela você sabe. Foi estuprada por vários homens, incluindo Karl Lundström, num quarto de hotel há sete anos. Injetaram anestésico nela. O caso foi arquivado por Kenneth von Kwist. Outro acobertamento.

— Anestésicos? Como os meninos?

— Não sei se foi o mesmo. Não houve nenhum exame médico.

Sofia se irritou.

— E por que não?

— Porque Ulrika esperou mais de duas semanas para denunciar Lundström à polícia.

Sofia ficou pensativa. Jeanette percebeu que ela deliberava consigo mesma e aguardou.

— Acho que Viggo Dürer tentou comprar o silêncio dela.

— Por que diz isso?

— Ulrika apareceu no meu consultório com um celular novo e muito dinheiro no bolso. Além disso, viu uma foto de Viggo Dürer sobre minha mesa e estremeceu. Quando perguntei se ela o reconhecia, a garota negou. Mas acho que estava mentindo.

O bairro residencial de Gamla Enskede tinha sido criado no início do século XIX, para que pessoas comuns pudessem adquirir casa própria com dois quartos, cozinha, porão e jardim pelo mesmo preço de um apartamento de dois quartos no centro da cidade.

A noite começava a cair e as nuvens se acumulavam. Uma sombra cinza descia sobre a região, e o grande bordo verde ficou escuro. Sobre a grama, havia uma névoa cor de aço.

Ela sabe quem você é.

"Pare com isso. Ela não pode saber. É impossível."

Sofia não queria admitir, mas suspeitava que Jeanette tinha um propósito oculto. Ela engoliu em seco. Era como se tivesse uma maçã podre entalada na garganta.

A detetive balançou o resto do vinho na taça antes de beber.

— Acho que Victoria Bergman é a chave dos casos. Se nós a encontrarmos, resolveremos tudo.

Fique calma. Respire.

Sofia respirou profundamente.

— Por quê?

— É um instinto — disse Jeanette, coçando a cabeça. — Bengt Bergman trabalhou no exterior, incluindo Serra Leoa. A família Bergman viveu lá por um tempo, na segunda metade dos anos oitenta.

— Não estou entendendo.

Jeanette riu.

— Victoria Bergman esteve em Serra Leoa quando jovem. Samuel Bai era de Serra Leoa. Você também esteve lá, não é mesmo? Que mundo pequeno.

O que Jeanette queria dizer? Estava insinuando alguma coisa?

— Pode ser — disse Sofia, pensativa.

— Alguém ou mais de alguém que investigamos conhece o assassino. Karl Lundström, Viggo Dürer, Silfverberg. Pode muito bem ser alguém de fora ou de dentro da organização. Qualquer um. Mas creio que Victoria Bergman sabe quem é.

— No que se baseia sua tese?

Jeanette riu mais uma vez.

— De novo, instinto.

— Instinto?

— Sim. Sou a terceira geração de policiais na minha família. Meu instinto raramente se equivoca. Neste caso, ele aponta para Victoria Bergman. Talvez seja uma coisa genética.

— Fiz um esboço do perfil criminal. Quer ver? — Ela pegou sua bolsa, mas foi interrompida por Jeanette.

— Antes quero ouvir o que você tem a dizer sobre Linnea Lundström.

— Eu a vi recentemente. Na terapia. Como disse, acredito que outros homens abusaram dela, além de seu pai.

Jeanette a perscrutou com os olhos.

— Então você acredita nela?

— Certamente. — Sofia refletiu um instante. Sentia que chegara a ocasião em que ela poderia se expor, revelando partes de si mesma que sempre havia ocultado. — Fiz terapia quando era jovem e sei como é libertador poder contar tudo sem reservas ou interrupção, para alguém que vai ouvir tudo. Alguém que talvez não tenha passado pelas mesmas experiências, mas que gastou muito tempo e dinheiro para entender a psique humana, alguém que leva sua história muito a sério e a analisa, mesmo que seja apenas um desenho ou uma carta, e que consegue tirar conclusões, em vez de ficar apenas pensando em qual remédio vai receitar, alguém que não está necessariamente procurando um erro ou um bode expiatório, mesmo se...

— Ei! — Jeanette interrompeu-a. — Tudo bem?

— O que foi? — Sofia abriu os olhos e viu Jeanette à sua frente.

— Você pareceu ausente por um momento. — Jeanette se aproximou da mesa e pegou as mãos de Sofia, acariciando-as com delicadeza. — É difícil falar sobre isso?

Sofia sentiu lágrimas nos olhos. Queria soltar tudo. Mas o momento tinha passado, e ela balançou a cabeça negativamente.

— Não. O que estou tentando dizer é que acho que Viggo Dürer estava envolvido no estupro.

— Sim, isso explicaria muita coisa.

Jeanette faz uma pausa, como se quisesse dizer algo mais.

Espere. Deixe que continue.

— O que foi? — Sofia ouviu sua própria voz dizer.

— Per-Ola Silfverberg viveu na Dinamarca. Viggo Dürer também. O advogado defendeu Silfverberg quando ele foi acusado de abusar da filha adotiva. E defendeu Lundström quando ele foi acusado de estuprar Ulrika Wendin.

— Filha adotiva? — Sofia tinha dificuldade em respirar. Pegou a taça de vinho para não revelar sua excitação. Sua mão estava trêmula.

Ela se chama Madeleine, é loira e gosta de cócegas na barriga.
Gritou e chorou quando a receberam no mundo com um teste de sangue.
Sua mãozinha apertara o indicador por reflexo.

ESTOCOLMO, 1988

Ela não precisava se esforçar, porque as histórias vinham por si sós, e às vezes era como se criasse a verdade. Podia mentir sobre algumas coisas, porque em seguida aconteceriam. Ela viu que possuía um dom extraordinário.

Como se com sua vontade pudesse controlar o mundo através de mentiras, que em seguida eram confirmadas.

O dinheiro foi suficiente para viajar de Copenhague até Estocolmo. Ela entregara a caixinha de música do século XVIII que furtara da fazenda em Struer a um bêbado em frente à estação Centralen. Às oito e quinze da manhã, Victoria tomou o ônibus em Gullmarsplan para Tyresö. Sentou no último banco e abriu o diário.

A estrada estava ruim devido a obras, e o motorista dirigia rápido demais, o que dificultava a escrita, de modo que as letras saíam tremidas.

Ela se compenetrou então nas anotações das sessões com a psicóloga. No seu diário constava cada um de seus encontros. Guardou a caneta na bolsa e começou a ler.

3 de março.

Seus olhos me entendem e me sinto segura. Falamos sobre incubação. Significa esperar por algo. Talvez meu período de incubação termine em breve.

Estou esperando ficar doente?

Seus olhos me perguntaram sobre Solace, e eu disse que ela se mudou do armário. Agora dividimos a cama. O fedor da sauna chega até lá. Já estou doente? Digo a ela que a incubação começou em Serra Leoa. Eu trouxe a doença de lá e não me livrei dela quando voltamos para casa.

A infecção persiste em mim e me deixa louca.
A infecção dele.

Victoria preferia não chamar a psicóloga pelo nome. Ela gostava de pensar nos olhos da senhora, que a faziam se sentir segura. A terapeuta era aqueles olhos, então se referia a ela daquele modo. Victoria podia ser ela mesma ali.

O ônibus parou em um ponto, o motorista saiu e abriu o capô. Algo estava errado. Ela aproveitou a oportunidade para pegar a caneta e começar a escrever novamente.

25 de maio.
Alemanha e Dinamarca se completam. Nordfriesland, Schleswig-Holstein. Estuprada por rapazes alemães no festival em Roskilde e depois por um bastardo filho da puta dinamarquesa dos alemães. Dois países em vermelho, branco e preto. As águias voam sobre os campos, defecando sobre os remendos cinzentos, e pousam em Helgoland, uma ilha de Nordfriesland, onde os ratos fugiram quando Drácula levou a peste para Bremen. A ilha parece com a bandeira dinamarquesa, com as rochas vermelhas de ferrugem e a espuma branca do mar.

O ônibus partiu novamente.

— Desculpem o atraso. Seguiremos em direção a Tyresö — foi anunciado.

Nos vinte minutos que restavam de viagem, Victoria teve tempo de ler o diário do início ao fim. Quando ela desceu do ônibus, sentou no banco de madeira do ponto e começou a escrever.

Todo mundo já foi um BB, e BB é Bengt Bergman, e se você pensar a letra B parece um oito.
Oito é o número de Hitler, porque H é a oitava letra do alfabeto.
Estamos em 1988. Oitenta e oito.
Heil Hitler!
Heil Helgoland!
Heil Bergman!

Ela juntou suas coisas e foi em direção à casa dos olhos.

A sala estava iluminada. O sol brilhava por entre as cortinas de tule branco da porta aberta para o pátio. Ela estava deitada de costas em um sofá, aquecendo-se ao sol, e a mulher estava sentada do lado oposto.

Ia contar tudo, mas era como se não houvesse fim para o que precisava ser dito.

Victoria Bergman ia morrer.

Primeiro, falou sobre a viagem de mochilão do ano anterior. Um homem anônimo em Paris, um quarto com baratas no teto e vazamentos. Um hotel quatro estrelas em Nice, de frente para a praia. O homem ao seu lado na cama que era corretor de imóveis e cheirava a suor. Zurique, mas ela não se lembrava de nada da cidade, a não ser a neve, as casas noturnas e ter masturbado um homem em um banco de parque.

Ela contou aos olhos que estava convencida de que a dor externa poderia anular a dor interior. A mulher não a interrompeu, deixando-a falar livremente. As cortinas esvoaçavam com as rajadas de vento, e ela ofereceu café e bolo a Victoria. Era a primeira vez que ela comia desde que saíra de Copenhague.

Victoria contou a história de um homem chamado Nikos, que conhecera na Grécia. Ela se lembrava do Rolex caro que ele usava no pulso errado, de seu cheiro de alho e de loção pós-barba, mas não se lembrava de seu rosto nem de sua voz.

Tentava contar de modo honesto. Mas naquele momento foi difícil ser objetiva. Podia ouvir que parecia loucura.

Tinha acordado na casa de Nikos e fora até a cozinha beber um copo de água.

— Na mesa da cozinha, Hannah e Jessica brigaram comigo, dizendo que devia me recompor. Disseram que estava cheirando mal, que minhas unhas estavam feias e que eu tinha pneuzinhos e varizes por todo o corpo. E então fui cruel com Nikos.

A mulher sorriu, como de costume, mas não os olhos, que pareciam preocupados.

— Elas realmente disseram isso?

Victoria fez que sim.

— Na verdade, Hannah e Jessica não são duas pessoas — disse a jovem, como se de repente compreendesse. — São três.

A terapeuta a olhou com interesse.

— Três pessoas — reafirmou Victoria. — Uma que trabalha e é disciplinada, obediente e moralista. Outra que analisa, é ajuizada e sabe o que devo fazer para eu me sentir melhor. E uma que se queixa de mim e fica reclamando. Essa faz com que eu me sinta culpada.

— Uma trabalhadora, uma analista e uma chorona. Você quer dizer que Hannah e Jessica são duas pessoas com características variadas?

— Não... — respondeu Victoria. — Elas são duas pessoas que na verdade são três pessoas. — Ela riu, insegura. — Parece loucura?

— Não. Acho que entendi.

A mulher ficou em silêncio por um momento, então perguntou a Victoria se ela podia descrever Solace.

A garota refletiu, mas não encontrou uma boa resposta.

— Eu precisava dela — disse ela finalmente.

— E Nikos? Você pode falar sobre ele?

Victoria riu.

— Ele queria se casar comigo. Imagina que ridículo...

A mulher permaneceu em silêncio na poltrona, então mudou de posição e se inclinou para trás. Estava pensando no que deveria dizer.

Victoria se sentiu de repente sonolenta e entediada. Contar não era mais tão fácil, embora quisesse. As palavras começaram a pesar, e ela tinha que se esforçar para não mentir. Ficou com vergonha dos olhos.

— Eu queria atormentar Nikos — disse ela após um momento, sentindo um grande alívio.

Victoria não podia deixar de sorrir. Quando viu que a mulher não achava graça, tapou a boca com mão para esconder a risada. Sentiu vergonha novamente e teve que se esforçar para reencontrar a voz que permitia que contasse.

Quando a psicóloga, um instante depois, deixou a sala para ir ao banheiro, Victoria não resistiu à tentação de ver o que ela escrevera em seu bloco de notas.

Objetos de transição.

Máscara africana, símbolo para Solace.

Cachorrinho de pelúcia, símbolo de uma conexão segura na infância.

Quem? Não é o pai nem a mãe. Talvez um parente ou amigo de infância. Uma pessoa adulta, provavelmente. Tia Elsa?

Lapsos de memória. Lembra TDI/TMP.

Ela não entendeu. Logo foi interrompida pelo som de passos no corredor.

— O que é um objeto de transição? — Victoria se sentiu traída, porque a terapeuta escrevera sobre coisas de que elas não tinham falado.

A mulher sentou novamente.

— É um objeto que representa alguém ou algo de que é difícil se separar.

— Como o quê? — replicou Victoria rapidamente.

— Um bichinho de pelúcia ou um cobertor podem consolar o bebê porque simbolizam a mãe. Quando ela está ausente, o objeto assume seu lugar e ajuda na transição da dependência para a independência.

Victoria seguia sem entender. Ela não era uma criança. Era uma pessoa adulta e independente.

Sentia falta de Solace? A máscara era um objeto de transição?

Ela não sabia de onde o cachorrinho de pelúcia tinha vindo.

— O que é TDI e TMP?

A mulher sorriu. Victoria achou que parecia triste.

— Vejo que você leu minhas anotações. Não há nada de definitivo nelas — disse, indicando o bloco sobre a mesa. — São apenas reflexões sobre nossa conversa.

— Mas o que é TDI e TMP?

— Está ligado a múltiplas personalidades. É... — Ela se interrompeu e a olhou com seriedade. — Esse não é um diagnóstico, você precisa entender isso. É mais um traço.

— Como assim?

— TDI quer dizer "transtorno dissociativo de identidade". É uma autodefesa lógica, uma maneira do cérebro de lidar com coisas difíceis. A pessoa desenvolve diferentes personalidades que atuam de forma independente, para atender às diferentes situações de forma ideal.

"O que significa isso?", pensou Victoria. Ela se mantinha separada e independente através de outras pessoas dentro dela?

Parecia absurdo.

— Desculpe — disse Victoria. — Podemos continuar mais tarde? Quero descansar um pouco.

Ela adormeceu no sofá. Quando acordou, ainda havia luz lá fora, mas as cortinas não se moviam e o silêncio reinava. A mulher estava na poltrona tricotando.

Victoria perguntou à terapeuta sobre Solace. Ela era real? A mulher disse que podia ser uma adoção. O que queria dizer com aquilo?

Hannah e Jessica eram de verdade, eram suas colegas de Sigtuna, mas havia personalidades dentro delas: a Trabalhadora, a Analista e a Chorona.

Solace também existia de verdade, mas vivia em Freetown, Serra Leoa, e tinha outro nome. Enquanto Solace Manuti ficava dentro de Victoria e era a Consoladora.

Ela própria era a Réptil, a que só fazia o que queria, e a Sonâmbula, que via a vida passar sem fazer nada. A Réptil comia e dormia, e a Sonâmbula ficava do lado de fora olhando o que as outras partes faziam, sem intervir. Era da Sonâmbula que ela menos gostava, mas Victoria sabia também que era a única que tinha chance de sobrevivência e por isso precisava ser desenvolvida. As outras deviam ser extirpadas.

Por fim, havia a Garota-Corvo, e Victoria sabia que não era possível removê-la. Ela não podia ser controlada.

Na segunda-feira, elas foram para Nacka. A terapeuta marcou um exame médico para comprovar que haviam abusado sexualmente de Victoria quando criança. Ela não queria denunciar o pai, mas a terapeuta disse que o médico provavelmente entraria em contato com a polícia.

Também poderiam encaminhá-la para o hospital de Solna, para um exame mais detalhado.

Victoria explicou por que não queria apresentar queixa. Ela considerava Bengt Bergman um homem morto e não seria capaz de encontrá-lo em um tribunal. Seu desejo de registrar o abuso tinha outros fins.

Ela queria recomeçar sua vida, com uma nova identidade, um novo nome e uma nova vida.

A terapeuta disse que conseguiria isso se houvesse razões suficientemente fortes para tanto. Por isso elas tinham que ir ao hospital.

Quando entraram no estacionamento do hospital de Nacka, Victoria já tinha começado a planejar seu novo futuro.

Ele nunca tinha existido, porque Bengt Bergman o tomara dela.

Mas naquele momento ela tinha a chance de recomeçar. Ganharia um novo nome e um número de identidade protegido. Ia tomar conta de si mesma, prosseguir com sua educação e arranjar um emprego em outra cidade.

Ia ganhar dinheiro, virar-se sozinha, talvez até se casar e ter filhos.

Seria uma pessoa normal, como qualquer outra.

GAMLA ENSKEDE, CASA DOS KIHLBERG

Gamla Enskede estava envolvida pela escuridão, quase em silêncio, exceto por alguns jovens na rua. Através da cerca de madressilva ressecada, penetrava uma luz azul e acinzentada da janela dos vizinhos, revelando que eles, como a maioria, assistiam à televisão naquele momento.

Jeanette levantou, foi até a janela e desceu as cortinas. Então virou, deu a volta no sofá e sentou ao lado de Sofia.

Ela esperou em silêncio. Sofia decidiria se iam continuar falando sobre trabalho ou se passariam para assuntos mais privados.

— Vamos dar uma olhada no perfil criminal? — sugeriu a psicóloga, esticando-se para pegar um bloco de notas em sua bolsa.

— Está bem — respondeu Jeanette, um tanto decepcionada.

"Mas ainda não está tão tarde", pensou ela. "Johan vai dormir fora. Temos tempo."

— Há muitas indicações de que estamos lidando com uma pessoa que preenche as características de alguém com transtorno de personalidade limítrofe. — Sofia folheou seu bloco. — O assassino pensa em termos de tudo ou nada, dividindo o mundo em preto e branco. Bem e mal. Amigos e inimigos.

— Você quer dizer que quem não é seu amigo se torna automaticamente seu inimigo. Como a desculpa de George Bush para invadir o Iraque… — disse Jeanette, sorrindo.

— Mais ou menos isso — respondeu Sofia, sorrindo de volta.

— O que você pode dizer sobre a brutalidade dos assassinatos?

— É uma questão de entender o delito como uma linguagem própria. Expressando algo.

— Como assim? — Jeanette pensou no que tinha visto.

— O assassino encena seu drama interior ao nosso redor e temos que descobrir o que está tentando dizer. Por isso, acredito que todas as mortes foram planejadas.

— Também estou convencida disso.

— Mas, por outro lado, a violência envolvida sugere que ocorreram em momentos de raiva repentina.

— Então o que pode ser? Uma questão de poder?

— Claro. Uma necessidade terrível de dominar e ter controle completo sobre outra pessoa. As vítimas são escolhidas cuidadosamente, mas também de modo aleatório. Meninos desaparecidos ou sem identidade.

— É tão sádico.

— O assassino sente prazer vendo a impotência e o desamparo da vítima. Talvez até mesmo de um modo erótico. O verdadeiro sádico não consegue ter prazer sexual de outra maneira. Às vezes a vítima é mantida em cativeiro e o abuso segue acontecendo por muito tempo. Não é incomum que isso termine em assassinato. Esses atos são frequentemente planejados com atenção, e não resultado de explosões de raiva.

— Mas por que tanta violência?

— Como eu disse, alguns criminosos se satisfazem infligindo dor. Pode servir de preliminar para outras formas de sexualidade.

— E o menino embalsamado que encontramos em Danvikstull?

— Acho que foi um experimento. Um capricho.

— Mas o que faz uma pessoa ser assim?

— Para essa pergunta há tantas respostas quanto agressores, para não dizer psicólogos. Estou falando em geral, e não especificamente sobre os assassinatos dos meninos imigrantes.

— Qual é a sua opinião?

— Acho que esse comportamento surge com distúrbios no início do desenvolvimento da personalidade, causados por abuso físico e mental.

— Então a vítima se torna o agressor?

— Sim. Geralmente o agressor cresce em um ambiente autoritário e violento, com uma mãe que é passiva e complacente. Quando criança, ele pode ter vivido sob a constante ameaça de divórcio e se culpando por isso. Provavelmente aprendeu a mentir desde cedo para escapar das surras, teve que intervir para proteger ou cuidar de um dos pais em uma situação degradante. Ele teve que consolar as pessoas que deveriam lhe dar conforto. Pode ter passado pelo drama de testemunhar tentativas de suicídio. Desde cedo se acostumou a brigar, beber e furtar sem encontrar qualquer oposição por parte dos adultos. Em suma, sempre se sentiu indesejado e um fardo.

— Então você acredita que todos os agressores tiveram uma infância horrível?

— Eu penso como Alice Miller.

— Como quem?

— Ela era uma psicóloga que dizia ser absolutamente impossível uma pessoa que cresceu em um ambiente com sinceridade, respeito e cordialidade querer torturar ou ferir alguém mais fraco depois.

— Faz sentido. Mas não estou convencida.

— Também tenho minhas dúvidas. Há uma correlação clara entre excesso de hormônios sexuais masculinos e propensão a cometer abuso sexual. Também dá para ver a violência física e sexual contra mulheres e crianças como um modo dos homens provarem sua masculinidade. Através da violência, eles têm o poder e o controle que julgam pertencer a eles segundo a estrutura tradicional de gênero e poder.

— Compreendo.

— E também há uma ligação entre normas sociais e grau de perversão. Simplificando, quer dizer que, quanto maior for o grau de padrão duplo existente na sociedade, maior será o transtorno limítrofe.

Jeanette sentiu como se estivesse falando com um livro de referência.

Fatos concretos e explicações cristalinas iam se acumulando.

— Certo, já que estamos falando sobre esse tipo de criminoso em geral, talvez possamos voltar a Karl e Linnea Lundström — disse Jeanette. — Uma pessoa que foi abusada sexualmente durante a infância pode não se lembrar de nada?

Sofia não parou para pensar. A resposta veio de imediato.

— Sim. Tanto a clínica quanto a pesquisa fornecem evidência de que eventos altamente traumáticos durante a infância podem se tornar inacessíveis. O problema com esse tipo de memória, que pode levar a uma denúncia à polícia, é provar se o abuso alegado realmente ocorreu. Não se pode ignorar a possibilidade de um inocente ser acusado e talvez condenado.

Jeanette começou a entrar no ritmo. Já tinha a próxima pergunta formulada:

— E é possível a criança ser conduzida num interrogatório a falar sobre um abuso que não aconteceu?

Sofia a olhou com seriedade.

— As crianças às vezes têm dificuldade em avaliar questões de tempo, como quando e quantas vezes algo ocorreu. Elas costumam pensar que os adultos já sabem tudo o que vão contar e tendem a omitir detalhes. Nossa memória está intimamente ligada à percepção, ou seja, o que podemos ver, ouvir e sentir.

— Pode me dar um exemplo?

— Uma adolescente pode sentir o cheiro do sêmen de seu namorado e perceber que não é seu primeiro contato com o sexo. A experiência pode colocar em movimento um processo que levará à lembrança do abuso do pai.

— Você pode me explicar por que Karl Lundström se tornou um pedófilo?

— Para algumas pessoas, os outros indivíduos não têm realidade emocional. Podem pronunciar e soletrar a palavra "empatia", mas ela não tem nenhum significado qualitativo para elas. Os que funcionam dessa forma são capazes de cometer atos terríveis.

— Mas ele conseguia esconder isso?

— Nas famílias incestuosas, os limites entre adultos e crianças são pouco claros. Todas as necessidades são satisfeitas dentro delas. A filha costuma mudar de papel com a mãe, substituindo sua presença na cozinha e na cama. A família faz tudo em conjunto e exteriormente parece ideal. Mas as relações são perversas e a criança tem que satisfazer as necessidades dos pais. Ela muitas vezes tem mais responsabilidade que eles. A família vive em isolamento, embora tenha uma vida social superficial. Para manter as aparências, mudam com frequência. Karl Lundström com certeza foi também uma vítima. Para citar Miller mais uma vez: "é trágico quando se bate no próprio filho para evitar pensar no que seus próprios pais fizeram".

— O que você acha que vai acontecer com Linnea?

— Mais de cinquenta por cento das mulheres vítimas de incesto tentam o suicídio, muitas vezes ainda na adolescência.

— Agora sou eu quem tem uma citação: "Há muitas maneiras de chorar: forte, baixinho ou sem lágrimas".

— Quem disse isso?

— Não lembro.

Um silêncio bem-vindo se impôs.

Jeanette sentiu que o assunto tinha se tornado sério demais para ela. Precisava dar uma boa risada, para afastar da cabeça a imagem de crianças estupradas e abusadas.

Ela encheu as taças e tomou a iniciativa de mudar de assunto.

— Como você chora? Baixinho, forte ou sem lágrimas?

Sofia sorriu suavemente.

— Depende da situação. Às vezes forte. Às vezes não choro.

— Também sou assim, acho.

Jeanette não sabia como continuar:

— Você… — começou ela, mas parou.

"Por que estou hesitando?", pensou ela. "Afinal, sei exatamente do que preciso agora."

Calor humano.

— Me abrace — disse ela por fim.

Sofia pôs um braço ao seu redor e beijou Jeanette sem que ela o antecipasse. Parecia uma extensão natural do abraço.

Não foi um beijo longo.

Mas deixou Jeanette zonza. Como se todo o vinho que tinham bebido ao longo da noite tivesse subido à sua cabeça no espaço de cinco segundos.

Ela queria mais. Queria a experiência inteira.

Mas algo lhe dizia que deviam esperar.

Seus lábios se separaram, e ela acariciou o rosto de Sofia.

Era suficiente.

Ao menos naquele instante.

KVARTERET KRONOBERG, DELEGACIA DE POLÍCIA

Alguns dias podem ser horríveis em Estocolmo. O inverno pode ser hostil, com o excesso de vento e o frio penetrando em todos os lugares, de modo que fica quase impossível se defender dele.

Nessa época, ainda está escuro quando as pessoas acordam para ir ao trabalho e o sol já se pôs ao retornarem para casa. Por meses as pessoas vivem sem luz natural, aguardando a redenção da primavera. Todos se fecham, ficando escondidos na esfera privada, evitando o contato visual desnecessário e se isolando do mundo exterior com ajuda de celulares e tocadores de MP3. Dentro do metrô, o silêncio é assustador, e cada som ou conversa ruidosa é respondido por olhares ou comentários nada amigáveis. Para alguém de fora, Estocolmo é um lugar onde nem mesmo o sol tem energia suficiente para subir no céu cinza, mesmo que apenas por uma hora, para brilhar sobre aquele povo esquecido por Deus.

Por outro lado, Estocolmo era incrivelmente bonita nas cores do outono. Ao longo da Södermälarstrand podiam ser vistas garagens de barcos balançando com as ondas e sacudindo estoicamente à passagem de jet skis, iates sofisticados de Skeppsholmen, balsas brancas indo para Drottningholm ou para a cidade viking de Björkö. As águas claras e limpas abraçavam as íngremes pedras cinzentas e enferrujadas das ilhotas do centro da cidade, e as árvores adotavam um padrão amarelo, vermelho e verde.

Quando Jeanette Kihlberg estava a caminho do trabalho, o céu se abriu limpo e azul-claro pela primeira vez em várias semanas. Ela fez um longo desvio pelo cais nas margens do lago Mälaren.

Estava como que embriagada.

Um beijo apenas. Cinco segundos que tinham atingido seu coração em cheio.

Ao entrar na sala de Jens Hurtig, encontrou-o limpando sua arma. Uma Sig-sauer, nove milímetros. Ele não parecia feliz.

— Quer aproveitar e limpar a minha também? — perguntou Jeanette. Ela foi rapidamente até sua sala e pegou o revólver que guardava na gaveta. — Então, o que sabemos sobre Fredrika Grünewald? — perguntou a detetive.

— Ela nasceu aqui em Estocolmo — disse Hurtig casualmente, tirando a arma do coldre. — Seus pais vivem em Stocksund e não tiveram nenhum contato com ela nos últimos nove anos. Aparentemente, perdeu a maior parte da fortuna familiar na bolsa.

— Como assim?

— Sem o conhecimento dos pais, ela investiu quase tudo o que tinham, cerca de quarenta milhões, em vários negócios novos. Você se lembra do Wardrobe.com?

Jeanette fez um esforço.

— Vagamente. Não era essa uma dessas empresas de internet que tinham um valor inacreditável de início e depois despencaram?

Hurtig confirmou, então passou um pano na graxa e começou a polir a arma.

— Exatamente. O plano da empresa era vender roupas on-line, mas acabou com uma dívida de centenas de milhões. A família Grünewald estava entre os mais atingidos.

— E foi tudo culpa de Fredrika?

— Seus pais acreditam que sim, mas não sei. De qualquer forma, eles não parecem estar passando necessidade. Vivem na mesma casa, e cada um dos carros na garagem deve valer um milhão.

— Acha que poderiam ter se livrado dela?

— Acho que não. Foi ela quem rompeu com os pais logo depois. Eles acham que ficou com vergonha.

— Fredrika vivia de quê? Quero dizer, mesmo sendo uma moradora de rua, parecia ter dinheiro.

— O pai dela me disse que sentia pena dela e punha quinze mil em sua conta todo mês.

— Nada de estranho, então.

— Parece que não. Uma infância segura, boas notas, ensino médio em colégio interno.

— Nenhum marido ou filhos?

— Sem filhos — continuou ele. — De acordo com seus pais, não tinha nenhum relacionamento estável. Não que soubessem. — Ele pôs as últimas peças da arma no lugar e a colocou sobre a mesa.

— Talvez seja conservadorismo meu, mas acho estranho. Deve ter havido algum cara esses anos todos.

Jeanette observou Hurtig e notou a expressão maliciosa que ele sempre apresentava quando tinha um ás na manga.

— Adivinha quem estudou na mesma turma de Fredrika Grünewald?

— Tenho minhas suspeitas. Diga.

Ele entregou alguns papéis a ela.

— Esta é a classe dela em Sigtuna.

A detetive pegou a lista e começou a procurar.

— Annette Lundström.

— Annette Lundström? — Jeanette Kihlberg olhou para Hurtig com uma expressão atônita.

Foi como se alguém abrisse uma janela para deixar o ar fresco entrar.

O sol brilhava lá fora enquanto Jeanette lia os papéis que Hurtig havia lhe dado.

Todas as listas de alunos das turmas de ensino médio de Sigtuna, nos anos em que Charlotte Silfverberg, Annette Lundström, Henrietta Nordlund, Fredrika Grünewald e Victoria Bergman haviam estudado lá.

Annette e Fredrika tinham sido colegas de classe.

Annette era loira. Vários moradores da Caverna tinham visto uma mulher loira e bonita próxima à barraca de Fredrika.

Porém, Börje, o homem que mostrara o caminho para ela e que poderia identificá-la, ainda não tinha sido encontrado.

Devia interrogar Annette Lundström? Conferir seu álibi, talvez até realizar uma acareação? Assim ela revelaria suas suspeitas para Annette, o que dificultaria o prosseguimento da investigação. Qualquer advogado conseguiria liberá-la rapidamente.

Não, era melhor esperar e deixar Annette no escuro, pelo menos até que Börje aparecesse. Mas ela podia chamá-la para conversar sobre o abuso de Linnea.

Podia dizer que era um pedido de Lars Mikkelsen. Talvez desse certo.

"Vou fazer isso", pensou Jeanette, inconsciente de que seu entusiasmo atrasaria a resolução do caso, em vez de apressá-lo, causando sofrimento desnecessário a um grande número de pessoas.

KLARA SJÖ, PROMOTORIA

Kenneth von Kwist esfregou o rosto. Um pequeno problema tinha se tornado um problema enorme. Talvez até insolúvel.

Ele finalmente percebera que tinha sido um idiota ao ajudar Per-Ola Silfverberg e Karl Lundström. E também por ter sido um carreirista e ter feito tantos favores. O que ganhara com aquilo?

Dürer tivera que prestar contas ao Destino, mas e se Karl Lundström e Per-Ola Silfverberg fossem realmente culpados? Von Kwist começava a suspeitar seriamente disso.

Sob a gestão do chefe de polícia anterior, Gert Berglind, tudo tinha sido mais fácil. Todo mundo conhecia todo mundo, e bastava conviver com as pessoas certas para subir os degraus da hierarquia.

Lundström e Silfverberg eram amigos íntimos de Gert Berglind e Viggo Dürer.

Depois que Dennis Billing assumiu a chefia, a cooperação com a polícia não foi mais a mesma.

O promotor tinha um plano para melhorar sua relação com Jeanette Kihlberg. Dessa forma os interesses dela poderiam ser conduzidos em outra direção e ele teria tempo de resolver o problema da família Lundström.

"Dois coelhos com uma cajadada só", pensou. Era hora de começar a reparar seus erros.

Não era mais segredo na polícia que Jeanette Kihlberg e seu assistente Jens Hurtig estavam realizando uma investigação paralela dos casos arquivados dos meninos imigrantes assassinados. E aquilo chegara aos ouvidos do promotor.

Ele sabia que também estava em andamento uma busca não oficial pela filha de Bengt Bergman, mas todos os documentos relativos a Victoria Bergman eram confidenciais.

Ele ligou para um colega no tribunal de Nacka.

Sua ideia era tão astuta quanto simples. Baseava-se na noção de que exceções legais sempre eram possíveis, desde que ambas as partes mantivessem silêncio sobre o assunto. Jeanette Kihlberg acabaria beijando seus pés.

Cinco minutos depois, Kenneth von Kwist inclinou a cadeira pra trás, cruzou as mãos atrás da nuca e pôs os pés sobre a mesa. "Pronto", pensou. Restava apenas tratar de Ulrika Wendin e Linnea Lundström.

O que elas haviam dito para a polícia e para a psicóloga?

Ele admitiu que não tinha a menor ideia, pelo menos em relação a Ulrika Wendin. Aparentemente, Linnea Lundström dissera algo que incriminava Viggo Dürer, mas o promotor não sabia do que se tratava, embora temesse o pior.

— Maldita menina — murmurou, pensando em Ulrika Wendin. Ele sabia que ela havia falado com Jeanette Kihlberg e Sofia Zetterlund, quebrando seu acordo. As cinquenta mil coroas que deveriam silenciá-la aparentemente não haviam sido o bastante.

Ele tinha que confrontar a garota e fazê-la entender as forças com as quais teria que lidar. Tirou os pés de cima da mesa, arrumou o terno e endireitou-se na cadeira.

De uma forma ou de outra, precisava calar Ulrika Wendin e Linnea Lundström.

PRAÇA GRETA GARBO

O ex-empresário Ralf Börje Persson, fundador da Persson Construção e Manutenção, era morador de rua fazia quatro anos. Tudo começara bem, com bons contratos, casa e carro novos e cada vez mais trabalho. Quando a competição endureceu e gangues criminosas entraram no ramo usando trabalhadores ilegais da Polônia e do Báltico, foi tudo ladeira abaixo. As contas se acumularam até não ser mais possível manter o carro e a casa.

O telefone que antes não parava de tocar ficara silencioso. Seus supostos amigos tinham desaparecido ou não queriam saber dele.

Uma noite, quatro anos antes, Börje saiu para fazer compras e nunca mais voltou. O que inicialmente seria uma volta na praça tinha se tornado um passeio que ainda estava em curso.

Börje estava em frente a uma loja de bebidas na rua Folkungagatan. Era um pouco depois das dez horas e ele segurava na mão um saco plástico roxo com seis cervejas da marca Norrlands Guld, com sete por cento de teor alcoólico. Ele abriu a primeira cerveja dizendo a si mesmo que era a última vez que faria aquilo no café da manhã, que ia assumir o controle de sua vida assim que se livrasse dos tremores. Uma cerveja para firmar a mão era tudo de que precisava. No instante em que ia recomeçar sua vida.

A promessa foi cumprida logo após ter sido pronunciada.

A primeira coisa que ele faria após a cerveja, quando tudo ficasse um pouco mais fácil, seria pegar o metrô até a estação em Bergsgatan e contar tudo o que acontecera na Caverna.

Ele tinha visto as manchetes sobre o assassinato da Duquesa e entendera que fora ele quem mostrara o caminho para a assassina. Mas tinha realmente sido aquela loira, pouco mais velha que sua filha, quem executara com tanta barbaridade uma sem-teto como ele?

A cerveja estava quente, mas cumpriu sua função. Ele esvaziou a lata em um prolongado gole.

Lentamente, foi na direção leste, virando na rua Södermannagatan e seguindo ao longo da praça Greta Garbo até a escola Katarina Söder, onde a atriz reclusa estudara quando criança.

A praça circular era coberta de paralelepípedos e rodeada por castanheiras. Ralf Börje Persson encontrou um banco na sombra, sentou e pensou no que deveria dizer à polícia.

Ele era o único que vira a assassina de Fredrika Grünewald.

Podia descrever o casaco da mulher, sua voz grave, o sotaque diferente, os olhos azuis que pareciam bem mais velhos.

Depois de ler o que os jornais haviam escrito sobre o assassinato, sabia que Jeanette Kihlberg conduzia a investigação e que era ela quem ele devia procurar na recepção. Mas tremia de medo. Seu tempo na rua fizera com que ele desenvolvesse uma paranoia em relação à polícia.

Talvez fosse melhor escrever uma carta.

Ele tirou a agenda do bolso interno, arrancou uma folha em branco e a pôs sobre a capa. Tirou a caneta do bolso e pensou no que escreveria. Como deveria se expressar? O que era mais importante?

A mulher lhe oferecera dinheiro para que indicasse o caminho até a Caverna. Quando ela abriu a carteira, Börje vira algo que chamara sua atenção. Se ele fosse da polícia e estivesse investigando um assassinato, o número de suspeitos cairia consideravelmente com aquela informação.

Ele escreveu o bastante para que ninguém pudesse interpretar mal o que queria dizer.

Ralf Börje Persson se inclinou para pegar outra cerveja, sentiu o cinto apertando a barriga, esticou-se e finalmente alcançou o saco. Então sentiu uma pontada no peito.

Um flash atingiu seus olhos. Ele caiu de costas no chão, ainda com a carta na mão.

O frio se espalhou por sua cabeça e encontrou o calor da embriaguez. Ele estremeceu, depois explodiu. Como se um trem passasse por sua cabeça.

KVARTERET KRONOBERG, DELEGACIA DE POLÍCIA

Annette Lundström não percebeu a armadilha e foi até a delegacia no dia seguinte.

— A investigação não foi encerrada agora que Karl está morto? Por que Mikkelsen não…

— Há outra coisa sobre a qual gostaria de falar — interrompeu Jeanette. — Você conhecia Fredrika Grünewald? — perguntou ela, atenta à reação de Annette.

Ela franziu a testa e balançou a cabeça.

— Fredrika? — repetiu, e Jeanette considerou sua surpresa sincera. — O que tem ela? Qual é a relação com Karl e Linnea?

Jeanette esperou Annette continuar por conta própria.

— Bem, estudamos na mesma classe por três anos e desde então não nos vimos.

— O que você pode dizer sobre ela?

— Como assim? Você quer saber como ela era na escola? Faz vinte e cinco anos.

— Tente lembrar — insistiu Jeanette.

— Não convivíamos muito. Éramos de panelas diferentes. Fredrika andava com as garotas populares. Elas eram um pouco difíceis, pra ser sincera…

Jeanette confirmou com um gesto e indicou que ela continuasse.

— Fredrika e suas amigas eram um bando de riquinhas.

Annette parou e ficou pensando, enquanto Jeanette tomava notas.

— Quer saber o que realmente penso de Fredrika Grünewald? — vociferou Annette, de repente agressiva. — Ela era uma vaca que sempre conseguia o que queria. Tinha um séquito de bajuladoras que sempre a defendiam.

— Você se lembra do nome delas?

— Foram muitas, mas as mais fiéis eram Regina, Henrietta e Charlotte.

Com os olhos em suas anotações, Jeanette perguntou de modo casual:

— Você acabou de dizer que Fredrika era uma vaca. O que quer dizer com isso?

O rosto de Annette estava impassível.

— Não consigo pensar em nada de especial, mas elas eram malvadas e todo mundo tinha medo de ser vítima de suas brincadeiras.

— Brincadeiras? Isso não parece muito sério.

— Na maioria das vezes não era mesmo. Só em uma ocasião elas realmente passaram do limite.

— O que aconteceu?

— Um trote saiu do controle. Não sei dos detalhes. — Annette Lundström ficou em silêncio, olhando para a janela e arrumando o cabelo. — Mas por que está fazendo essas perguntas sobre Fredrika?

— Porque ela foi assassinada e precisamos saber mais sobre sua vida.

Annette Lundström ficou completamente perplexa.

— Assassinada? Mas que horror! Quem faria uma coisa dessas? — disse, desviando o olhar.

Jeanette teve uma clara sensação de que Annette sabia de algo mais.

— Você disse que uma vez o trote saiu do controle... O que aconteceu exatamente?

— Foi uma coisa degradante, não deveria ter sido abafada. Mas o pai de Fredrika era amigo próximo da diretora da escola e um dos maiores doadores. — Annette Lundström suspirou. — Você já sabia disso?

— Claro — mentiu Jeanette. — Mesmo assim gostaria que me contasse o que aconteceu. Se puder, é claro.

A detetive se inclinou sobre a mesa e ligou o gravador.

Annette narrou uma história de humilhação. As adolescentes tinham instigado umas às outras a fazer algo que jamais fariam sozinhas. Durante a primeira semana de aula, Fredrika Grünewald e suas comparsas haviam submetido três meninas a uma cerimônia particularmente desagradável. Vestidas com capuzes escuros e máscaras de porco, haviam levado as calouras para um depósito e derramado água gelada sobre elas.

— O que aconteceu em seguida foi culpa de Fredrika Grünewald sozinha.

— E o que foi?

A voz de Annette Lundström estava trêmula.

— As calouras foram forçadas a comer merda de cachorro.

Jeanette sentiu um vazio por dentro.

Seu cérebro travou, tendo que ser atualizado e reiniciado.

Merda de cachorro.

Charlotte Silfverberg não mencionara aquilo. O que talvez não fosse tão surpreendente.

— Conte mais. Estou ouvindo.

— Não há muito o que contar. Duas das meninas desmaiaram. A terceira comeu e depois vomitou.

Annette Lundström seguiu com sua história. Jeanette escutava enojada.

"Victoria Bergman", pensou ela. As duas outras ainda não tinham sido identificadas.

— As culpadas foram Fredrika Grünewald, Henrietta Nordlund e Charlotte Hansson. — Annette suspirou profundamente. — Mas havia mais meninas envolvidas.

— Charlotte Hansson, você disse?

— Sim, mas o sobrenome mudou. Ela casou há quinze ou vinte anos...

A mulher ficou em silêncio.

— E...?

— O marido dela é Silfverberg, o que foi assassinado. Que loucura...

— E Henrietta? — interrompeu Jeanette, para evitar entrar no assunto do assassinato.

A resposta foi breve:

— Casou com um homem chamado Viggo Dürer.

"Dois coelhos com uma cajadada só", pensou Jeanette.

Dürer outra vez. Então Henrietta era sua esposa. E agora os dois estavam mortos.

Possivelmente assassinados, embora os peritos acreditassem em um acidente.

As peças começavam a se encaixar. A imagem se clareando aos poucos.

Jeanette tinha certeza de que o assassinato de Per-Ola Silfverberg e o de Fredrika Grünewald estavam relacionados àquele grupo de pessoas. Ela conferiu suas anotações:

Charlotte Hansson, atualmente Charlotte Silfverberg. Viúva de Per-Ola Silfverberg.
Henrietta Nordlund, atualmente Dürer. Casada com Viggo Dürer. Morta.

— Você se lembra do nome das meninas que foram submetidas ao ritual?

— Não, infelizmente... Foi há muito tempo.

— Muito bem, acho que terminamos — avisou Jeanette. — A não ser que você tenha algo mais a dizer.

A mulher sacudiu a cabeça e levantou.

Annette Lundström partiu com o semblante preocupado. A detetive, mais uma vez, teve a impressão de que ela sabia de algo mais.

Jeanette desligou o gravador. A porta se abriu e apareceu a cabeça de Hurtig.

— Estou incomodando? — Ele parecia sério.

— De modo algum. — Ela virou a cadeira em sua direção.

— Quão importante é a única testemunha de uma investigação de assassinato? — ele perguntou.

— O que você quer dizer?

— Börje Persson, o homem visto na Caverna antes de Fredrika Grünewald ser assassinada, está morto.

— O quê?

— Infarto do miocárdio, hoje de manhã. Telefonaram do hospital Södersjukhuset quando descobriram que ele estava sendo procurado. Ele estava com um bilhete na mão, então enviei Åhlund e Schwarz. Eles acabaram de voltar.

Hurtig pôs na frente dela uma página arrancada de uma agenda.

A caligrafia era caprichada.

Para Jeanette Kihlberg, polícia de Estocolmo.

Acho que sei quem matou Fredrika Grünewald, também conhecida como Duquesa, sob a Igreja de São João.

Invoco o direito de permanecer anônimo, porque prefiro não me aproximar das autoridades.

Vocês devem procurar uma mulher de cabelo loiro e comprido, estatura mediana e olhos azuis. Ela é magra e usava um casaco azul no dia.

Creio ser inútil continuar, já que a descrição de sua aparência seria baseada em valores subjetivos, e não fatos.

No entanto, há uma característica que pode ajudar.

Ela não tem o dedo anelar direito.

VITA BERGEN, APARTAMENTO DE SOFIA ZETTERLUND

"Perdoar é sinal de grandeza", pensou ela. "Mas entender é muito mais difícil."

Quando não se via o motivo, mas se podia compreender toda a série de eventos que haviam antecedido um ato doentio, era normal sentir vertigem. Alguns chamavam de pecado original, outros de predestinação, mas na verdade era apenas uma lógica fria e antissentimental.

Uma avalanche após o grito ou os círculos formados por um pedregulho na superfície da água. Um fio esticado no escuro por onde passava uma bicicleta, uma palavra precipitada, um tapa no calor do momento.

Às vezes era um ato deliberado e consciente, cuja consequência não passava de um parâmetro. No estado insensível em que "empatia" era apenas uma palavra de sete letras, sem significado, alguém se aproximava do mal.

Quando todo sentido de humanidade era negado, o ser se torna um animal selvagem. A voz escurece, o corpo muda e o olhar perde a vida.

Ela foi até o banheiro e tirou a caixa de sedativos do armário. Pegou duas pílulas de paroxetina e as engoliu, inclinando bruscamente o pescoço. "Vai acabar logo", pensou. Viggo Dürer estava morto e Jeanette Kihlberg sabia que Victoria Bergman era uma assassina.

— Não, ela não sabe — Sofia disse em voz alta. — E Victoria Bergman não existe.

Não adiantava disfarçar. A voz estava lá, mais forte do que nunca.

Foi até a sala e depois à cozinha. Sua vista estava embaralhada, indicando o início da enxaqueca.

A luz vermelha mostrava que o gravador estava ligado.

Ela segurou o gravador em frente à boca, com as mãos tremendo, encharcada de suor. Parecia que estava do lado de fora do próprio corpo, observando-se sentada à mesa.

Sofia se sentia como se estivesse em dois lugares ao mesmo tempo.

Ela estava à mesa e dentro da cabeça da menina. A voz era grave e monótona, e soava dentro dela do mesmo modo que ecoava nas paredes da cozinha.

Quando estava empenhada em compreender Victoria Bergman, usava os monólogos gravados como um catalisador, mas agora era o contrário.

As memórias continham explicações e respostas. Eram um manual de instruções para a vida.

Ela foi interrompida por um barulho da rua e a voz desapareceu. Sentia-se zonza, então desligou o gravador e olhou em volta.

Havia uma cartela vazia e amassada de paroxetina sobre a mesa da cozinha. O chão estava sujo, cheio de pegadas lamacentas. Ela se levantou, foi até a entrada e encontrou seus sapatos molhados, sujos de terra e grama.

Tinha saído novamente.

De volta à cozinha, viu que alguém, provavelmente ela própria, pusera a mesa para cinco pessoas.

Ela se inclinou sobre a mesa e leu os cartões que demarcavam os lugares. À esquerda, Solace se sentaria ao lado de Hannah; do outro lado, Sofia teria Jessica como companheira. Ela pusera Victoria na cabeceira.

"Hannah e Jessica?", pensou. "O que estão fazendo aqui?" Ela não as via desde que tinham se despedido na estação em Paris, mais de vinte anos antes.

Sofia deitou no chão e descobriu que tinha um marcador preto na mão. Encarou o teto branco. Ouviu o som débil do telefone tocando, mas decidiu não atender. Fechou os olhos.

A última coisa que fez, antes de o ruído dentro da sua cabeça abafar todos os outros sons, foi ligar o gravador.

Escuridão e silêncio. O ruído cessou. Ela ficou mais calma ao ver que poderia descansar enquanto as pílulas fizessem efeito.

Afundou cada vez mais no sono, e as memórias de Victoria chegaram como ondas, primeiro como sons e cheiros, em seguida como imagens.

A última coisa que viu, antes de sua consciência se esvair, foi uma menina com jaqueta vermelha em uma praia na Dinamarca. Então Sofia entendeu quem era.

KVARTERET KRONOBERG, DELEGACIA DE POLÍCIA

— A assassina não tem o dedo anelar direito — repetiu Jeanette, enviando um agradecimento póstumo e silencioso a Ralf Börje Persson.

— É um detalhe importante — disse Hurtig, sorrindo.

— O problema é que uma das nossas melhores pistas é uma testemunha que não podemos ouvir — disse Jeanette. — Billing me ofereceu uma turma de alunos da Academia de Polícia para verificar as listas de Sigtuna, ano a ano. Eles já começaram a fazer ligações para ex-alunos e professores. Estou esperando três pessoas hoje.

— Você está atrás das vítimas do trote, é isso? Victoria Bergman e as duas outras que sumiram?

— Exatamente. Há mais um telefonema a ser feito. É o mais importante, então preciso que você o faça. — Ela lhe entregou o telefone. — A diretora da escola. Ela está aposentada e vive em Uppsala. Fez de tudo para abafar o caso na época. Ela pode pelo menos nos dar os nomes. Caso não lembre, pode nos ajudar a encontrar os documentos de admissão. Ligue para ela, por favor. Estou exausta e minha taxa de açúcar deve estar lá embaixo. Vou buscar um café e um doce no refeitório. Quer que eu traga alguma coisa?

— Não, obrigado — disse Hurtig, rindo. — Você nunca para. Eu faço a ligação enquanto você come.

Ela voltou para a sala no momento em Hurtig estava pondo o telefone no gancho.

— E então? Como foi? O que ela disse?

— As meninas se chamam Hannah Östlund e Jessica Friberg. Teremos mais informações sobre elas até o final do dia.

— Bom trabalho, Hurtig. Alguma delas não tem um dedo?

— Friberg, Östlund ou Bergman? Ou Madeleine Silfverberg?

Jeanette olhou para ele e sorriu.

— Ela tem motivo para o padrasto, mas não vejo conexão com Fredrika Grünewald, exceto por terem frequentado a mesma escola.

— Mas não é o suficiente. Algo mais?

— Henrietta Nordlund casou com Viggo Dürer.

Hurtig sentou em silêncio e concordou com a cabeça.

— Por fim, o mais importante: durante o trote, Fredrika Grünewald obrigou Hannah Östlund, Jessica Friberg e Victoria Bergman a comer merda de cachorro. Preciso dizer mais?

Ele suspirou e pareceu bem cansado.

— Não, isso basta por enquanto.

"Não importa quão exausto esteja", pensou ela. "Ele nunca vai desistir."

— E seu pai, como está?

Hurtig esfregou os olhos e sorriu.

— Ele teve quatro dedos da mão direita amputados, e agora está sendo tratado com sanguessugas.

— Sanguessugas?

— Sim, elas impedem a coagulação do sangue depois da amputação. Adivinha que dedo conseguiram salvar…

Hurtig bocejou sorridente. Antes que ela pensasse numa resposta, ele disse:

— O anelar.

GAMLA ENSKEDE, CASA DOS KIHLBERG

Quando Jeanette Kihlberg chegou em casa, estava tão exausta que a princípio nem percebeu o cheiro vindo da cozinha.

"Hannah e Jessica", pensou ela. "Duas meninas tímidas de que ninguém lembra muito bem."

No dia seguinte, quando chegassem os anuários, conforme prometido, ela teria ao menos a possibilidade de ver o rosto de Victoria Bergman. A menina com as melhores notas, exceto em comportamento.

Ela pendurou o blazer, entrou na cozinha e viu que a pia, que deixara impecavelmente limpa de manhã, estava um caos. Pairava uma névoa escura, evidenciando que algo tinha sido queimado. Um pacote de nuggets jazia sobre a mesa, junto com restos de um pé de alface.

— Johan? Você está aí?

Ela foi conferir e viu que a luz do quarto estava acesa.

Continuava preocupada com ele.

Tinham ligado da escola aquela semana, dizendo que ele faltava às aulas e, quando comparecia, estava sempre ausente e distante. Sombrio e introvertido.

Em algumas ocasiões, brigara com colegas, coisa que nunca tinha acontecido antes.

— Toc, toc — disse ela, abrindo a porta do quarto. Ele estava na cama, de costas para ela. — Como você está, querido?

— Fiz o jantar — resmungou ele. — Está na sala.

Ela passou a mão em suas costas enquanto dava uma olhada lá fora e via que ele tinha posto a mesa. Beijou sua testa e foi até lá.

Sobre a mesa havia um prato com nuggets queimados, macarrão instantâneo e algumas folhas de alface dispostas com zelo, com um generoso toque de ketchup em cima. Os talheres estavam sobre um guardanapo ao lado do prato, e havia uma taça de vinho e uma vela acesa.

Ele fizera o jantar para ela, coisa que nunca acontecera antes. Tinha realmente caprichado.

"Que importa a bagunça na cozinha?", pensou ela. "Ele fez isso pra me agradar."

— Johan?

Nenhuma reação.

— Você não imagina o quanto isso me deixa feliz. Não quer comer também?

— Já comi — disse ele de dentro do quarto, irritado.

Ela se sentiu um pouco tonta e infinitamente cansada. Não estava entendendo. Se queria deixá-la feliz, por que a afastava?

— Johan? — insistiu ela.

O silêncio permaneceu. Jeanette foi até o quarto e sentou à beira da cama, então notou que ele tinha dormido. Ela apagou as luzes, fechou a porta suavemente e retornou à sala. Quando reviu a mesa posta por Johan, quase começou a chorar.

Suspirou com a lembrança de quando ela e Åke passavam as noites vendo televisão, comendo batatas fritas e rindo de um filme ruim qualquer, mas tinha consciência de que não era um período de sua vida do qual sentia falta. Fora uma espera fútil por algo melhor, uma existência emocionalmente estéril, que devorara noite após noite sem cansar, depois meses e anos.

A vida era preciosa demais para ser desperdiçada à espera de algo que nos leve a outro lugar, em frente.

Ela não conseguia lembrar o que queria ou com que sonhava.

Åke, no entanto, fantasiava com o sucesso futuro, que lhes permitiria realizar seus sonhos. Dizia que ela poderia sair da polícia e ficava irritado quando ela afirmava que o trabalho era sua vida e que nenhum dinheiro no mundo mudaria aquilo. Sua crença de que os sonhos deviam permanecer apenas sonhos, para que não desaparecessem, foi descartada por Åke como uma bobagem pseudointelectual de revista.

Após aquela discussão, eles não se falaram por vários dias. Mesmo não tendo sido uma briga decisiva, fora o princípio do fim.

VITA BERGEN, APARTAMENTO DE SOFIA ZETTERLUND

Sofia acordou no chão da sala. Lá fora estava escuro e ela viu que eram mais de sete, mas não tinha ideia se da manhã ou da noite.

Quando levantou, viu que alguém tinha escrito no espelho com o marcador.

UNA KAM O!

Sofia reconheceu imediatamente a caligrafia infantil de Solace. A empregada africana nunca aprendera a escrever corretamente.

"UNA KAM O", pensou Sofia. Era krio. Solace estava pedindo socorro.

Enquanto apagava as letras com a manga, viu que tinha mais coisa escrita na parte inferior do espelho, com o mesmo marcador, mas em uma caligrafia minúscula, quase patologicamente ordenada.

FAMÍLIA SILFVERBERG, ALAMEDA DUNTZFELTS, HELLERUP, COPENHAGUE.

Ela foi até a cozinha e viu cinco pratos e cinco taças sujos sobre a mesa.

Debaixo da pia havia dois sacos cheios de lixo. Ela os examinou para ter uma ideia do que havia sido comido. Três sacos de batatinhas, cinco barras de chocolate, costeletas de porco, frango assado, três garrafas grandes de refrigerante e um pote de sorvete.

Ela sentiu o gosto de vômito na boca e não teve coragem de olhar no outro saco de lixo, já sabendo o que continha.

Sentia dores musculares e cãibras no diafragma, mas o enjoo foi desaparecendo aos poucos. Ela decidiu limpar tudo e esquecer o fato de ter perdido o controle e se enchido de comida.

Pegou uma garrafa de vinho pela metade e foi até a geladeira. Parou ao ver bilhetes, recortes de jornais, propagandas e suas próprias anotações afixados ali com ímãs e fitas.

Havia um extenso artigo sobre o caso de Natascha Kampusch, a menina que fora mantida em cativeiro por oito anos em um porão nos arredores de Viena, na Áustria. E um desenho detalhado do quarto oculto que Wolfgang Priklopil construíra para ela.

À direita, estava uma lista de compras com sua própria caligrafia: isopor, cola pra carpete, fita isolante, lona, rodinhas de borracha, ferrolho, fiação, pregos e parafuso.

À esquerda, a imagem de uma arma de eletrochoque.

Muitos dos bilhetes estavam assinados "amiga antissocial".

Lentamente, ela deitou ao chão.

KVARTERET KRONOBERG, DELEGACIA DE POLÍCIA

Quando Jeanette levou Johan para a escola, ele parecia estar de bom humor. Não era boa ideia retomar o incidente da noite anterior. Na mesa do café da manhã, agradeceu novamente o jantar e ele retribuiu com um pequeno sorriso. Foi o suficiente.

A primeira coisa que ela viu ao abrir a porta de seu escritório foi um envelope grosso sobre a mesa.

Os anuários correspondentes a três anos de Sigtuna.

Depois de alguns minutos, encontrou-a.

Victoria Bergman.

Ela leu a legenda sob a foto, seguindo com o dedo a fileira de jovens de uniforme, e constatou que Victoria Bergman era a penúltima à direita da fila do meio, um pouco mais baixa que as outras e de aparência mais infantil.

A menina era magra e tinha cabelo loiro e olhos azuis. Chamou a atenção de Jeanette o rosto sério da garota e o fato de, ao contrário das outras meninas, ainda não ter seios.

A detetive sentiu que havia algo de familiar nela.

Também reparou em sua aparência corriqueira, que não era nem de perto o que esperava. O fato de que não usava maquiagem, fazia com que ficasse apagada em relação às outras garotas, que pareciam ter se esforçado para sair o melhor possível. Ela ainda era a única que não sorria.

Jeanette abriu o outro álbum e encontrou o nome de Victoria Bergman na lista de ausentes. O mesmo ocorrera no ano seguinte. Teve a impressão de que Victoria Bergman, já naquele tempo, sabia se esconder, então voltou ao primeiro álbum e ficou olhando a foto.

Tinha sido tirada quase vinte e cinco anos antes, e ela a considerou inútil para uma possível identificação.

Ou estaria enganada?

Havia algo naquele olhar que ela reconhecia. Uma expressão evasiva.

Jeanette Kihlberg estava tão mergulhada na fotografia que se assustou quando o telefone tocou.

Kenneth von Kwist pareceu mais arrogante do que o normal, e a detetive se irritou imediatamente.

— Ah, é você. O que foi?

Ele pigarreou.

— Não seja tão mal-humorada. Tenho uma coisa de que vai gostar. Esteja sozinha na sala daqui a dez minutos. Vou mandar um fax.

— Um fax?

Jeanette não sabia o que ele pretendia e ficou desconfiada.

— Em breve vai receber dados confidenciais — continuou ele. — Vieram do tribunal de Nacka e foram arquivados no outono de 1988. Você vai ser a primeira depois de mim a ler desde então. Suponho que saiba do que se trata.

Jeanette ficou muda.

— Claro — disse ela finalmente. — Pode confiar em mim.

— Ótimo. Então aproveite. Você tem minha confiança, mas realmente espero que isso permaneça confidencial.

“Espera lá”, pensou ela. “Só pode ser uma armadilha.”

— Por favor, não desligue ainda. Por que está fazendo isso?

— Vamos dizer que... — Ele refletiu por um momento, antes de pigarrear novamente. — É minha maneira de pedir desculpas por ter atrapalhado antes. Quero fazer as pazes com você. E, como provavelmente já sabe, tenho meus contatos.

Jeanette ainda não sabia o que pensar. Ele estava pedindo desculpas, mas o tom de sua voz continuava tão presunçoso como de costume.

Quando desligou o telefone, ela recostou na cadeira e pegou o álbum novamente. Victoria Bergman parecia tão fugidia como antes. E Jeanette ainda tinha dificuldade em determinar quais eram as intenções do promotor.

Alguém bateu à porta, então Hurtig entrou, com o cabelo e casaco encharcados.

— Desculpe o atraso. Que tempo horrível.

O fax parecia que não ia mais parar de soltar folhas, as quais Jeanette foi colocando sobre a mesa. Quando finalmente silenciou, ela arrumou os papéis numa pilha à sua frente.

Em setembro de 1988, um relatório do Instituto Médico Legal afirmara que Victoria Bergman tinha sido vítima de agressão sexual grave "antes de seu corpo terminar de se desenvolver". O tribunal de Nacka devia, portanto, proteger seus dados pessoais.

Jeanette se revoltou com a frieza da linguagem. "Antes de seu corpo terminar de se desenvolver"? O que significava aquilo?

Ela continuou lendo e encontrou a explicação mais abaixo. Segundo o Instituto Médico Legal, a menina sofrera um extenso abuso sexual do zero aos catorze anos. Um ginecologista e um médico forense tinham feito um exame detalhado do seu corpo que revelara que a menina tinha sido "brutalmente danificada".

Finalmente, a detetive leu que eles não tinham podido estabelecer quem realizara aquelas atrocidades.

Jeanette ficou estupefata. A menina magra, loira e séria, de olhar evasivo. Tinha optado por não denunciar o pai.

Pensou nos relatórios policiais sobre Bengt Bergman. Nas duas crianças refugiadas da Eritreia, submetidas a chicotadas e abuso sexual, e na prostituta agredida gravemente com um cinto e estuprada analmente com um objeto.

O segundo relatório da polícia de Estocolmo confirmou que, no seu depoimento, Victoria Bergman revelara ter sido vítima de abuso sexual desde pelo menos cinco ou seis anos de idade.

"Quem é que se lembra de algo antes disso?", pensou Jeanette.

Se ela recordava do abuso desde bem pequena, provavelmente ele começara antes ainda.

Jeanette tinha que mostrar aqueles documentos para Sofia Zetterlund, apesar do que tinha prometido a Von Kwist. Ela poderia explicar como uma menina era afetada psicologicamente por algo tão terrível.

A última coisa que constava no relatório era que o policial encarregado da investigação considerava as ameaças contra a requerente suficientemente graves para que a proteção de identidade fosse concedida.

Jeanette viu a necessidade urgente de entrar em contato com os responsáveis pelas investigações. Embora tivessem se passado mais de vinte anos, com alguma sorte, eles ainda estariam na ativa.

Ela andou até a janela entreaberta, acendeu um cigarro e tragou bem fundo.

Se entrasse alguém reclamando do cheiro de fumaça, obrigaria a pessoa a ler tudo aquilo. Em seguida, ofereceria o maço de cigarros e conduziria a pessoa até a janela aberta.

De volta à mesa, começou a ler o parecer do departamento de psiquiatria do hospital de Nacka. O conteúdo era substancialmente o mesmo. A requerente deveria ter sua identidade protegida devido ao que fora dito em cinquenta sessões de terapia, que trataram em parte do abuso sexual ocorrido entre as idades de cinco e catorze anos e em parte do ocorrido depois disso.

"Porco de merda", pensou Jeanette. "Pena que já morreu."

Hurtig chegou com o café, e cada um tomou o seu. Jeanette pediu que ele lesse a decisão judicial desde o início, enquanto continuava lendo sobre a investigação.

Ela reuniu a pilha volumosa de papéis e lançou um olhar para a última página, para saber quem era o policial que investigara o caso.

Quando viu quem assinara a investigação recomendando a proteção dos dados pessoais de Victoria Bergman, quase engasgou com o café.

Hans Sjöquist, médico do IML
Lars Mikkelsen, detetive superintendente
Sofia Zetterlund, psicóloga

VITA BERGEN, APARTAMENTO DE SOFIA ZETTERLUND

Poderia ter sido diferente.

O piso de linóleo era frio. O ombro nu de Sofia Zetterlund grudava nele.

Estava escuro do lado de fora. O teto refletia os faróis dos carros que passavam. Ouvia-se o chacoalhar das folhas secas das árvores.

Ela estava deitada no chão da cozinha, ao lado do saco de lixo cheio de vômito, e olhava para a geladeira. A janela aberta na cozinha, mais a entreaberta na sala, deixavam entrar uma corrente de ar que fazia os papéis afixados na porta da geladeira esvoaçarem.

A mesa estava posta, com talheres sujos e pratos pegajosos.

Natureza-morta.

O jantar fora à luz de velas, mas agora havia apenas restos de parafina.

Sofia sabia que no dia seguinte não se lembraria de nada.

Como quando encontrara uma clareira perto do lago, em Dala-Floda, onde o tempo parava. Passara semanas tentando reencontrá-la.

Desde a infância, tinha lapsos de memória.

Pensou em Gröna Lund e no que acontecera na noite em que Johan desaparecera. Imagens tentavam se formar dentro dela.

Sofia fechou as pálpebras e voltou o olhar para dentro de si.

Johan estava sentado ao lado dela no Queda Livre. Jeanette estava do lado de fora, olhando para eles. Aos poucos, o brinquedo começara a subir.

No meio do caminho, Sofia ficara com medo. Quando haviam passado dos cinquenta metros, a vertigem tomara conta dela. Seu lado irracional aparecera do nada.

Ela não se atrevera a se mexer. Mal conseguia respirar. Johan ria e balançava as pernas. Ela pedira inutilmente que parasse.

Sofia se lembrou de como pensara nos parafusos que prendiam o assento no lugar, que iam acabar soltando caso fossem expostos a um peso anormal. Tudo despencaria.

O assento balançara e ela pedira a Johan que parasse de rir, mas ele não a escutara. Arrogante, o garoto aumentara o ritmo em que balançava as pernas.

E de repente Victoria estava lá.

O medo tinha desaparecido, os pensamentos haviam ficado claros, ela se acalmara.

Depois, tudo ficara preto.

Ela estava deitada de lado. As pedrinhas do asfalto arranhavam seu quadril, através do casaco e da camisa.

Ela reconhecera um perfume. A mão fria contra a testa quente.

Olhara através da muralha de pernas e sapatos e vira o banco onde ela própria estava sentada de costas.

Sim, era aquilo mesmo. Sofia tinha visto Victoria Bergman.

Teria sido uma alucinação?

Sofia não estava delirando. Vira a si mesma. Seu cabelo loiro, seu casaco, sua bolsa.

Era ela. Era Victoria.

Ela estava deitada e se vira a vinte metros de distância.

Victoria fora até Johan e o pegara pelo braço.

Ela tentara gritar para que o menino tivesse cuidado, mas nenhum som saíra de sua boca aberta.

Sentira um aperto no peito e achara que ia sufocar. "Um ataque de pânico", pensou, tentando respirar mais devagar.

Sofia Zetterlund se lembrou de ver a si mesma pondo uma máscara de madeira cor-de-rosa sobre a cabeça de Johan.

Ela estava deitada no chão da cozinha em Borgmästargatan, sabendo que doze horas mais tarde não teria a menor ideia de que estava no chão da cozinha em Borgmästargatan pensando que doze horas depois teria que acordar e ir trabalhar. Naquele momento Sofia Zetterlund sabia que tinha uma filha na Dinamarca.

Uma menina chamada Madeleine.

E se lembrou de que uma vez procurara por ela.

Mas não sabia se lembraria daquilo no dia seguinte.

DINAMARCA, 1988

Poderia ter sido bom.
De verdade.

Victoria não sabia se estava no lugar certo. Sentiu-se confusa e decidiu dar uma volta no quarteirão para organizar os pensamentos.

Ela tinha o sobrenome e sabia que a família vivia em Hellerup, um dos bairros mais elegantes de Copenhague. Ele era diretor de uma fábrica de brinquedos e morava na alameda Duntzfelts com a esposa.

Ela pegou o walkman e ligou. Uma coletânea recém-lançada do Joy Division. Enquanto caminhava pela rua, escutava "Incubation" zunindo monótona nos fones de ouvido.

Incubação. Chocar para depois eclodir. Filhotes de passarinho pegos.

Ela tinha sido uma incubadora.

Tudo o que sabia era que queria ver sua filha. Mas e depois?

"Não importa se tudo for para o inferno", pensou ela, enquanto pegava a rua paralela, também ladeada por árvores.

Sentou sobre um hidrante ao lado de uma lata de lixo, acendeu um cigarro e decidiu permanecer ali até o cassete terminar.

"She's Lost Control", "Dead Souls", "Love Will Tear Us Apart". O outro lado começava a tocar automaticamente. Bônus: "No Love Lost", Failures"...

As pessoas passavam e ela se perguntava o que estavam olhando.

Quando Victoria chegou na casa viu uma placa de bronze com o nome da família no muro ao lado do portão, e soube que era o lugar certo.

Ela sorriu ao pensar em sua filha. Era ridículo. Victoria e Madeleine, como as princesas da família real sueca.

Olhou em volta para garantir que não estava sendo vista, então pulou o muro. O primeiro andar estava iluminado, ao contrário dos dois andares superiores. Notou que a porta da varanda, no andar de cima, estava aberta.

Um cano serviu de escada, e logo ela estava à porta.

Viu um escritório cheio de estantes com um grande tapete no chão.

Tirou os sapatos e andou suavemente por um longo corredor. À direita havia duas portas; à esquerda, três, uma das quais estava aberta. No final do corredor, uma escada dava para os demais andares. De baixo se ouvia uma televisão ligada, transmitindo um jogo de futebol.

Ela olhou através do vão da porta. Outro escritório, com uma mesa e duas prateleiras cheias de brinquedos. Os demais quartos não importavam, já que supunha que ninguém deixava uma criança de colo num quarto com a porta fechada.

Em seguida, Victoria se esgueirou até a escada e começou a descer. Fazia uma curva, onde ela parou e viu uma grande sala com chão de pedra e uma porta que devia dar para a entrada principal.

No teto, havia um lustre enorme. Na parede à esquerda, estava um carrinho de bebê coberto.

Ela agiu por instinto. Sem medo das consequências, pensando apenas no aqui e agora.

Terminou de descer as escadas e colocou os sapatos no primeiro degrau. Não se importava mais em se esconder. O som da televisão estava tão alto que podia ouvir o que os comentaristas estavam dizendo.

Era a semifinal entre Itália e União Soviética. Estava zero a zero e a partida estava sendo transmitida do estádio Neckar, em Stuttgart.

Ao lado do carrinho de bebê, havia uma porta de vidro aberta. Do outro lado, o sr. e a sra. Silfverberg assistiam à televisão.

Incubação. Incubadora.

Ela não era uma ave de rapina, apenas tomaria de volta o que era dela.

Victoria foi até o carrinho e se inclinou sobre a criança. Seu rosto estava calmo, mas ela não a reconheceu. No hospital em Ålborg, a menina parecia diferente. Seu cabelo estava mais escuro, o rosto, mais magro, os lábios, mais finos. Naquele momento, ela parecia um querubim.

A menina dormia e o jogo continuava zero a zero.

Victoria puxou o cobertor. Sua filha estava de pijama azul, com os braços dobrados e as mãos repousando sobre os ombros.

Pegou-a no colo. O som da televisão aumentou, o que fez com que se sentisse mais segura. A menina continuava a dormir no calor do ombro de Victoria.

O som aumentou ainda mais. Ela ouviu um palavrão.

Um a zero para a União Soviética no estádio Neckar de Stuttgart.

Victoria observava a criança em seu colo. Sua pele parecia mais suave e branca. Sua cabeça lembrava um ovo.

De repente, Per-Ola Silfverberg estava à sua frente. Após alguns segundos, ela o viu.

Não podia acreditar naquilo.

O sueco.

De óculos e cabelo loiro cortado rente. Camisa de yuppie como os banqueiros costumam usar. Antes só o tinha visto com roupa suja de trabalho e sem óculos.

Ela viu o próprio reflexo nas lentes dele. Sua filha dormia em seu ombro ali.

O sueco parecia um idiota, o rosto completamente branco, flácido e sem expressão.

— Vamos lá, União Soviética! — disse ela, enquanto embalava a criança em seus braços.

E então a cor voltou ao rosto dele.

— Porra! O que você está fazendo aqui?

Quando ele deu um passo em direção a Victoria com os braços estendidos, ela recuou com a filha nos braços.

Incubação. O período de tempo entre a infecção e o início da doença. Mas também o período de choca. Aguardando a eclosão.

O avanço do sueco a fez soltar a criança.

A cabeça era mais pesada do que o resto do corpo, e ela viu a menina girar no ar em direção ao chão de pedra.

Um ovo quebrando.

A camisa yuppie foi e voltou. Recebeu a companhia de um vestido preto e de um telefone sem fio. A esposa estava em pânico, mas Victoria só podia rir, porque ninguém mais se preocupava com ela.

Litovchenko, um a zero, informou a televisão.

— Vamos lá, União Soviética! — repetiu ela, enquanto caía com as costas contra a parede.

A criança era uma desconhecida, e Victoria decidiu não se preocupar mais com ela.

A partir de agora, seria apenas um ovo de pijama azul.

KVARTERET KRONOBERG, DELEGACIA DE POLÍCIA

"Puta que pariu", pensou Jeanette Kihlberg, com uma sensação de desconforto se espalhando pelo corpo.

Que Lars Mikkelsen tivesse feito parte da investigação sobre Victoria Bergman não era muito estranho, mas ele ter concluído que sua identidade precisava ser protegida era surpreendente, já que não houvera condenação.

O fato mais estranho era que uma psicóloga chamada Sofia Zetterlund tinha realizado o parecer psicológico. Não podia ser a que Jeanette conhecia, porque ela ainda não tinha completado vinte anos na época.

Hurtig achou graça.

— Que coincidência inacreditável. Ligue pra ela agora mesmo.

"Talvez seja coincidência demais", pensou Jeanette.

— Eu ligo para Sofia e você para Mikkelsen. Peça que venha até aqui, de preferência hoje mesmo.

Hurtig deixou a sala e Jeanette ligou para o celular da amiga, que não atendeu. Quando ela telefonou para a clínica, a secretária contou que Sofia estava doente.

"Sofia Zetterlund", pensou ela. Quais eram as chances de ela ter o mesmo nome da psicóloga de Victoria Bergman nos anos oitenta?

Uma pesquisa no computador revelou que havia quinze mulheres com aquele nome em toda a Suécia. Duas eram psicólogas que viviam em Estocolmo. Uma delas era a Sofia que Jeanette conhecia; a outra estava aposentada fazia muitos anos e vivia num asilo em Midsommarkransen.

"Deve ser ela", pensou a detetive.

Parecia algo calculado. Como se alguém a estivesse provocando, construindo toda a sequência de eventos. Jeanette não acreditava em acaso, e sim na lógica, que lhe dizia que havia uma conexão. Que ela ainda não conseguia ver.

"Mais uma vez, o holismo", pensou ela. Os detalhes pareciam inacreditáveis, incompreensíveis. Mas sempre havia uma explicação natural. Um contexto lógico.

Hurtig estava à porta.

— Mikkelsen está no prédio. Está esperando você junto à máquina de café. Como vamos fazer com a Hannah Östlund e Jessica Friberg? Åhlund descobriu que ambas são solteiras e moram fora da cidade. São procuradoras no mesmo município.

— Duas mulheres que passaram a vida juntas — disse Jeanette. — Verifique se os telefonemas renderam mais dados e ponha Schwarz para verificar nos registros e jornais locais. Vamos esperar um pouco antes de ir até elas. Precisamos de mais elementos. E, agora, Victoria Bergman é mais importante.

— E Madeleine Silfverberg?

— As autoridades francesas não têm muito a dizer. Tudo o que temos é um endereço na Provença. Na situação atual, não temos recursos para ir até lá, mas talvez precisemos dar um jeito se todo o resto falhar.

Hurtig concordou. Eles saíram da sala e Jeanette foi encontrar Lars Mikkelsen ao lado da máquina de café. Ele segurava dois copos nas mãos e sorriu para ela.

Jeanette aceitou o café.

— Que bom que estava disponível. Vamos para minha sala?

Lars Mikkelsen ficou quase uma hora ali. Contou que supervisionara o caso Victoria Bergman quando ainda não tinha muita experiência.

Claro que havia sido extremamente angustiante se inteirar do passado de Victoria, mas aquilo também o convencera de que escolhera a carreira certa.

— Todo ano, recebemos cerca de novecentas acusações de violência sexual. — Mikkelsen suspirou e amassou seu copo de papel. — Em oitenta por cento dos casos, os agressores são homens, muitas vezes alguém que a criança conhece. Na década de noventa, foi feita uma grande pesquisa com jovens de dezessete anos. Ela indicou que uma em cada oito meninas era agredida.

Jeanette fez uma rápida estimativa.

— Então, em uma sala de aula normal, podemos supor que há pelo menos uma garota guardando um segredo sombrio. Talvez até mais.

Ela pensou nas meninas da escola de Johan e no fato de que ele provavelmente conhecia alguém que tinha sido abusada sexualmente.

— Sim, isso mesmo. Entre os meninos, a estimativa é de um em cada vinte e cinco.

Eles permaneceram em silêncio por um momento, considerando as estatísticas sombrias.

Jeanette foi a primeira a falar.

— Então você era o responsável pelo caso de Victoria?

— Sim, uma psicóloga do hospital de Nacka entrou em contato comigo dizendo que tinha uma paciente que a preocupava bastante. Não me lembro do nome dela.

— Sofia Zetterlund — informou Jeanette.

— Soa familiar, acho que devia ser esse mesmo o nome.

— A psicóloga com quem você esteve em contato durante o caso Karl Lundström também se chama assim.

— Caramba, é mesmo... — Mikkelsen passou a mão no queixo. — Engraçado... Mas só falei com ela por telefone algumas vezes e tenho dificuldade em guardar nomes.

— É apenas uma das muitas coincidências deste caso. — Jeanette indicou as pastas e pilhas de papel sobre a mesa. — Você ficaria surpreso se eu contasse todas as complicações. Mesmo assim, sei que de alguma forma tudo está conectado. E o nome Victoria Bergman aparece em todo lugar. O que aconteceu de verdade?

Ele procurou lembrar.

— Sofia Zetterlund estava tratando uma jovem que precisava de uma mudança drástica.

— Ela precisava de uma nova identidade, eu sei. Mas para fugir de quem?

— Do pai. — Mikkelsen respirou profundamente e continuou. — O abuso começou quando ela era criança, em meados dos anos setenta, quando a legislação era completamente diferente. Naquela época, se falava de "imoralidade sexual com a prole". A lei só foi alterada em 1984.

— Não encontrei nada sobre uma condenação. Ela não denunciou o pai?

— Victoria se recusou. Conversei bastante com a psicóloga sobre isso, mas não adiantou. A garota disse que negaria tudo se o fizéssemos por ela. A única coisa que tínhamos era o laudo dos ferimentos. Tudo era circunstancial, e naquela época não servia como prova. Se fosse hoje, ele teria sido condenado a quatro ou cinco anos e precisaria pagar uma indenização de quase meio milhão.

— Pra doer no bolso. — Talvez aquilo não tivesse soado bem, mas Jeanette não tinha forças para se explicar. Imaginou que Mikkelsen entenderia o que ela queria dizer. — E então o que vocês fizeram?

— A psicóloga, Sofia Zetterberg...

— Zetterlund — corrigiu Jeanette, percebendo que Mikkelsen realmente tinha dificuldade em lembrar nomes.

— Sim, isso mesmo. Ela dizia que era extremamente importante que Victoria fosse separada do pai e tivesse a chance de recomeçar em outro lugar, com um novo nome.

— Então vocês conseguiram isso?

— Sim.

— Como era conversar com Victoria?

— Com o tempo, nós nos aproximamos. Ela passou a confiar em mim.

Jeanette olhou para Mikkelsen e entendeu por que Victoria se sentira segura com ele. Era como um irmão mais velho que vinha em socorro quando as outras crianças eram más. Às vezes, ela sentia algo parecido. Um desejo de tornar a vida um pouco melhor, mesmo que apenas em uma pequena parte do mundo.

— Então vocês conseguiram uma nova identidade para Victoria Bergman.

— Sim, o tribunal de Nacka aceitou nossa recomendação e decidiu tornar tudo sigiloso. Não tenho ideia de como ela se chama hoje ou de onde mora, mas espero que esteja bem. Embora deva dizer que duvido — Mikkelsen disse, sério.

— Eu também, principalmente porque suspeito que Victoria Bergman seja a pessoa que estou procurando.

Mikkelsen a olhou sem entender.

Ela fez um breve resumo do que tinham concluído, sublinhando como era importante localizar a suspeita. Se não por outro motivo, para excluí-la da investigação.

Jeanette viu que eram quase cinco e decidiu que a Sofia Zetterlund mais velha teria que esperar até o dia seguinte. Primeiro, ela queria falar com a Sofia que conhecia.

Ela guardou suas coisas na bolsa e foi até o carro. Fez a ligação, segurou o celular contra o ombro e saiu de ré.

Chamou, mas ninguém atendeu.

VICTORIA BERGMAN, VITA BERGEN

Poderia ter sido diferente. Poderia ter sido bom.
Poderia ter sido ótimo.
Se ele fosse diferente. Se ele fosse bondoso.

Sofia estava sentada no chão da cozinha.

Ela murmurava consigo mesma, balançando para a frente e para trás.

— Eu sou o caminho, a verdade e a vida. Ninguém vem ao Pai senão por mim.

Quando ela olhou para a porta da geladeira e para a quantidade de bilhetes, pedaços de papel e recortes de jornal, teve um ataque de riso.

Conhecia o fenômeno psicológico "*l'homme du petit papier*". O homem dos papeizinhos.

O comportamento compulsivo de anotar suas observações o tempo todo e em todos os lugares.

Encher os bolsos com bilhetinhos e artigos interessantes de jornal.

Sempre ter papel e lápis à mão.

Amiga antissocial.

Em Serra Leoa, ela tinha uma colega. Uma amiga antissocial a quem chamara de Solace Manuti.

A estratégia de sobrevivência de Victoria era criar pessoas imaginárias que podiam assumir o controle quando seu pai exigia demais.

Victoria eximiu-se de culpa com suas personalidades.

Cada olhar, cada assovio, cada gesto insinuante era interpretado como uma confirmação de sua falta de dignidade.

Ela sempre fora suja.

— Ele é fiel e justo, e se confessarmos nossos pecados seremos purificados de toda injustiça.

Perdida em seu labirinto interior, ela derramou um pouco de vinho sobre a mesa.

— Pois vou fortalecer minha alma cansada e alimentar todas as almas famintas.

Ela encheu a taça de vinho novamente antes de entrar no banheiro.

— O que põe a mesa a Gad e mistura vinho para Meni será entregue à espada, terá que se ajoelhar para o abate.

"O fogo voraz", pensou ela.

Se ele se extinguisse, só restaria a morte.

Sofia escutou o rumor interno e o sangue ardendo em suas veias.

Por fim, o fogo ia se apagar e seu coração carbonizado seria apenas uma mancha grande e escura.

Ela bebeu mais vinho e enxaguou o rosto. Ficou enjoada, mas se obrigou a esvaziar a taça. Sentou sobre a tampa do vaso sanitário, passou uma toalha no rosto e se maquiou.

Quando terminou, olhou-se no espelho. Ela estava bem. O suficiente para fazer o que precisava.

Sabia que, quando ela estava no bar, com olhar entediado, não precisava esperar muito tempo.

Tinha feito aquilo tantas vezes antes.

Quase todas as noites.

Por muitos anos.

O sentimento de culpa servia como consolo, porque fazia com que se sentisse segura. Ela se anulou e passou a buscar validação com homens que só viam a si mesmos e, portanto, não podiam dar validação a ninguém. A vergonha se transformara em uma libertação.

Mas ela não queria que eles vissem mais que a superfície.

Aquele era o motivo pelo qual suas roupas às vezes apareciam sujas e rasgadas. De quando ela se deitava na grama do parque. Sabia que o momento presente seria um lapso de memória no dia seguinte.

Eles competiriam para ver quem podia lhe pagar o drinque mais caro. Como moscas em volta do açúcar. O vencedor receberia uma leve carícia na mão e, após o terceiro drinque, sentiria a coxa dela contra sua virilha. Seu sorriso era sempre sincero.

Sabia o que queria deles e explicava aquilo com clareza.

"Mas, se for necessário sorrir, vou precisar de mais vinho", pensou ela, tomando um gole direto da garrafa.

Achou que estava chorando, mas era apenas umidade em seu rosto, então a enxugou com o polegar, para não estragar a maquiagem.

De repente, o telefone tocou e ela cambaleou até ele.

Viu que era Jeanette e depois desligou o celular. Foi para a sala e caiu pesadamente no sofá. Começou a folhear uma revista que estava sobre a mesa de centro.

Tanto tempo tinha se passado e a vida ainda era a mesma, com as mesmas necessidades.

Uma foto com cores vibrantes de uma torre octogonal.

Ela apertou os olhos embriagados, fixou o olhar e viu que era um pagode ao lado de um templo budista. O artigo era sobre uma viagem para Wuhan, capital da província de Hubei, a leste do rio Yangtzé.

Wuhan.

Ao lado havia uma reportagem sobre Gao Xingjian, Prêmio Nobel de Literatura, e uma foto de seu romance *A bíblia de um homem só.*

Gao.

Ela pôs a revista de lado e foi até a estante. Pegou com cuidado um livro com a lombada gasta.

Oito ensaios sobre a arte de viver, escrito em 1591 por Gao Lian.

Olhou a tranca que mantinha a estante no lugar.

Gao Lian.

Gao Lian, de Wuhan.

Hesitou de início, depois abriu o ferrolho e, com um pequeno estalo, quase inaudível, a porta abriu.

Bella Vita. Uma vida boa.
Poderia ter sido diferente. Poderia ter sido bom.
Poderia mesmo.
Se ele fosse diferente. Se ele fosse bondoso.
Somente bondoso.

Desenhos por todos os lados. Centenas, talvez milhares de desenhos infantis e ingênuos espalhados pelo chão ou fixados nas paredes.

Cheios de detalhes, mas realizados por uma criança.

Ela viu a casa em Grisslinge, antes e depois do incêndio, e a casa de campo em Dala-Floda.

Um ninho de pássaro com filhotes, antes e depois do ataque de Victoria.

Uma menina perto de um farol. Madeleine, sua filha, que haviam tomado dela.

Lembrou-se da tarde em que dissera para Bengt que estava grávida.

Ele pulara da poltrona e a olhara aterrorizado. Correu até ela e gritou:

— Levante!

Depois a tomou pelos braços e a arrancou do sofá.

— Pule!

Eles estavam de frente um para o outro. Ele bufava no rosto dela. Cheirava a alho.

— Pule! — repetira ele. Ela lembrava que balançara a cabeça. "Jamais", pensara. "Você não vai me fazer isso."

Lembrava também que ele chorara ao sentar na poltrona de novo, de costas para ela.

Ela olhou ao redor da sala que usava como um refúgio. Entre todos aqueles desenhos e papéis fixados nas paredes, viu um artigo de jornal sobre crianças refugiadas chinesas que chegavam ao aeroporto com um passaporte falso, um celular e cinquenta dólares. E então desapareciam. Centenas por ano.

Um diagrama explicava o sistema hukou.

No canto, estava a bicicleta ergométrica. Ela pedalava por horas e depois se besuntava com cremes perfumados.

Lembrou como Bengt tinha pego sua mão e apertado.

— Pra cima da mesa! — gritara ele entre soluços, sem olhá-la. — Pra cima da mesa!

Ela se sentira como se estivesse em um corpo diferente quando finalmente subira na mesa e virara para ele.

— Pule...

Ela pulara. E pulara de novo. E de novo. E de novo.

Continuou a pular até a menina africana descer as escadas usando a máscara. Seu rosto parecera frio e inexpressivo. Escuro, com as órbitas vazias, sem ninguém atrás.

"Ela não morreu", pensou Sofia.

Madeleine estava viva.

ASILO SOLROSEN

Na manhã seguinte, Jeanette foi diretamente para Midsommarkransen visitar a Sofia Zetterlund mais velha. Encontrou finalmente uma vaga para estacionar e desligou o motor do velho Audi.

O asilo estava localizado em um dos prédios amarelos de estilo funcional próximos ao parque Svandammsparken.

Jeanette sempre gostara dos distritos Aspudden e Midsommarkransen, construídos nos anos trinta como cidadezinhas dentro da cidade. "Com certeza um bom lugar para passar seus últimos anos", pensou ela.

Mas sabia também que o idílio tinha seus problemas. Até poucos anos antes, a região abrigara uma gangue de motoqueiros.

Ela fumou um cigarro antes de entrar, pensando na Sofia Zetterlund mais jovem.

Era por causa dela que estava fumando tanto? Consumia um pouco mais de um maço por dia, e muitas vezes tivera que esconder o hábito de Johan, como se fosse uma adolescente envergonhada. Mas a nicotina a fazia pensar melhor. Com mais liberdade e rapidez.

Ficou pensando em Sofia Zetterlund, a Sofia pela qual estava apaixonada.

Ou seria apenas um sentimento passageiro, não mais que uma atração juvenil após um beijo?

Afinal, o que realmente significava estar apaixonada?

Ela havia discutido o assunto com Sofia e fora confrontada com uma nova maneira de entender o conceito. Para a psicóloga, não era algo misterioso ou prazeroso: alguém apaixonado era muito parecido com um psicótico. O objeto do amor era apenas uma imagem que não correspondia à realidade, e quem se dizia apaixonado na verdade só está apaixonado pela sensação de estar apaixonado. Sofia fez uma comparação com uma criança que atribui a um animal de estimação qualidades que ele não tem.

Jeanette apagou o cigarro e tocou a campainha do asilo Solrosen.

Ia se encontrar com a Sofia mais velha.

Após uma breve conversa com a enfermeira, foi conduzida à sala de convivência.

À porta da varanda, uma mulher em uma cadeira de rodas olhava para fora.

Ela era bastante magra e estava com um vestido azul que chegava até os pés. O cabelo era completamente branco e alcançava a cintura. Estava muito maquiada, com sombra azul nos olhos e batom vermelho brilhante.

— Sofia? — A enfermeira foi até ela e pôs a mão em seu ombro. — Você tem visita. Jeanette Kihlberg, da polícia de Estocolmo, quer falar com você sobre uma de suas antigas clientes.

— *Pacientes* — respondeu a senhora rapidamente, em tom de desprezo.

Jeanette puxou uma cadeira e sentou ao lado de Sofia Zetterlund.

Ela se apresentou novamente, mas a mulher não lhe dedicou nem um olhar sequer.

— Eu estou aqui, como ela disse, para fazer algumas perguntas sobre uma paciente sua — disse Jeanette. — Uma jovem que conheceu há vinte anos.

Nenhuma resposta.

Sofia estava com os olhos fixos em alguma coisa lá fora.

"Catarata", pensou Jeanette, reparando nos olhos embaçados da senhora. "Será que ela é cega?"

— Ela tinha dezessete anos quando você a tratou — continuou Jeanette. — Seu nome era Victoria Bergman. Isso lhe diz alguma coisa?

A mulher finalmente virou a cabeça. Jeanette supôs ver um sorriso no velho rosto, que parecia estar se suavizando.

— Victoria — disse Sofia. — Claro que eu lembro.

Jeanette tomou fôlego. Decidiu ir direto ao ponto e aproximou sua cadeira.

— Eu trouxe uma foto dela. Acha que poderia confirmar sua identidade?

Sofia abriu um largo sorriso.

— Infelizmente, não. Estou cega já faz dois anos. Mas posso descrever como ela era então. Tinha cabelo loiro e olhos azuis. Um sorriso seco e um olhar intenso, presente.

Jeanette viu a foto da menina séria no álbum da escola. Estava de acordo com a descrição da senhora.

— O que aconteceu com ela após o tratamento?

Sofia riu novamente.

— Com quem? — perguntou ela.

Jeanette estranhou.

— Victoria Bergman.

Uma expressão ausente surgiu no rosto de Sofia. Depois de alguns segundos de silêncio, Jeanette repetiu a pergunta.

Sofia abriu mais um sorriso.

— Victoria? Sim, claro que eu lembro. — O sorriso empalideceu e ela passou a mão no rosto. — O meu batom está certo? Ou borrou?

— Não, está ótimo — respondeu Jeanette. Ela temia que Sofia Zetterlund tivesse problemas de memória recente. Alzheimer, talvez.

— Victoria Bergman — repetiu a senhora. — Uma história peculiar. Você está cheirando a fumaça... Pode me dar um cigarro?

Jeanette ficou confusa com todas as reviravoltas. Sofia Zetterlund estava com dificuldades para manter a conversa, mas aquilo não significava que suas lembranças deveriam ser desprezadas.

— Não é permitido fumar aqui, infelizmente.

— Bem, então vamos para o meu quarto — disse Sofia. — Lá poderemos fumar.

Jeanette levantou e começou a empurrar suavemente a cadeira de rodas.

— Muito bem. Onde fica?

— É a última porta do lado direito.

Jeanette fez um sinal para a enfermeira comunicando que iam se retirar por um instante.

Uma vez dentro do quarto, Sofia insistiu em sentar na poltrona, e Jeanette a ajudou a mudar de assento. Ela própria sentou sobre uma mesinha junto à janela.

— Vamos fumar — disse Sofia.

Jeanette entregou o maço e o isqueiro, e a senhora acendeu um cigarro.

— Tem um cinzeiro na estante, ao lado do Freud.

Jeanette encontrou um cinzeiro de cristal grande ao lado de um globo de vidro. Em geral, a imagem no interior desse tipo de objeto costumava representar crianças brincando, bonecos de neve ou outra cena de inverno. Mas no de Sofia havia um retrato de Sigmund Freud com expressão bem séria. A detetive não resistiu e o sacudiu.

"Está nevando no Freud", pensou. Sofia Zetterlund devia ter senso de humor.

— Você viu Victoria Bergman depois que ela mudou de identidade?

A senhora parecia mais alerta com o cigarro na mão.

— Não. Havia uma nova lei de proteção dos dados pessoais, de modo que ninguém podia saber seu nome.

Jeanette então teve certeza de que suas memórias mais antigas continuavam perfeitas.

— Victoria tinha alguma característica diferente? Você parece se lembrar dela muito bem.

— Era uma menina muito inteligente. Talvez até demais para seu próprio bem...

— Como assim? O que você quer dizer com isso?

A resposta de Sofia pareceu solta.

— Eu não a encontro desde o outono de 1988. Mas, dez anos depois, recebi uma carta dela.

— Você se lembra do que estava escrito?

— Bem, não todas as palavras. Mas em grande parte era sobre sua filha.

— Filha? — Aquilo despertou a curiosidade de Jeanette.

— Sim. Ela ficou grávida e entregou a criança para adoção. Era muito reservada em relação a isso, mas sei que viajou para encontrar a criança no verão de 1988. Ela morou comigo. Por quase dois meses.

— Victoria morou com você?

A senhora ficou repentinamente mais séria. Era como se sua pele tivesse esticado, suavizando as incontáveis rugas.

— Sim. Ela tinha tendências suicidas, e era meu dever cuidar dela. Eu não a deixaria ir embora se não fosse imperativo que reencontrasse a filha.

— Para onde ela foi?

Sofia Zetterlund balançou a cabeça.

— Victoria se recusou a falar. Mas, quando voltou, estava mais forte.

— Mais forte?

— Sim. Como se tivesse se libertado de um peso. O que fizeram com ela em Copenhague foi muito errado. Não se deve fazer aquilo com ninguém.

ESTOCOLMO, 1988

Se ele fosse bondoso.

"Vocês morreram para mim!", escreveu Victoria em um cartão, que depois postou na estação Centralen. Tinha uma foto do rei Carlos Gustavo XIV sentado em um trono dourado, com a rainha sorrindo ao lado, mostrando que era mulher submissa que tinha orgulho do marido e o obedecia fielmente.

"Como minha mãe", pensou ela, descendo para o metrô.

Victoria achava que o sorriso da rainha lembrava o do Coringa, com o rosto rasgado de orelha a orelha. Lembrou-se de alguém dizendo que o rei, em sua vida privada, era um porco, que costumava jogar fósforos na rainha para humilhá-la.

Era uma sexta-feira, véspera do Midsommarafton. Victoria se perguntava como um feriado inicialmente celebrado no solstício de verão podia ter passado a acontecer na terceira sexta-feira de junho, não importando onde o sol estava.

"São todos escravos", pensou ela, olhando com desprezo para os bêbados entrando no metrô com sacolas pesadas de comida. Lacaios obedientes. Sonâmbulos. Ela própria achava que não tinha nada para comemorar. Só queria voltar para a casa de Sofia em Tyresö.

Fizera bem em ter ido a Copenhague, porque agora sabia que não se importava.

O bebê podia morrer que não fazia diferença.

Ela não se lembrava bem do que tinha acontecido após a chegada da ambulância, mas a criança não morrera.

O ovo estava rachado, mas não perdido, e não houve acusação.

Eles a deixaram ir.

E Victoria sabia por quê.

Quando passou pela Gamla Stan e cruzou a ponte Riddarfjärden, viu as balsas de Djurgården e ao longe a montanha-russa do Gröna Lund. Ela se deu conta de que fazia três anos que não ia a um parque de diversões. Desde que Martin desaparecera. Ela não sabia realmente o que acontecera com ele, mas acreditava que havia caído na água.

Ao atravessar o portão, ela viu Sofia em uma cadeira na varanda da casinha vermelha com esquadrias brancas. Estava sentada à sombra de uma grande cerejeira. Conforme se aproximou, Victoria percebeu que a mulher dormia. Seu cabelo loiro, quase branco, caía sobre os ombros como um xale. Ela estava maquiada, com batom vermelho e sombra azul.

Fazia frio, então Victoria pegou o cobertor caído aos pés de Sofia e a cobriu.

Entrou na casa e, após uma breve procura, encontrou a bolsa da mulher. No compartimento da frente estava a gasta carteira de couro. Ela encontrou três cédulas de cem e decidiu deixar uma. As outras duas, dobrou e enfiou no bolso de trás do jeans.

Pôs a carteira de volta e foi até o escritório da psicóloga. Achou o bloco de notas em uma gaveta.

Sentou à mesa e começou a ler.

Victoria viu que Sofia escrevera tudo o que dizia, às vezes até literalmente. Espantou-se por também descrever como mudava de posição ou o tom de voz.

Victoria presumiu que Sofia taquigrafava e em seguida passava as conversas a limpo. Ela leu tudo devagar e refletiu sobre o conteúdo.

Haviam tido mais de cinquenta sessões.

Ela pegou a caneta e corrigiu os nomes. Se lá dizia que fizera algo, quando na verdade fora Solace, ela mudava. Não queria levar a culpa pelo que não fizera.

Trabalhou intensivamente e não viu o tempo passando. Enquanto lia, fingia que era Sofia. Franzia a testa e tentava dar o diagnóstico.

Nas margens, ela escrevia suas próprias observações e análises.

Quando Sofia não entendera o que Solace dissera, Victoria explicava de modo claro na margem, com letras miúdas.

No fundo, não compreendia como a psicóloga podia ter cometido tantos erros.

Estava tão absorta que só largou as anotações quando ouviu Sofia entrando na cozinha.

Ela olhou pela janela. Do outro lado da estrada, perto do lago, havia um grupo de pessoas fazendo piquenique. Elas tinham se instalado e se preparavam para a festa do dia seguinte.

Um cheiro de endro veio da cozinha.

— Bem-vinda de volta, Victoria! — gritou Sofia da cozinha. — Como foi a viagem?

Ela respondeu que tudo havia corrido bem.

O bebê era apenas um ovo de pijama azul. Nada mais. Já o tinha deixado para trás.

O dia claro havia se transformado em uma noite quase tão clara quanto. Sofia disse que ia dormir, mas Victoria permaneceu sentada no degrau de pedra, ouvindo os pássaros. Um rouxinol se queixava numa árvore no jardim do vizinho, e ela escutou o som da festa abaixo no cais. Aquilo a fez pensar nas festas de Midsommar em Dalarna.

Começavam com todos descendo até a margem do Dalälven para ver os barcos passarem. Depois era hora das danças folclóricas ao redor do mastro, que os homens haviam erguido gritando em coro. Senhoras com grinaldas de flores nos cabelos riam mais do que nunca, mas não por muito tempo. A vodca começava a tomar conta, fazendo com que todas as outras mulheres parecessem mais bonitas do que a própria esposa, e havia uma boa chance de levar um murro na cara. Todo mundo se dava bem com uma mulher feliz, lasciva e grata, em vez de velha e enfezada. Então era melhor dançar, brincar e ir para a cama com ela, mesmo estando com dor de estômago, porque ele bem que disse que você comeu doce demais, mesmo quase não tendo dinheiro para o refrigerante, andando em volta e vendo as outras crianças comprando algodão-doce até não aguentar mais...

Victoria olhou em volta. A festa já tinha acabado e o sol espreitava no horizonte. Só desapareceria por algumas horas antes de se levantar novamente. Nunca ficava escuro.

Ela levantou, sentindo o corpo um pouco enrijecido por causa da dureza da escada. Não estava com sono, embora fosse quase de manhã.

Seus pés descalços doíam contra as pedrinhas do chão, então ela preferiu passar pelo gramado. No portão havia uma violeta florida, mas, apesar das flores estarem murchas, o odor persistia.

O caminho estava deserto e ela foi até o ancoradouro. Algumas gaivotas faziam um banquete com os restos da festa, ao redor de uma lata de lixo transbordando. Voaram com relutância em direção ao lago. A água estava escura e fria, e alguns peixes apareciam para apanhar os insetos que voavam acima da superfície. Ela deitou de bruços e ficou olhando a escuridão.

As ondulações da água atrapalhavam seu reflexo, mas ela gostava de se ver dessa forma. Parecia mais bonita.

Lambiam seus lábios e enfiavam a língua em sua boca, que provavelmente estava com gosto de vômito, depois de duas garrafas de licor de cereja, que mais queriam subir do que descer. Deviam ser quinze caras se provocando, e o alojamento masculino não era tão grande. Eles apostavam para saber quem iria com ela no outro quarto. Se estivessem do lado de fora, geralmente era na encosta atrás da escola, de onde se podia rolar até poucos metros da rua, e as pessoas desviando o rosto quando você olhava, e você só gritou com o menino porque ele disse que queria tomar banho no rio depois da roda-gigante. E agora você está aqui tremendo de frio, então é melhor pular de vez, em vez de ficar falando sobre a nova babá que é tão legal...

Victoria viu Martin afundando aos poucos e desaparecendo.

Na segunda-feira, ela acordou com Sofia dizendo que já eram onze horas e que em breve elas iriam de carro para a cidade.

Quando saiu da cama, viu que seus pés estavam sujos, os joelhos arranhados e o cabelo molhado, mas não se lembrava do que tinha feito durante a noite.

Sofia serviu o café da manhã no jardim. Enquanto comiam, ela disse que iriam a uma consulta com um médico chamado Hans para obter o laudo. Depois, se tivessem tempo, encontrariam um policial chamado Lars.

— Hasse e Lasse? — disse Victoria, rindo. — Odeio a polícia. — Ela empurrou a xícara enfaticamente. — Não fiz nada.

— A não ser pelas duzentas coroas que você pegou da minha carteira. Você vai ter que pagar a gasolina.

Victoria não sabia o que estava sentindo, mas parecia com pena.

Era uma experiência nova.

Hasse trabalhava no Instituto Médico Legal em Solna. Ele ia fazer o segundo exame em Victoria. O primeiro tinha sido realizado na semana anterior.

Enquanto ele a tocava, abrindo suas pernas e olhando-a, Victoria pensava que preferia estar no hospital de Nacka, onde havia sido atendida por uma mulher.

Anita ou Annika.

Ela não lembrava.

Hasse explicou que o exame podia ser desconfortável, mas que estava ali para ajudá-la. Eles sempre diziam aquilo.

Que podia parecer estranho, mas era para seu próprio bem.

Hasse examinava seu corpo e registava o que via em um pequeno gravador.

Ele iluminou a boca dela com uma lanterna. Sua voz era monótona e objetiva.

— Boca. Glândulas danificadas — disse.

E o resto do corpo.

— Vagina. Genitais internos e externos, cicatrização após penetração forçada desde idade precoce. Abertura retal, cicatrizes, prematuro, rupturas curadas, distensão forçada e dilatação dos vasos sanguíneos. Fissuras no esfíncter, fístula anal... Cicatrizes de objetos pontiagudos em tronco, abdômen, coxas e braços, cerca de um terço prematuras. Vestígios de sangramento...

Ela fechou os olhos e pensou que estava fazendo aquilo para poder começar de novo, para se tornar outra pessoa e esquecer.

Às quatro horas, encontrou Lars, o policial.

Ele parecia atencioso. Entendeu que ela não queria cumprimentá-lo com um aperto de mão e não a tocou mais.

A primeira conversa com Lars Mikkelsen teve lugar em seu escritório. Ela contou as mesmas coisas que dissera para Sofia Zetterlund.

Ele parecia triste conforme ela ia respondendo às perguntas, mas não perdeu a compostura. Victoria se sentiu surpreendentemente relaxada. Ficou curiosa em saber quem Lars Mikkelsen realmente era e perguntou por que ele trabalhava com aquilo.

O policial a olhou pensativo e demorou a responder.

— Considero esse tipo de crime o mais nojento que existe. Poucas vítimas recebem reparação e poucos agressores são presos — disse ele após um momento. Victoria se sentiu atingida.

— Você sabe que eu não quero que ninguém seja preso?

Ele a olhou com seriedade.

— Sim, eu sei, e é uma pena. Embora não seja incomum.

— E por que isso?

Ele sorriu timidamente, parecendo não se preocupar com o tom indiferente da menina.

— Agora parece que é você quem está me interrogando — disse ele. — Mas vou responder. Acho que ainda estamos vivendo na Idade Média.

— Na Idade Média?

— Sim. Na Idade Média, um homem podia concretizar um casamento raptando e estuprando uma mulher. Depois do abuso, ela era obrigada a casar com ele, que também tinha direito às propriedades dela.

— E qual é a relação?

— É uma questão de propriedade e dependência — disse ele. — Originalmente o estupro era concebido não como uma agressão à mulher, e sim como um crime contra a propriedade. Leis de estupro surgiram para proteger o direito do homem à propriedade do sexo, fosse para oferecer a mulher em casamento ou para seu próprio uso. Ela não fazia nem sequer parte do processo. Era apenas uma propriedade em um acordo entre homens. Ainda existe ao redor do estupro mitos que são herdados dessa visão medieval da mulher. "Ela podia ter dito não", "Ela disse não, mas no fundo queria dizer sim", "Ela estava vestida de modo provocante", "Ela só queria provocar".

Seu discurso espantou Victoria. Ela nunca imaginara que um homem podia pensar daquele modo.

— Do mesmo modo, persiste uma visão medieval em relação às crianças — concluiu Lars Mikkelsen. — Ainda hoje, os adultos veem seus filhos como sua propriedade. Eles punem e educam a partir de suas próprias leis.

O policial olhou para Victoria.

— Está satisfeita com a minha resposta?

Ele passava a impressão de ser sincero e apaixonado por seu trabalho. Victoria realmente odiava a polícia, mas Mikkelsen não se comportava como um policial.

Era noite e Sofia estava dormindo. Ela entrou no escritório e fechou a porta silenciosamente. A psicóloga não dissera nada sobre Victoria ter escrito em suas anotações. Talvez ainda não tivesse notado.

Pegou o bloco e continuou de onde tinha parado.

Ela achava a caligrafia de Sofia bonita.

Victoria apresenta a tendência de esquecer o que disse dez minutos ou uma semana antes. Esses "erros" são lapsos normais ou sinais de TDI?

Notei que na maioria das vezes, seus lapsos envolvem temas que não é capaz de discutir. A infância, suas primeiras lembranças...

Suas histórias são associativas, uma memória leva à outra. Existe uma personalidade específica que conta ou Victoria narra de modo infantil porque é mais fácil falar sobre as memórias quando adota o comportamento de quando tinha doze ou treze anos? As memórias são reais, ou estão misturadas com pensamentos atuais? Quem é a Garota-Corvo, a quem ela retorna tantas vezes?

Victoria suspirou e acrescentou:

Ela é uma mistura de todas nós, com exceção da Sonâmbula, que ainda não entendeu que a Garota-Corvo existe.

Victoria trabalhou a noite toda. Quando eram seis horas da manhã, começou a se inquietar, porque Sofia ia levantar em breve. Antes de pôr o bloco de volta na gaveta, folheou-o a esmo, porque não queria parar de ler. Então percebeu que Sofia tinha descoberto seus comentários.

Victoria leu a primeira página do texto original das anotações.

Minha primeira impressão de Victoria é de que se trata de uma garota muito inteligente. Ela tem um bom conhecimento sobre minha profissão e as implicações da terapia. Quando, ao final de uma sessão, apontei isso, aconteceu algo inesperado, que me mostrou que ela também tem um temperamento muito forte. Victoria gritou comigo. Disse que eu "não sabia de nada" e que "era um zero à esquerda". Fazia muito tempo que eu não via alguém com tanta raiva. Esse ódio sem reservas me preocupa.

Victoria havia feito o seguinte comentário:

Não fiquei com raiva de você. Foi um mal-entendido. Eu disse que eu não sabia de nada. Que eu era um zero à esquerda. Eu, não você!

E Sofia agora tinha deixado uma resposta:

Desculpe se não entendi bem a situação. Você estava tão irritada que mal conseguia compreender o que dizia. Tive a impressão de que estava com raiva de mim.

Foi isso que me preocupou.

Aliás, li tudo o que escreveu e acho que você tem ideias bem interessantes. Sem exagerar, posso dizer que suas análises em muitos casos ultrapassam em qualidade as minhas.

Devia ser psicóloga! Está na hora de voltar para a universidade!

O espaço tinha acabado, mas Sofia desenhara uma seta para indicar que ela deveria virar a página.

No entanto, gostaria que você me pedisse permissão antes de pegar meu bloco. Quando você se sentir pronta, por que não conversamos sobre o que escreveu?

Um abraço,

Sofia

ASILO SOLROSEN

— O que eles fizeram com Victoria em Copenhague? — perguntou Jeanette. — Você se lembra do conteúdo da carta?

— Me dê mais um cigarro que talvez eu lembre.

Jeanette entregou o maço para Sofia Zetterlund.

— Do que estávamos falando? — perguntou ela, depois de algumas tragadas.

Jeanette começou a ficar impaciente.

— Copenhague e a carta que você recebeu de Victoria dez anos atrás. Você se lembra do que ela escreveu?

Para surpresa de Jeanette, Sofia gargalhou.

— Pode me passar o Freud, por favor?

— Freud?

— Sim, escutei você sacudindo o globo quando foi buscar o cinzeiro. Posso ser cega, mas ainda não estou surda.

Jeanette o pegou enquanto a mulher acendia outro cigarro.

— Victoria Bergman era muito especial — começou Sofia, enquanto virava o globo lentamente. A fumaça envolvia seu vestido azul e a neve caía dentro do vidro. — Você leu meu parecer no pedido para proteger a identidade de Victoria e sabe quais eram os motivos. Victoria foi abusada sexualmente pelo pai e provavelmente por outros homens também.

Sofia fez uma pausa. Era impressionante como ela oscilava entre acuidade mental e demência.

— Mas você provavelmente não sabe que Victoria também sofria de transtorno de personalidade, ou transtorno dissociativo de identidade.

Sofia Zetterlund estava conduzindo a conversa.

Jeanette tinha uma vaga ideia do que era aquele transtorno. A outra Sofia uma vez afirmara que Samuel Bai sofrera do mesmo problema.

— Embora seja extremamente raro, não é tão complicado — continuou a senhora. — Victoria foi obrigada a inventar várias versões de si mesma a fim de sobreviver e lidar com suas memórias. Quando demos a ela uma nova identidade, foi como se provasse que uma dessas subpersonalidades realmente existia. Era sua parte bem-comportada, a única que poderia estudar, trabalhar e viver uma vida normal.

Sofia sorriu novamente, piscando um olho opaco para Jeanette e sacudindo o globo.

— Freud escreveu sobre masoquismo moral — continuou a senhora. — Quando uma pessoa dissociativa revive seu próprio abuso, permitindo que uma de suas personalidades a realize em outros. Percebi essa característica em Victoria. Se ela não recebeu ajuda depois, provavelmente isso se agravou. Ela atua como seu pai para atormentar a si mesma, para se punir.

Sofia apagou o cigarro no vaso de flores e depois se recostou na cadeira. Jeanette observou a expressão ausente retornando ao seu rosto.

Após dez minutos e uma bronca, ela saiu de Solrosen. Tinham fumado cinco cigarros durante a conversa e haviam sido surpreendidas pela diretora e uma enfermeira, que chegara com os remédios de Sofia.

Ela se sentou ao volante e virou a chave. O motor engasgou e se recusou a pegar.

— Merda.

Jeanette caminhou até o centro de Midsommarkransen e entrou no bar Tre Vänner, em frente ao metrô. Ela pegou uma mesa livre, ao lado da janela voltada para o parque Midsommarparken, pediu um café e ligou para Hurtig.

MARIATORGET, CONSULTÓRIO DE SOFIA ZETTERLUND

Sofia Zetterlund caminhava absorta ao longo da rua Hornsgatan. Sabia que o empanturramento era um dos sintomas mais fortes de insatisfação. E a insatisfação não era a causa de toda mudança?

Ela sabia que mais cedo ou mais tarde teria que contar para Jeanette quem realmente era. Explicar que ficara doente, mas já estava curada. Seria tão simples assim? Contar seria o suficiente? Como Jeanette reagiria?

Quando tentou ajudá-la com o perfil criminal, Sofia apenas escrevera sobre si mesma de maneira fria, justa e antissentimental. Nem teve que ler os relatórios sobre os crimes, porque sabia o que tinha acontecido. Ou como deveria ter parecido.

Quando chegou à recepção, Ann-Britt a chamou.

Sofia Zetterlund primeiramente ficou surpresa e depois irritada quando a recepcionista contou que no início do dia recebera telefonemas de Ulrika Wendin e Annette Lundström.

As sessões agendadas pelas duas tinham sido canceladas.

— Todas? Elas deram alguma justificativa? — perguntou Sofia, inclinando-se sobre o balcão.

— Bem, a mãe de Linnea me disse que ela está se sentindo melhor e que voltou pra casa. — Ann-Britt dobrou o jornal que tinha à sua frente antes de prosseguir. — Ao que parece, ela recuperou a custódia da garota. Annette disse que o tratamento era temporário e que, como agora está tudo bem, decidiu que Linnea não precisa mais dele.

— Mas que idiota! — Sofia sentiu o sangue ferver. — Então agora ela acha que tem condições de determinar a necessidade de tratamento da filha?

Ann-Britt se levantou e foi até o bebedouro em frente à cozinha.

— Ela não pôs dessa forma, mas foi mais ou menos o que disse.

— E Ulrika?

Ann-Britt encheu um copo de água.

— Só disse que não queria vir mais.

Sofia voltou para o elevador, desceu e saiu pela rua St. Paulsgatan. Na Bellmansgatan, virou à esquerda, passando em frente ao Cemitério Maria Madalena.

Cinquenta metros à frente, viu uma mulher de costas e reconheceu algo naqueles quadris largos e nos pés virados para fora.

A mulher andava de cabeça baixa, como se carregasse um peso interno. Seu cabelo era grisalho e estava preso em um coque.

Sofia sentiu seu estômago se contraindo e começou a suar frio. Viu a mulher virando na rua Hornsgatan.

Memórias difíceis de reconstruir. Fragmentos.

Por mais de trinta anos, suas memórias haviam permanecido enterradas, como fragmentos afiados em seu mais profundo interior, estilhaços de outro tempo e outro lugar.

Ela aumentou o ritmo e quase correu até a esquina, mas a mulher já se fora.

KVARTERET KRONOBERG, DELEGACIA DE POLÍCIA

Era um fim de tarde de outubro, e Jeanette estava sentada em sua sala com uma folha A3 na mão, contendo todos os nomes que haviam surgido durante a investigação.

Ela tinha agrupado os nomes e traçado as relações. Quando pegou caneta para ligá-los, Hurtig entrou apressado na sala.

O telefone tocou no mesmo momento. Jeanette viu que era Åke e fez um gesto para que Hurtig aguardasse.

O policial parecia impaciente.

— Você tem que desligar. Precisamos ir.

Jeanette olhou Hurtig e ergueu dois dedos.

— Åke, agora não tenho tempo.

— Não importa. Precisamos conversar sobre...

— Agora não! — interrompeu ela — Tenho que sair. Vou estar em casa daqui a uma hora.

Hurtig balançou a cabeça.

— Não, não, não — disse ele em voz baixa. — Você só vai chegar depois da meia-noite.

— Åke, espere um momento. — Ela virou para Hurtig. — O que você disse?

— Annette Lundström acabou de ligar. Precisamos...

— Espere um pouco. — Ela voltou ao telefone. — Como eu disse, não posso falar agora.

— Como sempre — suspirou Åke, desligando o telefone. Jeanette sentiu o rosto ardendo e as lágrimas se formando.

Hurtig lhe estendeu seu casaco.

— Desculpe, eu não quis...

— Tudo bem. — Ela vestiu o casaco, apagou a luz e fechou a porta.

Enquanto desciam as escadas, Hurtig informou o que tinha acontecido.

Annette Lundström entrara em contato. Tinham posto uma fotografia em sua caixa de correio.

Uma polaroide de alguém que ela reconhecera.

Ela não quis dizer mais nada ao telefone.

Hurtig dirigia em alta velocidade. Passaram primeiro pela rodovia Essinge, depois por Nortull e em seguida foram em direção a Sveaplan. Ele mudava de pista buzinando, irritado com os motoristas que, apesar das sirenes, bloqueavam o carro.

— Por que ela ligou para você? — perguntou Jeanette.

Hurtig freou bruscamente atrás de um ônibus que parou no ponto.

— Não sei — respondeu ele.

Após a rotatória em Roslagstull, o trânsito ficou melhor e eles entraram na rodovia E18.

— Åke está dificultando as coisas?

A pista da direita estava livre. Hurtig acelerou. Jeanette notou que estavam a cento e cinquenta quilômetros por hora.

— Não. É por causa de Johan, ele... — Ela sentiu as lágrimas querendo vir, não mais de raiva, e sim de uma sensação doentia de que não era o suficiente.

— Johan está bem!

Jeanette percebeu que Hurtig a olhava discretamente. Ele podia ser severo e calado, mas a detetive sabia que, sob a superfície, era uma pessoa sensível, que se preocupava com ela.

— Johan está numa idade complicada — continuou Hurtig. — Cheio de hormônios e tudo mais. Com o divórcio... — Ele se interrompeu, para evitar um comentário inapropriado. — É sempre difícil, independente disso.

— O quê?

— Essa idade. Pense no que aconteceu em Sigtuna. Hannah Östlund, Jessica Friberg e Victoria Bergman. Tudo toma outra proporção. Como quando você se apaixona pela primeira vez. — Hurtig sorriu um pouco envergonhado.

O que Jeanette experimentou nesse momento constituía um dos maiores mistérios do intelecto humano. A faísca. O estalo.

Ela já sabia de quem era a foto que Annette Lundström tinha recebido.

Mas não disse nada.

Os dois seguiram em silêncio pelos últimos quilômetros.

Tudo se encaixava perfeitamente, e Jeanette queria confirmar suas suspeitas o mais rápido possível.

Assim que fizeram a curva, viram Annette Lundström de pé, em frente aos degraus da casa. Jeanette notou que estava cansada e envelhecida.

Enquanto saíam do carro, um homem da casa vizinha se aproximou. Ele se apresentou e disse que vira mais cedo uma mulher desconhecida pondo algo dentro da caixa de correio dos Lundström.

— Ela veio andando dali — disse, apontando a rua. — Como a gente aqui cuida um do outro... — Ele ficou em silêncio. Jeanette entendeu o que queria dizer.

"Os suecos nunca confiam em estranhos", pensou ela.

— Você não a reconheceu? — perguntou Hurtig.

— Não. Nunca a vi antes. Era loira. Usava uma roupa normal. Não tinha nada de estranho. Foi até a caixa de correio e pôs algo dentro. Não vi o quê.

Jeanette olhou para Hurtig, que apenas sacudia a cabeça. O homem parecia estar sendo sincero.

— Muito bem, obrigada por sua ajuda — disse Jeanette, virando para Annette Lundström enquanto o homem voltava para casa.

Elas entraram juntas na sala de estar sem mobília.

Havia algumas caixas de mudança, janelas sem cortina e muita poeira.

Annette Lundström sentou sobre uma caixa enquanto Jeanette parou em frente à porta e olhou em volta.

Havia manchas pálidas na parede onde antes estavam pendurados quadros. Buracos e manchas de mãos sujas.

No parapeito da janela estava uma garrafa de conhaque, ao lado de um cinzeiro cheio. O ar na sala parecia sufocante.

O que tinha sido um ambiente quente e acolhedor somente alguns dias antes havia se tornado um espaço vazio e sujo. Um nada entre um lugar e outro.

Um lar abandonado.

— É tudo minha culpa. Eu devia ter dito alguma coisa antes. — O tom de voz de Annette era monótono. Jeanette suspeitou que algo mais que álcool a deixara apática. Provavelmente um sedativo.

A detetive se apoiou contra a porta.

— O que você deveria ter dito?

Ela observou os olhos da mulher, vermelhos de tanto chorar. Parecia estar distante. Demorou um bom tempo até que respondesse:

— Deveria ter sido mais sincera quando falamos da última vez. Acho que tudo isso é sobre o passado. Fredrika não era uma boa pessoa, tinha muitos inimigos... Ela é... Ou era... — Annette se calou. Parecia estar com dificuldade de respirar. Jeanette só podia esperar que ela não começasse a hiperventilar ou tivesse um ataque histérico.

— É ela quem está na foto — disse Annette, apanhando um envelope e estendendo-o para a detetive.

A falta de selo confirmava a afirmação do vizinho, de que o envelope tinha sido entregue pessoalmente.

Jeanette pegou o envelope, pôs sobre o parapeito da janela e vestiu um par de luvas de borracha antes de abri-lo.

— É ela! — disse Annette.

A detetive observou a foto, uma polaroide de Fredrika Grünewald.

O rosto sem vida, a boca aberta, os olhos contorcidos de medo.

Sangue escorria da blusa clara de Fredrika. A corda de piano tinha cortado fundo seu pescoço rígido.

A foto tinha sido tirada poucos segundos antes que ela morresse.

Mas aquilo não era o mais importante. A mão que segurava a corda de piano não tinha o dedo anelar.

Jeanette se lembrou da carta escrita por Ralf Börje Persson. Ele dizia que a loira que procurara por Fredrika não tinha o dedo anelar.

Apesar da situação trágica, ela sentia algo parecido com alívio.

Tinha todos os fatos à sua frente, mas, algumas vezes, não dava para imaginar a floresta a partir de algumas árvores. "Não foi exatamente má conduta de minha parte, mas talvez um trabalho fraco", pensou ela. Finalmente chegara ao momento em que tudo se encaixava. Conexões impensadas se tornaram claras, dissonância se transformava em harmonia, a falta de sentido assumiu um padrão novo e coerente.

— Essa é Hannah Östlund — disse Annette Lundström.

KVARTERET KRONOBERG, DELEGACIA DE POLÍCIA

A fotografia confirmou as suspeitas de Jeanette. Todas as pontas soltas se entrelaçaram, formando uma imagem. Ela descobriria em breve se era sólida.

Sua intuição indicava que sim, mas a detetive sabia que podia ser traiçoeira. A intuição é importante no trabalho policial, mas não pode tomar o controle e obscurecer a visão. Nos últimos tempos, por medo de ser conduzida por suas emoções, não dera ouvidos a ela e seguira os fatos cegamente.

Jeanette se lembrou do curso noturno de desenho que fez quando começava a sair com Åke. O professor tinha explicado como o cérebro constantemente engana o olho, que por sua vez é enganado pela mão que segura o lápis. As pessoas veem o que acham que deviam ver e ignoram como a realidade realmente era.

Uma imagem com dois motivos, dependendo do foco. Uma ilusão de óptica.

A inocente declaração de Hurtig a caminho de Åkersberga a tinha feito parar e se desarmar, para que pudesse ver o que precisava ver.

Entender o que precisava entender e deixar de lado a idealização.

Se estivesse correta, ela era uma boa policial que fizera seu trabalho e merecia seu salário. Mais nada.

Se, no entanto, estivesse errada, seria criticada e teria sua competência questionada. Pensariam que seus erros se deviam ao fato de ser mulher e, portanto, incapaz de ser uma boa detetive. Aquilo nunca seria dito em voz alta, mas seria insinuado.

Ela disse para Hurtig que não queria ser incomodada e, pela manhã, se trancou em sua sala e começou a enviar pedidos de impressões digitais e DNA.

Receberia uma resposta naquele mesmo dia.

O mais importante era encontrar Victoria Bergman. Enquanto esperava por respostas, Jeanette leu suas anotações sobre a conversa com sua antiga psicóloga.

Estuprada e abusada sexualmente por seu pai durante toda a infância.

Uma nova identidade possibilitou que recomeçasse a vida em outro lugar, longe dos seus pais.

Mas para onde tinha mudado? O que acontecera? O que haviam feito com ela em Copenhague?

Victoria estava envolvida nos assassinatos de Silfverberg e Grünewald?

Jeanette acreditava que não. A única coisa que sabia com certeza era que Hannah Östlund tinha matado Fredrika Grünewald. Jessica Friberg talvez estivesse do outro lado da câmera, mas era apenas uma suposição, porque a assassina poderia ter usado o timer.

Sofia tinha diagnosticado em seu esboço de perfil um transtorno de personalidade limítrofe. Portanto, tratava-se de alguém que não diferenciava bem o eu e o outro. Se fosse verdade, seria confirmado no futuro da investigação. Naquele momento, ainda era uma questão de importância secundária.

Se não fosse pelo assassinato do marido de Charlotte, Per-Ola Silfverberg, ela teria entendido tudo muito mais cedo.

Na verdade, era Charlotte quem deveria ter sido assassinada. Ela também recebera as cartas. A razão da mudança de planos só podia ser especulada, mas foi inegavelmente uma vingança terrível.

“Tudo parece tão óbvio agora”, pensou Jeanette. “É a lei da natureza humana. O que se esconde nos recantos da alma luta para vir à tona.”

Ela deveria ter se concentrado em Fredrika Grünewald e suas colegas, e no incidente que causara tanto impacto.

Hurtig bateu na porta e entrou na sala.

— Como vão as coisas? — disse ele, apoiando-se contra a parede à esquerda da porta, como se não fosse permanecer muito tempo.

— Tudo bem. Estou à espera de algumas informações que podem chegar a qualquer momento. Em seguida soltaremos o alerta.

— Então você já sabe? — Hurtig sentou.

— Talvez. — Jeanette tirou os olhos dos papéis, afastou a cadeira e entrelaçou os dedos atrás da cabeça.

— Falou com Åke? — perguntou Hurtig, olhando preocupado para ela.

— Sim, consegui falar quando voltamos. Aparentemente, Johan está com dificuldade em aceitar Alexandra. Ele a chamou de “puta”.

Hurtig riu.

— Esse menino é valente.

RUA SWEDENBORGSGATAN, SÖDERMALM

Sofia Zetterlund se preparava para voltar para casa. Estava exausta.

Do lado de fora, o sol tingia a rua de fogo. O vento que anteriormente balançara as janelas tinha desaparecido.

Quando Sofia deixou seu consultório, percebeu no ar a chegada do inverno. Na praça Mariatorget, um bando de gralhas se reunia para voar ao sul. Na entrada da estação de metrô, viu a mulher novamente.

Reconheceu o modo de andar, os quadris largos, os pés apontando para fora, a cabeça baixa e o coque austero e grisalho.

Ela entrou na estação e Sofia se apressou para alcançá-la. As duas pesadas portas da estação a retardaram. A mulher tinha desaparecido de novo.

Sofia correu até a catraca.

Ela não estava lá, embora não pudesse ter passado e descido a escada rolante em tão pouco tempo.

Sofia saiu da estação. Deu uma olhada no restaurante e na tabacaria.

Não havia sinal da mulher em parte alguma.

O sol poente lançava reflexos alaranjados nas janelas e nas fachadas dos prédios.

“Fogo”, pensou. Restos carbonizados de vidas, corpos e pensamentos.

KVARTERET KRONOBERG, DELEGACIA DE POLÍCIA

O sol espreitava atrás das nuvens. Jeanette Kihlberg levantou da mesa. Olhou pela janela os telhados de Kungsholmen e respirou profundamente. Encheu os pulmões e depois soltou o ar de forma redentora.

"Hannah Östlund e Jessica Friberg", pensou ela. Colegas de escola de Charlotte Silfverberg, Fredrika Grünewald, Henrietta Dürer, Annette Lundström e Victoria Bergman no Sigtuna.

O passado sempre vinha à tona.

Como supusera, Hannah Östlund e Jessica Friberg estavam desaparecidas. Depois que ela apresentou suas provas ao promotor Von Kwist, ele concordou em expedir os mandados de prisão. As duas eram suspeitas do assassinato de Fredrika Grünewald. Em relação ao assassinato de Per-Ola Silfverberg, as evidências eram menos convincentes, mas ainda significativas.

Era questão de esperar o desenrolar dos acontecimentos.

Mas ainda havia o motivo. Por quê? Vingança?

Jeanette tinha sua teoria, mas, quando precisava explicar como tudo se encaixava, parecia bastante improvável.

Elas também podiam ter assassinado os casais Bergman e Dürer? Haviam causado os incêndios?

E Karl Lundström?

Por que tinham feito parecer acidentes?

A detetive foi interrompida pelo telefone. Ela se inclinou sobre a mesa e pressionou o botão para atender.

— Sim?

— Sou eu — disse Jens Hurtig. — Tenho algo interessante para mostrar a você aqui na minha sala.

A porta estava aberta. Quando ela entrou, viu que Åhlund e Schwarz também estavam lá. Todos olharam para ela, e Schwarz sorriu com malícia.

— Escute isso — disse Åhlund, apontando para Hurtig.

Jeanette se enfiou entre eles, puxou uma cadeira e sentou.

— Vamos lá.

— Polcirkeln — começou ele. — Registros da igreja de Nattavaara. Annette Lundström sempre teve esse sobrenome. Ela e Karl Lundström são primos.

— Primos?

— Isso. Nasceram a trezentos metros um do outro. Os pais de Karl e Annette são irmãos. Moravam em um município da Lapônia chamado Polcirkeln. Interessante, não?

Jeanette não sabia se aquela era a palavra certa.

— Inesperado, talvez — respondeu ela.

— Tem mais.

A detetive viu que Hurtig estava quase rindo.

— O advogado Viggo Dürer morou em Voullerim. A apenas trinta ou quarenta quilômetros de Polcirkeln. Lá em cima isso é nada. Alguém a trinta quilômetros de você é basicamente um vizinho. Posso dizer outra coisa sobre Polcirkeln.

— Essa parte é bem divertida — exclamou Schwarz.

Hurtig pediu silêncio com um gesto.

— Na década de oitenta, surgiu uma história na imprensa. Envolvia uma seita com ramificações por todo o norte da Lapônia e Norrbotten, com sede em Polcirkeln. Você já ouviu falar no movimento Korpela?

— Não, mas suponho que você sim.

— Anos trinta — prosseguiu Hurtig. — Uma seita apocalíptica no leste de Norrbotten. Profecias de fim de mundo e um navio de prata que buscaria os fiéis. Eles realizavam orgias a partir de citações da Bíblia sobre a criança interior, corriam nus pelas estradas e coisas assim. Cento e dezoito pessoas foram interrogadas e quarenta e cinco foram multadas, algumas por atividades sexuais com menores.

— E o que aconteceu em Polcirkeln?

— Algo parecido. Tudo começou com uma denúncia anônima contra um movimento chamado Salmos do Cordeiro. Envolvia abuso sexual contra crianças. Annette e Karl Lundström estavam envolvidos, assim como seus pais, mas nada foi provado. A investigação foi arquivada.

— Não acredito! — disse Jeanette.

— Nem eu. Annette Lundström tinha apenas treze anos. Karl, dezenove. Os pais deles estavam na faixa dos cinquenta.

— E depois?

— Nada. A seita sumiu. Karl e Annette se mudaram para o sul e alguns anos depois se casaram. Ele assumiu a construtora do pai e depois se tornou presidente de uma empresa em Umeå. A família morou em várias partes do país, conforme recebia novas atribuições. Quando tiveram Linnea, moravam em Skåne, mas disso você sabe.

— E Viggo Dürer?

— Foi citado em um dos artigos. Trabalhava em uma serraria e deu uma declaração ao jornal. Aqui está: "A família Lundström é inocente. O movimento Salmos do Cordeiro nunca existiu. É uma invenção dos jornalistas".

— Por que ele foi entrevistado? Também estava envolvido?

— Não. Mas acho que ele queria aparecer nos jornais sempre que podia. Já tinha suas ambições.

Jeanette pensou em Annette Lundström.

Ela nascera em uma cidadezinha isolada no norte. Quando criança, participara de um culto envolvendo abuso sexual. Casara com seu primo Karl. O abuso sexual tinha continuado, propagando-se através das gerações. A família se desfizera. Implodira. O caos tomara conta.

— Está pronta para mais?

— Claro.

— Você sempre diz que se deve seguir a intuição... — Hurtig ficou em silêncio por um momento antes de continuar. — Bom, verifiquei a conta bancária de Annette Lundström e descobri que alguém colocou recentemente meio milhão de coroas lá.

"Caramba", pensou Jeanette. Alguém queria esconder o que Linnea sofrera.

Era o dinheiro de Judas.

JOHAN PRINTZ VÄG

Ulrika Wendin desligou o celular e entrou na estação de metrô Skanstull. Ela se sentira aliviada quando a secretária atendera sua ligação para dizer que não iria mais à terapia, e não Sofia Zetterlund.

Ulrika Wendin estava envergonhada por ter se deixado calar.

Cinquenta mil coras não era muito dinheiro, mas podia pagar o aluguel por seis meses e comprar um novo computador.

Ela passou pela catraca atrás de outra pessoa, para não precisar pagar.

Von Kwist ficara abalado ao saber que ela conhecia Sofia. Temera que a jovem acabasse revelando na terapia o que Viggo Dürer e Karl Lundström haviam feito.

Ulrika Wendin pensou em Jeanette Kihlberg, que mesmo sendo policial, parecia uma pessoa legal.

Devia ter contado tudo?

Não. Não aguentaria passar por aquilo novamente e duvidava que alguém fosse acreditar nela. Era melhor se manter em silêncio. Quem dava a cara a tapa corria o risco de se dar mal.

Nove minutos mais tarde, ela saiu na plataforma em Hammarbyhöjden e passou sem problemas pela catraca. Não encontrou nenhum fiscal a bordo ou no caminho.

Seguiu pela Finn Malmgrens Väg, passando pela escola e pelo bosque. Na Johan Printz Väg, passou pelo portão, subiu as escadas, abriu a porta e entrou.

Havia uma pilha de correspondência. Folhetos e jornais gratuitos.

Ela trancou a porta e pôs a trava de segurança.

Deitou no chão e começou a chorar. A pilha de papel era macia.

Em todos os anos morando com namorados que batiam nela, Ulrika jamais chorara.

Quando chegara da escola e encontrara a mãe espancada no sofá, ela não tinha chorado.

Sua avó a descrevera como uma criança educada. Uma menina calma que nunca chorava.

Mas ela estava chorando quando ouviu alguém se movendo na cozinha.

Ulrika Wendin levantou e foi até lá.

Encontrou um homem desconhecido e, antes que pudesse reagir, ele socou seu nariz.

Ela escutou o osso trincando.

EDSVIKEN, CASA DOS LUNDSTRÖM

Linnea Lundström jogou a carta queimada de seu pai na privada, deu a descarga e voltou para o quarto.

Pronto.

Ela pensou em sua psicóloga, Sofia Zetterlund, que contara como Charles Darwin elaborara a teoria de A *origem das espécies*. Uma ideia surgira em sua mente e ele dedicara o resto da vida a prová-la.

Sofia também havia falado sobre a teoria da relatividade, que simplesmente ocorrera a Einstein.

Linnea Lundström entendeu que se tratava da mesma clareza repentina que a atingira.

A vida, que sempre tinha sido um mistério, de repente se tornava uma dura realidade, externa ao indivíduo.

Diferentemente de Darwin, ela não precisava de provas; ao contrário de Einstein, ela não ia elaborar uma teoria. Algumas das provas já estavam dentro dela, nas cicatrizes rosadas de sua alma. Outras eram visíveis em seu corpo, na forma de fissuras na vagina e outros machucados.

Havia evidências, como quando ela acordava de manhã na cama molhada ou quando ficava nervosa e não conseguia se segurar.

A tese fora formulada por seu pai anos antes. Quando ela não conseguia dizer mais que algumas poucas palavras. Em um tanque de areia, em Kristianstad, ele colocara a tese em prática. Desde então, era uma realidade para ela.

Linnea se lembrava das palavras aliciantes na cabeceira.

De suas mãos em seu corpo.

De suas orações.

Quero tocar você e atender seus desejos. Minha satisfação é ver seu prazer.

Ela puxou a cadeira para baixo do lustre. Sabia os versos de cor.

Quero fazer amor com você e lhe dar todo o amor que merece. Quero acariciar você com ternura por dentro e por fora, como só eu posso.

Ela tirou o cinto. Era de couro preto. Com rebites.

Tudo em você me dá desejo e prazer.

Um laço. Um pé sobre a cadeira. O cinto preso no teto.

Você vai experimentar o mais alto nível de satisfação e prazer.

O cinto em volta do pescoço. O som da televisão no andar de baixo.

Annette com uma caixa de chocolates e uma taça de vinho.

A final de um programa de calouros.

Ela tinha prova de matemática no dia seguinte. Estudara a semana inteira e sabia que seria aprovada.

Um passo no ar. O público costumava aplaudir obedientemente quando os juízes davam a nota.

Um pequeno passo. A cadeira caiu.

É a verdadeira expressão do divino.

HAMMARBYHÖJDEN

Ulrika Wendin não sabia como, mas ainda estava de pé. Seu rosto estava entorpecido e ela olhava diretamente nos olhos do desconhecido. Por um breve momento, julgou ver nele algo que se assemelhava a compaixão. Uma centelha de piedade.

Depois recuperou contato com a realidade e deu alguns passos vacilantes para trás, enquanto o homem a olhava em silêncio.

E então tudo se passou rapidamente, mas para Ulrika durou uma eternidade.

Ela escorregou na pilha de papel, mas conseguiu manter o equilíbrio e agarrar a maçaneta da porta.

“Merda”, pensou, ouvindo passos rápidos vindo em sua direção.

Porta trancada e trava de segurança.

Suas mãos estavam habituadas com as chaves, mas mesmo assim ela se atrapalhou por um tempo que pareceu enorme. Quando finalmente passou pela porta, sentiu duas mãos envolvendo seu pescoço.

Ela o escutou ofegando às suas costas. Não pensou em nada. Não teve tempo nem de sentir medo. Agiu por adrenalina.

Contorceu-se em suas mãos, conseguiu virar e o chutou com o máximo de força que pôde, então torceu pelo melhor.

Tinha conseguido acertá-lo entre as pernas.

“Corre, porra, corre”, pensou ela, mas suas pernas não obedeceram.

Ulrika viu o homem corpulento desabando. Então percebeu que estava tremendo por inteiro.

Ele sussurrou algo inaudível e tentou levantar.

Ela finalmente conseguiu correr.

Desceu os degraus, atravessou o portão e continuou. Passou pelo estacionamento de bicicletas e pela floresta. Não olhou mais pra trás. Apenas corria.

Não tinha ninguém por perto. Ela não ousava voltar. À sua frente havia um morro coberto de arbustos. Do outro lado, vislumbrou um prédio.

Crepúsculo. Pinheiros altos, chão rochoso e acidentado. Por que ela tinha corrido para a floresta?

Então o viu.

Estava a dez metros de distância. Sorriu para ela com um punhal na mão. Ulrika não conseguia ver a lâmina. Ele vinha lentamente em sua direção, e logo ela entendeu por quê. Sua única saída era o morro atrás, coberto de arbustos compactos.

A moça resolveu tentar. Virou e correu em direção à escuridão, entre os ramos e espinhos.

Gritou tão alto quanto podia, sem se atrever a voltar.

Começou a escalar, os ramos arranhando rosto e braços.

Achou que estava ouvindo a respiração dele, mas talvez fosse dela mesma.

Gritou mais uma vez. Saiu abafado e a deixou sem fôlego. Seguiu por entre os arbustos. Chegou à encosta do morro, onde havia pinheiros mais baixos, e começou a correr.

Ela viu a parte de trás de um edifício. Uma escada de porão. Sentiu uma pontada de esperança ao ver a porta aberta e o interior iluminado.

Se as luzes estavam acesas, havia alguém lá. Alguém que poderia ajudá-la.

Afastou os últimos ramos e se jogou na escada.

— Socorro! — urrou.

Era o corredor de um depósito.

— Socorro! — repetiu ela.

A porta. Ela tinha que fechar a porta.

Ulrika virou. Ouvia a respiração ofegante dele lá fora, a caminho das escadas. Com um último esforço, correu até a porta e a fechou num estrondo.

Ela registrou algumas caixas de mudança no corredor e um calço de madeira em uma das portas.

— Tem alguém aí?

Nenhuma resposta. Sua testa estava coberta de suor e sua respiração, pesada. O coração batia com tanta força que parecia que ia sair pela garganta. Não tinha ninguém ali.

A maçaneta. Ele a virou pela segunda vez. Ela ouviu um som na fechadura.

Chaves?

Como ele tinha entrado no apartamento dela?

Não importava.

Ela virou para seguir pelo corredor, então a luz apagou. Ainda ouvia o ruído na porta. Identificou a luzinha vermelha do interruptor em meio à escuridão. Ela se afastou correndo. Precisava se afastar da porta.

Seguiu explorando o interior do depósito. Foi tateando a parede e só então sentiu o cheiro.

Um odor penetrante, nauseabundo. Esgoto, fezes? Não sabia.

O corredor terminava numa curva à esquerda. Não havia nenhum interruptor ali, e ela se apressou, na escuridão. Os compartimentos do depósito eram feitos de arame. Ela podia adivinhar como eram apenas sentindo-os com as mãos.

Então Ulrika viu a luz vermelha de um interruptor a poucos metros de distância.

No mesmo momento, ouviu a porta abrindo. As luzes se acenderam.

Bem em frente a ela, a cinco metros de distância, estava uma porta fechada. Sem tranca. Só a fechadura.

À esquerda, havia um nicho na parede com um recipiente de metal e diversos canos.

Espaço suficiente para se esconder.

Ela foi até lá e se espremeu contra a parede.

Era de onde vinha o cheiro.

"Enxofre", pensou. O recipiente era uma caixa de gordura, e ela imaginou que houvesse uma pizzaria naquele prédio.

Ulrika o escutou se aproximando. Os passos pararam. Bem ao seu lado.

Ele se moveu novamente. Ela fechou os olhos. Torcia para que não ouvisse sua respiração e as fortes batidas de seu coração.

Se ela conseguisse parar de fungar. O soco causara estrago em seu nariz. Ela não conseguia respirar por ele, que sangrava. Sentia o calor se espalhando pelo lábio superior.

Não tinha mais jeito.

Não mesmo.

Ela viu suas botas entre a caixa de gordura e um dos canos mais grossos. Estava lá parado, a menos de um metro. Sem dizer nada.

Ulrika permaneceu escondida, entre a caixa de gordura e a parede. Ela achou que pelo menos um minuto tinha se passado antes de ele começar a bater contra os canos.

Um toque estridente, mais um e mais um. Ela sabia que estava usando o cabo do punhal.

Sentiu um gosto amargo na boca e no fundo da garganta.

Ele começou a andar para a frente e para trás. Seus passos ecoavam e as batidas nos canos aumentavam de intensidade, sinal de que estava perdendo a paciência.

Então Ulrika viu o que estava no canto, ao alcance de sua mão. Alguns tubos finos de cobre, cortados ao meio. As pontas pareciam capazes de fazer um bom dano, caso acertassem no lugar certo.

Ela estendeu a mão, mas hesitou.

Tremia, e a garota percebeu que era inútil.

Não ia conseguir. Não aguentava mais aquela porra.

"Me mata, então", pensou ela. "Me mata."

TANTOBERGET, ILHA DE SÖDERMALM

Ela viu o carro se aproximando e se escondeu atrás dos arbustos.

Abaixo se via Tantolunden. O sol era apenas uma borda brilhante sobre os telhados. A torre estreita da igreja de Essinge parecia uma linha esguia em frente a Smedslätten e Ålsten.

Nos amplos gramados de Tantolunden, algumas pessoas enfrentavam o frio. Duas brincavam de frisbee, embora estivesse quase escuro. Ao longe, ela viu alguém dando um mergulho no mar.

O carro parou, o motor foi desligado e os faróis se apagaram. Tudo ficou em silêncio.

Ela tentara esquecer todos os anos que passara em instituições na Dinamarca, mas sempre falhara. Agora, ia terminar o que havia decidido fazer naquela época.

As mulheres que estavam no carro possibilitariam seu retorno para casa.

Hannah Östlund e Jessica Friberg precisariam ser sacrificadas.

A não ser pelo menino em Gröna Lund, ela sempre lidara com pessoas doentias. Levá-lo fora um erro. Por perceber isso, ela o deixara viver.

Injetara álcool puro no garoto, que desmaiara. Ela vestira a máscara de porco nele. Tinham passado a noite toda em Waldermarsudde. Quando por fim ela entendera que ele não era seu meio-irmão, tinha se arrependido.

O menino era inocente, mas as mulheres que a esperavam no carro não eram.

Para sua decepção, não sentiu alegria nem mesmo alívio.

A visita a Värmdö também fora decepcionante. A casa de seus avós tinha sido queimada. Ambos estavam mortos.

Ela imaginara como seria ver aqueles rostos quando entrasse na casa para confrontá-los.

Sua expressão quando dissesse quem era seu pai.

Papai e vovô, o porco nojento Bengt Bergman.

O pai adotivo, Per-Ola, tinha compreendido. Até pedira perdão e oferecera dinheiro. Como se fosse possível compensar suas ações.

"Não há dinheiro no mundo que pague", pensou ela.

Inicialmente, a patética Fredrika Grünewald não a reconhecera. O que não era tão estranho, afinal de contas. Mais de uma década tinha se passado desde seu último encontro, na fazenda de Viggo Dürer em Struer.

Quando Fredrika contara sobre Sigtuna.

Sobre como saboreara o show.

Às vezes era preciso sacrifício. Através da morte, a vida ganhava um novo significado.

Ela se lembrou de seus olhos vazios, do suor e da emoção coletiva no recinto.

Apertara seu casaco azul-cobalto e decidira ir até o carro onde estavam as duas mulheres sobre as quais ela sabia tudo.

Quando enfiou as mãos nos bolsos para se assegurar de que não tinha se esquecido das polaroides, sentiu um ardor na mão direita.

Não fora nenhum sacrifício amputar o dedo anelar.

"O passado sempre vem à tona", pensou.

PARTE III

DINAMARCA, 1994

Você não pode achar que o verão vai chegar sem que ninguém o apresse
Tornando tudo um pouco mais veranil, logo chegam as flores
Eu faço as árvores brotarem, eu torno o pasto verde
E eis que o verão chegou, pois acabei de remover toda a neve.

A praia estava deserta, a não ser por eles e pelas gaivotas.

Ela já tinha se acostumado com os gritos dos pássaros e o som das ondas, mas o farfalhar da lona azul que os abrigava do vento a irritava. Era difícil dormir.

Madeleine estava deitada de bruços e o sol queimava sua pele. Ela pôs a toalha sobre a cabeça, deixando uma fresta para ver o que acontecia ao redor, se quisesse.

Nove bonequinhos de Lego.

E a filha de Karl e Annette brincando alegremente à beira-mar.

Todos estavam nus, exceto o criador de porcos, que dissera que tinha eczemas e não podia ficar no sol. Ele estava perto da água, acompanhando a menina. Seu cachorro também estava lá, um grande rottweiler em quem ela não confiava.

Madeleine passou a língua sobre o dente. Parecia que nunca ia parar de sangrar, mas não caía.

Próximo a ela, como de costume, estava seu pai adotivo. De quando em quando, ele passava a mão nas costas dela, com ou sem protetor solar. Ele tinha pedido duas vezes para ela virar, mas Madeleine fingira que estava dormindo.

Virou a cabeça sob a toalha e olhou para o outro lado. A praia estava completamente deserta. Não havia nada além de areia até o ancoradouro, com o farol vermelho e branco ao longe. As gaivotas sobrevoavam, talvez por causa dos banhistas que não recolhiam seu lixo antes de ir embora.

— Vire de costas — disse ele com a voz suave. — Você vai se queimar.

Madeleine obedeceu em silêncio e fechou os olhos, escutando-o sacudir o frasco de protetor solar. Suas mãos estavam quentes, e ela não sabia o que deveria sentir. Era bom e desagradável ao mesmo tempo, como o dente incômodo. Quando ela passava a língua na base áspera, sentia um formigamento, assim como quando sentia o toque de suas mãos.

Ela sabia que seu corpo era mais desenvolvido do que o das meninas de sua idade. Era muito mais alta e seus seios já tinham começado a crescer. Pelo menos era o que pensava, porque estavam inchados e coçavam. O dente incomodava porque ia nascer um novo no mesmo lugar, um permanente.

Ele parou de tocá-la mais cedo do que ela esperava.

Uma voz abafada de mulher pediu que ele deitasse, e a menina o viu apoiando os cotovelos na areia.

Madeleine virou a cabeça cuidadosamente. Por debaixo da toalha, viu que era a gorda, Fredrika, que se sentava sorridente ao lado dele.

Pensou nos bonequinhos de Lego. Homenzinhos de plástico com os quais se podia fazer o que quisesse. Continuavam a sorrir, mesmo derretendo no forno.

Ela não conseguia parar de olhar. A mulher desceu até a cintura dele e abriu a boca.

Pela fresta na tolha, via a cabeça dela se movendo devagar, para cima e para baixo. Fredrika tinha acabado de sair da água e ainda estava molhada, com o cabelo grudado no rosto. Tudo era vermelho e molhado.

Ela pensou em quando estavam passeando em Skagen e seu pai adotivo batera nela pela primeira vez. Era uma praia cheia e todos estavam em trajes de banho. Madeleine fora até um homem sentado sozinho sobre uma esteira, bebendo café e fumando. Ela abaixara seu maiô para ele porque achava que queria vê-la nua.

O homem apenas lhe dera um sorriso irônico enquanto soltava a fumaça, mas seus pais adotivos tinham ficado furiosos. Per-Ola a arrastara pelos cabelos até longe.

— Aqui não! — disse ele.

Agora seus corpos tapavam a luz.

A gengiva coçava. Ela sentiu o frio no ar.

Eles olharam e ela olhou para eles. Não havia do que se envergonhar.

Uma das mulheres novas, uma loira, pegou uma câmera. Era uma daquelas que cuspia fotos na hora.

A lona farfalhava. Ela estava de olhos fechados quando ouviu o clique.

Então, de repente o dente se soltou.

Ela ficou brincando com o dente na boca enquanto observava.

Sentia o gosto de sangue.

SÖDERMALM

O começo do fim foi um carro azul ardendo no ponto mais alto de Tantoberget.

Um morro queimando no meio de Södermalm não era o que Jeanette Kihlberg esperava como peça fundamental para sustentar sua teoria. Quando ela e Jens Hurtig passaram em alta velocidade por Hornstull e olharam Tantoberget ao longe, parecia um vulcão.

Antes da região entre Ringvägen e Årstaviken se tornar um parque, Tantoberget era basicamente um lixão, um cemitério de restos humanos. Depois, foi transformado mais uma vez em um lugar para sucata e resíduos.

O fogo era visível na maior parte de Estocolmo, e as chamas do carro atingiram uma bétula ressecada pelo outono. O fogo brilhava, crepitava e ameaçava se espalhar para as casas localizadas a cerca de dez metros de distância.

Hannah Östlund e sua colega de Sigtuna Jessica Friberg eram procuradas como suspeitas de quatro assassinatos. O carro sendo devorado pelas chamas estava registrado no nome de Hannah, então Jeanette fora chamada.

Quando a detetive abriu a porta do carro, sentiu no rosto a fumaça tóxica, quente e escura.

Fedia a óleo, borracha e plástico derretido.

No banco da frente, em meio às chamas quentes e mortais, viu a silhueta de dois corpos sem vida.

BARNÄNGEN, SÖDERMALM

O céu noturno estava banhado pelo brilho amarelo e poluído das luzes do centro de Estocolmo. Somente a estrela polar era visível a olho nu. As luzes artificiais de postes, prédios e residências tornavam o espaço abaixo de Skanstullsbron mais sombrio do que se a cidade estivesse às escuras, iluminada apenas pelas estrelas.

Os ocasionais carros que passavam pela ponte Skansbron lançando um olhar em direção a Norra Hammarbyhamnen viam somente a luz e as sombras por vezes deslumbrante, por vezes ofuscante e tóxica.

Não viam a figura encurvada, caminhando ao longo da estrada de ferro desativada. Não viam a figura carregando um saco preto, afastando-se dos trilhos rumo à beira do cais, onde foi engolida pelas sombras.

Ninguém viu o saco sendo engolido pelas águas escuras.

A figura abriu a porta de um carro e sentou no banco do motorista. Ligou as luzes e tirou uma pilha de papéis do porta-luvas. Depois de alguns minutos, as luzes se apagaram e o carro saiu.

Ela reconheceu a luz doentia e amarela do céu de outros lugares.

Via o que outras pessoas não viam.

Abaixo, no cais, sobre os trilhos, tinha visto passar vagões chacoalhando, lotados de pessoas mortas. Na água, vira uma fragata com a bandeira soviética, sabendo que a tripulação sofria de escorbuto após meses de serviço no mar Negro. O céu de Sebastopol, na península da Crimeia, tinha o mesmo tom de mostarda que o dali. Nas sombras das pontes jaziam ruínas dos edifícios bombardeados e resíduos das fábricas de foguetes.

Ela tinha encontrado o menino dentro do saco na estação de metrô próxima à ravina de Babi Yar em Kiev, mais de um ano antes. A estação tinha o mesmo nome dos campos de concentração que os nazistas ergueram durante a guerra, onde tantas pessoas conhecidas tinham sido mortas.

Syrets.

Ainda podia sentir o gosto do menino na boca. Era um sabor amarelo, volátil que lembrava óleo de canola, céus poluídos e lavouras.

Syrets. Até a palavra parecia gotejar o sabor amarelo.

O mundo era dividido em dois, e só ela sabia daquilo. Eles diferiam como uma radiografia e um corpo humano.

O menino no saco plástico estava nos dois mundos. Quando o encontrassem, ele teria mantido a aparência de seus nove anos. Seu corpo estaria preservado como uma fotografia do passado, embalsamado como um antigo rei. Uma criança para sempre.

A mulher dirigia pela cidade na direção norte. Enquanto passava, reparava nas pessoas na rua.

Seus sentidos eram extremamente refinados. Sabia que ninguém podia sequer imaginar o que havia dentro dela. Via a angústia permanente ao redor das pessoas. Via os pensamentos ruins tingindo a atmosfera ao seu redor.

Ela mesma não podia ser vista. Tinha a capacidade de se tornar invisível em meio às pessoas. Sua imagem não se fixava nas retinas. Mas estava sempre presente, observava o ambiente e o compreendia. E nunca se esquecia de um rosto.

Um momento antes, tinha visto uma mulher andando sozinha no cais em Norra Hammarbyhamnen. Estava vestida de modo incomumente leve para a estação e ficou sentada junto à água por quase meia hora. Quando por fim se levantou para ir embora, a luz de um poste iluminou seu rosto, e ela a reconheceu.

Victoria Bergman.

Fazia mais de vinte anos desde que a vira pela última vez. Na época, os olhos da menina eram ardentes, quase invencíveis. Continham uma força imensa.

Mas, naquela noite, identificou uma fraqueza em seus olhos, uma espécie de fadiga espalhada por todo o seu ser. Sua experiência com rostos humanos lhe dizia que Victoria Bergman estava morta.

GILAH

Comer as próprias crianças é um ato bárbaro!
Decreto soviético, Ucrânia, 1933

O pai tinha devorado um pombo e contava uma história para a pequena Gilah.

— Querida *tokhter.*

Ela estava com fome, porque só tinha comido grama. O menino da casa ao lado estava pior ainda. Seu corpo se tornara tão fraco que ele caía quando tentava andar.

— A história do barco e da bruxa.

O pai beijou sua testa, e ela sentiu seu mau hálito.

— Era uma vez um pai e uma mãe que tinham uma menininha chamada Gilah Berkowitz. Ela era bem pequena, mas crescia depressa. Como você…

Ele sorriu e cutucou sua barriga. Ela sentiu cócegas, mas não riu.

— Um dia, a pequena Gilah disse ao seu pai: "Quero um barco de ouro com remos de prata, para que eu possa buscar comida para você e meus irmãos. Construa esse barco para mim, pai, por favor".

— Por favor, pai — sussurrou ela.

— A pequena Gilah ganhou seu barco de ouro e prata, e todo dia ia até o rio pescar. Voltava para casa com comida para seu pai, sua mãe e seus irmãos. Toda tarde, sua mãe ia até o rio e chamava: "Volte pra casa, pequena Gilah".

"Minha mãe está doente", pensou ela. Sua boca estava escura e o rosto todo branco.

O pai a olhou.

— E o que dizia a pequena Gilah então?

— "Barco de ouro, deixe Gilah voltar pra casa" — disse a menina, escutando a mãe tossir na cama.

As mãos do pai estavam frias e seu rosto parecia pálido. Talvez fosse febre. Uma menina que morava na mesma rua tinha morrido de febre, e a mãe a comera. Ela era uma bruxa feia e má. Não como sua própria mãe, que era tão pura e bela antes de ficar doente.

— E assim passou o tempo. Muitos e muitos anos. A pequena Gilah foi crescendo e crescendo, e sua mãe continuava indo até a praia toda tarde. Então, um dia… — Ele ficou em silêncio quando a mulher tossiu mais uma vez.

Mas Gilah não queria escutar a mãe tossindo.

— Continue! — gritou ela, e riu quando o pai a levantou.

— Vamos botar a bruxa no forno!

Ele a ergueu no ar e fez cócegas de novo na sua barriga. Daquela vez foi realmente divertido.

Então, a mãe tossiu de novo, mais forte, e o pai não pareceu mais tão alegre. Ele ficou em silêncio, sério. Pôs Gilah no chão e alisou o cabelo da menina.

Ela percebeu que o pai estava triste, mas queria ouvir o fim da história, quando a bruxa era queimada.

— Não posso continuar. Tenho que cuidar da sua mãe. Ela precisa de água.

"Não tem água", pensou Gilah. Estava quente e seco, e a mãe tinha dito que toda a produção agrícola morrera, a não ser nos campos que Stálin desapropriara. A mãe dissera também que ia tossir até ela morrer, secando igual ao campo arado.

— Não adianta buscar água — disse Gilah.

O pai a olhou com severidade.

— Por que diz isso?

Ele sabia muito bem. Vivia dizendo que a mulher era um oráculo. Previa tudo o que ia acontecer, e estava sempre certa.

— Mamãe disse que vai morrer logo.

Os olhos dele estavam úmidos. O pai não respondeu, mas pegou a mão de Gilah. Depois levantou, foi até o vestíbulo e pegou seu chapéu e sobretudo, mesmo estando quente lá fora. Ele sentiu um calafrio e depois saiu de casa.

Gilah se pôs na janela para ver o pai. Ela sabia que era perigoso lá fora e que apenas ele podia sair. Sua mãe, seus irmãos e ela mesma deveriam ficar em casa. Havia pessoas mortas lá fora, que logo seriam devoradas, porque não havia quase mais nada para se comer a não ser grama, folhas, caule, raízes, minhocas e insetos. Os mortos não serviriam para mais nada mesmo.

Gilah Berkowitz nunca tinha comido frango.

Seu pai disse que havia furtado uma galinha, mas ela não acreditou nele.

E lá estava a carne em seu prato. Os irmãos não quiseram. Quando Gilah comeu, não entendeu por quê. Era a melhor coisa que já tinha experimentado.

Era uma pena que sua mãe tivesse morrido e não pudesse provar.

Ela devorou a carne suculenta e sentiu sua força dobrar. Mas não estava feliz, porque pensava o tempo todo na mãe.

Em como estava quando morrera. A pele amarela e a boca preta. Retorcida. Vazia.

Nos últimos dias, ela gritara. Então desistira.

A casa ficara em silêncio.

Gilah sentia falta de como ela era antes da doença. Deixava-a sentar no seu colo e beber leite morno da garrafa. Inventava brincadeiras divertidas. Beijava e abraçava seu pai, e a família era feliz. Ela punha Gilah para dormir e lia a Torá.

O último pedaço de frango pareceu ainda mais gostoso, e Gilah entendeu que era justamente por aquele motivo. Tinha acabado, e ela nunca ia provar um frango melhor que o de seu pai.

De acordo com o decreto Nacht und Nebel, o civil que cometer um crime que ponha em perigo a segurança do Terceiro Reich será punido com a morte. Quem violar as normas do Nacht und Nebel ou guardar informações sobre atividades inimigas será detido.

Doze anos depois, Gilah Berkowitz viajava por uma Alemanha desintegrada. Ela ainda sentia o sabor do frango preparado por seu pai.

O ônibus branco com a cruz vermelha não era garantia de livre passagem, porque não existiam mais regras internacionais. Eles eram um alvo fácil para a Força Aérea Britânica, que tinha controle total sobre o espaço aéreo. Nos bloqueios alemães não havia problema, porque a coluna de veículos era escoltada pela Gestapo.

Gilah estava mais forte do que a maioria de seus companheiros de prisão, e era uma das poucas que permanecia consciente.

Quando deixaram Dachau, eram quarenta e quatro homens e ela. Pelo menos quatro já estavam mortos e outros estavam a caminho. Todos sofriam de abcessos, infecções e diarreia crônica. Muitos outros morreriam em breve se não houvesse comida.

Ela também estava em mau estado. Tinha quatro carbúnculos enormes no pescoço, seu estômago destruído e uma infecção na genitália a incomodava. Tinha manchas azuis na virilha, mas não podia receber tratamento no ônibus, porque da cintura pra baixo não era igual aos outros.

Ninguém mais podia saber. O único que sabia, provavelmente não sobreviveria à guerra.

Seu segredo permanecera oculto no acampamento porque um guarda logo tomara gosto por ela. Ou por *ele*, dependendo do ponto de vista. Ele gostava de hermafroditas, ou "tesourinhas", como chamava, e aproveitou a oportunidade de adquirir uma em troca de proteção e um pouco de comida.

Fora aquele gordo quem lhe passara a infecção. Apesar de tudo, ela nunca tentara fugir do acampamento. Naquele momento, no entanto, quando diziam que seriam libertados, ela estava disposta a se esforçar. Para ela, a liberdade não era algo que se recebia, e sim algo que se escolhia.

Algo que se conquistava.

Gilah Berkowitz tinha no bolso um documento certificando que era cidadã dinamarquesa e tinha direito a tratamento no acampamento Neuengamme, perto de Hamburgo, e posteriormente deveria ser transportada para a quarentena na Dinamarca. Mas não acreditava em nada. Tudo podia ser distorcido.

No bolso ela também tinha um torniquete de madeira que recebera do chefe da guarda para distraí-la da dor. Tinha ajudado com a cabeça e o estômago, e agora ajudava com as pontadas na vagina. Ela colocou o torniquete no polegar e torceu, enquanto olhava ao redor do ônibus.

O fedor e angústia eram os mesmos que em Dachau.

Gilah fechou os olhos e tentou pensar em liberdade, mas era como se nunca tivesse existido e nunca fosse existir. Não havia passado ou futuro em relação a Dachau. As lembranças estavam lá, mas não pareciam dela.

Tinha chegado a Lemberg, no oeste da Ucrânia, dois anos antes, com treze, mas com o corpo de um homem de vinte. Tinha roubado uma mala de um ônibus militar alemão, fora presa pela Gestapo e tornara-se uma entre milhares de prisioneiros que foram levados pelos nazistas para os campos de extermínio.

Os alemães não a tinham examinado na prisão, limitando-se a lhe dar um cartão e roupas de trabalho. Não havia necessidade de exame médico. Ela era visivelmente saudável e forte.

Gilah gostava do trabalho forçado, fosse cavar valas ou parafusar peças. No início, o corpo se fortalecia, e ela sentia prazer em ver seus colegas de cela sucumbirem um a um. Ela era mais forte do que qualquer homem no campo.

Perto do fim, fora se tornando mais difícil, mas ela aguentara até chegarem os ônibus brancos.

Somente os cidadãos escandinavos seriam resgatados. Quando os últimos nomes dinamarqueses haviam sido chamados, Gilah Berkowitz ergueu o braço.

Eles colocaram um casaco cinza nela, marcado com uma cruz branca, para indicar que estava livre.

VITA BERGEN, APARTAMENTO DE SOFIA ZETTERLUND

Sofia Zetterlund estava na Renstiernas e olhou para o paredão de pedra à direita. No interior da rocha, trinta metros abaixo da Igreja de Santa Sofia, encontrava-se o maior centro de dados da Suécia. O vapor cobria a rua com um manto espesso e rajadas de vento frio da noite de outono varriam as pedras ásperas.

Calor em excesso. Como se fervesse lá dentro.

Ela sabia que transformadores e geradores garantiam que todas as informações em computadores pertencentes às autoridades suecas pudessem sobreviver a um desastre. Incluindo os arquivos confidenciais sobre ela mesma. Sobre Victoria Bergman.

Passou pela fumaça espessa e úmida, e a visibilidade desapareceu temporariamente.

Pouco tempo depois, estava diante de sua casa. Olhou o relógio. Eram dez e quinze, o que significava que tinha caminhado por pouco mais que quatro horas e meia.

Não se lembrava das ruas e dos lugares por onde passara, nem de seus pensamentos. Era como tentar recuperar um sonho.

"Sou como uma sonâmbula", pensou ela, enquanto digitava o código de acesso.

Subiu as escadas e o eco dos saltos terminou de despertá-la. Sacudiu o casaco e o cabelo molhados de chuva, ajeitou a blusa e, quando finalmente pôs a chave na fechadura, tinha esquecido até mesmo que saíra para caminhar.

Ela não se lembrava de ter estado em seu consultório, imaginando Södermalm como um labirinto, cuja entrada era seu consultório, na rua St. Paulsgatan, e a saída era seu apartamento em Vita Bergen.

Não se lembrava de que quinze minutos depois se despedira da secretária Ann-Britt Eriksson e deixara o consultório.

Nem se lembrava do homem que conhecera no bar do Hotel Clarion, em Skanstull, ou de como o seguira até seu quarto, ou de como ele ficou surpreso quando ela não quis receber. Não se lembrava de que depois cambaleara pelo saguão do hotel, passara pela Ringvägen e seguiu pela Katarina Bangata até Norra Hammarbyhamnen, onde ficara olhando a água, os barcos e os armazéns no cais, ou que voltara pela Ringvägen, que se transformava em Renstiernas e passava por baixo das paredes íngremes de Vita Bergen.

E não se lembrava de como encontrara sua casa, saindo do labirinto.

O labirinto não era Södermalm, e sim seu cérebro sonâmbulo, seus canais, seu sistema de sinalização e nervoso, com inúmeras bifurcações e becos sem saída. Uma caminhada ao anoitecer no sonho de uma sonâmbula.

Agora, a única coisa que Sofia queria fazer era dormir.

Ela tirou o casaco e foi para a sala. Em cima da mesa, havia pilhas de papéis, pastas e livros. O resultado de seus esforços para ajudar Jeanette com um perfil criminal.

"Tudo em vão", pensou, virando as páginas distraidamente. Não adiantara nada. Elas haviam se beijado e Jeanette não tinha mencionado mais o assunto. Talvez fosse apenas um pretexto para se encontrarem.

Ela se sentia insatisfeita porque o trabalho não estava concluído. Victoria não a ajudava. Não lhe mostrava nenhuma lembrança. Nada.

Sabia que ela tinha matado Martin.

Mas e os outros? Os não identificados e o bielorrusso?

Nenhuma memória. Somente culpa.

Ela foi até a estante que escondia o quarto à prova de som. Enquanto abria o ferrolho e empurrava a estante, sabia que encontraria o quarto vazio. A única coisa que havia lá dentro era sua própria sujeira, seu próprio cheiro de suor.

Gao Lian jamais se sentara na bicicleta ergométrica. O suor escorrera do cabelo dela, por suas costas, por seus braços. Ela dera várias voltas ao redor do mundo, mas não se moveu um centímetro para a frente. Só pedalava no mesmo lugar.

Gao Lian, de Wuhan, estava em toda parte ali, apesar de não existir. Nos desenhos, nos recortes de jornal, nas anotações, no recibo da farmácia, cujas letras ela circulou para que formassem GAO.

Ele tinha ido até ela porque precisava de alguém em quem canalizar sua culpa. Alguém que pagasse a conta que ela devia à humanidade.

Sofia acreditava que todos os textos, todos os recortes de jornal sobre crianças mortas, eram sobre ela. Ao acompanhar o que acontecia, ela procurava por explicações e as encontrava em si mesma.

Conseguia entender por que o tinha inventado. Gao também era um substituto para a criança que não pudera manter.

Em algum ponto do caminho, tinha perdido o controle sobre ele.

Gao não era o que ela queria que fosse, então sumira, e ela já não acreditava mais nele.

Gao Lian, de Wuhan, nunca existira.

Sofia entrou no quarto oculto, pegou os tabloides guardados e os abriu sobre o chão. Viu as manchetes MÚMIA É ENCONTRADA EM ARBUSTOS e DESCOBERTA MACABRA EM ESTOCOLMO.

Ela leu sobre o assassinato de Yuri Krylov, o órfão de Molodetino, em Belarus, que fora encontrado morto nas cercanias de Svartsjölandet. Estava particularmente interessada nas partes do artigo que sublinhara. Detalhes, nomes e lugares.

"Fui eu que fiz isso?", perguntou-se.

Virou o velho colchão de lado. A corrente de ar levantou os papéis e anotações à sua frente. O pó fez seu nariz coçar.

Havia uma página arrancada da edição alemã de um livro sobre a técnica de embalsamamento russa de Zbarsky. Páginas impressas da internet. Uma descrição detalhada do embalsamamento de Vladimir Ílitch Ulianov, Lênin, conduzido pelo professor Vorobyov, do Instituto de Anatomia de Charkov, na Ucrânia.

Sofia pôs os artigos de lado quando ouviu o telefone tocando e viu que era Jeanette. Ela levantou para atender e olhou ao redor do quarto.

O chão estava coberto por uma espessa camada de papéis. Não havia praticamente nenhum espaço vazio. Mas o sentido, a explicação, o grande por quê?

"A resposta está aqui", pensou ela, atendendo a ligação.

Os pensamentos de uma pessoa rasgados em pedacinhos de papel.

Um cérebro que explodira.

KLARA SJÖ, PROMOTORIA

A mentira era branca como a neve e não afetava os inocentes.

O promotor Kenneth von Kwist estava satisfeito com seu arranjo e convencido de que tinha resolvido os problemas que haviam surgido de forma exemplar. Todo mundo tinha ficado feliz.

Jeanette Kihlberg estava ocupada com Victoria Bergman. Ele próprio mediara um novo acordo não oficial entre Ulrika Wendin e a família Lundström.

Ele acreditava que aquele problema estava resolvido, ao menos temporariamente. Por outro lado, temia que um novo viesse à tona.

Pensou nos autos destruídos no triturador de papel. Documentos que poderiam ter sido úteis para Ulrika Wendin, mas atingiriam o advogado Viggo Dürer, o ex-chefe de polícia Gert Berglind e, por extensão, ele mesmo.

"Fiz a coisa certa?", pensou ele.

Kenneth von Kwist não tinha a resposta para aquela pergunta, de modo que um mal-estar agora subia por sua garganta, em forma de azia e refluxo.

A úlcera do promotor dava sabor à sua consciência.

GAMLA ENSKEDE, CASA DOS KIHLBERG

Enquanto estacionava, Jeanette Kihlberg pensava em como sentia saudades dos prazeres de uma vida simples. Ela sentia falta da rotina, de chegar em casa satisfeita após um dia longo e cansativo e ser capaz de deixar os problemas do trabalho de lado.

Johan ia dormir na cidade, na casa nova de Åke e Alexandra. Quando ela entrou na sala, sentiu imediatamente o vazio. A ausência de uma família.

Desde que Åke os deixara, a casa cheirava diferente. Relutantemente, ela percebeu que sentia falta da tinta a óleo e da aguarrás. Teria sido impaciente demais? Fraca demais para lhe dar o empurrão final na direção certa quando duvidara de seu talento? Talvez, mas já não importava. O casamento tinha acabado e nada do que ele fazia tinha a ver com ela.

As mulheres no carro provavelmente eram Hannah Östlund e Jessica Friberg. Ivo Andrić trabalhava naquele momento para confirmar as identidades.

No dia seguinte, Jeanette teria a resposta. Se estivesse certa, aquilo significava que o caso iria para a promotoria e então seria declarado encerrado.

No entanto, primeiro precisava ser realizada uma busca nas casas, para coletar provas da culpa das mulheres. Ela e Hurtig compilariam tudo e submeteriam a Von Kwist. Ela não acreditava que estava fazendo um trabalho particularmente bom. Apenas seguia um caminho tortuoso e, com um pouco de sorte e trabalho, resolveria tudo.

Fredrika Grünewald e Per-Ola Silfverberg tinham sido assassinados por duas mulheres conduzidas pela vingança.

Folie à deux. A simbiose psicótica, como também era chamada, ocorria normalmente em uma família. Por exemplo, mãe e filha que viviam isoladas e compartilhavam a insanidade. Segundo os dados de Jeanette, Hannah Östlund e Jessica Friberg, embora não fossem parentes, tinham crescido juntas, estudado nas mesmas escolas e depois decidido viver perto uma da outra.

Alguém colocara tulipas amarelas ao lado de Fredrika. E de Karl Lundström, na noite em que ele morrera. Poderiam tê-lo matado também? Com uma overdose de morfina? Sim, por que não? Karl Lundström e Per-Ola Silfverberg eram ambos pedófilos que haviam abusado de suas filhas. Estavam relacionados. Tulipas amarelas e Sigtuna eram outros fatores em comum.

"Vingança", pensou ela. "Como pode levar a consequências tão extremas?"

Jeanette pegou duas fatias de pão do congelador e pôs na torradeira.

Ela se deu conta de que nunca obteria todas as respostas.

"Jeanette", pensou ela, "você tem que aprender que não se pode esperar paz de espírito na polícia. Não se pode entender tudo."

O pão pulou na torradeira e o telefone tocou. Era Åke.

Ele limpou a garganta antes de dizer:

— Quero levar Johan para Londres neste fim de semana. Para ver um jogo de futebol. Só ele e eu. Coisa de pai e filho, você sabe...

"Pai? Já era hora", pensou ela.

— Tudo bem. Ele quer ir?

Åke soltou uma risadinha.

— Ah, sim, não há a menor dúvida. Afinal é o dérbi...

Åke ficou em silêncio e Jeanette pensou em sua vida em comum, que parecia tão distante.

— Jeanette... — disse ele finalmente. — Você não quer almoçar comigo antes de viajarmos?

Ela hesitou.

— Almoçar? Você tem tempo pra isso?

— Sim, por isso estou convidando — disse ele, irritado. — Amanhã?

— Talvez depois de amanhã. Estou aguardando a luz verde para um mandado de busca.

Ele suspirou.

— Certo. Me avise quando puder, por favor.

Ele desligou.

Ela levantou da mesa e tirou os pães da torradeira. "Não está certo", pensou, preparando os sanduíches. Aquilo não era bom para Johan. Ele não tinha nem um pingo de estabilidade. Ela se recordou do comentário que Hurtig fizera a caminho de Svavelsö, de que na adolescência tudo tomava outra proporção. Nada podia ser mais verdadeiro.

Seu filho tivera que encarar primeiro o divórcio, depois o que acontecera em Gröna Lund. Mesmo assim, ela mal tinha tempo para ele, e Åke se comportava como um adolescente, sem saber onde estaria em dois dias.

Ela se forçou a engolir o último pedaço de pão, frio e seco, e retornou ao telefone. Queria conversar com alguém, e a única qualificada era Sofia Zetterlund.

A noite de outono estava estrelada. Jeanette se perguntava qual seria o motivo de as pessoas estragarem tudo, Sofia atendeu.

— Estava com saudade — disse ela.

— Eu também. — Jeanette sentiu o calor retornando. — Estou sozinha em casa.

A detetive podia ouvir a respiração de Sofia.

— Eu também. Precisamos nos ver logo.

Jeanette fechou os olhos e imaginou que Sofia estava com ela, com a cabeça em seu ombro, sussurrando em seu ouvido.

— Acabei de acordar de um cochilo — disse Sofia. — Sonhei com você.

Jeanette continuou de olhos fechados, mas recostou-se na cadeira e sorriu.

— Conte mais.

Sofia riu baixinho, quase timidamente.

— Eu estava me afogando e você me salvou.

VITA BERGEN, APARTAMENTO DE SOFIA ZETTERLUND

Sofia Zetterlund desligou o telefone e deitou no chão. Tinha conversado com Jeanette, mas não lembrava sobre o quê.

Ficara um vago sentimento de afeição mútua. Uma necessidade invisível de calor.

"Por que é tão complicado dizer o que realmente se pensa? E por que não consigo parar de mentir?"

Estava apertada e foi ao banheiro. Quando abaixou a calcinha e sentou, percebeu que provavelmente tinha passado no Hotel Clarion mais cedo. O homem com quem se deitara deixara uma marca na sua coxa.

Uma crosta fina de sêmen seco cobria seus pelos pubianos. Ela lavou e depois secou com a toalha. Em seguida, voltou ao quarto atrás da estante. O que antes acreditara ser de Gao, mas que agora se transformara no museu da odisseia de Victoria. "Aqui estão as respostas", pensou ela de novo.

Lá dentro estava a chave do passado.

Ela folheou os papéis de Victoria Bergman, tentando organizar todos os esboços, notas e recortes de jornal. Sabia o que estava vendo, mas também duvidava.

Sofia enxergava uma vida que um dia tinha sido dela, que poderia ser reconstruída, talvez não para ela mesma, mas que pelo menos seria uma vida. A vida de Victoria Bergman.

Uma história de degradação.

Em muitas das notas aparecia um nome que evocava fortes sentimentos.

Madeleine.

Sua filha e irmã.

A criança que tivera com o próprio pai.

A menina que fora forçada a entregar para adoção.

Havia também uma polaroide de Madeleine com dez anos, vestida de vermelho e branco na praia.

Sofia observou atentamente a imagem e se convenceu de que era sua filha. Reconheceu traços de si mesma na garota. O rosto da menina parecia atormentado, o que fazia Sofia se sentir desconfortável. Quem Madeleine tinha se tornado depois de adulta?

Ela também leu sobre Martin. O menino que desaparecera durante uma visita a um parque de diversões e mais tarde foi encontrado afogado no rio Fyris. O menino que ela atingira na cabeça com uma pedra e jogara na água. A polícia concluíra que a morte fora acidental, mas desde então ela vivia com uma culpa inquebrantável.

Sofia se lembrou da visita a Gröna Lund, quando Johan desapareceu. A história era parecida com a de Martin, mas ela tinha certeza de que jamais machucaria Johan. Ele desaparecera por vontade própria ou fora levado por alguém. Uma pessoa que depois se arrependera, já que Johan fora recuperado ileso mais tarde.

Sofia Zetterlund continuou procurando entre as memórias. Pôs um papel de lado e pegou outro. Leu um bilhete e se lembrou exatamente do que queria dizer com ele. Ela estava então em uma névoa de medicamentos e álcool, pressionada pelas lembranças terríveis. Escondendo partes de si mesma sob a pele.

Funcionara por muitos anos.

A pele, em suas partes mais finas, tinha um quinto de milímetro de espessura. Mesmo assim, constituía o limite entre o interior e o exterior. Entre a realidade racional e o caos irracional. Naquele exato momento, a memória não era mais turva e obscura, e sim completamente cristalina. Mas ela não sabia quanto tempo duraria.

Sofia leu as entradas no diário de Victoria na época de Sigtuna. Dois anos de intimidação, assédio e tortura psicológica. As palavras recorrentes no diário eram vingança e retaliação. Ela se lembrou de ter sonhado que um dia voltaria para mandar a escola pelos ares. Duas das pessoas mencionadas no diário estavam mortas.

Ela sabia que Victoria não tinha nada a ver com a morte delas.

Mas, mesmo sendo inocente daqueles crimes, sabia o que havia feito.

Victoria matara os pais. Incendiara sua casa de infância, a casa em Värmdö, depois se enfiara no quarto à prova de som e desenhara com giz a casa em chamas.

Pensou em Lasse, a pessoa com quem tivera o relacionamento mais significativo. Ela não conseguia sentir o mesmo ódio dele que sentia de seus pais. "Decepção" era uma palavra melhor, e por um breve segundo Sofia ficou em dúvida. Ela realmente o havia matado?

A memória de ter feito aquilo era emocionalmente forte, mas ela não se lembrava da sequência dos eventos, provando que de fato o fizera.

De qualquer maneira, ela sabia que era uma assassina e teria que lidar com aquilo pelo resto da vida. Precisaria aprender a aceitar.

JUDARSKOGEN RESERVA FLORESTAL

Espremida entre Ängby e Åkeshov, na parte oeste de Estocolmo, encontrava-se a área verde mais antiga da cidade.

Gelo e rocha tinham moldado a paisagem que incluía florestas e campos abertos, além de um pequeno lago. Os traços das geleiras eram visíveis nos penhascos e cumes de morainas. O gelo causara uma depressão de mil metros, depois rasgara o terreno e o semeara de pedras arrancadas da montanha.

Aqui e ali na floresta se podia deparar com os restos de uma parede que não havia sido criada pelo gelo, mas por mãos humanas. Segundo diziam, prisioneiros de guerra russos haviam empilhado aquelas pedras.

O lago localizado no meio da floresta se chamava Judar. O nome era derivado da palavra sueca "ljuda", que queria dizer "soar". Não tinha nada a ver com os lamentos dos trabalhadores emaciados nem com o grito que ecoava pela floresta.

Uma mulher jovem e loira, usando uma capa azul-cobalto, olhava para o céu estrelado sobre as árvores.

Milhares e milhares de chamas.

Depois de ter tirado outra vez a raiva de seus pulmões, Madeleine Silfverberg voltou para o carro, que estava estacionado em meio às árvores próximas ao lago.

O terceiro grito ecoou dentro do carro, cinco minutos mais tarde, a quase noventa quilômetros por hora.

O mundo era um para-brisa, com asfalto à frente e árvores borradas ao redor. Ela fechou os olhos e contou até cinco, enquanto ouvia o som do motor e o atrito dos pneus na superfície. Abriu os olhos de novo e já estava mais calma.

Tudo acontecera como planejado.

Logo os policiais chegariam à casa em Fagerstrand.

Ao lado do grande buquê de tulipas amarelas sobre a mesa da cozinha, encontrariam polaroides perfeitamente alinhadas, documentando as mortes.

Karl Lundström em uma cama do hospital Karolinska.

E Per-Ola Silfverberg abatido como um porco em seu elegante apartamento.

A polícia já tinha a terceira foto, que ela havia deixado na caixa de correio dos Lundström. Exibia Fredrika Grünewald em sua barraca na Caverna, cegada pelo flash da câmera, o rosto gordo e flácido se contorcendo na hora da morte.

Quando os policiais chegassem ao porão, descobririam a razão do mau cheiro na casa.

A floresta desaparecera abruptamente e os edifícios se tornaram mais frequentes. Ela diminuiu a velocidade e teve que frear no cruzamento da Gubbkärrsvägen com a Drottningholmsvägen. Enquanto esperava os carros passarem, tamborilava impacientemente os nove dedos sobre o volante.

Hannah Östlund tinha sido forçada a amputar o dedo após ser mordida por um cachorro.

Ela usara um alicate.

Quando Madeleine entrou na Drottningholmsvägen, pensou naqueles que estavam prestes a morrer e naqueles que já estavam mortos, mas também naqueles que desejaria ter matado.

Bengt Bergman. Seu pai e avô. Seu pai-avô.

O fogo o tomou antes que ela o alcançasse. Mas seu próprio fogo ninguém tomaria dela. Estava reservado.

Primeiro, para a mulher que um dia dissera ser sua mãe.

Em seguida, Victoria, sua verdadeira mãe.

Enquanto seguia pela Drottningholmsvägen em direção ao centro, pegou o copo do McDonald's, abriu a tampa e enfiou a mão entre os cubos de gelo. Pôs um punhado de gelo na boca e mastigou avidamente antes de engolir.

Não havia nada mais limpo do que água congelada. Os isótopos se livravam da sujeira terrena e se tornavam recipientes de sinais cósmicos. Se ela comesse água congelada o suficiente, suas características seriam alteradas. Seu cérebro ia se tornar mais afiado.

DINAMARCA, 1994

Eu faço as águas do riacho que saltam e que correm.
Eu faço as andorinhas que voam e os mosquitos que elas comem.
Eu faço novas folhas para as árvores e ninhos aqui e ali.
Eu faço o belo céu da noite, deixando-o mais puro.

Ela passou a língua no dente com suavidade. Estava quase caindo, mas ainda não tinha se soltado. Talvez naquela noite.

Fechou a boca. Tinha gosto de sangue e consistência de gelo.

A fada do dente já lhe dera quinhentas coroas. Para cada dente, ela colocava debaixo do travesseiro cem coroas. Tinha guardado o dinheiro em sua caixa secreta, que ficava debaixo da cama e agora continha seiscentas e vinte e sete coroas, com o dinheiro que ela tinha roubado do criador de porcos.

Havia passado o verão inteiro com ele. Era a terceira vez que seus pais adotivos a visitavam. Ela nunca os chamava de "mãe" e "pai", porque não eram seus verdadeiros pais. "Per-Ola" e "Charlotte" também estava fora de questão, porque podia parecer que os respeitava. Então dizia apenas "você".

Daquela vez, eles estavam com seus amigos da Suécia.

E duas loiras. Advogadas ou algo parecido.

Pareciam anjos, mas ela sabia que tinha algo estranho. Elas se inquietavam quando a noite se aproximava, mas ficavam trancadas no quarto, como ela: eram livres para ir e vir, mas sempre voltavam.

Uma delas teve o dedo arrancado por um cachorro. Mesmo assim, não tinha medo de animais, o que também era estranho.

O quarto onde estava hospedada, o menor da casa, cheirava a mofo. A cama rangia, o guarda-roupa velho cheirava a naftalina e a janela dava para o pátio. Seus únicos brinquedos eram canetas, papel e uma caixa de Lego.

Com má vontade, ela tinha construído uma casa com os blocos. Estava sobre o chão, e havia alguns bonequinhos afixados contra uma placa. Ao todo eram nove homenzinhos de plástico, o mesmo número de pessoas hospedadas na fazenda naquele momento, além dela mesma e da menina que chegara com os suecos.

Ela pôs os bonecos em fila em frente à casa. Fazia de conta que seis bonequinhos eram mulheres, porque só havia bonequinhos homens. Todos permaneciam de pé com seus sorrisos de plástico.

O criador de porcos e as duas advogadas.

O homem que se chamava Berglind e era policial, embora não se comportasse como um. Era o único que realmente se assemelhava ao boneco que o representava. Não somente por causa do uniforme, mas também do bigode.

Ao lado dele estava Fredrika, que era muito mais gorda que o boneco. E depois tinha os pais da menina, Karl e Annette.

À direita, seus pais adotivos.

Ela os olhava fixamente, enquanto sua língua brincava com o dente solto. Seus pensamentos estavam bem distantes quando ouviu alguém abrindo a porta.

— Está na hora. Já se arrumou? Não vai se esquecer da toalha?

Duas perguntas em uma só, que exigiam um sim e um não, o que significava que ela não poderia permanecer em silêncio.

Não bastava sacudir a cabeça. Aquele era um de seus truques para obrigá-la a falar.

— Já arrumei tudo — murmurou ela.

Ele fechou a porta, o que a fez se lembrar de quando perdera seu primeiro dente.

Ele contara o que acontecia quando as crianças deixavam os dentes para a fada do dente.

Quando o dente era colocado em um copo de água ou debaixo do travesseiro, vinha uma fadinha voando durante a noite e deixava cem coroas em troca. Ela juntava os dentes das crianças em um lugar muito distante, onde tinha um castelo feito de dentes.

Ele a ajudara a se livrar de seu primeiro dente para que ela pudesse ficar rica.

Aquilo tinha sido na visita no verão. Ele amarrara a ponta de um fio em seu dente e a outra ponta na maçaneta e disse que ia buscar algo. Era mentira, mas ele fechara a porta com um estrondo.

O dente voara no chão. Fora assim que ela ganhara suas primeiras cem coroas.

Mas a fada do dente não fora voando até seu quarto durante a noite. Fora ele quem se aproximara de mansinho, pensando que ela estava dormindo, então levantara o travesseiro e deixara o dinheiro.

Depois daquilo, ela entendera que a fada era só de faz de conta. Na verdade, ela tinha vendido seu dente de leite a um homem.

KVARTERET KRONOBERG, DELEGACIA DE POLÍCIA

Jeanette acendeu a luz e espalhou as fotos sobre a mesa.

Viu o rosto queimado e afundado de Hannah Östlund. Uma mulher com cerca de quarenta anos, no que deveria ser o auge da vida. Até pouco tempo era uma completa desconhecida para ela, então tinha se tornado uma das principais suspeitas de vários assassinatos. "Nada na vida é o que parece ser", pensou a detetive. "Isso quando não é uma coisa completamente diferente."

Faltava o anelar na mão direita de Hannah, o que confirmava as suspeitas de Jeanette.

A identidade dos cadáveres precisava ser reafirmada pelo exame de DNA. Em seguida, mediriam a quantidade de dióxido de carbono em seu sangue. Assim teriam a causa da morte.

Havia uma mangueira de aspirador de pó ligada ao escapamento. Ela conduzira os gases tóxicos para o interior do automóvel. Como as duas mulheres estavam sentadas, com o cinto de segurança afivelado, Jeanette supusera que tinham cometido suicídio juntas.

A próxima fotografia era de Jessica Friberg, amiga de Hannah. Também irreconhecível após o incêndio.

Nela havia os típicos hematomas causados pelo fogo, e não resultado de choques mecânicos.

Ela morrera no incêndio.

O crânio tinha sido severamente aquecido. O sangue começou a ferver entre o crânio e a meninge.

Folie à deux. Duas pessoas unidas na insanidade. Duas pessoas que compartilhavam os mesmos delírios, paranoias, alucinações e loucura.

Em geral, uma pessoa é controlada pela mais dominadora, a mais perturbada da relação.

"Qual delas conduzia a outra?", pensou Jeanette. Fazia alguma diferença? Ela era uma policial e devia reunir os fatos, não especular sobre a causa e o efeito. As duas mulheres eram ecos do passado que em breve desapareceriam, deixando apenas seus corpos.

"Fogo", pensou a detetive. Hannah e Jessica em um carro em chamas.

Como Dürer no barco.

Como o casal Bergman em casa.

Não podia ser uma coincidência. Ela decidiu falar com Billing o mais breve possível. Caso ele concordasse, os casos podiam ser reabertos.

Pegou o telefone e ligou para o promotor. Como de costume, Kenneth von Kwist estava demorando para autorizar o mandado de busca, mesmo que só precisasse assinar.

Ela tinha dificuldade em esconder seu desprezo pelo promotor incompetente, que devia perceber aquilo, já que suas respostas eram lacônicas e proferidas num tom descomprometido.

No entanto, ele prometeu um mandado de busca em uma hora. Quando desligou, Jeanette se perguntou como Von Kwist tinha ânimo de ir trabalhar toda manhã.

Antes de ir até a sala de Hurtig para lhe informar que iriam até a casa das duas mulheres mortas, ela passou na sala de Åhlund.

Havia uma tarefa que ele e Schwarz poderiam realizar durante o dia.

"Viggo Dürer", pensou ela. "Apesar de estar morto, precisamos saber mais sobre ele. Em seu passado, deve haver pistas para o assassino."

Jeanette sabia que alguém depositara meio milhão de coroas na conta de Annette Lundström. Podia se tratar de suborno, mas ainda não haviam rastreado o dinheiro. Além disso, Sofia dissera que Ulrika Wendin recebera o dinheiro e dera a entender que Dürer estava por trás dele. Na carta que Karl Lundström tinha escrito para sua filha Linnea, o advogado era mencionado como um pedófilo em potencial, o que os desenhos que Linnea fizera quando criança confirmavam.

Kenneth von Kwist não se sentia bem.

De um lado, a úlcera no estômago; do outro, a sensação de que tudo desmoronaria em breve.

O segredo para recuperar rapidamente o autocontrole se chamava diazepam desitin.

O desconforto de tomar remédio via retal era compensado pela forte sensação de tranquilidade que surgia em seguida. Ele agradecia por seu médico particular, que estava sempre disposto a prescrever uma generosa quantidade da medicação. Além disso, o promotor tomava três copos de uísque por dia, para potencializar o efeito calmante.

Sua preocupação não tinha nada a ver com Hannah Östlund e Jessica Friberg.

Baseava-se na ideia de que tudo estava prestes a sair de seu controle. Ele se recostou na cadeira para pensar em tudo mais uma vez.

Sabia que Viggo Dürer subornara Annette Lundström e Ulrika Wendin, e estava igualmente consciente de que a ideia fora sua desde o início.

Obviamente, não era correto. Em circunstância nenhuma aquilo podia se tornar público.

Uma possibilidade era tentar ajudar Jeanette Kihlberg de novo, a fim de se apresentar sob uma luz mais positiva. Só que ele não tinha mais nada para dar a ela, exceto o que absolutamente não deveria chegar nela.

Se contasse o que sabia sobre Viggo Dürer, Karl Lundström, Bengt Bergman e o ex-chefe de polícia Gert Berglind, estaria inevitavelmente envolvido no caso.

Ele seria esmagado. Humilhado e impedido de exercer sua profissão. Estaria desempregado e exposto.

Nas vezes em que executara serviços para Dürer, Berglind ou Lundström, a recompensa viera rapidamente, geralmente em forma de dinheiro clandestino, mas nem sempre. Na última ocasião em que sumira com os documentos que incriminavam Dürer, fora aconselhado a refazer sua carteira de ações. Então, alguns dias depois, houvera um crash na bolsa, que teria inutilizado suas antigas ações. Ele também recebera dicas de apostas ao longo dos anos. O promotor as contava silenciosamente nos dedos antes de se interromper, percebendo que fazia parte de um sistema de recompensas mais extenso e que provavelmente atingia as mais altas instâncias, além do que ele poderia imaginar.

O ansiolítico o tinha acalmado, e ele pôde pensar de forma mais racional, embora isso não o ajudasse a resolver o problema. Von Kwist decidiu que era melhor ganhar tempo, esperando para ver o que aconteceria. Enquanto isso, procuraria ficar em bons termos com todos os envolvidos, especialmente Jeanette Kihlberg.

Era um cenário passivo e complacente, porém insustentável. Não podia ter duas coisas ao mesmo tempo.

Quando Ulrika Wendin acordou, não sentia nada, mas logo foi inundada por uma onda de dor, que penetrava o rosto, o nariz e a boca.

A escuridão era completa, e ela não fazia ideia de onde estava.

A última coisa que lembrava era o cheiro da caixa de gordura no porão. O homem que a perseguira devia tê-la nocauteado.

Ela se maldizia por ter aceitado o dinheiro. Cinquenta mil, que gastara em menos de uma semana.

Alguém devia ter pensado que ela tinha aberto a boca. Mas sua denúncia na polícia não levara a lugar nenhum. Ninguém tinha acreditado nela.

"Por que estou aqui?", pensou ela.

Seu rosto estava enrijecido; sua boca, apertada. Ela estava nua. Deitada de costas, não podia se mover, porque suas mãos estavam presas com fita isolante.

Dos dois lados havia paredes ásperas de madeira. Quando ela tentou levantar, foi impedida por tubos de ferro sobre o peito e os joelhos.

O que ela imaginou ser sangue coagulado em seu rosto era uma fita isolante sobre a boca. O chão estava molhado. Ela devia ter urinado.

"Fui enterrada viva", pensou. O ar estava seco, abafado e quente. Cheirava a subterrâneo.

O pânico cresceu. Ela começou a hiperventilar. Não sabia de onde vinham seus gritos, mas tinha certeza de que estavam saindo, mesmo não conseguindo ouvi-los.

"Respire pelo nariz. Calma. Você consegue", pensou ela. "Você se virou a vida inteira sozinha."

Quase cinco anos antes, quando tinha acabado de completar dezesseis, ela encontrara a mãe morta no chão da cozinha. Desde então, vivia sozinha. Nunca pedira ajuda para o Serviço Social quando não tinha o dinheiro. Preferia roubar comida, e o aluguel ela pagava com o seguro da morte da mãe. Ela nunca fora um fardo para ninguém.

Ulrika não sabia quem era seu pai, um segredo que sua mãe levara com ela para o túmulo, depois de ter abusado de álcool e remédios, devagar mas com afinco, antes mesmo de completar quarenta anos.

A mãe não era uma má pessoa, era apenas infeliz. Ulrika sabia que pessoas infelizes faziam coisas que podiam parecer cruéis.

O verdadeiro mal era algo completamente diferente.

"Minha avó só vai se preocupar depois de uma semana", pensou ela. Elas não se falavam diariamente.

Sua respiração se tornou mais lenta e seu pensamento, mais racional.

Talvez a psicóloga, Sofia Zetterlund, desse por sua falta. Mas ela tinha cancelado as sessões.

Jeanette Kihlberg, talvez. Mas provavelmente não.

Seu ritmo cardíaco retornou ao normal. Embora ainda fosse difícil respirar, ela recuperou a presença de espírito. Pelo menos temporariamente.

Seus olhos se acostumaram com a escuridão densa, e ela soube que não estava cega. As sombras em torno tinham tons de cinza, e Ulrika divisou acima o esboço de algo como uma caldeira ligada a um grande número de canos.

Periodicamente, ouvia um zumbido na parede. Um rangido metálico, um estrondo e depois silêncio por alguns segundos, antes de recomeçar.

Parecia o som de um elevador.

Uma caldeira, tubulações e um elevador?

Onde ela estava?

Virou a cabeça e procurou uma fonte de luz.

Só quando forçou a cabeça para trás até quase sentir as veias e a laringe romperem a pele do pescoço vislumbrou algo.

Uma faixa de luz difusa, refletida na parede.

SJÖFARTSHOTELLET, SÖDERMALM

A vingança tinha gosto de fel, e não adiantava escovar os dentes inúmeras vezes que o gosto não saía. Ele se enterrava no esmalte e nas gengivas.

Madeleine Silfverberg estava hospedada no Hotel Sjöfartshotellet em Södermalm e se arrumava no banheiro. Em poucas horas, encontraria a mulher que no passado dissera ser sua mãe e queria estar o mais bonita possível. Tirou um lápis de olho do nécessaire e fez uma maquiagem discreta.

Assim como o ódio moldava rugas em um rosto outrora belo, a amargura abria vincos afiados na boca, e a vingança se instalava ao redor dos olhos e da testa. O espaço entre os olhos, acima do nariz, tornava-se cada vez mais fundo. A preocupação deixava sua testa enrugada por tempo demais, e sua boca sorria amargamente.

Nunca houvera tempo para esquecer, e entre o que ela fora antes e a pessoa que era naquele instante existia um universo de eventos e circunstâncias. Ela imaginava que existiam outras versões suas em outros mundos.

Mas aquele era o mundo dela, uma assassina que tirara a vida de cinco pessoas.

Ela fechou o nécessaire, entrou no quarto e sentou sobre a cama, onde milhares de pessoas já tinham sentado, dormido, amado e odiado.

A mala no chão era tão nova que ainda não tinha nenhuma relação com ela, mas continha tudo de que precisava. Ela tinha ligado para Charlotte Silfverberg e dissera que queria encontrá-la. Mencionara apenas que precisavam conversar e que depois a deixaria em paz.

Dentro de poucas horas, estaria na frente da mulher que no passado dissera ser sua mãe. Elas falariam sobre a fazenda de Struer e o que acontecera.

Juntas, recordariam os eventos ocorridos na Dinamarca, como pessoas normais falavam sobre as férias. Mas, em vez de belas tardes, praias e bons restaurantes, o assunto seria crianças drogadas que eram incitadas a lutar umas contra as outras, homens que suavam sobre meninas e mulheres que se diziam mães, mas observavam excitadas.

Falariam pelo tempo que fosse necessário, e a história seria ilustrada por fotos polaroides, revelando as práticas nas quais seus pais adotivos tinham estado envolvidos.

Ela mostraria os papéis do Rigshospitalet, de Copenhague, que indicavam que estava sentada antes do parto e que fora retirada de sua mãe biológica com a placenta. Também diziam que tinha trinta e nove centímetros de comprimento, pesava pouco menos dc dois quilos e fora colocada em uma incubadora sob suspeita de icterícia. Na maternidade, sempre achavam que tinha menos tempo de vida do que constava no registro.

Na mala havia mais documentos, que ela conhecia de cor. Um deles era da clínica psiquiátrica especializada em adolescentes de Copenhague.

Na sétima linha se podia ler: "A menina apresenta sinais de depressão". Duas linhas abaixo: "Ela tem comportamento autodestrutivo e pode ser violenta". Na página seguinte: "Diversas vezes relatou abusos do pai, mas não foi considerada confiável".

Havia uma nota na borda, escrita a lápis, que o tempo tornara quase ilegível. Ela sabia o conteúdo: "Principalmente porque a mãe declarou que a menina sempre teve uma imaginação fértil, como evidenciado nas várias declarações incoerentes sobre uma fazenda na Jutlândia. Tem delírios recorrentes".

Outro documento com o selo do Serviço Social era uma autorização para "inserção em lar adotivo".

"Lar adotivo", pensou ela. Era uma bela expressão.

Ela fechou a mala e pensou no que aconteceria depois que falasse com sua mãe adotiva. Queria analisar suas opções.

Mas a vingança era como um bolo: não se podia comê-lo e conservá-lo ao mesmo tempo. Quando o círculo se fechava, era preciso ir adiante sabendo que a partir de então seria necessário um novo significado, um novo sentido na vida.

Mas ela sabia o que faria. Retornaria para sua casa em Blaron, nas cercanias de Saint-Julien-du-Verdon, na Provença. Para seus gatos, seu ateliê, os campos perfumados de lavanda e sua tranquila solidão.

Quando tudo estivesse acabado, ia parar de odiar e aprender a amar. Seria um tempo de perdão. Depois de vinte anos de trevas, ela aprenderia a ver a beleza da vida.

Mas, antes, a mulher que dissera ser sua mãe teria que morrer.

FAGERSTRAND

— Aonde vamos primeiro? — perguntou Hurtig enquanto seguia pela Drottningholmsvägen. — Hannah Östlund ou Jessica Friberg?

— Elas são quase vizinhas — disse Jeanette. — Vamos primeiro à casa de Hannah Östlund, que mora um pouco mais perto.

Após a rotatória em Brommaplan, eles pegaram a rua Bergslagsvägen. O resto do caminho foi percorrido em silêncio, como Hurtig preferia.

Uma característica que ele apreciava em sua chefe era a capacidade de tornar o silêncio confortável. Ao cruzar a reserva florestal Judarskogen, ele deu um pequeno sorriso.

Os dois passaram por uma área residencial e desceram até Fagerstrand.

— Pode ir mais devagar — disse Jeanette. — Deve ser essa casa em frente.

Ele freou, passou pela sebe que circundava a casa e parou na porta.

A casa estava parcialmente iluminada, apesar de a proprietária, obviamente, não estar em casa. As luzes da entrada e da cozinha estavam acesas, assim como em um quarto no andar de cima.

Quando caminhavam em direção à porta, ele vislumbrou algo pela janela da cozinha que já tinha visto antes.

Um buquê de flores amarelas.

Jeanette dobrou o papel assinado por Von Kwist e o enfiou no bolso, enquanto Hurtig abria a porta destrancada.

Um fedor penetrante os atingiu. Ele instintivamente deu um passo para trás.

— Caralho! — exclamou, fazendo uma careta de nojo.

A casa estava em silêncio, a não ser pelo som das moscas tentando desesperadamente sair pelas janelas.

— Espere aqui — disse Jeanette, fechando a porta.

Ela voltou para o carro, abriu o porta-malas e tirou um par de máscaras, dois pares de protetores de sapatos e dois pares de luvas de látex. Após a visita à Caverna, começara a andar com aquilo. Nunca se sabia.

Ela voltou, entregou os equipamentos para Hurtig e sentou na escada. Esticou as pernas e sentiu como estava cansada. O fedor ainda pairava no ar.

— Obrigado. — Hurtig sentou ao lado dela e descalçou os sapatos. Jeanette reparou que pareciam ser caros.

— São novos? — disse ela apontando.

— Não sei — respondeu ele, rindo. — Imagino que sim, porque o cara que me deu é muito exigente.

Jeanette achou que ele parecia envergonhado. Antes que ela pudesse perguntar mais, ele levantou, alisou as calças e reuniu coragem para entrar na casa.

Jeanette vestiu as luvas e o seguiu.

De início, não viram nada de estranho. Um vestíbulo com casacos de cores suaves. Um guarda-chuva encostado na cômoda, uma lista telefônica e um diário. As paredes eram brancas e o chão, cinza. Tudo parecia normal, mas o ar pungente anunciava que encontrariam algo abominável.

Hurtig entrou primeiro. Eles tiveram o cuidado de não tocar em nada desnecessariamente. Jeanette fez o melhor que pôde para pisar em cima de onde Hurtig pisara antes. Os peritos podiam ser chatos, e ela não queria ser acusada de negligente.

Eles entraram na cozinha. Quando Jeanette viu o que estava sobre a mesa, entendeu que era a casa certa, embora nada ali explicasse o cheiro desagradável.

Sobre a mesa havia quatro fotos polaroide. Jeanette pegou uma delas. Hurtig olhou-a por cima do ombro dela.

— Silfverberg — disse a detetive, pondo a foto de volta e pegando outra.

Ele observou a outra foto por alguns segundos.

— Karl Lundström — disse ele. — Então elas também o mataram? Os médicos estavam enganados quando disseram que ele morreu porque seus rins não aguentaram tanta morfina?

— Elas devem ter alterado a dose. Não houve investigação, porque a morte pareceu natural, mas eu já suspeitava disso.

Jeanette considerou a disposição das fotos sobre a mesa.

Uma ideia imprecisa começou a se formar em sua mente, mas foi interrompida pelo som de um carro estacionando.

A detetive foi até a frente da casa para receber Ivo Andrić e a perícia. Ela tirou a máscara e respirou o ar fresco. Independente do que houvesse lá dentro, era melhor que eles olhassem primeiro.

Ivo saiu do carro. Quando viu Jeanette, abriu um sorriso.

— Bem... — disse ele, apertando os olhos. — O que temos para hoje?

— Não sabemos de nada a não ser que tem alguma coisa fedendo lá dentro.

— Cheira a morte? — perguntou ele, já sem sorrir.

— Algo assim.

— Você e Hurtig podem ficar aqui fora por enquanto. — Ivo fez um sinal para seus colegas. — Vamos entrar e conferir.

Hurtig sentou de novo num degrau e Jeanette pegou o telefone.

— Vou ligar para Åhlund. Pedi para ele e Schwarz investigarem Dürer.

Hurtig balançou a cabeça.

— Chamo você se acontecer alguma coisa.

Ela foi até o carro e sentou no banco do motorista. Åhlund atendeu.

— Como estão as coisas? Descobriram algo de interessante sobre Dürer?

Åhlund suspirou.

— Os dinamarqueses não estão cooperando muito, mas fizemos nosso melhor.

— O que descobriram?

— Dürer chegou à Dinamarca quando tinha cinco anos, nos ônibus brancos. Ele esteve em um campo de trabalho em Dachau.

“Em outras palavras, um campo de concentração”, pensou ela. Jeanette deduziu rapidamente a idade de Dürer. Tinha setenta e oito anos quando morrera.

— Muitos dinamarqueses foram para Dachau, incluindo os pais de Dürer, que não sobreviveram.

— E o que aconteceu com ele depois?

— De acordo com as autoridades, ele declarava rendimentos de uma criação de porcos. Mas parece que os negócios não iam muito bem. Em certos anos, não tinha nenhuma renda. A fazenda em Struer, na Jutlândia, foi vendida há quase dez anos.

— Como ele veio para a Suécia?

— No final dos anos setenta, já estava em Vuollerim. Conseguiu um emprego de contador em uma serraria.

— Não como advogado?

— Não, e é aí que fica um pouco estranho. Não consegui encontrar nenhuma indicação de que ele estudou. Nenhum histórico, nenhum diploma.

— Em todos os anos em que trabalhou como advogado ninguém averiguou sua formação?

— Parece que não. Ele teve câncer e...

Jeanette viu Ivo Andrić saindo da casa para dizer algo a Hurtig.

— Tenho que desligar agora, mas vamos continuar mais tarde. Bom trabalho, Åhlund.

Ela pôs o telefone no bolso do casaco e foi na direção dos outros.

— Dois cachorros mortos no porão. Era de onde vinha o cheiro.

Jeanette se acalmou. O legista estava quase sorrindo. Imaginava que ele também estava feliz que pelo menos daquela vez não se tratasse de um cadáver humano.

— Os animais foram abatidos e cortados — continuou ele. — Já os peritos que examinaram a casa de Jessica Friberg não têm nada de interessante a reportar, ou pelo menos não de imediato.

— Certo. Me avisem quando tiverem terminado com a casa de Friberg — disse Jeanette.

Hurtig acenou para Ivo e foi em direção ao carro.

SWEDENBORGSGATAN, SÖDERMALM

Sofia Zetterlund estava à janela de um pequeno pub em frente à estação da praça Mariatorget. Ela ainda não tinha se recuperado da crise do dia anterior e olhava as castanheiras desfolhadas e um prato intocado. No verão, aquela rua era uma das mais verdes da cidade, mas então ela via apenas esqueletos sombrios de árvores. Os ramos contra o céu cinzento lembravam um pulmão.

"Logo chega a neve", pensou.

Em vez de comer, ela folheava uma revista de fofocas que alguém tinha esquecido em cima da mesa. Um artigo lhe interessou em especial, porque era sobre uma jovem que atendera por um tempo.

A pseudocelebridade, modelo de revistas masculinas e atriz pornô Carolina Glanz.

O artigo a fez perder ainda mais o apetite. A srta. Glanz, segundo as fontes da revista, em apenas um mês, tivera tempo para realizar seu segundo implante nos seios, casar e se divorciar de um milionário americano, gravar uma dúzia de filmes para uma das maiores produtoras de pornografia, e escrever um livro contando tudo. Uma autobiografia. Aos vinte e dois anos de idade.

Sofia pôs a revista de lado e ficou por dez minutos sem tocar na comida. Fadiga e a sensação de irrealidade, após várias noites de sono agitado ou simplesmente acordada, tinham um efeito paralisante sobre ela. A psicóloga finalmente começou a mexer no prato, em uma tentativa desajeitada de reunir entusiasmo para comer.

Embora tivesse pedido um ovo cru, recebera um ovo frito.

Ela empurrou o prato, levantou e saiu do pub.

"Vamos lá", pensou, enquanto verificava se tinha pego a carteira. "Você tem um trabalho a fazer."

Quando ela atravessou a rua, reconheceu alguém. Encurvada e vestida com um casaco escuro e boné vermelho.

— Annette?

A sombra pareceu não ouvi-la e continuou andando.

— Annette? — repetiu Sofia mais alto. A mulher parou e virou.

Sofia deu alguns passos hesitantes em sua direção. Ela se afastou assustada.

Annette ficou parada com o olhar vazio, enquanto o vento uivava ao redor delas. Seu rosto parecia flácido e apagado sob o boné vermelho.

— Aonde você vai? — perguntou a psicóloga.

Ela viu que Annette estava de chinelos e sem meias. Moveu os lábios, mas Sofia não conseguiu ouvir o que dizia. Algo tinha acontecido com Annette. Era ela, mas não era.

— Annette... Qual é o problema?

Ela encarou Sofia.

— Estou me mudando... — disse com a voz débil e rouca. — Vou voltar para Polcirkeln.

A psicóloga pegou a mão de Annette, que estava gelada. Ela devia estar morrendo de frio.

— Você precisa se esquentar — disse Sofia. — Não quer subir no meu consultório e tomar um café?

Relutante, Annette Lundström se deixou conduzir até a rua St. Paulsgatan.

— Sente aqui por um instante — disse Sofia, puxando uma cadeira. Quando Annette obedeceu, a manga de seu casaco subiu e Sofia viu uma pulseira de plástico em volta do pulso. Estava escrito Hospital Psiquiátrico de Estocolmo nela.

"Claro", pensou Sofia.

Ela pediu a Annette que aguardasse um pouco e foi até Ann-Britt, então pediu que lhe arranjasse café e um copo de água.

— Annette Lundström está internada em uma clínica psiquiátrica — disse em voz baixa. — Faça algumas ligações e descubra o que aconteceu.

Cinco minutos depois, Annette Lundström começou a se esquentar. Seu rosto ganhou mais cor, mas ainda estava flácido e inexpressivo. Ela levou a xícara de café à boca com mãos trêmulas e Sofia observou que seus dedos estavam machucados.

— O que estou fazendo aqui? — perguntou a mulher, olhando confusa ao redor. Ela pôs a xícara sobre a mesa, levou a mão até a boca e começou a morder a ferida no indicador.

Sofia se inclinou sobre a mesa.

— Estamos só nos aquecendo um pouco. Você disse que está de partida para Polcirkeln. O que vai fazer lá?

A resposta estava cheia de segurança.

— Vou visitar Karl, Viggo e os outros.

Annette arrancou um pedaço de pele do dedo e brincou com ele por um tempo, antes de colocá-lo na boca.

"Karl e Viggo?", pensou Sofia.

— E Linnea?

A mulher fechou os olhos e um leve sorriso apareceu no canto da boca.

— Linnea está na casa de Deus.

Sofia ficou preocupada, mas, considerando sua condição, o que Annette dizia podia ser interpretado de muitas maneiras.

— O que quer dizer com isso? Com Linnea estar na casa de Deus?

Annette abriu os olhos e exibiu um largo sorriso. Sofia reconhecia o olhar ausente e aquele estranho sorriso.

Psicose. A expressão de uma pessoa que não era mais ela mesma.

— Primeiro, vou a Polcirkeln — murmurou Annette. — Encontrar Karl e Viggo. Depois vou à casa de Deus com Linnea... Viggo me deu dinheiro para que ela não fosse mais à psicóloga. Para que fosse para a casa de Deus.

Sofia tentou organizar o que era dito.

— Viggo Dürer deu dinheiro a você?

— Sim... Ele foi tão legal. — Annette a encarou com olhos vítreos. — Agora posso ir para Polcirkeln e construir um templo para nos prepararmos para a glória que virá em breve.

O telefone as interrompeu. Sofia pediu desculpas e atendeu.

— Ela foi admitida em Rosenlund — disse Ann-Britt. — Vão chegar em quinze minutos.

Sofia desligou e se lamentou por não ter pedido que Ann-Britt esperasse antes de entrar em contato com a clínica psiquiátrica. Rosenlund ficava quase na esquina, a menos de um quilômetro de distância. Ela gostaria de ter mais tempo para conversar com Annette.

Com apenas quinze minutos, precisava ser eficiente ao máximo.

— Sigtuna e Dinamarca — disse Annette Lundström do nada, evidentemente fechada em si mesma. — Todos os membros de Sihtunum são bem-vindos em Polcirkeln. É uma das regras básicas.

— Você disse Polcirkeln, Sihtunum e Dinamarca? Que regras básicas são essas?

Annette Lundström sorriu com a cabeça baixa, olhando seus dedos ensanguentados.

— As palavras originais — disse ela. — As instruções de Pítia.

POLCIRKELN, 1981

Eu faço morangos para as crianças, pois acho que elas merecem
E outras coisas legais, que são boas quando se é pequeno.
Eu faço lugares divertidos, onde as crianças podem correr à vontade
E então as crianças se enchem de verão e suas pernas se enchem de vida.

Pária.

Ela havia encontrado a palavra em um dicionário e, desde então, sabia de cor a definição.

Uma pessoa excluída e desprezada.

Todos da família Lundström eram párias. Ninguém na cidade falava com eles.

Os outros não gostavam das suas brincadeiras, porque não as entendiam. Não sabiam cantar os salmos do Cordeiro e não tinham ouvido as palavras originais.

Aos seus olhos, ela ter ficado noiva de Karl um ano antes, ao completar doze, era algo ruim. Ele tinha quase dezenove anos e era seu primo.

Ela o amava, e eles teriam um filho nascido do amor quando tivesse idade suficiente.

Era outra coisa que os outros não entendiam.

A coisa tinha ido tão longe que eles teriam que se mudar. Felizmente, Viggo ajudara a organizar tudo, e ela ia poder estudar em Sigtuna a partir do outono. Onde faria amigos, pessoas como eles, que iam entender.

Ela sabia que se não fosse por Viggo eles não teriam nenhum valor.

Fora Viggo quem lhes mostrara o caminho e lhes fizera entender como o mundo realmente era. E era Viggo quem ia ajudá-los, quando os vizinhos se voltassem contra eles.

Ele parecia preocupado e apenas acenou em silêncio quando a viu. Trazia um grande saco de papel, que ela sabia que continha presentes. Viggo tinha viajado pelo mundo, passando até mesmo pela União Soviética.

Ele sorriu e Annette foi para o quarto.

Se a conversa terminasse em breve, ele poderia ir até lá e lhe dar os presentes, depois eles continuariam com os preparativos para o casamento com Karl.

Ela queria ser uma boa mãe para seus filhos e uma boa esposa para o marido, por isso tinha que praticar.

MARIATORGET, CONSULTÓRIO DE SOFIA ZETTERLUND

— Quando eu acordo, sempre acho que está tudo normal — disse Annette Lundström. — Então me lembro de que Linnea não existe mais. Gostaria de poder apreciar o breve instante em que tudo parece normal.

"Linnea morreu?", pensou Sofia.

Há breves momentos de lucidez até mesmo na psicose. A psicóloga percebeu que aquele era um deles e formulou rapidamente uma nova pergunta para manter a conversa com Annette Lundström.

— O que aconteceu?

Ela sorriu.

— Minha querida filha está na casa de Deus. Assim foi determinado.

Sofia entendeu que ela não conseguiria nada com aquela pergunta, então mudou a abordagem:

— Qual era a relação de Linnea com Viggo Dürer?

O sorriso fixo de Annette causava desconforto em Sofia.

— Relação? Não sei... Linnea gostava dele. Eles brincavam muito quando ela era pequena.

— Ela disse que Viggo abusou dela.

O rosto de Annette ensombreceu. Ela voltou a roer os dedos.

— Impossível — disse em tom desafiador. — Viggo era muito correto e estava sempre preocupado em não ofender ninguém.

Annette soltou um suspiro profundo, abaixou a cabeça e começou a falar em voz baixa.

— *Fora da casa das sombras, você vai se portar com modéstia de espírito e de carne* — disse ela. — *Há pessoas que não vão entender, que vão querer seu mal, que vão caluniar e prender você.*

Sofia reconheceu a citação.

Olhou para o relógio. Os enfermeiros da clínica psiquiátrica chegariam a qualquer momento.

— Você está falando sobre a casa das sombras. Karl também a mencionou. Ele a descreveu como uma espécie de refúgio.

Elas ficaram em silêncio. Annette Lundström precisava de perguntas, e não de afirmações.

— O que é a casa das sombras? — perguntou Sofia em seguida, firme.

Annette olhou para ela.

— A casa das sombras é o país de origem. Onde as pessoas podem estar perto de Deus. É o país das crianças. Mas pertence também aos adultos que entendem como os povos ancestrais viviam. Homens, mulheres e crianças, de mãos dadas. Somos todos crianças por dentro.

Sofia estremeceu. Um país de crianças, criado segundo o desejo dos adultos.

Ela começou a suspeitar que não só Annette Lundström dizia algumas verdades, mas talvez até estivesse se confessando. O que ela dizia era lógico para quem estava a par do contexto. A psicose a obrigava àquilo.

— Você está falando de um lugar físico ou de um estado mental?

— A casa das sombras é o lugar dos crentes e só existe na presença dos filhos dos escolhidos. No solo sagrado da bela Jutlândia e nas florestas do norte, em Polcirkeln.

Sofia pensou a respeito. Mais uma vez a Dinamarca e Polcirkeln.

Ela se esforçou para sorrir.

— Quem liderava os crentes? — perguntou com a voz suave, como se aquela fosse uma questão banal.

Funcionou. O rosto de Annette Lundström se iluminou de imediato.

— Karl e Viggo. E Per-Ola, é claro. Ele e Viggo tomavam conta de questões práticas. Garantiam o bem-estar das crianças, para que elas tivessem tudo o que desejassem.

— E qual era seu papel? E o das crianças?

— Eu... As mulheres não eram tão importantes. Mas as crianças, naturalmente, pertenciam aos iniciados. Linnea, Madeleine e as crianças adotadas.

— Madeleine? Crianças adotadas?

Cada palavra de Annette levava a uma pergunta. Suas respostas vinham sem esforço, e Sofia só podia concluir que a mulher dizia a verdade.

— Sim. Chamávamos de filhos adotivos de Viggo. Ele ajudava as crianças a chegar à Suécia. Vinham de países estrangeiros em condições terríveis e podiam morar na fazenda até encontrar uma nova família. Alguns ficavam poucos dias; outros, por meses. Nós os educávamos segundo as palavras de Pítia...

Annette se assustou com o som do telefone, mas Sofia sabia que eram os enfermeiros chegando.

Uma última pergunta.

— Quem mais morava na fazenda? Havia mais mulheres...

O sorriso de Annette Lundström permaneceu intacto. Sofia achou que ela parecia morta, vazia.

— Eram todas de Sigtuna — disse ela, feliz. — E havia outras pessoas que iam e vinham. Outros homens também. E seus filhos suecos.

Sofia decidiu que precisava contar tudo para Jeanette o mais rápido possível.

Os enfermeiros levaram Annette Lundström sem drama. Cinco minutos depois, Sofia estava sentada sozinha em seu consultório, tamborilando um lápis na borda mesa.

"Psicose", pensou ela. "É como um soro da verdade."

Ela tinha acabado de saber através dos enfermeiros de Rosenlund que Linnea Lundström se enforcara em casa, enquanto Annette assistia à televisão na sala.

Era como se Linnea ainda estivesse ali. Sofia podia vê-la à sua frente do outro lado da mesa. Uma jovem que queria conversar, que queria se sentir bem. Tinham feito progresso nas sessões. Ela sentiu uma profunda tristeza pelo que havia acontecido.

Sofia olhou pela janela. Dois enfermeiros conduziam Annette até o carro estacionado na rua. A figura magra e encurvada da mulher parecia tão frágil que o vento e a chuva poderiam desfazê-la.

Uma silhueta débil e cinzenta, dissolvendo no ar.

Uma vida despedaçada.

GLASBRUKSGATAN, CASA DOS SILFVERBERG

Hurtig estava atrás do volante, esperando Jeanette terminar sua conversa com Ivo Andrić, e pegou o celular. Teve tempo de mandar uma mensagem rápida antes de Jeanette abrir a porta do carro para entrar: A GENTE SE FALA HOJE À NOITE? VOCÊ MANDOU AS FOTOS?

Ele deu a partida e abriu a janela para deixar entrar um pouco de ar fresco. Jeanette sorriu para ele do banco do passageiro.

O bom humor de Ivo Andrić a contaminara, e ela até deu um tapinha amigável na coxa de Hurtig.

— O que vamos fazer agora? — perguntou ele.

— Temos que ir até a casa de Charlotte Silfverberg contar o que sabemos. O marido dela foi assassinado por uma daquelas mulheres, e ela tem o direito de saber antes de ler nos jornais.

Eles permaneceram em silêncio por todo o caminho, passando por Södra Ängby e Brommaplan. Ao cruzar Alvik, puderam ver os barcos em Sjöpaviljongen. Hurtig virou para Jeanette e perguntou:

— Você gosta de barcos?

— Não particularmente — respondeu ela. — Preferiria ter uma casa de veraneio.

— Você quer dizer que prefere algo mais seguro?

— Acho que sim — suspirou Jeanette. — Caramba, como sou chata.

Ele viu que ela estava pensando em alguma coisa.

— Billing e Von Kwist vão ficar felizes de ver o caso resolvido — disse Jeanette. — Mas eu não. Sabe por quê?

A pergunta dela o surpreendeu.

— Não.

— Acho que tudo parece certinho demais — disse ela. — Pense bem... Tinha alguma coisa me incomodando desde a cozinha de Hannah Östlund, mas eu não sabia dizer o que era. Todas as fotos encontradas representam apenas as vítimas dos assassinatos. Se alguém quer contar que cometeu uma série de assassinatos e depois se matar, por que não se mostrar do modo mais claro possível? Por que não tinha nenhuma foto de Hannah e Jessica pintando o apartamento de Silfverberg com sangue, ou algo assim? Não sei... Talvez eu não goste de segurança no fim das contas.

Ele não entendeu bem aonde Jeanette queria chegar.

— Mas Annette Lundström identificou Hannah Östlund na fotografia.

— Sim, eu sei — confirmou Jeanette. — Mas Annette disse que era Hannah Östlund apenas porque a pessoa não tinha um dedo. O rosto não aparecia. E tem outra coisa que não engulo. Por que mataram os cachorros daquele jeito tão nojento?

Hurtig pensou que o que Jeanette dizia fazia sentido, mas ainda não estava totalmente convencido.

— Você quer dizer que pode ter sido outra pessoa? Alguém que armou tudo? As fotografias e o resto?

Ela sacudiu a cabeça.

— Não sei... — Jeanette olhou Hurtig com seriedade. — Pode parecer exagero, mas ainda acho que devemos investigar Madeleine Silfverberg. Vou pedir a Åhlund para verificar os hotéis da cidade. Afinal, ela tinha um motivo para matar o pai.

Hurtig achou aquilo um pouco precipitado.

— Madeleine? É só um chute.

— Pode ser.

Jeanette pegou o celular enquanto o carro passava sob Essingeleden e seguia em direção a Lindhagensplan. Ela pediu para que Åhlund providenciasse as listas de hóspedes dos maiores hotéis da cidade, então pegou uma caneta e anotou algo antes de desligar. A conversa durou menos de um minuto.

— Åhlund disse que Dürer possuía três propriedades em Estocolmo. Um apartamento em Ölandsgatan que já foi vendido, outro na Biblioteksgatan e uma casa em Norra Djurgården. Vamos verificar os endereços, depois de falar com Charlotte Silfverberg. — Ela leu sua anotação. — Hundudden, você sabe onde é?

"Mais barcos", pensou ele.

— Sim, tem uma marina lá. É um lugar fino, acho... Espera aí, você disse Ölandsgatan? Não é no Monumentet? Onde Samuel Bai foi encontrado?

— Não há muito que possamos fazer em relação a esse apartamento. Depois que Dürer morreu, ele foi reformado e vendido. Vamos conferir os outros endereços.

No momento em que saíram do carro, a porta da casa se abriu e Charlotte Silfverberg apareceu, com uma mala na mão.

Sua postura e expressão facial estavam cheias de hostilidade.

— Vai viajar? — Jeanette perguntou, indicando a mala.

— É só um cruzeiro para Åland, nada de mais — ela disse, com uma risada afetada. — Preciso arejar a cabeça. É uma viagem cultural, a gente prova vinhos e ouve especialistas falando sobre sua arte. Hoje vai ser Lasse Hallström. Um dos meus diretores favoritos.

"Ela continua hipócrita e falsa", pensou Hurtig. "Nem mesmo o assassinato de seu marido a mudou. Como é que uma pessoa pode ser assim?"

— Precisamos conversar sobre Per-Ola. Talvez seja melhor entrar. — Jeanette fez um gesto em direção à porta da casa.

— Aqui está ótimo. — Charlotte Silfverberg fez uma careta de desgosto e colocou a mala na calçada. — O que vocês querem?

Jeanette contou o que eles haviam encontrado na casa de Hannah Östlund.

A mulher escutou em silêncio, com o rosto abatido. Não fez uma pergunta sequer. Quando Jeanette terminou de falar, sua reação foi imediata.

— Muito bem, então sabemos de quem é a culpa.

Hurtig se espantou com a reação fria da mulher e viu que Jeanette também ficara impressionada.

— Não que eu saiba algo sobre o trabalho da polícia — continuou Charlotte, mantendo o olhar distante por um momento antes de virar para Jeanette. — Mas me parece que vocês tiveram uma sorte inacreditável para solucionar tudo tão rápido. Ou estou errada?

Hurtig notou que Jeanette fervia de raiva.

Charlotte soltou uma risada maldosa.

— Sorte a minha que Hannah e Jessica se suicidaram — disse ela. — Caso contrário, tentariam me matar também. Talvez fosse eu quem elas realmente queriam, e não Per-Ola.

Hurtig também sentiu a raiva brotando.

— Pode guardar suas teorias pra você — disse ele. — Pessoalmente, acho muito difícil entender o motivo. O que elas poderiam ter contra alguém tão simpático e sensível quanto você?

Jeanette cravou os olhos nele. Tinha passado dos limites.

Os olhos de Charlotte relampejavam.

— O sarcasmo não lhe cai bem. Hannah e Jessica já eram loucas desde a adolescência. Quando optaram por se isolar, a loucura deve ter aflorado.

Ele viu que não tinha mais nada a dizer. Com as assassinas mortas, a investigação estava encerrada. "Embora Jeanette esteja em dúvida", pensou.

— Muito obrigada, então — disse Jeanette.

Charlotte Silfverberg respondeu com um gesto de despedida e pegou a mala.

— Bem, meu táxi chegou. Receio que tenhamos que terminar nossa pequena conversa. — Ela fez um sinal para o carro, que encostou ao seu lado.

Hurtig abriu a porta traseira.

— Mande um abraço ao Lasse — ele disse, antes de fechar a porta do táxi.

Foi a última vez que viram Charlotte Silfverberg. Menos de um dia depois, ela estaria lutando por sua vida nas águas geladas do Mar de Åland.

SKANSTULL

Sofia Zetterlund ia entrar novamente no labirinto.

Pegou o telefone para ligar para Jeanette, mas se arrependeu. "Linnea está morta", pensou, enquanto um sentimento de desesperança tomava conta dela. Decidiu tirar o resto do dia de folga.

Ela trocou de roupa e pôs seu vestido preto curto, seu casaco cinza comprido e sapatos de salto alto pequenos demais, que machucavam seus pés. Quando terminou de se maquiar, despediu-se da recepcionista com um aceno e saiu na rua Swedenborgsgatan.

Ela já estava sonâmbula ao entrar na Ringvägen em direção ao Hotel Clarion, em Skanstull.

— Desgraçados — murmurou, enquanto o som de seus saltos no asfalto era abafado pelo sono e desaparecia aos poucos.

Logo a Sonâmbula não via mais os carros e as pessoas passando.

Ela cumprimentou o segurança do hotel e entrou. O bar ficava mais ao fundo. Sentou a uma mesa e esperou.

"Vá para casa", pensou. "Sofia Zetterlund foi para casa. Não, ela foi ao supermercado Ica, na Folkungagatan, fazer compras para o jantar em casa, sozinha."

Quando o garçom a notou, ela pediu uma taça de vinho tinto de ótima qualidade.

Victoria Bergman levou a taça até a boca.

Vá para casa.

A Sonâmbula estava ausente. Ela olhou em volta.

Um dos homens no bar a olhou. Tinha o rosto redondo e vazio.

Ela estabeleceu contato visual quase que imediatamente. Mas ainda era cedo para agir. Devia ter paciência, deixá-lo esperar. Com isso, a experiência se tornava melhor. Ela queria que eles explodissem. Queria vê-los deitados de costas, exaustos e indefesos.

Mas ele não podia estar bêbado, e o homem no bar estava tudo menos sóbrio, com o rosto suado brilhando. Ele tinha desabotoado a camisa e afrouxado a gravata.

Não interessava, e ela desviou o olhar.

Cinco minutos depois, a taça estava vazia. Ela fez um sinal discreto pedindo mais. Enquanto o garçom a servia, ouviu um murmúrio. Um grupo de homens em ternos escuros e caros sentou nos sofás à sua esquerda. Ao todo eram treze. Uma mulher com um vestido Versace os acompanhava.

Ela fechou os olhos e ouviu a conversa.

Após alguns minutos, concluiu que eram alemães, provavelmente do norte, talvez Hamburgo. A mulher era sua anfitriã na Suécia e falava com sotaque de Gotemburgo. Ela abriu os olhos e percebeu que um deles não dizia uma palavra sequer. Ficou curiosa.

Ele estava sentado no sofá mais perto dela e era o mais jovem do grupo. Tinha um sorriso tímido e provavelmente só saía para o quarto com uma companhia do sexo feminino quando era encorajado por seus colegas. Tinha entre vinte e cinco e trinta anos e uma aparência normal. Ela sabia que os homens bonitos não costumavam ser bons de cama, porque achavam que não precisavam se esforçar. Mas aquilo não importava, porque não era do ato em si que ela gostava.

Levou menos de cinco minutos para atraí-lo até sua mesa.

Ele pediu um chope escuro e ela pediu sua terceira taça de vinho tinto.

— *Ich bezahle die nächste Runde* — disse ela. Ia pagar a próxima rodada, para mostrar que não era uma garota de programa.

Sua timidez logo desapareceu. Ele sorria relaxado ao contar sobre seu trabalho e a conferência em Estocolmo, dando a entender que ganhava bem, claro. O macho humano não tinha uma crista para impressionar. Então precisava falar de dinheiro.

Ela já sabia pelo terno, pela camisa e pela gravata. Podia sentir o dinheiro no cheiro de sua loção de barbear e no brilho dos sapatos e do prendedor de gravata. Mesmo assim, ele mencionou que tinha um carro de luxo e uma sólida carteira de ações. A única coisa que não contou era que tinha esposa e filhos em sua casa nos arredores de Hamburgo, embora não fosse difícil de deduzir, já que usava aliança e sem querer revelara uma foto de duas meninas ao abrir a carteira.

"Ele serve", pensou.

Ela fazia aquilo para chegar perto deles. Por um breve momento, podia ser esposa, filha e amante. Todas ao mesmo tempo. Depois desaparecia.

A melhor parte era o vazio que se seguia.

Victoria Bergman pôs a mão sobre a coxa dele e sussurrou algo em seu ouvido. Ele balançou a cabeça, pareceu ao mesmo tempo inseguro e cheio de expectativa. Ela estava a caminho de lhe explicar que não havia nada com que se preocupar quando sentiu uma mão no ombro.

— Sofia?

Ela estremeceu. Seu corpo se tornou inexplicavelmente pesado, mas não se virou.

Seu olhar ainda repousava sobre o rosto do jovem. De repente, sua visão ficou borrada.

Seus traços se misturaram e tudo girou ao redor.

O despertar aconteceu rapidamente. Quando ela olhou, um estranho de terno estava sentado ao seu lado. Percebeu que estava com a mão sobre sua coxa e tirou-a instintivamente.

— Desculpe, eu...

— Sofia Zetterlund? — repetiu a voz atrás dela.

Ela a reconheceu, mas ainda assim se surpreendeu quando viu que era uma de suas ex-pacientes.

HUNDUDDEN, ILHA DE DJURGÅRDEN

Das janelas na escadaria do outro lado da rua, eles tinham uma boa visão do interior do apartamento. Hurtig e Jeanette puderam rapidamente concluir que o imóvel na rua Biblioteksgatan pertencente a Viggo Dürer estava vazio.

A caminho da casa de Dürer em Norra Djurgården, Jeanette sabia que encontrariam a mesma coisa lá, ou seja, nada.

A vegetação foi se tornando mais espessa e as construções rareavam. As sombras os envolveram. Ela começou a sentir frio e pediu a Hurtig que ligasse o aquecimento. Parecia que eles estavam entrando em um túnel de pinheiros. Jeanette se espantou por ainda haver lugares tão isolados próximos à cidade. Ela se embalou em uma calma meditativa, que foi abruptamente interrompida pelo toque do telefone. Era Åhlund.

— Verifiquei os hotéis de Estocolmo e região.

— E então?

— Sete hóspedes com nome Madeleine, mas nenhuma Madeleine Silfverberg. Investiguei os nomes de qualquer maneira, só por segurança. Pode estar usando uma identidade falsa com o mesmo primeiro nome. Estatisticamente falando, é bastante comum. Além disso, ela pode ser casada. Não sabemos nada sobre ela.

Jeanette concordou.

— Bem pensado. Encontrou alguma coisa interessante?

— Não sei. Falei com seis delas, que podem ser definitivamente descartadas. Mas não consegui contato com a sétima. Madeleine Duchamp. Ela se hospedou usando uma carteira de motorista francesa.

Jeanette foi fisgada pela parte da carteira de motorista francesa.

— Ela fez o check-out do hotel Sjöfartshotellet, em Slussen, hoje.

— Certo. — Jeanette procurou se acalmar. Embora Madeleine tivesse vivido no sul da França, de acordo com o que sabiam ainda era cidadã dinamarquesa. — Vá até o hotel e fale com o pessoal. Descubra tudo o que puder e tente obter uma descrição.

Hurtig a olhou com curiosidade quando desligou.

— Ainda é um chute.

— Não sei — disse ela. — Mas não quero correr o risco de perder nada.

Ele reduziu a velocidade quando a estrada fez mais uma curva.

— É aqui — disse, virando em uma estradinha de terra.

A densa floresta de coníferas estava repleta de propriedades.

Eles saíram do carro e viram um portão de ferro com mais de dois metros e meio de altura.

— Consegue pular? — suspirou Hurtig. — Ou vamos nos enfiar no mato?

— Por que não tocamos a campainha? — sugeriu ela, indicando o interfone.

Hurtig tocou três vezes sem obter resposta. Ela notou que ele estava um pouco desanimado.

— Vamos pular — decidiu ela, colocando a lanterna na boca para manter as mãos livres. A detetive escalou o portão, passou pelas barras de ferro pontiagudas e aterrissou suavemente sobre o cascalho lá dentro.

Hurtig passou com mais esforço, mas um momento depois estava ao seu lado com um sorriso no rosto e o paletó rasgado.

— Porra, não sabia que você conseguia fazer isso — disse, parecendo mais animado. Ela sorriu.

O caminho de cascalho conduzia a uma casa grande de pedra, de dois andares, provavelmente construída no início do século XIX e renovada recentemente. Ao lado, havia dois pinheiros altos e sombrios, e à esquerda ficava uma garagem, também erguida com pedras cinzas, mas certamente anos mais tarde.

Jeanette acendeu a lanterna e observou que a grama estava bem alta. Apesar da reforma, tudo parecia desordenado. Os frutos podres caídos das macieiras deixavam o jardim com um cheiro doce e passado.

A casa estava às escuras, e eles logo concluíram que não tinha ninguém. Através da janela, via-se uma luz fraca piscando, o que indicava que o alarme estava ativado.

Jeanette agachou em frente à garagem.

— Marcas de pneu. Recentes.

O cascalho estava quase seco, porque os ramos do pinheiro cobriam a área perto do portão. Pinhões cobriam o chão.

Hurtig pôs as mãos nos bolsos do casaco e bufou de frio.

— Vamos ver a casa.

Eles deram uma volta na casa, que parecia estar tão deserta quanto o apartamento de Dürer na cidade. Jeanette olhou através de uma janela. "Aqui pelo menos tem móveis", constatou ela, vendo sofás, uma mesa e um piano. Tudo estava coberto por uma espessa camada de poeira.

Camuflado pela escuridão e pelos pinheiros, havia um carro atrás da garagem, coberto por uma lona. Era um Citroën azul-escuro, castigado pela ferrugem.

— Espera... — disse Jeanette, passando o feixe de luz sobre os arbustos ao longo da parede. — Você viu? O que é isso?

Ela iluminava um ponto entre duas janelas.

— Tem um porão. Ou já teve. Alguém colocou uma pedra na frente das janelas.

Jeanette concordou.

— Exatamente o que pensei.

Um dos grandes blocos de granito diferia significativamente dos demais. Era aproximadamente do mesmo tamanho que a janela do porão, enquanto os blocos dominantes na fundação da casa eram menores.

Depois de mais uma volta, eles contaram oitos janelas cobertas por pedras. Já a garagem não tinha porão.

— Significa alguma coisa? — perguntou Hurtig. — Acha que é uma tentativa deliberada de isolamento?

— Não sei... — Jeanette iluminou novamente uma das pedras. — Deve ter dado um trabalho dos infernos carregar essas pedras até aí. Tenho a sensação de que queriam esconder os porões...

Hurtig coçou o queixo e ficou pensativo.

— Só vamos saber depois do mandado de busca. Devemos pôr alguém pra vigiar a casa no caso de alguém aparecer?

— Não, ainda não. Mas acho que temos que verificar a garagem antes de ir embora.

A construção era grande o suficiente para dois carros. Os portões estavam trancados e havia apenas uma pequena janela ao fundo, no alto da parede de pedra. Jeanette achou que lembrava um bunker e sorriu com ironia.

— Você trouxe ferramentas?

Ele sorriu também.

— Tenho uma caixa no porta-malas. Vamos entrar?

— Não, vamos só dar uma olhada. Quero pegar algumas amostras da pintura do carro, só por segurança.

— Certo. Quer ir buscar? Você é claramente melhor em escalada do que eu.

Dois minutos depois, Jeanette voltou com um canivete e uma chave de fenda. Depois de ter raspado a pintura do carro e levado como prova, entregou a chave de fenda para Hurtig. Ela não alcançava a janela.

Ele se pôs na ponta dos pés e lançou um olhar para ela por cima do ombro.

— O que vamos fazer se o alarme disparar?

— O que a molecada faz. Nos mandar daqui o mais rápido possível — disse ela, rindo.

Ele deu três golpes contra a janela. O som do vidro quebrando pareceu ensurdecedor.

Depois veio o silêncio absoluto. Jeanette esperou dez segundos antes de falar.

— Me levanta.

Hurtig juntou as mãos e ela subiu.

A detetive iluminou o interior com a lanterna. Encontrou uma bancada de trabalho sólida e seguiu ao longo do piso de concreto, parando em uma estante pesada encostada na parede. O foco de luz deu mais uma volta na sala e voltou para a estante.

Nada. Nem um objeto, até onde podia ver. A bancada de trabalho e as estantes estavam completamente vazias.

Era aquilo. Uma garagem comum, embora espaçosa e muito limpa, que não parecia ser utilizada para outro fim que não fosse estacionar o carro.

SKANSTULL

Dizem que é perigoso acordar um sonâmbulo.

O despertar de Sofia Zetterlund no Hotel Clarion talvez não servisse para comprovar a hipótese, mas sua reação física foi tão forte, que ela teve dificuldade em respirar e seu coração disparou a ponto de ela não conseguir levantar do sofá.

— Você está bem?

À sua frente estava Carolina Glanz.

Ela viu um rosto enrijecido por incontáveis cirurgias plásticas. Era um milagre que tal fisionomia ainda pudesse expressar preocupação.

— *Wie geht's*? — ela escutou o homem ao seu lado dizer.

Sofia já não se importava mais com ele.

— *Gut* — respondeu ela com um tom de desprezo, finalmente conseguindo levantar do sofá. — Tenho que ir — disse ela em seguida para Carolina, afastando-a de maneira rude.

Ela não virou uma única vez enquanto deixava o bar, passava pelo lobby e chegava à rua.

"Vá para casa… Tenho que ir para casa."

Sofia atravessou a faixa de pedestres junto ao shopping Ringen sem se preocupar com o farol, o que levou a freadas bruscas e gestos de raiva. Então sentiu que suas pernas já não aguentavam, sentou em um banco e cobriu o rosto com as mãos.

O mundo ainda girava. Ela não notou as lágrimas nem a garoa.

Ou quando uma pessoa se sentou ao seu lado.

— É melhor você parar de ir lá — disse Carolina Glanz após um tempo.

Sofia se acalmou um pouco. A jovem passou a mão em suas costas. "O que estou fazendo?", pensou ela. "Isso é ridículo."

Ela se endireitou e respirou fundo antes de olhar irritada para Carolina.

— O que você quer dizer com isso? E por que está me seguindo?

De perto, seu rosto estava ainda pior. Podia sair bem na câmera, mas à luz cinzenta e chapada da tarde, os traços antinaturais se tornavam grotescos. Carolina aparentava ser ao menos quinze anos mais velha do que realmente era.

— Eu costumo ir ao Clarion e vi você lá algumas vezes. Conheço algumas pessoas que trabalham lá e eles desconfiam que você se prostitui. Tive que pedir que não expulsassem você. — ela tentou sorrir debaixo da maquiagem e das cirurgias.

Algumas vezes? Parar de ir? Então Sofia finalmente entendeu.

Victoria.

Ela amoleceu um pouco.

Talvez Carolina Glanz não fosse um caso perdido afinal.

— Não tenho conseguido dormir — disse Sofia. — Terminei um relacionamento recentemente e não tenho sido eu mesma.

— Vamos tomar um café — sugeriu Carolina, indicando a entrada do shopping.

— Claro — disse Sofia. — Não podemos ficar aqui com essa chuva.

Enquanto elas andavam em direção ao shopping, Carolina Glanz contou que assinara um contrato com uma das maiores editoras do país e pela primeira vez na sua vida fizera algo de que podia se orgulhar. Elas sentaram a uma mesa e pediram.

— O livro vai fazer sucesso — disse Carolina dramaticamente. Sofia se maravilhou com sua capacidade de dar a volta por cima e seguir em frente. De uma coisa a outra, com um só objetivo. Ganhar a vida como uma celebridade.

Vender-se de qualquer maneira.

Ela não pode deixar de concordar com os que chamam aquilo de "espírito empreendedor".

Pensou em si mesma e em seus esforços para fazer exatamente o oposto. Escondendo sua identidade, sem nunca revelar quem ela era, nem mesmo para si mesma.

Ela estivera perto de arruinar tudo.

Seus pensamentos foram interrompidos pelo celular de Carolina. Após uma breve conversa, ela pediu desculpas a Sofia e explicou que precisava encontrar sua editora.

Do mesmo modo repentino como aparecera, Carolina Glanz tinha ido embora. Atraindo uma multidão de olhares curiosos em sua passagem.

Sofia entendeu que era exatamente aquilo que ela queria. "Aqui estou eu. Olhem para mim. Entregarei todos os meus segredos em troca de sua atenção."

Ela decidiu permanecer ali por um tempo, pelo menos até o cabelo secar. Quanto mais pensava em Carolina Glanz, mais se convencia de uma coisa.

Tinha inveja dela.

A mutilação pela beleza funcionava como uma máscara. Atrás da maquiagem e do silicone, Carolina Glanz ousava revelar tudo sobre si mesma. O figurino lhe dava coragem de passar por toda a gama de emoções, indo do mais vulgar à mais aguda inteligência. Sofia não tinha dúvida de que no fundo ela era uma garota muito esperta e focada. Havia uma lógica no seu comportamento, que também vinha de seu coração. Ela sabia os caminhos que deveria tomar para mostrar quem era.

"Ao contrário de mim", pensou Sofia.

A psicóloga compreendia que em seu interior acontecia um baile de máscaras constante. As características dos seus participantes eram tão diversas, tão diametralmente opostas, que em conjunto eles não podiam formar uma pessoa coesa. Por mais estranho que pudesse parecer, Carolina Glanz, com seu exterior artificial, era mais verdadeira e funcional do que Sofia jamais seria.

"Não tenho sequer um eu", pensou ela.

Então o ruído voltou à sua cabeça. Vozes e rostos em um fluxo constante. Dentro e fora dela.

Sofia olhou as pessoas passando a caminho do metrô. Após um tempo, via corpos passando como carros em alta velocidade, imagens difusas, longas faixas de cores diferentes. Às vezes, ela podia congelar uma imagem e olhar os rostos um por um.

Duas meninas loiras iam em direção ao shopping, cada uma com seu cachorro na coleira.

Elas eram incrivelmente parecidas com Hannah e Jessica.

"Duas pessoas que são na verdade três", pensou. Ou melhor: três subpersonalidades.

A Trabalhadora, a Analista e a Chorona foram modeladas a partir de suas ex-colegas de escola, Hannah Östlund e Jessica Friberg. Duas meninas idênticas, que eram o reflexo uma da outra. Como uma sombra impotente de um ser humano.

Victoria tinha usado as subpersonalidades para evitar fazer tarefas tediosas, mas também tinham substituído sentimentos que não aceitava.

Sabedoria, pessimismo e mesquinhez. Obedecer sem questionar, ser submissa, bajular e se misturar. Pertencer ao bando de loiras bem-comportadas. As mesmas características que Victoria percebera em Hannah e Jessica.

A Trabalhadora, a Analista e a Chorona não significavam mais nada para ela. Já conseguia lidar com todas as emoções banais e características por elas representadas. Era apenas uma questão de amadurecimento e de renunciar ou aceitar seu lado mais trivial.

Até um cachorro poderia aprender aquilo.

"Vá para casa", pensou ela. "Tenho que ir para casa."

Ulrika Wendin não sabia quanto tempo fazia que estava encarcerada naquele lugar quente e seco.

O silêncio se tornara tão compacto quanto a escuridão, e ela escutava sons vindos de seu interior. Às vezes, acordava e não sentia o corpo. A falta de estímulos sensoriais fazia com que parecesse que estava no vácuo, flutuando sem peso, sem sentidos, em uma escuridão completa e silenciosa.

Ela precisava encontrar logo uma maneira de liberar os braços atados nas costas. Com grande esforço, conseguia levantar um pouco o corpo e mexer as mãos, até recuperar ligeiramente a circulação. Mas aquilo ficava cada vez mais difícil, e sua mobilidade era prejudicada pelas barras de ferro sobre o peito e os joelhos.

Ulrika inclinou a cabeça para trás e olhou para cima. A faixa de luz ainda estava lá, mas parecia que tinha escurecido um pouco. Ela acreditava que a luz era a Via Láctea. Diziam que a galáxia continha tantas estrelas quanto o cérebro humano continha células. Talvez tudo fosse se fundir em uma massa cinza uniforme. Ou seria uma ilusão de óptica?

Estava vendo imagens criadas por seu cérebro?

A sede fazia sua garganta arder constantemente. A desidratação devia ter sido acelerada pelo calor e pelas crises de choro.

A única maneira de produzir saliva era passar a língua sobre a fita. Ela sentia náusea com o gosto amargo da cola, mesmo assim periodicamente o fazia, de modo que a fita afrouxara um pouco nos cantos e no lábio superior.

Se produzisse umidade suficiente, talvez ela se soltasse por completo.

Mas o pior que poderia acontecer seria Ulrika vomitar. Ela sufocaria, então precisava ter cuidado para não engolir muita cola.

Embora estivesse desidratada, sentia que precisava urinar.

Mas não tinha como. Seu corpo não a obedecia. Por mais que tentasse, não saía nem uma gota. Só conseguiu quando desistiu e relaxou. O calor se espalhou pelo ventre e ao longo das coxas. A sensação era quente e pegajosa.

Logo sentiu o odor penetrante. Não sabia se era impressão, mas sentiu como se a urina tivesse deixado o ar um pouco mais úmido. Respirou fundo pelo nariz.

Sabia que poderia sobreviver um bom tempo sem comida. Vários meses. Mas por quanto tempo era possível ficar sem água?

As chances de sobrevivência aumentavam se a pessoa se movesse o mínimo possível, mantivesse a calma e reduzisse ao máximo a perda de líquido. Sem esforço físico. Sem choro.

Seus olhos secos observavam os tons de cinza ao redor. A língua descansava na boca, retornando ao estado de torpor.

Em seus sonhos, ela flutuava livremente no espaço e olhava a si mesma.

Ao longe, julgou ouvir o som de algo quebrando, um bloco de gelo explodindo no centro da galáxia.

"Um dia se descobre que o que se chamou de vida era apenas um piscar de olhos", pensou Madeleine, olhando-se no espelho do banheiro apertado da cabine. "A vida é um bocejo quase imperceptível. Acaba tão rápido que mal se tem tempo para notar que começou."

O navio balançou e ela se apoiou contra a porta. Sentou na cama. Em cima da mesa tinha um copo com cubos de gelo ao lado de uma garrafa aberta de champanhe. Ela se serviu pela segunda vez em um copo de papel.

"Um dia você está lendo com um sorriso bobo seu diário espiritual, com todos os seus sonhos e esperanças passados", pensou ela, levando o copo até os lábios e tomando um gole. As bolhas fizeram cócegas no céu da boca. O sabor era de fruta madura, com notas de minerais, ervas e café torrado.

"No diário existem apenas páginas incoerentes. Na maior parte, tudo é vazio", pensou. Dias tinham se passado sem deixar nada de memorável. Éons de existência onde só houvera espera. De fato, ela esperara por tanto tempo que o tempo e a espera tinham se unificado.

Mas havia também outros dias. Os terríveis momentos que tinham moldado a pessoa que ela era. Sua infância na Dinamarca fora como uma calcinha vermelha em uma máquina cheia de roupa branca.

Madeleine colocou os fones de ouvido, conectou-os ao telefone e se deitou na cama.

Joy Division. Primeiro a bateria, em seguida um baixo crescendo, um riff simples, e finalmente a voz fria de Ian Curtis.

As oscilações irregulares do navio lhe davam uma sensação de paz. As pessoas bêbadas que de vez em quando passavam do lado de fora a reconfortavam. Não era o inesperado que a assustava. Era a segurança.

A chuva castigava a janela da cabine. Era como se Ian Curtis cantasse com sua voz arrastada só para ela.

Confusion in her eyes that says it all. She's lost control.

O cantor de vinte e quatro anos de idade que sofrera de epilepsia e se enforcara. Mas ela não ia se suicidar. Seria uma derrota. Seria deixá-los ganhar.

And she gave away the secrets of her past, and said I've lost control again.

Pensou na mulher que no passado dissera ser sua mãe, que às vezes dizia preferir ser chamada pelo primeiro nome, porque Madeleine não nascera dela. Em outras ocasiões, era proibido mencionar que Madeleine tinha sido adotada. Aquilo era tão arbitrário quanto degradante.

Mas não era aquela a razão pela qual devia morrer.

Ficando em silêncio quando homens adultos abusavam de uma menina, rapidamente se perdia o direito à misericórdia. Quando se encontrava prazer em ver meninos nus e drogados lutando em uma fazenda, sem se importar quando um deles morria, não se merecia perdão. "Todos os envolvidos, de uma forma ou de outra, estavam conscientes disso", pensou ela, vendo as pessoas mortas à sua frente.

A fúria cresceu dentro dela. Madeleine esfregou com força as têmporas. Sabia que era uma loucura se comparar a Nêmesis, a deusa da vingança, uma autoimagem que alimentara ao longo de toda a vida. Uma menina que um dia chegara à escola como um leão manso. Alguém que instilava medo e que se devia respeitar.

Algumas horas mais tarde, no meio do caminho para as ilhas de Åland, ela caminhou pelo corredor até a boate na proa. Não queria chegar nem tarde nem cedo demais.

Tudo em breve chegaria ao fim, e ela iria em frente. Criaria seu próprio futuro, sem as vozes do passado gritando em seu ouvido.

O bar estava cheio, e ela teve que se enfiar entre as mesas. A música estava bem alta. Num pequeno palco, duas mulheres cantavam no caraoquê. Eram desafinadas, mas os homens presentes aprovavam sua dança provocante, assoviando e batendo palmas.

"Vocês são como gado", pensou ela, com desprezo.

Charlotte estava sentada sozinha em uma das mesas diante das grandes janelas panorâmicas.

A mulher que ela nunca chamara de mãe estava vestida com sobriedade: blazer escuro, saia preta e meia-calça cinza. Para Madeleine, parecia pronta para um enterro.

Charlotte a viu de imediato. Seus olhos se encontraram pela primeira vez em muito tempo.

— Após todos esses anos, nos reencontramos novamente — disse Charlotte, apertando os olhos. Estudando-a.

Odeio você, odeio você, odeio você...

— Na minha ignorância, pensei que nosso assunto estivesse resolvido — continuou. — Mas quando encontrei Per-Ola temi que tivesse sido você.

Madeleine se sentou na frente dela e olhou em seus olhos sem dizer nada. Sentiu vontade de sorrir, mas seus lábios não obedeceram. Queria responder, mas não sabia o que dizer. Embora tivesse formulado durante os anos seu discurso de acusação, viu-se muda de repente.

Como uma máquina travada.

— A polícia me perguntou sobre você, mas eu não disse nada. — Era como se as palavras tivessem gosto amargo e ela quisesse pô-las para fora o mais rápido possível. Às vezes a boca se movia, mas não saía nada. Charlotte se contorcia, limpando migalhas imaginárias da mesa. Então respirou fundo e perguntou, cansada: — O que você quer, afinal?

Madeleine viu maldade nos olhos da mulher que em breve estaria morta. Atrás da íris verde, vislumbrava também um espanto sincero.

"Será que ela ainda não entendeu?", pensou Madeleine.

Não, não era possível. Charlotte estava lá. Ela vira tudo.

"Por outro lado, a ignorância e a inocência são apenas outros nomes para a maldade", pensou ela.

Odeio, odeio, odeio...

Madeleine sacudiu a cabeça.

— Acho que você sabe por que voltei.

Os olhos de Charlotte fugiam dela.

— Não entendo o que você...

— Entende, sim — interrompeu Madeleine. — Mas antes quero que responda três perguntas.

— Quais?

— Primeiro, quero saber por que vocês me adotaram.

Madeleine notou imediatamente que pedira o impossível. Era como perguntar o sentido da vida, o propósito de tudo, quanta dor uma pessoa poderia suportar.

— É simples — respondeu Charlotte, como se não tivesse entendido o verdadeiro significado da pergunta. — Seu avô, Bengt Bergman, conhecia Per-Ola através do trabalho em uma organização. Juntos decidimos que cuidaríamos de você quando sua mãe ficou louca.

"Ela só arranha a superfície", pensou Madeleine.

— Mas você sempre foi difícil. Tínhamos que ser rigorosos — completou Charlotte.

Madeleine pensou nos homens que entravam em seu quarto à noite. Lembrou-se da dor e da vergonha. Tudo aquilo gerara uma pedra dentro dela, que eventualmente se tornara uma rocha em seu corpo.

"Ela não pode responder porque não entendeu a pergunta", pensou Madeleine. Nenhum dos outros que matara conseguiu responder. Eles apenas a olhavam com um ar idiota, como se estivesse falando uma língua estrangeira.

— Quem tomou a decisão de me operar? — perguntou Madeleine, sem comentar o que Charlotte dissera.

A mulher a olhou com frieza.

— Eu e Per-Ola. Obviamente, com o aval de médicos e psicólogos. Você mordia as outras crianças, batia nelas. Todas tinham medo de você. Nós desistimos. Não havia outra saída.

Madeleine se lembrou de como haviam silenciado as vozes dentro de sua cabeça em Copenhague. Desde então, ela não sentia mais nada. Nada. Somente cubos de gelo tinham sabor para ela.

Madeleine reconheceu mais uma vez que chegara a um beco sem saída. Ela jamais saberia por quê.

Procurara respostas e matara aqueles que não eram capazes de compartilhar a verdade do passado.

Restava apenas uma pergunta.

— Você conheceu minha verdadeira mãe?

Charlotte Silfverberg pegou uma fotografia em sua bolsa e entregou a ela.

— Aí está sua mãe, aquela louca — sussurrou.

Elas saíram juntas para o convés. A chuva tinha cessado e o céu estava claro. A noite estava azul e úmida; o mar Báltico, escuro e inquieto.

As ondas batiam ameaçadoramente contra o *M/S Cinderella*, produzindo um ruído agudo. A água salobra do mar atingia o casco do navio com toda a força, criando uma névoa fina que caía sobre a proa como uma chuva rala.

Charlotte olhava o mar fixamente. Madeleine sabia que ela estava decidida. Que fizera sua escolha.

Não havia mais o que dizer. Só restava agir.

Ela viu Charlotte se aproximando do parapeito. A mulher que ela nunca chamou de mãe agachou e tirou os sapatos.

Subiu no parapeito e se jogou no escuro, sem emitir um som.

O *M/S Cinderella* continuou em frente. Nem ao menos diminuiu a velocidade.

"O que estou fazendo?", pensou Madeleine, sentindo a futilidade penetrar a parede de determinação. "Estarei livre quando todos se forem?"

Ela logo reconheceu que não. A clarividência era como uma folha em branco virada no escuro.

KVARTERET KRONOBERG, DELEGACIA DE POLÍCIA

A manhã quase terminava. Jeanette estava à sua mesa, com os olhos fixos em um ponto do teto, mas pouco consciente do que via, tendo o cérebro ocupado com Sofia Zetterlund.

Após a visita a Hundudden, a detetive fora direto para casa, exausta. Ligara para Sofia pouco antes da meia-noite, mas ela não atendera ou respondera as duas ou três mensagens que enviara.

"Como sempre", pensou Jeanette, sentindo-se sozinha. Era hora de Sofia tomar a iniciativa. Ela não queria dar impressão de ser carente. Nada era menos atraente. Decidiu não ligar de novo.

Åke telefonara lembrando-lhe do almoço. Eles decidiram se encontrar em um restaurante da rua Bergsgatan, embora ela no fundo não tivesse vontade.

Jeanette pegou uma caneta e voltou o olhar para uma pilha de documentos sobre Hannah Östlund e Jessica Friberg.

Suas esperanças de reabrir os casos Bergman e Dürer tinham sido frustradas por Billing, que rira e dissera que era tudo teoria da conspiração. Ele também argumentou que as devidas investigações já haviam sido feitas.

Alguém bateu na porta, em seguida Åhlund apareceu.

— Desculpe — disse ele, sem fôlego. — Não tive tempo de ir ao hotel ontem à noite, mas passei lá esta manhã. Foi bastante produtivo.

— O que você quer dizer com isso?

Ele sentou à frente de Jeanette que mordia a caneta.

— Falei com o recepcionista que atendeu Madeleine Duchamp tanto na chegada quanto no check-out. — Ele riu. — Se eu tivesse ido ontem, não o teria encontrado.

— O que ele disse sobre Duchamp?

Åhlund limpou a garganta.

— Tem entre vinte e trinta anos. Está viajando sozinha e fala um inglês ruim. Ao que parece, eles não fazem cópias dos documentos de cidadãos da União Europeia, mas o recepcionista se lembrou de que a mulher tinha o cabelo escuro na foto da carteira de motorista.

"Cabelo escuro", pensou Jeanette.

— Estou mais interessada em saber como ela era em pessoa.

Åhlund limpou a garganta novamente.

— Ele disse que ela é bonita, mas extremamente tímida. Não o olhou nos olhos e manteve a cabeça baixa. Uma boina grande escondia parcialmente seu rosto.

"Uma descrição bem vaga", pensou Jeanette.

— Mais alguma coisa? Era alta, baixa...?

— Tem estatura mediana. Para um recepcionista, devo dizer que ele é muito ruim em guardar rostos. Mas teve uma coisa curiosa que ele notou.

— O quê?

— Ela desceu várias vezes durante a noite para pegar gelo.

— Gelo?

— Sim. Ele achou um pouco estranho, e eu concordo.

Jeanette sorriu.

— Eu também. De qualquer forma, parece que o recepcionista não tem informações o bastante para um retrato falado. Concorda?

— Infelizmente. Ele a viu muito pouco. O que por si só é interessante. Parece que ela se esforçava para esconder a aparência.

Jeanette suspirou.

— Sim. Vamos ter que nos contentar com isso por enquanto. Obrigada.

Åhlund foi embora e Jeanette resolveu ligar para Kenneth von Kwist.

O promotor pareceu cansado quando Jeanette o informou de suas suspeitas de que Viggo Dürer tivesse subornado Annette Lundström e Ulrika Wendin. No entanto, ele não foi tão inflexível quanto ela esperava.

Jeanette ficou olhando para o telefone espantada. O que acontecera com Von Kwist? Quando o telefone tocou, seus pensamentos estavam distantes. Ela atendeu distraída. A mulher do outro lado se apresentou como Kristina Wendin.

"Wendin?", pensou, mais alerta.

Ela era avó de Ulrika. Disse que estava preocupada com a neta, que não entrava em contato fazia tempo.

— Ela pode ter viajado? — perguntou Jeanette. — Talvez tenha guardado algum dinheiro e saído de férias?

A senhora tossiu.

— Ulrika não tem emprego. Onde ela conseguiria dinheiro para viajar?

— A maioria das pessoas que desaparece normalmente é encontrada após alguns dias. Mas isso não quer dizer que não vamos levar o caso a sério. Você tem as chaves do apartamento dela?

— Sim — disse Kristina Wendin.

— Vamos fazer o seguinte. Eu e um colega vamos até a casa de Ulrika esta tarde. A senhora pode nos encontrar lá com as chaves.

"Devo me preocupar?", pensou ela. "Ainda não. Seja racional."

Preocupação na fase inicial era apenas um desperdício de energia. Ela sabia o que geralmente se passava. Na melhor das hipóteses, encontrariam uma pista de onde Ulrika estava; na pior, encontrariam algo indicando que desaparecera contra sua vontade. Na maioria das vezes, nada acontecia.

Quando o celular tocou e Jeanette viu que era Sofia, sentiu um frio na barriga. Demorou a atender, para não parecer ansiosa.

— Jeanette Kihlberg, polícia de Estocolmo — disse ela com um sorriso, esquecendo Ulrika Wendin por um momento.

— Bom dia — ela disse. — Você tem um minuto?

"Um minuto?", pensou Jeanette. "Tenho todo o tempo do mundo para você."

— Bom dia? Já está quase na hora do almoço. — Jeanette riu. — Fico contente que tenha ligado, mas estou com uma pilha de trabalho na minha frente.

Ela não estava mentindo. Olhou a bagunça na mesa. As informações sobre Hannah Östlund e Jessica Friberg constituíam mais de trezentas páginas, uma série de polaroides, um buquê de tulipas amarelas e as fotografias dos cachorros mortos no porão.

— Também tenho pouco tempo. Vai me ouvindo enquanto trabalha. Você sabe que mulheres não têm dificuldade em fazer duas coisas ao mesmo tempo.

— Claro. Vá em frente...

Jeanette abriu uma pasta nomeada J. FRIBERG e escutou Sofia inspirando fundo, como se enchesse os pulmões para um longo monólogo.

— Annette Lundström foi internada há três dias — começou ela. — Psicose aguda causada pelo suicídio da filha. Ela a encontrou enforcada no quarto. Os enfermeiros me contaram...

— Espere — disse Jeanette, fechando a pasta imediatamente. — Repita.

— Linnea se suicidou.

A família Lundström em breve estaria extinta. Jeanette pensou na última vez que vira Annette. Um detrito humano. Um fantasma. E Linnea...

— Você ainda está aí?

A detetive fechou os olhos. "Linnea está morta", pensou ela. Não precisava ter acontecido. Era tão desnecessário.

— Estou ouvindo. Continue, por favor.

— Annette Lundström fugiu de Rosenlund ontem. Quando eu estava voltando do almoço, eu a encontrei na rua, percebi que não estava bem e a trouxe para o consultório. Ela disse que Viggo Dürer comprou o silêncio delas. Por isso Linnea interrompeu o tratamento.

— Era o que eu temia. Então agora está confirmado.

— Eles fizeram um acordo — continuou Sofia. — Acho que se alguém olhar a conta de Annette Lundström vai perceber isso.

— Já havíamos identificado a entrada, mas não sabíamos de que conta vinha. Não estou surpresa, mas fico triste por Linnea.

"E Ulrika, o que aconteceu com ela?", pensou a detetive.

A moça causara uma dupla impressão em Jeanette, forte e frágil ao mesmo tempo. Por um momento, ela se perguntou se seria capaz de se matar. Como Linnea.

— Já temos as sessões de Linnea, seus desenhos, a carta de Karl Lundström e o testemunho de Annette. Como ela está? Seria capaz de testemunhar em um julgamento?

Sofia bufou.

— De jeito nenhum. Não em seu estado atual. Só quando a febre baixar...

— Febre? Ela está doente também?

— A psicose é uma febre do sistema nervoso central. A doença pode se instalar após uma situação extrema. Neste caso, tanto o marido quanto a filha de Annette morreram em um curto espaço de tempo. Dez anos de tratamento até ela melhorar não seria incomum.

— Entendo. E Annette disse alguma coisa?

— Disse que estava indo para casa de Karl e Viggo em Polcirkeln para construir um templo. Seus olhos já estavam lá, se você entende o que quero dizer...

— Talvez. Mas a menção a Polcirkeln não está completamente fora da realidade.

— Não?

— Vou dizer uma coisa que você talvez não saiba. Polcirkeln é uma cidade na Lapônia. Annette e Karl cresceram lá. Eles eram primos. Pertenciam a uma dissidência da seita dos laestadianos que se chamava os Salmos do Cordeiro. Houve denúncias de abuso sexual contra a seita. Além disso, Viggo Dürer morou em Vuollerim nessa época, a poucos quilômetros de Polcirkeln.

— Agora é minha vez de interromper você — disse Sofia. — Primos? Karl e Annette eram primos?

— Sim.

— Salmos do Cordeiro? Abuso sexual? Viggo Dürer estava envolvido?

— Não sabemos. Nunca houve ação judicial. A seita foi dissolvida e tudo foi esquecido.

Sofia se calou. Jeanette apertou o telefone no ouvido. Ela ouviu sua respiração pesada, tão perto e tão longe ao mesmo tempo.

— Soa como se Annette Lundström quisesse voltar ao passado — disse Sofia, com a voz mais grave. — Talvez mentalmente ela já esteja lá.

"Aquela voz de novo", pensou Jeanette. Uma mudança de tom era frequentemente seguida por uma mudança na personalidade de Sofia.

— Aliás, como está a investigação?

A detetive pensou em quão pouco elas conversavam ultimamente e em como os últimos dias haviam sido agitados.

— É melhor não dizer mais nada pelo telefone — disse ela, pensando que deviam conversar pessoalmente. — Sofia... Talvez a gente pudesse...

— Sei o que você vai dizer. Também quero ver você. Mas hoje não. Pode vir me encontrar no consultório amanhã à tarde?

"Já estava na hora", pensou Jeanette, sorrindo.

— Pode ser. Também não posso hoje à noite, quero passar um tempo com Johan antes de ele ir para Londres com Åke. Eu...

— Tenho que desligar agora — interrompeu Sofia. — Um paciente vai chegar em cinco minutos. Você também tem muito o que fazer. Vamos deixar o resto para amanhã. Tudo bem?

— Tudo bem. Mas...

A linha ficou muda.

Jeanette se sentiu vazia, como se toda a sua energia tivesse sido drenada. "Se Sofia não fosse tão difícil, tão imprevisível", pensou ela.

De repente, começou a ficar tonta. Seu coração disparou e ela foi obrigada a se inclinar sobre a mesa.

"Calma. Respire... Vá para casa. Você está estressada. Tire o resto do dia."

Não. Tinha o almoço com Åke e depois precisava descobrir o que havia acontecido com Ulrika Wendin.

Ela olhou a bagunça em sua mesa e respirou devagar. As provas contra Hannah Östlund e Jessica Friberg. As fotografias que confirmavam sua culpa. Caso encerrado e Billing satisfeito.

Mas tinha uma coisa errada.

VITA BERGEN, APARTAMENTO DE SOFIA ZETTERLUND

Sofia se sentiu exausta após a conversa com Jeanette. Ela se sentou à mesa da cozinha com uma taça de vinho branco, embora soubesse que deveria estar no consultório aguardando um paciente.

"Conhecer a si mesmo não difere tanto de conhecer os outros", pensou ela. "Leva muito tempo e há sempre algo intangível ou evasivo. Contraditório até."

Por muito tempo tinha sido daquele jeito com Victoria.

Mas Sofia sentiu que nos últimos dias fizera grandes progressos. Ela ainda tinha dificuldade em controlar Victoria, mas elas haviam começado a se aproximar.

Tinha sido Sofia quem telefonara para Jeanette, mas fora Victoria quem encerrara a ligação, e ela se lembrava de cada palavra que fora dita. Não costumava ser assim.

Victoria havia mentido para Jeanette, dizendo que estava no consultório, à espera de um paciente. Sofia participara cem por cento da mentira, até mesmo encorajando-a.

Fora uma mentira conjunta, e não apenas de Victoria.

Ela também se lembrava de parte dos acontecimentos do dia anterior, no Hotel Clarion, quando Victoria estava no controle. Evidentemente, notara Carolina Glanz chegando e o que acontecera depois, mas também recordava fragmentos da conversa que Victoria tivera com o empresário alemão, e tinha até uma imagem relativamente clara de como ele parecia e se portava.

Era um desenvolvimento positivo, que a ajudava a entender o que acontecia durante os lapsos de memória, como quando acordava com as botas enlameadas e não tinha a menor ideia do que fizera na noite anterior.

Sofia começou a compreender por que Victoria, em incontáveis noites, se embriagava e procurava homens em bares. Ela acreditava que tinha a ver com emancipação.

Afinal, ela mantivera o controle por quase vinte anos. Tinha a sensação de que Victoria, extrovertida como era, desejava se mostrar. Dar uma sacudida em Sofia e afirmar que existia e que seus desejos e sentimentos eram tão importantes quanto os dela.

Sofia bebeu o resto da taça, levantou, arrastou a cadeira até o fogão, ligou a coifa e acendeu um cigarro. "Victoria não teria feito isso", pensou. Ela fumaria à mesa e beberia três taças de vinho, em vez de uma. E vinho tinto, não branco.

"Sou uma invenção de Victoria", pensou. "Logo, nada veio de mim. Eu era apenas uma chance de sobreviver, de ser normal. Ser como todos os outros, suportar as memórias do abuso, enterrar tudo bem fundo. Mas não durou para sempre."

Quando ela estava em seu pior momento, imaginara que a cozinha era uma sala de autópsia e que todas as garrafas e frascos continham formol, glicerina e acetato de potássio, substâncias usadas no embalsamamento. Onde antes vira instrumentos cirúrgicos para dissecção, enxergava então uma caixa de ferramentas ordinária entreaberta no armário de produtos de limpeza, com a lâmina de uma serra apontada para cima, ao lado do cabo de um martelo.

A fumaça se espiralava até a coifa. Ela olhou as pás girando acima. Observou o armário e percebeu uma ligeira vibração. Como o estágio anterior a um ataque epiléptico.

"Struer", pensou ela.

Havia grandes coifas no porão da fazenda de Viggo Dürer na Jutlândia e outros equipamentos para secar a carne de porco. Às vezes, o zumbido maçante a mantinha acordada a noite toda, deixando-a com dor de cabeça. A porta sempre permanecia fechada.

"Deveria ser assim", pensou ela. "As memórias vindo naturalmente, sem esforço."

Era como tentar segurar um sabonete escorregadio. Apertando, ele caía. O melhor a fazer era relaxar.

"Calma", pensou ela. "Não tente lembrar, deixe que venha."

JOHAN PRINTZ VÄG, APARTAMENTO DE ULRIKA WENDIN

Jens Hurtig pegou Jeanette em frente à loja de bebidas Systembolaget, localizada do lado de fora do shopping de Västermalm. Ela abriu a porta do carro e sentou no banco da frente.

Eles viraram na St. Eriksgatan.

— Então foi a avó de Ulrika Wendin quem entrou em contato?

— Sim. Ela tentou falar com a neta várias vezes e não conseguiu — disse Jeanette. — Vai estar esperando em frente ao prédio com a chave.

"Aconteceu alguma coisa com essa menina", pensou ela. "Calma. Não fique imaginando o pior antes de saber mais. Ulrika pode simplesmente ter conhecido um cara, se apaixonado e decidido passar alguns dias com ele na cama."

— Como foi o almoço? — perguntou Hurtig.

Åke queria falar sobre Johan. Ele estava mais magro do que ela lembrava e tinha deixado o cabelo crescer. Mesmo relutantemente, ela teve que admitir que sentia sua falta. Talvez com o tempo as pessoas parassem de se enxergar realmente. Só viam as falhas, em vez daquilo de que gostavam.

Ele se gabou de seu sucesso e disse que ter Alexandra Kowalska como agente havia significado muito para ele.

Em seguida, entregou os papéis do divórcio.

Já estavam assinados por ele, do mesmo modo que assinava os quadros. Ela sentiu uma breve e intensa pontada de decepção.

Não porque estavam dando aquele passo tão grande, mas porque era ele quem tomara a iniciativa. Åke chegara lá primeiro.

Jeanette ficou bastante aliviada quando o almoço terminou e eles se separaram.

Ela ligou para Johan em seguida, e eles combinaram de ver um jogo de futebol em casa, em Enskede. A televisão dificilmente poderia competir com ver um clássico da Premier League no estádio, mas o filho pareceu contente com a proposta. Ela olhou para o relógio. Daquela vez, não ia deixá-lo esperando.

— Você parece distraída — disse Hurtig. — Perguntei como foi o almoço.

Jeanette despertou de seus pensamentos.

— Conversamos sobre coisas práticas. O divórcio e tudo mais.

Eles passaram pela estação de metrô Thorildsplan. Jeanette pensou no primeiro menino encontrado morto. Parecia que fazia tanto tempo. Como se tivessem se passado muitos anos desde que o corpo mumificado fora encontrado nos arbustos a apenas vinte metros de distância.

— Jens... — disse Jeanette quando ele pegou a Essingeleden. — Tenho algo triste para contar a você. Linnea Lundström está morta. Ela se enforcou em casa.

Eles não disseram mais nada durante o percurso. Quando estavam estacionando em frente ao apartamento de Ulrika Wendin, Hurtig quebrou o silêncio.

— Minha irmã também se enforcou. Dez anos atrás. Ela só tinha dezenove.

Jeanette não sabia o que dizer. Haveria algo apropriado?

— Eu...

Ela lembrou novamente do quão pouco sabia sobre seu colega.

— Tudo bem — disse ele, desfazendo seu sorriso forçado. — Foi uma merda, mas se aprende a viver com isso. Deve ter sido mais difícil para meus pais.

— Eu... eu sinto muito. Não fazia ideia. Quer falar sobre isso?

Ele balançou a cabeça.

— Pra ser sincero, não.

Jeanette concordou.

— Certo. Mas qualquer coisa é só dizer. Pode contar comigo.

Uma mulher baixa e magra fumando um cigarro ao lado da porta olhava em volta como se estivesse esperando alguém.

Eles foram até ela e confirmaram que era a avó de Ulrika Wendin. Seu cabelo era tingido de loiro e ela era conhecida pelo apelido de Kickan.

Eles entraram e subiram as escadas. A avó tirou um molho de chaves do bolso e Jeanette se lembrou da última vez que estivera ali.

Ela tinha falado com Ulrika sobre o estupro cometido por Karl Lundström. A memória a encheu de tristeza. Se existia justiça, tudo acabaria bem para a menina. Mas Jeanette duvidava.

Kickan Wendin pôs a chave na fechadura, deu duas voltas e abriu a porta.

Na casa de Hannah Östlund em Fagerstrand, o cheiro emanava dos dois cachorros mortos.

O fedor naquele apartamento era ainda pior.

— O que é isso? — perguntou Kickan Wendin, olhando ansiosamente para Hurtig e Jeanette. Ela fez menção de entrar, mas Jeanette a deteve.

— É melhor esperarmos aqui fora — disse a detetive, fazendo um gesto para que Hurtig entrasse.

A mulher estava abalada.

— Mas o que é esse cheiro horrível?

— Não sabemos ainda — respondeu Jeanette, enquanto Hurtig fazia uma busca no apartamento. Elas aguardaram em silêncio. Depois de um minuto, ele voltou.

— Está vazio — disse ele, abrindo os braços. — Ulrika não está aqui e o fedor é do lixo. Restos de camarão podre.

Jeanette respirou fundo. "É só lixo", pensou ela, conduzindo a mulher gentilmente.

— Vamos sair e conversar lá fora.

— Vou dar mais uma olhada — disse Hurtig. Jeanette concordou com um gesto e sugeriu à senhora que entrassem no carro.

— Tenho uma garrafa térmica com café, se quiser.

— Meu intervalo está quase no fim, tenho que voltar ao trabalho.

Elas se sentaram e Jeanette pediu que contasse um pouco sobre Ulrika, mas a mulher parecia não ter uma visão adequada sobre a vida da neta. Na verdade, ela não sabia nada de importante. Do pouco que disse, Jeanette concluiu que não fazia ideia de que a neta tinha sido estuprada.

Quando a mulher foi embora, Jeanette sentou no banco do motorista, acendeu um cigarro e esperou.

Hurtig bateu a mão no teto do carro e Jeanette se assustou.

— Tem vestígios de sangue na entrada.

— Sangue?

— Sim. Achei melhor chamar o Ivo.

— Tem certeza de que é sangue? Muito?

— Só algumas manchas. Respingos secos perto da porta. Mas é sangue mesmo.

KLARA SJÖ, PROMOTORIA

— Von Kwist — atendeu o promotor com preocupação. Era a segunda vez que Jeanette ligava em poucas horas. A pressão no esôfago aumentou quando ela informou sobre o desaparecimento de Ulrika Wendin. Depois de desligar, ele sentiu ânsia de vômito.

"Puta que pariu", pensou, levantando da mesa e indo em direção ao bar.

Enquanto a máquina de gelo zumbia, ele pegou uma garrafa de uísque e encheu generosamente um copo.

Se o promotor fosse uma pessoa mais criativa, teria usado mais alguns palavrões. Mas ele não era.

— Puta que pariu!

Ele virou o copo de uísque, que não fazia nada bem para sua úlcera. Sentiu como a bebida juntou forças com a azia que ardia em seu peito.

Quando a detetive ligara pela primeira vez, ele decidira, no calor do momento, que era melhor ficar do lado dela. Com o segundo telefonema, Von Kwist percebeu que a vida de Ulrika Wendin podia estar em perigo e admitiu que, apesar de não ser exatamente uma pessoa conscienciosa, tinha seus limites.

"Maldita menina", pensou ele. "Devia pegar o dinheiro, sumir e manter o bico fechado."

Tudo estava dando errado.

O promotor estremeceu ao se lembrar de um evento quinze anos antes, quando fora convidado pelo ex-chefe de polícia Gert Berglind para sua casa em Möja.

Viggo Dürer estava em companhia de outro homem, um ucraniano que parecia ter uma estranha conexão com o advogado e não sabia uma palavra de sueco.

Eles estavam reunidos na cozinha. Dürer e Berglind estavam em desacordo. Berglind tinha se irritado a ponto de elevar a voz. Dürer, depois de se manter em silêncio por um bom tempo, se voltou ao ucraniano e falou em voz baixa em russo. Enquanto Berglind continuou com seus argumentos raivosos, o ucraniano deixou a cozinha e foi até o galpão onde o chefe de polícia mantinha seus coelhos premiados.

Pela janela da cozinha, eles ouviram dois gemidos. Alguns minutos mais tarde, o ucraniano entrou com dois coelhos reprodutores, avaliados em cerca de dez mil coroas, esfolados. O chefe de polícia ficou pálido e pediu que eles se retirassem.

Naquele momento, Von Kwist pensou que Berglind ficara estarrecido pela perda dos coelhos ou do dinheiro que viria com eles, mas, tantos anos depois, ele entendeu que fora o momento em que tomara consciência do tipo de pessoa que era Viggo Dürer.

Ele fechou os olhos e desejou que não fosse tarde demais.

O aroma do uísque o fez pensar no cheiro de Viggo Dürer. Assim que ele entrava no ambiente, dava para saber. Era cheiro de alho?

"Não", pensou o promotor. "Devia ser pólvora e enxofre." Era contraditório, porque ele sabia que Dürer tinha facilidade em se misturar à multidão.

Alguém que gostasse de Von Kwist diria que as contradições não eram seu forte. Outra pessoa menos caridosa argumentaria que ele acreditava que contradições simplesmente não existiam, e não estaria mentindo. Ele pensava que só existia o certo e o errado, com nada no meio, o que era uma das piores características para um promotor.

Finalmente, Von Kwist constatou que Viggo Dürer era, de fato, um homem contraditório.

Podia ser muito perigoso, mas também reclamava de dores cardíacas, como das últimas vezes em que tinham se visto, pouco antes de ele morrer. "Deixando essa merda pra mim", pensou Von Kwist.

— Advogado e criador de porcos — murmurou ele, segurando o copo de uísque. — Não combina de jeito nenhum.

VITA BERGEN, APARTAMENTO DE SOFIA ZETTERLUND

A Consoladora, Solace Manuti, foi quem teve a filha de Victoria, Madeleine. Ela sofrera com cólicas, enjoos, inchaço das pernas e dor na região lombar. Fora sua última tarefa antes de ser esquecida.

Sofia olhou os desenhos que tinha espalhado sobre a mesa da sala. Todas as imagens representavam uma criança nua com uma máscara. A mesma menina, as mesmas pernas finas e a mesma barriga redonda. A mesma Consoladora. Ao lado dos desenhos estava uma fotografia de uma criança portando uma Kalashnikov. Um menino-soldado.

Sofia pensou na circuncisão ritual que tornava muitos meninos em Serra Leoa estéreis. País afora, eles usavam colares com prepúcios ressecados como prova de que pertenciam a Deus e estavam protegidos contra os maus espíritos. Já nas cidades, a pele era descartada com os resíduos hospitalares, como pipetas de plástico e seringas descartáveis, sem preocupação. Muitos se tornaram estéreis após a circuncisão, mas pelo menos conseguiam evitar as infecções nas cidades.

A vasectomia de Lasse tinha sido segura e voluntária. Não se tratava de um ritual, tanto quanto o aborto ou a entrega do filho para adoção, como ela fizera. Seus pensamentos pararam em Madeleine. "Será que ela me odeia? Foi ela quem matou Fredrika, Jessica e Per-Ola? E, nesse caso, eu sou a próxima?"

Sofia concluiu que não. Segundo Jeanette, havia mais de um assassino.

Ela pôs de lado os desenhos de Solace e entendeu que devia queimar todos os papéis e recortes de revistas, derrubar as paredes do quarto secreto e jogar tudo fora.

Precisava se purificar, livrar-se de sua história. No momento, mal conseguia se mover sem ser lembrada das mentiras de sua vida.

Ela aprenderia a se lembrar de verdade. E não procuraria por respostas em objetos inanimados.

"Deixe Victoria agir", pensou. "Mas não desapareça."

Era como segurar um sabonete escorregadio. Apertando demais, acabava caindo.

"Relaxe. Não tente lembrar, só deixe vir."

Victoria buscou um bloco de notas no escritório. Pegou uma garrafa de merlot francês do armário, mas não encontrou o saca-rolhas e teve que dar um jeito sem ele. No dia seguinte, Sofia encontraria Jeanette, então ela precisava estar descansada. Era mais fácil dormir com vinho tinto que branco.

Naquela noite, Victoria ia se concentrar em sua filha, anotando todos os seus pensamentos numa tentativa de conhecê-la melhor. No dia seguinte, Sofia ia se dedicar novamente ao perfil criminal.

Era hora de pensar em Madeleine.

"Criada por Charlotte e Per-Ola Silfverberg", escreveu ela, "com tudo o que isso implica." Victoria pensou por um breve momento antes de acrescentar: "Deve ter sofrido abuso. Eram farinha do mesmo saco que Bengt". Victoria tomou mais um gole de vinho. A acidez atingiu sua língua.

"Madeleine tinha uma relação especial com Viggo Dürer", escreveu ela em seguida, sem saber muito bem por quê. Quando pensou melhor, entendeu o que queria dizer. Viggo dominava as outras pessoas, e tais padrões sempre se repetiam.

"Ele fez isso com Annette e Linnea Lundström", pensou Victoria, "e tentou comigo."

"O pior em Viggo eram suas mãos", escreveu ela, "e não seu órgão genital."

De fato, ela não se lembrava de ter visto Viggo nu. Ele só era violento às vezes, mas sempre com as mãos. Não batia, mas arranhava e apertava. Raramente cortava as unhas, e ela ainda podia sentir a dor de quando as cravava em seus braços.

Seu abuso era uma masturbação a seco.

"Madeleine odiava Viggo", ela continuou escrevendo, sem precisar pensar, já que as associações vinham rapidamente e a caneta corria sobre o papel. "Independente de quem tenha se tornado depois de adulta, odeia o pai adotivo e Viggo. Quando criança, não tinha um nome para o sentimento, mas ele sempre estivera lá. Desde que podia lembrar."

Victoria se baseava em seus próprios pensamentos e experiências. Ela não parou, mesmo quando achou que estava correndo. Poderia fazer acertos depois.

"Existem diversas variantes possíveis para a Madeleine adulta. Uma é quieta, suave e leva uma vida retraída. Talvez seja casada com um dos amigos de seita de seu pai e apoie em silêncio novos abusos. Outra Madeleine recebeu ajuda de fora, rompeu com a família e foi morar no exterior. Ela é forte e seguiu em frente, mas nunca conseguiu manter um relacionamento normal. Já outra Madeleine é dominada pelo ódio e pela vingança, e por toda a sua vida tentou suprimir esses sentimentos, ou dar vazão a eles. Essa Madeleine vive isolada por certos períodos, mas jamais se esquece do que aconteceu. É agressiva e não tem..."

Ela se deteve. Era Sofia quem estava escrevendo, e sobre Victoria, não Madeleine. Victoria não conseguia se expressar com tanta clareza, e o vinho havia sido esquecido na taça.

— Ela é uma pessoa agressiva, movida pelo ódio e pela vingança — concluiu em voz alta Sofia. — A única maneira de seguir adiante é se libertando desses sentimentos. Não há soluções fáceis para esse problema.

Sofia soltou a caneta e pôs o bloco em cima da mesa.

Ela sentiu que Madeleine mais cedo ou mais tarde ia encontrá-la.

Também tinha entendido o que estava acontecendo entre ela e Victoria.

Sofia não ia mais resistir.

VASASTAN, APARTAMENTO DE HURTIG

O prédio em que Jens Hurtig morava fora construído no final do século XIX e pertencia a uma parte de Normalm ainda conhecida não oficialmente como "Sibéria". O nome vinha do fato de o bairro ser considerado distante. Mudar-se do centro de Estocolmo para as casinhas de operário localizadas ali era considerado uma forma de exílio. Atualmente fazia parte do centro expandido da cidade, e o pequeno apartamento de dois quartos que ele alugava fazia dois meses não era exatamente um gulag, embora a falta de elevador fosse um problema. Especialmente quando estava carregando algo. Como era o caso aquele dia, em que trazia um saco de garrafas tilintando em cada mão.

Hurtig destrancou a porta e foi confrontado pelo costumeiro monte de folhetos de propaganda e jornais gratuitos, apesar de ter posto um aviso na porta avisando educadamente que não queria receber aquele tipo de correspondência. O policial não podia deixar de se compadecer dos pobres coitados que perambulavam por aqueles prédios com um pesado fardo de folhetos e chegando ao sexto andar eram rejeitados por avisos em todas as portas.

Ele pôs os sacos de compra no chão e cinco minutos depois estava diante da televisão da sala, com uma cerveja na mão.

O Canal 3 estava passando velhos episódios de *Simpsons*. Ele vira aquele tantas vezes que sabia as falas de cor. Relutante, admitiu para si mesmo que o programa em geral fazia com que se sentisse seguro, mas não aquele dia. Ele ainda ria nos mesmos pontos de sempre, mas sua risada parecia vazia. Não tinha base sólida.

Quando Jeanette lhe contara sobre o suicídio de Linnea Lundström, todos os velhos sentimentos tinham vindo à tona. As memórias ainda não haviam desaparecido. Jamais desapareceriam.

A imagem de uma moça que jazia em um necrotério o obrigara a comprar cerveja após o trabalho, e era aquela mesma imagem que o fazia perder interesse na televisão e nas piadas dos personagens amarelos de desenho animado.

A última vez que vira a irmã, ela estava deitada de costas, com as mãos cruzadas sobre o ventre. E parecia determinada. Os lábios estavam quase pretos e um lado do rosto e do pescoço apresentavam hematomas, causados pelo enforcamento. Sua pele estava seca e fria, e seu corpo dava a impressão de ser muito pesado, embora ela fosse pequenina e magra.

Ele pegou o controle remoto e desligou a televisão. A tela então mostrava apenas seu reflexo, as pernas cruzadas sobre a cadeira, a garrafa de cerveja na mão.

Ele se sentiu solitário.

Quanta solidão sua irmã não deveria ter sentido?

Ninguém a compreendia. Nem ele, nem seus pais, muito menos os psiquiatras, cujos esforços consistiram basicamente em terapia de grupo e remédios experimentais. O que se passava no seu interior permanecera fora do alcance deles, o abismo em que ela caíra era profundo demais, escuro demais, e no fim ela não fora capaz de suportar a solidão, trancada dentro de si.

Na ocasião, não houvera nenhum bode expiatório, ninguém para pôr a culpa a não ser a própria depressão. Hoje ele sabia que aquilo não era verdade.

A sociedade era responsável. O mundo fora duro demais para ela. Prometia-lhe tudo sem oferecer realmente nada. Nem fora capaz de ajudá-la quando adoecera. Como sempre, a sociedade fora politicamente disfuncional. Os fortes sobreviviam e os fracos tinham que se virar. Ela havia se convencido de que era fraca e, assim, sucumbira.

Se Hurtig tivesse compreendido naquela época, talvez pudesse tê-la ajudado.

Se sua irmã tivesse descoberto um câncer, todos os recursos do sistema de saúde seriam oferecidos a ela. Em vez disso, fora submetida a um tratamento errático, com terapeutas que não sabiam o que os outros faziam. Hurtig estava convencido de que a medicação somente exacerbara a doença.

Mas aquele não era o verdadeiro problema.

O grande sonho de sua irmã era se tornar uma musicista ou cantora, e ela tivera o apoio da família. Mas a sociedade lhe dera sinais de que aquela não era uma escolha profissional válida. Não tinha valor.

Em vez de subir em um palco qualquer, ela estudara economia, o tipo de coisa que se faz quando se é ajuizado. A história terminara com ela pendurada no dormitório da faculdade.

"Simplesmente porque o resto do mundo a fizera acreditar que seus sonhos não valiam nada", pensou ele.

GAMLA ENSKEDE, CASA DOS KIHLBERG

Eram quinze para as nove quando começou a partida. Eles ainda não tinham visto o filme alugado. "Não importa se ficar tarde", pensou ela. A noite fora tão agradável que não queria estragar tudo mandando Johan se deitar.

Jeanette olhou para ele, deitado no sofá, quase invisível atrás de sacos de salgadinho, copos de refrigerante e caixas de comida tailandesa. "É incrível o tanto que ele consegue comer", pensou ela, "especialmente considerando que até outro dia ele não gostava de tailandês." O menino crescia num ritmo alucinante. Seu gosto mudava tão depressa que ela não conseguia acompanhar.

Musicalmente, primeiro foi a fase do hip-hop, depois ele passou brevemente pelo punk sueco e durante um período esteve perigosamente perto do hardcore skinhead de extrema direita, até que um dia de primavera ela o surpreendera escutando David Bowie.

A detetive sorriu com a lembrança de quando voltara do trabalho para encontrar as notas de "Space Oddity" soando. De início, teve dificuldade em acreditar que seu filho gostava das mesmas músicas que ela na idade dele.

Mas aquela noite era do futebol, no qual suas preferências não eram tão inconstantes.

Ele sempre fora torcedor do time espanhol, que naquele instante fazia a equipe adversária parecer mera convidada em seu baile. Johan tinha um time em cada uma das grandes ligas, mas ainda poderia competir com seu querido Hammarby. "O coração dele é verde e branco", pensou Jeanette com orgulho.

Saiu o primeiro gol. Do time de Johan, que não tardou em se contagiar com a alegria dos jogadores e pulou no sofá.

— Você viu? — Ele tinha um grande sorriso no rosto e ergueu a palma da mão para que ela batesse. Jeanette entrou na brincadeira um tanto surpresa.

— Caramba, foi bonito!

— Foi mesmo — concordou ela. — Nem deu tempo de ver direito.

Após uma breve discussão sobre o gol e o passe, os dois ficaram em silêncio, como acontecia com Jeanette e Hurtig às vezes. Um silêncio que a relaxava. Ela ensaiou mentalmente uma frase que não soasse muito maternal e cafona. Queria dizer que a noite estava sendo agradável. Então Johan se antecipou:

— Porra, mãe. É legal que a gente não precise conversar o tempo todo.

Ela sentiu um calor por dentro. Nem se importou com o palavrão, até por ela mesma não ser muito cuidadosa com o linguajar. Era Åke quem costumava reparar naquilo.

— É mais divertido ver futebol com você do que com o papai — continuou o menino. — Ele comenta o tempo todo e reclama do juiz mesmo quando tem razão.

Ela não pôde deixar de rir.

— É verdade. Ele deve achar que participa do jogo.

"Talvez isso tenha sido duro demais", pensou ela. Mas era verdade.

Ela sentiu uma satisfação profunda com o que Johan acabara de dizer e sabia por quê. Imaginou se Åke já tinha percebido que tinham entrado em uma espécie de competição para ver quem merecia mais a lealdade de Johan. Ela percebeu que estava ganhando por um ou dois gols de diferença.

— Coitado dele — disse Johan em seguida. — A Alex não é legal com ele.

"Três a zero", pensou Jeanette, sentindo logo um frio no estômago.

— Como assim?

Ele pareceu incomodado.

— Ah, não sei... Ela fica falando sobre o dinheiro e o papai não entende nada, só fica balançando a cabeça e assina tudo sem ler. Ela se comporta como se fosse ele quem trabalha para ela, e não o contrário.

— Você se sente bem com eles? — Jeanette se arrependeu assim que fez a pergunta. Ela não queria voltar a ser a mãe intrometida, mas Johan não pareceu se importar.

— Com o papai sim. Mas não com Alex.

No intervalo do jogo, Jeanette guardou as sobras de comida e despejou o que sobrara de salgadinho em uma tigela. Ela refletiu sobre o fato de, nos últimos dias, Johan ter começado a baixar a tampa da privada. Pequenos gestos indicando que ele queria causar uma boa impressão. Ser um bom filho.

"Pequenos gestos", pensou. "Meu Deus, como eu amo meu pequeno Johan, que na verdade nem é mais tão pequeno."

— Sabe, eu... — Ele sentou de novo, com um sorriso tímido nos lábios.

— Que foi?

Johan procurou algo desajeitadamente no bolso. Tirou sua carteira de couro preto, com o brasão de seu clube e inspecionou o interior até encontrar o que queria.

Era uma pequena fotografia de passaporte. Ele a olhou rapidamente antes de entregar para a mãe.

Era uma foto de uma menina bonita, de cabelo escuro e desgrenhado, que se esforçava para parecer descolada.

Jeanette olhou para o filho sem entender, mas quando viu o brilho em seus olhos compreendeu que uma foto semelhante de seu filho deveria estar na carteira dela.

PARQUE OBSERVATORIELUNDEN

Sofia Zetterlund entrou na ampla e bem iluminada Biblioteca Municipal de Sveavägen e ouviu o silêncio. Era cedo e não tinha quase ninguém lá. Algumas poucas pessoas andavam cabisbaixas por entre as estantes que compunham as paredes circulares dos três andares do edifício central.

A coleção continha mais de setecentos mil volumes, e lá ela não seria distraída por ninguém. Estavam todos absortos em suas próprias coisas. O único ruído era de passos distantes, do farfalhar de papel e do gentil fechar de um livro. Ela olhou para uma estante e começou a procurar entre as fileiras de livros com lombadas marrons, vermelhas, verdes, cinzas e pretas. Baixou os olhos, afastou suas obsessões e tentou focar no motivo que a levara até ali.

O que mais lhe interessava eram as biografias. E uma obra antiga sobre sadismo e sexualidade. Foi até o computador para verificar no catálogo se os títulos estavam disponíveis. Quando viu que sim, foi até um balcão de informações.

A bibliotecária era uma mulher de meia-idade, que escondia o cabelo e os ombros com um hijab. Sua tez escura indicava que devia ser do Oriente Médio.

Ela também parecia familiar.

— Como posso ajudar?

A voz era suave, e Sofia detectou um leve sotaque de Norrland. Talvez ela fosse iraniana ou árabe.

— Preciso encontrar um livro de Richard Louries sobre Andrei Chikatilo. E *Psicopatia sexual*, de Krafft-Ebing.

Quando a mulher, sem responder, digitou os títulos, Sofia viu que um de seus olhos era marrom, enquanto o outro era verde. Ela devia ser parcialmente cega. A pigmentação podia ter mudado após uma lesão. Um passado violento. Alguém que batia nela.

— Sua permissão de estacionamento expirou — disse a mulher.

Sofia estremeceu. A mulher falava, mas seus lábios não se moviam. Sua cabeça ainda estava curvada e os olhos incomuns permaneciam concentrados na tela do computador, e não nela.

Você precisa renovar sua permissão. E você deveria ter estacionado na garagem coberta. O carro não pode ficar tanto tempo ao ar livre.

Permissão de estacionamento? Ela não se lembrava de quando usara o carro pela última vez, muito menos de onde estava estacionado.

— Tudo bem? — A mulher olhava para ela. A pupila danificada, a do olho verde, era muito menor do que a outra. Sofia não sabia para onde olhar.

— Eu... É só uma dor de cabeça.

De repente, ela tinha certeza de que nunca vira a mulher antes.

O sorriso da bibliotecária parecia preocupado.

— Quer sentar? Aceita um copo de água, ou uma aspirina?

Sofia respirou fundo.

— Estou bem. Encontrou os livros?

A mulher fez que sim e levantou.

— Venha, vou mostrar onde estão.

Enquanto seguia os passos silenciosos da bibliotecária, ela pensou em seu processo de cura. Deveria ser daquele modo mesmo? Aos poucos seus fantasmas cerebrais iam se revelar?

Era um jogo de identidades que incluía desconhecidos. Seu ego era tão narcisista que ela achava que conhecia todas as pessoas, e que elas a conheciam também. Estava no centro do mundo. Como uma criança.

Aquela era a sensação de ter o ego de Victoria Bergman. Era uma informação importante.

Sofia entendeu que a mulher de coque apertado que vira repetidamente passeando era apenas uma projeção mental.

Ela via sua própria mãe, Birgitta Bergman. Obviamente um de seus fantasmas reprimidos.

Quando encontrou os livros, sentou a uma mesa e pegou o bloco de notas onde escrevera na noite anterior. Vinte páginas com pensamentos sobre sua filha. Decidiu permanecer na biblioteca por uma ou duas horas trabalhando para conhecer Madeleine, antes de começar a ler Lourie e Krafft-Ebing.

Ela se sentia frágil, e sabia que precisava tirar proveito de seu estado.

ESTAÇÃO CENTRALEN

Jeanette decidiu que chegaria atrasada no trabalho para levar Johan para a escola, mas seu velho Audi, que ela mandara consertar tantas vezes, não chegara nem a Gullmarsplan. Ela encostou o carro e ligou para o guincho. Nem sentiu raiva. Apesar dos esforços de Åhlund, era hora de reconhecer que o Audi teria que ser levado para seu descanso final em um ferro-velho em Huddinge.

Ela sabia que precisava de um carro, mas não tinha dinheiro para comprar um. E era orgulhosa demais para pedir a Åke.

Enquanto descia até o metrô, pensou em Johan. Despedir-se dele fora mais fácil do que ela esperava. Pela primeira vez em muito tempo, não tinham ficado com a sensação de que existia algo não resolvido entre eles.

Quando entrou no vagão, o celular tocou. Ela viu que era Hurtig e recordou o que ele contara sobre a irmã no dia anterior. Tão trágico. Era a única coisa que poderia ser dita.

Jeanette sentou junto à janela no fundo antes de atender.

— Tenho duas coisas para contar — começou ele. — Ambas chocantes.

Ela percebeu que ele estava agitado.

— Prossiga.

— Mais ou menos no horário em estávamos na casa de Dürer, em Hundudden, Charlotte Silfverberg se suicidou.

Jeanette não acreditou no que havia escutado.

— O que foi que você disse?

— No navio *M/S Cinderella*, ontem à noite. De acordo com várias testemunhas, Charlotte Silfverberg estava sozinha no convés. Ela subiu no parapeito e pulou. As testemunhas não tiveram tempo de intervir, mas alertaram a guarda costeira.

Enquanto a voz no sistema de alto-falante anunciava que a próxima parada era a estação Centralen, Jeanette tentou digerir a notícia. "Não", pensou ela. "Outro suicídio."

— Você disse "várias testemunhas"?

— Sim. Não há nenhuma dúvida. A guarda costeira encontrou o corpo esta manhã.

Um suicídio evidente. Primeiro Linnea Lundström, depois aquele. Mais uma família que se extinguia.

Mesmo assim, ela teve dúvida.

— Peça para alguém ligar pedindo a lista de passageiros — disse Jeanette, levantando enquanto o metrô parava.

— Lista de passageiros? — Hurtig pareceu surpreso. — Por quê? Como eu disse...

— Sim, foi suicídio. Mas Charlotte Silfverberg parecia esse tipo de pessoa? — A detetive saiu para a plataforma e seguiu até a Linha Azul. — A última vez que a vimos, ela queria ficar longe por um tempo, com algumas taças de vinho tinto e seu ídolo Lasse Hallström. Alguém no barco pode ter ajudado a tomar a decisão final.

— Não sei — disse Hurtig. — Mais de dez testemunhas alegam suicídio.

Ela parou na primeira escadaria e pegou o corrimão.

"Certo", pensou ela. "Talvez eu esteja um pouco fora de controle."

— Você tem razão. Esqueça a lista. Você disse que tem mais uma notícia?

Ela ouviu o que Hurtig tinha a dizer e saiu correndo pelas escadas. Aquilo significava que eles teriam que pôr todo o resto de lado.

Iwan Lowynsky, do Departamento de Crime Internacional do Serviço de Inteligência ucraniano, tinha procurado Jeanette por conta de um caso envolvendo uma pessoa desaparecida.

O dossiê relativo aos meninos imigrantes assassinados, que Jeanette enviara quase um semestre antes para a Interpol, dera resultado. Um teste positivo de DNA.

MARIABERGET, SÖDERMALM

Sofia Zetterlund decidiu ir a pé até o consultório. Em Slussen, ela fez um desvio por Mariaberget, passando pelo antigo elevador.

O saco com os livros era pesado e batia contra seu quadril enquanto ela caminhava sobre os paralelepípedos de Tavastgatan. Na esquina da Bellmansgatan, ela resolveu entrar no Bishop's Arms e ler um pouco enquanto almoçava.

Ela pediu o prato do dia e sentou em um lugar discreto. Enquanto esperava a comida, começou a folhear o livro sobre o assassino em série russo Andrei Chikatilo, mas se incomodou com o título da edição sueca: *Genocida*. Aquele epíteto pertencia a pessoas como Stálin ou Hitler. Eles não matavam por instintos primitivos, mas por ideologia, empreendendo o extermínio em escala industrial. Chikatilo matara um por vez, numa longa série de crimes bestiais.

Ela percebeu que um em cada dois capítulos era sobre o policial que finalmente resolvera o caso, depois de mais de cinquenta pessoas assassinadas, e optou por ignorá-los. Queria saber sobre Chikatilo, e não sobre o trabalho da polícia. Para sua decepção, viu que o livro continha relatos de como as mortes tinham ocorrido e especulações sobre a forma como o assassino pensava, mas faltava uma análise mais profunda de sua psique.

No entanto, ela encontrou algumas ideias interessantes. Resistiu à tentação de arrancar as páginas, contentando-se em dobrar o canto daquelas que pretendia usar. Quem não tinha controle sobre seus impulsos e arruinava os livros descaradamente era Victoria. "Sofia é organizada e metódica", pensou ela, sentindo os sapatos apertados. Tudo tinha um preço.

Quando o garçom trouxe a comida, ela pediu uma cerveja. Depois de algumas garfadas, percebeu que estava sem fome. Um grupo de alemães entrou no pub e se sentou na mesa ao seu lado.

— Você deve ter muito orgulho dele — disse uma das mulheres para Sofia, em alemão.

— Sim — ela respondeu em alemão, sem saber do que ela estava falando.

Sofia afastou o prato e retornou ao livro sobre Andrei Chikatilo. Pouco depois, começou a notar padrões que queria discutir com Jeanette. Fez algumas anotações nas margens e pegou o celular. A detetive atendeu quase imediatamente.

Sofia só queria confirmar o encontro, mas, assim que ouviu a voz de Jeanette, se deu conta de que sentia sua falta.

A detetive não tinha se esquecido do combinado, mas parecia estressada. Sofia percebeu que ela devia ter muito o que fazer e procurou ser breve.

— Então vejo você no consultório. Podemos ir até o bar tomar umas cervejas e conversar sobre o trabalho. Depois pegamos um táxi até sua casa.

— Onde vamos falar de outra coisa que não seja trabalho — Jeanette disse, rindo. — Está combinado. Um abraço.

"Na minha casa não dá", pensou Sofia. O apartamento ainda estava forrado de papéis, recortes de jornais e anotações de Victoria.

Ela tinha que resolver aquilo logo. Queimar tudo.

Sofia pôs a biografia de Chikatilo de lado e pegou o velho livro sobre sadismo e sexualidade. Estava surpreendentemente bem conservado, talvez por não ter sido emprestado muitas vezes. Em breve ela entenderia por quê. *Psicopatia sexual* fora escrito em um inglês pesado e arcaico, o que o tornava difícil de absorver. Depois de meia hora de leitura, ela julgou o livro em muitos aspectos inutilizável, também por suas conclusões obsoletas. Ela tinha estudado Freud aos dezessete anos de idade e desde então sempre fora cética quanto ao pensamento simbólico e suas teorias cheias de certeza. Como invariavelmente eram homens que escreviam sobre os sentimentos e instintos das mulheres, ela os tinha desqualificado. Uma posição que nunca tivera motivo para reconsiderar.

Porém, Sofia acreditava que as visões de Freud sobre a libido, o impulso de vida e o impulso sexual eram relevantes e de grande interesse. A libido, ao lado da agressividade, era a principal força motora do ser humano.

Atração, sentimento, impulso e desejo combinados com violência.

Sofia fechou o livro, levantou e foi até o bar pagar a conta.

— Quem são eles? — perguntou ao barman, indicando o grupo de alemães.

— Só vieram conhecer a terra do fenômeno — ele explicou, rindo. — Estão loucos para ouvir anedotas sobre ele.

— O fenômeno?

— Sim, Stieg Larsson. Conhece? — perguntou o barman, devolvendo o troco.

Quando ela saiu do Bishop's Arms, pegou o bloco de notas novamente. Pensou em Madeleine e escreveu mais algumas linhas enquanto caminhava sobre os paralelepípedos.

As palavras eram quase ilegíveis.

"Madeleine é irmã da mãe, seu pai também é seu avô e ela tem o direito de odiar os dois mais do que tudo. Se eu não soubesse que fui eu quem incendiou a casa em Värmdö, poderia pensar que foi ela."

KVARTERET KRONOBERG, DELEGACIA DE POLÍCIA

Jens Hurtig estava sentado diante de Jeanette e ouvia com crescente interesse a conversa dela no viva-voz com o policial ucraniano Iwan Lowynsky.

Schwarz e Åhlund escutavam através da porta entreaberta.

— Onde ele desapareceu? — Jeanette repetiu a pergunta, porque não entendera o nome da estação de metrô de Kiev onde o menino costumava ficar e fora visto pela última vez.

— Syrets. Estação Syrets. Perto de Babi Yar. Não se preocupe. Vou enviar tudo a você.

— Engraçado — disse Schwarz, sorrindo. — Ele desapareceu em uma estação de metrô em uma parte do mundo e foi encontrado em outra. Numa condição um pouco pior, é claro.

O olhar de Jeanette fez com que se calasse imediatamente. Ele entendeu que era hora de manter a seriedade.

Hurtig se perguntava como Schwarz conseguira entrar na polícia.

— Você disse que duas pessoas desapareceram na estação Syrets. Dois meninos que se prostituíam. Os irmãos Itkul e Karakul Zumbayev. Correto?

— Sim — respondeu Lowynsky.

Fez-se um longo silêncio. Hurtig imaginou que Jeanette esperava uma resposta mais detalhada.

— Karakul ainda está desaparecido? — perguntou ela.

— Sim — respondeu Lowynsky.

— E eles vieram de... Desculpe, não entendi bem. Kyso...

— Kyzylorda Oblast. Os pais são ciganos da região sul do Cazaquistão. Os irmãos nasceram em Romanky, perto de Kiev. Entendeu?

— Sim…

Hurtig viu Jeanette franzindo a testa enquanto fazia anotações.

— Então… — disse Lowynsky demoradamente. Hurtig achou que estava bocejando. — O dever me chama. Vamos manter contato.

— Claro. Obrigada.

— Você vai receber a documentação dentro de duas horas.

Jeanette desligou, mas manteve a mente ocupada. "Quando ela está assim focada, é difícil chamar sua atenção", pensou Hurtig, olhando o relógio. Já tinham passado muito do horário do almoço.

— Vamos comer?

— Não, não vou conseguir agora. Mas seria bom caminhar um pouco.

Cinco minutos mais tarde, eles estavam andando ao longo da rua Bergsgatan em direção à igreja de Kungsholmen. Hurtig tremia de frio e esfregava as mãos para ativar a circulação. Sentiu-se velho. Seu corpo estava mais sensível à temperatura, e ele sabia que o único remédio era um banho quente. O que estava a muitas horas de distância.

Ao lado da barraca de kebab, um senhor tocava velhos clássicos com um violino desafinado. Hurtig ficou fascinado com como ele conseguia ficar sem luva com aquele frio. Ele não tocava bem, mas o detetive pôs uma cédula de vinte coroas no copinho de papel aos seus pés.

Hurtig pediu um kebab grande de cordeiro.

— Sabe como é… — disse ele. — Não consigo pensar de barriga vazia. Como você acha que devemos prosseguir? — Hurtig abriu o embrulho de papel-alumínio e começou a comer.

— Uma coisa me ocorreu — disse Jeanette. — E foi graças àquele comentário idiota do Schwarz.

— Como assim?

— O menino desapareceu e foi reencontrado em uma estação de metrô. Acha que é coincidência?

— Sinceramente, não sei.

— Quer saber o que eu acho? A mesma pessoa que pegou o menino na estação de Kiev o deixou em Estocolmo. Essa pessoa viaja com frequência para a Europa Oriental e talvez seja daquela região. E sabe o que está fazendo.

— Como você pode ter certeza de que…

— Eu não tenho. Disse o que acho, não o que sei.

Hurtig se refestelava com a carne.

— Lowynsky disse que os dois irmãos ciganos do Cazaquistão desapareceram ao mesmo tempo — disse ele entre mordidas. — Um deles é o nosso menino, mas o outro ainda está desaparecido. O que acha disso?

— Acho que o outro menino também foi assassinado e está em algum lugar de Estocolmo à espera de que o encontremos.

— Você deve estar certa — admitiu Hurtig. — E o retrato falado? Acha que podemos esperar alguma coisa dele?

Ela ergueu os ombros.

— Não muito, já que a imagem vai ser feita a partir de informações de uma única testemunha, que *talvez* tenha visto quem levou os meninos. Além do mais, estamos falando de uma menina de oito anos cega de um olho, que não foi capaz de estimar a idade do homem. Em um interrogatório, ela disse que ele tinha quarenta anos; em outro, que era um velho. Você sabe que a noção de idade das crianças não é muito precisa.

Hurtig jogou os restos de kebab na lata de lixo antes de voltar para Kronoberg. Quando entraram no elevador, ele abriu o embrulho de batata frita. O telefone de Jeanette tocou e ela soltou um sorriso radiante.

— Oi, como vai?

Hurtig notou que era Sofia Zetterlund. Ele observou a expressão facial de Jeanette enquanto conversava. "Caramba, ela deve estar bem apaixonada", pensou ele.

A detetive pressionou o botão do elevador várias vezes, como se aquilo fosse fazer com que pulasse alguns andares e chegasse mais rápido.

— Claro. Vai ser ótimo. Meu carro quebrou, então vou de metrô.

Hurtig supôs que elas iam sair para comer e depois iriam para a casa vazia de Jeanette em Gamla Enskede, já que Johan estava com Åke.

Além disso, era sexta-feira, então elas poderiam beber tranquilamente.

— Onde vamos falar sobre qualquer coisa que não seja trabalho — disse Jeanette, rindo. — Está combinado. Abraço.

O elevador chegou e abriu as portas. Jeanette guardou o celular no bolso do blazer e olhou pensativa para Hurtig, que devorava suas batatas fritas.

— Acho que estou em um relacionamento com Sofia — disse ela.

MARIATORGET, CONSULTÓRIO DE SOFIA ZETTERLUND

Fazia duas horas que Sofia estava em sua mesa, acrescentando à sua leitura sobre Andrei Chikatilo informações que encontrara na internet e nos livros que tinha no consultório. Ela reunira um material que poderia ser bem interessante para Jeanette.

Ao longo de dez anos, Chikatilo tirara a vida de mais de cinquenta pessoas na região oriental do mar Negro, envolvendo o sul da Ucrânia e da Rússia. Ele matara meninos e meninas, quase sempre castrando os meninos antes. Em várias ocasiões, devorara suas vítimas.

Ela olhou suas anotações.

Mentalidade extremamente agressiva, canibalismo, castração, necessidade de ser visto.

"Por que ele não escondeu melhor suas vítimas?", perguntou-se ela, pensando em Chikatilo e no assassino em Estocolmo. Não havia resposta.

Sofia acreditava que o assassino queria contar sobre sua vergonha. Podia parecer contraditório, mas no início de sua vida ele certamente tomara consciência de seu impulso sexual incomum e do fato de que era uma pessoa perversa e traiçoeira. Mostrar sua vergonha em público não era apenas um modo de expressar remorso, mas também de procurar contato. Ela tinha uma ideia sobre as castrações, que esperava ser capaz de explicar para Jeanette.

A psicóloga olhou o horário na tela do computador. "Menos de uma hora", pensou. Estava consciente de que podia ser difícil convencer Jeanette, porque suas conclusões eram mórbidas demais para se absorver de imediato.

Quando Chikatilo matava mulheres, ele comia o útero delas. No caso dos meninos imigrantes, a polícia não encontrara qualquer sinal de canibalismo, mas os corpos haviam tido a genitália removida. Sua teoria ainda não estava totalmente formulada e ela tinha que repensar tudo antes de se aventurar em uma discussão que podia arruinar a noite.

A leitura a deixava enojada, mas ela precisava pensar em cada detalhe.

"Canibalismo", pensou, olhando a cadeira vazia à sua frente.

Ela se lembrou de algumas ocasiões em que discutira o fenômeno com Samuel Bai, o menino-soldado de Serra Leoa que fizera terapia com ela durante a primavera. Ele tinha feito parte das forças rebeldes e contara que eles praticavam canibalismo a fim de profanar e humilhar, mas que também havia um aspecto ritualístico envolvido.

Comer um coração era uma maneira de se apoderar da força do inimigo.

O que mais ele contara?

Ela começou a sentir a dor de cabeça chegando, a mesma que a incomodara no início do dia. Sua visão estava ofuscada por uma faixa de luz. Era a enxaqueca da epilepsia. O ataque durou menos de trinta segundos.

Sofia se levantou e foi até o armário onde guardava os relatórios das sessões. Ela destrancou a porta, encontrou a pasta de Samuel e a levou até a mesa.

Quando abriu a pasta, viu que só continha uma folha. Ao ler o que escrevera, percebeu que eram apenas notas sobre a primeira sessão, com poucas linhas acerca das duas reuniões subsequentes. Nada mais sobre as outras sessões.

Sofia pegou sua agenda, onde tinha todos os horários de consultas anotados.

Em maio, eles tinham se encontrado nove vezes. Em junho, julho e agosto, ele comparecera ao escritório duas vezes por semana, sem exceção. Fez as contas e descobrira que Samuel tivera quarenta e cinco sessões. Ela sabia que estava certo, não precisava contar novamente. Além disso, sabia que quinze sessões haviam sido às segundas-feiras, dez na terça, sete na quarta, oito na quinta e apenas cinco na sexta.

Fechou a agenda e foi até Ann-Britt.

— Você poderia, por favor, verificar quantas sessões Samuel Bai teve comigo? — pediu ela. — Acho que esqueci de enviar a fatura ao Serviço Social em Hässelby.

A secretária franziu a testa, surpresa.

— Não, você mandou sim — disse ela. — Eles já pagaram.

— Certo, mas quantas vezes ele veio?

— Foram apenas três sessões. A terapia foi interrompida quando ele agrediu você. Não lembra?

Quando a dor de cabeça atingiu Sofia com força renovada, ela viu no canto do olho Jeanette entrando pela porta.

— Desculpe, estou um pouco atrasada — disse Jeanette, abraçando-a. — Foi um dia infernal.

Sofia estava petrificada. As palavras de Ann-Britt ecoavam em sua cabeça.

Foram apenas três sessões. A terapia foi interrompida quando ele agrediu você. Não lembra?

Não, Sofia não lembrava. Ela não fazia ideia do que estava acontecendo. Tudo desmoronava e se fundia.

Podia ver Samuel Bai à sua frente. Sessão após sessão, tinha ido ao consultório contar sobre sua infância em Serra Leoa e as atrocidades que cometera. Para evocar uma de suas muitas personalidades, ela tinha dado a ele uma miniatura de motocicleta, que pegara emprestada do dentista da clínica ao lado.

Uma miniatura de uma Harley-Davidson vermelha de 1959.

Quando Samuel Bai viu a motocicleta, transformou-se em outra pessoa...

Então a memória voltou à mente de Sofia.

Samuel Bai pegara seu pescoço e a levantara no ar como se ela fosse uma boneca.

Sofia se deu conta de que confundira as lembranças e criara uma nova memória com diversos eventos. Apertando milhões de moléculas de água numa única bola de neve.

Ela sentiu os braços de Jeanette em torno dela, o calor de sua bochecha. Pele contra pele, a presença de outra pessoa.

Pensou no bolo de chocolate que sua mãe fazia, e ouviu sua voz:

— *Dois ovos, uma xícara de açúcar, quatro colheres de sopa de chocolate em pó, cem gramas de manteiga, duas xícaras de farinha e meia colher de chá de sal.*

Sofia sentiu a realidade retornar. Seu campo de visão se ampliou e sua audição voltou ao normal enquanto a frequência cardíaca diminuía. Ela olhou para a recepcionista.

— Já estou indo. Vejo você amanhã — disse, conduzindo Jeanette para fora.

Quando a porta do elevador fechou e elas começaram a descer, Jeanette deu um passo em direção a Sofia, tomou seu rosto nas mãos e a beijou.

Sofia de início ficou paralisada, mas aos poucos sentiu a calma se espalhando pelo corpo. Foi amolecendo, fechou os olhos e retribuiu o beijo. Por um momento, tudo parou. Sua mente estava em completo silêncio. Quando o elevador parou e finalmente seus lábios se separaram, ela percebeu que o que estava sentindo podia quase ser comparado à felicidade.

"O que está acontecendo?", pensou ela.

Fora tudo muito rápido.

Primeiro, ela estava sentada à mesa. Então conferira os horários de Samuel Bai e Ann-Britt dissera que ele só tivera três consultas. Então Jeanette chegara e a beijara.

Ela olhou o relógio. Uma hora?

Pensou bem e constatou que havia tido um lapso de memória. A hora anterior parecia ter sido passada para a frente, enquanto o beijo de Jeanette fora como um botão de pausa. Agora ela podia respirar tranquila.

"Três vezes?", pensou, imediatamente sabendo que era verdade.

Ela tinha a clara lembrança de três sessões com Samuel Bai.

Nada mais.

As outras memórias eram falsas ou misturadas com as lembranças do tempo em que ela trabalhara para a Unicef em Serra Leoa. Tudo estava esclarecido. Ela sorriu para Jeanette.

— Que bom que você veio.

A caminhada até o outro lado do Södermalm se assemelhava ao itinerário da Sonâmbula. Um desvio em semicírculo, de Swedenborgsgatan até a estação Södra, descendo até Ringvägen, passando pelo Hotel Clarion e virando na rua Renstiernas, abaixo dos penhascos de Vita Bergen.

— Senti sua falta — sussurrou Jeanette em seu ouvido, envolvendo sua cintura com o braço e beijando seu pescoço. Sofia podia sentir o calor de sua respiração. — As coisas começaram a andar no trabalho. O menino encontrado em Thorildsplan foi identificado. Ele se chamava Itkul e tem um irmão que também está desaparecido.

Sofia sentia uma calma prazerosa. Ela estava frágil, aberta a tudo o que fosse dito e pronta para uma reação de Victoria, mas não se preocupava com aquilo.

Era hora de baixar a guarda e deixar acontecer.

— Alguma notícia do outro irmão? — perguntou Sofia, apesar de ter certeza de que o menino estava morto.

— Não. Só sabemos que ele se chama Karakul.

— Deve ser tráfico de pessoas — disse ela.

— Os irmãos se prostituíam — disse Jeanette, suspirando. Sofia entendeu o que ela queria dizer. Podia ver com clareza a sequência de eventos, como se tivessem contado para ela.

Mais uma vez o braço de Jeanette a envolveu, e ela sentiu o calor de sua respiração.

— Temos um retrato falado. Mas não é muito promissor. A testemunha é uma menina de oito anos cega de um olho. O rosto do retrato é... Como posso dizer? Mesmo tendo olhado para o desenho uma boa parte da tarde, não consigo enxergar nada ali.

Sofia entendeu. Ela mesma não conseguira imaginar um rosto enquanto trabalhara no perfil criminal. Era uma tela em branco. Aquele tipo de assassino não tinha rosto até ser encontrado. Então ele pareceria com qualquer um.

— Descobrimos as assassinas de Karl Lundström e Per-Ola Silfverberg — acrescentou Jeanette. — Hannah Östlund e Jessica Friberg. Elas também mataram a moradora de rua, mas se suicidaram. Em breve você vai ler a respeito nos jornais. Todas as pessoas envolvidas estudaram em Sigtuna.

Sofia disse algo a Jeanette sobre não estar surpresa, mas ela estava.

"Hannah e Jessica?", pensou. Devia ter reagido com mais energia, mas só sentia um vazio, porque não podia ser verdade. Victoria as conhecia, e elas não eram assassinas. Eram apenas duas mulheres apáticas. Jeanette estava completamente errada, mas a psicóloga não podia dizer nada para ela. Ainda não.

— Tem certeza de que foram elas?

Sofia viu uma sombra de dúvida nos olhos de Jeanette.

— Temos diversas provas, incluindo uma foto de Hannah Östlund matando Fredrika Grünewald. Ela é fácil de identificar: não tem o dedo anelar direito.

Sofia sabia que aquilo era verdade. Hannah fora mordida por um cachorro e tivera que amputar o dedo.

Entretanto... A afirmação de Jeanette soava um pouco ensaiada.

Daquela vez, foi Sofia quem tomou iniciativa do beijo. Elas pararam em frente a um portão na rua Bondegatan. Os braços de Jeanette escorregaram sob o casaco da outra.

Elas permaneceram um tempo entrelaçadas debaixo da marquise, sentindo o calor de seus corpos.

A proximidade física podia ser libertadora. Cinco minutos em que os pensamentos se dissipavam para depois se reorganizar, em uma estrutura nova, mais clara.

— Vamos — disse Jeanette finalmente. — Estou com fome, ainda não almocei.

Jeanette olhou com seriedade para Sofia ao abrir a porta do bar.

— Charlotte Silfverberg se suicidou. Várias pessoas a viram saltar de um navio na noite de anteontem. Parece que todo mundo nesta história morre antes da hora. Só restou Annette Lundström, e nós sabemos como ela se encontra.

Quando passaram pela entrada envidraçada, Sofia não pensava em Annette ou Charlotte.

Apenas em Madeleine.

Jeanette interrompeu seus pensamentos.

— A coisa que mais me irrita nisso tudo — disse, enquanto tirava o casaco — é que nunca encontrei Victoria Bergman.

Sofia sentiu a pele arrepiando.

— Mas falei com ela uma vez.

Olá, eu meu chamo Jeanette Kihlberg e estou ligando da polícia de Estocolmo. O advogado do seu pai me passou seu número porque gostaríamos de saber se você poderia testemunhar sobre o caráter de seu pai em um processo em andamento.

— Ah, é? — Sofia disse apenas.

— Ela teve sua identidade protegida e desapareceu sem deixar rastros. Mas tive a oportunidade de encontrar sua psicóloga.

Sofia já sabia o que Jeanette ia dizer.

— Foi só uma vez. Aliás, esqueci de comentar com você por telefone. A psicóloga mora em um asilo em Midsommarkransen e também se chama Sofia Zetterlund!

ESTOCOLMO, 1988

Walk in silence, don't walk away in silence.
See the danger, always danger.
Endless talking, life rebuilding.
Don't walk away.

A última vez. A despedida, sua última sessão.

Se ela pudesse escolher, continuaria encontrando a psicóloga, mas a decisão que tomara exigia que agisse contra sua vontade.

Victoria Bergman nunca mais poderia ver Sofia Zetterlund.

Ela bateu na porta, mas não esperou pela resposta. Sofia estava na sala tricotando, mas olhou para a jovem entrando. Seus olhos pareciam cansados. Talvez, como ela, não tivesse dormido durante a noite, pensando em sua separação.

O sorriso de Sofia estava tão cansado quanto seus olhos. Ela largou o tricô e indicou com um gesto para que Victoria sentasse no sofá.

— Aceita café?

— Não, obrigada. Quanto tempo posso ficar?

Sofia a olhou com tristeza.

— Uma hora, como combinamos. Foi você quem sugeriu isso e me fez prometer que não faria nenhuma tentativa de te dissuadir.

— Eu sei. — Ela sentou no sofá, o mais longe possível de Sofia. "É a decisão certa", pensou. "Tem que ser assim."

Não era fácil. Em breve ela teria o veredicto do tribunal de Nacka em suas mãos, e então Victoria Bergman deixaria de existir. Uma parte dela sentia que não estava pronta. Victoria não desapareceria só por causa de uma decisão judicial. Outra parte dela sabia que era a coisa certa a fazer, sua única chance de se curar.

"Ser outra pessoa", pensou. "Ser como você." Ela lançou um rápido olhar na psicóloga.

— Tem uma coisa sobre a qual não conversamos — disse Sofia. — Como essa é nossa última sessão, eu gostaria de...

— Eu sei do que está falando. Do que aconteceu em Copenhague. E em Ålborg.

Sofia assentiu.

— Quer me contar?

Ela não sabia por onde começar.

— Você sabe que tive um bebê durante o verão — começou ela, enquanto Sofia a encorajava com o olhar. — No hospital de Ålborg...

Foi a Réptil que teve o bebê para ela. A Réptil aguentara a dor e quase não emitira um som durante o parto. A Réptil pusera um ovo e depois se arrastara dali para lamber suas feridas.

— Um pequeno embrulho com icterícia levado para a incubadora — continuou Victoria. — Ela deve ter problemas mentais, já que ele é o pai e eu sou a mãe.

Por que Sofia estava tão silenciosa? Somente seus olhos a apoiavam. Como se quisessem dizer: "Continue contando". Mas ela só conseguia pensar no que tinha para dizer. As palavras não saíam.

— Por que não quer falar a respeito? — perguntou Sofia por fim.

"Pelo menos ela sobreviveu à queda", pensou Victoria. "Esqueça o bebê. Esqueça Madeleine. Ela é apenas um ovo de pijama azul."

— O que tem pra dizer? — Ela sentiu uma raiva bem-vinda borbulhando dentro de si. Melhor que a ansiedade, melhor que a vergonha. — Aqueles filhos da puta roubaram minha filha. Eles me drogaram e me arrastaram até um trambiqueiro no hospital, onde me obrigaram a assinar um monte de papéis. Viggo arranjou tudo. O documento declarava que a criança tinha nascido quatro semanas antes da data verdadeira, ou seja, quando eu ainda não tinha maioridade legal. Também dizia que Bengt era responsável por mim. Eles tinham duas barreiras de proteção legal, asseguradas por um monte de papéis. Se eu argumentasse que era maior de idade, tinham provas em contrário. Se eu me atrevesse a dizer que o bebê nasceu em uma determinada data, eles podiam apresentar um papel que me contradizia. Todos os malditos documentos cheios de palavras empoladas que não podiam ser contestadas.

— Então eles obrigaram você a entregar sua filha?

"Na verdade, eu não sei", pensou Victoria.

Ela tinha sido passiva e, em certa medida, achava que tinha parte da culpa. Sua resistência tinha sido destruída por eles ao longo dos anos.

— Mais ou menos — disse Victoria após um momento. — Não importa mais. Não posso fazer porra nenhuma. A lei está do lado deles e eu só quero esquecer tudo. Esquecer aquela maldita menina.

Tudo o que ela tinha pedido era para ver o bebê mais uma vez. Não deixaram. Quando ela tentou fazê-lo mesmo assim, deixara a criança cair no chão.

Evidentemente, ela não era madura o suficiente para ter uma filha.

Não conseguira nem segurá-la direito. Talvez a tenha deixado cair de propósito.

"Pare com isso, pare de pensar."

Mas não adiantava.

"A criança era desproporcional, a cabeça inclinou para o lado quando a levantei, era muito grande, sorte dela que o crânio não rachou como um ovo quando atingiu o chão de mármore, nem mesmo sangrou. Aquilo provou que eu não podia ser responsável por mim mesma e por minhas ações, então foi melhor ter assinado aqueles papéis..."

— Victoria? — A voz de Sofia soava distante. — Victoria? — repetiu ela. — O que foi?

A moça viu que estava tremendo. Seu rosto esquentou. Tudo pareceu estar muito longe, e de repente muito perto, como se seus olhos fossem uma câmera cuja lente fora trocada de teleobjetiva para grande angular em apenas um segundo.

"Merda", pensou ela, quando percebeu que estava chorando como uma menininha, imatura e irresponsável.

— *Espero que você consiga viver com suas memórias.*

Foi a última frase que Sofia disse para ela. Victoria não olhou para trás e seguiu caminhando ao longo da estrada até o ponto de ônibus, o outono invadindo lentamente as árvores ao redor.

"Viver com minhas memórias? Como vou fazer isso?", ela pensou. "Elas precisam desaparecer, e vai ser você, Sofia Zetterlund, quem vai me ajudar. Ao mesmo tempo, preciso esquecer você também. Como vou fazer isso? Se você soubesse o que eu fiz... Eu roubei seu nome."

Antes de preencher os documentos, Victoria acreditava que alguém ia escolher seu novo nome, ao qual seria atribuído seu novo número de identidade. Mas nas últimas linhas havia três espaços vazios onde ela poderia sugerir seu nome, sobrenome e um eventual segundo nome.

Sem pensar, ela escrevera "Sofia" no primeiro espaço, deixou o outro em branco, porque não sabia se a psicóloga tinha um segundo nome, e no último espaço colocara "Zetterlund".

Antes mesmo de entregar os papéis para o notário, já tinha começado a praticar a assinatura.

Victoria sentou no banco no ponto de ônibus, esperando para começar a viagem que a levaria para a cidade e sua nova vida.

RESTAURANTE HARVEST HOME

Ela se lembrava de tudo. As sessões com Sofia e os exames no hospital de Nacka.

Seu tratamento, seu processo de cura, entrara em nova fase. Ela estava se acostumando com as memórias e não reagia tanto a elas.

Encontraram uma mesa à esquerda. Quando iam sentar, Jeanette indicou uma placa de bronze na parede acima do sofá.

— Cantinho da Maj?

— Maj Sjöwall — disse Sofia distraidamente. Ela sabia que a escritora visitava o restaurante quase que todos os dias.

O holandês que, com sua esposa sueca, era dono do lugar foi até a mesa, deu as boas-vindas e entregou o cardápio.

— Você escolheu o lugar, então você faz o pedido — disse Jeanette sorrindo.

— Então vão ser duas Guinness e duas tortas de queijo.

O proprietário disse que elas tinham feito uma boa escolha. Enquanto esperavam os pratos, Jeanette contou que Johan agora tinha namorada.

Sofia fez algumas perguntas e percebeu que era ela quem estava conduzindo a conversa, mas era Victoria quem estava pensando. Aquela experiência de sincronicidade era um tanto estranha. Como ter dois cérebros.

Sofia conversava com Jeanette e Victoria pensava na filha.

A sincronicidade cessou abruptamente. Sofia estava com foco total em Jeanette e se sentiu pronta para falar sobre o perfil criminal. Mas esperaria até terem terminado de comer para introduzir a teoria sobre castração e canibalismo. Então começou falando sobre a vergonha e o desejo do assassino de ser visto.

Ela olhou em volta. As mesas mais próximas estavam vazias. Ninguém ouviria a conversa delas.

— Acho que descobri algo sobre o assassino dos meninos imigrantes — disse ela, enquanto Jeanette comia. — Posso estar errada, mas acho que podemos ter negligenciado várias coisas importantes sobre a psique do criminoso.

Jeanette a olhou com interesse.

— Como o quê?

— Acredito que a castração e o embalsamamento sigam uma lógica. A infância dos meninos é preservada através da mumificação. O assassino se vê como um artista, e os cadáveres são seus autorretratos. Uma série de obras de arte cujo tema é a vergonha de sua sexualidade. A ausência da genitália é um modo de assinalar isso.

Sofia pensou sobre o que dissera e considerou um pouco categórico demais.

"Ele?", pensou. "Pode ser uma mulher."

Jeanette pôs os talheres de lado, limpou a boca com o guardanapo e olhou fixamente para Sofia.

— Talvez o assassino quisesse que os corpos fossem encontrados. Ele não se esforçou muito para esconder nenhum. E um artista quer atenção e reconhecimento, certo? Fui casada com um.

"Ela me entendeu", pensou Sofia.

— Ele quer expor, quer ser visto — continuou a psicóloga. — E não acho que tenha terminado. Não vai parar até ser descoberto...

— Porque é isso que ele quer — acrescentou Jeanette. — Inconscientemente. Tem algo a dizer ao mundo e não vai suportar permanecer em silêncio.

— É por aí — disse Sofia. — Também acho que o assassino documenta o que faz. — Ela pensou na exposição bizarra dentro do seu próprio apartamento. — Fotografias, anotações, uma coleção obsessiva. Você está familiarizada com o conceito "*l'homme du petit papier*"?

Jeanette ganhou tempo comendo a torta enquanto tentava lembrar. Por fim, disse:

— Durante a faculdade, li sobre uma investigação da polícia belga relacionada a um homem que tinha matado o irmão. Os jornais o chamavam assim. Quando entraram na casa, tinham encontrado pilhas de papéis. Em alguns pontos alcançavam até o teto.

Sofia sentiu a boca seca e afastou a torta, ainda pela metade.

— Então você entende o que quero dizer. Um colecionador de si mesmo, vamos dizer.

— Algo nesse estilo. Cada palavra, cada frase, cada pedacinho de papel era importante para ele. Lembro que havia tantas provas que mal foi possível fazer um processo coerente. Tudo de que precisavam para condenar o cara estava naquele apartamento, diante de seus olhos.

Sofia tomou um gole da cerveja escura e amarga.

— Uma libido doentia ou atrofiada pode causar vários distúrbios. Por exemplo, fantasias sexuais desviantes. Se a libido é voltada pra dentro, para a pessoa em si, leva ao narcisismo e...

— Espere — interrompeu Jeanette. — Eu sei o que é libido, mas você pode elaborar um pouco mais?

Sofia sentiu frieza e distância. Se Jeanette entendesse como era difícil para ela... O tanto que exigia falar sobre alguém que tinha prazer em torturar, que só conseguia sentir satisfação na agonia mortal de seres humanos... O que Victoria dizia não era apenas sobre os outros, mas também sobre ela.

Sobre quem pensava que era. Sobre aquilo a que foi submetida.

— Libido é uma força motriz, o que se quer, o que se deseja. Sem ela a humanidade não seria possível. Não pediríamos nada da vida, só nos restaria deitar e morrer.

Sofia olhou o resto de sua torta. Se ela um dia tivera um pingo de apetite, ele se fora.

— Uma percepção comum — continuou ela de modo mecânico — é de que a libido pode ser afetada por relacionamentos destrutivos, especialmente com a mãe ou o pai durante a infância. Pense em todas as compulsões, como pavor de germes e mania de lavar as mãos. Nesse caso, a coisa mais importante na vida, o sonho e o desejo, se cristaliza na limpeza.

Sofia se calou. "Todo mundo quer estar limpo", pensou ela. "Victoria lutou por isso ao longo de sua vida."

— Então como se lida com isso? — perguntou Jeanette, pondo um grande pedaço de torta na boca. — Não é todo mundo que se torna um assassino em série por causa de um relacionamento ruim com os pais.

Victoria sorriu ao ver o apetite de Jeanette e aprovou o que via: uma pessoa com desejo de algo mais do que comida. Apetite de conhecimento e experiência. Uma pessoa completa, com uma libido intacta. Alguém invejável.

— Não gosto de Freud, mas concordo com ele quando fala em sublimação. — Victoria notou o olhar perplexo de Jeanette e esclareceu: — É um mecanismo de defesa que faz com que as necessidades sejam expressas através da criatividade e das atividades artísticas...

Ela se desconcertou quando Jeanette gargalhou, apontando a placa de bronze acima do sofá.

— Então você, ou Freud, acredita que quem que escreve um livro sobre assassinatos brutais poderia ter sido um assassino em série?

O riso contagiou Victoria. Elas se olharam nos olhos. Sentiram um reconhecimento profundo, enquanto as risadas lentamente desapareciam e se transformavam em admiração.

— Continue — pediu Jeanette, quando elas se acalmaram.

— É mais fácil eu ler minhas anotações. Você pode me pedir para desenvolver algum ponto se precisar.

Jeanette concordou, ainda com um sorriso no rosto.

— O assassino, em muitos aspectos, é uma criança — começou Sofia. — Sua identidade sexual pode ser incerta, e ele talvez seja clinicamente impotente. Deve ter se sentido impotente desde que era criança. Pode ter sido um excluído, alguém de quem as pessoas riam e que acabou à margem da sociedade. Em sua solidão, pode ter construído a imagem de que era um gênio, com o qual os outros não podiam lidar. Acredita ser destinado a algo grandioso. É impulsionado pela vingança, mas como esse dia nunca chega, começa a se sentir mal fisicamente, vendo as outras pessoas vivendo e amando. Não consegue entender. *Ele* é o gênio. Então a frustração se transforma em raiva. Mais cedo ou mais tarde, ele descobre que se excita com a violência, vendo a impotência de outra pessoa. A mesma que se encontra nele e que pode levar ao assassinato. — Sofia fechou seu bloco de notas. — Alguma dúvida?

Jeanette ficou em silêncio, com o olhar vazio.

— Você fez a lição de casa — disse ela. — Estou muito satisfeita.

WOLLMAR YXKULLSGATAN, SÖDERMALM

Jeanette estava um pouco embriagada. Tinha tomado mais duas cervejas depois de comer, e ela propôs que caminhassem um pouco.

— Nossa, eu acordei aqui uma vez, quando tinha catorze anos...

Jeanette apontou para a entrada da clínica Mariamottagningen. Numa manhã de verão, seu pai a levara para lá. Ele estava tudo menos contente depois de ter encontrado sua filha querida coberta de vômito. Ela e alguns amigos tinham comemorado a chegada das férias bebendo uma garrafa inteira de kir, com resultados desastrosos.

— Pensei que você fosse uma menina comportada — provocou Sofia, acariciando seu rosto.

Jeanette sentiu calor ao ser tocada. Queria chegar em casa o mais rápido possível.

— Eu era. Até conhecer você. Chega de andar, né? Vamos pegar um táxi.

Sofia concordou. Jeanette reparou que ela parecia séria e pensativa.

— Tem uma coisa que preciso perguntar — disse Sofia, enquanto Jeanette procurava um táxi. — Depois que encontraram Samuel Bai, você veio até meu consultório e fez algumas perguntas sobre ele.

Jeanette viu um táxi livre no final da rua.

— Sim, você o tinha encontrado algumas vezes. Tiveram três sessões. — Jeanette virou e viu Sofia estremecer. — Tem alguma coisa errada?

— Você lembra se me contou como o encontraram? Você revelou alguns detalhes que eu não poderia saber?

— Eu contei tudo. Que alguém o tinha atingido no olho. Se não me engano, o direito. — Jeanette deu um passo até a rua e fez sinal para o táxi, que parou no meio-fio.

Quando virou para Sofia, viu que estava pálida. Jeanette abriu a porta do táxi.

— Um momento, por favor — disse ela ao motorista. — Vamos para Gamla Enskede. Pode ligar o taxímetro.

Ela pegou Sofia pelo braço e deu alguns passos, afastando-se do táxi. Viu que ela estava tremendo, como se estivesse com muito frio.

— O que foi?

— Nada — disse Sofia rapidamente. — Mas eu gostaria que me dissesse tudo o que contou sobre Samuel.

Jeanette entendeu que era algo muito importante. Fora a segunda vez que encontrara Sofia, e já estava atraída por ela. Lembrava-se de tudo.

— Contei que alguém o tinha enforcado, depois jogado ácido clorídrico no rosto. Assumimos que tinha que haver pelo menos dois agressores, porque Samuel era muito pesado para ser erguido por uma só pessoa. Com certeza mencionei que a corda era curta demais.

Sofia estava estarrecida.

— Tem certeza de que me contou tudo isso? — perguntou ela quase num sussurro.

Jeanette ficou preocupada e pôs o braço em torno dela.

— Sim. Falamos bastante, porque você me disse que havia tratado uma mulher suspeita de ter assassinado o marido de forma similar. Provavelmente, a mesma mulher a que Rydén se referiu.

A respiração de Sofia estava rápida e superficial.

"O que está acontecendo?", pensou Jeanette.

— Obrigada — disse Sofia. — Podemos ir.

Jeanette passou a mão no cabelo dela.

— Tem certeza? Podemos deixar o táxi de lado e caminhar um pouco. Não prefere?

— Não. Estou bem. Vamos.

Sofia pretendia ir para o táxi, mas agachou e vomitou sobre os sapatos. Três Guinness e quatro mordidas de torta.

ESTOCOLMO, 2007

You gotta stand up straight unless you're gonna fall,
then you're gone to die.
And the straightest dude I ever knew,
was standing right for me all the time.

Ela estava a caminho do hospital de Huddinge para atender uma mulher suspeita de ter assassinado o marido. Tinha dificuldade de se concentrar, porque estava cansada e estressada com o trabalho. Seria bom tirar alguns dias de folga e viajar para Nova York. Ela aumentou o volume e começou a cantarolar.

Oh, my Coney Island baby, now. I'm a Coney Island baby, now.

Pensou no homem que tinha acabado de ir ao seu consultório. Sua esposa ia deixá-lo se ele não fizesse nada em relação ao vício em sexo. Ele acreditava que seu desejo por estímulo sexual tinha a ver com potência e se gabava de sua habilidade de enganar a esposa. Dizia que era fácil conseguir um álibi. Entre outras coisas, em várias ocasiões afirmara que tinha uma reunião fora da cidade e chegaria tarde em casa. Então ia até a estação Centralen e comprava um bilhete de trem em dinheiro. Entrava no trem, procurava o inspetor para validar a passagem e saía na primeira parada. Quando voltava para casa à noite, deixava o bilhete carimbado na cozinha, consciente de que a mulher ia procurá-lo.

Sofia entrou no hospital e, após a inspeção de rotina, entrou na sala de visitas. A mulher suspeita de assassinato já a estava aguardando.

— Meus direitos estão sendo negados — começou ela. — Não tenho nada a ver com a morte do meu marido. Ele se matou e puseram a culpa em mim. Como pode uma coisa dessas?

— Sinto muito — disse Sofia. — Mas não estou aqui para investigar a questão da culpa, e sim para saber como você se sente. Sabe por que suspeitam de você?

— Sim e não. Fui a trabalho pra Gotemburgo por alguns dias. Na volta, bebi um pouco de vinho no trem. Peguei um táxi pra casa e, quando cheguei, ele estava lá pendurado. Tentei levantar o corpo, mas era muito pesado, então chamei a polícia e o resgate. Enquanto esperava, comecei a limpar tudo. Em retrospecto, sei que foi burrice.

— Por quê?

— Não sei por quê, guardei as listas telefônicas que estavam no chão. — A mulher começou a chorar. — A polícia disse que a corda era muito curta e que era impossível ele se enforcar sem ajuda.

Sofia ouviu a história da mulher com resignação. Era óbvio que o marido tinha notado que a corda era curta demais e colocado as listas telefônicas sobre a cadeira antes de subir. Mas, em vez de consolar a mulher, a polícia a algemara e a levara como suspeita de assassinato.

GAMLA ENSKEDE, CASA DOS KIHLBERG

Quando saíram do táxi, Jeanette teve vergonha do jardim abandonado, da grama alta e das folhas espalhadas pelo chão.

Ela sorriu para Sofia e conferiu o celular ao entrar.

— Eles já chegaram ao hotel — disse a detetive, aliviada ao ler a breve mensagem de Johan.

— Eu disse que daria tudo certo — assegurou Sofia. — Acha que Åke levou Johan por dor na consciência ou algo assim?

Jeanette olhou para Sofia. Seu rosto já estava corado e ela parecia mais animada. A detetive pendurou os dois casacos perto da porta.

— Quem não tem dor na consciência?

— Imagine a pessoa que vocês estão procurando — disse Sofia, querendo retomar a conversa do restaurante. — Uma pessoa com inclinação a matar crianças deve ter uma consciência bem flexível.

— Verdade — disse Jeanette, indo até a cozinha e abrindo a despensa.

— Se a pessoa em questão também leva uma vida normal, então...

— Dá para fazer isso? Ter ao mesmo tempo uma vida normal? — perguntou a detetive, pegando uma garrafa de vinho tinto e colocando na mesa, enquanto Sofia sentava.

— Sim. Mas manter personalidades separadas é bem difícil.

— Você quer dizer então que um assassino em série pode ter esposa e filhos, se portar bem no trabalho e sair com os amigos, sem revelar sua vida dupla?

— Sem dúvida. Um recluso é muito mais fácil de detectar do que alguém que de fora é normal. E pode ser justamente essa vidinha que faz eclodir um comportamento doentio.

Jeanette abriu a garrafa e serviu duas taças.

— Você quer dizer que o cotidiano exige uma válvula de escape?

Sofia não respondeu, mas concordou em silêncio, enquanto tomava um gole de vinho.

Jeanette seguiu seu exemplo antes de continuar:

— Mas uma pessoa assim tem que dar algum tipo de sinal.

Sofia a olhou pensativamente.

— Ele pode ter um olhar evasivo, nervoso, e preferir evitar contato visual, o que faz com que as pessoas ao seu redor o considerem escorregadio, difícil de se aproximar.

Sofia pôs a taça sobre a mesa.

— Acabei de ler um livro sobre um assassino em série russo, Andrei Chikatilo. Seus colegas diziam ter uma lembrança muito vaga dele, mesmo tendo trabalhado juntos por tantos anos.

— Chikatilo? — Jeanette não reconheceu o nome.

— Sim. O canibal de Rostov.

De repente, Jeanette lembrou enojada de um documentário que tinha visto na televisão alguns anos antes.

Ela mudara de canal no meio do programa.

— Por favor, vamos mudar de assunto...

Sofia exibiu um sorriso tenso.

— Sim, mas não totalmente. Tenho uma ideia sobre o assassino e quero ouvir sua opinião. Não vamos mais falar sobre canibalismo, mas quero que mantenha isso em mente enquanto lhe digo o que penso. Pode ser?

— Certo. — Jeanette tomou outro gole de vinho. "Vermelho como sangue", pensou, detectando o ferro por trás do aroma de uva.

— Aconteceu algo com o assassino na infância que o afetou pelo resto da vida, e creio que tem a ver com identidade de gênero.

Jeanette perguntou:

— Por que você pensa isso?

— Vou começar com um exemplo típico. Um homem de cinquenta anos abusou de suas três filhas enquanto usava roupas femininas. Ele afirmou que tinha sido obrigado a se vestir como menina quando era criança.

— Como Jan Myrdal — acrescentou Jeanette, rindo. Ela não pôde resistir e sabia por quê. O riso protegia contra as atrocidades. Se a intenção era que permanecesse com canibalismo em mente, julgou melhor se permitir algumas risadas.

Sofia ficou desconcertada.

— Jan Myrdal?

— Sim, educação experimental. Era comum nos anos setenta, lembra? Mas desculpe pelo comentário. Interrompi você...

A piada não tinha funcionado. Sofia franziu a testa antes de continuar.

— É uma característica interessante em certos tipos de mentalidade criminal. O agressor retorna à infância, ao tempo em que se tornou consciente de sua sexualidade. O homem alegava que sua real identidade de gênero era feminina e estava convencido de que o que fizera com as filhas era perfeitamente normal. Através daquilo, podia reviver sua própria infância e aquela que ele considerava sua verdadeira identidade de gênero.

Jeanette levou a taça aos lábios novamente.

— Acho que sei aonde você quer chegar. A castração dos meninos foi ritual e pretendia reviver um evento.

Sofia cravou os olhos nela.

— Sim, mas não um evento qualquer. A castração é um símbolo de uma sexualidade perdida. Pensando assim, não ficaria surpresa se o criminoso fosse alguém que em seus primeiros anos passara por uma mudança de identidade sexual, voluntária ou involuntária.

Jeanette colocou a taça em cima da mesa.

— Uma mudança de sexo?

— Se não fisicamente, com certeza psicologicamente. Os assassinatos foram tão brutais que se deve procurar um criminoso fora de padrão. A castração simboliza a perda da identidade sexual, e o embalsamamento é a técnica para preservar o que ele julga como sua arte. Em vez de pintar com tinta a óleo, usa formol e fluido de embalsamamento. É como eu disse anteriormente: é um autorretrato, mas não só de vergonha. O motivo central é a perda da orientação sexual.

"Interessante", pensou Jeanette. Parecia lógico, mas mesmo assim ela estava em dúvida. Ainda não tinha entendido por que Sofia começara a conversa falando em canibalismo.

— Os meninos tiveram partes do corpo removidas, não é verdade? — perguntou Sofia.

Então Jeanette entendeu, e a náusea a acometeu no mesmo instante.

ICEBAR, ESTOCOLMO

Se a Suécia aos olhos estrangeiros era composta por igualdades civis, lojas de bebida estatais e altos impostos, Estocolmo para os urbanistas era composta de um terço da água, um terço de parques e um terço de edifícios.

Da mesma forma, um sociólogo poderia dividir seus habitantes entre pobres, ricos e muito ricos.

Os muito ricos faziam todo o possível para não ostentar sua riqueza, enquanto os moradores da periferia competiam entre si para parecer e se comportar como multimilionários. Em nenhuma outra cidade do tamanho de Estocolmo se via tão poucos Jaguares e tantos Lexus.

A clientela do bar onde o promotor Kenneth von Kwist estava a caminho de uma ressaca monumental misturando rum, conhaque e uísque era formada pelos ricos e muito ricos. A única coisa que interferia na estrutura sociológica era um grupo de japoneses que olhava tudo como quem estudava um zoológico exótico. O que, de certa forma, era verdade.

A delegação fora convidada pelo Judiciário de Estocolmo e vinha do Ministério Público de Kobe. A conferência fora sediada no primeiro hotel no mundo com um bar onde o inverno era eterno.

O copo que Von Kwist tinha na mão era feito inteiramente de gelo, e estava cheio até a borda com uísque Mackmyra, uma bebida que apetecia particularmente aos convidados japoneses.

"Um bando de fantoches", pensou ele, olhando ao redor, tonto pela bebida. "Inclusive eu."

O grupo era composto por doze jovens advogados japoneses, além dele e seus colegas do Ministério Público, totalizando quinze homens com casacos grossos, capuzes e luvas enormes para tornar suportáveis os cinco graus negativos do bar, enquanto ainda tivessem dinheiro na carteira. A fria luz azul dos blocos de gelo que compunham o interior do bar dava uma impressão de surrealidade, como se estivessem em um desenho animado com bonecos futuristas da Michelin.

A visita ao bar de gelo completava o programa de dez horas da conferência. Se o promotor aprendera algo no decorrer do dia, era que não se aprendia nada em dias como aquele.

— Mais um — murmurou ele ao barman, pondo o copo com força sobre o balcão.

Von Kwist saboreava o quarto ou quinto uísque da noite, sentindo seu humor piorar e piorar, então percebeu que precisava parar.

Decidiu fumar um charuto antes de ir embora. Ele tinha que pensar, embora em algum lugar em meio à vertigem da embriaguez soubesse que tudo o que pensasse naquele estado estaria esquecido no dia seguinte. Em todo caso, ele se despediu e saiu desviando das pessoas no bar quase lotado. Livrou-se das incômodas luvas e do casaco, e foi para a rua ficar sozinho por um tempo.

Ele mal havia tido tempo de acender o charuto quando foi interrompido por alguém cutucando seu ombro.

Von Kwist virou e estava prestes a dizer algo agressivo quando foi atingido por um soco. Seu rosto ardeu com as cinzas do charuto, que foi ao chão, enquanto ele cambaleava e perdia o equilíbrio.

Alguém o prendeu pelo pescoço, depois colocou um joelho em suas costas. O rosto do promotor estava colado no asfalto.

Von Kwist imediatamente ativou o mecanismo de defesa, impulsionado pelo músculo mais rápido e mais resiliente do corpo. O que controlava os olhos.

Ele cerrou as pálpebras e rezou por sua vida.

Pouco depois o agressor o soltou. Von Kwist levou dez segundos para se atrever a abrir os olhos, então ajoelhou.

O que tinha acontecido?

ILHA DE LÅNGHOLMEN

Långholmen é uma ilha no centro de Estocolmo que também é um bairro. Ela tem cerca de um quilômetro de comprimento e quase quinhentos metros de largura, e por muitos anos abrigou o presídio. Hanna Hansdotter foi uma das pessoas que esteve aprisionada em Långholmen. A última mulher na Suécia a ser condenada à morte por bruxaria.

Madeleine pegou a ponte Pålsundsbron para chegar até a ilha e estacionou atrás da escola Sjömansskolan. Ela sabia como chegar, porque já estivera ali antes.

Por alguns dias, ficara hospedada no acampamento de trailers sob a ponte Västerbron, mas havia gente demais ali, e ela não queria ter que responder a perguntas de turistas curiosos. Era melhor do que no Hotel Sjöfartshotellet, no entanto, onde ela sempre se sentia vigiada.

Desde que voltara de Mariehamn, ela passava o tempo todo no carro. Um dia sem descanso, com o único objetivo de encontrar sua verdadeira mãe. Ela mantinha no bolso a fotografia que Charlotte lhe dera.

Madeleine fez o que se propusera a fazer, e agora pretendia eliminar o corpo de onde nascera. Aquilo se revelara mais difícil do que tinha imaginado. Viggo disse uma vez que tinha visto Victoria Bergman em frente ao mar, em Norra Hammarbyhamnen. Madeleine estivera no local várias vezes, mas nunca a encontrara.

Em breve, o tempo ia se esgotar. Seu acordo com Viggo devia ser concluído.

Madeleine saiu do carro e foi até a beira do cais. A água era tão escura quanto a de Åland.

Ela colocou os fones de ouvido, ligou o rádio e sintonizou entre duas frequências. O ruído sem palavras costumava acalmá-la, mas naquele momento sentiu apenas frustração, e preferiu colocar a trilha sonora de Clint Mansell de *Réquiem para um sonho*. Com as notas introdutórias de Lux Aeterna ecoando em sua cabeça, andou em direção ao antigo presídio.

Ao chegar à velha muralha de pedra, parou e a olhou com reverência.

Pensou em todas as pessoas que tinham passado por ali. Entendeu a raiva sufocada deles em virtude dos trabalhos forçados, que envolviam partir blocos de granito. Podia sentir em seu próprio peito o ódio que ardera sob o áspero uniforme dos presidiários, obrigados a construir a muralha que os cercaria.

Pensou no momento em que finalmente decidira deixar de ser uma vítima.

FRANÇA, 2007

Não tome o ódio de mim. É tudo o que tenho.

O sol estava alto sobre a crista da montanha. A rodovia serpenteava ao longo das encostas e quinhentos metros abaixo se via o rio Verdon como uma esguia faixa azul-turquesa. A estrada era estreita, e a morte estava a apenas dois segundos de hesitação, ou de uma decisão errada em uma ultrapassagem. Acima havia mais de duzentos metros de rocha, que terminava em um céu azul-claro. As placas que alertavam para os deslizamentos se sucediam, e ela gritava ao passar cada uma, porque gostava da ideia de ser enterrada sob um monte de pedras frias.

"Se for pra continuar vivendo", pensou Madeleine, "eles têm que morrer."

Não acreditava que o desejo de vingança fosse um modo de se ater à vida. Não, era ódio que a fazia respirar, que a mantinha viva desde o tempo na Dinamarca.

"Será que isso vai desaparecer quando eles estiverem mortos?", pensou ela. "Será que vou ter paz?"

Ela entendeu num instante que aquelas questões não eram importantes. Estava livre para escolher, e escolheu o caminho mais simples e original.

Em muitas culturas primitivas, a vingança era um dever, um direito fundamental para que o agredido recuperasse o respeito. A retaliação indicava o fim de um conflito, o direito de vingança era inquestionável, o ato em si era a solução do conflito, não havia necessidade de analisar.

Ela se lembrou de que havia aprendido aquilo bem pequena. Quando ainda era inocente e podia assimilar o verdadeiro conhecimento.

Aprendera que todas as pessoas têm duas vidas, a prosaica e a poética, mas apenas alguns têm a capacidade de experimentá-las de modo separado e em sincronia.

Uma vida era uma imagem de raio X; a outra era o corpo humano nu, vivo e poético. Fora a última que ela escolhera viver.

A estrada era sinuosa. Após uma curva, ela fechou os olhos e soltou o volante.

Foram apenas alguns segundos. Ela podia atingir a barreira, baixa e mal conservada, e cair na ravina profunda. Seria uma confluência libertadora.

Vida e morte.

Quando abriu os olhos, estava no meio da estrada, a uma distância segura da encosta íngreme. Tinha escapado com vários metros de margem.

Seu coração batia forte e seu corpo todo tremia. Estava feliz. Excitada por não ter medo de morrer. E sentia alívio.

Ela sabia que uma pessoa não morria quando o coração parava de bater. Quando o cérebro se desconectava do coração, entrava em um estado em que o tempo e o espaço se tornavam insignificantes, e a consciência continuava a existir na eternidade.

Era uma questão de como se considerava a própria existência e se encarava a morte. Quando se sabia que ela é apenas mais um estado de consciência, não era necessária nenhuma relutância. Não se estava condenando ninguém à inexistência, e sim a um novo estado, além do tempo e do espaço.

Ela se aproximou de outra curva, mas daquela vez diminuiu a velocidade, mudando de faixa antes de contornar a encosta da montanha. Ao ver uma reta, fechou os olhos mais uma vez. Não vinha nenhum carro na direção contrária.

Ninguém morreu. A vida e a morte em um curto período de simbiose.

GAMLA ENSKEDE, CASA DOS KIHLBERG

Elas acabaram com o vinho tinto e foram para a sala, deixando a discussão sobre pedofilia e canibalismo na cozinha.

Aqueles pensamentos podiam ficar num canto escuro até o dia seguinte.

Passaram ao vinho branco. Era mais leve e mais puro. Jeanette começou a se sentir melhor quando a conversa se estendeu a assuntos mais privados.

Ela contou sobre o jogo de futebol a que assistira em companhia de Johan. Sofia concordou que aquela era a melhor maneira de lidar com ele.

— Johan vai ficar bem — disse a psicóloga. — Ele vai superar o divórcio. Você e Åke já assinaram os papéis?

— Sim, a gente almoçou ontem. Antes de eles irem para Londres. Parece tão definitivo.

Se Jeanette até aquele ponto havia hesitado devido a algum senso de fidelidade a Åke, aquilo se fora. Talvez por causa de algo tão simples quanto assinar o divórcio.

A reação de Sofia foi um leve sorriso. Ela pôs sua taça de vinho sobre a mesa e olhou para Jeanette.

— Você significa muito pra mim — disse a detetive. — Você me fez compreender que...

Ela perdeu o fio da meada. Não conseguia exprimir o que sentia.

— Compreender o quê? — perguntou Sofia. Seu sorriso parecia menos tímido. Era um sorriso de expectativa.

Jeanette tentou encontrar as palavras certas, mas tinha certeza de que jamais conseguiria.

— Que sou mais complicada do que pensava — tentou ela.

— Você quer dizer sexualmente?

— Sim.

Jeanette de repente teve mais facilidade em respirar.

Uma única palavra podia fazer tanta diferença...

Sim.

Ela acabara de dizer "sim" para Sofia.

Simplesmente aconteceu.

Um beijo, e elas saíram da sala.

Subiram as escadas.

Um beijo era um começo. Como a noite lá fora era mãe do dia.

Pela primeira vez desde não sabia quando, Jeanette queria ir pra cama.

O sangue corria por seu corpo de um jeito novo, embora familiar.

Um sentimento puro, primitivo de libertação, de alívio, de saudade.

Sofia rolou sobre a cama e pôs a mão debaixo do travesseiro. O contorno de seu quadril nu distraiu Jeanette.

"O que está acontecendo?", pensou ela. Era como se seus movimentos viessem por si, como se não pudesse controlá-los.

Tudo simplesmente acontecia.

Ela descobria Sofia com os olhos fechados. Via a outra com as mãos, os lábios e a pele. Seu pescoço era quente e vibrava contra sua boca. Os seios eram macios e tinham gosto de sal. Era um corpo forte, um corpo energizado, que Jeanette queria possuir. O ventre ondulava lentamente, e com a ponta dos dedos acariciava a suave penugem que se adensava abaixo do umbigo.

Pouco depois, sua língua estava dentro dela, enquanto sentia a própria excitação pulsando.

Jeanette se sentia zonza. Como se tudo estivesse fluindo, e por fim era o cérebro que obedecia ao corpo, e não o contrário. O quarto ao redor deixou de existir.

Seus movimentos eram suaves e livres, e ela se perdia no calor entre suas pernas. Mal conseguiu perceber quando Sofia virou de lado.

"Venha para mais perto", pensou ela.

Sofia entendeu. Cada músculo do corpo dela havia entendido.

Tudo se desfez. Elas se fundiram em um único coração pulsante, uma criatura ardente.

Jeanette percebeu que estava chorando.

As lágrimas eram de alívio e gratidão, porque o tempo deixara de existir. No futuro, pensaria naquela noite como sendo eterna e breve como um piscar de olhos.

Depois a cama ficou quente e úmida, e Jeanette jogou o cobertor de lado. A mão de Sofia acariciava seu abdômen em movimentos lentos e delicados.

Ela olhou seu próprio corpo. A aparência era melhor quando estava deitada do que em pé. A barriga ficava mais lisa, e a cicatriz da cesariana parecia mais suave.

Olhando por alto, não estava nada mal. Mas, olhando com atenção, só se viam manchas, varizes e celulite.

O corpo de Sofia era mais delicado, quase como o de uma adolescente. Ela estava coberta de suor. Nos braços e nas costas, Jeanette notou riscas brancas, que pareciam cicatrizes.

Elas estavam deitadas no calor da cama. Sofia não fazia ideia de quantas horas tinham se passado.

— Você é maravilhosa — disse Jeanette.

"Não, eu não sou", pensou Sofia. Seu processo de cura minara suas forças. Tinha sido uma conclusão precipitada pensar que ela não se chocava mais com as memórias. O que ela sabia virava tudo de cabeça para baixo. Se a maior parte de suas lembranças era construída a partir de coisas que outras pessoas haviam lhe contado, o que restava de seu passado?

Como as lembranças falsas surgiam?

Como ela tinha chegado a ponto de acreditar que havia assassinado várias crianças, além de Lasse? O que mais era falso, além de suas memórias, e como ela poderia voltar a confiar em si mesma?

Talvez fosse melhor não lembrar.

Assim que estivesse sozinha novamente, deveria pelo menos fazer uma pesquisa sobre Lars Magnus Pettersson. Tinha que descobrir se ele estava de fato morto. Em relação a Samuel, não podia fazer mais do que esperar as lembranças retornarem.

Ela estava acabada, mas Jeanette não parecia ter sido fisicamente afetada pelas horas na cama, exceto pelo brilho do suor e pelo rosto ligeiramente mais vermelho.

— No que você está pensando? — perguntou a detetive, acariciando seu rosto. — Parece um pouco ausente.

— Não é nada. Estou só tentando recuperar o fôlego — disse ela, sorrindo.

O corpo de Jeanette era tão forte, tão poderoso. Sofia desejava ter mais curvas, mais feminilidade, mas sabia que era um desejo em vão, que jamais seria alcançado. Por mais que comesse.

Sofia lembrou que havia algo que ela deveria ter contado para Jeanette quando falara com ela ao telefone.

As crianças adotadas.

— Quando encontrei Annette, ela estava tão incoerente que tive dificuldade em separar fantasia da realidade. Mas você deveria perguntar para ela sobre uma coisa.

Jeanette apertou os olhos.

— O quê?

— Ela disse que Viggo Dürer ajudava algumas crianças que viviam em condições adversas em outros países a vir para a Suécia. Elas podiam ficar com ele até encontrar uma nova família. Às vezes levava alguns dias; outras vezes, meses.

— Caramba... — Jeanette passou a mão no cabelo ainda molhado de suor e Sofia acariciou levemente seu braço.

— Além de criar porcos, ser advogado e contador em uma serraria ele estava envolvido com adoção de crianças? Era um homem de muitas facetas, para dizer o mínimo. Além disso, esteve em um campo de concentração.

Sofia reagiu com espanto.

— Campo de concentração?

— Não consigo entender Dürer — disse Jeanette. — Ele não parece ser real.

Uma lembrança voltou a Sofia como uma faísca ofuscante, deixando uma impressão na retina antes de se apagar.

Aquelas putinhas dinamarquesas. Foderam cinco mil porcos alemães.

A memória de uma praia na Dinamarca. Viggo abusando dela. Ou não? Tudo o que lembrava era que realizara um de seus "jogos" com ela, gemendo e se esfregando, enfiando os dedos nela e depois levantando para ir embora. Ela permanecera com o corpo ferido sobre as pedras no chão e com a camiseta rasgada. Queria contar para Jeanette, mas não podia.

Ainda não. Era a vergonha que a impedia, sempre ela, barrando o caminho.

— Venha aqui — sussurrou Jeanette. — Chegue mais perto.

Sofia se aproximou de Jeanette. Ela se sentiu como uma criança, fechou os olhos e desfrutou da proximidade, do calor e da respiração calma do outro corpo.

Ficaram em silêncio, e logo ela percebeu que Jeanette tinha adormecido. Sofia continuou acordada por um tempo. Quando o sono veio, mostrou-se inquieto. Um estado que experimentara diversas vezes e que não era vigília nem sonho.

Ela deixou o próprio corpo, deslizou ao longo da parede e foi para o teto.

Era uma sensação de calma agradável, como flutuar na água. Mas, quando tentou virar a cabeça e olhar para si mesma e Jeanette entre os lençóis, todos os seus músculos travaram e o sentimento agradável se transformou em pânico.

Num instante, ela estava de volta à cama sem conseguir se mover, como se seu corpo estivesse paralisado por algum veneno. Sofia sentiu alguém sentado sobre ela, um peso indescritível que paralisava seu corpo e a impedia de respirar.

O corpo estranho então levantou e saiu da cama, antes de desaparecer pela sala como uma sombra fugidia.

O sentimento de paralisia foi como tinha vindo. Ela podia respirar de novo. Moveu os dedos, depois os braços e as pernas. Notou que estava completamente desperta. Quando ouviu o som da respiração de Jeanette, acalmou-se. Ela precisaria do seu apoio para conseguir se tornar uma pessoa coesa.

Quando tudo tinha começado? Quando ela inventara sua primeira personalidade alternativa? Bem jovem, uma vez que a dissociação era uma defesa da criança.

Olhou para o relógio. Pouco depois das quatro. Não ia mais conseguir dormir.

Podia excluir da lista Gao, Solace, a Trabalhadora, a Analista e a Chorona, porque já os compreendia. Já tinham desempenhado seus papéis.

Ainda restavam a Réptil, a Sonâmbula e a Garota-Corvo. Elas eram mais difíceis, porque eram mais próximas, e não tinham sido criadas a partir de pessoas ao seu redor. Eram ela mesma.

A Réptil talvez fosse a próxima a desaparecer. Sofia já havia percebido que o comportamento daquela personalidade seguia uma lógica simples, com raízes primitivas. Tendo aquilo em mente, bastava isolar a personalidade para desconstruí-la e analisá-la.

Destruindo-a e incorporando-a ao mesmo tempo.

"Tenho que encontrar Sofia Zetterlund", pensou ela. "Ela vai ser capaz de me ajudar a recordar como usei as personalidades quando era mais jovem. Mas posso ir até ela? E vou como Sofia ou Victoria? Ou como hoje? Nós duas em sincronicidade?"

Ela permaneceu deitada por mais um tempo, antes de levantar e se vestir.

Precisava seguir adiante, precisava se curar, e não podia fazer aquilo ali, sozinha no escuro.

Ela tinha que ir para casa.

Deixou um bilhete para Jeanette na mesa de cabeceira, fechou a porta do quarto e chamou um táxi.

"Libido", pensou ela, sentada à mesa da cozinha enquanto aguardava. Quando acabava o impulso de viver? Sua própria libido consistia em quê?

Viu uma mosca na janela da cozinha. Se ela estivesse morrendo de fome e não houvesse mais nada para comer a não ser aquela mosca, conseguiria fazê-lo?

BARNÄNGEN

A primeira coisa que a mulher viu foi a ponta do saco preto. Pouco depois, chamou a polícia. Estava um pouco bêbada, tendo saído de um bar às quatro da madrugada, e voltava para casa pelo cais de Norra Hammarbyhamnen, perto de Skanstull, a poucos metros da balsa de Sickla, quando viu o saco flutuando na água.

A princípio, não se importou, mas então se lembrou de todas as séries policiais que via na televisão em que um transeunte encontrava um cadáver. Ela se ajoelhou à beira do cais e puxou o saco. Abriu-o com cuidado e, para seu espanto, teve suas suspeitas confirmadas.

Dentro do saco havia um braço murcho.

Uma perna e uma mão.

Ela só não tinha contado com a reação de seu corpo ao ver pela primeira vez um cadáver.

Parecia uma boneca desfeita pela água. Quando notou que os olhos da criança tinham sido removidos e a língua e o rosto estavam cobertos de mordidas, ela não teve como conter o vômito.

Então ela chamou a polícia.

No início, ninguém acreditou nela, que levou mais de sete minutos para convencer o atendente do serviço de emergência de que estava dizendo a verdade.

Quando desligou, ela viu que o telefone estava coberto de vômito.

A mulher se sentou na borda do cais, segurou firme o saco, para garantir que não desaparecesse, e aguardou.

Sabia o que tinha nas mãos, mas fingia que era outra coisa. Tentava se esquecer do que tinha acabado de ver. O rosto dilacerado de uma criança, cravado de dentadas.

Dentes humanos não deviam causar aquele tipo dano.

VITA BERGEN, APARTAMENTO DE SOFIA ZETTERLUND

Era de manhã, e ela estava na frente do computador, olhando para a tela.

"Lasse está vivo", pensou.

O endereço era o mesmo. Rua Pålnäsvägen, em Saltsjöbaden. Ele ainda viajava muito a trabalho. Tinha encontrado seu nome na lista de participantes de uma conferência em Dusseldorf, três semanas antes.

De repente, ela se viu rindo. Ele a tinha traído, mas ela não o matara por isso.

Após a confirmação, tudo parecia tão banal. Ela não só inventara uma vida alternativa para si, mas também para os outros, arrastando-os para seu colapso interior. Lasse estava vivo, e talvez mantivesse uma vida dupla como antes, com outra mulher. Tinha seguido adiante, fora do mundo enclausurado dela. E Sofia estava realmente feliz com aquilo.

O processo se intensificara.

Ela ainda tinha muito trabalho a fazer antes de se permitir algumas horas de sono. Um presente caíra em seu colo e Sofia devia aproveitá-lo ao máximo. Estava focada, e o zumbido em sua cabeça era um sinal de cura.

Levantou e foi à cozinha. Em frente à porta, havia dois sacos cheios de papel. Ela começou a limpar o quarto oculto, e depois ia se livrar de tudo. E havia mais.

Durante a noite, algumas perguntas tinham se formado em sua mente. Como era a libido do assassino em série? Ela conseguiria entender sua própria libido estudando a dos outros? Mesmo os casos mais extremos?

A mesa da cozinha estava coberta de papéis, além da biografia de Andrei Chikatilo. Ela arrancou as páginas que tinha dobrado.

Sofia leu que era preciso tempo para que as enzimas no cérebro quebrassem todas as experiências, criando um segundo eu. Para que aquele segundo não tivesse medo de eviscerar uma vítima, preparar e comer um útero, enquanto o primeiro tremia de medo só de pensar naquilo.

Andrei Chikatilo era dividido, como uma célula grudada a outra idêntica.

"Ovos e células", pensou ela. "Que se dividem."

A vida primitiva. A vida da Réptil.

Bolo de chocolate. Dois ovos, uma xícara de açúcar, quatro colheres de sopa de chocolate em pó, cem gramas de manteiga, duas xícaras de farinha e meia colher de chá de sal.

Havia outro artigo na mesa da cozinha. Sobre Ed Gein, nascido em 1906 em La Crosse, Wisconsin, que morrera em 1984 no Instituto de Saúde Mental Mendota, em Madison.

O texto mencionava o que a polícia encontrara na casa de Gein. Ela grampeou o artigo com uma foto de uma cobra engolindo um ovo de avestruz, a maior célula do mundo.

A casa de Gein era como um salão de exposição.

Havia quatro narizes, uma grande quantidade de ossos humanos inteiros e de fragmentos, uma cabeça em um saco de papel, outra em um saco plástico e nove lábios em uma caixa de sapatos. Gein tinha construído tigelas e estrados de cama com crânios humanos, tampos de cadeira e máscaras de pele humana, um cinto de mamilos femininos e um abajur com a pele de um rosto. Também acharam dez cabeças de mulher escalpeladas e um par de lábios pendurado na corda de uma cortina.

Sexo e bestialidade estavam associados, por isso ela grampeara a fotografia da cobra engolindo o ovo com o artigo sobre Ed Gein.

Outra questão era sentir o desprezo de outras pessoas. Mas o que vinha em primeiro lugar: o desprezo por si mesmo, pelos outros ou por seu próprio sexo?

As pessoas não gostavam de Andrei Chikatilo por causa de seu jeito feminino de se movimentar, dos ombros encolhidos, de sua aparência e do hábito de tocar os genitais. Ele matara e comera partes de suas vítimas porque não podia se excitar de outra maneira. Seguira seus impulsos reptícios e primitivos. Já a parte central dos problemas de Ed Gein se encontrava em seu desejo de mudar de sexo e se transformar em sua mãe. Ele tentou fazer uma roupa feminina com cadáveres exumados, para se tornar uma mulher.

O artigo se referia a uma audiência onde o ritual foi descrito como "transexual". Na margem, Victoria escreveu com uma caneta vermelha:

RÉPTEIS TROCAM DE PELE.
HOMEM SE TORNA MULHER. MULHER SE TORNA HOMEM.
IDENTIDADE SEXUAL IMPRECISA — AFILIAÇÃO SEXUAL.
COMER — DORMIR — FODER.

"Necessidades", pensou ela, recordando quando estudara a hierarquia de necessidades de Abraham Maslow. Ela também se lembrou de onde estava quando o fizera. Em Serra Leoa, especificamente na cozinha da casa alugada nos arredores de Freetown, pouco antes de Solace chegar. Victoria tinha comido o mingau nojento de seu pai, com açúcar e canela demais.

Enquanto fingia estar comendo, pensou no que havia lido sobre a hierarquia das necessidades, começando pelas fisiológicas. Necessidades como alimentação e sono, das quais ele sistematicamente a privava. Em seguida, havia a necessidade de segurança, amor, companhia e admiração. Ele tirara tudo aquilo dela e continuava tirando. No topo da hierarquia havia a necessidade de autoconhecimento, uma palavra que Victoria nem conseguia entender. Ela não sabia quem era ou o que queria. O autoconhecimento parecia algo inalcançável, porque estava além dela, além de seu ego. Em se tratando de necessidades, ele realmente a havia privado de todas.

Ela sabia então.

Criara a Réptil para ser capaz de comer e dormir.

Mais adiante em sua vida, também a usara para conseguir amar. Quando ela e Lasse dormiam juntos, era a Réptil que o recebia, porque era seu único modo de conseguir desfrutar do corpo de um homem. E fora a Réptil quem fizera sexo grupal em uma casa de swing em Toronto. Mas, quando ela dormira com Jeanette, a Réptil não estava presente. Aquela certeza a encheu de uma felicidade tão grande que seus olhos se encheram de lágrimas.

Mas o que mais a Réptil fizera? Matara alguém?

Sofia pensou em Samuel Bai.

Ela tinha encontrado o ex-paciente em frente ao McDonald's da praça Medborgarplatsen, o levado para casa e o drogado. Então, tomara um banho e, quando ele acordara, tonto de sono, ela mostrara seu corpo para ele, atraindo-o e por fim matando-o com uma martelada no olho direito.

A bestialidade da Réptil. A bestialidade da assassina. Ela sentira prazer.

Ou não?

Ela levantou abruptamente, derrubando a cadeira, e disparou até a sala. "O sofá", pensou ela, "a mancha de sangue que Jeanette esteve perto de descobrir." O sangue de Samuel.

Ela revirou o sofá, examinando as almofadas uma a uma, mas a mancha não estava lá. Porque nunca existira.

A Réptil não era seu fogo voraz. Era uma libido falsa, criada.

Sofia riu mais uma vez e sentou no sofá.

Tudo o que acontecera a partir do momento em que encontrara Samuel na Medborgarplatsen até depois do banho era verdade. Mas ela jamais o atingira com um martelo.

A única coisa que ela fizera fora expulsá-lo quando pusera a mão nela.

Simples assim.

Aquela fora a última vez que o vira. Tinha certeza.

Ele tinha muitos inimigos e havia sido agredido diversas vezes. Uma briga que saíra de controle? O dever de investigar era da polícia, e não dela.

Voltou à cozinha e abriu a geladeira. Beterrabas velhas, já brotando, e alguns ovos. Ela pegou dois e sentiu-os. Duas células femininas não fertilizadas frias contra sua mão.

Fechou a geladeira, abriu o armário, pegou uma tigela de alumínio e quebrou os ovos nela. Depois acrescentou duas xícaras de açúcar, quatro colheres de sopa de chocolate, cem gramas de manteiga, uma xícara de farinha e meia colher de chá de sal.

Misturou tudo com um garfo antes de começar a comer.

A Réptil tinha sangue frio e gostava de ser uma criatura viva. Esquentava-se ao sol na praia ou sobre uma pedra em um prado durante o verão. Ela se lembrou de quando era um pequeno réptil e punha a cabeça na axila de seu pai. O cheiro do seu suor era a segurança. Em seus braços, ela podia sentir como era ser um animal, sem responsabilidade imposta por sentimentos e ações.

Era a única memória de segurança com ele. Não importava o que ele fizera com ela mais tarde: aquela memória era inestimável.

Ela sabia que jamais tivera a chance de satisfazer as necessidades da filha. Madeleine não tinha nenhuma lembrança dela.

Nenhuma segurança.

“Madeleine deve me odiar”, pensou ela.

INSTITUTO DE PATOLOGIA

Jeanette sentiu uma pontada de decepção. Quando acordou e viu a cama vazia, teve esperança de que Sofia estivesse tomando banho ou na cozinha preparando o café da manhã. Ela não havia dito nada sugerindo pressa em voltar para casa. A detetive mantinha um sorriso no rosto quando deixou o cobertor escorregar até seus pés e se espreguiçou, olhando seu corpo nu.

A noite fora maravilhosa. Ela ainda podia sentir o cheiro de Sofia, como se estivesse ao seu lado.

“Eletricidade”, pensou Jeanette.

Era como se o toque de Sofia a tivesse recarregado. Um pulso vermelho e intenso.

Elas tinham conversado e feito amor até as quatro da manhã, quando Jeanette, suada e sem fôlego, dissera que se sentia como uma adolescente apaixonada, mas que elas tinham de ter em mente que precisavam trabalhar no dia seguinte.

Ela caíra no sono, sentindo-se segura como uma criança.

Após um banho rápido, a detetive foi até a cozinha banhada pelo sol pálido de outono. O termômetro do lado de fora indicava quinze graus, apesar de não ser mais que oito e meia da manhã. Tudo indicava que seria um belo dia.

Não foi um belo dia. Foi um dia inacreditavelmente longo.

Pouco depois das nove, Jeanette saiu do táxi e entrou no Instituto Patológico em Solna.

Ivo Andrić a esperava com um café expresso duplo.

"Ele é um anjo", pensou ela, que saíra atrasada de casa, sem ter tomado nada.

— Já falou com Hurtig? Talvez ele queira estar presente.

Não, ela não tivera tempo. Não fazia nem quarenta e cinco minutos que estava acordada. Envergonhada, ligou de imediato para ele.

O cadáver mumificado de um menino, com idade estimada entre dez e doze anos, tinha sido encontrado dentro de um saco preto em Norra Hammarbyhamnen. O corpo era bastante semelhante ao do menino encontrado em Thorildsplan.

"Karakul", pensou ela, enquanto esperava Hurtig atender.

Quão apropriado. Jeanette não era supersticiosa, mas não podia deixar de pensar que a ligação de Iwan Lowynsky viera num momento estranhamente oportuno.

Jeanette informou Hurtig do que tinha acontecido e do que ficara sabendo sobre Annette Lundström na noite anterior. Ela pediu que ele tentasse entrar em contato com a mulher.

— Não se esqueça de perguntar o que sabe sobre as crianças adotadas. Tente levar Annette até a delegacia para um interrogatório oficial o mais rápido possível, sem atritos. Sem nenhum problema burocrático, quero dizer.

Ivo Andrić abriu a porta e eles entraram. Sobre a mesa havia um pacote coberto com um pano; no banco junto à parede, várias fotografias. Ela viu que eram da primeira vítima, Itkul Zumbayev, o menino mumificado de Thorildsplan.

— Então, o que você sabe? — perguntou ela. Ivo descobriu o corpo, e Jeanette sentiu uma aversão instintiva ao que viu. A boca aberta, a pele desprendida pela água. Sua primeira impressão foi de que a vida tinha cessado no meio de um movimento, em um momento de resolução.

— Os danos são quase idênticos aos da vítima de Thorildsplan. Marcas de chicote e violência. Picadas de agulha distribuídas aleatoriamente. Castrado.

O menino estava de costas, os braços erguidos e curvados sobre o rosto virado. Ela achou que parecia uma imagem congelada do momento da morte, como se a última coisa que ele fizera tivesse sido tentar se defender.

— Suspeito que o corpo contenha traços de xilocaína — continuou Ivo Andrić. Jeanette se sentiu voltando alguns meses no tempo. — As amostras foram enviadas para o laboratório. Os pés estão presos com fita adesiva. Como na vítima anterior.

Ela tinha dificuldade em respirar. Seus batimentos cardíacos se tornaram mais pesados. "Lutas arranjadas." Aquele pensamento já havia lhe ocorrido na primavera. Ivo também mencionara a hipótese.

— Há algumas diferenças importantes em relação ao menino de Thorildsplan — disse Ivo. — Consegue ver?

O legista tocou suavemente o braço do menino. A mão direita estava faltando.

Então ela viu os sinais que diferenciavam o cadáver do que fora encontrado em Thorildsplan. Tinha dificuldade em manter os olhos no rosto do menino, e as afirmações de Ivo sobre a semelhança dos ferimentos fizera com que não reparasse nas particulares, incluindo a mais óbvia.

Ele indicou os ferimentos espalhados pelo corpo.

— Marcas de mordida. Em várias partes, mas principalmente no rosto. Está vendo?

A detetive respondeu com um gesto contido. O corpo parecia dilacerado por mordidas.

— Tem uma coisa que eu quero saber. Este corpo tem uma... *cor* diferente... O menino em Thorildsplan estava entre amarelo e marrom. Este está entre verde e preto. Qual é a razão?

"Como Sofia podia estar tão certa?", pensou ela. Menos de doze horas antes, elas estavam na cozinha discutindo canibalismo. Sentiu náusea mais uma vez.

Ivo franziu a testa.

— Ainda é cedo pra dizer, mas esse corpo ficou na água durante pelo menos dois ou três dias e provavelmente foi submetido a outro tipo de mumificação.

— Há quanto tempo ele está morto? — perguntou ela, engolindo em seco. Tinha dificuldade em falar por causa do mal-estar.

— A mesma coisa. Não posso afirmar ainda, mas creio que por mais tempo que o menino de Thorildsplan. Talvez mais de seis meses, o que pode significar várias coisas.

— Sim, são muitas opções. Os meninos podem ter morrido na mesma época ou não. — Jeanette suspirou e Ivo a olhou quase magoado. — Desculpe. Isso me tira as forças — esclareceu ela. — O que mais devo saber?

Ela se sentia infinitamente cansada. O cadáver certamente lhe daria pesadelos, e Jeanette evitava olhar para ele, mas constantemente via os buracos nos olhos, que pareciam se aproximar.

— Sim, tem mais duas coisas.

Ela viu que Ivo Andrić estava refletindo para formular as informações de modo correto. Sua precisão às vezes fazia parecer que ele preparava demais e esquecia a mensagem central. Mas Ivo era muito cuidadoso.

— O cadáver de Thorildsplan estava sem dentes — disse ele por fim. — Mas não esse daqui, e eu registrei sua arcada dentária. — Ele foi à mesa e pegou um pequeno objeto. — É um material muito bom: fácil de usar e não forma nenhuma bolha.

O coração de Jeanette disparou, mas ela tentou manter a aparência calma.

— Isso pode ser essencial para a identificação.

— Sim, claro... Agora poderemos ter respostas.

O legista estava quase inquieto, algo que ela nunca tinha visto antes. Ele virou rapidamente e devolveu o molde ao banco, olhando em seguida para uma das fotografias de Itkul Zumbayev, o cadáver de Thorildsplan. Jeanette sentiu o sangue ferver.

— Não tenho certeza, mas parece que a mandíbula dele é um pouco torta. — Ivo bateu na fotografia com o dedo. — Este cadáver também tem a mandíbula enviesada. Acho que são irmãos.

Jeanette respirou fundo. Ele não precisava ter certeza. Ela já tinha.

Itkul e Karakul. Era lógico. Ela não disse nada, e Ivo a olhou interrogativamente.

— Apesar da vítima de Thorildsplan estar sem os dentes — continuou —, posso imaginar como era sua arcada, especialmente havendo uma anormalidade. Não dei importância à mandíbula antes, mas agora me parece bastante interessante.

Jeanette mal podia esperar para contar tudo.

— Você já sabe das novidades? Que o menino de Thorildsplan foi identificado?

Ivo ficou surpreso.

— É mesmo?

Jeanette sentiu a raiva crescendo. Quão incompetente um chefe de polícia podia ser? Dennis Billing prometera entrar em contato com Ivo no dia anterior.

— Temos o nome do menino de Thorildsplan e talvez tenhamos o desse também. Itkul Zumbayev. Este pode ser seu irmão, Karakul.

Ivo Andrić abriu os braços.

— Bem, se eu soubesse disso tudo teria sido um pouco mais rápido. Mas é um motivo para ficarmos contentes, de qualquer forma. A imagem já ficou mais clara.

— Você tem razão. — Jeanette deu um tapinha no ombro dele. — Fez um trabalho brilhante.

— Tem mais uma coisa. Tirei as impressões da fita que envolve os pés dele e tem algo estranho.

Jeanette congelou.

— Mas o que isso...

Pela primeira vez na vida, ela foi interrompida por Ivo Andrić.

— As impressões não apresentavam marcas de papilas.

Jeanette pensou melhor.

— Isso quer dizer que quem o amarrou estava usando luvas?

— Não, de modo algum. Só que os dedos da pessoa não deixam marcas. É como se ela não tivesse digitais.

— E por quê?

Ele pareceu confuso.

— Não sei ainda. Li sobre um criminoso que pôs silicone na ponta dos dedos, mas não é o caso. Uma mão tocou a fita sem nenhuma espécie de cobertura, mas os dedos são apenas...

Ele fez uma longa pausa.

— O quê?

— Um vazio — concluiu Ivo Andrić.

LUGAR NENHUM

Ulrika Wendin entendeu que a pessoa que a detinha como prisioneira não a deixaria viver.

Sabia que a chance de fugir por meios próprios diminuía a cada hora que passava. Seu corpo estava em rápido declínio, e ela temia que a desnutrição a tivesse deixado num estado letárgico. Sua única chance era aguentar o máximo de tempo na esperança de alguém encontrá-la.

A fraqueza do corpo podia fazer o cérebro funcionar melhor? Ela já tinha ouvido falar de pessoas que voluntariamente escolhiam uma vida isolada, eremitas, sábios e monges que se fechavam em conventos, meditando e se tornando senhores de si mesmos. Diziam até que alguns aprendem a levitar.

Quando mal conseguia sentir seu próprio corpo, começou a entender como eles faziam. Às vezes era como se estivesse voando no espaço escuro que a rodeava. Por longos momentos, nem pensava no lugar em que estava, viajando com a mente.

Ela passava um bom tempo recitando a tabuada. Depois listava todos os países que podia pensar em ordem alfabética e suas capitais. O que levava a novos pensamentos, quando ela se apegava ao velho conhecimento que pensava ter esquecido.

Ulrika conseguiu recitar em silêncio todos os estados americanos, com exceção de quatro.

Ela notou que sabia muito mais do que as pessoas a haviam feito acreditar.

Em seus pensamentos, construiu um mapa do litoral da Europa, do mar Branco até o mar Negro. Depois da Ásia, da África e do resto do mundo.

Finalmente, ela viu a Terra de cima, como se fosse um satélite, sabendo que o que enxergava representava a realidade.

Sem um mapa, ela sabia a aparência do mundo.

Enquanto pensava se era sonho ou realidade, alguém puxou a fita e colocou algo em sua boca. Ela tossiu, enquanto duas mãos seguravam seu rosto. Era uma mistura pegajosa, de gosto seco e amargo.

Depois Ulrika foi deixada sozinha, escorregando de volta para o espaço e as estrelas.

Gradualmente, ela abandonou seu corpo e desapareceu na escuridão cintilante.

Tinha gosto de nozes.

HOSPITAL ROSENLUND

A primeira coisa que Hurtig pensou ao entrar na sala foi: “Annette Lundström viu a escuridão”. Seu rosto estava murcho e cinzento e seu corpo tão emaciado que parecia que a mão ia quebrar com o cumprimento.

Não quebrou, mas estava gelada, o que contribuía para a aparência espectral.

— Não quero ficar aqui — disse ela, com a voz baixa e rouca. — Quero ficar com Linnea, Karl e Viggo. Quero que tudo seja como antes.

Hurtig suspeitou que não seria uma tarefa fácil.

— Entendo, mas você vai ter que esperar um pouco. Primeiro vamos ter uma conversinha.

Ele se sentiu pouco à vontade e sabia o motivo.

A sala lembrava aquela em que sua irmã passara grande parte dos últimos seis meses de sua vida.

Mas Hurtig estava ali na condição de policial, então respirou fundo e tentou suprimir as lembranças.

— Você pode me ajudar a sair daqui? — O tom de Annette Lundstrom era de súplica, quase esperançoso. — Quero voltar a Polcirkeln, faz tanto tempo que não vejo nossa casa. As flores têm de ser regadas, e vai estar cheio de maçãs... O outono já chegou?

— Sou de Kvikkjokk, que fica meio longe de Polcirkeln. Mas lá em cima já é inverno.

Sua tentativa de estabelecer uma intimidade pareceu dar resultado. Annette Lundström se alegrou um pouco e o encarou. Seu olhar era opressivo, e havia um vazio nele que Hurtig não tinha palavras para descrever.

"Insanidade", pensou. "Ou melhor, eram os olhos de alguém que deixou este mundo e se encontra em outro."

Um psicólogo chamaria aquilo de psicose, dissera o médico. Hurtig teve a sensação de que a fragilidade física e mental da mulher prenunciava algo, que também podia ser visto em seus olhos.

Ela ia morrer em breve. De tristeza.

— Kvikkjokk — disse ela com a voz débil. — Estive lá uma vez. Era tão lindo. Estava nevando. Está nevando lá fora?

— Aqui não. Mas lá no norte, sim. Tem mais alguém que você queira encontrar em Polcirkeln, além de Karl, Viggo e Linnea?

— Gert, é claro, e Per-Ola e Charlotte, com a filha. Hannah e Jessica devem vir também.

Hurtig anotou rapidamente.

— Quem é Gert?

Ela riu. Um som seco e áspero que o fez estremecer.

— Gert? Todo mundo sabe quem ele é. É tão talentoso, um dos melhores policiais da Suécia. Você devia saber, já que é da área.

"Um dos melhores policiais da Suécia, Gert Berglind?", pensou ele. "Até parece."

— Tenho algumas perguntas e ficaria feliz se você pudesse me ajudar com elas.

— Eu me esqueci de Fredrika — disse Annette.

Hurtig agradeceu e anotou o nome. Ela havia citado toda a gangue de Sigtuna, com uma exceção.

— Victoria Bergman também vai estar lá?

Annette Lundström ficou surpresa.

— Victoria Bergman? Não, por que estaria?

KVARTERET KRONOBERG, DELEGACIA DE POLÍCIA

— Os relatórios de Schwarz, Åhlund e Hurtig estão prontos, só estou esperando o seu — disse o chefe de polícia Dennis Billing quando Jeanette o encontrou a caminho de sua sala. — Mas talvez você esteja ocupada com coisas mais importantes.

Jeanette ouviu por alto, porque ainda estava abalada com o que vira no Instituto.

— Não, nem um pouco — respondeu ela. — Vou entregar o relatório até o final do dia, para que você possa enviar amanhã cedo para Von Kwist.

— Desculpe se pareci um pouco agressivo — disse Billing. — Acho que vocês fizeram um bom trabalho, resolvendo tudo tão rápido. Não ia ficar bem nos jornais se a história se arrastasse. Mas Von Kwist está doente, deve haver outra pessoa no lugar. E não há nenhuma pressa, porque os criminosos não estão disponíveis, por assim dizer.

— Qual é o problema de Von Kwist? — perguntou Jeanette. A última vez que ela encontrara o promotor ele parecera bem e não se queixara de nada.

— Estômago. Uma úlcera, provavelmente. Foi o que me disse quando ligou, e não é de admirar, pelo tanto que trabalha. Um bom sujeito, Kenneth.

— O melhor — disse Jeanette, e seguiu em direção à sua sala, ciente de que Billing não ia entender a ironia.

— Sim — concordou ele com sinceridade. — Então estamos de volta à estaca zero.

— O que você quer dizer?

— Quero dizer que apareceu outro menino assassinado, então vamos ter que reabrir o caso. Você pode manter Hurtig. Åhlund e Schwarz ficam à disposição se não aparecer nada mais importante.

"Mais importante?", pensou Jeanette. "O caso só vai ser investigado para não pegar mal."

— É uma questão cosmética, você quer dizer? — perguntou ela, abrindo a porta de sua sala.

— Não, não, de jeito nenhum. — Billing não sabia o que dizer. — Pensando bem, talvez possa ser dito dessa forma. Uma questão cosmética. Porra, Janne, você é muito esperta. Vou me lembrar disso. Uma questão cosmética.

Jeanette entrou em sua sala e lançou um olhar ao retrato falado afixado em seu quadro. O desenho não lhe dizia nada. Podia ser qualquer pessoa.

"Não dá nem pra saber se é uma mulher ou um homem", pensou ela.

O rosto era estranhamente vago. Devia pelo menos haver uma peculiaridade. O desenhista incluíra duas marcas de nascença, uma no queixo e outra na testa. Eram aquelas coisas que as crianças notavam?

Enquanto olhava a imagem, ligou para Ivo Andrić para pedir uma investigação mais aprofundada no apartamento de Ulrika Wendin. Pensou no que a moça havia dito sobre o estupro no quarto de hotel, e sobre Lundström ter filmado o abuso.

Além disso, ela se lembrou dos interrogatórios onde Lundström dissera ter participado de várias filmagens de pornografia infantil, embora não tivesse mencionado a presença de Ulrika.

Ivo Andrić atendeu e prometeu voltar ao apartamento de Ulrika Wendin com a perícia. Jeanette encerrou a chamada e ficou segurando o telefone com um peso no estômago.

"Os filmes de Lundström", pensou ela. Era possível que contivessem algo que poderia ser útil na busca por Ulrika.

Ela ligou para Lars Mikkelsen.

Talvez as filmagens feitas no hotel estivessem na coleção de Lundström. Por que ela não tivera aquela ideia antes? Se tudo ocorrera como Ulrika dissera, e a detetive nunca duvidara dela, o filme deveria ser bastante revelador. Só porque Karl Lundström estava morto não significava que os outros participantes não poderiam ser responsabilizados.

Jeanette suspirou. Aquela investigação realmente tinha baixa prioridade. Se contasse com mais recursos, poderiam ter ampliado a abordagem.

Quando Mikkelsen finalmente atendeu, ela perguntou se ele podia pôr alguém para averiguar o conteúdo apreendido.

— Não de imediato — ele respondeu, evasivo. — Estamos sobrecarregados.

— Eu compreendo — disse Jeanette. — Posso ir até vocês buscar os filmes e verificar eu mesma. Tudo bem?

"Eu realmente quero fazer isso?", pensou Jeanette quando se deu conta do que havia sugerido.

— Sim, não há nenhum obstáculo formal. Mas você vai ter que assinar um monte de documentos. E, é claro, os filmes não podem sair do prédio. Muitos estão em VHS e não foram digitalizados.

Jeanette percebeu que ele estava irritado, mas concluiu que não era com ela.

— Bem, então já estou a caminho.

Ela desligou antes que Mikkelsen tivesse tempo de responder.

"Agora não tem mais volta", pensou.

Mikkelsen não estava lá, mas pedira a um colega que a recebesse. O rapaz com barba rala e piercing no nariz a aguardava em frente à sala dele.

— Olá, suponho que você seja Jeanette Kihlberg — disse ele. — Lars disse para eu deixar você entrar no depósito e pegar o que precisar. — Ele indicou o caminho. — É por aqui.

Mais uma vez, ela se perguntou o que levava um homem adulto a dedicar voluntariamente seus dias a ver em câmera lenta, quadro a quadro, crianças sendo abusadas por outros adultos. Membros da mesma espécie. Amigos e colegas. Amigos de infância, ex-colegas, ou na pior das hipóteses pai ou irmão.

— Aí está — disse o colega de Mikkelsen, destrancando uma porta normal de escritório. — Quando tiver terminado, me avise. Vou estar bem ali — disse ele, apontando o corredor.

Jeanette olhou espantada para o armário, sem saber realmente o que estivera esperando.

"Devia pelo menos haver algum tipo de aviso", pensou ela. "'Veja por sua conta e risco', ou 'Acesso proibido'."

— Se precisar de ajuda é só gritar.

O jovem policial virou e foi para sua sala.

Jeanette Kihlberg respirou fundo e abriu a porta do arquivo de pornografia infantil do Departamento de Investigação Criminal.

Ela sabia que nunca mais olharia o mundo com os mesmos olhos.

"É aqui que começa", pensou ela.

ASILO SOLROSEN

O carro estava estacionado na rua Klippgatan. Sofia Zetterlund observou que a permissão tinha expirado. Além de uma quantidade abundante de folhas úmidas e amareladas, ele também estava coberto por um monte de multas. Dado o tempo que tinha estado ali ilegalmente, era um milagre não ter sido rebocado.

Sofia pensou em sua visita no dia anterior à biblioteca e em seu encontro com a bibliotecária com o cabelo coberto e olhos de cores diferentes.

Fora então que seu processo de cura começara de verdade.

A memória veio com tanta força que ela imaginou que a bibliotecária ainda estava falando com ela.

Sua permissão de estacionamento expirou.

Destrancou a porta e tirou uma escova do porta-luvas. "Desvios", pensou, enquanto tirava as folhas decompostas do para-brisa e do teto.

Desvios da norma a faziam lembrar, despertando-a do sonambulismo, e não era preciso que estivessem relacionados com as memórias que traziam.

"Nenhuma memória é irrelevante para o cérebro", pensou ela. "Pelo contrário, muitas vezes o cérebro é dominado por memórias triviais, enquanto suprime as que devem ser lembradas. O cérebro não confia em si mesmo e em sua capacidade de lidar com coisas difíceis, por isso prefere lembrar onde o carro está estacionado, em vez do fato de ter sido estuprada pelo pai. "Lógico, comovente e trágico. De uma só vez."

Ela colocou a escova e as multas no porta-luvas e sentou atrás do volante. Só tinha dormido por cerca de três horas, mas se sentia descansada.

Antes de ligar o carro para ir até o asilo Solrosen, pegou o bloco de notas da bolsa e abriu em uma página em branco. "Desvios", escreveu ela, guardando-o em seguida.

Ela pegou a rua Bondegatan ainda sem saber se ia sair do carro como Victoria Bergman ou Sofia Zetterlund. Nem se mais um desvio da norma seria decisivo.

Depois de vinte minutos, estacionou em Solrosen e viu uma mulher fumando, apoiada em um andador. A iluminação da entrada fazia com que seu rosto estivesse parcialmente coberto pelas sombras, mas ela viu que era Sofia Zetterlund.

Reconheceu tudo. Os movimentos, a postura e as roupas. Aproximou-se da mulher com o coração batendo forte.

Mas nenhuma memória veio a ela, só um vazio.

Sua antiga psicóloga soprou a fumaça do cigarro e virou, então seu rosto foi iluminado por completo.

O batom vermelho e a sombra azul eram os mesmos de antes. As rugas na testa e nas bochechas estavam um pouco mais profundas, mas ainda assim não evocavam nenhuma memória.

Só quando ela viu o desvio as memórias a inundaram.

Os olhos.

Não foram os olhos da velha psicóloga, foi o que estava faltando que fez com que se lembrasse de tudo.

As sessões na casa de Sofia em Tyresö e no hospital de Nacka. As borboletas no jardim, uma pipa vermelha contra o céu azul, o som de Victoria Bergman andando no hospital, os passos se tornando cada vez mais leves conforme se aproximava da porta do consultório.

Quando entrou no consultório, a primeira coisa que viu foram os olhos dela.

Era do que mais sentia falta. Olhos aos quais podia se entregar.

Eles ajudavam Victoria a se compreender. Eram olhos ancestrais, que tinham visto tudo, confiáveis. Olhos que não entravam em pânico, não diziam a ela que era louca, tampouco diziam que tinha razão ou que a compreendiam.

Aqueles olhos não a bajulavam.

Por isso, Victoria conseguia vê-los e se sentir calma.

Viam o que ela jamais vira, apenas imaginara. Eles a engrandeciam quando ela tentava se diminuir e mostravam com cuidado a diferença entre o que supunha ver, escutar e sentir e o que ocorria na realidade.

Victoria desejava ver o mundo através de olhos velhos e sábios.

Mas, agora, a catarata deixava os Olhos cegos e vazios.

Victoria Bergman caminhou até ela e colocou a mão em seu braço. Sua voz saiu engasgada.

— Oi, Sofia. Sou eu… Victoria.

Um sorriso se espalhou no rosto de Sofia Zetterlund.

JOHAN PRINTZ VÄG, APARTAMENTO DE ULRIKA WENDIN

Ivo Andrić parou o carro em frente ao apartamento de Ulrika Wendin e fez um gesto para chamar seus colegas que vinham atrás. Duas jovens e um rapaz. Ambiciosos e meticulosos.

Ele destrancou a porta para entrarem.

"Outra vez, outras ideias", pensou ele.

— Vamos começar pela cozinha — disse aos peritos. — Vocês viram as fotos das manchas de sangue. Procurem por detalhes. Eu estive aqui por apenas uma hora e não consegui verificar tudo.

Ivo pensou no menino mumificado daquela manhã. Fora deprimente, mas ainda assim um passo à frente. Havia um molde dos dentes e amostras de DNA que seriam confrontadas com os dados da Ucrânia sobre os irmãos Zumbayev.

"Cazaques", pensou ele, quando examinava uma das manchas de sangue no chão da cozinha. Na sua cidade natal, Prozor, viviam duas famílias de origem cazaque. Ele tinha se tornado amigo do pai de uma delas. Seu nome era Kuandyk, e numa ocasião os dois haviam conversado sobre a importância que os cazaques davam aos nomes. O dele próprio significava algo como "feliz", e quando o legista pensou na alegria de Kuandyk e na sua gargalhada ruidosa, achou que era adequado.

Kuandyk também dissera que a escolha do nome muitas vezes refletia as expectativas para o recém-nascido. Um dos meninos da vila no sul do Cazaquistão de onde Kuandyk provinha fora nomeado Tursyn. Vários filhos de seus pais haviam morrido poucos dias após o nascimento, e Tursyn significava "deixe-o viver". Os pais foram de fato agraciados daquela vez.

Andrić ouviu as duas peritas trocarem algumas palavras. Elas abriram a porta da geladeira e o motor chiou.

"Itkul e Karakul", pensou ele. Os meninos assassinados de origem cazaque o tinham feito pensar em seu velho amigo de Prozor, e naquela manhã ele descobrira o que seus nomes significavam. Ficou triste ao constatar o que os pais tinham previsto. Itkul significava "escravo de um cão" e Karakul, "escravo negro".

— Ivo? — Uma das peritas interrompeu seus pensamentos. — Você pode vir até aqui um momento?

Ele virou. A moça apontava a porta entreaberta da geladeira. Ulrika Wendin não devia comer muito. A geladeira estava completamente vazia quando ele a verificara.

— Consegue ver? — Ela indicou um lugar do lado de dentro da porta, perto da borda, onde tinha jogado um pó cinzento para recolher impressões digitais. Ele sentou de cócoras e observou.

Três dedos. Um cenário começou a tomar forma em sua mente.

Ele sabia que alguém tinha agredido uma pessoa na cozinha e depois limpado tudo. Nesse processo, limpara as manchas de sangue na porta da geladeira com a mão esquerda e segurara a porta com a direita, bem no local para onde Ivo estava olhando.

Não precisava de uma lupa para saber que a impressão correspondia com aquela que tinha visto pela manhã.

ASILO SOLROSEN

O quarto de Sofia em Solrosen era como uma versão em miniatura de sua casa em Tyresö.

A mesma poltrona gasta e a mesma estante da velha sala de estar. Elas estavam sentadas à mesinha, de frente uma para a outra. O globo com o Freud estava em seu lugar na estante, e Victoria podia até sentir o cheiro de Tyresö vinte anos antes.

Não eram apenas as lembranças que vinham como um dilúvio, mas também as perguntas.

Ela queria saber tudo e confirmar o que já descobrira.

Apesar da idade, Sofia parecia ter boa memória.

— Senti sua falta — disse Victoria. — Peço desculpas pelo modo como me comportei.

Sofia abriu um sorriso suave.

— Também senti sua falta, Victoria. Pensei muito em você no tempo que passou e muitas vezes me perguntei como estava. Você não tem que pedir desculpas. Eu me lembro de você como uma moça forte. Acreditei em você. Sabia que ia conseguir. E não foi assim?

Victoria não sabia como responder.

— Eu... — Ela mudou de posição. — Tenho problemas de memória. Recentemente melhorei, mas...

A psicóloga a olhou com interesse.

— Continue. Estou ouvindo.

— Como na noite passada — começou ela. — Eu me dei conta de que não matei meu ex-marido. Durante quase um ano acreditei nisso, mas ele está vivo. Eu imaginei a coisa toda.

Sofia ficou preocupada.

— Entendo. Por que você imaginou isso?

— Eu odiava o cara — disse Victoria. — Tanto que pensei que o tinha matado. De certa forma foi uma vingança. Para meu próprio bem, no meu mundo imaginário. É quase patético.

Ela ouviu sua voz, que começava a soar como a da jovem Victoria.

— Ódio e vingança — acrescentou Victoria. — Por que são impulsos tão fortes?

A resposta de Sofia veio rapidamente.

— São emoções primitivas — disse ela. — Mas também exclusivamente humanas. Um animal não odeia e não rumina a vingança. É uma questão filosófica.

"Uma questão filosófica? Talvez", pensou Victoria. Sua vingança contra Lasse talvez tivesse sido apenas aquilo.

Os olhos vazios de catarata a olharam.

— Você teve a sua vingança? Parou de odiar seu ex-marido? Há muitas questões a considerar.

Victoria pensou por um tempo.

— Não, eu não odeio mais — disse ela em seguida. — Em retrospecto, posso dizer que a falsa memória me ajudou a esquecer Lasse. Às vezes, a culpa era insuportável, mas hoje, sentada aqui, me sinto totalmente purificada.

"Meu Deus", pensou ela. "Eu deveria ter me sentido bem pior. Mas talvez em algum lugar lá no fundo duvidasse de que ele estivesse realmente morto."

Ela não sabia. Havia uma névoa.

Sofia mexeu os velhos dedos enrugados. Suas veias estavam salientes, e Victoria reconheceu o anel. Ela lembrou que a psicóloga contara uma vez que fora casada, mas que o marido morrera jovem e ela decidira viver sozinha.

— Você fala em pureza — disse Sofia. — É interessante. O significado psicológico da vingança é "chegar ao fim", o que por sua vez implica um confronto físico com um inimigo ou um processo interior destinado à purificação, para atingir o autoconhecimento.

"É assim que tem de ser", pensou Victoria. "Exatamente como antes."

Mas a vingança podia realmente ser um processo de limpeza? Ela pensou em Madeleine e no bloco de notas em sua bolsa. Continha pelo menos quinze páginas de suposições, muitas provavelmente incorretas e precipitadas, mas Victoria tinha partido da ideia de que Madeleine era impulsionada pelas mesmas emoções que ela. Ódio e vingança.

Talvez aquele sentimento também pudesse ser purificador.

Victoria respirou fundo antes de se atrever a dizer o que era em parte a razão de ter ido até ali.

— Você se lembra de que tive uma filha?

A senhora suspirou.

— Sim, é claro que eu lembro. O nome dela é Madeleine.

Victoria sentiu seus músculos se retesando.

— O que mais você sabe sobre ela?

Ela sentiu um profundo remorso por não ter lutado mais para manter o bebê, por não ter protegido a menina, mantendo-a junto a si e cuidando para que pudesse dormir tranquila à noite.

Ela poderia ter lutado, deveria ter lutado, mas fora fraca.

Completamente destruída e cheia de ódio.

Naquele caso, o ódio fora apenas destrutivo.

— Eu sei que ela sofreu bastante — disse Sofia. Seu rosto perdeu as forças e as rugas pareceram se aprofundar quando virou o rosto para a janela. — E também sei que nada do que ela disse foi a julgamento.

— Como sabe que ela sofreu?

A senhora estava compungida. Pegou um cigarro e abriu a janela, mas não o acendeu, apenas manuseou com nervosismo.

— Tenho acompanhado a história de Madeleine através de um contato no Rigshospitalet, de Copenhague. O que aconteceu foi terrível...

Victoria julgou ver um brilho no olhar nebuloso de Sofia Zetterlund.

— Você tem fogo? Não sei onde pus o isqueiro. A nicotina me faz pensar melhor.

Victoria pegou seu isqueiro e aceitou um dos cigarros de Sofia.

— Você conheceu Madeleine?

— Não, mas como disse sei a história dela. Meu colega no Rigshospitalet me enviou uma fotografia dois anos atrás, logo após eu perder a visão. Não tenho como ver por mim mesma, mas tenho a fotografia ainda, se quiser. Está em um dos livros na estante. Na prateleira onde está o Freud, o terceiro livro da esquerda, uma enciclopédia em francês. Você pode olhar enquanto eu conto sobre capsulotomia e privação sensorial.

Victoria se assustou. "Capsulotomia? Isso não é...?"

— Eles fizeram uma lobotomia?

Sofia sorriu docemente.

— É uma questão de definição. Vou explicar melhor.

Victoria sentiu raiva, confusão e expectativa. "Que horror", pensou ela, tirando o livro da prateleira. "Não vejo minha filha por vinte anos e quando a encontro ela está em uma enciclopédia dos anos cinquenta."

A fotografia mostrava uma menina enrolada em um cobertor, sobre uma cama de hospital. A semelhança entre Madeleine e Victoria era impressionante. Um frio opressivo tomou seu estômago.

— Posso levar?

Sofia assentiu. Victoria se sentou e a mulher acendeu mais um cigarro enquanto começava a falar. Aos poucos, Victoria foi deslizando de volta ao tempo em Tyresö. Fechou os olhos e imaginou que estava lá, que era verão e elas estavam na cozinha ensolarada de Sofia.

— Há alguns anos, fizeram uma cirurgia em Madeleine — começou Sofia.

DINAMARCA, 2002

Quando a menina veio ao mundo, era maio, e o cuco piou,
Mamãe disse que o mundo brilhava de primavera e de sol.
O lago cintilava prateado, e as cerejeiras estavam em flor,
E chegou a andorinha, leve e alegre, com a primavera.

O quarto era tão branco quanto negro, e ela olhou impotente para o teto, incapaz de se mover, porque seus braços estavam atados à cama.

Sabia o que a esperava, e lembrou-se da voz do rádio chiando dois meses antes, logo depois que haviam tomado a decisão.

O psiquiatra Per Mindus foi uma das maiores autoridades da Suécia em transtornos de ansiedade e transtorno obsessivo-compulsivo. Durante seu tempo no hospital Karolinska, ele entrou em contato com a psicocirurgia e o método chamado capsulotomia. Explicando de modo simples, o método consistia em cortar as fibras nervosas de uma parte do cérebro denominada "cápsula interna", que agravam doenças mentais.

As faixas de couro arranhavam seus pulsos. Ela tinha desistido de tentar escapar. A medicação fez com que se sentisse segura. Uma apatia morna se espalhava através da corrente sanguínea.

O procedimento, utilizado por cinquenta anos, foi abandonado na década de noventa, por ser cada vez mais questionado. Na metade dos casos, levou ao deterioramento do pensamento abstrato e do aprendizado.

— A menina está pronta para a cirurgia?

Ela escutou a voz que durante várias semanas aprendera a odiar.

— Gostaria que o procedimento fosse feito o mais rápido possível.

"Por quê?", pensou ela. "Tem uma partida de golfe? Vai ver a amante?"

Alguém abriu a torneira. Lavou as mãos. Então veio o cheiro de limpeza.

O calor a deixava cansada. Ela sentiu que estava prestes a cair no sono. "Se eu dormir", pensou, "vou acordar como uma pessoa diferente."

Sentiu o abano de um jaleco e percebeu que alguém estava ao lado da cama. A boca dele estava coberta por uma máscara, mas ela reconheceu seus olhos e o encarou ameaçadoramente.

— Tudo vai ficar bem — disse ele.

— Morra, sueco de merda! — respondeu ela, voltando então a cair no calor da semidormência.

Ouviu de novo o ruído de rádio, quase fora de sintonia.

As críticas ao uso da capsulotomia por parte de Per Mindus aumentaram quando foi revelado que ele mentira sobre ter recebido permissão para seus experimentos. Um especialista na área de transtorno obsessivo-compulsivo afirmou que o método tinha graves efeitos colaterais. Posteriormente, disse que o acompanhamento do método publicado tinha sido feito pela mesma pessoa que determinava quais pacientes seriam submetidos à operação e que avaliava o efeito do tratamento.

Ela ainda estava atada quando a levaram para a sala de cirurgia. Sonolenta com a medicação, mas suficientemente alerta para entender o que ia acontecer.

KVARTERET KRONOBERG, DELEGACIA DE POLÍCIA

A sala era tão branca quanto negra. Prateleira após prateleira com velhas fitas VHS, CDs, discos rígidos e caixas de fotos. Tudo cuidadosamente etiquetado com o nome do antigo proprietário, mais a duração, o local e a data.

Nada nos vinte anos de carreira de Jeanette Kihlberg a preparara para aquilo. Quando ela entendeu a extensão da documentação, sentiu vertigem. "Será que todo mudo ficou cego?", pensou ela. "Ninguém quer ver nada?"

Parecia ser mais importante os juros caírem, os preços das casas subirem ou a televisão ser de plasma ou LCD. As pessoas faziam seus churrascos regados a vinho e liam romances policiais mal escritos sobre o assunto em vez de se envolver de verdade.

"George Orwell e Aldous Huxley não tinham ideia de quão certos estavam", constatou ela, sabendo que não era muito melhor que a média.

Jeanette procurou de modo desorganizado ao redor da sala, sem saber onde encontrar os filmes de Karl Lundström.

Em uma das prateleiras, viu um nome que reconheceu. Um policial de cinquenta e quatro anos de idade da polícia de Estocolmo que durante anos comprara pornografia infantil na internet. Ela lembrou que tinha lido sobre o caso. Quando Mikkelsen e seus colegas o prenderam, ele tinha mais de trinta e cinco mil fotografias e filmes ilegais em sua casa.

Jeanette leu as etiquetas e viu que muitos dos títulos falavam por si só: *Lolita*, *Virgens*, *Lindas adolescentes* e *Essa é minha filha*. Um dos filmes tinha uma foto na capa que mostrava uma menina amarrada sendo abusada por um animal.

Logo ela entendeu como o arquivo era catalogado. Na maioria dos casos, com base na data em que o abuso ocorrera. Quando era desconhecida, usavam a data da apreensão. A localização das apreensões a fez recordar seu velho atlas escolar. Abundavam nomes de grandes cidades como Estocolmo, Gotemburgo e Malmö. Se a proporção de pessoas doentias era uma constante, então ela variava de acordo com onde havia mais habitantes. Cidades menores como Linköping, Falun e Gävle se misturavam com cidadezinhas de que ela nunca tinha ouvido falar. De norte a sul, de leste a oeste. Nenhum lugar parecia ser pequeno demais, afastado ou desenvolvido o bastante para não acomodar pedófilos.

Os nomes eram sempre de homens. Os sobrenomes eram comuns, como Svensson e Persson, mas também havia outros com uma sonoridade mais nobre. Jeanette se impressionou com o pequeno número de nomes estrangeiros. "Se é mais comum estrangeiros baterem nos filhos, eles aparentemente não gostam de transar com eles", pensou a detetive, quando encontrou uma caixa de papelão rotulada KARL LUNDSTRÖM.

Quase sem conseguir respirar, ela pegou a caixa, colocou-a sobre uma mesa e a abriu. Dentro havia uma dezena de filmes. Leu as capas e viu que alguns tinham sido gravados nos anos oitenta no Brasil, e se lembrou de Mikkelsen dizer que tinham adquirido um status cult no círculo pedófilo, mas Jeanette não estava interessada em saber por que e devolveu-os à caixa.

Os demais filmes ela pôs debaixo do braço e os levou até o jovem policial da sala ao lado.

Ele estava de costas. Na tela do computador, Jeanette viu a fotografia de um homem sem camisa ao lado de uma cama, onde estava um menino asiático nu. O rosto do homem estava distorcido, ocultando sua identidade.

— Você já terminou, precisa vomitar ou de uma xícara de café bem forte? — perguntou ele, virando e olhando-a com seriedade.

— Os três — respondeu Jeanette, encarando-o.

— Prazer, eu me chamo Kevin — continuou ele, estendendo a mão. — Se estiver se perguntando, não é apenas porque minha mãe gostava de *Dança com lobos*. Sou um pouco mais velho que isso. Ela gostava dos filmes anteriores do Kevin Costner e queria me dar um nome diferente. — Ele fez uma pequena pausa e abriu um largo sorriso. — No jardim de infância éramos três Kevins e dois Tonys. O nome mais estranho era Björn.

— É mesmo? — Jeanette entendeu que o rapaz estava tentando manter um tom brincalhão por sua causa, talvez para encorajá-la. Mas ela não conseguiu sorrir de volta.

Ele pigarreou.

— Bom, vou pegar aquele café antes de você ter que enfrentar algumas horas de sofrimento, em contato íntimo com a degeneração humana. — Ele levantou sorrindo e foi até um coador de café no canto da sala.

— Obrigada, estou precisando — disse Jeanette.

Kevin entregou o copo para ela e sentou novamente.

— Encontrou o que estava procurando? — perguntou ele.

— Não sei. Vamos ver — disse ela, tomando o café e notando que estava tão forte quanto precisava. — Talvez.

Eles ficaram em silêncio, bebendo e olhando um para o outro, pelo que pareceram ser vários minutos antes de Jeanette quebrar o silêncio. Ela apontou a fotografia do homem seminu na tela.

— Vocês sabem quem é?

— Sim, nós o achamos on-line e acreditamos que seja sueco.

— Por quê?

Ele se aproximou da tela.

— Consegue ver isso? — disse ele, colocando o dedo em um objeto na mesa de cabeceira.

— Não. O que é?

— Aumentando a imagem e dando um pouco mais de nitidez, dá pra ver que é uma caixa de analgésicos suecos. De acordo com a etiqueta, foi comprada em abril numa farmácia em Ängelholm. Eu estava agora mesmo verificando registros de cartão de crédito. Talvez um professor do ensino fundamental receba em breve uma visita nossa.

— Fácil assim? — perguntou Jeanette.

— Sim — afirmou Kevin. — Quem postou as fotos usou um efeito de Photoshop para esconder seu rosto. Estamos tentando restaurar, mas é difícil e requer muito tempo de processamento. O FBI está atualmente na mesma busca, vamos ver quem descobre primeiro. Eles têm um pouco mais de recursos do que nós.

— Vi que um dos nossos colegas estava lá no arquivo — disse Jeanette, pondo o copo de café sobre a mesa.

— Sim, descobrimos durante a Operação Sleipner. — Kevin se reclinou na cadeira. — Prendemos cerca de cem pessoas, incluindo outros dois policias de Estocolmo.

— Não sou nenhum gênio da matemática, mas isso quer dizer que três por cento dos presos eram policiais. Se somos vinte mil, o que representa dois policiais a cada mil habitantes, isso significa que a posse de pornografia infantil é dez vezes maior entre policiais do que entre os demais.

Kevin concordou.

— Desculpe, mas tenho que voltar ao trabalho. Acabamos de receber um computador que tem de ser examinado o mais rápido possível. — Kevin levantou da cadeira. — E se você pensa que são apenas homens que se interessam por pornografia infantil, posso lhe dizer que este computador pertence a uma mulher. — Ele abriu a porta e saiu. — Venha ver onde você pode assistir aos filmes.

Jeanette pegou os vídeos e o seguiu.

— Uma mulher?

— Acabou de chegar. Uma apreensão em Hässelby — esclareceu ele, andando pelo corredor. — Em Fagerstrand, se não me falha a memória.

— Fagerstrand?

— Sim. O nome dela é Hannah Östlund. Ou era. Ela está morta.

ASILO SOLROSEN

Victoria escutava e procurava não interromper Sofia. Ela se esforçava para conter a raiva, imaginando que se encontrava na casa em Solbergavägen.

— Um profissional da neurocirurgia provavelmente diria que a capsulotomia é diferente da lobotomia. Talvez a descrevesse como uma atualização dela, mas como a lobotomia, foi usada para coibir comportamentos desviantes…

“Desvios”, pensou Victoria. Sempre os desvios. Uma pessoa tinha um comportamento desviante apenas se houvesse uma norma predeterminada. E a psiquiatria era subsidiada pelo governo. Por isso, era a política quem decidia quem era ou não doente. Mas na psicologia devia ser diferente. Não havia limites claros, e ela estava segura de que todas as pessoas eram desviantes e não desviantes ao mesmo tempo.

— Na Suécia e mesmo na Dinamarca, onde a cirurgia foi feita, há uma longa história de intervenções questionáveis em pessoas que supostamente tinham problemas de desenvolvimento ou comportamento desviante. Eu me lembro de um caso de um menino de catorze anos que foi submetido a eletrochoques durante seis semanas, somente porque seus pais cristãos o surpreenderam se masturbando. No mundo deles aquilo era um desvio.

"Como é possível que pessoas assim tenham o direito de votar?", pensou Victoria.

— Ser religioso devia ser considerado um comportamento desviante — disse ela.

Sofia soltou um breve sorriso, depois ficou em silêncio por um tempo, enquanto Victoria ouvia sua respiração, curta e superficial, como vinte anos antes. Quando a psicóloga finalmente retomou a palavra, sua voz estava mais séria:

— Voltando à questão — disse ela baixo, mas de forma nítida. — Como você sabe, a lobotomia era uma intervenção no lobo frontal. Faziam uma incisão entre a parte inferior do cérebro e o lobo frontal, e cerca de um em cada seis pacientes morria. O Conselho de Medicina sabia dos riscos, mas nunca interveio. Estou nessa profissão desde o início dos anos cinquenta e vi muitos horrores ao longo dos anos. A maioria das pessoas lobotomizadas na Suécia eram mulheres. Diziam que eram promíscuas, agressivas ou histéricas. Elas tiveram que pagar um preço muito alto.

"Política talibã", pensou Victoria. Ela ouvia atentamente, ainda com os olhos fechados, e reparou pela primeira vez em um pingo de raiva na voz de Sofia. Gostou daquilo. Amenizava sua própria raiva.

— Até onde se sabe, a capsulotomia não terminava no mesmo número de mortes, por isso eles se atreveram a aplicar o método em Madeleine. Cortaram os nervos da cápsula interna, esperando que seus transtornos mentais, o transtorno obsessivo-compulsivo e o comportamento agressivo diminuíssem. Mas o resultado foi o oposto.

Então Victoria abriu os olhos e não conseguiu permanecer em silêncio.

— O que aconteceu com ela?

Sofia estava consternada.

— Sua falta de inibição se agravou e o controle sobre seus impulsos desapareceu, enquanto sua capacidade intelectual estranhamente se tornou mais aguda.

Victoria não entendeu.

— Soa contraditório.

— Sim... — Sofia soltou um anel de fumaça que voou sobre a mesa e se dissolveu contra a janela. — O cérebro é fascinante. Não apenas todas as partes e suas funções independentes, mas também a interação entre elas. Neste caso, se pode comparar a intervenção no cérebro com a construção de uma barragem em um rio, a fim de impedir o fluxo. Mas o resultado foi que o rio encontrou um novo caminho ao redor da represa e cresceu em força.

Victoria pegou o bloco de notas na bolsa.

DINAMARCA, 2002

E, por isso, mamãe diz que estou quase sempre feliz.
A vida inteira é como um dia ensolarado.

O ambiente do hospital não a assustava, até porque ela passara a maior parte de sua infância em tratamento por uma coisa ou outra. Quando não era a dor de estômago de sempre, eram náuseas, tonturas e dores de cabeça.

Era pior quando ela estava sozinha na casa com Per-Ola, com todos os brinquedos.

Per-Ola, o homem que ela nunca chamara de pai, que tivera pena dela e depois se livrou dela, quando já não servia mais para ser sua filha.

Tudo ao seu redor tinha um nome com um significado diverso. Pai não era pai e mãe não era mãe. O lar na verdade era em outro lugar, e estar doente era o mesmo que estar saudável. Quando alguém dizia sim, significava não, e ela se lembrava de como ficava confusa.

O cérebro é a única parte do corpo que não tem sensação; portanto, pode ser operado mesmo com o paciente acordado.

E que confusão tinha havido quando ela fora até a polícia e contara o que Per-Ola e seus supostos amigos faziam no chiqueiro, onde deveria haver porcos, e não meninos zangados uns com os outros. Gritando, chorando e trocando socos, antes de mandá-los embora para um lugar novo que poderiam chamar de lar. Mas lá era apenas escuro e silencioso, e os seus braços estavam presos, como estavam os dela no hospital.

O médico dissera que, se eles fizessem um pequeno corte em sua cabeça, ela não ia mais achar tudo tão complicado. Não teria aquelas explosões de violência, e esperavam que ela fosse capaz de se virar sozinha. Era só cortar alguns fios doentes em seu crânio que tudo ficaria bem.

Pai ia querer dizer pai, da mesma forma que mãe significaria apenas mãe.

Ela foi despertada de seus pensamentos quando alguém a levantou na cama. Mas continuou de olhos fechados, porque não queria ver a faca que ia cortar seu cérebro.

Eles tinham dito que não se usava mais faca, já que eram novos tempos, que havia um método mais refinado. Algo sobre eletricidade que ela não entendera muito bem. Ela só balançara a cabeça quando perguntaram se tinha compreendido porque não queria causar mais problemas.

"Problema, problema, você só me dá problema", era o que Charlotte dizia, a mulher que ela nunca chamara de mãe, sempre que uma coisa quebrava ou caía no chão. O que acontecia muitas vezes. Quando não eram copos escorregadios de leite eram pratos caros, ou vidraças delicadas que ela só notava quando estavam estilhaçadas no chão.

Alguém pegou sua cabeça e ela sentiu o aço frio de uma lâmina de barbear.

Primeiro o som de que estavam raspando a parte posterior de sua cabeça, depois a dor e por fim o som da faca elétrica.

O futuro do método foi decidido quando o psiquiatra Christian Rück do Instituto Karolinska demonstrou seus efeitos colaterais adversos e os perigos da execução, de modo que passaria a ser empregado apenas de modo estritamente experimental.

"Tudo vai ficar bem", pensou ela. "Vou me curar e ser igual a todo mundo."

HOSPITAL ROSENLUND

"Victoria Bergman não", pensou Hurtig. "Por que não?"

Todos os outros nomes de Sigtuna constavam em seu bloco de notas.

— Você a conheceu?

— Só na escola — disse Annette Lundström. — Ela não fazia parte do nosso grupo.

— Grupo?

Annette se contorceu na cadeira. Pela primeira vez durante a conversa Hurtig vislumbrou alguma forma de presença em seus olhos. Ela hesitou.

— Não sei se eles vão me deixar falar — disse ela finalmente.

Ele teve que fazer um esforço para manter a voz num tom calmo e amigável.

— Quem?

— Karl e Viggo. E Per-Ola e Gert.

"Os homens, então", pensou ele.

— Mas Karl, Per-Ola, Viggo e Gert estão mortos.

"Merda, por que eu disse isso?", pensou ele no mesmo instante.

Annette Lundström o olhou sem entender.

— Pare com isso. Você está brincando comigo? Não quero mais conversar. É melhor ir embora.

— Desculpe — disse ele. — Cometi um erro. Logo vou embora, mas tenho uma dúvida. Viggo era…

Ele se interrompeu. "Pense antes de falar, você tem que agradar Annette."

— Viggo *é* uma boa pessoa, e ouvi dizer que ajuda crianças pobres a ter uma vida melhor na Suécia, conseguindo famílias adotivas para elas. É verdade?

Ela franziu a testa.

— Sim, mas é claro. Eu já não disse? Para aquela outra policial, Sofia não sei o quê. Viggo era tão generoso com as crianças.

"Muitas informações", pensou Hurtig. Enquanto ela falava, ia anotando em seu bloco, onde começava a emergir um mundo bizarro. Não sabia ainda se o que estava vendo era real ou apenas a visão de mundo de uma psicótica, mas teria muito o que conversar com Jeanette, embora Annette se confundisse em relação ao tempo e espaço.

Ela falou sobre Sihtunum i Diasporan, a organização em que Viggo Dürer, Karl Lundström e Bengt Bergman estavam envolvidos. Tudo soava tão bem em suas declarações. As crianças adotadas eram bem recebidas na Suécia e os projetos ajudavam os pobres no exterior.

— Você conheceu o pai de Victoria, Bengt Bergman?

— Não — respondeu ela. — Ele ajudou Karl, Per-Ola, Gert e Viggo no financiamento da organização, mas nunca o conheci.

Mais uma resposta correta. "Certo", pensou ele. "Só mais uma pergunta."

— O que são as instruções de Pítia?

Mais uma vez, ela ficou surpresa.

— Você não sabe? Sua colega, a tal Sofia, me perguntou sobre isso quando conversamos dois dias atrás.

— Não, eu não sei. Mas ouvi dizer que é de um livro. Você já leu?

Ela ficou desconcertada.

— Não, claro que não.

— E por que não?

Seus olhos voltaram a ficar vazios.

— As instruções de Pítia são as palavras originais, que não podem ser questionadas.

Ela se calou e abaixou a cabeça.

Hurtig saiu do hospital em Rosenlund e dirigia ao longo de Ringvägen. Seus pensamentos iam lentamente se organizando a partir do que acabara de ouvir.

"As instruções de Pítia", pensou ele. Exclusivas para homens. Regras e verdades que tinham inventado para seus propósitos. A expressão que melhor descrevia tudo aquilo era lavagem cerebral.

Ele tinha certeza de que Jeanette tiraria suas conclusões. Quando parou no semáforo, perguntou-se como ela estava naquele momento. Ela ligara para dizer que ia ver os vídeos de Lundström. Ele gostaria de poder estar presente para apoiá-la. Sabia que Jeanette era forte, mas como alguém poderia ver aquilo sem ficar destruído?

Quando vinte minutos depois ele abriu a porta da sala onde a detetive se encontrava, a resposta à sua pergunta estava estampada no rosto dela.

ASILO SOLROSEN

Victoria Bergman escrevia freneticamente. Linha após linha sobre sua filha Madeleine, enquanto Sofia Zetterlund escutava o riscar da caneta ao lado.

A catarata a impedia de ver, mas seus olhos estavam voltados para Victoria.

— Entendo que você ainda tem muita coisa com que lidar — disse a senhora.

Victoria não a ouviu, mas depois de um tempo parou de escrever, olhou o papel e circulou algumas frases mais importantes antes de largar a caneta.

CAPSULOTOMIA CAUSOU EFEITO OPOSTO.
COMPORTAMENTO SUICIDA — TOTAL FALTA DE CONTROLE SOBRE OS IMPULSOS.
IDEIAS MANÍACAS DEFINIDAS POR RITUAIS.

Victoria olhou para Sofia, que estendeu a mão trêmula e enrugada. Ela a segurou e sentiu a calma retornando.

— Estou preocupada com você — disse Sofia em voz baixa. — Elas ainda não se foram, não é?

— O que você quer dizer?

— A Garota-Corvo e as outras.

Victoria engoliu em seco.

— Não... A Garota-Corvo, não. Nem a Sonâmbula. Mas todas as outras, sim. Ela me ajudou.

— Ela?

— É... Eu fui a uma psicóloga por um tempo. Ela me ajudou com meus problemas.

"Eu me ajudei", pensou Victoria. "A Sonâmbula me ajudou."

— É mesmo? Uma psicóloga?

— Humm... Ela é bem parecida com você, na verdade. Mas não tem a sua experiência, é claro.

Sofia Zetterlund sorriu enigmaticamente. Ela apertou a mão de Victoria um pouco mais antes de soltá-la e pegar o maço de cigarros.

— Um cigarro pra cada uma de nós. Depois não me atrevo a fumar mais. A chefe das enfermeiras é uma mulher severa, embora tenha no fundo um bom coração.

"Bom coração? Quem tem um bom coração?"

— Victoria, você me escreveu há alguns anos e me disse que trabalhava como psicóloga. Ainda faz isso?

"Ninguém tem um bom coração. No fundo, o coração de todas as pessoas é feito de pedra."

— De certa forma.

Sofia ficou contente com a resposta, acendeu o cigarro e o passou para Victoria.

— Você trouxe muita alegria para uma velha como eu, mas também me esgotou, e acho que não vou aguentar muito mais tempo. Eu perco o foco, esqueço e fico sonolenta. Mas o novo remédio que estão me dando é melhor e sinto mais energia agora do que quando aquela policial veio fazer perguntas sobre você.

Victoria não disse nada.

— Eu estava mais confusa, então — continuou Sofia. — Mas, para falar a verdade, não tão confusa quanto a policial pensou que eu estava. É bom às vezes ter a minha idade, dá para fingir demência quando é conveniente. Exceto quando estou confusa de fato, é claro. É mais difícil fingir quando se tem necessidade.

— Por que ela veio aqui? — perguntou Victoria.

Sofia soltou outro anel de fumaça sobre a mesa.

— Por sua causa, é claro. A policial chamava Jeanette Kihlberg. Prometi que pediria para você entrar em contato com ela.

— Vou fazer isso.

— Muito bem... — Sofia sorriu cansada e se recostou na cadeira.

LUGAR NENHUM

Seu corpo se encontrava a apenas alguns centímetros do teto. Ela olhava para si mesma, para a menina amarrada com fome e sede, em um caixão debaixo da terra.

Tinha um tubo na boca, que enviava a substância amarga e seca que recebera antes. Aquilo a deixava mais fraca, era um antialimento. Nozes e sementes, e algo com gosto de resina, que ela não sabia o que era.

Mas Ulrika não se importava. Ela se sentia leve e feliz.

O gosto de cola na boca a deixava eufórica, como se possuísse as respostas para todos os segredos do universo.

Tentou virar o corpo, mas estava presa. Por mais que se esforçasse, não adiantava.

Pouco tempo antes ela conseguira voar no espaço como um astronauta, mas depois seu corpo estava amarrado, e ela se sentia deitada no caixão esperando a morte.

Começou a sentir frio, um frio indescritível que fazia seu corpo tremer por dentro.

Ainda assim não sentia medo.

Era apenas a água congelando em seu organismo.

O frio se espalhou pela pele. Ela sentiu como se o gelo fosse inchar dentro do corpo, rasgando-a. Como quando se punha uma garrafa com água no congelador e ela explodia com a expansão do líquido. Ulrika sorriu com a imagem na cabeça.

Antes de se estilhaçar em mil pedaços de vidro, viu um homem de pé ao seu lado.

Era Viggo Dürer.

KVARTERET KRONOBERG, DELEGACIA DE POLÍCIA

A sala para onde Kevin a levou era claustrofobicamente pequena e não fazia jus a como a chamavam.

— Aqui é o "salão" — disse ele ironicamente, indicando com um gesto onde ela podia sentar.

Jeanette olhou em volta. Uma mesa, uma tela de computador e vários reprodutores de vídeo, para atender a todos os formatos. No meio da mesa, havia um aparelho de mixagem que possibilitava ver os vídeos quadro a quadro. Havia um botão de zoom e outro para tornar a imagem mais nítida. E vários outros, que ela não tinha a menor ideia de para que serviam. Um emaranhado de fios e cabos.

— Assim que eu encontrar algo no computador de Hannah Östlund, venho chamar você — continuou ele. — Se precisar de alguma coisa é só dizer.

Quando Kevin fechou a porta, a sala ficou completamente silenciosa, sem nem mesmo um ruído de ar-condicionado. Ela olhou para a pilha de vídeos, hesitou, e finalmente pegou um e colocou no aparelho.

Ouviu-se um estalo e o monitor se iluminou. Jeanette preparou o coração e se recostou na cadeira, com o dedo perto do botão, caso fosse difícil demais ver. Ela se lembrou dos trens, onde havia um botão de segurança que permitia parar a locomotiva caso o condutor sofresse um ataque cardíaco.

O primeiro filme continha exatamente o que Karl Lundström dissera, e Jeanette não suportou ver nem um minuto antes de desligar. Mas, como sabia que tinha que examinar todas as imagens, ela manteve o olhar no canto da tela enquanto apertava a tecla de avanço rápido.

Com a vista periférica, podia ver imagens desfocadas, sem detalhes, mas o suficiente para saber se houvera uma mudança de ambiente. Depois de vinte minutos, o vídeo parou com um estalo e rebobinou automaticamente.

Jeanette sabia o que tinha visto, mas não queria que fosse verdade.

Ela se sentia completamente perdida com o fato de que havia pessoas que encontravam prazer naquilo. Que pagam um bom dinheiro para conseguir aquele tipo de vídeo, que arriscavam suas vidas ao colecioná-los. Por que não era suficiente fantasiar sobre o que era pervertido ou proibido? Por que precisam concretizar suas fantasias doentias?

O segundo filme era ainda mais degradante.

Ela avançou a imagem, mas manter os olhos no canto da tela não era suficiente, e Jeanette teve que focar a um metro acima dela.

Na parede tinha uma cópia de um cartum. Retratava um homem gordo sorridente correndo de frente com uma barra de metal em suas mãos. Usava um boné listrado e seus dentes fariam um dentista ter pesadelos.

A menina tailandesa do vídeo chorava enquanto três homens se revezavam para penetrá-la.

O homem do cartum usava calça escura e um par de botas pesadas, mas estava sem camisa. Seu olhar era fixo, quase insano.

Um dos homens colocou a menina no colo. Ele passou a mão em seu cabelo e disse algo que Jeanette entendeu como "A filhinha do papai não se comportou bem".

Jeanette sentiu a boca salivando. Lambeu os lábios sentiu um gosto salgado. Lágrimas podem significar alívio, mas aquelas só reforçavam o sentimento de nojo e desespero. Ela se viu pensando em pena de morte e em pessoas que deveriam ser trancadas e esquecidas. Viu bisturis realizando castrações de modo nada químico e, pela primeira vez em muito tempo, sentiu ódio. Um ódio irracional, inclemente. Por um momento, ela entendeu por que algumas pessoas optavam por divulgar o nome e a imagem de um estuprador condenado, sem considerar as consequências para as famílias.

Naquele momento, ela percebeu que era humana, e uma policial bastante ruim. Policial e humana. Uma combinação impossível? Talvez.

O homem no cartum dizia o que ela sentia, e Jeanette entendeu por que o tinham posto na parede.

Para que as pessoas que tinham que trabalhar naquela sala não se esquecessem de que também eram seres humanos, e não apenas policiais.

Ela tirou o vídeo, colocou-o de volta no estojo e partiu para o próximo.

Como os outros, começou com um ruído. Depois uma câmera balançando procurando um objeto, hesitante, aproximando-se e encontrando o foco. Jeanette achou que parecia um quarto de hotel e teve uma forte sensação de que aquele era o filme que estava procurando.

A pessoa que segurava a câmera percebeu que o ângulo estava muito próximo, tirou o zoom e encontrou o foco novamente. Havia uma menina prostrada em uma cama e três homens seminus na cabeceira.

Era Ulrika Wendin, e um dos homens era Bengt Bergman, o pai de Victoria Bergman. O homem interrogado por suspeita de estupro, mas que fora liberado quando sua esposa lhe dera um álibi.

No momento em que a porta se abriu e Jens Hurtig entrou, Jeanette passou os olhos novamente no cartum acima da tela exibindo o estupro.

O homem do cartum gritava: "Com um bom cano de ferro dá pra pegar o mundo de surpresa!".

Hurtig se posicionou atrás dela, segurou com firmeza o encosto da cadeira e olhou a tela.

— É Ulrika? — perguntou ele em voz baixa.

— Sim, infelizmente — disse ela, olhando o vídeo com olhos vazios.

— Quem são eles? — Jeanette sentiu a mãos de Hurtig segurando a cadeira. — Alguém que conhecemos?

— Até agora, apenas Bengt Bergman. Mas esse aí — ela apontou para a tela — esteve em vários vídeos. Tem uma marca de nascença.

— Somente Bengt Bergman — murmurou Hurtig e sentou, enquanto o resto do ambiente era mostrado. Havia uma janela com vista para um estacionamento mal iluminado, e ao fundo se ouvia os gemidos do homem. Então a imagem voltou para a cama.

— Pare! — disse Hurtig. — O que é aquilo no canto?

Jeanette girou o botão para a esquerda. A imagem congelou e ela passou quadro a quadro.

— Ali — disse ele, apontando para o canto da sala. — O que é aquilo?

Jeanette aumentou o contraste e viu o que ele queria dizer. No canto escuro havia uma pessoa sentada, observando o que se passava na cama.

Ela ampliou a imagem, mas só se via seu perfil. Não dava para ver o rosto com clareza.

Jeanette teve uma ideia.

— Espera um pouco — disse ela, levantando. Hurtig a olhou espantado enquanto abria a porta e chamava Kevin.

O jovem policial saiu no corredor.

— Venha aqui, por favor.

— Só um momento.

Kevin voltou à sua sala e reapareceu com um CD na mão.

— Aqui — disse ele, entregando o CD para Jeanette e depois cumprimentando Hurtig. — É o que encontrei até agora no computador de Hannah Östlund. Devo dizer que nunca vi nada parecido. — Ele engoliu em seco. — É algo completamente diferente. Tem uma...

— Uma o quê? — perguntou Jeanette, notando que o rapaz estava realmente abalado.

— Tem uma filosofia diferente, não sei como dizer...

A detetive o observou com atenção, imaginando o que ele queria dizer, mas não perguntou. Em breve veria. Mas, antes, precisava de sua ajuda.

Ela rebobinou quadro a quadro. Quando a câmera focou na janela e no estacionamento, pausou. Do lado de fora se viam alguns carros estacionados.

— Você pode deixar a imagem nítida o bastante para vermos as placas? — pediu ela, virando para Kevin.

— Claro — respondeu ele, inclinando-se sobre a mesa e aumentando a imagem dos carros, então apertando rapidamente alguns botões e deixando a imagem nítida.

— Quer que eu descubra os donos dos carros? — perguntou ele.

— Você tem tempo? — perguntou Jeanette, sorrindo.

— Só porque você é amiga do Mikkelsen — disse ele. — E não pode virar hábito.

Ele piscou para ela, anotou os números dos carros estacionados e retornou para sua sala.

De canto de olho, ela viu que Hurtig a observava.

— Impressionado? — perguntou, enquanto tirava a fita e colocava o CD.

— Bastante — respondeu ele. — O que vamos ver agora?

— Os vídeos do computador de Hannah Östlund. — Ela se inclinou para trás e se revestiu de coragem para o que vinha. — Vamos ver se são ainda mais assustadores.

— Tem como? — murmurou Hurtig, enquanto o monitor apresentava uma pequena sala. O áudio era bem ruim.

Jeanette achou que parecia um depósito. No fundo havia um carrinho de mão com baldes, ancinhos e outras ferramentas de jardinagem.

— Parece ter sido gravado de uma televisão — disse Hurtig. — Dá pra dizer pelo som e pela imagem tremida. O original devia ser um velho VHS.

A imagem balançou por alguns segundos, como se a pessoa que segurava a câmera perdesse o equilíbrio.

Então apareceu um rosto escondido atrás de uma máscara caseira de porco. O focinho era feito de algo que parecia um copo plástico. A câmera recuou e apareceram mais pessoas. Todos vestiam capuz e máscara de porco. Havia três meninas ajoelhadas atrás de um grande barril sobre onde havia um objeto indefinível.

— Devem ser Hannah e Jessica — disse Hurtig, apontando a tela.

Jeanette concordou e reconheceu as meninas do anuário da escola.

Ela entendeu que devia ser o que Annette Lundström tinha contado. O rito de iniciação que saíra de controle, fazendo com que Hannah e Jessica deixassem a escola.

— E a que está ao lado deve ser Victoria Bergman — disse Jeanette, olhando a menina magra, de cabelos louros e com olhos azuis brilhantes. Ela notou que estava sorrindo. Mas não era um sorriso de alegria, e sim de desdém. "É como se ela soubesse o que vai acontecer", pensou Jeanette. Havia algo vagamente familiar nela, que Jeanette não podia precisar.

Uma das meninas mascaradas deu um passo em frente e começou a falar.

— Sejam bem-vindas ao Sigtuna.

Nesse momento, alguém derramou um balde de água sobre Hannah, Jessica e Victoria. As meninas cuspiram, tossiram e tremeram de frio.

Hurtig balançou a cabeça.

— Patricinhas de merda — resmungou.

Eles viram o resto do filme em silêncio.

A cena final mostrava Victoria se inclinando e comendo o conteúdo do prato à sua frente. Quando uma das meninas ao fundo tirou a máscara e vomitou, Jeanette a reconheceu, mesmo que a tivesse posto imediatamente de volta.

— Annette Lundström.

— O diabo em pessoa...

— Como foi o interrogatório com ela? — perguntou a detetive.

— Mais ou menos — disse Hurtig, e pigarreou. — Algumas informações úteis, acho. Mas vamos deixar isso para depois.

Quando eles começaram a assistir ao próximo filme, ela entendeu o que Kevin quisera dizer.

A câmera mostrava o que parecia ser um chiqueiro em uma fazenda. Havia feno espalhado pelo chão, sujo de lama ou outra coisa. "Fezes", pensou Jeanette enojada. "Fezes de porcos." Uma fila de pessoas apareceu, todas bem vestidas. Ela reconheceu todas elas.

À esquerda, Per-Ola Silfverberg e sua esposa Charlotte, carregando uma criança que Jeanette presumiu ser sua filha adotiva Madeleine. Depois Hannah Östlund, Jessica Friberg e Fredrika Grünewald. No canto da imagem, dava para ver o perfil de um homem.

Era como se Jeanette estivesse em um pesadelo. Todos os envolvidos nos casos que investigava estavam presentes, juntos. Por um momento, ela foi inundada por uma sensação de irrealidade, como se estivesse dentro do pesadelo, e se sentiu forçada a olhar para Hurtig.

"Ele sente a mesma coisa", pensou ela.

Quando dois meninos nus entraram na imagem, ou melhor, foram empurrados para dentro por alguém que se escondia atrás da câmera, o pesadelo se completou.

"Itkul e Karakul", pensou ela, embora soubesse que não podiam ser os irmãos do Cazaquistão, porque não tinham nascido quando o vídeo fora gravado. Além disso, os dois meninos na tela eram claramente do Extremo Oriente.

Eles começaram a brigar, primeiro desajeitadamente e com hesitação, depois de modo mais intenso. Quando um conseguiu se apossar do cabelo do outro, ele ficou furioso e girou descontroladamente. Mas não ajudou. Uma pancada na cabeça o derrubou.

Depois um menino se sentou sobre o outro e começou a bater.

Jeanette começou a passar mal e congelou a imagem. "Rinha de cães", pensou. "Então Ivo estava certo desde o início."

— Meu Deus — disse ela, para um Hurtig abalado. — Ele vai bater no outro menino até a morte?

Hurtig a olhou com tristeza, mas não respondeu.

Ela passou o vídeo para a frente, tornando mais fácil suportar o que se seguia.

Após cerca de dois minutos o espancamento cessou. Jeanette pôs o vídeo em velocidade normal. Para seu alívio, viu que o menino deitado no chão ainda estava vivo. O outro menino se levantou e se posicionou no meio da sujeira do chiqueiro. Então foi em direção à câmera e pouco antes de desaparecer da imagem, abriu um leve sorriso. Ela recuou alguns quadros e congelou a imagem naquele exato instante.

— Viu? — disse.

— Sim — respondeu Hurtig. — Ele está orgulhoso.

Jeanette deixou o filme seguir, mas nada mais aconteceu a não ser a criança no colo de Charlotte Silfverberg começar a espernear. Enquanto ela confortava a menina, a gravação foi interrompida.

"Filosofia", pensou Jeanette. Como no vídeo de Sigtuna, para ela os elementos sexuais eram inexistentes. Ela se perguntou se não estaria conseguindo enxergá-los.

Quem poderia se excitar com aquilo?

— Você aguenta um pouco mais? — perguntou ela a Hurtig.

— Pra ser sincero... não sei — ele disse, parecendo cansado e abatido.

Os dois foram interrompidos por uma batida na porta. Kevin entrou na sala com alguns papéis.

— Tudo bem? — perguntou ele. — Já viram o vídeo da fazenda?

— Sim — respondeu Jeanette, mas então se calou, sem saber o que poderia dizer sobre aquilo.

— O resto do material no computador de Östlund é pornografia infantil convencional — disse Kevin. Jeanette decidiu que podia deixar aquilo para depois. Era uma investigação para a Polícia Federal. Ela tinha encontrado o que procurava. Evidências de que a seita existia e de que a história de Ulrika Wendin era verdadeira. Talvez ainda pudesse identificar quem estava sentado no canto durante o estupro.

— Você poderia me ajudar a comparar este perfil com o homem no quarto de hotel? — perguntou ela, rebobinando a fita até o ponto onde ele era visível.

— Claro.

Com alguns comandos rápidos, Kevin pôs as duas imagens na tela. Não havia dúvida de que era o mesmo homem.

— Você teve sucesso com as placas? — Ela ouvia como a própria voz soava exaltada.

Kevin balançou a cabeça.

— Aqui estão os registros dos veículos no período em que o vídeo foi gravado.

Jeanette olhou a lista de nomes em que os carros estavam registrados, seguidos pelo número de identidade. Ela sabia que conteria diversas pessoas inocentes que passavam a noite no hotel. Mas quando viu os nomes, percebeu que tinha a lista dos estupradores de Ulrika Wendin. Tão culpados quanto os espectadores do vídeo da fazenda.

BENGT BERGMAN
KARL LUNDSTRÖM
ANDERS WIKSTRÖM
CARSTEN MÖLLER
VIGGO DÜRER

No instante em que Jeanette abriu a boca para ler a lista para Hurtig, o celular vibrou no bolso do seu casaco.

Jens Hurtig compreendeu que as respostas breves de Jeanette e sua expressão facial eram sinais de que Ivo Andrić dissera algo muito importante.

— A mesma pessoa que deixou o menino em Norra Hammarbyhamnen foi ao apartamento de Ulrika Wendin — disse a detetive, guardando o telefone no bolso. — As impressões na fita são as mesmas que Ivo encontrou na geladeira de Ulrika. E deve ser alguém que se tratou de câncer.

— Câncer? — perguntou Hurtig. — Por quê?

— Remédios e quimioterapia podem causar efeitos colaterais, como anemia, perda de cabelo e falência da medula óssea, mas alguns medicamentos inflamam as solas dos pés e as palmas das mãos. Também pode haver perda de pele nos dedos, que é o que Ivo pensa ter acontecido neste caso.

— Certo. Então ele acha que a pessoa que amarrou o saco teve câncer. Quão certo disso ele está?

— Ele disse que tem noventa por cento de certeza, talvez noventa e cinco.

— É muita coisa de uma vez só — disse Hurtig. — Vamos pedir um alerta nacional para Ulrika Wendin?

Jeanette concordou. Seu rosto pálido comoveu o policial, que sabia que ela gostava muito da menina.

Hurtig virou o rosto e viu o papel que Jeanette segurava.

— Então eram eles que estavam no hotel enquanto Ulrika Wendin foi estuprada. Bengt Bergman, Karl Lundström e... — Ele se aproximou para ver melhor. — Viggo Dürer?

— Esse filho da puta aparece em todo lugar. Esteve nos bastidores o tempo todo, e naqueles dois filmes nojentos.

— E os outros nomes? Conhecemos Anders Wikström e Carsten Möller?

— Karl Lundström mencionou um Anders Wikström que tinha uma casa de campo em Ånge, lembra? No interrogatório inicial, Lundström disse que um dos vídeos que ele tinha no computador tinha sido gravado lá.

Ele lembrou. Tinham procurado Anders Wikström no início da investigação, mas encontraram apenas um velho senil que foi imediatamente descartado.

— Sim. Mikkelsen desistiu da busca — observou ele.

— Isso mesmo. — Jeanette ficou pensativa. — Mas nosso Anders Wikström existe, e agora temos seu número de identidade.

— E Carsten Möller?

— Não faço ideia. — Ela pegou o celular, digitou alguns números e levou o aparelho ao ouvido. — Åhlund? Precisamos de um alerta nacional para Ulrika Wendin e depois quero que você verifique uma coisa para mim. Não, duas coisas, na verdade...

Hurtig a escutou repetindo o nome e número de identidade de Anders Wikström e Carsten Möller.

Jeanette foi tão sucinta com Åhlund como tinha sido com Ivo Andrić. Hurtig a viu tomando notas no papel contendo o nome dos estupradores de Ulrika Wendin e o número das placas de carro. Alguns minutos se passaram em que Jeanette pouco disse, então Hurtig entendeu que Åhlund devia estar falando do outro lado da linha.

Jeanette estava exausta ao desligar. Hurtig sabia que não havia com que se preocupar, porque ela funcionava melhor quando tinha muito a fazer.

— O que Åhlund disse?

Ele olhou o número da placa e viu que Jeanette tinha escrito a palavra "cirurgião".

— Carsten Möller é um ex-pediatra que se mudou para o Camboja sem deixar nenhuma pista. E Anders Wikström não possui nenhum imóvel em Ånge. No entanto, ele foi dado como desaparecido na Tailândia seis meses atrás.

— Pelo menos Anders Wikström existe — afirmou Hurtig. —Lundström estava alterado e talvez tenha misturado tudo. Anders Wikström estava no vídeo, mas a casa em Ånge talvez fosse de outra pessoa.

Jeanette concordou e Hurtig olhou ao redor. "Odeio todos esses filhos da puta que fazem essa sala ser necessária", pensou ele.

— Então... — disse a detetive. — Como foi sua conversa com Annette Lundström?

Ele pensou nas imagens das meninas de Sigtuna. Annette Lundström não parecia estar confortável no papel de agressora. Ela tinha vomitado.

— Annette sofreu um surto psicótico. Mas ela confirmou a maior parte do que disse para Sofia Zetterlund. Acho que há um padrão, embora ela não esteja saudável. Quer viajar para Polcirkeln e apresentou uma série de nomes que estariam lá... — Ele fez uma pequena pausa e pegou seu bloco. — Per-Ola, Charlotte e Madeleine Silfverberg, Karl e Linnea Lundström, Gert Berglind, Fredrika Grünewald e Viggo Dürer.

Jeanette olhou para ele.

— Porra, estou cansada desses nomes.

Ela se levantou e começou a guardar os vídeos.

— Só quero sair daqui.

Hurtig contou que Annette Lundström confirmara o envolvimento de Dürer na adoção das crianças.

— Ele tinha crianças estrangeiras na fazenda em Struer e em Polcirkeln.

— Que inferno — suspirou Jeanette. — Polcirkeln...

— Conheço bem a geografia de lá — disse Hurtig. — Não deve demorar muito para nossos colegas de Norrbotten baterem em algumas portas em Polcirkeln. São poucas casas.

No caminho até o carro, o celular de Jeanette tocou novamente. Ela olhou o visor.

— É a perícia — disse ela, e atendeu.

A conversa acabou em menos de trinta segundos.

— Alguma notícia?

Jeanette respirou fundo.

— As amostras da pintura do carro que pegamos na casa de Dürer são idênticas às que foram descobertas em Svartsjölandet. Então deve ter sido o advogado Dürer que deixou o menino no ancoradouro na primavera passada... — Ela se interrompeu e pôs a mão na testa. — Merda! — exclamou. — Åhlund me disse que Dürer se tratou de câncer...

— Então podem ser as impressões de Dürer que encontramos...

— ... no apartamento de Ulrika.

— O que significaria que ele está vivo...

HUNDUDDEN, ILHA DE DJURGÅRDEN

— Se não era Viggo, quem estava no barco?

Jeanette tinha algumas ideias. Pegou o celular de novo.

O detetive superintendente Gullberg, da polícia de Skåne, atendeu após sete toques. Jeanette explicou a situação.

Ele assumiu imediatamente uma postura defensiva, como muitas pessoas faziam quando se sentiam acuadas. E foi ao ataque.

— Você está questionando a autópsia? — perguntou ele, irritado. — Nossos legistas são muito bons.

— Você tem acesso aos relatórios?

— Sim, sim — murmurou ele com azedume. — Um momento. — Ela o ouviu remexer as folhas. — O que você quer saber?

— Tem alguma coisa indicando que o homem sofria de câncer?

— Não... Por quê?

— Porque Dürer sofria.

Gullberg ficou em silêncio.

— Ah, merda... Aqui diz que ele era saudável para a idade. Tinha o físico de alguém com cinquenta anos, com exceção de um ligeiro excesso de peso...

— Ele tinha quase oitenta.

Gullberg pigarreou. Jeanette entendeu que ele percebera que tinha havido um erro.

— Em casos de acidente, as autópsias são breves — disse ele. — Eles fazem o necessário no laboratório de Malmö, mas não são infalíveis. Não tínhamos nenhuma razão para...

— Não tem problema. Não precisa explicar. O que mais consta no relatório?

— Mais adiante é mencionado que algumas das obturações do cadáver foram feitas no Sudeste Asiático.

"Tailândia", pensou Jeanette. "Anders Wikström."

O furgão com vidro filmado estava estacionado logo atrás deles. O chefe da força-tarefa saiu do banco traseiro. Ele bateu a palma da mão no carro e foi ao encontro de Jeanette, enquanto as portas traseiras se abriram e nove policiais mascarados saíram em completo silêncio. Eles se dividiram em três grupos. Oito deles estavam armados com submetralhadoras, e um tinha um rifle de repetição.

O chefe da força-tarefa não usava máscara. Ao chegar, explicou que estavam prontos para agir. Após saber das amostras de pintura de carro, Dennis Billing concordou em expedir um mandado de busca na casa de Dürer em Hundudden. Além dos novos dados de Skåne, ela tinha as impressões sem digitais no apartamento de Ulrika Wendin, então Billing finalmente estava convencido.

— Isso é necessário? — perguntou Jeanette indicando o policial segurando o rifle.

— PSG-90. Caso a operação exija — respondeu com formalidade o chefe da força-tarefa.

— Vamos esperar que não — murmurou Hurtig.

— Sim. Vamos entrar? — disse Jeanette, olhando para Hurtig.

— Só uma pergunta — disse o policial. — Não tivemos muito tempo de preparação e recebemos poucas informações. Qual é o alvo principal e que tipo de resistência podemos esperar?

Antes que Jeanette pudesse dizer algo, Hurtig deu um passo à frente.

— Acreditamos que o objeto número um, uma jovem, pode estar dentro da casa — disse ele. — O nome do objeto é Ulrika Wendin. Suspeitamos que o objeto número dois, o proprietário, raptou o objeto número um e o manteve em cativeiro. O objeto número dois é um advogado com cerca de oitenta anos de idade. Quanto ao tipo de resistência que podemos encontrar, não temos ideia, porra.

Jeanette afastou Hurtig.

— Pare com isso — sussurrou ela. Então se dirigiu ao chefe: — Peço desculpas pelo meu colega. Às vezes ele pode ser um pouco difícil. Mas num ponto está certo:

suspeitamos que o dono da casa, o advogado Viggo Dürer, esteja mantendo Ulrika Wendin em cativeiro. Ele pode estar armado, mas não sabemos.

— Muito bem — disse o homem, parecendo severo. — Então vamos lá. — Ele correu em direção aos seus subordinados.

— Deixe essa atitude de lado. — Jeanette se manteve perto do carro, esperando que os policiais fortemente armados entrassem na casa.

O chefe da força-tarefa ergueu o braço para chamar a atenção dos outros e deu suas ordens.

— Alfa na entrada principal. Beta cobre os fundos e Charlie assegura a garagem. Alguma pergunta?

Os policiais mascarados não disseram uma palavra.

— Ótimo, então vamos! — finalizou ele, abaixando o braço.

Jeanette ouviu Hurtig murmurando.

— *Jawohl, mein Führer.*

Ela preferiu não comentar.

Tudo aconteceu bem rápido. O primeiro grupo forçou o portão com um alicate e chegou rapidamente na entrada, onde seus membros se posicionaram dos dois lados da porta. O outro grupo desapareceu à esquerda da casa e o terceiro avançou até a garagem. Jeanette ouviu o som de vidro quebrado e gritos avisando que era a polícia e que todos no interior da casa deveriam se deitar no chão.

— Andar inferior assegurado! — ouviu-se dentro da casa. Hurtig foi para o lado de Jeanette.

— Desculpe. Foi burrice minha. No fundo eu gosto desses caras, mas às vezes acho que são militaristas demais.

— Entendo o que você quer dizer. — Ela passou a mão em seu ombro. — É uma diferença sutil entre o que eles fazem e o que os criminosos fazem.

Hurtig balançou a cabeça.

— Andar superior assegurado!

— Garagem assegurada!

Jeanette viu o líder da operação saindo da casa, indicando com um gesto que o caminho estava livre.

— A casa está vazia, mas tem alarme — disse ele, quando Jeanette e Hurtig alcançaram a porta. — Não está ligado a nenhuma empresa de segurança, só serve para infernizar a vida dos invasores. Podia ser eficaz no passado, mas não atualmente.

— Fora isso, tudo sob controle?

— Sim. Nenhuma menina no térreo ou no piso superior. O porão está vazio, mas estamos verificando se há áreas ocultas.

Seis policiais saíram da casa.

— Nada — disse um deles. — Vocês já podem entrar.

"Primeiro não tinha nada, depois não tinha nada e depois não tinha nada", pensou ela, lembrando uma canção da banda Kent. A detetive entrou, seguida por Hurtig, enquanto os policiais se agrupavam no pátio.

Eles andaram pela sala escassamente mobiliada. A casa estava abafada, e uma fina camada de poeira jazia sobre os móveis e ornamentos. As paredes eram cobertas com obras de arte e velhos cartazes. A maioria com temas médicos. Em uma das estantes tinha um crânio ao lado de um pássaro empalhado. Para Jeanette, a sala parecia um museu.

Ela foi até a estante e tirou um livro. *Método de medicina legal*, publicado em 1994 pelo departamento de medicina legal da Universidade de Uppsala.

Na cozinha, Jeanette sentiu um forte cheiro.

— Cloro — disse Hurtig.

A detetive subiu as escadas para o andar superior. Ao fundo, escutava Hurtig revirando o armário da cozinha.

O quarto estava vazio, exceto por um guarda-roupas e uma cama grande sem lençol. O velho colchão estava manchado. Quando Jeanette abriu a porta do armário, Hurtig a chamou lá embaixo. Antes de descer, ela viu os vestidos, blusas e ternos cuidadosamente alinhados. Uma sensação estranha se espalhou dentro dela ao ver a lingerie de corte arcaico. Espartilhos, cintas de náilon ou viscose e ceroulas de linho grosso.

Hurtig estava na cozinha examinando uma das gavetas. Na bancada ao lado, ele pôs uma série de itens.

— Coisas bem estranhas para uma gaveta de talheres — disse ele, apontando para as ferramentas. Jeanette viu que havia alicates, uma serra pequena e várias pinças de tamanhos diferentes.

— E o que é isso? — perguntou ela, segurando uma vara de madeira com um pequeno gancho na extremidade. — É estranho, mas até agora nada de ilegal. Venha comigo. Vamos ver o porão.

Cheirava a mofo e não havia mais que uma caixa de maçãs apodrecidas, duas varas de pescar e oito sacos de concreto lá. Do contrário, estava completamente vazio, e ela teve dificuldade em entender como seis policiais tinham gastado mais de dez minutos para ver que não havia áreas ocultas.

Jeanette e Hurtig saíram desapontados pela porta ao encontro da força-tarefa e seu chefe.

— Só falta ver a garagem antes ir pra casa — disse ela, caminhando sem ânimo.

Um dos policiais foi até ela, levantou sua balaclava e disse:

— A única coisa que notamos é que uma janela foi quebrada. Devem ter usado a chave de fenda que encontramos no chão.

Hurtig andou envergonhado até o policial que segurava a chave ensacada. Disse algo sem jeito e se posicionou sobre a tampa de concreto ao seu lado. Jeanette observou que o concreto parecia novo, e presumiu que aquela era a razão de haver sacos do material no porão.

Ela olhou o interior da garagem e nem se incomodou em entrar. Sabia por experiência que só encontrariam uma bancada de trabalho e uma estante vazia. Nada mais.

Eles voltaram ao carro. A detetive estava chateada pela falta de respostas ou progresso. Mas ao mesmo tempo estava aliviada por não terem encontrado o cadáver de Ulrika Wendin.

Hurtig sentou ao volante, ligou o carro e pegou a estrada.

Nos primeiros quilômetros, eles não falaram. Então Jeanette quebrou o silêncio.

— Você disse que quebrou a janela porque não tinha a chave? Admitiu que não sabe arrombar uma porta?

Hurtig sorriu.

— Não, eu não tive que admitir nada. Eles entraram usando uma marreta. O portão estava bloqueado com uma trava. Ninguém conseguiria abrir de fora.

— Pare o carro! — gritou ela.

Hurtig pôs o pé no freio. O furgão que vinha atrás buzinou, mas conseguiu parar a tempo.

— Vamos voltar!

Ele a olhou sem entender, mas deu a volta e pisou no acelerador, fazendo sair fumaça dos pneus. Jeanette abriu a janela e estendeu o braço. O furgão os seguiu.

— Merda, merda, merda — murmurou ela com os dentes cerrados.

LUGAR NENHUM

Nas suas viagens internas, ela se aproximava de um estado de estupor. Não sentia dor nem medo, só esperava que sua recém-descoberta força espiritual a levasse de volta à Terra.

Ela fez um novo esforço para enumerar os estados americanos. A princípio esquecera apenas quatro, depois decorara todos, por fim esquecera quatro ou cinco novamente.

"Columbia", tentou. "Warner, Columbia e NLC."

Nenhum som, apesar de estar gritando por dentro. Seu cérebro ia murchar como seu corpo.

Warner não era um estado nem uma província. Ela estava pensando em estúdios de cinema. Columbia Pictures, Warner Brothers e New Line Cinema.

Tentou flexionar os músculos, mas não sentiu absolutamente nada. Seu corpo não existia, mas ela sentia dor e julgou que estava movendo, por causa do som da pele raspando a madeira. Um chiado seco e áspero. Não conseguia nem mais mover a língua e suspeitava que estivesse se aproximando do fim, e que o corpo estivesse a caminho de se dissolver em nada.

Warner Brothers, NLC, New Line Cinema.

Ela imaginou cenas do filme *Seven*, com Brad Pitt e Morgan Freeman, distribuído pela New Line Cinema.

Tinha visto aquele filme no computador diversas vezes. Era a chance de dar ao cérebro algo em que trabalhar. Ela tentou se lembrar dos sete pecados capitais na ordem em que apareciam no filme, começando com a gula, quando o assassino forçava um obeso a comer até a morte.

Depois a avareza, quando um empresário se esvaía em sangue.

Depois a preguiça…

Não conseguiu mais, porque então entendeu o que aconteceria com ela.

O personagem do filme que fora punido por sua preguiça ficara preso a uma cama em um quarto escuro. Ela passou mal pensando em seu estado.

A pele marrom-acinzentada quase explodindo no crânio, veias e ossos saltando para fora, como um daqueles cadáveres encontrados em vários locais da Dinamarca, em terrenos com turfa ou algo parecido.

Mil anos depois e as expressões faciais se mantinham quase intactas.

Ela já estaria daquele modo?

Então escutou um ruído, seguido de um estrondo metálico tão poderoso que doeu em seus ouvidos.

"A polícia chegou", pensou. "Eles abriram a porta para me deixar sair."

A luz que inundou o ambiente onde Ulrika Wendin estava amarrada foi tão forte que ela sentiu como se suas córneas estivessem em chamas.

HUNDUDDEN, ILHA DE DJURGÅRDEN

O portão da garagem de Viggo Dürer era impossível de arrombar por causa de uma trava. A garagem estava vazia. Não havia outras portas e só uma janelinha que nem mesmo uma criança poderia atravessar.

Como nas histórias clássicas de detetive. O quarto fechado.

Quando Hurtig falara no carro sobre a dificuldade de abrir o portão, Jeanette se dera conta de que deveria haver outra entrada para a garagem de Dürer. Agora ela e Hurtig estavam de volta à garagem com o chefe da força-tarefa. A detetive explicou seu raciocínio, e os três olharam a estante robusta de madeira. Atrás deveria haver uma porta escondida.

O chefe da força-tarefa deu ordens para que trouxessem um pé de cabra, e dois dos policiais voltaram até o furgão estacionado no pátio.

Jeanette examinou a estrutura da estante. Os tampos eram sólidos e no interior havia rebites anexados à parede, ao teto e ao piso, formando um grande retângulo de metal. A prateleira estava afixada à parede com grossos parafusos. Ela não devia ter se conformado com a ideia de que a garagem estava vazia. Suspirou. Talvez eles tivessem perdido um tempo crucial.

Os dois policiais voltaram cada um com um pé de cabra e começaram a soltar o metal. Mas, debaixo do concreto, começaram a surgir sulcos do que deveria ser os contornos de uma porta. Um terceiro policial extraía os parafusos, de modo que, com mais alguns empurrões, a abertura já tinha dez centímetros.

"Ulrika", pensou Jeanette. Por um breve instante, ela teve tempo de pintar um quadro de horror do corpo dela sepultado na parede. Mas a ilusão desapareceu assim que a porta foi escancarada.

No interior havia um nicho estreito na parede, com um pouco menos de meio metro de profundidade, e uma escada estreita à esquerda, que descia para a escuridão. No teto havia um ferrolho com um laço na extremidade. Ela sentiu a tensão crescendo em todos os seus músculos e veias.

Então a força-tarefa foi à frente.

O comando recaiu sobre dois homens mais experientes. Após o que pareceu ser pelo menos dez minutos, uma voz ecoou:

— Porão assegurado!

Jeanette e Hurtig desceram correndo a escada estreita e um cheiro seco e mofado os atingiu. "Nada", pensou Jeanette. "Eles não encontraram nada lá embaixo."

Ela se lembrou de Ulrika Wendin. Seu rosto, sua voz e seus movimentos. Se tivesse sido encontrada lá embaixo, viva ou morta, não teriam declarado que o porão estava assegurado.

A escada terminava em uma sala quase quadrada, talvez com cinco metros de comprimento e cinco de largura, com uma porta fechada na parede oposta. Uma lâmpada brilhava em uma corrente no teto, havia duas gaiolas de cachorro no chão e as paredes estavam cobertas por mapas, fotografias, recortes de jornais e camadas e camadas de pedaços de papel de vários tamanhos.

— Porra... — gemeu Hurtig. Jeanette entendeu que ele sentia o mesmo que ela.

Brinquedos pendiam em cordas amarradas no teto. Jeanette contou vinte, incluindo um cachorrinho de madeira com rodas e bonecas quebradas. Mas os papéis deixavam a impressão mais forte. "*L'homme du petit papier*", pensou a detetive.

Viggo Dürer era o homem dos pedacinhos papel. Sofia tinha acertado na mosca.

No quarto havia também uma pequena prateleira, com uma série de latas e garrafas, e um armário aberto com mais pilhas de papel. Sobre o armário, havia dois macacos em miniatura, um com címbalos e outro com um tambor.

Ela olhou atentamente para as garrafas da prateleira. Algumas tinham rótulos químicos, outras estavam em alfabeto cirílico, mas ela suspeitava qual era o conteúdo. Embora estivessem selados, exalavam um odor penetrante.

— Material de embalsamamento — murmurou para Hurtig, que estava ainda mais pálido.

A porta ao fundo foi aberta.

— Descobrimos a segunda entrada e mais uma salinha — disse um policial. Jeanette notou que sua voz estava trêmula. — Parece ser uma... — ele se interrompeu e ergueu a balaclava — sala de secagem ou algo parecido...

Seu rosto estava branco como cal.

"Sala de secagem?", pensou a detetive.

Eles indicaram um corredor estreito, com apenas um metro de largura e seis a sete de comprimento. Era feito de concreto e terminava abruptamente em uma escada de incêndio, que conduzia a uma abertura no teto. Um raio de luz incidia sobre a escada de metal.

No meio da parede esquerda havia uma porta de ferro.

— Aquela é a sala de secagem? — Jeanette fez um gesto em direção à porta e o policial confirmou.

— A saída acima da escada de incêndio conduz aos fundos da casa — disse ele, como que para desviar a atenção da porta fechada. — Talvez vocês tenham notado que...

— O tampo de concreto — interrompeu Hurtig. — Eu estava sobre ele meia hora atrás.

— É verdade — confirmou o líder da força-tarefa. — Mas se tivéssemos removido a tampa, só teríamos visto uma grade e um buraco escuro.

Os dois estavam sem reação em frente à porta de ferro. Jeanette virou para eles.

— Vou abrir — disse ela. — Aliás, por que está fechada?

O chefe da força-tarefa simplesmente balançou a cabeça e respirou fundo.

— Que diabos de lugar é esse? — disse ele devagar. — Que tipo de bastardo doentio nós estamos procurando?

— Sabemos que o nome dele é Viggo Dürer — respondeu Hurtig. — E temos uma ideia de sua aparência, mas não sabemos que tipo de pessoa ele é...

— Uma pessoa não poderia fazer isso — interrompeu o policial. — Ele deve ser outra coisa completamente diferente.

Eles se olharam sem dizer nada. Só se ouvia o vento batendo no telhado da garagem e os outros policiais andando no pátio.

"Algo assustou esses homens a tal ponto que eles hesitam em nos mostrar o que encontraram", pensou Jeanette, de repente insegura. Ela pensou na experiência infernal que fora assistir aos vídeos.

Hurtig deu um leve empurrão na porta.

— Tem um interruptor à direita — disse o chefe. — A sala tem iluminação fluorescente. — Ele virou e abriu lentamente a porta de ferro.

Convencida de que a dúvida e a especulação eram um desperdício de tempo, Jeanette acendeu a luz e deu um passo adiante. Em uma fração de segundo, seu cérebro tomou uma série de decisões instintivas, que a fizeram optar por ver o que estava no interior da sala de modo racional.

Ela primeiro registraria o que vira e depois fecharia a porta, deixando o resto para Ivo Andrić.

O tempo parou para Jeanette.

Viu que Ulrika não estava no quarto. Nem outra pessoa com vida. Viu também que havia dois grandes ventiladores em cada parede lateral e quatro fios de aço atravessando a sala.

Ela viu o que estava pendurado nas cordas e o que estava no chão.

E fechou a porta.

Hurtig deu alguns passos para trás e se apoiou contra a parede de concreto.

Manteve as mãos nos bolsos e a cabeça baixa. Jeanette notou que sua mandíbula se movia como se estivesse mastigando, e sentiu pena dele. O chefe da força-tarefa virou quando a ouviu fechar a porta. Ele estava bem abalado e passou a mão na testa, sem conseguir dizer nada.

Quando os peritos chegaram com Ivo Andrić, Jeanette e Hurtig observaram os rostos jovens e inocentes com compaixão. Não haveria problema se fosse apenas o museu de Dürer, a sala com recortes de jornais, brinquedos velhos e pedaços de papel, que ficasse ao encargo deles. No entanto, eles estariam cara a cara com o inominável dentro da sala de secagem.

Usando luvas, Jeanette e Hurtig deram uma primeira olhada na enorme quantidade de documentos, fazendo um acordo tácito de não discutir nada daquilo. Eles sabiam o que estava lá e Ivo Andrić lhes daria respostas no momento oportuno. Aquilo bastava.

"Sofia estava certa de novo", pensou Jeanette, recordando que tinham discutido a castração e a perda da identidade sexual.

Ela sentiu o mesmo cansaço que depois de assistir aos vídeos de Lundström, mas se obrigou a manter as esperanças. Ulrika Wendin talvez ainda estivesse viva, e aquele pensamento dava forças para Jeanette.

Eles fotografavam o material e o organizavam a partir do conteúdo. Uma investigação mais detalhada seria feita mais tarde, por outras pessoas, de modo que aquela primeira impressão, quando sua visão ainda não tinha sido contaminada, poderia ser útil.

As categorias principais à primeira vista eram recortes de jornais e revistas, fotografias e documentos escritos à mão, que iam desde pequenas anotações até longas cartas, além de objetos, sobretudo brinquedos. Também havia artigos e trechos de livros. Ficava difícil determinar o que em meio a tudo aquilo eram memórias pessoais ou documentação da própria atividade criminosa. Entre as fotografias, havia polaroides de Samuel Bai, o qual Jeanette facilmente reconheceu por causa do RUF no peito.

As garrafas e latas na prateleira iam ser examinadas pela perícia, então Jeanette mal passou os olhos pelas substâncias. Sabia por alto do que se tratava. Formalina, formaldeído e fluidos e preparações destinadas ao embalsamamento.

Ela e Hurtig não mexeram nas gaiolas e no dreno do assoalho, apesar de olhar naquela direção de vez em quando.

O trabalho era feito de forma rápida e com certo distanciamento. Hurtig mal reagiu quando encontrou uma lista ilustrada de ferramentas utilizadas no embalsamamento e reconheceu os objetos que encontrara na gaveta da cozinha. Alicates, serra, pinça e um bastão de madeira com gancho.

Eles encontraram vários recortes de jornal relativos aos meninos de Thorildsplan, Danvikstull e Svartsjölandet. Não havia nada sobre o quarto garoto, encontrado poucos dias antes em Norra Hammarbyhamnen.

O que chamava a atenção era a grande quantidade de recortes soviéticos e ucranianos, do início dos anos 1970 até o verão de 2008. Era difícil determinar do que os artigos tratavam, porque não sabiam ler o alfabeto cirílico e também porque praticamente não havia fotos. Eles seriam digitalizados e enviados para Iwan Lowynsky, do Serviço de Inteligência ucraniano.

Jeanette e Hurtig chegaram à conclusão de que fariam uma pausa e prosseguiriam mais tarde.

"Só mais uma coisa", pensou ela.

Foi até o armário onde estavam os macacos de brinquedo e viu uma fotografia afixada à parede, de um homem numa varanda. Ela o reconheceu dos vídeos de Lundström. Provavelmente era Viggo Dürer. O lugar também lhe pareceu familiar.

Jeanette tirou a foto da parede, sentou no chão e olhou para Hurtig, que estava com os olhos vermelhos e ausentes.

— Quer voltar pra Kronoberg? — perguntou ela.

— Na verdade, não.

— Nem eu. Mas não posso ir pra casa. Não quero ficar sozinha esta noite e acho que não quero ver Sofia. A única pessoa que posso suportar agora é você.

Hurtig ficou um pouco envergonhado.

— Eu?

— Isso mesmo. Você.

Ele sorriu.

— Também não quero ficar sozinho esta noite. Primeiro aqueles vídeos, depois isso aqui...

Num instante, ela sentiu um novo tipo de proximidade. Eles haviam tido um dia realmente infernal.

— Vamos passar a noite no escritório — exclamou ela. — O que me diz? Podemos comprar umas cervejas e relaxar. Não vamos falar sobre isso. Que se dane. Vamos esquecer tudo por uma noite.

Ele soltou uma risada contida.

— Tudo bem. Por que não?

— Legal. Mas, antes, tenho que ligar pra Von Kwist. Ele vai ter que trabalhar, doente ou não. Precisamos enviar um alerta de busca por Dürer para todo o país. E quero investigar essa fotografia — disse ela, mostrando-a para Hurtig.

KLIPPGATAN, SÖDERMALM

Após deixar o asilo em Solrosen, Sofia foi até Norra Hammarbyhamnen. A Sonâmbula nunca mais iria até lá, e ela queria rever tudo mais uma vez.

Sentou na beira do cais por um instante, tentando entender por que estivera ali tantas vezes. A uma curta distância havia uma barreira policial, e ela se perguntava o que tinha acontecido. Talvez alguém tivesse pulado da ponte. Acontecia. Depois de dez minutos, Sofia voltou para o carro e foi para casa.

Sem saber que estava sendo seguida.

Ela estacionou perto do viaduto London, caminhou pela rua Folkungagatan e ouviu um estrondo quando passava na Erstagatan.

A poucos metros dela, um homem estava parado junto a um carro. Ele tinha acabado de fechar a porta do bagageiro e olhou espantado para ela enquanto trancava a porta.

"Calma, Sofia", pensou ela. "Não foi nada."

Pouco antes de chegar à rua Klippgatan, ela ouviu outro som que pareceu mais intenso do que o habitual.

Era a campainha de uma loja de esquina. O proprietário saiu em companhia de uma velhinha encurvada.

— Tenha cuidado, Birgitta — disse ele. — A escadaria da igreja pode ser escorregadia.

A senhora tinha um coque grisalho e murmurou algo antes de se virar e enfiar dois tabloides na bolsa.

Sofia cravou os olhos nela. "Não é possível", pensou.

O rosto dela estava inclinado e sombreado pela iluminação da loja, mas Sofia reconheceu o pescoço roliço e viu as covinhas em suas bochechas.

Ela se lembrou de pôr o dedo nelas em meio a risadas.

As pernas de Victoria tremiam quando a mulher seguiu a rua Klippgatan em direção à igreja. Tudo era familiar: suas costas, os quadris redondos, o coque apertado e o balanço do andar.

Ela deu alguns passos, mas suas pernas mal se moviam.

Os tabloides que despontavam da bolsa eram o *Året Runt* e o *Saxons Veckotidning*. Victoria sabia que iam permanecer alguns dias sobre uma mesa em frente da televisão antes de serem lidos. Depois seriam relegados ao banheiro, onde permaneceriam até que as palavras cruzadas fossem resolvidas.

"Você não existe", pensou ela. "É um produto da minha imaginação. Desapareça."

Ela sentia o calor das chamas aquecendo seu rosto, ouvia o som das vigas de madeira crepitando antes de o porão desabar. As cinzas de Bengt e Birgitta Bergman estavam no cemitério Skogskyrkogården.

No início da escadaria, a senhora parou ao lado de uma lata de lixo, começou a vasculhar e encontrou uma lata de cerveja, que guardou na bolsa. Victoria se aproximou dela e viu a blusa de lã marrom gasta e manchada; os sapatos eram velhos e sujos.

Em seguida, ela começou a subir a escadaria com passos pesados, apoiando-se no corrimão. Como se subisse a escada de casa. As mesmas que ela limpava e limpava sem que ninguém notasse.

Victoria a seguiu. Segurou o corrimão frio e voltou no tempo.

— Nós precisamos conversar. — disse ela. — Você não pode ir embora sem explicar o que está acontecendo. Você está morta. Não sabe disso?

A senhora se virou.

Não era ela. Claro que não era.

Ela olhou hesitante para Victoria, depois virou e continuou a subir a escadaria até chegar ao caminho de cascalho no parquinho.

Victoria permaneceu sozinha, mas a apenas alguns metros de distância, ao pé da escadaria, estava alguém que era tão solitária quanto ela.

KVARTERET KRONOBERG, DELEGACIA DE POLÍCIA

O promotor Kenneth von Kwist recebeu um telefonema do inferno enquanto segurava uma taça de champanhe do lado de fora de um restaurante e conversava com a comissária de polícia sobre a importância de podar os gerânios no momento certo.

O promotor não sabia nada sobre plantas, mas ao longo dos anos aprendera a conversar fazendo perguntas, depois converter as informações recebidas em afirmações universais. Alguns chamavam aquilo de papo furado, mas Von Kwist considerava uma habilidade social.

Quando seu celular tocou, ele pediu desculpas, largou o copo e se afastou. Antes de atender, decidiu que, quando voltasse, diria à mulher que fevereiro era um mês excelente para podar as plantas, mas usando um tom de reserva.

Ele olhou no visor que era Jeanette Kihlberg e sentiu imediatamente um frio no estômago. Não gostava de receber telefonemas dela. Só podia significar problemas.

— Alô — atendeu ele, torcendo para que fosse rápido.

— Temos que expedir um alerta nacional para Viggo Dürer — disse Jeanette de uma vez, o que o deixou irritado. Era uma questão de educação dizer quem era antes de começar o assunto. O promotor compreendeu de imediato que sua esperança de voltar rapidamente para a festa e a interessante conversa sobre plantas tinha sido vã.

— Acreditamos que Dürer esteja vivo. Preciso de um alerta em todo o país — continuou ela. — Da mais alta prioridade. Aeroportos, balsas, fronteiras...

— Espere, espere, vamos com calma — interrompeu ele, fazendo-se de bobo. — Com quem estou falando? Não reconheci o número...

"Merda", pensou o promotor. "Viggo Dürer está vivo."

Poderia ser a explicação do ataque no Icebar, ele pensou, pondo a mão sobre a mandíbula, ainda dolorida.

— Sou eu, Kihlberg. Acabo de sair da casa de Dürer em Djurgården e estou a caminho da cidade.

— Então de quem era o corpo encontrado no barco?

— Ainda não foi confirmado, mas acho que pode ser Anders Wikström.

— E quem é esse?

— Você deveria saber. Foi citado na investigação de Karl Lundström.

Jeanette Kihlberg fez uma pausa. Ele viu uma oportunidade de atrasar o pedido.

— Então... — disse, o mais lentamente que pode. — Com que base a detetive superintendente requer uma medida assim drástica, que vai exigir que recorramos ao vigésimo quarto artigo do código penal, parágrafo sétimo? Ou seria o segundo? Não há possibilidade de que você esteja se precipitando?

Ele ouviu a respiração de Jeanette acelerando e se divertiu com a ideia de que ela explodiria a qualquer momento. Continuou falando devagar, enquanto via Dennis Billing sair de um táxi e entrar no edifício.

— Quero dizer, ao longo dos anos você e eu tivemos nossas diferenças e, vamos ser francos, mais de uma vez a detetive falhou em confirmar suas afirmações, sendo forçada a uma ou duas penitências de Canossa. — Ele quase concluiu com "minha querida", mas se deteve. Então ouviu com surpresa que Jeanette estava rindo.

— Você é engraçado, Kenneth — disse ela. O promotor ficou desapontado quando ela não começou com a bobageira feminista, como ele esperava.

Antes de Von Kwist conseguir elaborar uma resposta, Jeanette continuou, sem qualquer sinal de excitação.

— Encontramos coisas na garagem de Dürer que fariam seu assassino favorito, Thomas Quick, morrer de inveja. Mas a diferença é que temos evidências sólidas, se é que você entende o que quero dizer. São partes de corpos, instrumentos de tortura e equipamentos para realizar todo tipo de experiência médica diabólica. E, pelo que pude ver, não se trata apenas de um ou dois assassinatos. Não há absolutamente nenhuma dúvida de que nós encontramos o homem certo. Ele documentou tudo.

Von Kwist ficou desnorteado.

— Pode repetir isso, por favor?

O promotor respirou fundo e tentou encontrar alguma questão relevante, objeção legal ou contradição significativa no modo como ela analisava a situação, ou qualquer motivo capaz de justificar seu desejo de adiar uma busca por Dürer em todo o país.

Mas sua mente se esvaziou.

Ele sabia o que queria dizer, mas sua boca não se movia. Era como se seus neurônios tivessem se amotinado, recusando-se a obedecer ordens. Ele apertou o celular contra a orelha, mas não pôde fazer nada, a não ser escutar em silêncio uma confiante e bem-informada Jeanette Kihlberg. "Ela é um pé no saco", pensou Von Kwist. "O que o maldito Dürer fez? Pedaços de corpos?"

A corrente de associações do promotor era tão curta quanto lógica. A nova medicação, somada ao álcool, facilitava a repressão dos pensamentos. Conseguia manter a compostura apesar da embriaguez, mas começou a ficar bastante enjoado.

— Ivo Andrić e os peritos ainda estão lá. Mandei isolar a área e desligar o rádio. Qualquer eventual comunicação será feita através de celulares particulares. Proibi todos de falar com gente de fora, porque não quero a mídia presente enquanto a situação ainda é delicada. Não há vizinhos, embora os que vivem nas proximidades já devam ter começado a se perguntar qual é a razão do tráfego excepcional. Não há o que fazer quanto a isso.

Ela fez uma pausa e Von Kwist enfiou as mãos no bolso, esperando que tivesse de fato terminado e tudo fosse ficar quieto e calmo, para que pudesse voltar à festa. Ele só queria continuar alegre, bebendo vinho de graça e saboreando canapés em companhia dos colegas e associados.

"Por favor", implorou ele para o Deus ao qual dera as costas após uma discussão tempestuosa com o pastor, aos quinze anos de idade, e ao qual nunca mais recorrera. Foi tudo em vão, porque Jeanette Kihlberg continuou a falar. O promotor estava com as pernas tão bambas que não confiava mais nelas, então foi até a cadeira mais próxima e sentou.

— Sou, portanto, da opinião de que um alerta nacional para Viggo Dürer é absolutamente necessário — acrescentou Jeanette. — Preciso da sua aprovação, mas, já que você não pode sair daí agora, podemos deixar a papelada pra depois. Agora, ou você confia em mim ou amanhã de manhã vai ter que explicar ao meu chefe por que demoramos tanto a dar o alarme. A escolha é sua.

Finalmente ela se calou, e o promotor ouviu o som de uma freada e os palavrões de Jens Hurtig.

— Então não há dúvida de que é Dürer? — Depois de um breve descanso, Von Kwist recuperou a capacidade de falar, aferrando-se a uma última possibilidade de que houvesse outro culpado, mas a resposta de Jeanette veio depressa e não podia ser mal interpretada.

— Não — disse ela, e o promotor já via à sua frente o começo de sua longa e dolorosa penitência de Canossa.

— Muito bem, então você tem minha permissão para tomar as medidas que julgar necessárias. — Ele se calou e tentou pensar em algo que pudesse restaurar sua autoestima e reprimir o temor de que tudo ia desmoronar. — Apesar de você estar ansiosa, pode esperar um pouco antes de colocar Dürer na lista dos mais procurados do FBI. — Foi o melhor a que conseguiu chegar, mas ainda não estava satisfeito. De qualquer maneira, aquilo não tivera o efeito esperado.

Dennis Billing chegou com dois copos de espumante quando o promotor estava pronto para encerrar aquele telefonema terrível.

Mas ele não sabia o que deveria dizer. Era como se estivesse preso em uma armadilha. Quanto mais se esforçava para se libertar, mais se enrolava.

— Vou deixar o FBI para amanhã — disse Jeanette Kihlberg. — Mas Dürer vai acabar indo para a lista deles, quer você goste ou não. — Ele a ouviu tomar fôlego e suspirar dramaticamente. — E, quanto à penitência de Canossa de Henrique IV — disse ela com o mesmo tom arrastado e explicativo que o promotor acabara de utilizar —, acredito que as pesquisas mais recentes a consideram uma jogada magistral do rei, que terminou vencendo o corrupto papa Gregório. Me corrija se estiver errada. Você é o historiador, sou apenas uma menina tola.

Ele ouviu Jeanette desligando na sua cara. Quando o superior dela, Dennis Billing, bateu nas costas de Von Kwist oferecendo-lhe uma taça de vinho, ele fervia de raiva contida.

Quem ela estava chamando de corrupto?

KLIPPGATAN

O mito de Édipo era uma das mais antigas histórias de vingança.

Quando ele ainda criança fora até Pítia, ela profetizara que mataria seu pai, o rei de Tebas, e depois casaria com sua mãe. Para evitar aquele destino, os pais do menino decidiram se livrar dele. Mas o homem que fora ordenado a realizar o assassinato teve pena da criança e tomara a decisão de criá-lo como seu próprio filho. Sem saber da profecia, Édipo de fato matara o pai e casara com a mãe, a rainha viúva.

Assassinato. Traição. Vingança.

Tudo era cíclico.

A família Bergman era uma serpente que engolia seu próprio rabo, e Madeleine não queria mais fazer parte daquilo.

Em Gröna Lund, tinha encontrado Victoria Bergman. Ela achou que o menino que estava de mãos dadas com sua mãe era seu meio-irmão, então agira de modo precipitado.

Daquela vez, Madeleine a encontrou em Skanstullsbron, onde Viggo a vira anteriormente, mas não conseguira fazer contato.

Então ela estava na escadaria Klippgatan, após seguir o carro azul até Södermalm.

Madeleine viu a mulher que era sua mãe do outro lado da rua.

Victoria Bergman.

Ela estava encolhida, parecendo sentir frio.

Madeleine saiu do carro, andou com passos apressados e chegou a dez metros dela. Enfiou a mão no bolso e sentiu o metal frio do revólver.

Carregado com seis balas. Inabalável e implacável, com uma mira afiada.

A chave para sua liberdade.

Um homem fechou o porta-malas do carro, e Victoria Bergman estremeceu de susto. Depois a porta de uma loja de esquina foi aberta. Uma senhora saiu e parou na calçada, remexendo na bolsa, então foi até a escadaria da igreja.

A mulher que era sua mãe seguiu a senhora.

Tragicômico.

Todo mundo segue alguém, e Madeleine percebeu que ela mesma sempre estivera um passo atrás de outra pessoa, vivendo um tempo à frente. Ela sempre olhara o indivíduo pelas costas, e não o deixava para trás nem mesmo quando o alcançava e o matava. Eles nunca estavam atrás dela, estavam sempre de frente ou na periferia do seu campo visual, como um rosto embaçado, incompreensível e perturbador.

Madeleine notou que Victoria Bergman tinha os pés machucados, do mesmo modo que ela.

Ela mancava como alguém que pisava em pregos, e Madeleine teve uma noção de como estaria em vinte anos. O corpo magro e frágil. Nunca em repouso. Inquieta, vagando sem rumo pela vida.

"Se eles não tivessem me levado de você", pensou Madeleine, "o que teria acontecido?"

Nada de Per-Ola. Nada de Charlotte.

A vida teria sido melhor?

A mulher que era sua mãe disse algo para a senhora que estava no meio da escadaria. Mas Madeleine não ouviu nenhuma palavra, apenas suas memórias.

Charlotte na ala psiquiátrica do Rigshospitalet em Copenhagen, depois a repreendendo no estacionamento.

Charlotte vociferando que ela era uma criança nojenta e indesejada, e que sua vida fora destruída no dia em que ela chegara.

Charlotte surpreendendo Madeleine quando assistia ao vídeo que mantinham escondido.

Três meninas, uma comendo excremento.

Ao redor, pessoas com máscaras de porco.

Igual ao chiqueiro da fazenda de Viggo.

Como castigo, ela não podia sair de casa, e Per-Ola a visitava todas as noites.

Como seriam suas memórias de infância se Madeleine tivesse crescido com sua verdadeira mãe?

Ela não estava preparada para as emoções que a inundavam. Não tinha palavras para defini-las. Emoções adormecidas havia muito tempo. Tanto que suas memórias estavam armazenadas no corpo, sem vínculo com nenhum evento em especial.

Os sentimentos se manifestaram por uma lágrima que escorreu em seu rosto.

Uma lágrima solitária e pesada de arrependimento por algo que nunca existiu.

A senhora subiu a escadaria e desapareceu na escuridão.

Victoria Bergman permaneceu de pé, recostada no corrimão. Atrás dela, via-se a igreja, como um imponente farol apontando para o céu.

Madeleine se aproximou da parte inferior da escadaria e viu as costas encurvadas de Victoria.

Então a viu se endireitando lentamente. Victoria ergueu a cabeça. Ela apertava o corrimão com a mão pálida.

"A morte é rica em comparação com a vida", pensou Madeleine, colocando a mão no bolso e pegando o revólver.

A vida tinha poucas variações e era fácil de aprender. Uma viagem de grito a grito, com esperanças limitadas e explicações bastante escassas.

Victoria virou e por um breve instante seus olhos se encontraram.

Memórias que ela nunca tivera vieram a ela, crescendo como uma onda prestes a atingir uma praia rochosa.

Uma única lágrima de um passado roubado. Ela sentiu uma fadiga fria ao perceber que chegara ao fundo, que só restava a viagem de retorno. Queria fugir do frio, precisava descongelar.

Sua mente se encheu de imagens.

Memórias que ela desejava ter inundaram seu passado acidentado. Uma vaga avançando com rumor entre rochas cobertas de alga, para depois afundar e voltar lentamente para o mar.

A mãe com a filha nos braços. O calor reconfortante de um peito macio. Uma mão acariciando o rosto e alisando o cabelo.

Uma filha que fazia um desenho para a mãe, com o sol sorrindo em um céu azul e uma menina brincando com um cachorro em um campo verde.

Uma mãe que removia docemente um espinho do dedo de sua filha. Um curativo, embora não fosse necessário. E chocolate quente, com sanduíches de queijo.

Uma filha que chegava da escola com um avental que fizera para a mãe. Um avental azul com corações vermelhos.

Tinha a costura um pouco torta, mas não importava. A mãe tinha orgulho da filha.

Uma lágrima se solidificou na bochecha de Madeleine. Uma única lágrima de perda absorvida pela pele, deixando uma marca pálida, quase invisível, de sal.

Elas poderiam ter se amado.

Poderiam.

Mas a possibilidade fora tomada.

O olhar de Victoria estava ausente, escondido atrás de uma película de loucura. "Ela não está me vendo", pensou. "Sou invisível."

A mão em volta do revólver relaxou.

"Mãe", pensou ela. "Tenho pena de você. A vida já é castigo suficiente. Você é como eu. Sem passado e sem futuro. Como a primeira página em branco de um livro."

Victoria Bergman começou a subir. Primeiro devagar, depois mais rápido, com passos decididos. Ela chegou ao fim do primeiro lance de escadas e continuou subindo.

E então se foi.

Madeleine sabia que tinha feito a coisa certa.

Seu corpo se encolheu, numa fração de segundo de alívio.

"A partir de agora, vocês estão todos mortos para mim", pensou ela. "Vou me livrar desse peso. Estou cansada demais. Outra pessoa pode seguir com isso."

Só havia mais uma coisa que ela devia fazer. Babi Yar. Tinha decidido que depois disso nunca voltaria ou diria uma palavra sequer em sueco ou dinamarquês.

— Perdão — disse ela, sem que ninguém escutasse.

GILAH

No dia 29 de setembro de 1941, às oito horas da segunda-feira, todos os judeus da cidade de Kiev e dos arredores devem se apresentar na esquina das ruas Melnikova e Djegtjariwskoi (no cemitério).

Deverão trazer consigo documentos, dinheiro, objetos de valor, roupas quentes, itens de higiene pessoal etc.

Qualquer um que não cumprir esta ordem será executado.

O pai estava silencioso durante a refeição. A não ser pela mão que movia a colher do prato até a boca, para a frente e para trás, permanecia completamente imóvel.

Ela contou vinte e oito colheradas de sopa antes de ele deixar a colher no prato vazio e limpar a boca com o guardanapo. Depois ele se reclinou na cadeira, entrelaçou as mãos atrás da cabeça e olhou para os irmãos dela.

— Vocês dois. Vão para o quarto e juntem o resto das coisas.

Seu coração batia forte quando ela engoliu sem vontade mais uma colherada e pegou um pedaço de pão. Sentia falta da sopa de sua mãe, que só tinha gosto de terra.

Os irmãos levantaram e levaram os pratos até a pia junto ao fogão a lenha.

— Lavem os pratos primeiro — disse ele, e ela reconheceu seu tom irritado. — É porcelana de qualidade, talvez eles nos deixem ficar com ela. Melhor do que deixar aqui e nem tentar. Os talheres de prata vocês devem colocar na caixa de madeira à porta.

Viu com o canto do olho como ele se mexia. Talvez também estivesse irritado com ela. Às vezes, ficava zangado quando não comia tudo.

Mas não daquela vez. Quando seus irmãos começaram a esfregar os pratos, ele sorriu, estendeu o braço e bagunçou o cabelo dela.

— Você parece preocupada — disse. — Não há nada o que temer.

"Não", pensou ela. "Não temo por mim, mas por vocês."

Ela evitou seu olhar. Sabia que estava grudado nela.

— Querida *tokhter* — disse ele, acariciando sua bochecha. — Só vamos ser deportados. Eles vão nos colocar em um trem e nos levar pra algum lugar. Talvez para o leste. Ou para o norte, na Polônia. Não há muito que possamos fazer. Temos que começar de novo, seja lá como for.

Ela tentou sorrir, mas não conseguiu. Começava a duvidar de que tinha feito a coisa certa.

Tinha visto o aviso em casa, perto do mosteiro, onde os ortodoxos se trancavam, vivendo voluntariamente a pão e água, em pequenas grutas sem janelas, para se aproximar de Deus. Eram uns tolos.

No aviso que os alemães pregaram, dizia que todos os judeus da cidade tinham que ir até o cemitério judaico.

Por que não tinham mandado os ortodoxos irem para o cemitério deles?

Até três dias antes, ninguém da rua sabia da origem deles. Não moravam no bairro judeu e não eram particularmente religiosos. Mas um dia depois que ela enviara uma carta com seu nome e endereço para os alemães, todos já sabiam, e alguns vizinhos que antes eram seus amigos tinham cuspido nela quando fora ao mercado.

"Sua *shmegegge*", pensou, lançando um olhar ao pai enquanto os irmãos entravam no quarto para terminar de fazer as malas.

Ela sabia que não era sua filha.

Antes pensava que sim. Até sua mãe falecer ninguém falava sobre aquilo, mas então todo mundo sabia, a não ser seu pai. Mesmo seus irmãos sabiam, e a espancavam quando tinham cansado de lutar um contra o outro. Aquele era também o motivo pelo qual eles podiam usar o corpo dela como quisessem.

Mamzer.

Durante muitos anos ela acreditara que os olhares e sussurros eram sobre outra coisa, que ela era feia ou estava com a roupa rasgada, mas era porque sabiam que era uma bastarda. Tivera a confirmação quando fora à verduraria e encontrara uma menina da vizinhança que maliciosamente contara que sua mãe por dez anos compartilhara a cama com um pintor bonito, que morava a dois quarteirões deles. Seus irmãos sempre a chamavam de "*mamzer*", mas ela não sabia o que a palavra significava. Só então entendeu. Ela não pertencia realmente à família.

Olhou para o pai. A sopa estava fria e ela não conseguiria comer nem mais uma colher.

— Deixe — disse ele. — Mas termine seu pão antes de partirmos. — Ele lhe entregou o último pedaço seco. — Não sabemos quando vamos ter comida de novo.

"Talvez nunca", pensou ela, enfiando o pão na boca.

Ela saiu de fininho enquanto o pai foi buscar a carroça onde seus pertences seriam transportados. Além de uma blusa grossa, calças, meias e um par de sapatos que tirara da mala de um dos irmãos e levava debaixo do braço, ela não tinha mais nada consigo, exceto a navalha do pai.

Ela correu pela rua, com o vestido balançando, e sentiu como se todo mundo estivesse olhando.

Mamzer.

Embora o dia mal tivesse começado a raiar, muitas pessoas já se movimentavam. O céu estava nublado, sujo e cinzento, mas no horizonte se via uma faixa vermelha de madrugada, que a deixou inquieta. Ela evitava os grupos uniformizados, alemães ou ucranianos. Pareciam estar cooperando.

Para onde iria? Não teve tempo de pensar. Tudo aconteceu tão rápido.

Parou ofegante em uma esquina, onde havia um pequeno café. Olhou ao redor e não reconheceu o lugar. Tinha corrido muito e não havia placas de rua. Ela decidiu entrar no banheiro do café para usar a navalha. Quando abriu a porta, viu que suas pernas estavam enlameadas.

Logo estava na frente do espelho quebrado, esperando que ninguém a incomodasse, já que não havia tranca. Começou a lavar a lama de suas pernas com a água da descarga da privada, que era apenas um buraco no chão. Não havia papel ou toalha, nem uma pia. A água era marrom-escura.

Ela pôs uma calça dos irmãos sob o vestido antes de tirá-lo, porque não queria ser surpreendida nua, depois o enfiou no lixo com a roupa de baixo. Em seguida ajoelhou, inclinou-se em direção ao buraco e puxou a descarga mais uma vez. Fedia muito, e ela prendeu a respiração para não vomitar.

Teve que puxar a descarga três vezes até conseguir molhar o cabelo o bastante. Então levantou e ficou de frente para o espelho quebrado, sentindo o frio da navalha em sua mão.

Começou cortando o cabelo longo e escuro atrás da cabeça, depois dos lados.

De repente, ouviu vozes masculinas do lado de fora e congelou no meio do movimento.

Ela fechou os olhos, mas as vozes se afastaram logo. Depois de alguns minutos seu cabelo estava quase completamente raspado. Ela sorriu para o espelho.

Ela era então alguém que tinha serventia. Alguém que podia trabalhar. Não era mais uma *mamzer*.

"Vou ser forte", pensou ela. "Mais forte do que meu pai."

HUNDUDDEN, ILHA DE DJURGÅRDEN

— Aí está — disse Jeanette, abrindo a porta de ferro e fazendo um gesto antes de retornar imediatamente ao trabalho na sala contígua.

O patologista olhou através da porta com um forte senso de inquietação. Ele entendeu imediatamente que seria um trabalho para a noite inteira.

Se tinha sofrido por muitos anos, não era nada em comparação com a coleção de desespero que havia naquela sala. Era uma instalação, uma encenação elaborada de dor, morte e perversão.

Passadas três horas, ele começou a ver a conclusão de seu trabalho.

Um por um, seus colegas se foram, e ele entendia por quê. No fim, só restava um perito à sua esquerda. Um jovem que, apesar do desgosto expresso em seu rosto, trabalhava mecanicamente sem reclamar. Ivo se perguntou se o jovem permanecera apenas porque queria demonstrar a qualquer preço sua valentia.

— Você fez um bom trabalho — disse ele, desligando o gravador que mantinha junto à boca. — Pode ir embora. Estamos quase encerrando e eu posso terminar sozinho.

O rapaz o olhou de lado.

— Não, tudo bem. Eu consigo ficar. — Ele sorriu, pálido e quase chorando. Ivo o olhou com admiração.

O legista religou o gravador. Tudo precisava ser documentado.

À sua frente estavam os quatro cabos de aço. No canto, havia um objeto no chão. Ele tentava não olhar e começou pelo que estava pendurado nas cordas, em pequenos ganchos.

— Resumindo: genitais de quarenta e quatro meninos, preservados através de uma técnica que combina taxidermia e embalsamamento. O material utilizado para preenchimento é argila comum. — Ele andava lentamente por entre os cabos de aço com os olhos fixos no teto. — O tipo de argila varia, mas na maioria dos casos não pode ser sueca — acrescentou ele exausto, limpando a garganta em seguida.

Então ele virou e lançou um rápido olhar ao que estava no chão.

Ivo não chamaria de escultura, mas entendeu que, apesar de tudo, era uma descrição que se aproximava da realidade.

A forma de um inseto humano. Um sonho doentio.

Ele retornou aos cabos de aço.

— Quarenta e quatro fotografias, uma de cada menino. Foram feitas após os embalsamamentos e datadas à mão. Vão de outubro de 1963 até novembro de 2007.

Ele lamentou o fato de que nenhum dos nomes ou locais estivessem indicados. Foi até a extremidade do cabo de aço, junto à parede e em frente a um ventilador.

— Nas extremidades de cada uma das quatro cordas de aço estão penduradas mãos totalmente secas, cortadas na altura do pulso. No total, são oito. A julgar pelo tamanho, também são de crianças...

"E vamos para o mais hediondo", pensou ele, lançando um olhar para o jovem perito que reunia as fotografias.

— No meio da sala... — começou Ivo Andrić, mas logo perdeu o foco.

Ele fechou os olhos em busca da formulação correta. O que via era quase impossível de se descrever verbalmente.

— No meio da sala — tentou outra vez. — há uma estrutura composta de partes de corpos costuradas. — Ele deu uma volta ao redor da escultura macabra. — A técnica também é taxidermia com argila e embalsamamento clássico. — Ivo parou e observou a cabeça, ou, mais especificamente, as cabeças.

"Um inseto do inferno", pensou ele.

Ele tentou desviar o olhar, mas restava um detalhe.

— As partes dos corpos foram unidas com uma linha grossa, eu diria que de pesca. Em relação aos membros, são braços e pernas que provavelmente pertencem às crianças mortas unidos como um...

Ele se interrompeu, porque costumava evitar considerações pessoais sobre seus objetos de estudo. Mas daquela vez ele não conseguiu resistir.

— Como um inseto — disse. — Uma aranha ou uma centopeia.

Ivo respirou fundo e desligou o gravador, então se voltou ao jovem colega.

— Você já classificou as fotografias que assinalei?

Ele assentiu, e Ivo fechou os olhos para resumir em silêncio o que tinha concluído.

"Os irmãos Zumbayev", pensou ele. "E Yuri Krylov e o corpo ainda não identificado encontrado em Danvikstull." Ele os reconheceu em quatro fotografias. Investigara seus corpos com tanta minúcia que não havia dúvida de que eram realmente eles, o que de certa forma era um alívio.

— E as impressões? — disse ele, abrindo os olhos. — Posso ver as fotos mais uma vez?

Uma centena de imagens das mesmas digitais apagadas pelo câncer, que haviam encontrado anteriormente na geladeira de Ulrika Wendin.

Elas estavam em toda parte, e Ivo Andrić entendeu que o fim estava próximo.

KVARTERET KRONOBERG, DELEGACIA DE POLÍCIA

Quando voltaram ao prédio da polícia, Jeanette e Hurtig evitaram falar sobre as descobertas no porão de Dürer, unidos na ideia silenciosa de que a investigação, que tivera curso na primavera e no verão, estava finalmente chegando ao fim.

"Só falta Ulrika", pensou Jeanette.

— Onde você acha que é? — disse Hurtig pensativo, vendo a fotografia que tinham encontrado no porão de Dürer.

— Pode ser qualquer lugar.

Através da polícia de Norrbotten, ficaram sabendo que a antiga casa da família Lundström em Polcirkeln fora demolida, e o mesmo se aplicava à propriedade de Dürer em Vuollerim.

— Parece Norrland — continuou Hurtig —, mas já vi casas assim em Småland. Uma casa normal de guarda florestal. Existem milhares em todo o país. — Ele largou a fotografia e empurrou a cadeira com o pé.

— Me dá aqui — disse Jeanette, e Hurtig entregou a fotografia.

Viggo Dürer estava sentado em uma varanda de casa de campo, olhando diretamente para a câmera. Ele sorria.

À direita, havia uma janela com as cortinas fechadas; ao fundo, uma floresta. Jeanette viu que parecia ser uma foto típica de férias. Mas ela reconhecia algo.

A detetive acendeu um cigarro e soprou a fumaça pela fresta da janela, enquanto o batia com dedos nervosos, embora não houvesse cinzas.

— Acho que foi uma coisa que vi nos vídeos de Lundström — continuou ela, pensando nas imagens a que assistira na salinha claustrofóbica da Polícia Federal.

Eles foram interrompidos pela entrada de Schwarz, seguido por Åhlund. Ambos estavam encharcados. Uma pequena poça de água se formou no chão.

— Caralho, que chuva — disse Åhlund, jogando o casaco molhado sobre uma cadeira livre e agachando, enquanto Schwarz se recostava na parede e olhava ao redor.

— O que vocês descobriram? — perguntou Jeanette.

Åhlund contou que no inventário de Hannah Östlund estava a escritura de uma casa em Ånge, ao sul de Arjeplog, na Lapônia.

— Mas não é só isso— acrescentou Åhlund. — Hannah Östlund doou a casa para a Sihtunum i Diasporan. Para a organização usar quando fosse necessário.

— Por que não vimos isso quando examinamos os ativos da organização? — perguntou Hurtig.

— Talvez eles não declarassem. De acordo com o registro imobiliário, ainda está no nome de Hannah Östlund.

— Quem foi que deu a casa para Hannah? — perguntou Jeanette, sentindo que a informação era importante.

— Anders Wikström — disse Schwarz.

A detetive deu a volta na mesa e parou à janela.

— O mesmo Wikström que participou do estupro de Ulrika — disse ela, acendendo outro cigarro.

"O que tem de errado com esses caras?", pensou Jeanette, já sabendo que nunca teria uma resposta para aquela pergunta.

— Qual é a ligação entre Anders Wikström e Karl Lundström? — perguntou Schwarz.

Hurtig explicou:

— Lundström disse que os vídeos tinham sido gravados na casa de Wikström em Ånge, e nós presumimos que era a Ånge perto de Sundsvall, porque era lá que o cara morava. Mas, ao que parece, tem outra Ånge na Lapônia.

Foi então que Jeanette percebeu o que tinha reconhecido na fotografia. "As cortinas", pensou ela, segurando-a.

— Estão vendo? — disse a detetive, apontando com entusiasmo para a foto. — A janela atrás de Dürer?

— Cortinas vermelhas com flores brancas — disse Åhlund.

— Vou ligar para Von Kwist e providenciar nossa ida para a Lapônia. Espero que não seja tarde demais.

Ela pensou em Ulrika e torceu para que ainda estivesse viva.

AEROPORTO ARLANDA

Quando Madeleine terminou de fazer o check-in e foi em direção ao controle de segurança, faltavam mais de duas horas até o avião decolar. Ela viajava com pouca bagagem, e a única coisa que os seguranças tiveram que inspecionar fora sua bolsa e o casaco azul-cobalto. Ela teve que esvaziar o copo com gelo antes de passar.

"Água congelada pode ser um explosivo", pensou, derramando os últimos cubos.

Ela fechou os olhos ao passar pelo detector de metais. Por alguma razão, o campo magnético afetava sua cicatriz, e sentiu dor na parte de trás da cabeça. Às vezes, lhe causava até mesmo enxaqueca.

Madeleine pegou seu casaco e a bolsa da esteira, então foi até a sala de espera. Locais com muita gente a deixavam inquieta. Muitos rostos, muitos destinos. Pessoas tragicamente inconscientes de sua própria vulnerabilidade. Ela apressou o passo e foi direto para o controle de passaporte.

Quando estava na fila, veio a enxaqueca. O campo magnético fez efeito e ela pegou um comprimido da bolsa. Engoliu-o e passou os dedos sobre a cicatriz no couro cabeludo.

O guarda do controle de passaporte examinou seu passaporte francês, com sobrenome Duchamp, e seu bilhete de ida para Kiev, na Ucrânia. Ele mal a olhou antes de devolver o documento. Ela conferiu o relógio e o quadro de avisos. O avião estava no horário. Faltava uma hora e meia até a partida, e ela se sentou em um canto afastado.

Após Kiev e Babi Yar, ela deixaria tudo para trás. O acordo com Viggo selaria o fim. Madeleine deixaria Victoria Bergman seguir seu caminho, então não restava mais nada a fazer.

Ela estava cansada, e o som de todas as vozes era terrivelmente irritante. Conversas banais e argumentos ruidosos formavam uma mistura maldita que agravava sua dor de cabeça.

Ela procurava ouvir o murmúrio sem discernir palavras e frases. Mas não tinha como, havia sempre vozes que se destacavam.

Tirou o celular da bolsa, colocou os fones de ouvido e ligou o rádio. Selecionou uma frequência que era apenas ruído. Um som baixo e calmante, de modo que pudesse ouvir seus próprios pensamentos.

"Estou na praia em Venöbukten juntando pedrinhas", pensou ela. "O som do mar e do vento é só meu. Tenho dez anos, e estou usando um casaco vermelho, calça vermelha e botas de borracha brancas."

O sussurro nos fones de ouvido era o oceano, e ela viajava em seus pensamentos. O mar de Åland poucos dias antes.

"A que se dizia minha mãe não podia suportar a vergonha", pensou. "Eu lhe mostrei fotos de quando ficava vendo sem fazer nada. Fotos de crianças gritando de dor, fotos de crianças que não entendiam o que estava acontecendo, fotos minhas aos dez anos de idade, nua sobre uma esteira na praia."

Ela não pudera suportar a vergonha. Aquilo a levara às profundezas.

Uma mudança quase imperceptível no ruído. Madeleine se lembrou do som suave de uma rodovia. Um aroma de xampu e lençóis recém-lavados. Fechou os olhos e deixou as imagens virem. O quarto era branco e ela era pequena. Tinha apenas alguns dias de idade e estava nos braços de alguém. Mulheres em uniforme branco e engomado, algumas com máscara de proteção. Ela estava aquecida, alimentada e satisfeita. Sentia-se segura e não queria estar em outro lugar, com o rosto contra um peito que subia e descia no mesmo ritmo que sua própria respiração.

Dois corações no mesmo pulso.

Uma mão acariciando sua barriga. Fazia cócegas. Quando abriu os olhos viu uma boca. No dente incisivo faltava um pedaço.

MARTIN

A água balançava sob o ancoradouro. Ele agachou perto de Victoria. Não entendia como ela podia estar tão quente, embora usasse apenas calcinha.

— Você é meu menininho — disse ela em voz baixa. — No que você está pensando?

Os barcos passavam lentamente. Ele e Victoria acenavam para os homens que os conduziam. Ele adorava barcos e gostaria de ter um, mas ainda era muito pequeno. Talvez pudesse ganhar um após alguns anos, quando tivesse a idade dela. Imaginou como seria seu barco e pensou no que seu primo lhe prometera.

— Vai ser tão legal mudar pra Skåne. Meu primo mora em Helsingborg e vamos poder brincar todo dia. Ele tem uma minipista de corrida e vou ganhar um carrinho dele. Talvez um Ponsack Fajörbörd.

Ela não respondeu. Martin notou que sua respiração ficou um pouco estranha. Ansiosa e rápida.

— No próximo verão, vamos viajar de avião para o exterior. A nova babá vai com a gente.

Martin pensou nos barcos, carros e aviões que ele ia ganhar depois de crescer. Ia ter um terreno com várias garagens e pilotos, motoristas e capitães de navio ao seu serviço. Ele não achava que seria capaz de dirigir tudo sozinho. Não conseguia nem amarrar os sapatos, e às vezes as outras crianças diziam que era retardado. Sua mãe sempre dizia que seu desenvolvimento era apenas um pouco lento.

De repente, ouviu-se um som estranho nos arbustos da encosta. Primeiro como se fosse um camundongo, depois como a tesoura de sua mãe, que ele não podia usar para cortar papel. Victoria virou e ele estremeceu de frio quando ela levantou, levando embora o calor de seu corpo.

Ela vestiu a camisa e apontou para os arbustos.

— Você viu, Martin?

Então as folhas se agitaram. Um pássaro saltou em uma só perna e não parecia estar bem. Estava todo desalinhado.

— Ele não consegue voar — disse Victoria, rastejando até o pássaro. — As asas estão quebradas.

Ele achou que era um pássaro malvado. Olhava para ele com a cabeça encurvada, de um jeito estranho.

— Tira esse pássaro daqui. — Ele tentou se esconder debaixo da toalha, mas não adiantou. O pássaro ainda estava lá. — Por favor, Victoria...

— Está bem... — murmurou Victoria. Ele viu por baixo da toalha quando ela estendeu as mãos lentamente até o pássaro, que estava completamente imóvel, como se quisesse ser pego.

Finalmente, Victoria o agarrou e o levantou do chão. Ele não conseguia entender como podia ser tão corajosa.

— Leva o pássaro para longe, bem longe — disse Martin, sentindo-se mais seguro.

Ela riu dele.

— Por quê? Você tem medo dele? É só um pássaro.

— Leva o pássaro embora! — gritou Martin. — Joga na lata de lixo para ele morrer!

Victoria passou a mão na cabeça do pássaro. Ele bicou de leve seus dedos, mas a menina não parecia se importar. Martin esperava que aquilo a fizesse entender o perigo.

— Está bem — disse Victoria. — Fique aí. Não entre na água.

— Tá — respondeu ele. — Volta logo.

Ele deitou de bruços, arrastou-se até a beira do ancoradouro e viu os barcos passarem. Uma senhora passou remando, depois duas lanchas. Ele acenou para os condutores, mas nenhum o viu.

Então Martin ouviu o som de vozes e pneus de bicicleta contra o cascalho, e levantou.

Três meninos se aproximavam, um de bicicleta e dois a pé. Ele os reconheceu da escola. Não gostava deles. Eram muito maiores e mais fortes e sabiam daquilo. Os meninos o viram, foram até o ancoradouro e pararam.

Martin estava com medo. Preferia o pássaro àquilo. Queria que Victoria voltasse logo.

— Martin... — disse o maior deles, sorrindo. — O que está fazendo aqui sozinho? O bicho-papão pode levar você.

Ele não sabia o que dizer. Ficou em silêncio olhando para eles.

— Você por acaso é mudo? — disse um dos outros dois. Eles eram muito parecidos, e Martin achava que deviam ser gêmeos. Estavam no quinto ano, enquanto o maior era do sexto.

— Eu... — Ele não queria parecer covarde, então decidiu dizer que tinha feito algo que jamais ousaria fazer. — Eu estava nadando.

— Você nadou? — disse o maior deles, virando a cabeça de lado e franzindo a testa. — Até parece. — Ele virou para os outros, que se juntaram à sua risada. — Nada mais uma vez para a gente ver. Pula aí.

O menino subiu no ancoradouro e começou a sacudir a madeira, fazendo as tábuas rangerem.

— Para com isso... — Martin recuou alguns passos.

— Quer ajuda? — disse o maior deles.

— Boa ideia — disse o segundo.

— Isso aí — ecoou o terceiro.

"Por favor, Victoria", pensou ele. "Volte logo."

Por que ela estava demorando tanto? Por que tinha que ir tão longe?

Às vezes, quando Martin ficava assustado, travava. Era como se seu corpo decidisse ficar imóvel.

Ele estava completamente rígido quando o levantaram e ficaram jogando de um lado para o outro.

Ele olhou para o céu. No momento em que os três rapazes o soltaram, uma estrela brilhou.

LUGAR NENHUM

A luz incomodava seus olhos.

Ela estava nua, deitada no piso de concreto, com as mãos atadas nas costas e a fita adesiva na boca. As pernas estavam presas na altura dos tornozelos.

Um grande ventilador zumbia baixinho de vez em quando. Do contrário, o quarto era apenas concreto, com exceção da porta de metal.

Ela estava deitada em posição fetal. A um metro de distância, havia um homem com uma furadeira na mão.

Botas pretas, jeans gastos, torso nu suado, com a barriga escapando da calça. Não conseguia tirar os olhos da furadeira. Era enorme. A broca era bem grossa.

Ela não suportava encarar seus olhos vazios, e continuava olhando fixo para a broca. Viu que o fio estava conectado a uma régua de energia junto à porta. O homem ligou a furadeira e seu punho se retesou. O som da ferramenta aumentou, então ele tirou o dedo do botão e o silêncio voltou. Ela fechou os olhos, ouviu os passos pesados desaparecendo lentamente e não abriu até ele retornar.

O homem montou um estrado de madeira no chão e subiu em cima. Ao lado, havia uma garrafa quase vazia de vodca.

Ele ligou a furadeira novamente, e o ar se encheu de pó.

Ela não fazia ideia do que estava fazendo. Só queria gritar, mas a fita adesiva a impedia. Só saía um gemido. Ela sentiu o vazio em seu estômago e teve medo de vomitar.

A poeira fazia seu nariz coçar. Tinha vontade de espirrar.

Ela olhou em silêncio o homem pegar a garrafa de vodca e tomar um gole grande. De perto, viu que seus olhos estavam vermelhos e entendeu que sua expressão inerte era causada pela embriaguez.

Seu tronco gordo estava sujo, mas debaixo da poeira ela via várias tatuagens nos ombros e nos braços. Uma cobra envolvia seu braço direito e no outro havia uma fileira de espinhos ao redor de uma cabeça de mulher.

— *Eto konets, devotchka* — disse ele, acariciando o rosto dela.

De olhos fechados, ela sentiu seus dedos ásperos tateando seu rosto antes de arrancar a fita adesiva de sua boca. A dor foi terrível, mas ela engoliu o grito.

Sentiu algumas gotas de sangue escorrendo dos lábios. Tinha aberto uma ferida considerável.

— *Devotckha*... — murmurou ele, acariciando seus cabelos enquanto a ouvia tossir. Ela mal entendia uma palavra de russo, mas reconhecia aquela de *Laranja mecânica*. Significava "menina", que era como eram chamadas as mulheres estupradas no filme.

— Beba — disse ele. Ela ouviu o som da garrafa sendo arrastada no chão.

Ele ia estuprá-la? O que ia fazer com a furadeira, além de um buraco no teto?

Ela fez que não, mas ele a segurou pelo queixo e forçou-a a abrir a boca. Suas mãos cheiravam a óleo de máquina.

Quando ela sentiu a garrafa contra os dentes, olhou para cima. O álcool fazia a ferida na boca arder. Ela viu que ele prendera um gancho no teto. Na mesma mão que segurava a garrafa, tinha uma corda de náilon.

"Um laço", pensou ela. "Ele vai me enforcar."

— Beba, *devotchka*... Beba! — Sua voz era suave, quase amigável.

"Foda-se. Beba você essa merda."

Ela espiou ele tomar mais alguns goles da garrafa. Ele passou a mão mais uma vez nos cabelos dela, levantou suavemente sua cabeça e enfiou o laço no pescoço. Depois ele riu e deu um tapinha no rosto dela.

— Eu Rodya... — disse ele, sorrindo e apontando para si mesmo. — E você?

— Rodya... Vá se foder — disse ela. Eram as primeiras palavras que proferia desde que tinha sido presa.

— Não — disse ele. — Vou foder você.

Ele apertou o laço em torno de seu pescoço com tanta força que a corda forçou a laringe dela para baixo. Ela gemeu e o impulso de vomitar retornou.

Ele a segurou e a pôs de lado. Tirou algo do bolso, que Ulrika percebeu que era uma faca quando ele a usou para liberar suas mãos.

— Fodo você até morrer. *Eto konets, devotckha.*

Ele a ergueu pela corda, apertando ainda mais. Os olhos dela faiscavam quando a apoiou contra a parede de concreto.

Ela morreria em breve, embora não quisesse.

Queria viver.

Se escapasse, viveria de um jeito completamente diferente a partir de então. Ela realizaria seus sonhos. Não se esconderia nem teria medo de fracassar, demonstrando a todos que merecia ser levada a sério.

Mas estava a caminho da morte.

Ela pensava em todo o conhecimento que não sabia que tinha. O litoral da Europa e os cinquenta estados americanos. Sabia todos, tinham surgido de uma só vez. Os quatro que ela tivera dificuldade em lembrar eram Rhode Island, Connecticut, Maryland e Nova Jersey, porque pareciam tão pequenos em seu atlas. Ela sentiu seus braços pendendo e a corda ardendo em seu pescoço.

KVARTERET KRONOBERG, DELEGACIA DE POLÍCIA

A polícia sueca possui seis helicópteros do modelo EC135, fabricados pela Messerschmitt, mais conhecida por fornecer aviões à Luftwaffe durante a Segunda Guerra Mundial.

Jeanette Kihlberg e Jens Hurtig estavam sobre o prédio da polícia, à espera de ser transportados. Jeanette exigiu que o promotor arranjasse um helicóptero para levá-los o mais rápido possível para a região norte, com a ajuda de uma força-tarefa. O promotor Von Kwist atendeu ao pedido.

Jeanette andou até a borda do prédio, olhando a noite de Estocolmo.

Hurtig foi em silêncio até seu lado, e eles observaram a vista juntos.

— O mundo é um belo lugar, pelo qual vale a pena lutar — exclamou Hurtig solenemente.

— De onde tirou isso? — perguntou Jeanette, olhando para o colega.

— Hemingway — explicou ele. — *Por quem os sinos dobram*. Sempre gostei dessa frase...

— É uma bela citação — disse ela, sorrindo.

— Depois de tudo o que vi hoje, só concordo com a segunda parte — disse ele, afastando-se.

Jeanette o observou e se perguntou em que estaria pensando. Provavelmente na mesma coisa que ela. Na câmara de horrores de Viggo Dürer.

"Até que ponto uma pessoa pode ser doentia?", pensou ela. "E o que o fez ser assim?"

Ela se admirou com a grandeza do helicóptero quando ele se aproximou. Era como um jatinho com duas hélices. Jeanette entendeu por que o helicóptero não podia pousar em qualquer lugar, como tinha imaginado. Eles se encolheram instintivamente durante o pouso, embora estivessem quinze metros adiante, depois correram para debaixo das hélices e foram recebidos pelo piloto e chefe da força-tarefa.

— Entrem — gritou ele. — Vamos deixar as informações de segurança pra depois.

No total eram onze pessoas sentadas nos bancos laterais. Havia equipamentos completos de combate e uma atmosfera quase reverente, excetuando as perguntas obstinadas de Hurtig.

— Setecentos e cinquenta quilômetros em linha reta — disse ele. — Quanto tempo leva? Três horas?

— Mais — disse o chefe. — As condições meteorológicas não estão a nosso favor. Pode contar com quatro horas. Chegamos por volta de quatro e meia, então é melhor vocês tentarem dormir um pouco.

KIEV

Ele já tinha viajado com nome falso. Mas daquela vez era diferente.

Daquela vez, o nome em sua documentação era de mulher. Seu nome real.

Gilah Berkowitz.

Não houve qualquer problema no controle de passaportes sueco ou letão, e os funcionários ucranianos estavam sonolentos como de costume ao inspecionar passaportes suecos. Válido ou falso, não importava. Tudo o que viam eram as estrelas da bandeira da União Europeia.

Antes de ir até o carro que a esperava, ela comprou um par de maços de cigarro de uma vendedora com as mãos enrugadas e cheias de veias.

Ela sentiu uma pontada no peito, um aperto por dentro. E então a tosse voltou. Uma tosse seca e acentuada com gosto de poeira.

— *Konets* — murmurou. O fim estava próximo. O câncer se espalhara e ela sabia que não havia mais nada a fazer.

O homem atarracado ao volante conduziu o carro para fora do estacionamento. Para o motorista e a agência imobiliária, Gilah Berkowitz era apenas uma sueco-

-ucraniana de classe alta com interesse em ícones. Ela pagava setenta euros por dia para alugar um apartamento de cinco quartos em Michailovska, próximo à praça Maidan, e no preço estava incluído um SUV com tração nas quatro rodas, o tipo de veículo que jamais era parado pela polícia local. Mesmo dirigindo na contramão na frente deles.

Ela sabia como as coisas funcionavam naquele lugar. Não havia problema, desde que houvesse dinheiro.

As pessoas faziam de tudo para se sustentar, e a situação estava particularmente favorável após a crise econômica que atingira o país. Em comparação, a crise na Europa Ocidental era apenas um tremor na superfície. A questão ali era ter seu salário reduzido em trinta por cento de um dia para o outro.

Quando o carro deixou o aeroporto, ela pensou no que tinha visto ao longo dos anos nas ruas das cidades ucranianas. Uma mistura criativa que nunca deixava de surpreendê-la. Quase dez anos antes, havia testado sua hipótese de que uma pessoa em situação de pobreza faria o que lhe dissessem sem questionar se a remuneração fosse suficiente.

O objeto da experiência fora uma mulher jovem e solteira com dois empregos, que mesmo assim não conseguia pagar as contas. Ela entrara em contato e lhe oferecera menos de dois euros por hora para que todas as manhãs se posicionasse em determinado cruzamento e registrasse o número de crianças que passava sem um adulto.

Na primeira semana, confirmara pessoalmente que a mulher se encontrava no local à hora marcada, sem exceção. Começara a fazer visitas ao acaso, e a mulher estava sempre lá com seu caderno preto, mesmo debaixo de chuva ou nevasca.

Depois de perceber que a desesperança estava à venda, ela se aproximara de pessoas com a consciência pesada e em maior desespero. Funcionara sempre de modo satisfatório.

Ela olhou pensativa para a janela. Seu contato em Kiev não era uma exceção. Seu nome era Nikolai Tymoschuk. Kolya. Um homem desesperado que sabia que o dinheiro era o único que não mentia.

Durante o trajeto, ela pegou o celular da bolsa e ligou para ele. A confiança entre os dois se baseava na crença comum de que a compensação financeira era proporcional aos riscos. Ou como ela preferia colocar: o reembolso era tão abundante que os riscos eram sempre aceitáveis.

O telefonema durou menos de dez segundos, porque Kolya sabia exatamente os preparativos que deveria fazer para o dia seguinte. Não tinha nenhuma pergunta a respeito.

Quando o carro parou em frente ao apartamento, ela dispensou o motorista. Um par de notas amassadas trocou de dono quando eles apertaram as mãos.

Ela abriu a porta e o cansaço finalmente a venceu. Esperou por outro ataque de vertigem, levando a mão ao coração antes da dor chegar.

Seu rosto se contorceu, seus olhos faiscaram e suas unhas postiças se desprenderam quando apertou o peito.

Depois de um minuto, o ataque cessou, e ela foi à sala e colocou a mala sobre o sofá, que cheirava mal. Enquanto desfazia a mala, acendeu um dos cigarros sem filtro que comprara da velhinha com mãos cheias de veias saltadas no aeroporto. A fumaça afastava o cheiro abafado de quem tinha estado no apartamento antes dela.

Cinco minutos depois, foi até a janela e ficou vendo a rua Michailovska três andares abaixo, estreita, esburacada e sinuosa.

Ela puxou a cortina e olhou os telhados. Era uma noite sem nuvens, clara e fria. O outono era curto em Kiev, e já se sentia o inverno no ar.

"Então esse é o fim", pensou ela. "De volta onde tudo começou."

Mal conseguia se lembrar dos nomes dos lugares naquela cidade, mas se lembrava de Thorildsplan, Danvikstull e Svartsjölandet. Ainda podia sentir o gosto do último menino. O gosto escorregadio de óleo de canola.

E os meninos que nunca foram encontrados. Em Moja, Ingarö, Norrtäljeviken e na floresta de Tyresta.

E as três meninas. Enterradas na floresta de Färingsö, no fundo do lago Malmsjön e nos juncos de Dyviksudd. No total tinham sido mais de cinquenta crianças.

A maioria da Ucrânia, mas também de Belarus e da Moldávia.

Ela tinha aprendido a ser um homem. Um soldado dinamarquês morto e hormônios masculinos tinham ajudado em sua transformação, que começara quando deixara o pai e os irmãos.

Finalmente, ela se tornara mais forte do que o próprio pai.

Estava tão imersa em seus pensamentos que o celular tocou várias vezes sobre a mesa de centro antes que o escutasse. Ela sabia quem estava ligando e não tinha pressa em atender ou terminar seu cigarro.

O homem do outro lado da linha disse com sua voz grave e rouca exatamente o que se esperava dele antes de desligar. Uma única palavra.

— *Konets*...

Gilah Berkowitz soube que Rodya tinha terminado seu trabalho com a menina Wendin.

A única coisa que lamentou foi ser obrigada a interromper o experimento com o corpo da moça.

Ela voltou até a janela, abriu-a e deixou o ar frio entrar na sala, com os pensamentos voltados para o dia seguinte.

"*Konets*...", pensou, enquanto tossia. "O fim também se aproxima para mim."

O fim de tudo.

Kolya ia garantir que ninguém estivesse nas proximidades do monumento em Babi Yar entre a uma e as três da noite seguinte.

Depois de quase setenta anos, a promessa que havia feito para si mesma seria cumprida. Ela precisara de vinte anos para preparar a pessoa que ia ajudá-la.

Sua cabeça batia contra a parede, a corda de náilon apertava sua garganta e algo grande dentro de sua boca pressionava o palato.

Mas ela não ouvia nem sentia nada. Flutuava para longe do próprio corpo, de modo que nem se percebeu tateando o piso de concreto e agarrando algo quente.

Ela via tudo, descansando no ar, até a menina no chão passando a mão em torno da furadeira, ainda quente depois que o gordo fizera um buraco no teto.

A furadeira fez um estrondo abafado quando a broca foi enterrada na barriga do homem, então ela entendeu que sua força na verdade vinha de baixo, da própria terra.

Ela fechou os olhos e quando os abriu estava mais forte e finalmente conseguia se mover. Foram necessários mais alguns segundos para que Ulrika Wendin lembrasse que seus pés estavam presos com fita adesiva e que ela estava sobre um piso de concreto em um porão em algum lugar.

Um cheiro penetrante e fétido a rodeava. Lembrava o cheiro de soro de leite, o mesmo cheiro que sentira durante as aulas de biologia, quando os professores obrigavam as crianças a dissecar olhos de vaca com pequenos bisturis. Ela virou a cabeça. Ao lado, apoiado contra a parede, estava um homem olhando-a com um largo sorriso no rosto. Seu outro braço estava preso sob seu enorme corpo. Ele tinha um buraco na barriga e era de lá que o cheiro vinha.

— *Eto konets, devotchka* — murmurou ele, ainda sorrindo. Sua expressão não estava mais vazia. O homem parecia quase feliz.

Ela própria sentia uma calma que jamais experimentara. Tão grande que não abarcava ódio ou perdão.

O homem tossiu e até mesmo seus olhos sorriam.

— Você é forte, *devotchka* — sussurrou ele, com um fio de sangue saindo pela boca.

Ela não fazia ideia do que ele queria dizer. Tentou engolir, mas a dor era intensa. Ela percebeu que sua laringe estava ferida.

Olhou com fascinação como o homem procurava algo no bolso dos jeans sujos. O sangue escorria pela ferida no estômago.

"A faca", pensou ela. "Ele está procurando a faca."

Mas não era a faca. Era seu celular. Tão pequeno que quase desaparecia em sua mão enorme.

Um bipe. Outro bipe e um último bipe antes de ele levar o telefone ao ouvido.

Para ela, passou uma eternidade até que as chamadas fossem interrompidas por alguém atendendo. O homem ainda a olhava sorridente.

Seus olhos se encheram de sangue.

— *Konets* — disse, antes de o telefone deslizar de sua mão. Então ele olhou para ela. — Acabei de salvar sua pele.

Enquanto a luz se apagava de seus olhos, Ulrika Wendin percebeu que o homem estava envergonhado.

Ela não sabia quanto tempo tinha ficado com a furadeira na mão e mal notou quando a largou no chão, removeu a fita de seus pés e levantou.

Precisava ir embora, mas antes tinha que arranjar algo para se cobrir. Com as pernas bambas, foi até a sala ao lado e encontrou um jaleco.

Era uma noite de neve, fazia frio e aquilo não bastava, mas não havia escolha.

A neve chegava até seus joelhos enquanto ela descia a encosta em direção à floresta.

LAPÔNIA, NORTE DA SUÉCIA

Jeanette e Hurtig foram os últimos a sair do helicóptero. Quando o motor silenciou, ouviu-se apenas o sussurro do vento nos pinheiros esguios, cobertos por uma camada de dez centímetros de neve fresca. O inverno chegava cedo às serras, mil quilômetros ao norte de Estocolmo. Fazia frio e a neve rangia sob o peso das botas. A única fonte de claridade eram as luzes nos capacetes dos policiais.

— Vamos nos separar em grupos de três e nos aproximar da casa nas quatro direções — disse o chefe da força-tarefa, indicando em um mapa qual caminho tomar. Depois ele se dirigiu a Jeanette e Hurtig. — Vocês vêm comigo. Vamos tomar o caminho mais direto, andando um pouco mais devagar para que os demais tenham tempo de rodear a casa sem ser detectados. Está bem?

A floresta era rala. A neve caía, entrando pela gola da blusa. Jeanette tremia de frio quando a neve derretia, deslizando por suas costas. Hurtig avançava com passos firmes, e ela viu que se sentia em casa. Provavelmente ao crescer em Kvikkjokk ele tinha andado por florestas em condições semelhantes.

O chefe da força-tarefa parou e ergueu a mão.

— Chegamos — disse ele em voz baixa.

Por entre as árvores, Jeanette viu uma casa de campo e a reconheceu a partir da fotografia. Ela viu a varanda onde Viggo Dürer se sentara e sorrira para a câmera, mas além de uma janela pobremente iluminada a casa não tinha nenhum sinal de vida.

No mesmo instante, o silêncio foi quebrado. Policiais altamente treinados correram adiante com armas em punho.

Quando Jeanette seguiu Hurtig em direção à casa, viu as pegadas indo na direção oposta.

Havia marcas de pés descalços indo rumo à floresta.

VITA BERGEN, APARTAMENTO DE SOFIA ZETTERLUND

A entrada estava cheia de sacos de lixo, e Victoria ia tratar de fazê-los desaparecer. Cada pedacinho de papel deveria ser retirado.

As respostas para as suas perguntas não estavam neles, e sim dentro dela. O processo de cura estava tão avançado que ela sentia que teria acesso total às suas memórias. As notas e recortes de jornais tinham ajudado a dar os primeiros passos, mas não eram mais necessários. Ela sabia o caminho que deveria seguir.

O quarto de Gao estava vazio. A bicicleta ergométrica tinha sido transportada para a sala de estar, os colchões estavam no depósito e só faltava remover o isolamento acústico.

Ela amarrou o último saco de cento e vinte e cinco litros e o colocou junto à porta. Precisava se livrar de doze por conta própria, mas não sabia como proceder. Teria que alugar uma carreta ou uma van para levar toda a carga.

O mais fácil seria ir até uma central de reciclagem, mas não parecia ser uma boa ideia. Ela ia precisar de um ritual de despedida. Um ato de encerramento simbólico, como uma fogueira.

Voltou à estante para fechar a porta do quarto de Gao.

Quando ela pôs a mão na fechadura, deteve-se e abriu a porta de novo, deixando-a daquele jeito por um tempo, depois repetindo o movimento. Outra vez, outra vez e outra vez.

Uma memória estava contida naquilo.

A prateleira do porão da fazenda de Viggo Dürer, em Struer, e o quarto contíguo. Um arrepio percorreu seu corpo. Ela não queria recuperar aquela memória.

LAPÔNIA

O mundo era branco e frio, e ela correu através da neve fofa pelo que pareceu uma eternidade.

Apesar da desidratação e da privação de sono nos dias anteriores, estava bem desperta. Como se o corpo se obrigasse a suportar, embora não tivesse mais reservas de energia.

O clima também ajudava, e o frio impulsionava-a a seguir adiante. Os flocos afiados golpeavam seu rosto.

Algumas vezes, ela via as suas pegadas, percebendo que tinha corrido em círculos. Mal sentia os pés e tinha dificuldade em andar. Quando parava para tentar aquecê-los, procurava ouvir o som de seus perseguidores. Mas tudo estava completamente silencioso.

O mundo era tão branco que até mesmo a escuridão da noite era ocultada pela clareza que a atingia em forma de algodão gelado ao percorrer seu caminho através da floresta rala, convencida de que não viveria muito mais.

Ela se amaldiçoou por não ter revistado melhor a casa à procura de roupas mais quentes.

A temperatura estava abaixo de zero e ela estava descalça, vestida com um jaleco de tecido leve.

Uma hora, que normalmente passava despercebida, se tornou a coisa mais preciosa do mundo, por isso ela corria de cara limpa contra seu destino. Com o ar gelado ardendo na garganta, continuou como se houvesse uma salvação. Os galhos batiam em seu rosto criando a ilusão de que ela estava a caminho de algo. De um lugar além das expressões "ao longe", "adiante" e "depois".

Ulrika Wendin respirou fundo e correu como se existisse esperança em um mundo de rocha, neve e frio.

Ela corria e pensava, pensava e corria. Lembrando as escolhas que fizera sem arrependimento, permitindo-se sonhar com o que ainda não tinha acontecido. O que tinha feito e o que faria.

Mas o frio era implacável e ela respirava de forma irregular.

Ao longo dos topos dos abetos cobertos de neve, ela vislumbrou uma faixa vermelho-dourada e viu que o dia estava raiando, mas não acalentava nenhuma esperança de que o sol nascente pudesse lhe aquecer o suficiente. O sol de inverno sueco era inútil, não servia para nada. Embora fosse o mesmo sol que ardesse nos campos do sul da África, ali no extremo norte era completamente gelado.

"A vida", pensou ela, e o pensamento foi repetido quando ouviu o som de um helicóptero se aproximando. Ulrika parou e escutou. Chegava cada vez mais perto. Quando estava ao que acreditava ser apenas alguns quilômetros de distância, ela o ouviu aterrissando. O motor parou e por fim tudo ficou em completo silêncio. "Eles estão bem perto", pensou ela. Talvez até mesmo na casa onde fora mantida prisioneira. Ela sabia que tinha que se apressar para encontrar o caminho de volta.

Tentou seguir suas próprias pegadas de volta, mas o vento já as tinha varrido.

Suas pernas se moviam para a frente, e as solas adormecidas não se incomodavam com pedras e galhos, que deixavam marcas e abriam feridas. Ela se deu conta de que dor significava vida, e entendeu que o helicóptero podia ser de alguém que tinha vindo salvá-la. Mais uma vez, encheu-se com a esperança de que sua vida não tinha chegado ao fim.

As pegadas na neve tornaram-se cada vez mais indistintas, e finalmente o vento chegou antes e limpou-as completamente. Então o frio se tornou tão doloroso a ponto de anestesiá-la, e seus nervos fizeram o possível para enganá-la. O corpo inteiro gritava de frio, mas seu cérebro a fazia acreditar que estava suando. Ela tropeçou e sentiu a roupa queimando seu corpo.

A última coisa que Ulrika Wendin fez em vida foi se livrar do jaleco. Depois ficou deitada nua sobre a neve branca e fria, entendendo que tinha acabado. "A vida segue adiante", pensou ela. "É sempre assim."

Pelo menos estava aquecida.

VITA BERGEN, APARTAMENTO DE SOFIA ZETTERLUND

Victoria Bergman estava sentada à janela da cozinha com uma xícara de café e o celular na mão. O sol da manhã era forte e lançava sombras nítidas na rua abaixo.

O jogo de sombras se assemelhava a um quebra-cabeça cubista cujas bordas eram afiadas como cacos de vidro. Ela pensava em seu próprio quebra-cabeça interior, que estava perto de ser resolvido.

Podia continuar trabalhando como psicóloga? Ela não sabia, mas nesse caso deveria aceitar que era Sofia Zetterlund, uma psicoterapeuta que alugava um consultório na praça Mariatorget.

"Victoria Bergman seria uma clandestina", pensou ela. "E Sofia Zetterlund estaria no papel." Tinha sido daquele jeito por um longo tempo, mas a diferença era que a Sonâmbula agora estava morta, e era ela quem decidia, sentia e agia.

Nunca mais teria lapsos de memória. Nem passeios noturnos e visitas a bares. Não andaria cambaleando de embriaguez em parques escuros. Não precisava mais demonstrar sua existência para Sofia daquela maneira. Uma vez chegara a cair na água em Norra Hammarbyhamnen. No dia seguinte, Sofia encontrara suas roupas molhadas na cozinha, sentira o cheiro e provara a água, tentando desesperadamente entender o que havia acontecido. A resposta era simples: ela tinha ido até o Hotel Clarion, subira com alguém para o quarto, transara até ficar enjoada e depois fora ao cais com duas garrafas de vinho, bebera demais e caíra na água.

Victoria se afastou da janela, pôs a xícara de café em cima da pia e foi até a sala. Precisava dar um jeito nos sacos de lixo.

Ela já sabia para onde devia levá-los. Era uma escolha lógica.

Ligou para Ann-Britt e informou que pretendia fechar o consultório por tempo indeterminado. Ela precisava viajar para qualquer lugar e não sabia quanto tempo ficaria. Talvez um mês ou dois, talvez alguns dias. O aluguel já estava pago por um ano e não haveria nenhum problema.

Ela prometeu manter contato e fornecer mais informações depois, então encerrou a ligação.

Outro telefonema, agora para uma locadora de automóveis.

Ela alugou uma van com capacidade para vinte e dois metros cúbicos. Poderia buscá-la em uma hora, o que era ótimo, porque tinha um bom percurso pela frente e levaria mais de duas horas só para carregar a van.

Ela se deteve.

Uma ideia começava a se formar em sua cabeça.

Mesmo alguém que sentia que sempre tomava decisões erradas em sua vida mais cedo ou mais tarde acabaria tomando a decisão correta.

Era o que acontecia naquele momento.

Victoria Bergman pegou o celular novamente e ligou para o banco.

Ela foi conectada a uma mulher que a ajudou a realizar as transações. Era um pouco mais complicado do que o serviço usual, e no início a mulher tentou demovê-la.

Mas Victoria estava resoluta. Inabalavelmente resoluta.

E Sofia não se opôs.

Na próxima chamada, não houve tentativa de dissuadi-la. Pelo contrário: sua ideia foi bem recebida pelo rapaz que trabalhava no Audi Center em Smista.

Quando ela desligou, parecia mais leve.

Ela havia posto um fim em sua vida em Estocolmo.

E então partiria para um lugar que ainda significava algo para ela.

Um lugar onde estaria por conta própria, onde as casas estavam vazias naquela época do ano, onde o céu estrelado era iluminado e claro, como quando era pequena.

KIEV

As duas cidades industriais do leste da Ucrânia, Donetsk e Dnipropetrovsk, eram conhecidas por ser as únicas no mundo em que a neve era preta. Mas ela viu então que não era verdade. A neve era preta também na capital, e um enxame de fuligem batia contra as janelas do carro.

Madeleine estava sentada no banco de trás. O rosto do motorista refletia no para-brisa contra o fundo escuro de guindastes altos, chaminés e fábricas. Era pálido, magro e tinha a barba por fazer. O cabelo era preto e os olhos azuis, frios e nervosos. Seu nome era Kolya.

As ruas desapareciam na bruma da noite, enquanto eles passavam sobre uma das pontes do rio Dnieper. Vendo as águas brilhando no escuro, ela se perguntou quanto tempo sobreviveria se pulasse no rio.

Do outro lado encontrava-se uma sequência de instalações industriais. Kolya desacelerou antes de um cruzamento e virou à direita.

— É aqui... — disse ele, sem olhá-la.

O homem conduziu o carro até uma estradinha, estacionou em frente a um muro alto, saiu do carro e abriu a porta para ela.

A noite tinha um frio penetrante e o vento a fez estremecer.

Kolya trancou o carro e andou ao longo do muro. Pararam em frente a uma cerca de madeira descascando, ao lado do que pareceu ser uma guarita. Ele ergueu a cancela e fez um gesto para que entrasse. Ela obedeceu e o seguiu. Ele destrancou o portão do edifício principal.

— Quinze minutos — disse ele, olhando o relógio. Um homem baixo, magro e vestido de preto saiu da escuridão, convidando-os a segui-lo.

Chegaram ao pátio e o homem abriu uma das portas da casa, enquanto Kolya tirava um maço de cigarros do bolso.

— Eu espero aqui fora.

Madeleine entrou. Havia uma única janela completamente coberta por tábuas. À esquerda, estava uma porta aberta, por onde ela podia vislumbrar uma grande mesa com armas de fogo. O homem segurava uma pistola automática e a convidou a entrar.

Ela olhou em volta da sala. Alguém tinha removido o papel de parede, lixado e preparado tudo para ser pintado, mas evidentemente não tinha se preocupado em concluir o trabalho. A fiação estava solta e pendurada diagonalmente.

O homem entregou uma arma para ela.

— Luger P08 — esclareceu ele. — Do tempo da guerra.

Ela pegou a arma, sentiu o peso e se admirou com como era pesada. Então tirou um maço de cédulas do bolso e o entregou. O dinheiro de Viggo Dürer.

O vendedor lhe mostrou como se usava a velha arma. Ela viu que estava enferrujada e esperou que o mecanismo não emperrasse.

— O que aconteceu com seu dedo? — perguntou ele, mas Madeleine não respondeu.

Enquanto Kolya a conduzia através da noite, ela pensou sobre o que a esperava.

Tinha certeza de que Viggo Dürer manteria sua parte do acordo. Conhecia-o bem e sabia que podia confiar nele.

De sua parte, o acordo significava que poderia passar a limpo tudo o que tinha acontecido, esquecer o passado e continuar com seu processo de cura. Logo todos que estavam em dívida com ela estariam mortos.

Exceto Annette Lundström. Mas ela já fora punida o suficiente. Perdera toda a família e estava num surto psicótico. Além disso, nunca tinha sido mais do que uma observadora passiva dos abusos.

Madeleine só pensava em voltar a seus campos de lavanda, onde queria permanecer pelo resto da vida.

Kolya desacelerou e ela entendeu que em breve chegariam. Ele encostou o carro, subiu na calçada e estacionou do lado de um ponto de ônibus.

— Estação Syrets. É ali. — Ele apontou um edifício baixo de concreto um pouco adiante. — Sabe chegar até o monumento? O menorá?

Ela fez que sim e pôs a mão no bolso. Ao passar os dedos sobre o pistão enrugado, sentiu a frieza da arma enferrujada.

— Vinte minutos — disse ele. — Então a área vai estar segura.

Madeleine saiu do carro e bateu a porta.

Ela sabia que devia seguir à direita da estação, mas desceu as escadas até as lojas no subsolo. Depois de cinco minutos, encontrou o que procurava, um pequeno restaurante de fast-food, e pediu um copo com gelo.

Ela subiu as escadas e virou em direção ao parque. Sua mão doeu ao esmagar o gelo. Madeleine se lembrou da sensação de quando perdera um dente. A fria sensação de sucção no buraco na gengiva. O gosto de sangue na boca.

A passarela conduzia a um pequeno espaço aberto antes de continuar até o parque. Um círculo pavimentado com uma estátua sobre um pedestal. A escultura tinha uma aparência modesta e representava três crianças. Uma menina com as mãos estendidas e duas crianças menores descansando aos seus pés.

Na inscrição do pedestal, ela leu que a estátua fora erguida em memória de milhares de crianças executadas durante a guerra.

Madeleine mastigou os cubos de gelo, deixando a estátua para trás e continuando ao longo da passarela até o parque. Os gritos ainda estavam dentro dela, mas em breve poderia pô-los para fora.

Já tinha começado a nevar na região de Hedemora, e ela perdera as esperanças de ver estrelas sobre o lago de Dala-Floda.

Mas o céu nunca era tão claro como em uma memória de infância.

A floresta começava a se adensar. Não faltava muito. A última vez que fizera aquele caminho, era seu pai quem estava dirigindo. Ela se lembrou da viagem através de uma névoa de discussões. Foi quando eles venderam a casa, e sua mãe tinha uma ideia errada do preço que poderiam pedir.

Ela também se lembrava de outras viagens e do lugar onde ele parava o carro para que o satisfizesse. Felizmente, a estrada tinha sido alargada e a área de descanso fora removida.

Ela passou por lugares familiares. Grangärde, Nyhammar e pouco depois Björbo. Tudo parecia tão diferente, mais feio e mais escuro, mas sabia que aquilo não era de verdade.

Como podia ter memórias tão felizes, depois de tudo o que passara naquele lugar?

Talvez fosse graças àquele verão quando ela tinha dez anos e conhecera Martin e sua família. Algumas semanas sem seu pai, apenas aos cuidados de tia Elsa.

A estrada fez outra curva e então a casa de campo surgiu ao lado esquerdo.

Ela parou a van ao lado da cerca e desligou o motor. O vento estava mais calmo ou era a floresta que dava abrigo. Os grandes flocos de neve caíam suavemente no escuro enquanto ela caminhava até a cerca.

Como outras construções da região, aquela ainda era uma casa de veraneio, portanto estava deserta e escura. Mas tinha sido reformada até se tornar irreconhecível. Ganhara duas expansões e um terraço que se estendia à frente e nos dois lados, janelas e portas modernas, um telhado novo.

A mistura de velho e novo era de um mau gosto irritante.

Ela voltou até a van e sentou atrás do volante. Não conseguiu girar a chave na ignição e permaneceu sentada por um tempo. A neve caía devagar sobre o para-brisa e seus pensamentos voltaram no tempo. Ela correra muitas vezes ao longo daquele caminho, para a casa que os pais de Martin tinham alugado. Não dava para ver dali, e talvez fosse aquele o motivo pelo qual ela não conseguia ligar o motor e dirigir para longe. Tinha medo das lembranças.

"Tenho que ir até o lago", pensou ela. Finalmente deu a partida e seguiu em frente. Depois de uma curva, apenas passou os olhos pela casa, por tempo suficiente para ver que também fora ampliada e provida de um grande terraço. Também estava deserta. A partir dali a estrada descia, e ela já podia divisar o lago a uma curta distância. A pista estava escorregadia, mas ela conduzia a van perto da beirada para ter maior aderência. Depois de outra curva passou por dois postes de madeira com uma placa indicando que aquela era uma área de banho segura.

Ela saiu e abriu as portas traseiras da van.

Doze sacos de lixo com fragmentos de sua vida, milhões de palavras e milhares de imagens que, de alguma forma, levavam de volta a ela.

Conhecer a si mesma era como desvendar um criptograma.

Depois de vinte minutos, ela pôs todos os sacos de plástico na praia coberta de neve.

A água ainda não estava congelada, e ela se agachou na beira e passou os dedos nela.

Seus olhos já tinham se acostumado à escuridão, e a neve branca armazenava o suficiente de luz para que se conseguisse ver um bom bocado do lago. Pouco mais ao longe, por trás do padrão manchado de branco acima da superfície do lago, ela sabia que havia uma grande pedra.

Quando era criança e nadava naquele lago, as águas escuras ao redor a protegiam do mundo exterior. Sob a superfície havia segurança, e ela costumava nadar quatro vezes entre o ancoradouro e a pedra, quatro vezes cinquenta metros, e depois deitar na praia para tomar sol. Fora num daqueles momentos que conhecera Martin.

Ele tinha então três anos de idade, e ela fora sua Píppi ao longo de um verão ensolarado. Uma criança, embora adulta, que fora obrigada a se virar sozinha.

Com Martin, ela aprendera a se importar com os outros, mas tudo fora destruído seis anos mais tarde, quando ela o deixara sozinho no rio Fyris.

Ela se afastara por cinco minutos. Fora o bastante.

Talvez tivesse sido um acidente, talvez não.

De todo modo, foi naquele rio que a Garota-Corvo recebera seu nome. Ela existia em Victoria desde antes, mas apenas como uma sombra não nomeada.

Ela tinha certeza de que a Garota-Corvo não era uma de suas personalidades.

O bater de asas que sentia sob as pálpebras e os pontos cegos no campo de visão indicavam que se tratava de algo completamente diferente.

A Garota-Corvo era uma resposta imediata a um trauma. Um distúrbio epiléptico no cérebro, que interpretara erroneamente quando jovem como uma criatura alienígena em seu interior.

Ela voltou à van e pegou uma toalha. Depois voltou à praia, tirou os sapatos e dobrou as calças até os joelhos.

Logo após dar os primeiros passos cuidadosos dentro da água, sentiu a dormência. Como se o lago tivesse mãos, agarrando seus tornozelos e abraçando-os com firmeza.

Ela ficou imóvel por um momento. A dormência se transformou em uma sensação de ardor. Ela começou a se sentir melhor, então voltou até a praia e pegou o primeiro saco.

Arrastou-o e o deixou flutuar na superfície, foi até o ponto em que a água atingia suas coxas e o esvaziou cuidadosamente.

Palavras e imagens fluíram devagar sobre a água escura, como flocos de neve. Ela voltou para pegar o próximo saco.

Trabalhou com afinco, saco após saco. Esqueceu o frio e tirou a calça, a jaqueta e a camisa. Só de calcinha e sutiã ela conseguia ir mais longe. A água chegava à altura do peito e ela não notou que não estava respirando. O abraço frio do lago comprimia seus músculos, e ela não sentia os pés contra as pedras do fundo. Em volta dela estava tudo branco por causa dos papéis, que grudavam nos seus braços e em seu cabelo. A sensação era indescritível. Uma euforia perfeita. E, em algum lugar sob a emoção, ela tinha o controle.

Não estava com medo. Como o lago dava pé, as cãibras não eram um problema.

"Tudo vai empalidecer", pensou ela. "Todos os papéis vão perder a tinta e as palavras serão dissolvidas na água, se unindo a mim."

O vento suave levou para longe o conteúdo dos sacos, para o interior do lago. Pequenos icebergs afundavam e se dissolviam além da visão, em meio às águas.

Depois que esvaziou o último saco, ela nadou de volta à praia. Antes de ir embora, deitou de costas por um instante e olhou a neve caindo. O frio era caloroso, e ela sentiu um alívio inaudito.

BABI YAR

Babi Yar. A ravina das mulheres. Era um local inóspito, nos limites da cidade, de modo que os guardas costumavam adoçar o trabalho levando esposa ou amante com eles.

A ravina das mulheres fora um símbolo de amor. Mas ela se lembrava do lugar do modo que se encontrava naquele dia de outono, quase setenta anos antes, e ainda ouvia os gemidos brotando do chão.

Em menos de quarenta e oito horas, os nazistas tinham exterminado a população judaica de Kiev, mais de trinta mil pessoas. Depois, haviam usado a ravina para fazer o sepultamento coletivo. Desde então, o lugar tinha sido transformado num parque belo e exuberante. A verdade era sempre relativa. Ardilosa como um mal profundo sob a superfície verdejante.

Uma pequena braçadeira de madeira. Um torniquete no dedo. Torcendo um pouco mais. E um pouco mais.

Devia doer. Fisicamente. A dor deveria se espalhar do polegar até o coração, transportada pelo sangue. O torniquete fazia com que se transformasse em meditação.

O dedo ficava azul. Uma volta a mais, e mais uma, e depois outra. Os gritos dos mortos pulsavam em seu dedo.

Viggo Dürer, nascido como Gilah Berkowitz, tinha dez minutos de vida. Ajoelhou-se na frente do memorial, um menorá, o candelabro de sete hastes. Alguém pendurara uma coroa de flores em um dos vigorosos braços.

Seu corpo era velho; as mãos, enrugadas; o rosto, pálido e desbotado.

Usava um casaco cinza com uma cruz branca nas costas.

A cruz era um sinal indicando um prisioneiro que tinha sido libertado do campo de concentração em Dachau, mas o casaco não era de Gilah Berkowitz. Era de um jovem dinamarquês chamado Viggo Dürer. Por isso, sua liberdade era falsa. Ela nunca tinha sido uma pessoa livre, antes ou depois de Dachau. Fazia setenta anos que estava acorrentada, e aquele era o motivo pelo qual tinha voltado.

O acordo com Madeleine seria cumprido.

No subsolo da ravina, ela finalmente encontraria a paz, com aqueles que enviara para a morte.

Deu mais uma volta no torniquete. A dor no dedo se tornou quase muda e as lágrimas nublaram seus olhos. Tinha sete minutos de vida.

"O que é a consciência?", pensou. "Arrependimento? É possível se arrepender de uma vida inteira?"

Começou com ela traindo sua família durante a ocupação. Informara sua origem aos alemães, que levaram todos seus pertences em uma carroça para o cemitério judaico, perto de Babi Yar. Fora o ciúme que a fizera entregá-los.

Ela era uma *mamzer*, uma bastarda que não pertencia à comunidade.

Naquele dia de outono, decidira viver o resto de sua vida como outra pessoa.

Mas queria ver uma última vez seu pai e seus dois irmãos. Não muito longe do local onde se encontrava, existira um bosque cercado por grama alta. Fora lá que se escondera e testemunhara tudo. O dedo pulsava de dor, enquanto as imagens voltavam.

Um dos comandos alemães, em companhia de dois batalhões da polícia ucraniana, tomara conta da logística. Tratava-se de um trabalho sistemático, quase industrial.

Ela tinha visto centenas de pessoas sendo levadas até a ravina para ser baleadas.

Muitas estavam nuas, privadas de todos os seus bens. Homens, mulheres e crianças. Não fazia diferença. Era um extermínio igualitário.

Mais uma volta no torniquete. A madeira rangeu, mas a dor sumiu. Havia apenas uma forte sensação de calor. Ela aprendera que a dor psíquica podia ser dissipada por meios físicos, fechara os olhos e vira tudo mais uma vez diante de si.

Um policial ucraniano veio andando com um velho carrinho de mão enferrujado, carregado com bebês gritando. Outros dois policiais se aproximaram e juntos eles jogaram os pequenos corpos na ravina.

Ela não tinha visto seu pai, mas vira seus irmãos.

Os alemães tinham acorrentado um grupo de meninos, de duas ou três dúzias, e os que sobreviveram foram obrigados a transportar seus colegas mortos ou inconscientes.

Seus dois irmãos faziam parte do grupo e estavam vivos ao ajoelhar na beira da cova, antes de serem baleados na nuca.

Ela tinha cinco minutos para viver. Soltou finalmente o torniquete e colocou-o no bolso. O dedo pulsou e a dor retornou.

Ajoelhou-se no mesmo lugar que seus irmãos tinham se ajoelhado. Estava ao mesmo tempo no passado e no presente. No passado em que entregara sua família e tudo começara.

Tudo o que ela fizera em sua vida viera do que acontecera naqueles dias de outono.

Ela fizera parte de uma sociedade acusatória. A ditadura de Stálin transformava amigos em inimigos, e nem mesmo seu seguidor mais devotado estava a salvo. Quando os alemães chegaram, os papéis se inverteram. Então eram judeus e comunistas que eram denunciados, e ela só fez o que todo mundo fazia. Adaptou-se e tentou sobreviver. Era impossível para uma menina judia, *mamzer* ou não, mas bem possível para um homem jovem e forte.

Não tinha sido fácil esconder dos outros seu verdadeiro sexo, ainda mais em Dachau. Provavelmente teria sido impossível se não fosse pela proteção do chefe da guarda. Para ele, ela era uma tesourinha, uma *ohrwürmer*, homem e mulher.

Mentalmente Gilah Berkowitz era tanto homem quanto mulher, ou nenhum dos dois. Por fora sempre fora mais prático, devido às vantagens sociais, passar por homem.

Ela até se casou com uma das meninas de Sigtuna, Henrietta Nordlund. Tinha sido o casamento ideal. Ela garantia o sustento de Henrietta em troca de silêncio e aparições regulares como sua esposa.

Henrietta não poderia ter desejado marido melhor. Mas, nos últimos anos, se tornara um fardo.

O mesmo se aplicava a Anders Wikström, então fora necessário causar um acidente.

A noite estava silenciosa. As árvores altas bloqueavam o ruído da cidade. Ela tinha três minutos para viver. Havia designado seu carrasco uma década antes, quando Madeleine era uma menina de dez anos.

A mesma idade que ela tinha quando traiu seu pai e seus irmãos.

Agora Madeleine já era uma adulta com muitas vidas em sua consciência.

Gilah Berkowitz procurava escutar se alguém estava se aproximando, mas ainda fazia silêncio. Havia apenas o barulho do vento nas árvores e dos mortos sob a terra. Um leve gemido.

— *Holodomor* — murmurou ela, apertando mais o casaco com a cruz branca.

Imagens fluíam em seu interior. Rostos ressequidos e corpos esquálidos. Moscas em uma carcaça de porco. Seu pai na mesa de jantar com talheres de prata nas mãos. Um pombo no prato de porcelana. Seu pai comera pombos e ela própria tinha comido grama.

Holodomor foi a fome patrocinada por Stálin, um genocídio organizado que tirara a vida de sua mãe. Eles a tinham enterrado fora da cidade, mas o túmulo fora saqueado por pessoas famintas.

Durante a guerra, os nazistas costuraram luvas feitas de pele humana e fizeram sabão com um povo inteiro. Aquilo podia ser visto em um museu, mediante pagamento na entrada.

Tudo o que era doentio acabava sendo exposto em museu.

Se ela era doente, todos eram. Imaginou se era uma coincidência ter ido para a Dinamarca, onde há o maior número de corpos embalsamados do mundo. Abriam-se furos nas cabeças dos mortos para liberar os maus espíritos e depois os afundavam nos pântanos.

Não muito longe de Babi Yar estava o Mosteiro das Grutas, com os corpos mumificados de monges que se trancaram em tocas apertadas para chegar mais perto de Deus. Agora repousavam em caixas de vidro e seus corpos pareciam de crianças. Estavam cobertos de tecidos, mas suas mãos atrofiadas se projetavam, e às vezes uma mosca conseguia entrar e comer o que havia sobrado de seus dedos. Os cadáveres nas grutas eram itens de exposição e o preço para chorar sobre eles era o mesmo de uma vela.

Então ela ouviu passos se aproximando. Lentos e decididos, ecoavam sobre as pedras. Aquilo significava que tinha apenas um minuto para viver.

— *Konets* — sussurrou ela. — Venha.

Pensou na arte que havia criado, sem explicação ou motivo. Era inexplicável e original, e tinha feito a si mesma.

Era a Gnosis, uma brincadeira de criança livre de objetivo específico.

Se não tivesse visto seus irmãos morrerem na ravina de Babi Yar, se sua mãe tivesse sobrevivido à Grande Fome, então ela jamais teria forçado dois irmãos cazaques a se matarem com suas próprias mãos, vendo tudo vestida como sua mãe, uma autêntica judia.

Mamzer era a palavra que explicava tudo o que ela fizera. *Mamzer* era o remorso e a exclusão, a vida e a morte ao mesmo tempo, momentos congelados do que estava perdido.

Tornar-se adulto era um crime contra a própria infância e também uma negação da Gnosis. Uma criança não tem sexo e ser assexual é estar próximo à origem. Descobrir o sexo é cometer um crime contra o Criador.

"Sou um inseto", pensou ela, ouvindo os passos logo atrás, que foram desacelerando até parar. "Sou uma centopeia e não posso ser explicada. Quem me entender é tão doentio quanto eu. Não há nenhuma análise. Os gemidos da terra devem me abandonar."

Ela parou de pensar quando a bala perfurou sua cabeça inclinada, mas seu cérebro teve tempo de registrar um estampido e as asas das aves fugindo no céu noturno.

E então a escuridão.

DALA-FLODA

Ela se enxugou e se vestiu, permanecendo várias horas à beira do lago. O que costumava ficar confinado a um quartinho estava espalhado numa área de cem metros quadrados. Pareciam ser nenúfares, mas não passavam de manchas cinzentas no escuro.

Alguns papéis flutuaram de volta para a margem. Talvez algumas linhas incompreensíveis de um livro, talvez uma fotografia de jornal ou uma anotação sobre Gao Lian ou Solace Manuti.

Depois viria a primavera, decompondo aqueles papéis na areia ou no fundo do lago.

Quando dirigia de volta, parou de nevar. Ela não dedicou nenhum olhar às casas de campo. Apenas se concentrou na estrada que serpenteava ao sul através da floresta.

Em breve a neve desapareceu na estrada e a floresta de coníferas foi sucedida por uma mata mista, com bétulas, bordos, pinheiros e abetos. A paisagem ficou mais plana e a van deslizava como uma pluma sobre o asfalto.

O peso que ela deixara para trás fazia as rodas girarem com mais velocidade. Ela já não tinha nenhuma bagagem. Lembrou que a locadora de veículos possuía agências em todo o país, e se quisesse poderia devolver a van em Skåne.

Andava pouco acima do limite, mas não por estar com pressa de chegar. Cem quilômetros por hora era uma velocidade meditativa.

Na realidade, tinha tudo de que precisava. Na bolsa estava a carteira, a habilitação, os cartões de crédito e uma muda de roupa limpa. No banco do passageiro, a toalha secava sobre o aquecimento.

Ela não precisava se preocupar com dinheiro. Mal tinha tocado na herança de seus pais e o condomínio estava no débito automático.

Caso continuasse pela rodovia 66, estaria de volta a Estocolmo em poucas horas, enquanto a rodovia 68 seguia ao sul, em direção a Örebro.

Ela parou em uma área de descanso a alguns quilômetros, antes da bifurcação na rodovia.

Seguir em frente era voltar para casa, ao que tinha sido. Se desviasse da rota planejada, partiria para algo novo.

Uma viagem sem destino. Desligou o motor.

Nas semanas anteriores, conseguira se livrar de sua vida anterior. Ela a destruíra e jogara fora as partes que não lhe pertenciam. Memórias falsas tinham sido desconstruídas e memórias ocultas haviam emergido. Ela alcançara clareza e purificação.

Catarse.

Não poria mais nomes em suas características, não ia se alienar inventando outro eu. Libertara-se de todos os nomes: Gao Lian, Solace Manuti, Trabalhadora, Analista, Chorona, Réptil, Sonâmbula, Garota-Corvo.

Nunca mais se esconderia da vida, deixando partes estranhas de si mesma lidando com o que era difícil.

Tudo o que aconteceria a partir de então aconteceria com Victoria Bergman, mais ninguém.

Ela viu seu reflexo no retrovisor. Finalmente reconhecia a si mesma, não o rosto confuso e subjugado que usava quando Sofia Zetterlund estava no comando.

Era um rosto ainda jovem, sem remorso ou vestígio de uma vida cheia de lembranças dolorosas. Devia significar que ao fim ela aceitara tudo o que tinha lhe acontecido.

Seus anos de formação não podiam ser negados. Haviam sido um inferno.

Ela ligou a van e pegou a estrada. Um quilômetro, dois quilômetros. Ela virou para a direita, para o sul. As últimas dúvidas a deixaram quando o vento da floresta escura soprou na janela.

A partir de agora não teria nenhum plano.

Tudo o que pertencia ao passado não tinha a ver com sua vida. O passado moldara a pessoa que ela era, mas sua história não ia envenená-la. Nunca mais afetaria suas escolhas de vida e seu futuro. Não tinha responsabilidade em relação a nenhuma pessoa a não ser ela, e a decisão que tomava naquele momento era para a vida inteira.

Uma nova placa com o nome de um novo lugar. Ela seguiu em frente, enquanto pensava em Jeanette. "Você vai sentir minha falta? Sim, mas vai superar. Como sempre acontece. Também vou sentir sua falta", pensou ela. "Talvez eu te ame, mas não sei se é de verdade. Por isso é melhor ir embora. Se for amor de verdade, eu volto. Se não for, é melhor assim. Então saberemos que a aposta não valia a pena."

O dia começou a clarear enquanto ela atravessava o bosque de Västmanland. Florestas e reflorestamentos com intervalos ocasionais para clareiras e alguns prados ou campos. Ela passou por Riddarhyttan, o único município ao longo daquele trecho de estrada. Quando a floresta voltou a cobrir a paisagem, decidiu ir até o fim. Tudo seria destruído, tudo deveria ser deixado pra trás.

Ela olhou o relógio. Oito e quinze, o que significava que Ann-Britt já estava no trabalho. Pegou o celular e ligou. Ela logo atendeu. Victoria foi direto ao ponto e explicou o que queria e como resolveriam as questões práticas. Estava curiosa para saber qual seria a reação da secretária quando perguntou se tinha alguma dúvida.

— Não sei o que dizer — ela disse, após ficar em silêncio por um instante. — Me pegou de surpresa, para dizer o mínimo.

— Você vai sentir minha falta? — perguntou Victoria.

Ann-Britt limpou a garganta.

— Sim. Posso perguntar qual é o motivo?

— Porque eu posso — respondeu ela, uma explicação que deveria servir pelo momento.

Quando elas desligaram, Victoria guardou o celular no bolso e sentiu as chaves.

Ela pegou o chaveiro e o segurou à sua frente. Era pesado e continha todas as suas chaves. A do consultório e as do condomínio de Borgmästargatan. A do apartamento, a do depósito, a da lavanderia e uma que não se lembrava de onde era. Talvez do bicicletário.

Abriu a janela e jogou o chaveiro fora.

O frio se introduziu na van.

Sem dormir por quase dois dias, ela não sentia nem um pingo de cansaço.

Olhou o celular. Para que precisava dele? Só continha uma série de exigências, números de telefone que a distraíam e uma agenda com sessões que Ann-Britt ia desmarcar.

Ela se preparou para jogar fora o celular, mas mudou de ideia.

Com uma só mão no volante, escreveu uma mensagem breve para Jeanette enquanto passava por uma ponte. DESCULPE.

Victoria Bergman viu o celular se espatifando contra a ponte e desaparecendo na água escura.

KIEV, CATEDRAL DE SANTA SOFIA

Madeleine Silfverberg estava sentada em um banco à sombra rajada das árvores frondosas cheias de pássaros pretos. O sol a aquecia, embora o outono tivesse passado fazia muito, e as cúpulas douradas do imponente mosteiro em frente reluziam contra o céu azul.

Pessoas passavam em um fluxo calmo e incolor na rua abaixo da catedral, sob o impacto visual do prédio em branco, verde e dourado.

Ela colocou os fones de ouvido e ligou o rádio. Escutou um ruído fraco antes de o receptor encontrar uma estação com vozes ucranianas, depois um acordeom, um naipe de metais e um tambor rufando, no que parecia ser um cruzamento entre música klezmer e pop histérico. O contraste entre a música e a calma da área ao redor do mosteiro era como sua própria vida.

Seu interior vibrante que ninguém conhecia.

As pessoas passavam ocupadas consigo mesmas. Longe dela, confinadas em seu mundo interior.

Madeleine se inclinou para trás e olhou o padrão recortado dos galhos. Aqui e ali se viam os contornos das aves, em tons cinzentos e pretos, contra o relevo da árvore, desenhado na platitude do céu azul.

Dez anos antes, num dia de verão, Viggo a levara até o farol vermelho e branco de Oddesund, pusera-a no colo e contara durante horas sobre sua vida. O céu era o mesmo de agora.

Ela se levantou e andou em direção aos muros brancos que protegiam a área da agitação da cidade. A música no rádio aumentou de intensidade e as vozes retornaram tão exaltadas e sonoras quanto os tímpanos, o acordeom e os instrumentos de sopro.

Quando tinha dez anos de idade, Viggo tinha lhe falado sobre aquele local, explicando por que os monges haviam se trancado nas grutas do mosteiro Pechersk. Ele também dissera que não havia nada pior na vida do que o remorso. E ela já tinha compreendido o que o atormentava.

Algo que ele tinha feito quando criança, quando não era nem homem nem mulher.

Agora Madeleine tinha feito o que ele queria, e tudo estava acabado.

Ele a havia escolhido como sua confidente mais próxima, o que ela nunca tinha esquecido. Aos dez anos de idade, ela sentira orgulho, mas depois entendeu que fora apenas sua escrava.

Ela passou pela arcada sob a torre do relógio quando as vozes nos fones de ouvido se calaram, enquanto a música retornava em ritmo igualmente frenético, só que com uma cantora e uma tuba ao fundo. Ouviu o som dos saltos nos paralelepípedos da praça, ao ritmo da música. Quando cruzou o espaço aberto e a rua, parou e tirou os fones de ouvido.

Um velho estava sentado em uma mesa de esquina. Ele a lembrava de Viggo.

O mesmo rosto e a mesma postura, mas estava vestido com trapos. Em sua mesinha frágil, encontravam-se alinhados uma grande quantidade de vidros em vários tamanhos. No início ela pensou que era um vendedor, mas quando a viu ele abriu um sorriso desdentado, umedeceu os dedos sujos com a língua e acariciou suavemente a borda de uma das taças.

Os dedos do velho se moviam para a frente e para trás, e as notas começaram a soar. Ela viu que cada uma das taças estava preenchida com certa quantidade de água. Estavam distribuídas como três oitavas de um piano, em tons e semitons, e eram ao todo trinta e seis taças. Ela ficou paralisada. Ao seu redor ouvia o ruído do tráfego e das pessoas, e o rumor dos locutores nos fones de ouvido pendurados em volta do pescoço. No entanto, da mesinha vieram notas que ela jamais tinha vivenciado.

As taças do velho soavam como algo de outro mundo.

Pouco antes no mosteiro, a música tinha sido como um caos em contraste com a calma no interior dos muros.

Agora era o contrário.

As notas das taças se entremeavam e transmitiam uma sensação de balanço, como de flutuar livremente no ar ou ser levado pelas ondas. O tilintar, o assovio das taças, emergia no ruído caótico ao redor, transformando tudo em uma bolha de calma.

Sobre a calçada havia uma caixinha de metal com notas amassadas. Debaixo da mesa, ao lado dos sapatos furados do velho, ela viu um recipiente plástico com água.

Ela entendeu que a água estava lá para afinar as taças, já que o líquido evaporava. Havia grandes cubos de gelo no recipiente.

Água congelada com isótopos puros, como no interior de seu corpo.

KVARTERET KRONOBERG, DELEGACIA DE POLÍCIA

Depois de conversar com Ivo Andrić, Jeanette Kihlberg ficou sentada em silêncio enquanto seu assistente Jens Hurtig permanecia calado na cadeira em frente. Eles tinham acabado de ouvir a descrição do legista sobre os sofrimentos de Ulrika Wendin até morrer congelada. Suas declarações os deixaram sem palavras.

Ivo Andrić contou sobre mumificação de pessoas vivas, uma técnica antiga que era usada por certas seitas do budismo japonês.

Com sua voz arrastada, ele explicou o procedimento em si, que não exigia mais do que um ambiente seco e pouco oxigênio. A gordura corporal era queimada com uma dieta de sementes, nozes, cascas e raízes, e os fluidos corporais eram expulsos com resina. No caso de Ulrika Wendin, fora usado um tipo de bétula.

Ivo também mencionou privação sensorial, um espaço fechado com pouca luz e à prova de som amortecendo todos os sentidos, apontando que era extremamente raro a vítima suportar mais do que algumas horas naquela condição. O ambiente pobre de estímulos era devastador ao corpo e era impressionante Ulrika ter sobrevivido por tanto tempo. E ainda ter conseguido fugir por conta própria.

Jeanette estudou as expressões faciais de Hurtig e percebeu que ele compartilhava seus sentimentos de impotência, fracasso e autorrecriminação.

Hurtig olhava diretamente para ela, mas poderia muito bem estar olhando através dela, para a estante ao fundo. A culpa era deles.

"Pra ser sincera, a maior parte da culpa é minha", pensou Jeanette. "Se eu tivesse agido mais rápido, seguindo meu instinto em vez de ser racional, teríamos salvo Ulrika Wendin. É assim e pronto."

A detetive sabia que naquele momento a avó dela estava recebendo a notícia da morte por dois policiais na companhia de um pastor. Havia pessoas com aptidão para aquele tipo de tarefa e Jeanette sabia que não era uma delas. "Amar de verdade alguém pode ser horrível", pensou, com Johan, que em breve estaria no voo de volta de Londres, na cabeça. Em poucas horas ela o encontraria feliz por ter passado um fim de semana divertido com o pai. Jeanette sabia de sua chegada por causa da mensagem de texto que chegara pouco depois de terem encontrado o cadáver de Ulrika Wendin semicoberto de neve debaixo de um velho abeto desfolhado. Ela tivera um final terrível. Jeanette jamais conseguiria tirar da cabeça o medo que devia ter sentido.

Ela secou algumas lágrimas e olhou para Hurtig. Ele tinha medo de perder alguém? Seus pais, naturalmente. Pareciam ter um bom relacionamento e juntos haviam aprendido a conviver com a perda de um membro da família. Alguém que nunca mais voltaria.

A avó de Ulrika Wendin talvez não tivesse ninguém com quem compartilhar sua dor. Como Annette Lundström, a única sobrevivente de todos os envolvidos naquele caso horrível.

Ela se viu pensando em uma família de Serra Leoa que perdera alguém e que logo receberia a confirmação da polícia.

Além das polaroides de Viggo Dürer localizadas no porão de Hundudden, os peritos encontraram uma gravação.

Samuel Bai aparecia acorrentado e lutando por sua vida contra um homem seminu, o qual Jeanette e Hurtig reconheceram como sendo aquele achado morto na casa da Lapônia.

Sobre a mesa havia uma dúzia de pastas e uma pilha com incontáveis arquivos, com cópias das fotografias de Viggo Dürer e dos cadáveres de Thorildsplan, Svartsjölandet, Danvikstull e Barnängen. Era então quase irrelevante possuir evidências de que Dürer, por vários anos, tinha sido tratado de câncer no útero, ou que o carro que atingira uma árvore em Svartsjölandet era o mesmo que estava estacionado sob uma lona em Hundudden.

Mas a investigação não terminou após os quatro casos serem resolvidos. Existia documentação de quarenta corpos adicionais, que seria encaminhada à Europol.

"Nada disso realmente importa", pensou Jeanette, porque todas as pessoas envolvidas estavam mortas. Incluindo o assassino.

Os corpos incinerados no barco de Viggo Dürer eram os de Henrietta Dürer e Anders Wikström.

O próprio Dürer fora encontrado morto em um parque de Kiev, com um tiro na nuca. Um assassinato que estava ao encargo de Iwan Lowynsky, até a Europol assumir também o caso.

"Acabou", pensou ela. "Mesmo assim não estou satisfeita."

Sempre faltava alguma coisa que não se podia compreender plenamente e que a deixava à espera de respostas. Todas as investigações continham algum tipo de anticlímax, e era impossível para ela se acostumar ou aceitar aquele fato. Como, por exemplo, ela nunca ter conseguido encontrar Madeleine Silfverberg. Talvez fosse apenas um fantasma. Talvez os assassinatos dos ex-alunos de Sigtuna realmente tivessem sido obra de Hannah e Jessica. Ela jamais saberia, e fazia parte de seu trabalho ter que viver com aquilo.

"O que eu faria se perdesse Johan?", pensou Jeanette. "Pediria demissão e me mudaria? Não, eu não teria coragem. Talvez tirasse uma licença para fazer outra coisa por um tempo. Eu provavelmente voltaria ao trabalho depois de uma semana, já que ser policial é a única coisa que sei fazer. Ou não?"

Jeanette não sabia, e se lembrou de que sua vida pessoal era tão cheia de perguntas sem respostas quanto suas investigações. Aliás, ela tinha mesmo uma vida pessoal? Um relacionamento?

— No que você está pensando? — perguntou Hurtig de repente.

Eles estavam em silêncio havia tanto tempo que Jeanette quase esquecera que ele estava sentado do outro lado da mesa.

"Nas relações entre as pessoas, só se vê uma fração do outro", pensou ela. "A maior parte da vida ocorre dentro da cabeça, e não se deixa facilmente traduzir em comunicação verbal."

— Nada — respondeu ela. — Absolutamente nada.

Hurtig sorriu cansado para ela.

— Eu também. E, pra dizer a verdade, é uma sensação muito boa.

Jeanette balançou a cabeça. Ouviu passos no corredor e alguém batendo na porta. Era Billing, com olhos sérios. Ele entrou e fechou a porta.

— Como vocês estão? — perguntou ele, com a voz abafada.

Jeanette indicou os arquivos sobre a mesa.

— Tudo certo. Só falta Von Kwist vir buscar o que temos.

— Muito bem, muito bem... — murmurou o chefe de polícia. — Se eu entendi corretamente, quando isso se tornar público vai causar... problemas.

Billing parecia preocupado. Jeanette compreendeu imediatamente por que ele estava ali.

— Sim, não tem como evitar — disse ela. — Dificilmente Berglind será excluído da investigação.

— É a pior coisa que poderia acontecer agora — suspirou Billing. — A imprensa vai acabar com a gente. — Ele balançou a cabeça e saiu deixando a porta aberta.

"A imprensa?", pensou Jeanette. "A pior coisa é o que os jornais vão escrever sobre nós?"

Ela lançou um olhar para as provas sobre a mesa, onde com clareza macabra se demonstrava que o antecessor de Billing, o ex-chefe de polícia Gert Berglind, esteve envolvido no financiamento de vídeos de pedofilia. A imprensa não ia simplesmente "acabar" com a polícia.

Seria um abate.

O telefone tocou assim que Hurtig deixou a sala.

Aquilo certamente mudaria seu futuro para sempre.

Milagres raramente aconteciam. Era a natureza do mundo.

Mas, de vez e quando, via-se um.

O telefonema era do banco. Pareceu bem impessoal, mas viria a crescer em importância para ela.

Alguém havia pagado a hipoteca de sua casa em Gamla Enskede.

Dois milhões, quatrocentos e cinquenta e três mil coroas.

— O que você disse?

— É verdade — dizia a voz do outro lado da linha. — E dois milhões de coroas foram transferidos para sua conta pessoal.

Jeanette estava atordoada.

— Deve haver algum tipo de erro...

— Não, está correto. Falei com a pessoa que realizou a transação e ela foi bem clara.

— Ela?

— A pessoa prefere permanecer anônima, mas me pediu para lhe informar que Victoria Bergman está viva e passa bem. É alguém que você conhece?

Seis meses de eventos passaram por sua mente. A fotografia da menina resoluta no álbum escolar, a única que não sorria. Abusada sexualmente pelo pai. Jeanette vira o vídeo da agressão realizada em Sigtuna.

A detetive se lembrou da voz de Victoria ao telefone.

— Sim — respondeu ela, após refletir por alguns instantes.

GAMLA ENSKEDE, CASA DOS KIHLBERG

Quando Hurtig levou Jeanette até sua casa em Gamla Enskede, o frio da Lapônia alcançou Estocolmo e estava começando a nevar.

Ela não tinha contado para Hurtig sobre a ligação do banco. Nem tinha lhe falado sobre Victoria Bergman.

Precisava pensar.

Provavelmente por um bom tempo.

Se fosse como estava imaginando, talvez jamais contasse a ninguém.

Eles ficaram em silêncio durante todo o trajeto e se despediram com um abraço. Quando ela saiu do carro, grandes cristais de neve, que lembravam tufos de algodão, flutuavam sobre o jardim.

Jeanette tirou as propagandas e contas da caixa de correio. Enquanto se dirigia à casa, contornando a sebe e entrando no estacionamento, viu algo que erradicou os últimos traços de dúvida.

Um Audi zero estacionado.

Tinha o mesmo tom de vermelho de seu velho carro, que recentemente fora abandonado no ferro-velho.

A detetive superintendente Jeanette Kihlberg permaneceu ao lado do veículo por um bom tempo. Sentiu todo o seu pensamento racional se esvaindo. Quando finalmente reagiu, deu um sorriso.

E depois teve uma sensação de alívio.

Uma sensação maravilhosa e libertadora de alívio.

Seu celular vibrou. Em outro tempo, outro lugar, ela teria tempo para pensar.

Uma mensagem de texto de Johan dizendo que tinham aterrissado e a primeira coisa que Åke fizera fora ligar para Alexandra, para discutir sobre um dinheiro que não recebera.

Ela reparou que tinha recebido outra mensagem. Provavelmente enquanto estavam voltando de Ånge.

Era de Sofia.

Dizia apenas: DESCULPE.

"É sempre tarde demais", pensou Jeanette.

ESTA OBRA FOI COMPOSTA POR ACOMTE EM ELECTRA E IMPRESSA
EM PROCESSO SOB DEMANDA PELA UM LIVRO SOBRE PAPEL OFFWHITE
PARA A EDITORA SCHWARCZ A PARTIR DE 2025

FSC
www.fsc.org
MISTO
Apoiando o manejo florestal responsável
FSC® C128038

A marca FSC® é a garantia de que a madeira utilizada na fabricação do papel deste livro provém de florestas que foram gerenciadas de maneira ambientalmente correta, socialmente justa e economicamente viável, além de outras fontes de origem controlada.